出塞书

梁晓阳 著

一部题材独特书写壮阔的杰作，一曲
理想主义的悲情壮歌。

——邱华栋

作家出版社

献给我的岳父张泽洲、岳母吕观萍、父亲梁承芝、妻子张明月和女儿梁伊丽，献给在苦难、世俗和欲望中仍不忘追求的人

目 录

楔 子

认识阿依那年，小城还没几个人有手机。有一次，我打电话到妇幼保健院找魏凡，接电话的女子说："魏凡啊？他今天补休不上班。"一口很好听的北方普通话，让我十分好奇。在满城尽说土白话的1995年，一位说普通话的女子总能引起小城人的奇思异想，我自然不能例外。曾经，小城那家叫"南方夜总会"的饭店来了一位湖北坐台小姐，结果小城过半的男人都拥往那里看稀奇，把饭店大堂直至酒店门外的兴宁路挤了个水泄不通。

我请求她去宿舍楼帮忙喊一声魏凡，她说："去不了，办公室现在就我一个人。"我再请求，她就说，"你这人咋这么啰唆呢，上班时间不能擅离岗位你知道吗？"然后"嗒"的一声挂了电话。

后来我和魏凡喝茶，问起她的情况，魏凡说："佢（她）啊，新疆妹！"

魏凡的话立刻就让我有了一种说不清道不明的冲动。我脑海里出现了大漠，出现了天山，还出现了——霍青桐，那时的霍青桐——

大约也是十八九岁，腰插匕首，长辫垂肩，一身鹅黄衫子，头戴金
丝绣的小帽，帽边插了一根长长的翠绿羽毛，革履青马，旖旎如画。

《书剑恩仇录》里对霍青桐的描写，对那时见多了头戴斗笠、发留刘海、一身粗布衣衫、满身汗水滴湿胸前两只布袋一样奶子的南方女人的我来说，自然像七月天吃了冒着腾腾冷气的冰棒，通身被刺激得清爽惬意。

二十世纪八十年代中期，文学和金庸像一对侠侣一样驰骋校园。金庸的小说中，我接触得最早又最爱读的就是《书剑恩仇录》，我幻想着自己做一个手提长剑走在漫漫黄沙中的少年侠客，每一次拔剑既是为了快意恩仇，也是为了得到一场来自天山的爱情。

报刊隔三岔五就会出现顾城、北岛、舒婷。我所能看到的《中学生作文》和《校园文学》上，封面和封底都是衣着光鲜文青味十足的中学生诗人，比如遥远

如新疆的邱华栋、黑龙江的潘洗尘、邻近如湖南的马萧萧、广东的赵红尘，还有江南才貌双全的朱晓琳……他们那潮湿而多汁的句子带给我青春的诱惑。初二第一学期，我神经兮兮地背着同学写那些"雨季不再来"的文字，并且品尝到了文字营造的世界带来的欢乐和忧伤——是的，因为家境拮据，父母要借钱供我们三兄弟读书，时而遭遇借不到钱的尴尬场面。我体味到了一种孤独和自卑，面对一个渐渐开放的世界，我却更多把自己隐藏在一个自我倾诉的王国里。

我渐渐从一些文论上知道了有一家诗刊叫《绿风》，新疆石河子文联主办，那上面发的诗歌叫新边塞诗。

我怦然心动。"北风卷地白草折，胡天八月即飞雪。"我脑海里出现了岑参高适王之涣王昌龄；"射雕引弓塞外奔驰，笑傲此生无厌倦……"金庸作品电视剧的歌声也开始唱响。

第二学期，我硬是从每月五十多元的伙食费里一块几毛地攒了十二元，订阅了全年六期的《绿风》。我成了当时班上唯一订阅文学期刊的学生。我阅读诗刊上每一个栏目的作品，像接触一场场新电影一样兴奋而惊奇。

我读到了周涛的《野马群》：

> 兀立荒原
> 任漠风吹散长鬃
> 引颈怅望远方天地之交
> 那永远不可企及的地平线
> 三五成群
> 以空旷天地间的鼎足之势
> 组成一幅相依为命的画面
> ……

我读到了章德益的《卜居》：

> 岩层的地基崩裂
> 古海岸涸死而成的门闩
> 于我梦中还魂成一枝
> 缀满星光的远海花枝
> ……

我读到了刘宏亮的《大漠孤烟》：

> 风沙裹一串湿漉漉的谣曲
> 有条河自红柳丛怯怯走来
> 淙淙地流向那片辉煌的落霞
> 虽不是命运却无法再走回头路了
> 一位西部诗人忧郁地望着它
> ……

我如饥似渴地读，像农忙时节冒着烈日担了十担稻穗后汗流浃背跑到稀得照见睫毛的大锅前起劲喝粥那样读。我知道了什么是"西部诗潮"，什么是"第二梯队"，什么是"第三诗国"。

至今留在记忆里的还有，李瑜那组《为了爱情，巴格达不嫌远》：

> 只有等到夜莺歌唱倦了
> 才能听到不息红柳
> 恢宏涛声里的悄声碎语
> 这是曾回荡遥远岁月
> 那个夜晚的悄声碎语
> 依然还那样亲切
> ……

一个通向未知远方的梦，像一颗种子一样在我心里发了芽。

我开始偷偷地模仿《绿风》里的诗，写了许多分行的文字。有一次，班主任兼语文老师在晚自习巡班时看到了我在语文书下捂着写的那些文字，很执着地拨开我的书拿起来认真地看着，我心跳如鼓，担心会遭到严厉批评，但是他看过之后又把它还给了我，然后一声不吭地走了。第二天下午自习课的时候，他让我到他宿舍去谈话，说我的作文写得好。接着告诫我："你写那些东西，现在还不是时候，太早了，会影响你的学习。"我诺诺地答应着，心里却是一种不被理解的委屈。

有一天，我从一张《中国青年报》上面看到了吉林省作家进修学院函授班招生的消息，里面有许多鼓动人心的话。最诱人的是参加这个函授班就有机会在他们的函授班刊物《作家之路》上发表作品，每年都会有十几位成绩优秀的作者被选送到学院面授一个月。那时我认为通过这样的学习就能顺理成章地成为作家。函授班的学费需要八十八元，相当于我几个月的伙食费！我内心的梦开始拱个不停，终于按捺不住，向父亲撒了一个谎，说这个月的伙食费增加了，还要买一些学习资料。父亲额外向亲戚多借了一百元，我在一节自习课上偷偷去了镇邮局，把八十八元寄给了吉林省作家进修学院。

函授班制作了一本学员通讯录，拿到那个64开的本子后，我的目光久久地逡巡着那些页面上。我看到了自己的姓名、地址，还看到了那些来自天南地北的文学爱好者。一种渴望在我心底涌动。我的目光很快停伫在几行文字上，我看见了一个名字："曼丽"，看见了一个地址："新疆乌鲁木齐"，还看见了一个单位："红柳焊接班"。那时候我还不懂蓝领与白领，但我内心已经像一轮太阳那样火热了。

4月，窗外正下着淅淅沥沥的春雨，我在自习课上给她写信了："曼丽……"然后告诉了她我的年龄和身份。新疆乌鲁木齐，距离桂东南的一个小镇实在太遥远了，我都无法想象对方是否收到这封信。

十几天后，中午下课时，一只淡蓝且微白的信封被同学放到了我的课桌上，我惊讶地看到了我那被人写得非常清秀的名字，还有来信地址——是的，新疆乌鲁木齐——我收到了她的回信！我的心激动地喊了一声。我双手颤抖着打开信封，掏出薄薄的两张信纸，迫不及待地看起来——"小羊，"她说，"很高兴在梦想当作家的道路上认识了你。"她毫不犹豫地向我公布了她的年龄：十九岁。

这是曼丽写给我的第一封信。我注意到，她用的是纯蓝墨水，笔画很细，怯怯中带着一点任性，只写了一页半，而且第二页只写了三行字就收尾了。因为字是浅浅的蓝色，每一页纸的底部也印着两朵带叶的蓝色牵牛花，这让每张信纸都像一幅天蓝色的画。我再回过神来看她的信封，也是淡白带着一种微蓝，还有更神奇的呢，信封和信纸都在散发着一股子淡淡的芬芳（后来我才知道那是沙枣花儿香），我激动地认为这肯定是这个西域女子的香味。香味把我香晕了，香得忘记了旁边还有几个女同学在偷看，直到她们发出咪咪的笑声，我才如梦初醒，赶紧攥着信笺就往校园跑。在一棵荔枝树下我重新展平信笺，看了好久，又闻了好久，一阵又一阵晕眩的感觉冲击着我的脑袋。我再看时，她的字迹笔画显得修长纤细，娟秀乖巧，每一行看过去都很有线条感，起伏感明显。到这时我才发现，两张信纸之间还夹着两朵淡黄色的小花，原来那种淡淡的香气就是这花朵发出来的。我敢肯定，这就是远方新疆的气息，是《书剑恩仇录》里翠羽黄衫霍青桐的气息，也是传说中香香公主的气息。

后来的几天，我一次次心情激动地读着回信，品味着那淡淡的花香，开始心潮澎湃地给她复信。我在抬头处小心翼翼地称呼她为"亲爱的曼丽"——是的，亲爱的曼丽，为此我曾经内心斗争了几个小时，害怕被她骂，害怕一个少年微妙的心理得不到理解——我写了一个口里少年对新疆的向往，写了自己的梦想。

信发出去后，心就被一条绳子拉住了，老往一个地方扯。一个星期过去了，在等待里，我实在忍不住，又偷偷地拿出她的来信，趁着没人看时悄悄地把信笺放在鼻子前。我突然知道，原来等待是煎熬的。

二十多天后，课间休息的时间，她的回信像一只鸽子撞进了我的怀里，是班主任罗老师扔过来的。他人高，站在我桌前居高临下地放了一个鸽子，准确无误地飘落在我的书桌上。他用一种奇怪的眼神盯了我一下，我心虚地低下了头，赶紧把信塞进了抽屉里。上课铃声响了，他去讲台上课，我依稀闻到了抽屉里渗出的那股熟悉的芳香。那一节课，我失神了，只看见罗老师在黑板前走来走去嘴巴不停开合的影子。

漫长的四十五分钟过后，我疾步走出教室回到了宿舍，慌手慌脚地拆开信封，那熟悉的字迹和两朵小黄花马上呈现在眼前，随之空气里也弥漫着一股子淡淡的幽香。令我惊喜的是，我看到了那句"亲爱的小羊"，这在我看来就是一种承认，一种接受，预示着一个十六岁的南方在校少年开始了与一名已经在社会上工作多年的新疆少女的神秘交往。

那封信好多天我一直揣在裤兜里，每当我一个人独处的时候，我会偶尔拿出来闻一闻看一看，这些动作会一直持续到她的第二封信来临。新疆寄到广西的信需要二十天左右，我去一封，她便来一封，几乎保持着一月一来往，谈的不光是文学，也有对疆桂两地的看法。我每天都感到十分兴奋，不是对学习，而是对一个梦想，我盼望着一个淡蓝且微白的信封翩然来到教室，然后，我打开后，又闻到那股熟悉的淡淡的芳香。

半年后，已经是初冬，我也读初三了，繁忙的学习中我又给她写了一封信，这次主要目的是向她索要一张照片，我记得我在信里胡乱地问了她一些问题，包括少数民族姑娘跳舞是不是习惯抓耳挠腮——但是我的主要目的就是要一张照片。我心里惴惴的，觉得她不会答应，但是又满怀希望。信发出去后，我又开始了漫长的等待，我一天一天地数着日子，觉得这个冬天特别漫长。

元旦过后，在一个飘着零星细雨的上午，我终于又看到了那个淡蓝且微白的信封，凭着揣在手里的感觉，我知道里面有我希望的东西，顿时心跳不已。我不敢在教室里拆信，一个人悄悄地跑回了宿舍，对同学谎称鼻塞了要拿驱风油。当我坐在床铺上，忐忑不安地拆开信封，抽出信纸，一张大约三英寸的照片跟着出来了，一位蛾眉大眼的姑娘赫然映在我眼前！那时我还不知道这是一张艺术照，姑娘头上戴着一顶蓝色的贝雷帽，饱满而妩媚的脸蛋，黑得像葡萄的眼睛，笔挺的鼻子，涂满唇膏的鲜红的嘴唇。尽管她坐在一座有着双塔的假山旁，仍可看出她丰满而修长的腰身。我翻转了照片，看到背后写着一行娟秀的字：1987 年 10 月摄于乌市红山。

多年后我回忆起这张照片，才知道原来干焊接的新疆姑娘也能这样妩媚。

因为有照片带来的惊喜，我反而把信的内容大多忘记了，只记得她在信里回答了我的问题："啥？少数民族姑娘跳舞抓耳挠腮？你真逗，那不是猴子吗？"就这么几句。那时我还不知道怎么形容一个女孩的美丽和气质，只知道，每当我一个人在宿舍里偷偷从木衣箱里拿出那张照片时，一个天生丽质的形象就出现在我面前，而一旦因为有人来了我就把它藏于箱底，或者在平时沉思时，脑海中便清晰地浮现她的影像，伴随着一阵奇特而甜蜜的战栗，进入我那年轻幼稚的心灵。那张照片在寒冷的假期里成了我的寄托，在我这个早熟学生的心里产生了很大的吸引力，那会儿我甚至想到，原来与我通信的新疆姑娘这么迷人！

有很长一段日子，一有机会我就逃离同学，逃离教室，来到校园最幽静的小花园里，任茂密的荔枝树叶遮覆着我，一个人享受着寂寞，眼光迷离地看着眼前的一切。冬天也绿的荔枝龙眼树，开花的三角梅，还有山茶花、玫瑰花，闻着清新的空气，有时也有缤纷的阳光，那最幽微的欲望就是这时候从心底挺出来的。我拿出了藏在内衣口袋里的照片，先是捂在怀里，向四处张望一阵，再以迅雷不及掩耳之势，低下头，篷起两肩，手托照片，在她的额头和脸蛋上亲了一下，又以飞快的速度把照片从怀里装进内衣口袋。铃声就在这时候响了，在心脏一阵狂跳中，我拿出驱风油胡乱地抹了一下额头，然后整理了一下衣服，心虚虚地往教室走。在穿越校园时，我一直低着头，感觉自己做了一件坏事，但又不至于那么坏。

多年以后，我翻拣出了那时我拍的一张照片，地点在初中门前的河滩上，照片上的我背水而立，面黄肌瘦，一身土布，脚蹬拖鞋，四肢僵硬，故作高深，十足一个农家子弟。

我开始三天两头往医院打电话，借口还是找魏凡。我猜魏凡这小子肯定和她谈过我，要不她不会知道我在写东西（她说在地区报上看到了我写的文章），更不会一次比一次好说话。常常，我和她聊着聊着就忘记魏凡了。因为是上班时间，我和她每次都不敢聊太久，便互留了寻呼机。

我又问她的名字，她说："阿依。"

"什么民族？"

"汉族呀。"

"那阿依是什么意思？"

"以后告诉你。"

魏凡约我和几位朋友去他家喝茶，听他弹钢琴。我把她约了出来。她有一个标准的身材，在小城生活已近两年，但脸上的两团苹果红还没有褪掉。她的确是一位汉族姑娘。

那时，那个初中时代的曼丽，我已在十年前上高中时与她失去了联系。

魏凡和几位朋友都悄悄地问我："她是你女朋友？"我含糊其词，不置可否。魏凡就说："你只颠佬厉害啊，前段时间我仲见你开摩托车搭一只本地高妹兜风，现在又有北妹了？"我一脸尴尬，像被揭穿了一个谎话。

因为文学的机缘，我与地区文联办公室一位叫兰花的姑娘认识，她也说一口与阿依口音相同的普通话。一问阿依，才知道她们竟然很熟。"兰花是我老乡，一块儿长大的。"她有点儿神秘地说。

有一天晚上，我约阿依去北宁河茶馆喝茶，她带来了两位姑娘，其中就有那位兰花，还有一位叫柳花，是兰花的妹妹。三位姑娘中，阿依稍大。令我惊奇的是，兰花和柳花是阿依的长辈，与阿依母亲是表姐妹关系，阿依称她俩为小姨。

高挑而微胖的兰花是地区文坛的一枝花，偶尔在地区报刊上发表一些类似风花雪月的文字，这让不少地区文青男以为她是一个很解风情的女子。我曾听到许多作者赞美兰花长得有福气，是富贵相。那时，她正与一位受聘于地区电视报的记者谈恋爱，那位记者来自天府之国成都，长得高大健壮，脸相却很粗鄙，与我们喝酒时表现出过分的夸夸其谈，主观武断。我和当地的文友都不喜欢他，对他与兰花的关系都觉得有种牛粪砸到了鲜花的遗憾。

与姐姐相反，柳花长得偏瘦，有些弱不禁风，但是端庄优雅，在地区日报做见习记者，她的指导老师刚好就是我的朋友，所以我们见面的机会很多。柳花渐渐展露她的才华，她写稿，指导老师简单修改后就能发表。她和姐姐兰花偶尔到北宁玩，我那时才知道，她们在北宁竟然还有一位当党委书记的亲戚。阿依告诉我，书记是她妈妈的远房表弟，也是北宁三位表舅的表弟，这样算起来，那位书记也是阿依关系较疏的表舅，跟兰花柳花才是亲老表。那时的许多周末，兰花、柳花姐妹俩常常从南安来到北宁这位表哥书记家里玩，有时还会带上阿依。

兰花柳花都在北宁的时候，我就约她们去河边茶摊喝茶。

有一次，她们带来了一位又高又美的姑娘，阿依介绍说她叫枣花。枣花的母亲和阿依的母亲都是盲流到伊犁的广西人，枣花娘嫁给了老马场的一位牧羊汉子，她们家是阿依家的斜对门邻居。阿依还在老马场的时候，和枣花、兰花、柳花都是玩得很好的伙伴。1995年秋天，枣花得知阿依和兰花姐妹已在广西工作，也带着梦想来到了北宁，兰花和她在街头一张一张地看招工启事，最终在八一寻呼台做了话务员。

那些紫荆花芬芳的夏夜，我对爱情充满着种种甜蜜的遐想。阿依和兰花、柳花、枣花在那些芬芳里一起来到小城与我喝茶。坐在沿河路的心悦茶馆里，和四位姑娘品着碧螺春，吃着本地的特色小吃卤水鸡脚和炒空心菜，那是怎样流光溢彩的聚会啊！没有其他男人，仅仅是我自己，而且不用我花太多的钱。迄今为止我都觉得那是我人生中最美好的时光。

枣花的笑声最清脆，她频频越过三位女伴过来为我斟茶，她一米六八的个头，洁白的西装套裙衬托着丰满匀称的身材。正对异性充满幻想的我，心里一直在想，要是我能揽一揽她山水一样的腰肢该有多好。如果我的手能放在她天鹅一样优雅的髋部，或者放在像皮椅转角一样浑圆的肩膀上，那又是多么惬意的时刻。

我隔三岔五就打一次她的寻呼机，她的回话总是显得非常亲昵。尽管她做寻呼台小姐非常忙，据说一天接三万多个电话，但每逢我打呼机她还是每呼必复。后来她一有空就来和我见面，或者我去见她，我渐渐感觉到她有一种豪爽的性格，是那种有爱有恨的角色。我们偶尔在小城里喝茶谈天，那年秋天我还陪她去了当地的风景区桃源洞游玩。在那里，我大胆地将右手从她背后伸过去拉着她的右手，花了五块钱让景区的人为我们照了一张相。

在我对爱情渴望的时期，我曾经考虑过枣花，除了当时她有美好的身材，更主要的是我领略了她在厨房炒菜的好手艺。有一次，我半玩笑半认真地对她说："嫁给我做家庭主妇怎么样？"枣花当时似笑非笑地瞅着我，嘴里"嘶嘶"地吐着气说："嫁给你？才不呢，你们南方人不够憨厚。"

不够憨厚是什么意思呢？当时我琢磨了许久也不明白。

她是伊犁的一名农民，有着漂萍一样的生活。

兰花、柳花都住地委大院的平房。有一段时间，我因为按捺不住内心的萌动，常到兰花和柳花的房子里蹭饭吃。有一天，我看到枣花也搬到她们房里一起住了。三个姑娘一台戏，一般我来的时候她们就买菜做饭，嚷嚷着要我亲手做饭炒菜给她们吃。我做过的菜中，自认为最拿手的是番茄炒蛋和炒青菜，她们三个在饭桌上夸我菜炒得好，还边吃边挤眉弄眼笑。但是第二天我接到阿依的电话，她嘻嘻笑着说："你在她们房里做的菜真香啊，香得她们三人在你前脚走，后脚每人都狂喝了三碗凉开水！"

我才知道，我炒的菜太咸了。

作为医院的聘用制职工，阿依的工资只有一百多元。收入如此之低，加之单位又没有房子安排，她只好长期住在小城一位表舅的家里。阿依在小城有三个表舅，大表舅是北宁的一名小工头，二表舅是北宁百货公司的职工，三表舅是南安企业报的编辑。表舅们和她妈妈同一个外公外婆。

阿依的单位曾经考虑在旧宿舍楼分给她一间房子，但是她的三个表舅说，表姐把她的宝贝女儿托付给我们照顾，怎么敢放心她一个姑娘单身住在外面？万一有个闪失，表姐那里不好交代。他们不让她住在单位宿舍，三个表舅商量后，阿依就住在了当时孩子尚小且房子较为宽裕的小表舅家。

从当年去南方求学开始，一直到毕业后参加工作，阿依都得到了这三个表舅的帮助。在杭州读书时期，三个表舅都常有伙食费寄来，寒暑假时都叫她回到小城度过。快毕业时，表舅们说："你回北宁工作吧，新疆有什么好？那是个逃难和流放的地方，你母亲在那里吃的苦还不够吗？你回来了我们都会照顾你。"

阿依就参加了1994年7月在地区举办的双向选择招聘会。她学的是汉语言教育专业，浙江几个要好的同学都劝她在浙江找工作，但是几个表舅都建议她回北宁，说他们可以为了表姐（阿依母亲）照顾她。同学们都为她选择去广西工作而惋惜，他们认为广西是愚昧和落后的代名词。她不信，当时去了北宁教育局的招聘窗口，他们正在招聘老师，几个工作人员听她操着北方口音的普通话，摆摆手，劝她不要报名了，他们还用土白话阴阳怪气地议论说："一只捞妹识做么嘢，南下的吧。""南下"的本义是指从北方来的革命干部，到了小城却被引申为提供异性服务了。那些人不知道，她在家里听过母亲说白话，读大专期间每年又到广西度假，这些土白话她也能听不少了。她当时很气愤，却也无奈，悻悻地走了。幸好遇上了地区物资局招聘，他们同意录用她为办公室文员。得到这个结果后，她高兴地告诉了三个表舅，表舅们却让她把户口迁回来，又通过关系让她在医院办公室做了资料员。她就这样留在了广西。

她是有机会回到新疆工作的。在小城工作了三个月后，她接到伊犁新源马场学校催促她回来任教的通知，她非常犹豫，对我说："我曾在马场当了一年的代课老师，我妈也在马场小学教书，我看见她早白的头发，就知道自己干不下去了。"我为她拍桌叹息说："如果是我，肯定就回新疆去了！"她咔咔地笑起来，说："我不来广西你也没机会认识我。"

她常用她表舅家的电话打我的寻呼机，她呼我就在电话后面加"123"。每次我的寻呼机一响，看到电话号码后面有"123"，我就知道是她找我了。我也经常在深夜溜去单位呼她，一呼也在电话号码后加上"123"。常常在夜里十二点之后，我们还在压低声音打电话。

1995年的小年夜前一天，我正在单位上班，一位不速之客打了我的寻呼机，我复机了，她说："你还记得我吗？"

尽管声音非常熟悉，我还是迟疑了半天。

"我是琴呀。"她咯咯咯地笑起来。

是琴。她是我的大学校友，低我一届。其实我们在大学时期见过几面，在一次老乡聚会上，我与身材颀长的她交谈甚欢。她的嗓音厚实醇和，像德德玛，我和她合唱过《心雨》，赢来了老乡一片喝彩声。

她告诉我，她的家在城乡接合部的环城村。快速发展的城镇化使她家得天独厚地拥有了好几块地皮，她和弟弟妹妹每人分得一块。

我先她一年毕业，在双向选择交流会上，靠着一沓发表的剪报文字，我进了小城一家效益下滑正准备改制的糖烟公司，做了一名资料员。对于我这种没有背景关系和经济实力的农村毕业生而言，这已经是最好的结果了。

我约她在我的宿舍见面。她笑靥如花，说话叽叽咯咯，要我"传授一点找工作的经验，最好帮帮我"。鬼使神差，我一口答应了。

其实我也没什么经验可言，只是凭着自己在当时的小城文坛上混来的一点儿名气，与一些部委办局也喜欢看书写作的负责人熟了，有时候就可以依靠他们办点不大不小的事情。农村来的孩子，有的工作后如鱼得水，左右逢源，其实我们都明白他的人脉不是父辈带来的，而是靠工作后自己混来的。从这个意义上说，许多没有家庭背景的农家子弟事业的成功，很大程度上要靠他的性格决定自己的社会适应能力。所幸我因为写作，认识了教育局一位同样写过不少文学作品的大姐。在这之前她看过我的作品，表示十分欣赏。她表示愿意帮我一个忙，为我这位朋友联系到了距离城区只有五六公里的独石镇初中，当上了代课老师。

九十年代，小城的小伙姑娘大多数还是骑单车，只有少数人可以骑摩托。我那顺利进了交通局的同学应良和进了地税局的邓韬都有了一辆崭新的"大油煲"嘉陵摩托，他们骑着"大油煲"驮着自己不知道第几任的漂亮女友，在小城风光烨烨，令人艳羡。我的月工资只有一百多块，自然只能骑一辆二十八英寸的永久牌单车。我那早年辍学去广东打工的二弟多懂事啊，买了一辆二手的广东牌照

"大油煲"，花了两千多块，等于他半年的工资。他通过班车托运回来，交给我时脸上还有一丝稚气，说："哥，现在城里上班的哪个冇（没）有摩托车？回老家亦有面子嘛。"我对二弟感激涕零。于是我也骑上"大油煲"，驮着这位女校友跟在朋友们的屁股后面兜风。

春天来了，女孩们坐在这样的摩托车后座上也是不安分的，她们跟着男孩欢呼，抱紧各自男朋友的腰，有的还把嫩脸紧贴在男孩的后背，碎花长裙子被风吹得像柳絮飘扬，吸引了无数或浑浊或清澈的眼睛，也吸引了无数的大眼睛和小眼睛。

我当时乱花迷眼，犹豫不定，以致在与琴交往之余，还在四个伊犁姑娘之间周旋。那些时光啊，的确是我一生中最灿烂的时光。

我承认，那时我还没有接受一位外来媳妇的婚恋观，况且琴家里一直有一块很具诱惑力的地皮。而我作为一个来自大山腹地的男人，一直梦想在城里扎根。我的哥们应良热情而又粗鲁地帮我分析说："你仲使（还用）考虑咽咩？肯定系选本地妹咯，有地皮啊，再做几年就可以起房了，仲系（还是）现实点吧，咁样（这样）你会少奋斗十年。嘿知道那些北妹乜嘢（什么）时候就逃走了呢！"

应良就是这样实在的家伙，他工作不到两年就找了一位街妹结婚，老婆在三环路有一块两百平方米的地皮，他扬扬自得地对我们说："明年我就可以起五层楼了。"

我明白了我的品格中有着某些可恶的东西，就像高加林对待刘巧珍。我认可了应良的那些话。于是我日盼夜盼琴来找我。

我住的房间根本不算完整的一间，中间有一堵墙隔开，还有一扇门，门的两边又严严实实地各钉上了一层木板，原来这是一间狭长的房子，公司将它隔开后两边都安排住人。与我隔墙住的是另一位与我同姓的小伙子，年纪比我大，一年前就有了女朋友，据说那女孩也是来自城乡接合部，家里也有一块地皮。

木板的隔音效果不是很好，我每晚吃夜宵回来，总可以听到隔墙窸窸窣窣的声音，有时还听到一种莫名其妙的撞击声，我仔细辨析后，认定那是床头撞击墙壁的声音，几乎可以用"咚咚咚咚"来形容，真的，就是"咚咚咚咚"，伴随着墙壁的震动，说明了这种撞击的力度。每次遇上这样的事，不管我回来得多晚总是睡不着，总要等他们把墙撞够了才可以入眠。我甚至非常担心这堵墙会不会有一天被他们撞倒，假如有一天我能过去察看被撞的墙，会不会看到一道深深的槽痕。

琴那时候与我已经进入热恋状态，她常常晚上过来，我们有时候躺在床上，相拥而语，但不管我们有多热烈愣是没发生关系。这不是我的原因，我并不是柳下惠，而且身体的健壮和首次的恋爱让当时的我的确有着一种迫切想要尝试一个女人的欲望。但是琴有着令人不敢相信的理智和清醒——我猜想一开始她就对我留着一手，可见她有着令人惊异的谨慎。每当我们进入炽热的状态，她总是及时地控制了自己。

有一天晚上九点多，我正亲热地揽着她，隔墙的撞击声又响起来了，"咚——咚——咚——咚——"沉实有力。琴一下子蒙了，仰起头问我："乜嘢声音？"我没好气地说："你毋中仲听冇（不）出来吗，系人都渴望的声音。"她再听了一会儿，脸就红了。那种声音越来越快，最后就像中药铺里捣药杵舂击捣药缸的声音，"咚咚咚咚"，"咣咣咣咣"，把握十足却又漫无边际的一通猛杵，我能感觉到琴心脏的跳动声。几分钟后，那杵声停止了，隔墙回归万籁俱寂。我变得十分灰心，躺在床上，渐渐冷却下来。我隐隐约约地预感到，我们之间可能是一个无言的结局。

琴终于带我去见她的家人了，他们对我还算客气。我以为事情发展得很顺利。但是第二天，琴告诉我："我屋己（家里）人对你冇有屋冇放心，尤其系工作后又冇有乜嘢积蓄，佢哋（他们）认为你咁样的家庭很难在市区建起一栋屋，我仲（还）有一只即将自费大学毕业要揾（找）工的细妹，底下仲有两只细佬，一只读初中，一只读小学，以后佢哋肯定亦要我这个大姐和未来的姐夫照顾咖。"

琴的家在城乡接合部有一块一百多平方米的地皮，她说："不若咁样，我讲服屋己人把这块地皮给我哋（我们），以后我哋有钱了就起楼吧。"我满心欢喜地答应了，满以为我也像身边的一些朋友那样捡到了一个类似的便宜。但是几天后，她一脸失望地说："我爸我妈冇同意，佢哋要我跟你讲明白，除非你买到一块地皮，否则冇同意我哋谈。"这样的要求对我这个借钱读书出来的农家子弟来说无异于登天。有一段时间，我甚至苦苦劝说琴要反抗父母之命追求婚姻自由，她似乎也被我的动员所感动，几次说要跟着我走。但是不久我便听她说她家里人开始激烈反对跟我交往，甚至发出了再交往就要打断她的腿的威胁。

那年冬天，尽管我凭着自己的写作成绩，从行将倒闭的糖烟公司调进了文联，成了公务员，还分到了一套两房一厅的房子。我变得意气风发，仿佛爱情像春天街头的花朵一样伸手可及。但是琴在电话里冷冷地告诉我："我考虑了很久，屋己人系对的，我已经决定同你分手，我屋己人冇同意我嫁给一只在城里冇有屋，也冇钱买屋的男人。何况，我冇系睇小你，你自己亦知道你自己，你成日熬夜写东西，搞文学，冇思求个一官半职，发家致富，那些文章能帮你揾到大钱咩？恐怕我哋在一起以后会好难……"

我焦急地追问她："我有两房一厅呢，仲冇得（还不行）吗？"

她有些怨恨地说："我屋己人要的系楼房，你那套单位房算吗？"

我想了想，又说："我准备一心求发达，有搞文学了——"她接过说："那都系想法而已……"

我至今还记得她冷漠的说话："我想清楚了，我需要有保障的生活，乜（谁）人叫你屋己鬼咁穷，乜（谁）人叫你冇有屋？我哋在一起冇会有好结果啯。"

琴每天晚上都被她父母看管起来。父母没空的时候，就叫她弟弟监视她，她就跟弟弟说好话，偷偷溜出来。但她说的都是决定和我分手的话，然后又唉声叹气。她低着头说："真想乜嘢都冇顾了，就跟你扯。"

但是过了几天，她终于变得现实，有一晚她对我说："我爸打了我，我哋仲系分手好，我屋己细佬细妹仲细，我冇能够只顾我自己。"

我知道她受了委屈，当晚就表示同意分手。但是第二天夜里我就睡不着了。熬过了一天，第三天早上我终于忍不住打她的寻呼机，她很长时间不复机，我好不容易挨到天黑，骑着旧摩托来到她家门前的巷口，把车停在她家围墙边。我借着围墙边的黑暗悄悄走进去，她的父母弟妹正在一楼餐厅边吃饭边看电视。她住在二楼，我看见她的房间亮着灯，就蹑手蹑脚地上去敲门，她果然在里面，开门看见我惊讶得说不出话来，她紧张地关上门，我坐在她的床边，拥抱着她，她也抱住我，默默地流泪。

接下来的事情糟糕透顶，他的弟弟发现有人上楼，告诉了她的父亲，她的父亲骂咧咧走出来喊她，我惊慌失措，仓皇出门穿过横廊跑下楼梯，气喘吁吁地冲出了围墙，慌手慌脚地发动摩托车，我听到了她父亲的叫骂声，便加大油门逃掉了。

从那时开始，我就再也没有勇气去她家。

春节前的一个晚上，同学请我们一帮人去东方夜总会唱卡拉OK兼跳舞，规定大家都要带女朋友去。我打了她的寻呼机，没有回复，我又连续打了十几次，她复机了，听了我的陈述，她无语。我说："就当系帮帮忙，你想乜嘢时候扯（走）就乜嘢时候扯。"她答应了。

在歌厅里，她长时间漠然地坐着，朋友们让我点歌，我点了《片片枫叶情》，又点了《相思风雨中》。音乐响起时，无论我怎样把话筒放到她手上，她也不接。朋友们只好接上唱。我感到十分尴尬。时间终于来到了十一点，大家都有了散场的意思，她却主动提出让我点一首歌，我欣喜不已。"就点《无言的结局》。"她说。多么不吉利的歌名，我顿时心灰意冷。不过我还是点好了。音乐响起后，尽管她的声音还像德德玛，可我根本无法和她唱下去。最后，成了她的独唱。

散场了，我骑着旧摩托送她回家，一路上，我怀着一种焦虑而伤感的心情恳求她，挽留她，可是她一直都不说话，只听到摩托车像个濒死的无赖一样有气无力地呻吟。到了她家楼底，她像一只猫一样轻盈地跳下了车，冷冷地说："今晚唱的歌已经讲得好明白了！"说完就头也不回地走进了家门。

我记得我每天吃的都是清水面条，大约有十来天了。办公室主任批评我写的材料质量下降了，要我加班修改。看到我无精打采的样子，工会的徐大姐开玩笑说，不要和女孩子玩得那么深夜，注意身体。我苦笑着，嘴上说着没那回事，心里却非常烦她。

有一天晚上，我终于决定，对自己的感情做一个了断，熬夜写了一篇三千多字的散文，写完再也没有兴趣修改了，第二天上午就寄给了地区的报纸。几天后，财务科的美女会计拿着报纸过来问我，你的故事是真是假？我始料不及，望着副刊上占去了四分之一版面那些满纸流涕的文字，我羞赧不已。当更多的同事送来报纸并询问后，那天上午我向办公室主任请了假，回到宿舍关起门躺起了床板。发表此文的编辑当天打了我的寻呼机，他开导我说："兄弟呀，天涯何处无芳草？你不能在一棵树上吊死呀！"

当我听到这些话时，我不禁为自己软弱的意志而感到羞愧，也为自己写了那些幼稚的文字而懊悔。

当天晚上，阿依来看我，默默地为我收拾狼藉的地板，刷洗着粘了面条的电饭锅。在淘米煮饭时，我看着她被冰冷的水冻红的手默不作声。她说："上次聚会的时候我在场，我就感觉你们准没戏，她都不跟你的朋友交流，说明你们两人拉不到一块儿嘛。"

阿依隔天就来看我，有时候也会每天一来。那段时间也很奇怪，我最要好的朋友应良、刘董和邓韬都没有来找我，而我也不想去找他们。事后我才知道，这几个家伙当时正在和他们的女朋友恋得热火朝天，所以活该我在那段时间里（至少两个月）没有分享到他们的友情。

阿依的热情却令我诧异，她先是给我介绍了她单位的耿医生，是个善良端庄的女孩，我和她见了一面，也说了一些话，但一直找不到感觉，就是提不起兴趣。

每天晚上八点，阿依还是准时来看我。我们有一句没一句地说着，有时也沉默很久，说的不是新疆，就是小城的日常。而在谈论的过程中，阿依不是帮我擦洗灶台就是收拾客厅。

有一天晚上，已经是十二点，窗外春雨淅淅沥沥地响着，她满头大汗地帮我清扫垃圾，接着提水拖洗地板。当她最后放好拖把时，我从背后抱住了她。

·上部·

新疆往事

盲　流

　　时令明明已是初春，老马场的天气却一连两天还像我在南方经历的冬天那样寒冷。天空的云层像哈萨克族老人裹着的羊皮大衣，色泽陈旧而黯淡，偶尔在哪个角落露出一道亮亮的云片，像羊皮大衣在某些部位翻裂出棉白的口子，显得越发斑驳和沧桑。后山积雪已经开始融化，几条牧道上时常浊水横流，急流将石块和树枝冲到路边。偶尔听到远方天山脚下雪崩轰隆隆的声响，日日夜夜听到对面的吉尔尕朗河里传来澎湃的涛声。不知是从加乌尔山还是库尔德宁方向吹来的冰风像一根根缝衣针在人的裸露部位乱戳一气，让人感到一阵阵尖锐的刺痛。东南面，覆雪的那拉提群峰在灰蒙蒙的天色里像一座座支起的帐篷；而在我们院子的背后，大平滩草原虽已浮起星星绿意，但是老马场林带的杨树还没有长出叶子，蓬松而又向上的枝条直指铅灰的天；后山的枯黄山梁上还残留着三五道断断续续的白雪，像被哪个牧羊女子遗落在草山上的几块白纱巾，在山风里悠悠地飘拂。

　　第三天，阴雨连绵的天气就开始了，一连持续了四天，清冽而潮冷的空气里隐隐含着泥土的腥味和不敢确信的花香。如果不看东南面灰白的喀班巴依雪峰，我简直搞不清楚身在何地，一度以为这里还是南方，是小城冬天最寒冷的时节。更远的那拉提山脉在淡薄的雨幕中显出扑朔迷离的轮廓，低处的几道山峦的顶端像抹上了白色的剃须液，那也是雪。山腰上则有一排断断续续的据说是哈萨克族人用来挡雪挡牲畜的黑栅栏。再上去就是笔挺的云杉，一排排一丛丛像汉子们翘起的胡子。在北面，几棵光秃秃的桦树贴着河岸嶙峋的岩石静静站立。

　　院里和院外的雨水一直在淅淅沥沥地下着，偶尔传来后山的羊叫声和狗吠声。雨雾中的加乌尔山和东南面的喀班巴依雪峰灰茫鸿蒙。雨声扑打着院里的果树枝条和刚长出来的青菜，菜园前几天新翻的地块上雨水横流，因为这两天的踩踏已经泥泞不堪了。

这样的天气适宜弄些吃的，阿依母亲和阿依煮好了玉米糊糊，阿依端来了一大海碗让我坐在房子门口喝着，还掰了一块馕给我啃。稠稠的糊糊顺着嗓子滑下去，温暖而满足的感觉从喉咙里升上来。阿依也端着一碗站在我面前一口口地喝着，脸上显出很舒服的表情。"比在北宁喝咸萝卜粥好吧？"她笑着问我。"那是，虽然我很少喝过，但是这东西特别适合我的胃口。"我说，呼噜呼噜地又喝了几口。

满头银发的阿依母亲不知什么时候坐在厨房门口的小椅上，掰着几头大蒜，偶尔抬头时脸上笑眯眯的，眼睛里有一种打量牛犊子的温情。雨水唰唰地下大了，凉气扑地而来，透过雨帘仰望东南面，雄峻的喀班巴依雪峰被一片云雾遮住了山腰的森林，洁白的峰顶像一座屹立在云层里的天宫。

房子里依靠火墙取暖，从头到脚都暖烘烘的。我们斜躺在炕上，小方桌摆在床边，偶尔喝一小口普通的伊力特，吃一块熏马肠，主食就是比我的拳头还大的馕馕。香气浓烈的熏马肠和麦香十足的馕馕（没有咸味也没有甜味，南方的馒头和包子不是咸的就是甜的）让我想起，这里是离广西万里之遥的伊犁河上游，是吉尔尕朗河畔，是新源老马场。

第二天下午出现了雨夹雪，大家都说又回到了冬天。我看了房内的温度计，气温大约为2摄氏度。大家都添了衣服，我还穿上了厚厚的棉衣。

我悄悄地回到桌前坐下，放一沓稿纸（2003年，我还没有电脑），开始埋头写作。我把书名暂定为《回到伊犁》（《出塞书》的前身）。刚写了几页，阿依母亲就神情惊奇地站在门口，身后站着阿依。

"小羊咋那么喜欢写，我看他已经写了两天了，他在写啥东西啊？"这是阿依母亲的声音。

"哎呀，他就那样子，到哪个地方他都喜欢记记写写。"阿依笑着答。

"拿那么厚的稿纸写哎，真是你所说的作家啊？"

阿依哧哧哧地笑。

我回头望着他们说："我随便记一下的，就算写日记吧。"

"哦！还写日记啊？那就是好学生啰！"阿依母亲笑了起来。在她几十年的教师生涯中，大概只有小学生才写日记的吧。接下来她依然是一种惊奇的口吻："这个好玩，把自己到新疆的经历写下来，有意思嘛，要是我年轻些，我也会把自己的经历写下来。"

"哎，妈你别说，要是你把自己的经历记下来，说不准就是一部动人的书。"

"哟，我的经历算啥嘛，普普通通一辈子。我才没有那个心思写咧，再说我也不会写!"

一直站在他们身边听着的阿依父亲开始出声:"哎,老婆子,我觉得小羊这样嘛,做得好,把咱们的故事写下来嘛,咱们就成了书里的主人公啰!"

三人说笑着,往厨房旁边用来孵鹅蛋的小屋走去了。

我坐在桌前暗笑,开始自以为是地觉得是一个作家。之前我只是自费出版了一本书,发表了几十万字,还加入了省作协,但是我已经认为自己是一个作家了。而且我也准备再写一本书,从我回到这里的第一天开始,我就一直酝酿着写一部关于阿依父母在新疆的书。阿依在南方的时候就告诉我,她父母是当年的盲流。我在听了一些关于他们的传说之后,不知不觉对他们的独特经历产生了兴趣。加之我一直以来对新疆有一个梦想,我和阿依结婚后就渴望着和她回到伊犁,我想到那里去既是为了当一名作家的梦想,也是想实践我的人生,我期望寻找到一个既能体现自己写作才华也能实现自己人生梦想的地方。

现在,我来到了伊犁,就在新源老马场上,面对这个博大而且陌生的草原世界,我感到了一种前所未有的兴奋。

我走到院门口,朝东南面的天山遥望。小雨和柳絮一样的雪花织成了一层浅蓝色的帷幔,透过帷幔的缝隙,那座"山"字形的雪峰在雾霭里若隐若现,在山腰的深蓝色林带衬托下,像一顶银冠。

阿依不知何时走了过来,指着雪峰告诉我:"那就是天山在这一带最高的山峰,叫喀班巴依雪峰。"

我说:"你看它多像一顶银冠,等等,现在我看更像一把三尖两刃刀。"

"是哎,确实像!"阿依惊喜地说,"你想象力蛮丰富的嘛,还银冠,还三尖两刃刀,想到二郎神了,有没有想到冰川天女啊?"

我说:"想到了,你就是。"

阿依嘻嘻嘻地笑起来。

晚饭吃得早了点儿,天还像穿洗多年的灰布棉袄一样亮着,但是时间已经来到了下午二十点。印象中南方的天早就黑透了。这时才醒悟,我的时差反应还没有与这里同步。雨夹雪还在院里飞舞着,几株已经出芽返绿的果树枝头白成了星星点点一片。我到院门口溜达,唯一的目的就是让棉花屑一样的雪花飘在我身上,钻进脖子里也不嫌它们冰。我像个傻瓜一样在院门口踱步,想走得远一点又不敢,怕前边那些院子里冲出一只牧羊犬。我又回到了院门口,闻到了邻居家一股又一股炒菜的香味。凹凸的土路上水洼四布,残雪隐约。几声狗吠和羊叫从河坝边远远传来。傍晚寂静得令人难以置信。

我回到房里，阿依和她父亲以及光旭和红花都坐在大炕上看电视。我注意了一会儿，是电视黄金档正在播放的《金粉世家》，尽管有评论说这剧展示的社会背景比《红楼梦》还要广阔深刻，但那种讲述豪门恩怨的爱情剧我一向提不起兴趣，这可能与我从小生活在偏僻乡间，如今自己的感情和兴趣又转到这片辽远的西部旷野有关。但人与人真是不一样，阿依父亲和光旭、红花大多数时光都生活在乡村，却对这部讲述都市豪门的连续剧着了迷。有几次，阿依母亲也和他们坐在一起看，并且大发感慨。

阿依母亲有时候也一个人坐在大炕上缝一件胳肢窝处裂了缝的棉衣，那是阿依父亲的衣服，去年冬天来后他就长胖了。我搬了一只木椅子过去坐着和阿依母亲闲聊。我对她的早年岁月和当年如何来新疆充满了好奇，谈话总想朝着那个话题引过去。阿依母亲笑眯眯地看了我一眼，似乎知道我的心思，她没有停下手里的活儿，笑了笑，说："我的故事啊，讲起来，像一匹布那样长。"

　　我就从我的爸爸我的妈妈讲起吧。

　　我的爸爸嘛，是广东高州人，老家在一个叫作陈坑的小村。听我八姨讲（她也是听我外婆老家的一些亲戚说），我的爸爸少年时代在他老家有一个名字叫作吕行迁，父母是佃农，生了八个儿子两个女儿，我爸在兄弟中排行老八。到了十几岁，他就离家外出闯世界去了，一走就没有回过老家。后来有人传说他参了军，做了军官，还有人说他做到了十九路军的一个旅长——对，就是蔡廷锴的十九路军。我的母亲是北宁县扶阳乡谢冲村人，在北宁的时候叫谢莲芳，后来去了广州蚕桑中学读书，改名叫谢远芳。蚕桑中学，我当年第一次听八姨说起时，以为是学习种桑养蚕的中学，后来才知道是一间著名中学，许多著名人物都在那里读过书。我妈就是在蚕桑中学读书期间认识了我爸爸，那时候我爸爸还在广州当兵，不久他们结了婚。

　　见过我妈妈的八姨后来跟我说，我妈妈在蚕桑中学读书时加入了蓝衣社，一年难见到她一面。八姨还说，我1940年冬天出生在广州沙面英租界的一家医院里，这是我妈妈后来跟她说的，但具体是哪一天出生，我妈妈没有记录。八姨还告诉我，在我之前我妈妈生过三个男孩，都是没满月就夭折了。我的爸爸妈妈是中年得女，先后有了我和冰洁两姐妹。冰洁比我小两岁，她的生日倒是被我妈记下了，是八月初三。

我外公说，我出生不久，日本人来了，我的爸爸要带着部队去打仗，就派了两个卫兵护送我妈妈抱着我回到了外公家。八姨说，有一次她回老家时刚好遇上我的妈妈坐月子，时间是在1940年1月。她后来跟我推断说："冰莹啊，你的生日大概就是1940年农历腊月的哪一天吧（我们老家人生日习惯按农历算）。"

　　八姨说我妈是一个追求自由平等的新女性，她抱着我回来的当天，外公家里和她平辈或者小辈的人都称呼她为"太太""小姐"，第二天，她把那些人全都叫到跟前，吩咐说："都什么时代了，还搞老一套，以后都不准叫我太太小姐，叫名字！"结果，第三天那些人遇见我妈妈就和屋里的长辈一样，全都叫她名字"莲芳"了。

　　我听我九姨讲（我后来去广州读书时跟九姨住嘛），我外公叫谢新爵，是北宁有名的望族，也是一个地主，外婆娘家也是北宁县扶阳乡当地有名的富农，我外公还是乡里的保长。冰洁出世后，外公的家境还算很好，吃的玩的应有尽有，来喝满月酒的人有很多是当地的军政要员，送的礼物有不少金银珠宝。

　　八舅母（建鹏的老婆）告诉过我，我的爸爸妈妈也有很丰厚的家产，曾在北宁县城甚至香港、广州、湛江的市区置有数目不详但绝对是可观的房产金铺，他们还曾在家乡北宁县的北宁河埠头旁边拥有数亩地的地皮。这些，都是我妈嫁了我爸后创下来的。我还听八舅母说，那些地皮我母亲准备在那里开纺织厂的。我还听她说，我的外公家境殷实，并且很有乡绅气魄，关心当地教育，曾经作为北宁二中捐资助学的代表参加大会，这些都可以从老家一些长者口里得到证实。我的外公外婆共生育了六女一子，除大姨夭折外，按照宗族的排行，就有了我的母亲莲芳、七姨梅芳、八姨菊芳、九姨杏芳、幺姨献芳、舅父信芳（建鹏），在男丁中排第八。

　　八舅母说，我妈妈先后请来带我们的两个保姆都是当地读过中学的女生。我妈生我后断断续续地回来过几次看望我和冰洁。有一次，她回来时带着我走外公家门前的田埂，田埂细小泥泞，我穿着漂亮的皮鞋，怕弄脏了，就踮着脚走，这时，对面田埂上走过几个和我同龄的小孩，他们都光着脚，羡慕地看着我的鞋子。我就大惊小怪喊，他们不穿鞋。刚好我外公在门口听见了，就喝止了我。

　　1944年秋天的一天，我妈又从外面回来了，我似懂非懂听到她跟外公外婆说，我爸爸被日本人关进了监狱。那晚，我妈连夜收拾了行李，大包小包地准备着。第二天一大早我妈就带着我走了，是一辆汽车接走的。我们坐了大半天的车，到了桂平一户人家里，后来我才知道，这户人家是当地的小商户，我妈之前就认这户人家的主人做了义父。那天下午，我妈带我去一个地方，原来是给我爸爸送饭。守门的士兵都是日本人。八姨后来跟我说，我妈妈会说三种外语，包括日语。我记得妈妈那次带我去送饭时，守门的日本兵对她很客气。我就是在那时候见过我爸的，被铁链锁着双手和双脚，面黄肌瘦，头发不长，胡子却盖满了上唇，我看见了很害怕，我妈让我叫爸爸，我不敢叫。几分钟后我们就被士兵赶走了。

我妈不久就把我带到了香港，原来她在那边有房子，还有一间金铺。我们在香港待了几个月，我妈找到了她的一位远房三叔，我叫他三公，这是北宁人习惯的称呼，按新疆人的说法应该叫三爷爷。那时我太小，许多事我根本不懂，都是后来我去南安八姨家时，不知她从哪弄清楚后跟我讲的。我妈跟三公说，她要去内地，不知啥时候回来，让他帮忙管理金铺，并带着我生活。那时候我一直渴望着我妈来接我，但是一直没有来，她永远都不会来了。

我后来听八姨说，我妈一到内地就去了桂平，想运作救出爸爸。可是日本人已经决定处决他了。日本人不敢直接枪决，而是给他注射了慢性毒药后放了出来，但是爸爸在两天后突然七窍流血死在了旅馆。我妈悲愤不已，去讨说法反而被关进了监狱。妈妈本身就有哮喘病，在监狱里又病又受气，眼看着就要死了，她义父拿着她带来的金银首饰跟监狱的头头说情送礼，我妈得到了一些治疗，一年后出狱了。

八姨说，那时凌姓人家的老主人已经去世，他的家人对我妈的照顾就没有那么尽心了。我妈当时已经十分虚弱，连床都起不了。妈妈最后是吐血死的，未满四十岁。

后来的事还是八姨说的，我妈去世后，凌姓人家派人去我外公家报信，让我外公去桂平处理后事。可是不知怎的，报信人走后，外公就说了一句话："人都死了，还去什么去。"他除了听外婆大哭，根本没有打算去桂平。那时我舅舅已经离家出走，七姨嫁人了，八姨在南安做地下党，九姨去了广州读书，外公也没有安排其他人去。在这点上，我是对外公有怨言的，可以说，我妈创下了不菲的家业，还益到了外公家，他真应该去办理一下女儿的后事，不说还有没有发现什么家产，至少去了可能从她的遗物里发现一些关于家庭的秘密甚至外孙女儿的线索吧。可我外公就是没有去。至今我都觉得那是一个巨大的遗憾。

三公本来就是在香港开赌场的，我妈一去不返，他又是一个好吃懒做喜欢赌博的人，娶的老婆我叫三婆，爱吸大烟，还经常趁三公不在铺里让一些不三不四的男人来。三公可能有所察觉，但又抓不住把柄，就偷偷地跟我说："帮我看看你三婆平时和谁来往。"这样我就注意起三婆来。有一次，我无意看到一个男的脱光了衣服睡到三婆的床上，觉得好奇，但也不敢作声。三公回来后，悄悄问我有谁来找过三婆，我如实告诉了三公，三公一听火冒三丈，跟三婆吵起来，接着又对打，我吓得躲进屋里。从那以后，他们两个就没有和好过了。

不久，那间金铺里所有的东西都给三公典当完了。没有钱花了，三公三婆觉得养我也困难了，就商量把我卖掉。他们放出风声后，许多人都来看我，按照当时的习俗，买主要看我的三相（吃相、坐相、睡相），三公三婆让我坐着吃饭，我吃相还好，嘴巴也不吧嗒出响声，那些人就说我以后有福气。可是看到我睡觉是趴着的，他们就摇头说，睡觉爱趴，趴死爸妈，不能要。但是有一个财主模样的江西人看中了我，把我买下来，带回江西九江做他老婆的丫鬟。他老婆每天晚上都让我睡在她的脚跟旁，给她暖脚。平时这家的主人抽烟要我帮点火，有一次我不小心点到了老爷的嘴巴，那老爷大怒，骂我："你这个贱丫头，点个火都不会，白吃我家的饭！"还点燃一根火柴烧我的嘴巴，把我的嘴巴烧起了一个大泡，我连饭都吃不下了。他们又嫌我睡觉时喜欢趴着睡，认为我命相不好，会影响他们的运气，就把我再次转卖。

碰巧一户没有儿女的夫妻收留了我，他们也是江西人，这对夫妇都四十多岁了，把我领回家做他们的女儿，对我非常好，好到把家里能吃的好吃的全堆在我面前。我那时候吃得多，一餐常常吃得不知饱，五六碗饭都能吃完，常常把自己的肚子吃成一个坛子大。但是这家人不缺吃的，不嫌我吃得多，反而认为"吃得是福吃得是禄，不吃得就是奴仆"，因而更加喜欢我。

"你被卖的时候，你的那些亲人，比如说七姨呀八姨呀九姨呀，她们在哪儿了？"我忍不住打断她。

我是听七姨后来说的，我被卖不久后她就结婚了，嫁到青石六旺村一户李姓人家，是大地主，七姨丈就是地主仔，不是地主仔怎么能去香港读大学啊？八姨和九姨嘛，都去了广州，八姨菊芳读的是广州财经大学，九姨读初中。八姨的人脉关系非常广，听说我流落他乡，就联系了在香港读大学的七姐夫（我七姨丈），找到了在香港的三公，打听到我已被卖到江西，便要那三公设法找到了我的下落，然后请一位好友去江西接我回去。来的人找到了我的养父母家，说明来意，我的养父母听说后虽然不愿意让我走，但也不敢阻拦。来的人对我说要带我去找我的七姨丈，怕我不愿意回，拿出十块钱给我，我拿了钱，出了家门，来到江边，一条船在等着我们，我怕，又不敢走了，来的人又拿出一根甘蔗，说上了船就给我吃。甘蔗对我的诱惑力还是很大的，我就上船了，下船后又坐火车，到了香港，七姨丈就把我带到了八姨就读的大学。那时我五岁。

我八姨到哪儿都让我跟着她，上课就让我站在教室门口等，晚上让我和她睡一张床。这些举动引起了班上同学的议论，他们说："看这个谢菊芳，没有结婚就有了这么大一个小孩。"我八姨也不跟他们解释，一直带着我吃住了一个多月。那时候八舅父已经在昆明工作，每个月都给八姨和九姨寄来读书费用，去邮局领钱要个人的私章，有一天舅舅寄来的钱到了，八姨在自己的行李箱里找她的私章，翻遍了都找不到，她就问我："冰莹，是不是你拿了？"我说："我没拿呀。""那为什么找不到了？以前我都是一找就能找到的。""我不知道，我没拿。"没想她生气了："这房间里都是我的同学，不会有谁拿我的，一定是你拿了！"我坚持说没拿，她恼怒地说："晚上就没钱吃饭了，你拿了我的私章我们吃什么？"她当着同学的面打了我，而且是用一根挂蚊帐的竹子狠狠地打。我哭了，想喊爸妈，可是我早就没有爸妈了，我说："八姨，我真没拿！"八姨打了我一顿就去上课了，我等她们走后就躺在床上睡着了。下午回来的时候，我也醒了，八姨随意翻了一下床铺，竟然发现了她的私章，我委屈地说："八姨，我没拿你的私章吧，你打错我了。"八姨一把抱住我，挽起我的裤脚和衣袖，看见我身上一道道红红的印痕，她哭了。

七姨丈放暑假时从香港回到广州，八姨要留在广州做事，就让七姨丈把我带回北宁。我们坐车回到县城。县城到扶阳有七十公里吧，傍晚了，七姨丈就买了一对箩筐，一头坐着我，一头装着他的行李，打着手电，走了一个晚上，天大亮了才回到扶阳我外公家，将我交给我的外公。我就见到了妹妹冰洁，还有幺姨献芳，你冰洁姨比我小两岁，听我几个姨姨说她才满两个月，就被送回了外公的家，所以妹妹真正是在外公家养大的。她比较乖巧，所以外公家的人特别喜欢她。我们一起住在外公家，后来一起上学。

"你回到了你外公家，那八姨一直留在广州吗？她那时应该成家了吧？"我问。

八姨菊芳1947年大学毕业后，和老家一位姓黄的男人参加了中共地下党，并改名谢禄恩，一走就没回过老家，他们是我的老家谢冲村里仅有的两名地下党员。不久，有人传说她和黄家男人被国民党当局逮捕了，被大卸四块，分别被挂到地区的四个城门，这个消息把我外公家和黄家人吓坏了。

1949年北宁解放，外公家的人才知道八姨和那个黄家男人并没死，八姨还到了广西平南的石灰厂工作，做的是会计。那时候，她已经和石灰厂的厂长冯百全结婚，冯百全就是我的八姨丈，他是黑龙江阿城县人。八姨丈可是打过大仗的，参加过辽沈战役，是四野的人。四野，就是林彪的部队嘛。他们从辽宁打到广西，参加过六万大山剿匪，后来又参加过抗美援朝。他自己说的，前后歼灭过一百多个国民党兵，在朝鲜战场击毙过二十多个美国兵和南朝鲜兵。八姨丈虽然后来做到了团级军官，其实他没有什么文化，转业后做过石灰厂厂长，后来又做地区新生机械厂的厂长、五方园艺场的场长和书记。这些都是后来我八姨说的，她教他读书认字，后来八姨丈还能自己写自己的工作报告。

"你有了这位老革命姨丈和姨姨，为啥后来还那样惨？"我又忍不住插话了。

外公家的成分不好啊，1951年下半年，我看到村头村尾刷的都是"必须严格镇压反革命"的大字，看得人心惊胆战。我的外公被划为富农，大部分田地都被没收了，只允许保留一些田地。到了1952年，又是"三反""五反"，重新划分阶级成分，我外公家又被划为地主，家里的所有钱财都被没收了，最后那点田地也被土改了，家里就像那些贫农一样，吃了上顿没有下顿。

外公曾经让我和冰洁看过一张神秘的照片，上面是一位军官和一位学生模样的女子，军官长得很威武，手脚很长的样子，军帽上的帽徽不是红五星，也不是青天白日，很像八路军的帽徽。那军官扎着武装带，佩带着一把驳壳枪；女子白上衣黑裙子，头发剪得很短，别着发卡，很年轻。外公说："这就是你们的爸爸妈妈，你们要向他们鞠躬。"我和冰洁就向着照片上的人物恭恭敬敬地叩了三个响头。几天后，外公家被查抄，家里值钱的东西被全部清空，那张照片也找不到了。我知道，那是一张很宝贵的照片。

八舅建鹏长期在昆明和东南亚之间做生意。我外公外婆非常看重这个唯一的儿子（在宗族里排第八），总想帮他找一个勤劳贤惠的媳妇。八舅母是广东信宜的一户地主家的女儿，我外公托人找了好久才发现这个门当户对的勤劳媳妇，人长得不漂亮，国字脸，但外公看中她长得人高马大，脸盘一样的大脸，说是以后旺夫益子，多子多福。但是外公犯了一个大失误，这个儿媳妇不合儿子的心意，虽然迫于父母之命拜了堂，但是两人之间没有说过一句话。据外边人说，我八舅是一个接受过新思想的人，打算自由恋爱，所以对这门亲事非常不满。我外公很生气，大骂儿子不孝，但是也没有什么办法让他们住在一起。后来骂得多了，儿子的反抗就更加激烈了，有一天晚饭后，八舅叫我去他的房间，把我抱上他的腿坐好，很认真地说：看见你就想起大姐，你长得有些像我那早逝的大姐远芳呢，想做我的女儿吗，做我的女儿吧，我会把你当自己的亲女儿一样地养，我要好好培养你，带你去外面见世面，你愿意做我的女儿吗？我听到八舅讲这些，有些蒙，没有干脆地应他，他有些失落，让我去外面玩。过后，有一晚我看到八舅父拿了一个黑色袋子来到外公喝茶的房间，打开袋子时我看到了满袋子的钱，我听见八舅说："阿爹（爸爸），我长这么大，全是你和阿奶（妈妈）喂养的功劳，我要走了，也没有什么报答你，就把这只袋子里的钱给你吧，你就当再也没有我这个儿子了。儿媳妇是你娶进门的，就留给你使唤吧！"说完不顾外公摔袋子，出门走了。八舅母在她的房间里呜呜地哭着，我不知如何是好。

八舅父几乎没带什么行李，天还没亮就离开了家。外婆流着眼泪急急地打了一个包裹追出去，回来时包裹还在手上，已哭得昏厥。我不知道那是我和我唯一的亲舅舅最后的分别，也是永别。

八舅父为啥要离家出走，为啥留下外公外婆和八舅母不管啊？我当时非常困惑。

两年后，就是1953年，我外公因为做过旧社会的保长，被送去广西桂平的黄村农场劳教，留下外婆和八舅母带我们姐妹俩。当时家门口有两棵高高的桉树，外婆说是九姨小时候种的，村里有人说，女儿不兴在娘家种树的，种下的树会成为娘家人的绊脚树。真是说中了。外公被劳教后，村里的农会来人把树砍了，做成了两副木脚铐，把我外婆和八舅母的脚铐上了游村。游完村晚上回来，外婆和八舅母的脚又肿又痛，差点下不了地。八舅母除了每日以泪洗面外，还要用心地服侍外婆。

1955年，我十六岁，冰洁十四岁，我们才开始去村里的小学读书。这时外公劳教期满回来了，忧郁苦闷，不到一年就大病不起，不久含恨去世。那时家里已经一贫如洗，连办他葬礼的钱都没有了，生病的外婆和守活寡的舅母也无计可施。外公的儿女那时一个都不在家，他们也不知道他们的父亲去世，我们姐妹俩十分恓惶。我去找外公的几个堂侄子，请他们过来办葬礼，他们竟然说："你们连家吃的东西都没有，我们去干什么！"我没办法，就去学校找我的老师，哭着告诉他，他流泪了，借给我一百块钱，我揣着钱，挑着一对簸箩去集市买菜买米。下午挑着米菜刚回到家，外公那几个堂侄子也来了。

我请来了十几个人帮忙，带人拿着铁锹上山找墓地，那时不像后来北宁人为自己的祖先找墓地要请风水先生，我到水田对面的山坡朝四周望了几眼，觉得那个地方视野开阔，山岭连绵，就拿起锹子在地上挖了几下，说："就在这里吧！"于是，那些人开始干活，那里就成了我外公的墓地。

我是在办完了外公的葬礼后才收到八姨寄回来的一百五十块钱的，那时她的地址是广州。用那些钱，我还清了借老师的债。

我和冰洁天天上山打柴，干农活给外婆家捡稻穗，捡红薯马铃薯（新疆叫洋芋）。就在这时，我"死"了一次。咋个死呢？就是昏迷，莫名其妙地昏迷。那是后来冰洁跟我讲的，她和我们外婆日夜守着我。那年代也没啥药吃，人一生病就摘些薄荷煮稀粥吃，可我连稀粥都吃不了，嘴巴不张开嘛，也不知道吞咽嘛。我已经昏迷了两天两夜，同住一间大屋（五六家同堂兄弟同住）的几个舅母叽叽喳喳劝我外婆，她又不是我们家的人，是外人，死在屋里整衰间屋（让整间大屋的人倒霉）的，不如把她推出去扔了，或者直接埋了。我外婆不肯嘛。到了第三天发生了一件事，村里姓黄的一户人家有个男人也得了这种怪病，昏迷了两天，他的家人打听到距离村里十几公里的扶阳乡筋峒村有一位会艾灸的老太太，据说很多人昏迷后经她烧几炷艾就醒过来。黄家人通过别人捎话请那老太太来。那天我外婆端着我的脏衣服去村头的水井边洗，一副六神无主的样子，偏偏就碰上了那位老太太，她向我外婆问路，我外婆问她干啥来了，她就将来意讲了。我外婆像抓到了救命稻草，赶紧领着她往家里赶，她一看我的样子就明白了，从布袋里拿出艾条给我烧，额头太阳，手心脚心，胸前肚脐，颈背后腰，烧了十几炷艾，折腾了半天，最后我哎哟一声叫起来。那老太婆就起来收拾东西，对我外婆说，行了，她知道痛就有救了，你赶紧带我去请我的那户人家吧，也不知那人能不能挨到这时候。我外婆就带她去黄姓人家，可惜还是迟了，无论怎样给那人烧艾，那人还是死了。我外婆回来后紧紧地抱着我，流着泪跟我和冰洁说，这就叫作天注定吧。

1958年，就是人民公社开始那年，因为我父亲是广东高州人嘛，我回去考初中，考上了信宜第二中学。读满初一后，在广州的九姨就把我转到了南雄中学读初二。九姨初中毕业就嫁人了，九姨丈做过新月中学校长，后来又做了南雄县中学的物理顾问，还是当地美办渔民协会的会长。九姨家当时的条件还不错，住的房子大，就让我周末到她家住。我记得第一次到九姨家时是在吃晚饭的时候，她上街给我买了一只皮蛋，剥了皮拌了白糖，不顾她的女儿我的大表妹在一边捧着一碗饭眼睁睁看着，端给我说："吃皮蛋，两角钱一只呢，用皮蛋送饭，最香了。"我是第一次吃皮蛋，是在大表妹贪婪的目光和不声不响中吃完的，以致后来有一个多月她都不理我。

当时，全校师生到附近的村子挖祖坟，除了响应号召外，还有一个目的，就是把那些坟墓前的拱门青砖捡回来盖教学楼。全校两千多学生，连续在周边的山头挖了一个多月，捡回来的砖头后来果真能盖起一栋两层高的教学楼。

深挖美蒋特务那阵，九姨丈被抓了，罪名是做美办渔民协会的会长，是"卧底特务"，被拉到操场上批斗。我和九姨一下子没了依靠，是真正的惶惶不可终日。那时候我又想起我爸我妈，我记得有人说我爸是十九路军的一个旅长，也听说了我妈曾经加入蓝衣社，我也知道十九路军的军长是蔡廷锴，当时任国家体委副主任，我觉得只有找蔡廷锴才能改变我们家的命运了，就开始给他写信，信都写好了，正要准备去寄时，九姨却拦住了我，她说："算了吧，就不惹事了吧。你就偷偷长大，我也小心谨慎些，我们总会活下去的。"九姨这一拦，我就把写好的信烧掉了。

我没有办法去找谁帮我弄清楚我爸我妈的往事，我就没有什么期盼了。又想起九姨的警告，叫我以后不要惹事，我就一直这样憋着。来到新疆后，我想通了，人都过到了这个时候了，我还去翻那些陈芝麻烂谷子干啥？就算翻出来又能证明个啥？真要翻出来还怕是个麻烦呢。我就放弃了，所以至今我都不知道我爸真实的名字。

窗外的天色变成了淡墨，有白翼虫一样的小影子在窗边飞舞，那是雪。南面的天山雪峰还可以看出一个轮廓。有踢踢踏踏的声音传入，那是雨夹雪，风裹着它们轻轻敲在玻璃窗上。我知道，在房顶之上，在天地之间，是漫天飞舞的小白蝶，它们都是人间的小精灵。

阿依母亲安详地坐在我面前，平静地叙述那些久远的往事。我给她身边的火炉子加了两块煤炭，炉子上的水壶已经噗噗作响。我起来给暖瓶加了开水，重又坐到老人身边。

她的叙述继续留在广州。

写信和烧信的事过了不久，我在九姨家遇到了一个命运的转机。有一天，九姨家里来了一位稀客，据说是广州某个部门的科长，姓龚，年纪三十岁左右。九姨让我给他端茶，还要我坐着一起说话。我只觉得那个龚科长老拿眼睛看我，我就觉得不自在。那人走后，九姨说："你就不要读书了，你看这个龚科长怎么样？嫁给他，你我的后半生都不用发愁了。"我不愿意，九姨就生气了，她骂我："你真不懂事，活该你就是一个受苦的人！"被她骂过之后，我就不去她家吃住了，我去了八姨在广州读大学时认识的一位朋友家住。

老实说，假如当年我答应了，可能我的命运就会出现一个大转弯，这辈子就不会有盲流新疆的故事。可是，偏偏就那样奇怪，我拒绝了，而且很坚决。

八姨早年大学毕业后先是回到了广西平南的石灰厂工作，1951年，和转业后在地区退伍军人精神病院工作的八姨丈认识并结了婚。1956年，她又调回了地区五方园艺场。1961年的一天，她来广州把我带回了老家，让我上了北宁县的二中高中部，学校在荷花乡。那时我外公家只剩下八舅母了，她几乎一贫如洗，无力助我，我就努力读书，每个学期都拿到一等助学金，那时候是三块钱。有些同学对我既鄙视又敬佩，都说："看这个'黑五类'的后代，竟然也能拿到助学金。"

二中距离我幺姨的家不远，大概有五公里，我偶尔在周末放假了走路去幺姨家。幺姨家的生活也不好过，丈夫是老贫农家庭嘛，吃的都是番薯木薯芋头，最多加一点点米煮粥，我来了，他们就放多一点米煮成番薯饭，好让我吃上一顿像样的饭。运气好的时候，能吃上一次老鼠干肉，老鼠干肉是他们去山上逮住晒干留下的，但是这样的机会很少，因为老鼠也很难抓到。后来我才知道，每次我去他们家吃了一顿饭走后，他们就要两三天都吃番薯木薯稀粥。我回校的时候幺姨会给我塞上几块煮熟的番薯木薯。她家番薯木薯其实也不多，种在山上，常常被人偷挖，收获的都是人家挖剩的。

我高二时，二中的高中部并入北宁高中，我们就跟着进了城区读书。我妹妹冰洁也考入了北宁高中，谢冲村子里的人都称赞我们姐妹俩聪明，是"蝴蝶双双飞"。那时我们都认为，读好书，以后就有工作有饭吃了。

有一个周末我去地区八姨的家里吃饭，她告诉我一件事，说是八姨丈的一位战友的弟弟、南海舰队的一位军官来他们家玩，看到八姨丈桌面上有一张我的照片，他就问是谁，八姨过来说，是我的外甥女儿。那海军军官就问我在哪里工作，八姨说还读书呢。军官很惊奇，就索要了我的学校地址，还拿走了我的照片。八姨笑嘻嘻地对我说："人家喜欢你呢！"把我脸都羞红了。我说："我才不理他呢！"

回到学校几天后我就收到了那个军官的信，还有他的照片，哎，他长得还蛮英俊的哩。他果然在里面说了要和我交朋友的意思。我回了信，说我还要读书。不久他又来信了，说愿意等我。我想，你要等你就等吧，反正我没那个意思。

1963年，我高中毕业就回到老家谢冲村。那时，优秀的高中毕业生都能分到工作，我和冰洁已经被划为地主的后代，扶阳乡和谢冲村到处都是"千万不能忘记阶级斗争"的标语，我知道家庭成分不好，不敢抱任何分配的希望。有一天，我去扶阳乡赶圩，在乡政府门口无意中听到几个人说的一段话："听说谢冲村的高中毕业生吕冰莹，县上分配她去六万大山林场水电站做出纳，她却挑肥拣瘦，嫌六万大山属于大山沟，山高有蚂蟥，不服从分配，现在已经被取消分配了。""唉，现在的年轻人，不去困难的地方锻炼一下怎能挑起重担呢？现在可好，只能在家里煮碎米粥了。"我一听,坏了,咋会有这样的事情我不知道?我赶紧去找人了解,才知道,的确有这事。原来,学校认为我的成绩优秀,在毕业推荐语上写上"请考虑分配工作"之类的话,结果,县上分配我去六万大山做出纳,但是不知怎么没有我的份。我去村公所找负责发放通知的人,她是村公所的会计,也是我的一个小学同学,叫罗英秀,不知怎么就让她的一个亲戚顶替了我。我问她原因,她说:"我以为你不愿意去的嘛,我也是替你考虑,六万大山么,山高路远的,你一个高中优秀生,去了就是大材小用了。"我气得说不出话来。但是木已成舟,我成了不服从组织分配的人,再也没有获得分配的机会。我只好回外公家务农,跟着舅母一起干活。我有时候挑着红薯到扶阳乡集市上卖,有一天,我挑着担子路过一位算命先生的摊子前,那时他摊子前空无一人,他摇着芭蕉扇望着我说了一句话:"你这个妹子啊,一条直线都画不直呀!"我不作声,当然也不明白他这句话的意思,心想直线谁不会画呢?那天,我的两筐红薯一直卖到天黑才卖完,饿着肚子挑着空筐匆匆赶回家,那点钱还要应付日常开支,怎敢买东西吃,想都别想!

后来,八姨来信询问我和冰洁的情况,我去信告诉了她实情,八姨便来信让我们去地区找她。当着我们的面,八姨要八姨丈为我们姐妹俩找工作,你想,八姨丈是八路军的南下干部,很马列的,八姨一说这个事,他就把马列主义毛泽东思想搬出来了。八姨那时候正生病,就生气地说:"跟了你我一点好处都没讨到,我最心疼的两个外甥女没爹没娘管的,我不管还有谁管?她们高中毕业想做个工人你都不敢帮,我怎么对得起死去的姐姐和姐夫?干脆我也死了算了!"说完就要拿剪刀自杀,吓得我们姐妹和八姨丈合力夺下了她的剪刀。

她说到的扶阳乡谢冲村,位于南方小城北宁市区(北宁县在1994年撤县建市)七十多公里的粤桂边界。我刚进市委办工作不久,也就是我和阿依结婚的第三年,我跟随一位副主任下乡到了扶阳乡,乡书记带我们去看村农业,顺便经过了谢冲村,但见梯田环绕,丘陵起伏。此前,阿依曾经讲过,她刚回到小城就业时,和同样出生在谢冲后来盲流去了新疆的珍姨婆的女儿兰花、柳花回到那里,替她们的母亲做了一次寻根。谢冲村三面环山,一条水泥村路沿河经过,阿依母亲的外公家就在公路边,只剩泥砖瓦房,修竹吐绿。

现在,在距离小城万里之遥的大西北,在新源老马场的房子里,在那个冬末春初的夜晚，我听阿依母亲讲她的"人生第一嫁"。

　　我高中毕业后，因为外公家的成分是地主，我爸妈的身份也没有确定，我就不能上大学了，必须回乡务农。1964年，我二十五岁了，经人介绍，我与高中同学林结了婚，他比我还小五岁。林家是贫下中农，是"红五类"的后代，结婚后第二年，他就被保送上了广西师院（即今天的广西师大）中文系，我在家服侍婆婆。虽然我们的身份不同了，但是林这个人嘛，对我还是很好。他家人的宗族观念却很强，传宗接代意识很浓厚，而我结婚一年多了也没有生育，他们就开始歧视我，是整个家族的歧视。其实我的家婆对我很好，与我也很说得来，但是她对家族的势力也毫无办法。我在那个家里，家里家外的活打整，养鸡养鸭养猪，很快还清了多年的债务。旧疾缠身的家婆在我的用心服侍下，身体很快也康复了，她直夸我心灵手巧，可是我得不到家里其他人的好话，因为没生孩子。

　　他与我生活一年多，对我还是很有感情的，几乎一个星期就回一封信，我本来也有分开的打算，看他对我那么痴情，就打消了这个念头。他告诉我说大学生结婚是被严格禁止的，他回信还说他诚实地告诉了班主任和班上的团支书，班主任严肃批评了他，还警告可能被开除。但是最后还是挺过去了。我在老家从事农业生产，挣到的钱除了日常开支外，全部给他寄用。

　　这感情嘛，始终抵不上家族的观念强，他家里的人嫌弃我越来越严重了，加之桂林与北宁相隔几百公里，一年他才回两次家，不久他的信就少了。后来我才得知，也是他主动告诉我的，他与班上的一位女同学谈上了，他在信上说，实在受不了家里人的指责，我们分手吧。我当时很痛苦，我一时接受不了。他从那时开始不再寄信给我。我们夫妻实际上名存实亡。后来，他毕业被分配到了那女的老家东兰，据说就是那女的家里人帮的忙，那女的父亲当官嘛，他当了老师，寄回了离婚协议书要求我离婚，这时我也想清楚了，我和他不是同一路人了。我在离婚协议上签了字，结束了这段婚姻，同时也坚定了我去新疆的决心。

窗外雨雪淅沥，房里炉火正红。阿依走进来，我和她一左一右伴着老人，继续倾听那些渺远得像窗外天山雪峰般的往事。

那时候嘛，冰洁已经在新疆了，跟着良珍姨。良珍姨是我外公的堂侄女。她高中毕业后在民信乡当老师，她的高中同学、在北宁一中做老师的周应明追求她。几乎是同时，有人给她了介绍一位复旦大学毕业的干部，但她不愿意，嫁给了自己同学周应明。几年后，批斗开始了，因为她也是地主的后代，被学校除名。周应明也真是奇怪，在这个时候以这个为理由与她划清界限，两人就闹翻了。这时候，她收到了一封新疆来信，是一位叫艾天成的扶阳老乡写的，原来他们早就认识。艾天成原来是北宁县新平乡税务所的职工，因为被查出是地主的后代被除名了。他知道新疆是大地方，是自由的地方，是没人管的地方，那里有很多活路，他就和他的女朋友李英英在上一年去了新疆。他在那边不知怎么就听说了家乡这边良珍姨的故事，就动员良珍姨也去新疆谋生。良珍姨又劝你冰洁姨一起去，正在家里无事可干的冰洁马上答应了。1964年，老家那些土墙上被刷上"备战备荒为人民"的时候，她们两个就坐上了去新疆的火车。

　　1967年10月底，秋风很凉了。冰洁给我来信，说新疆那边有的是活儿干，社会也不像南方这么乱。那时的老家那个乱呀，你不知道，到处都喊"横扫一切牛鬼蛇神"，"革命无罪，造反有理"。我十分害怕。恰好我的高中同学古红也来找我，她家成分是中农，那时候她已经和大伦村的李瑞为谈恋爱。李瑞为是地区高中毕业生，两人都在乡里的中学教书，那时候已经全民闹革命，都不能上课了。古红听说了冰洁在新疆，也很想跟我去新疆闯一闯，本来他们两人都想去，但是没有那么多路费，李瑞为就凑够了十八元钱给古红，说让她在那边先找好落脚点，他迟点再过去。

　　我对南方的生活已经绝望，婚姻失败了，自己还是地主成分，觉得在这边已经没有什么意思了，就决定离开南方，去伊犁找冰洁。当时我手上还有我一个小学隔壁班同学艾秀凤的地址，她前两年去的新疆，丈夫原名叫陈有志，也是扶阳人，也是地主身份，在地区读初中时认识了一位姓梁的房东，吃住在他家，他认房东做了干爹，自己改名梁有志。后来他考上了乌鲁木齐的中专，是会计学校，毕业后分到乌鲁木齐的三坪农场当会计。他工作第一年回广西看望干爹，干爹让他相亲，他就回了老家，找的对象竟然就是艾秀凤。他把对象和干爹都接去了三坪农场。也算是我好运，从一位同学那里知道了艾秀凤要去的三坪农场地址。我就想，新疆那边有冰洁，还有艾秀凤，总该有活路吧。

我们走的时候嘛，我还有一个小学同学跟着，叫李林英，父亲也是地主，她是家里的丫鬟生的，但是她长得很漂亮，身材很苗条，鼻子高高的，眼睛大大的。她的家很不幸，土改时父亲被枪毙了，母亲病死了，她原先跟着中农成分的姑父生活，知道我们要去新疆，也愿意跟着我们走。

　　听说我要走了，林的家人也不阻拦，好像我要走正是求之不得似的。这年春天，我跟着古红离开林的家，怀着一去不回头的心情决定去新疆。走的那天，我和古红上了班车，林的母亲倒是对我非常舍不得，流着泪追了我一路。我在车上打开窗，看着林的母亲一边跑一边扬手，忍不住也流泪了。但是我想，我必须离开这个家，离开南方，我应该有新的生活。

　　我走的时候还是比较警醒的，在包袱里藏了一把三棱刀。

　　我们先到了北宁县城，在我妹妹冰洁的小学同学刘媛蓉家住了一晚。她的爱人，也是我们扶阳的老乡陈知源，当时已经在县人民医院工作。他很同情我们的遭遇，知道我们要远走新疆，就给了我十块钱。那时候的十块钱，大约相当于现在的几千块吧，他真是帮了我们大忙啊。

　　第二天一大早，我们三个人就坐汽车去南宁，到了半路才想起我们没有证明，根本出不了自治区，古红就说："不怕，我在武鸣县有一个亲戚，我有他的单位地址，找他开证明去。"我们就到了离南宁不远的武鸣县，找到古红在当地革委会工作的亲戚。她的亲戚果真是个好人，帮我们三人都开了通行证明，我们就上了去南宁火车站的车。我们一进城，走在大街上，到处都是"革命无罪，造反有理"的大小标语。我看到路边有许多人倒在地上，有的女的赤裸着，有的还被割掉了乳房，我们都不知道是怎么回事，十分害怕。突然枪声"砰砰啪啪"地响起来，一颗子弹"吱"的一声从左耳朵根飞过，另一颗"吱"的一声又从右耳朵根飞过。有人惊恐万分地边跑边喊："武斗啦，武斗啦！"我们也惊慌地跟着跑，走到一条江边，看到江上漂着几具尸体，那场面太恐怖了。突然，我听到跟在后面的李林英一声惨叫，我心里一沉，回头一看，她的胸部流出一片鲜红的血，眼睛翻着白，睁得像金鱼眼，看着我，一句话也说不出来就倒下去了。我惊慌地叫古红，跑在前面的古红反身回来，我们扶起李林英，但是她的脑袋已经耷拉下去了，浑身沉重得像一块大石头。我们知道，她死了，我的同学就这样死掉了。子弹还在嗖嗖地从头顶和耳根飞过，我们猫着腰抬头四处看看，地上还躺着十几个一动不动的人。古红说："走吧，顾不上她了。"那时候真是只顾逃命啊，李林英死了，我们作为同学，根本没办法帮她找一个坟埋掉。我和古红心慌慌的，我想我也要死了，枪声稍停就没命地逃。

我们最后逃出了那一片危险的街道，走了好远，问了好多人才找到火车站，悄悄地爬上了一列货运火车。那货运火车是北上的，三天后火车在长沙停下来。我们下了车，出了站又买票，这回坐的是客车。车上的人拥挤得脚踩脚，连站的缝都没有，我们是半吊半站着经过好多站的，到了武汉才找到座位坐下。两天后到了河南，坐不上火车，就在郑州城里住了两夜。听人说去西安可以坐汽车，又上了汽车。汽车到了啥地方就不走了，只好在路边旅社住宿。第二天见到往西走的班车又踏上去。就是这样，走走停停，停停走走，有时坐火车，有时坐班车，汽车马车都坐过，中间不知道走到了哪儿，反正是一直往西走，困得不行了就在路边旅馆住一宿，或者在路边的农民家借宿一晚，运气好还可以喝上一碗玉米糊糊。睡在别人的灶房里，感到暖乎乎的，想起死在半路的李林英，我和古红一边说一边哭。

终于到了西安，坐上了西安到新疆的火车。那时的火车慢得很，哪像现在的火车啊，电气化了。那时的绿皮火车，车头是烧煤的，一路上喷着黑烟，一路上都是"克勒克勒、克勒克勒"地响着。那时候的情形不是你可以想象的。我们就坐着那样落后的火车，到了尾亚。那时候兰新铁路才修到尾亚，我们就在那里下的车，发现全国各地的人都有，真是天南地北，三教九流，都在那里下的车。一问，他们有组织安排支边的，也有像我们一样盲流的。啥叫盲流？用新疆本地人的话来说，就是乞丐，小偷，杂种，流氓，强盗，二流子，反正啥都不是，是真真正正的骂人话。我们这两个盲流，就和一群盲流聊天，自己给自己打气说："别人都是组织安排去的，我们都是自愿去的，比组织安排的更有觉悟呢！"大家都笑起来，心里竟然有了一股子豪气。

我们的目标是乌鲁木齐，先步行，看到什么车就坐什么车，班车、马车和驴车都坐了，又走了十来天，前后花了二十多块钱，才到了乌鲁木齐。

"第一次到新疆，有没有很稀奇的感觉，比如说看到人？"我插话说。

"有呢，又紧张又稀奇。"老人熟练地挑针走线，把胳肢窝处的裂缝顺了顺，又一针一线地缝起来，讲述也在继续。

第一次来到新疆嘛，是看啥都稀奇，这个地形地貌不一样嘛。过了甘肃，不是雪山就是沙漠，心里担心得要死，以为要吃雪吃沙。那时候的乌鲁木齐嘛，汽车站是一间平房，汉族比少数民族少，满街都是戴花帽长高鼻子的男人，女的都穿裙子扎头巾。最觉得奇怪的是吃饭，街上都卖大饼子，听人说那叫馕。那些男的女的蹲在饭馆门口，一人一碗羊肉汤就着馕。我们要了一个馕，大家分吃，还每人要了一碗羊肉汤，碗里都有一块连骨肉。我看旁边的人吃连骨肉都不用筷子，只用手抓，吃相很粗犷。我们从没见过这种吃法，都不好意思用手拿，只喝汤水，馕也硬得很，把嘴巴都嚼疼了。汤水喝完，连骨带肉留在碗里，我们就快快地走了。

　　那时候已经是11月初，乌鲁木齐的天气很冷了，我和古红穿上了带来的棉衣棉裤，一路东打听西问人，好不容易知道了三坪农场怎样走，据说在二十里地外的头屯河。我们见人就说好话，几乎有车就可以上，坐着少数民族人的马车到了三坪农场，见到了梁有志和艾秀凤，我们在他们家住了二十几天，他们家住的是干打垒的平房，门口贴有对联，房顶杵出一截烟囱。天气太冷了，他们都在自己织毛衣，我们一直都没有找到合适的活儿干，就打算去伊犁找冰洁。那天下午下着雪，梁有志带着我和古红坐班车到乌鲁木齐汽车站买去伊犁的车票。买好票后，梁有志请我们吃拉条子，一人一大碗，还有半肥瘦的羊肉，可把我吃撑了。吃完已到傍晚，雪又下大了，街灯和雪花衬托像电影里的过年礼花。赶往车站的时候，我看到了大街上一个灯火通明的大门，门上有"新疆劳动大学"几个红色的大字，许多学生模样的人进进出出，我就想，要是我是里面的一个学生多好，那样就不用奔波流浪了。

　　上车的时候，坐车的人把那辆又旧又烂的班车都快要挤破了，古红被梁有志推上了车，梁有志却被夹在车门上进不去，也拉不上我。我就跟着车喊呀跑呀，有志也一直被夹在车门上，既进不去也掉不下来，车子却不停，我追了一阵就跟不上了，只见雪纷纷扬扬地遮住了朦胧的天地。

　　天越来越黑了，幸亏公路上的雪很亮，我沿着积雪走，不知如何是好，只是走，雪还在飘。后面射来了一片灯光，隆隆的响声，我回头一望，刺眼的灯光东一闪西一闪，最后竟然直直地就朝我撞过来，是一辆货车，打着滑。我吓得赶紧跑，哪里跑得过它，就听呼的一声，货车朝我轧过来，又哗的一声从我脚边的雪坑斜过去，好险，差点被撞了。我吓得不敢走路中间了，就往路边的树坑走，雪没过我的膝盖。又一辆货车过来，这会儿它却停在我旁边，一个戴着皮帽子的男人摇下车窗喊我："去哪儿的，搭车吗？"我就想，有这么好心的人？我摸了摸放在布包袱里的那把三棱刀，心想，怕啥？搭就搭吧，他要使坏我就拔刀。

我上了车，不问那司机要不要钱，先把三棱刀拿出来，在他面前晃了晃，说："我有这个的，你敢使坏，小心我和它不认人。"那司机一脸络腮胡子，眼光锐利，看着我，又看看刀子，嘿嘿地笑，说："大妹子，放心吧，你那把刀，用不上！"他问明白了我去哪里，问了我好几次，也许是我老广普通话不好懂，他终于明白了我要去哪里，又说，"我回五星农场，经过三坪农场，到路口我就放你下去，你自己走路回去吧。"果然到了一个路口他就把我放下了。那时天已经完全黑了，地上却是白瘆瘆的，我正发愁满地厚雪怎么走，也该是天没绝人之路，身后响起了咔嚓咔嚓的声音，一辆马车碾着雪经过，我赶紧招手喊，坐在前面的人吁停了马，是个男声，那人伸出头来问我是干啥的，我说去三坪农场，他又问去农场找谁，我说找梁有志，那人就哈哈哈大笑说："那个老广啊，我认识，算你运气好，上来吧！"回到梁有志家已经是晚上九点多了，古红一把抱住我，哭着说："冰莹啊，我以为见不到你了！"

第二天我们就去乌鲁木齐碾子沟汽车站搭车去伊犁。每到一个停车点都有解放军检查通行证，我们手上拿着古红在老家时她亲戚帮忙弄来的两张民办初中教师的证明，才没被拦着。我们就继续往西，又是走走停停，夜了蹲车上，或者路边铺子，走了四五天才来到伊犁，又走了两三天才到新源马场，在三队找到了冰洁。冰洁来得早，1966年之前来的都安排落户了，还被认定为属于支边。我是盲流，但总算跟自己的妹妹团聚了，老家人说"两只蝴蝶双双飞"，我们都飞到了大西北。

古红也找到了她在那拉提种地的男朋友李瑞为，他们一起留在了那拉提。

没法落户，我就在马场三队跟着冰洁他们劳动，也有工分。我很快就结识了一帮广西老乡，男女有几十号人。那时候少吃的，但是饿不死人，为啥呢？因为我们发现，路边和山上到处都是少数民族居民当时丢弃不吃的牛羊杂碎、牛头牛脚羊蹄，这在南方可是好东西，他们为啥不吃呢？大家一商量，就决定劳动之后，我们十几个人挑着箩筐，专门在路边和山上捡这些羊杂碎羊蹄牛蹄。冬天山上常有冻死的羊，少数民族的人认为不经宰杀的牲畜是不能吃的，我们才不讲究那么多呢，找几个人上山去扛回来。所以，别看那时候南方常有饿死人的传说，我们新疆这边还可以大锅炖肉，炖牛头牛脚。后来，大概是因为我们这些人在内的大批汉族盲流拼命吃牛羊杂碎，终于给了少数民族居民一个提醒，也开始吃起了牛羊杂碎，反正很快就改变了乱扔牛羊杂碎和牛蹄羊蹄的习惯，大家都挖空心思精制细做。有了我们这些馋吃的盲流汉族人引导，憨厚古板的少数民族居民醒悟了：原来自己嫌弃的马牛羊内脏也是可以赚钱的。后来新疆有名的小吃面肺子牛杂碎羊杂碎就是这样来的吧。

马场天天到处都是广播声，唱《我们走在大路上》，遍地都是"广阔天地，大有作为""建设美好边疆""社会主义好"的标语。说实话，那时我的心里暖烘烘的，觉得生活有奔头了。我和几个盲流被安排到三队参加劳动。那时候来支边的青年特别多，他们是国家安排的，一来到新疆就可以落户，相当于现在的正式工，所以尽管新疆的自然条件和生活环境不是很好，但是他们还是斗志昂扬。

那时候的人啊，都活得像团火，去到哪里都听到有人唱："坐上大卡车，戴着大红花，远方的青年人，塔里木来安家，来来来呀来来来，亲爱的同志们，我们热情地欢迎你，送你一束沙枣花。"听多了我也会唱了，唱着唱着就有了一点豪气，一些安慰，觉得我们这些盲流学历也不算低，能力也不比他们差，我们也可以自食其力，为地方开荒种粮做贡献。但是嘛，由于我不能落户，就没有房子，只好和七八个广西老乡吃住在此前已经落户的良珍姨的房子里，住得很拥挤，男的都挤在一间房里，我和冰洁，还有一个十八岁的丫头，就是良珍姨的外甥女桃红，还有良珍姨姨住一间。七八个人里，又有五六个是良珍姨姨爱人周应明的堂弟，包括周应军、周应江。说来也巧，这时候，周应明从老家来看良珍姨姨了。我们都很识趣，应明来了我们三个女的就在邻居的柴火房里待了七八个晚上。有一天，我正在地里干活，姨姨找到我，红着眼睛说，应明骂她让老乡在她家吃住，把家都吃穷了，要她让老乡走，她不愿意，他就打她，身上都被打肿了。我想，那就说明我们应该走了。我就和冰洁搬到了对面山丘的地窝子。后来我听珍姨说，虽然我和冰洁搬走了，周应明还是打她，都打了好几次良珍姨。

巩乃斯河畔（一）

天气完全放晴后，温度就升到了八九摄氏度。这样的天气适合我在院子里散步。我渐渐熟悉了院里的两株葡萄藤、一间鸡舍、一间鸽子房、一扇破旧的院门，当然，还有那些花花树树。房子的院墙已经破烂不堪，东南角靠近邻居家的地方还崩坏了一个四五米宽的豁口，如果不是堆了一捆树枝填上，牛羊鸡和狗都可以从那儿进来。最令我难受的是院子里没有一间像样的卫生间，多年来一直用的都是旱厕，就在院子的东南角，靠着低矮围墙的地方，用一些木板和树枝胡乱地搭起来一个所谓的厕所，要弯腰才能进去，门口就用一块很短的塑料布遮挡，进去的人把塑料布上的绳子挂在门口一边的一块木头上，外面的人就知道里面有人。里面有几块木头遮盖着坑池，大小便都是自然风干，我每次进去都不敢往下看。厕所门口紧靠一棵苹果树，旁边还有菜地，家里其他人看苹果园或者拔菜时，如厕的我总可以透过木板之间很大的缝隙看到他们的人影，如果是阿依在树下流连，我就会在里面大声驱赶她走开，因为我习惯了如厕时最好旁边无人，犹如我习惯无人打扰的阅读。而如果是阿依父亲阿依母亲走近，我只有忍耐。就因为这个厕所，无论是夏天还是刮风的秋日我每次如厕都极不自然。况且如果按照风水学的观点，厕所设在东南面是影响整个房子的人气的。于是我曾数次提议要搬移掉这个厕所，阿依父亲却是一个不信风水不信邪的人，说几十年都过去了，还移它干啥？我们现在不是好好地吃饭干活？阿依母亲倒是若有所思，站着看了许久，后来说："也许该移走吧，但是这么多年都过去了。"

两扇破旧的木板院门一直关不拢。因为在南方形成的午晚睡都要反锁大门的习惯，晚上上炕前，我都要在那扇关不严的门后紧紧地顶上一根棍子，这样住着心里才踏实些。阿依母亲知道后笑我："你放心睡你的大觉吧，老马场这地方的治安好，民风淳朴，院门是防君子不防小人。"阿依也笑着说："我们还有乐乐看门呢，它也宝刀未老啊！"尽管这样，夜里睡前我还是亲自到院门口关门。

院里的韭菜长得真快，几天前还只有小半尺高，两三场雨后就高及盈尺了。这可乐坏了乐乐，天气放晴后，它就在韭菜地里撒起欢来，在韭菜苗里时而埋伏时而露脸，我们呼喝它时，它干脆趴下四个爪子齐划，做出旱泳的动作。红花一边驱赶它一边恼火地说："你这是咋啦，我的韭菜全给你糟蹋完了！"阿依父亲从房里一拐一拐地走出来，笑嘻嘻地一口川腔说："哎，红花你不晓得吗？我们家有亲人回来喽，它这是学习美国总统，在它的白宫草坪举行欢迎仪式嘛！"阿依母亲也笑，说："被它扑倒的韭菜不能要了，要割掉。"阿依就从房里找来了一把镰刀，蹲到韭菜地里一小片一小片地割。

我从白菜地逡巡到芦笋地，留意到东南角有一棵长得已有小碗粗的梨树。光旭说那是1992年春天姐姐去杭州读书前夕亲手种下的。他一说完我就伸手去摸树干，顿有一种岁月相通的感觉。我找来铁锹给它根部培土，似乎种下的日子在昨天，我给它定根的日子在今天。梨树的枝条根根舒展，在周围几棵长得蓬松的苹果树和杏树包围下，显得有点另类孤单。但是那些枝条上已经星星点点地开出了楚楚可怜的小花。

光旭拍拍树干，树冠簌簌有声。他朝那边仍在割韭菜的阿依说："姐啊，你真不该在去杭州读书那年种这棵梨树，你一走就是十年不回家，梨树梨树，真是种下梨树就背井离乡啊！"

阿依直起腰看过来，嘻嘻笑着说："命该有此，不种树也避免不了。"

阿依母亲走过来，指着梨树根旁一丛丛椭圆形的绿色叶子说："这儿还种着当归呢，都长这么高了。"我突然醒悟，拍了拍手说："真巧，当年种下梨树，今日遇上当归，这才是天意吧！"阿依母亲笑着说："就是嘛，如果说种梨树就会别离，那么种当归就是应该回来喽！"

大家都哈哈笑起来。

关于阿依父亲的往事，我曾经多次问过阿依母亲，她总是说："你老爸就在眼前，问我干啥？你就问他嘛。"可我总觉得阿依父亲的四川口音太过浓重，听得很吃力，我为此埋怨他，来新疆都四十几年了，你真是乡音未改啊！阿依父亲就嘻嘻地笑。我还是不想问，就先从他的大儿子光灿那里问起。阿依说光灿因为长得矮小，当年在资中老家二十五岁了还没找到老婆，阿依父亲才决定让他来新疆。他除了长得矮小，有一个小脑袋，从背后看去像个小孩，还有一个缺点，就是牛皮哄哄，爱吹，给人不踏实的感觉，结果在老马场一住十八年，还是没有女人看中他。阿依父亲就说："难啰，看他这辈子是打光棍啰！"他就回答："光棍就光棍呗，我都不着急你急啥嘛。"阿依父亲就骂："你个勺子（傻子），做光棍很光荣吗？我打你个死脑壳！"阿依父亲举起手来，光灿就赶紧跑。

有一天，我拉了光灿去院门口坐，让他给我讲他父亲的故事。矮小如矬子的他一本正经地说："我可是要酒喝的哦！"我说："好咧，酒钱和羊肉钱我包喽！"

"那我就给妹夫你讲一个！"

和他老爸一样，光灿的四川口音也很重，不过因为有新疆口音，我还能大体听得懂。

我老爹来新疆之前嘛，是结了婚的，我就是他儿子嘛。我老娘是一个老实本分的农村妇女，生了一对儿女，我上面还有一个姐姐，她一直在老家，后来和村里的一个小学校长结婚。我五岁的时候还见过老爹，后来就不见了。我老娘说，我老爹走了。那时候我哭啊哭啊。后来才知道，他是在躲避批斗，去了新疆。

老爹来新疆是对的，我们家成分不好嘛，听说我爷爷兄弟几个都是军校出来的，我爷爷和二爷爷还是团级军官，我爷爷还做过军阀的秘书，父母说几兄弟都当兵不好，要做三儿子的（三爷爷）回来管理家业。我三爷爷听了父母的话，回到老家结婚生子，做起了盐茶买卖，成了大户人家。

我十岁那年，老家的批斗好厉害啊，我就亲眼看着几个地主被押去杀了头，吓人得很。我老娘对我说，你爹走了是对的，在老家，他肯定会被杀头。

听我老娘说，起先我家的生活还可以，但是嘛，因为成分这个问题，我家的生活就越来越不好过喽，穷得很啊！到我记事的时候开始，天天饿肚子，也没见我老爹，我就问老娘，咋个我和姐姐没有老爹人家有老爹嘛？我老娘说，你俩的爹走路啰，就剩我们三个过啰。十几岁的时候，我姐上不起学了，回家挣工分，我天天上山放牛打柴，我长这么矮小，可能就是小时候背柴火背的，哈哈哈。

因为我一直讨不到媳妇嘛，我老娘也着急，但是光着急有啥用啊？她天天愁眉苦脸，后来又得了重病，就去世了。办完丧事后，我就成了一个人吃饱全家人不饿的人，我姐也管不到我，后来有从新疆回来探亲的老乡告诉了老爸我当时的情况，老爸就来信叫我来新疆开拖拉机嘛。

到了马场我才知道，我老爹原来在这里成了家，我有一个妹妹和两个弟弟，还有一个老娘。哦，老娘对我挺好的，就像亲生的一样，帮我找媳妇，张罗了好几次，可惜我不争气，我就这样一直单身啰。

"哪里哪里，"不知什么时候站在一边的光旭用四川话学着电视人物的腔调取笑他大哥，"是人家丫头配不上你嘛，老哥，你的眼界比天山还要高嘛！"

"你这样说我就是抬举我啰，"光灿依然是一嘴的四川口音，他搔搔脑壳，转头对我说，"妹夫，你这个小舅子嘴好毒的，娶了老婆就损他大哥的，这是一个坏家伙！"

"我是坏家伙？咋说我们也在一个锅里吃饭嘛，没有拨你出去么。老哥，别灰心，改天我这个做弟弟的去山上帮你找一个哈萨克族羊缸子（哈萨克语：媳妇）！"

我和阿依都笑起来。

那个下午，我和光旭驾驶摩托车去莫乎尔乡买回了三公斤羊肉和两瓶伊力特。晚饭我喝得满脸通红，没擦身就上床睡去了。第二天才知道，光旭和光灿也喝得酩酊大醉。

4月中旬，红艳艳的莱丽花开放后，后山草原就迎来了绚烂的季节。辽阔的草山随着地势起伏缓缓涌来，绿得丰满诱人的酥油草仿佛碰一碰就会流出鲜润的液汁。老鸦蒜、马兰、金莲、荠菜等等无数的花也来凑热闹，鹅黄、浅紫、雪白、大红、嫩蓝，把草原布置得像个缤纷的舞台。我们躺在草地上仰望天空，那蓝得柔软的颜色就在鼻尖上。阿依说："我小时候放羊，羊在身边吃草，我就常常躺着看天，有时天上有白云，有时只有蓝色，看着就好像我已经飘在天上，身下的草地是一张飞毯。"

我按照她说的去做，躺着只看天，白云在鼻尖上飘，风在耳边拂过，我果真飞了起来，两只手摊开像两只翅膀。

忽然传来牧羊犬急促的吠叫。我们匆忙起立，看到对面加乌尔山下驰过一匹黄色的马，马上有一个头戴黑皮帽的哈萨克族，一溜黄色的烟尘在他身后长长地延伸。我随意扫视，发现面前草叶蓬松的地里冒出了一朵朵孩子一样淘气可爱的小蘑菇，像穿紧身裤，又像穿连衣裙。阿依惊喜地叫着跑过去，蘑菇便像蹦跶的小孩儿一样嘻嘻哈哈跳进了她早有准备的柳条筐子里。

"是羊肚蘑菇，是羊肚蘑菇！"阿依继续欢快地喊，"草原上最鲜美最有营养的宝贝！"我觉得她的话具有煽动性，因为我也开始了掠夺，那些可爱的小东西只要用手轻轻一拨，就会花枝招展般晃荡。几分钟后，我就捡了十来个。我们把蘑菇也放进袋子，随便坐在一块石头上。一大片花海从我们身边向四面荡漾开去，仿佛一群少女遇见了她们心仪的少年，展露出她们含羞而又灿烂的笑容。

中午，阿依开始做肉末蘑菇汤。蘑菇的纹理细腻，材质洁嫩，除了从院子的水龙头接来冰凉的山泉水，连姜片都不用放，喝的时候尝到了前所未有的鲜美。我一气喝了三碗，美美地把两个拳头大的馍馍和一碗米饭送进了肚子。

有时我也会自己一人上到后山草原。跃过屋后那道一米宽的水流湍急的沟渠就到了广阔平缓的斜坡。早晨，我总能看见蓝天映衬下的杂草及膝的缓坡上，在光线从身后喀班巴依雪峰照来的时间，几匹马或者一群羊的轮廓显得格外醒目。而到了晚上，光线从坡顶照来，会看到几匹马和一群羊的灰黑的轮廓。我很容易就产生一种遥远的记忆，那是在书本上或者电视上看过的美景，有缓坡，有马牛羊，有碧绿的草原，还有蓝蓝的天空和白云。那时我就想，要是我也能生活在其中该多好！现在我终于知道，这种美景就在我面前，就在这个叫作新源老马场的大平滩草原中。

这种动人的景色让我本就属于山野的性情再一次得到了原始的释放。仿佛得到了一种指令，我开始在加乌尔山下一块平坦的草地上练习倒行。那是加乌尔山的东侧，在辽阔平坦、适宜一马平川的大平滩草原，我在这里开始练习倒行。在后来的一些天，我甚至走完了三公里地。这片平坦而寂寞的土地给我一种世外桃源的感觉。我听说很少有人来到这里，羊群来了也没有人进来，牧羊人都在山那边。我在上面活动，在莱丽花、金莲花、马兰花和芨芨草、羊胡子草之间漫步，想着我在南方遥远的家乡，真是不可思议，我曾经为了来到这里做了一个长达二十多年的梦，然后，一个月前，我和阿依经历了漫长的旅程，来到（阿依说是回到）了眼前这个我逐渐喜欢上的地方。

两天后，阿依父母带我们去哈拉布拉。马场出发的班车驶上后山草原的土路，车窗大开着，春寒料峭，冷风飒飒，草原广袤而冷寂。沿着恰普其海水库走了六七公里后，班车转入省道316线，速度马上快了，两边的杨树从窗旁闪过，像拉了两张绿色的帘子。左面就是巩乃斯河，是汇聚了吉尔尕朗河水的巩乃斯河，蓝幽幽的河水穿越草原而过，巩乃斯河水从东到西贯穿了新源县。右面的草山高接云天，远远地看到山崖上有十几只黑山羊正在缓慢却灵巧地往上攀爬。

路边不时出现一些只有一层的砖墙房子，阿依若有所思地说："我记得当年这条路路边没有这么多房子，不知道三队现在变得咋样了，那可是爸妈最早的家咧。"阿依母亲就说："那我们就在新马场下车，一起去看看嘛。"

阿依母亲带路，我们就到了新场部所在地三队。在一间无人使用的土坯房前，我们围着一个旧馕坑坐下来休息，喝矿泉水，吃饼子。我环顾四周，门前是车流不断的316省道，规划有序的小巷，绿化精致美丽的小巷。我的本意是找到当年阿依父亲母亲居住过的地窝子，但是举目都是新旧不同的砖房和小楼，一院院的彩钢尖顶房子分布在杨树、柳树和各种果树之间，别说是找到当年的地窝子，就是想找到当年住过的位置也已不可能。阿依母亲叹口气说："地窝子，哪里还找得到？早就被填平盖房子了。"

从1967年冬天开始，我和妹妹冰洁、表妹桃红就一起在三队的地窝子。冬天的时候，有一天早上，地窝子的门被一米高的大雪封住了，我们三个女的被堵在里面出不来，我们就在地窝子的小窗口大喊，旁边住着一户安徽人邻居，可那天不管我们怎么喊，就是喊不来他们。雪越下越大，再下去就可能把窗户都盖住，那我们就被闷死了。这时候章泽州来了，那时候他是仓库保管员，早早出来上工，听到我们的喊声，把脸凑到小窗户说："你们别慌，我去找个铲子来挖雪。"一会儿他蹒跚着走来了，肩上扛了一把铁铲，嚓嚓嚓就铲起雪来。十来分钟后，我们出来了，我和章泽州也从那时候开始认识了。

到了第二年春天，我们参加劳动的人每天除了领到馍馍吃，每人还分到一公斤牛奶，我们都是南方来的女人嘛，除了我结过婚，冰洁和桃红还是丫头呢，可是我们都不习惯喝牛奶，我一喝就拉肚子，她们喝了也不舒服。后来我们就商量着这每天的一公斤牛奶怎样处理，总不能倒了吧，那样既是浪费，也是犯罪。我提出养一头猪，用牛奶喂猪。她俩答应了。我们就去附近买了一头三十多斤重的小猪回来，在地窝子外面的草地上，叫人用干打垒砌了一个猪圈。每天我们除了给猪吃玉米青菜，还特别煮了一大盆的牛奶喂猪，当然，这些少的时候，我也去后山采灰灰条剁了喂猪。我那时才知道，其实猪最喜欢喝牛奶啊，每次喂它都吃得可香了，它也认准牛奶了，每次我们端着盛牛奶的盆子出去，它就在猪圈里摇头摆尾，上蹿下跳，嘴巴"呜呜呜呜"地哼着。等到牛奶放进去，它扑上来就一边喝一边发出"吱吱吱吱"的叫声，最后吃得一点不剩。我们劳动半年，猪也喝了牛奶半年，长成一百多斤的大肥猪了。最后我们和珍姨还有几个老乡一起，请人来把它宰了，一人分一些，我还拿了好几公斤给章泽州，他乐得呵呵大笑。那猪肉可香了，大家边吃边说，真的是香牛奶味啊！

我满以为从此可以安定下来，谁知道，运动也来到了巩乃斯草原。我给你说个故事，一个在场部工作的老乡，名字我就不说了，他来三队探亲，说起场部有个姓刘的领导，在苏联工作过，造反派说他通敌，要他儿子与他划清界限，他走到后山草原上剖腹自杀了，肠子流了一地。他儿子也不来埋他，那天，乌鸦岭的乌鸦全来了，天上的老鹰秃鹫也来了，又吃又扯，把他的肠子拖了好远。后来还是山上的牧民看着不忍心，把他埋了。唉，那个惨啊，我们听说了都害怕！

我们正惊魂不定呢，很快就轮到我们了。有一天，几个戴着红卫兵袖章和领袖像章的人来到我们房子，说我和良珍姨等都是特务。我们争辩说不是，他们就反问我们："你们如果不是特务为啥二十几岁了还不结婚？肯定是想等到你们的大业成功了才结婚！"问得我们无话可说，有口难辩。我们就这样被看管起来劳动。

也有人不知深浅乱说话，结果飞来大祸。有一个北京来的青年，平日里喜欢吹牛，有一晚他跟几个人喝酒时讲大话："你知道吗？我跟江青睡过觉！"结果不到两个小时就被民兵捆起来，做成吊边猪，就是把一只手和一只脚吊起来，然后被民兵打得皮开肉绽，打得呼天抢地，打他的人打一鞭问一句："你还敢污蔑我们国母不？"他哭着求饶说："我再也不敢了，我再也不敢了！"后来那个人被押到巩乃斯林场劳动去了。

良珍姨的侄子谢向忠，本来就有点木讷神经质，有人也来欺负他，逼他承认是国民党的特务头子，他自己真的就承认了，这也太可笑了，结果他被批斗得很惨，脑子真的被打出了问题。那个桃红，本来以为在天高皇帝远的新疆可以避难，谁知道这里也一样乱起来了，她害怕父亲和母亲的经历在她身上重演，劳动回来后，吃了晚饭她就趴在被窝里给老家北宁的妹妹写信，写几句哭一阵，哭一阵又写几句，一晚上不知道哭了几回，我和良珍姨劝她也不停止。她是害怕这儿又变成灾难的地方，担心老家的母亲和弟弟妹妹。那时我的想法是，我来到新疆了，多难也只能听天由命了，能活一天是一天。广西嘛，天高路远，怕是回不去了，也不想回去了。

我说过，章泽州的地窝子就在我们斜对面，大家出去回来照面打个招呼。他已经在三队落户，1966年前来新疆的都算作支边落户了嘛，他做仓库保管员，工作比我轻松。我们收工回来，他早就在他的地窝子口等着了，大家就说笑一阵，他那里有好吃的了，比如馕，牛肉啥的，还会拿过来和我们一起吃。

那年秋天，我们去地里捡粮食，捡到了几袋子的麦穗和玉米，地窝子里没地方放了，我们就临时放在门口，阻碍了旁边人家出入。人家说："不要把这些袋子放得这么靠近我家门口，如果让红卫兵发现了会害了我们！"章泽州碰巧听见了，悄悄跟我说："放我门口吧，我这儿不碍事。"我犹豫着，他又悄声对我说，"没事，我是管理员、半个医生，红卫兵的人也找我看病，我会说是公家的准备运去加工。"他还帮忙着把我的粮食堆到了他的地窝子的门口。那时候，章泽州因为仓库保管员的身份，偶尔能弄到一些粮票，帮我买到了粮食。

捡来的粮食晒干了要运去十连加工，二三十公里远，没有运输工具，又是章泽州在给公家的粮食加工时顺便捎上了我们，麦子加工成面粉，玉米脱了粒，才有了饭吃。

从那时开始，我就认为你爸是一个值得信赖的人，我才答应和他组成家庭。第二年，就是1968年，我和你们爸爸结婚了，那时候你爸在三队做仓库保管员，又兼做了医生，结婚一年了，我们住的还是地窝子。

有意思的是，我结婚那年，竟然收到了前面我说到的那位海军军官的信，他说已经到了北京工作。我猜想是南安地区的八姨丈告诉了他我的地址，我结婚后曾经给八姨去过信。那位海军军官在信里问我结婚了没有。我想，这个人也真够有意思的，我都流浪了三四年，他还给我来信。我回了信给他，告诉他我流浪新疆并且结了婚的情况。二十来天后他回信了，信里夹了一张他一家三口的照片，他说他也结了婚，从今以后就认我做妹妹吧，我们要常常保持联系，有机会他要带老婆孩子来新疆看我。咳，他没来过新疆看我，后来他倒是给我寄过好几次北京的土特产。

阿依母亲说到这儿，阿依父亲呵呵地笑起来，说："老太婆，我跟你过了三十几年了，你没有后悔吧？"阿依母亲说："还行，你不是假货。"阿依父亲又得意地笑，望着我们说："就是假货，现在也换不了啰！"我们大笑。我发现，阿依父亲还是一个有些幽默的人。我打开一瓶矿泉水递给他，他接过喝了两口，抹了一把嘴巴，说："小羊是写书的，既然小羊要我讲，那我就讲一段我的光辉历史吧！"他就操着浓浓的四川口音讲起来。

我嘛，是1934年出生的，老家四川资中发轮人民公社细心大队第二生产队。我们那个细心大队嘛，还有一个很好听的名字，叫猫狗洞，哈哈，对对，就是猫猫的猫，狗狗的狗。我爸爸四兄弟，他们的身份说出来你不相信，他们都上过军校，我父亲和三叔上过云南陆军讲武堂，我二叔和小叔上过黄埔军校。但是那个年月嘛，有这个背景也不一定好啊，我跟你们说啊，我的父亲做过四川军阀杨森的秘书。我的家境在我童年时代还是蛮好的，要吃有吃要穿有穿，我嘛，基本是一个纨绔子弟。但是你老爸年青时代嘛，还是好学的。解放前两年，我考上了一所学校，相当于现在的卫生学校，学习医学，中西医的课程都学。我特别喜欢学习中医的康复推拿针灸理疗，外科的骨科、肛肠外科，西医的解剖学等，那时候年轻，脑子好使，背诵中医中药和人体穴位，那是刻苦到吃饭梳洗蹲茅厕都在背诵哩。因为我勤学又好问，学习好，当时我们学校的王校长就兼任我们班的骨科和肛肠外科课程。他家是医学世家，在骨科、推拿、针灸、肛肠外科治疗方面有独到的技术。他年纪大了，想在我们这批学员当中选传承人，当时他就选上了我和一个姓李的同学做他的弟子，他利用课外时间把他的学问传授给了我和那位同学，我学会了医痔疮，下颌骨脱位复原，接骨，还有针灸治疗眼歪嘴斜。这几项医术嘛，就是后来我走到哪儿都不会丢的看家本领。

新政府刚成立那阵，我父亲和三个叔叔都得到了宽大处理，回到了乡下老家耕田度日。没想到在六十年代初开始的"四清"运动中，他们都被定为"四类分子"，被强制教育。运动越来越大，我父亲十分恐惧，终于在一天早晨自杀了。就在他自杀之前几个小时，乡政府的小车正赶到他家，村里人都以为要处理父亲一家人了，谁知道车上的人听说父亲已经自杀后，不住摇头叹息，悄悄上车走了。村里人都觉得奇怪，难道政府对原军阀的笔杆子宽大处理了？后来才得知，原来乡里认为父亲在旧军阀里写得一手好字和文章，想请他到乡里做事来了。

在旧军阀里做过事的父亲因胆小怕事，自杀了，我母亲也很快病死了。当时我已经从卫生学校毕业，安排到了华西医院工作。土改开始后，我家成分被划为地主军阀的后代。接着是越来越大的"三反""五反"运动,我们一家人心惊肉跳,先是二叔和三叔偕妻离家出走,二叔去东北,三叔去新疆,一个月后小叔和小婶也带着儿子泽庆跑了,去的也是新疆。我接着也丢掉了卫生院的工作。真是祸不单行,那龙煤矿发生了瓦斯爆炸,死伤了好多人,我被大队干部找去现场抢救伤员,在矿井里嘛,我正给一个伤员包扎时,矿井发生崩塌,土石块埋住了我的双腿,经过抢救嘛,我的腿保住了。但是嘛,左腿被砸坏了,留下了后遗症,我现在左腿膝盖还有煤渣嵌在里面没法取出来呢。

当时嘛,阿依的表叔百聪家也被划为地主,我们两个老表就走到一起连夜商量,在这个地方是待不下去啰,要逃走,要外出谋生。去哪里好呢?当时我们听说,新疆地方大,离内地又远,应该没有运动冲击,就决定去新疆。

1964年8月,我顾不上光灿和他老娘了,给老婆留下一百块钱,连夜就走了。老家没有通汽车,我们就步行到县城,再扒汽车到省城,然后扒火车,没有目的地往西北走,心里只想着只要能活命,离开四川越远越好,管他去哪儿,就这样来到了新疆。

刚到新疆很可怜,我们打散工,经常吃不饱,饿得不行,见人家不要的洋芋皮,烤了充饥,这样的日子我们都过来了。后来我们到了乌鲁木齐火车站,看见有很多单位在火车站门口摆着又大又白的馍馍,他们在招工哪。那时候的人嘛,明白一个道理,就是看哪个单位的馍馍大就证明哪个单位实力强。

我在乌鲁木齐看到伊犁新源马场的干部来招工,举着白面馍馍喊:"来新源马场啊,我们这里的白面馍馍吃不完,吃了一个又一个,下地干活有拖拉机!"我和你表叔百聪就是看到新源马场的馍馍比较大,就报名被招来了。哎,你说冥冥之中是不是有天意啊?我来到马场才知道,我的三叔和小叔也在马场,他们都成为这里的农民了,不过二叔改姓了,姓许,小叔没有改,他们两家人都不许我和百聪说出真相,我和百聪当然不敢说。我暗地里对他们说,我们叔侄走了这么远的路还能在新疆聚在一起,这就是托祖宗的福。

你问马场那时候的生活咋样,我告诉你,马场那时候并不见得好,来了才发现上当了,根本不是馍馍大就能填饱肚子的地方,全是荒山野岭。不过马牛羊还是漫山遍野,但马都是国家的,牛羊是哈萨克族的,我们想吃,没门儿。但是想走已经走不了了,当时来的人还不少呢，大概有两三百吧，这帮人，底细大部分是家里成分被划成"黑五类"的，逃荒来这里的也有不少。知识青年后来响应支边号召，也大批地来了，一拨又一拨。

1967年斗批改那阵，我和珍姨，就是你们的姨婆婆，还有徐健河夫妇等，一帮成分不好的人都被知青司令陆石塘他们揪出来批斗上刑。我两个屁股蛋各打了一枚钉子，绑着手和脚吊起来，差点就被整死了。后来因为造反派里有个头头半夜生病了，很急的那种，当时天晚路远，交通又不便，那些人就一个一个地问在场的人："谁会看病？"有人就说起章泽州学过医，有人立刻派人押我去看病人，并威胁我："看好了放了你，看不好，马上枪毙你个地主羔子！"我不知道那病人是他们的啥人，这么要紧，我本着治病救人的态度，给病人看病。我一看，那人僵直痉挛着，面色青紫，尿失禁，咬舌，口吐白沫，没有什么大问题，是发羊羔疯了，就是羊角风，医学上叫癫痫的那种病，不懂医学的人着实被他那样子吓着了。我回宿舍取了干针来给他针灸了一下，不到半个小时，那人就醒了，一会儿就像没事一样。那帮造反派们一看这么神奇，这个地主羔子还真有两把刷子哦，还真就放了我，从那以后，谁有个头痛脑热，不舒服的，我也不论他是哪一个帮派的，一视同仁，都看。他们才发现这个地主羔子干针扎得好、推拿也好，嘿嘿，屁股眼的病，哈哈，就是痔疮嘛，也会看的哦。

你别说，就因为我会这个，我还捞来了好处哩。那时候马场食堂缺保管员采购员，需要心细并且会打算盘、会做账的人，还要信得过的，他们看我老实巴交的样子吧，就让我来做保管员和采购员。在食堂做了一段时间，我发现伙房大师傅们，用油用盐特别浪费，我提了建议，他们的态度就是公家的东西，管他的，反正一日三餐能做好饭菜给大伙吃，就行啦，面粉油盐的问题公家解决。没办法，我看不惯浪费呀，虽然我出生在大户人家长在大户人家，也没养成浪费这种恶习，看不过眼了，想到冰莹他们娘儿几个，在十月公社，日子也不好过，听冰莹说天天都是吃洋芋南瓜苞谷面，没得啥子油水，我就找个洋铁桶和一个面袋子，把浪费的油啊面粉呀收集起来，每年过年的时候或者方便的时候分些给你冰洁姨姨，剩余的全部挑回十月公社一大队家里，给冰莹和孩子们改善伙食。

因为嘛，我常常给一些人看个小病，认识我的人就多了，一个传十个，很快没几年，马场上上下下的人，不管是啥民族的都知道我会看病。我曾在羊队卫生所做过卫生员，在农二队做过赤脚医生，但后来因为全国卫生事业进行了较大的整编规范化，需要从事医疗卫生工作的人员必须要有相关毕业证，我那张毕业证早在四川老家的运动中搞不见了，学校也解散了，认识的同学也老早就失去联系，那张毕业证始终无法弥补，最后错过调进马场卫生所的机会。再后来，我就务农兼做赤脚医生。那时候巩乃斯这块地方，医疗是非常非常紧缺的，我来新疆前，曾在四川资中的一家卫生院工作过，我把老师传授给我的医学技术灵活应用，也从实践中总结了不少经验。可惜啊，老家的人后来告诉我，王老师他老人家被红卫兵给活活整死了，据说是上吊死的。

那时候嘛，马场在山上放羊的牧民因为常年骑马，又不吃蔬菜，很容易生痔疮。我继承了我的老师王校长的独家配方和独门技术，这门技术，用药少，见效快，不容易复发。我的痔疮药都是从老家王校长那里发过来，所以我要收取一点医药费和邮寄费。至于下颌骨脱位复原，接骨针灸，我一般不收费。一些牧民听山下的亲戚说了我的医术，有这些病的人就让人找到我家里想请我去。那些牧民来叫我上山嘛，自己骑着一匹马，还牵着一匹高头大马来，马背上配有很舒适的马鞍，来人还带来伴手礼，接我到他家里看病。也有经济困难的牧民，我也很体谅，没有马来接，我坐别人的马车，或者走路，照样去给他们看病，每次都要在山上待上两三天。他们嘛，很实在的，有时候给我一点钱，有时候就给几个奶疙瘩，甚至有一根两根熏马肠子。那个东西嘛，好吃得很，一般人要不到的。

阿依父亲浓重的四川口音我虽然听得吃力，但是阿依不时给我翻译和注释，我也打开了录音笔，过后我仔细辨析，所以阿依父亲的讲述我还是基本记下来了。阿依听父亲说起给哈萨克族人看病，兴致也来了，接过了话头。

老爸年轻的时候常去山上给哈萨克族看病，闹过笑话呢。他给那些牧民看病，都没有收啥诊费，只收一点药钱。往往去一趟就要待上三五天，还和牧民同吃同睡，回来的时候身上都是羊膻味，他就笑嘻嘻地跟我们说，牧民待我像亲兄弟啊，老哥们儿啊。攒劲得很。讨厌的是他每次看病回来，都会带一身的小螃蟹、小动物（虱子）回来。牧民的牛羊马多嘛，吃的又是以肉类奶类为主，睡的是羊毛地毯，毯子几个月不拍打不晒阳光，羊毛毯子里有残留的油脂，最能养虱子。我爸在那里一睡两三天，带回来一群虱子不奇怪。但他也有消灭这些虱子的办法，冬天，他一回到家门，就理发，剃光头，然后从头到脚洗澡换衣服，先把里里外外的衣服统统放到开水锅里烫一下，再拿到外面院子里，挂在晾衣绳上，冻它两三天，衣服干了，虱子和虮子（虱子蛋）掉了一地。夏天嘛，他就让我们烧开水，滚烫的开水倒进装衣服的桶里，烫了后再拿出来暴晒两天。所以，我爸穿的衣服基本上都是棉布的，棉布经烫经晒。要是化纤或羊毛呢的料子，早就完啦，舍不得的。所以，我和我妈都养成了习惯，只要他去外面给人看病，不管去哪儿，一天赶不回来，只要在外住夜的，回到家，我和我妈就会给他处理那些衣服，夏天就烫晒，冬天就挂到外面冻。那时候左邻右舍看我家大冬天的冻老棉衣了，或者大热天煮衣服了，就开玩笑说："老章又从哈萨窝里回来了？"我们都哈哈大笑起来。

　　老爸一直给山上山下的少数民族居民看病，有些还和我们建立了友好的感情。记得1978年的冬天，我九岁，得了百日咳，吃药后在饮食上需要忌口的，不能吃鸡鸭鱼等肉类，蛋类更是不能沾口，我又需要营养，没办法，我爸把这个心中的疙瘩告诉了老朋友阿医生，他是民族医生，维吾尔族。他说，可以吃绵羊油。维吾尔族医学里认为绵羊油有提气、祛湿、排毒解毒、祛风的作用，吃的时候要烊化冲服，每次不超过20克。我爸说医院和医药公司可能都没有卖的，去哪儿找啊。阿医生说山上的牧民有，他可以帮问。第二天他就拿了两卷来，说是从他一个亲戚那儿弄来的，过几天他亲戚上山去，下来再带给我爸。我爸很感激，买了两块茯茶、咸盐、方块糖等前去答谢。绵羊油就是羊肚子外面那层羊油网，晾干后，卷成手腕那么粗筷子那么长，结结实实的一卷一卷的。就这样，他不仅学到了羊油治病的方法，还结识了一个维吾尔族朋友。他上山给牧民看病，牧民们称呼他为"托格答（哈萨克语，医生）"。他们送他回家时，常把装得满满一个褡裢的马牛羊肉干、奶疙瘩、酥油（奶油），一起送到家里来。还有一些小孩玩的羊哔石（又叫阿斯克，就是羊拐，是在羊后蹄和小腿的连接处有一块游离的骨头）。他就常备一些茯茶、方块糖、咸盐、花布，作为回礼。更热情一点儿的牧民会一而再再而三地到家里来邀请我们家的人去他家做客，要小住几天，他们把我当妹妹，把光旭光亮当弟弟。哎哟，真是太热情啦。

那时候的牧民穷，没几个人给得起医药费。爸爸每次看完病，牧民总是说："章医生，不好意思，钱嘛我没有，奶疙瘩嘛代替。"爸爸就笑笑说："也行吧，我的娃娃馋这个。"爸爸带回的一些奶疙瘩，常常被妈妈当作奖品奖给我们。妈妈常常说我："一天吃一个奶疙瘩，等于多喝了两碗玉米糊糊！"可我还是瘦瘦的，妈妈又说："也不见你长胖？总是瘦得像根麻秆！"

阿依说这些的时候眉飞色舞，阿依父亲的兴致更高了，说："哈萨克族人嘛，别看他们放羊穿得土不拉几的，但是嘛，他们人很好，很讲义气。我给你们讲一个故事。"

有一次嘛，一个哈萨克族巴郎子（小伙子）带着他的羊缸子来到家里，请我给她看病。女孩子面容憔悴，病恹恹的样子，小伙子皮肤黝黑，浓眉大眼，血气方刚，穿着上比较破旧。我给女孩把了脉，知道她怀孕了。还没说，小伙就说开了，这段时间她没胃口吃东西，一吃就吐，老想睡觉，人也瘦了，你看一下，是不是病了。我告诉他，她没有生病，是怀孕了。他们听了十分惊喜，可是一会儿就蔫了，他们心事重重的样子，我就说，不用担心，有些女人怀孕就是这样的，过一段时间就好啦。小伙子说，他家在山上，是给别人放牧的，自己家的牛羊因为去年哥哥娶媳妇，女方家要的彩礼很多，家里的牛羊基本都做彩礼了，剩下的一些，现在还没缓过劲来，没有多少可以作为现在自己娶媳妇要用的聘礼。女孩也说爸爸妈妈知道小伙子家很穷，不让她和他来往，可是他们很爱对方，两人今天偷偷出来，小伙子以为女孩现在有病，又没钱，就找我给女孩子看病来了。现在，知道女朋友怀孕了，小伙子先是高兴，接着就愁眉不展，一个劲地说，我该怎么办，我们应该怎么办？我看他们发愁，就自作主张说，你们既然不想分开，干吗不私奔？过几年带孩子回来，家长肯定会转变态度的。小伙子望着我，说，行啊，我们先去阿勒泰的朋友家，他那里有空房子。小伙子还说希望我们不要把他们的私奔计划和去向告诉任何人，我答应了。我给女孩子开了一些开胃的药，觉得他们那么困难，就把药费免了。他们说，看病的钱先欠着，以后再还。我说，以后你们好起来了再说吧。我还给了他们三十块做路费，临走时他们一再感谢我，并告诉我，小伙子的名字叫肯吉别克。

事情过去了两年多，我都差不多忘了。有一天，这对年轻人带着娃娃来我们家里了，还带来了肉干、酥油，说是走亲戚。肯吉别克见到我先来个热烈的拥抱，说感谢当初帮助他们，现在女方的父母接受了，上个月他们专门去探望了女方父母，现在已回到他父母身边生活。后来，他们每逢下山的时候，总不忘来家里坐坐。你说有意思吧？其实呀，少数民族居民很愿意和我们交朋友的。

对于哈萨克族人，我一直想象他们是传奇般的人物，在白茫茫的雪山下碧绿的草原上，骑着骏马弹琴唱歌，小伙子戴着礼帽，姑娘戴着高高的鹰翎帽子举行婚礼，饿了喝烈酒吃手抓肉，那简直就是最惬意的生活，也是我向往的生活。那简直就是没有苦难，只有吃喝和骑马。但是，听了阿依父亲的讲述，我心里又起了波澜。

那个下午，我一说出我对哈萨克族人的好奇，阿依父亲拉上我就往他的老朋友努拉斯别克家里走。

努拉斯别克大叔家的院子由七间红砖房子和高高的围墙组成，位于马场西边，紧邻辽阔肥美的牧场，门口便是白云一样游荡的羊群。我们穿过牧场，进入他的家门，刚好看到院子里有三位哈萨克族妇女蹲在地上，每人左右手各拿着一根细长的杆子捶打着地上的羊毛、彩色布等，她们每人左右手的杆子交错落下捶打的声音便成了很有节奏的"噼啪噼啪"响。我走过去询问时，她们告诉我，这是在做"斯尔玛克"，阿依父亲说，就是花毡。

"噼啪噼啪"的节奏声一直不停。我想象，千百年来，不，应该是更漫长的历史时期，哈萨克族人就这样日夜捶打着，擀出温暖、厚实而美丽的壁毯和花毡。

等候在门口的主人让进了炕边上位，位子下还加了一块垫子，按照他们的习惯，我们盘腿而坐。

老场长的大儿媳金丝古丽为我们的做客张罗。金丝古丽是一个四十多岁的家庭主妇，男人有一次去朋友家喝酒，一夜不归，那晚下起了大雨，天亮家人去找他，在后山草原看见他躺在路边，一身水和泥，已经不行了。老场长的二儿子在南疆当兵，媳妇留在家里，从此金丝古丽这位寡嫂就主持了这个家。

喝奶茶的时候，大叔的女儿玛依古丽拿洗手壶为我们倒水洗手。按民族的规矩，洗完手，洗手水不能乱甩，静静地晾了一会儿就干了。

我们就来到了一张又大又硬的炕前。玛依古丽早已在炕的中央摆了一张矮木桌，铺上了达尔达思汗（餐巾）。等到我们被大叔从左到右让到炕上朝门口的位置，玛依古丽已熟练地摆好了馕、酥油、葡萄干、奶疙瘩、蜂蜜、方块糖、手抓饭和碗碟，又迅速地把几个馕切成匀称的一小块一小块。大叔一家人，还有大叔的几位侄辈才上到炕上坐好，女主人，也就是大叔的大儿媳金丝古丽坐在门口的炕沿边，架起奶茶壶，首先为我们几个倒上滚烫的奶茶，茶碗是不会满的，这是对客人的礼节。我捧起碗尝了一口，味道果然温热鲜香。有句歌词唱道，"吐鲁番的葡萄哈密的瓜，库尔勒的香梨伊犁的奶茶"，我总爱把伊犁的奶茶与内蒙古草原的相比较，结果当然就是伊犁的奶茶更鲜美。

努拉斯别克大叔憨厚持重，说话简洁而有力量，一看一听就知道是那种历经岁月风雨洗礼而不易大怒大喜的智者。他1951年参加工作，解放前曾经帮回族牧主放过羊，饱尝艰辛。解放后任过乡长、马场场长，1991年退休。有一个儿子在南疆某部任营长，还有四个女儿，两个已经出嫁。三女儿玛依古丽其实是过世的大儿子的长女（按照他们的风俗，自己的第一个孩子要送给父母做儿女），读完汉语学校初中就回家帮忙做家务。家里有70只羊、15头牛和7匹马，还准备再买100只羊，现在已在后山草场盖起了房子和羊圈。她的两个大嫂各有三个孩子，所以平日要在家里照顾他们，于是，上山打草、赶牛放羊等苦活重活便几乎全是玛依古丽一个人干。她说，我都快累死了，现在哥哥（其实是她的叔叔）快要转业回来了，到那时，我就可以轻松一点了。说这话时，她不好意思地笑了笑。玛依古丽个子高挑，漂亮端庄，可惜生活让她少年老成，一副家庭小主妇的模样。她的汉语说得特棒，英语也说得很好。据说维吾尔语和哈萨克语的发音与英语有相似之处，所以这两个民族的人学英语较汉族人容易。但是玛依古丽的妹妹玛依努尔虽然正读高一，由于一直是上哈萨克语学校，所以汉语说得不是很流畅，加之有点害羞，所以大多数时间她都在看着姐姐用汉语和我交谈。

在这顿特色晚餐上，我平生第一次品尝抓饭那仁手把肉。饭后，金丝古丽、老场长和他的女儿玛依古丽为我们表演了冬不拉弹奏和《擀毡舞》。

晚上十点多我们回到家里时，大家对这次做客意犹未尽，尤其是我，躺在小沙发椅子上喘着粗气说："想不到我们老爸与传说中的哈萨克族这么友好！"

光旭在椅子上就坐不住了，他喷了一口烟，扭过头对我说："姐夫啊，你对我们的老爸还了解不够呀，他可是个有责任感的人，是很多哈萨克族的恩人哪！不过责任感是责任感，有一次他差点儿就回不来了，我们差点儿失去了这个老实人！"

我一惊，问是咋回事，光旭弹了一下烟灰，又吸了一口，烟头红了，他开始为我讲述一个经过他渲染的故事。

1983 年的时候吧，我十岁左右。大冬天，零下十几度，河面都结冰了。住在库尔墩（当地人对库尔德宁的叫法）山里的牧民别力克骑着马还牵着一匹马来到我们家，说是他爸爸的老毛病又犯了，疼得坐不下躺不好，害怕拉屎屁股疼，饭都不敢吃，一家人愁坏了，不管天多冷，都要别力克去请医生。别力克以前请我爸去过他家，这次又来了。我爸披上他的大棉袄，戴上棉帽子，穿上高筒皮靴，挎上他的医药箱，别力克把我爸扶上马就走了。去的时候挺顺利，给别力克老爸看病也挺顺利。老爸第二天就回来了，是别力克送回来的，可是回到荷苍隘口的时候，突然遇上了雪崩，这是老爸回来后告诉我们的。大片大片的雪从山上滚下来，像打雷一样响，两人赶快骑马逃，别力克跑前，老爸跑后，别力克冲过去了，老爸连人带马被一大堆雪埋住了半边，跑不动了。别力克赶紧掉转马头回来救我爸，跳下马，拼命扒掉盖住我爸和马的雪，刚刚扒完雪，扶我爸上马，走了不够十米，一大堆雪又滚下来了。按照别力克后来说的，要是不及时离开那里，那堆雪就会把他和我爸都埋了。你看，多惊险啊！老爸是个瘸腿的人，算他命大，回来只受了点伤，肩膀脱臼了，自己会接骨又咋样？还不是我去找医生给他弄回了原位。咳，医生去给人治病，回来又要别的医生来给他治病，你说遭不遭罪？

光旭说这些的时候，阿依母亲和阿依、光灿他们也在一边附和。阿依父亲突然想起什么，对光旭说："那个别力克，你不是和他成了好朋友吗？你每次去库尔墩都能吃上他的羊肉哎。"阿依母亲在一边哈哈大笑，说："这个老头子，雪崩埋不死你，还让你儿子得了好处，你是不是觉得很合算？"阿依父亲点着头，笑眯眯地说："合算，合算。"光旭在一边说："咳，老爸我说啊，羊肉确实好吃，但是我宁可要我的老爸平安无事，也不想贪吃人家的羊肉。"大家都笑起来。

从哈拉布拉回来时，我们坐上了到莫合的班车，抄近道在马场对岸的河滩公路边下车，然后乘坐拉索缆车过河。拉索缆车就是人力拉绳缆车，用木板钉成一个大敞口木箱，它的底板用铁皮做成，供人踩踏，可以载下五六个人。两根钢索分别穿过木箱的上方两条边把缆车吊了起来，人就通过滑轮拉动铁索，缆车就在人的拉力中缓慢地滑向对岸。没有座位，人或坐在铁皮上，或站在底板上，手扶着缆车的四边。缆车其实就是另一种渡船，它几乎不吃水，但又贴着水面，是利用了水的浮力，所以这个缆车似的渡船在水流湍急的地方摇晃得特别厉害，头顶上的铁缆绳被人和水流拉得咯吱咯吱响，身边是深绿而荡起巨大漩涡的河水，渡船的人看见上游的水流滚滚地冲下或者下游的水流急速地向远方冲去。

南岸接地处有一条由五根杨树干搭成的斜坡式木桥，上下缆车的人都要通过。两边桥头都搭了一个木门，各有一扇门板，可以锁上。负责管理拉索缆车的人住在北岸，南岸的门就从里面上锁，从南岸过来的人，必须按照门板上用黑墨水写的做：过河一元，大声喊。

那天送来缆车的人是一位哈萨克族老太太，满脸的皱纹像野核桃沟的核桃壳一样真实，头上裹着一条暗绿色的纱巾，人很和蔼。我们踏上她的缆车，也许她发现我是这里的生人，上了车后她一直笑眯眯地看着我，却又不说话，伸出枯瘦但却像杨树干一样坚韧有力的手，拉起了一边的缆绳，腰渐渐弓得像一根歪扭的柳树，缆车开始缓慢地荡向南岸。阿依父亲看我盯着老太太，就笑眯眯地问我，想采访吗？可惜老太太不懂汉语。然后阿依父亲转身和老太太说了几句哈萨克语，老太太也说了几句，始终是笑眯眯的。阿依父亲说，这老太太在这儿拉车，每人过一趟收一块，一天最少也能收入十块左右，最多的时候能收到三十多块呢。

也许是看见我们翁婿两人一直在窃窃私语，老太太这会儿却笑出了声，我看她，核桃一样的皱纹这会儿一片舒展灿烂，我想那是她感到满意而露出的面容。说笑间，老太太拉得更慢了，我便出手帮忙拉，真的很沉，很吃力，我便想那是阿依父亲和我都较胖的缘故。老太太脸上的核桃纹更深了。想想老太太每天都在这河面上出力，对她来说也算是重体力的劳动了。我用力，她也用力，缆车在雪白浪花翻滚的河面上空缓缓滑过。

后来有些日子我特意来观察，恰知不仅仅我帮过她的忙，缆车上人多的时候，也有很多人自愿出手帮忙，过完桥后大家很自觉地给她钱，这时候的老太太，依然不说话，核桃纹的脸上依旧是笑眯眯的。

我问阿依，认识这位老太太吗？她摇摇头说，记不起来了，马场的哈萨克族太多了，当年认识的老人本来就少，这位哈萨克族老太太也记不起来了。

那天北岸那边有两个人喊起来，他们也要渡河。我们付钱下桥，索架的末端因与地面有两米多的距离，主人用一排以绳索捆绑的木头与地面衔接，形成一架宽展的梯子，角度较为倾斜。等我和阿依互相扶着落到地面时，回头望见老太太又像歪扭的柳树那样开始弓腰了，缆车像吊在吉尔尕朗河上空的一只篮子，等我们上了南岸边的小路，缆车已快接近北岸那边的发车点了。

新源马场（一）

阿依母亲要带我们去看望姨姨。姨姨是阿依母亲的妹妹。

我在南方的时候就经常听阿依说起姨姨。阿依在童年时代曾经得到她的呵护，并与她的女儿一起玩大。2001年，姨姨因为女儿章婕找了一个农民女婿而向阿依诉苦，想让阿依劝她改变主意。事情却按着章婕的意愿发展。那些年，阿依和姨姨通话的内容都是些家常话，而姨姨每次都在电话里问她何时和我一起回新疆。

"快了，我们正在攒假，说不定哪天就出现在你面前。"阿依说。那时候我们正在攒钱，只要攒够了钱，我们就可以随时出发。

姨姨就失望地说："快六年了吧，阿依啊，你妈你爸等你应该比我还急啊！"

阿依握着话筒，眼泪汪汪的。

一个多小时的车程后，我们来到新源县城劳动街的水渠边，眼前绿柳吐芽，杨树开花，树下就是一条小巷，院子接着院子，我们就在巷口进去左边第三个院子门口下车。阿依母亲说："这就是姨姨的家。"

姨姨早就站在门口等我们，花白头发，蓝色西装，黑裤子，身材略显单薄，脸色白皙，眉眼的皱纹笑出了慈祥，也笑出了虚弱。跟在她身边的，是女儿章婕，还有章婕的老公王虎，还有他们的女儿慧颖，全都笑嘻嘻地候着我们。

姨姨在县城有了自己的房子，真是令我们羡慕。这一母同胞的两姐妹，当年流浪来新疆，后来分别成了家，但是一个还在老马场生活，一个却已经在县城买到了房子。

我们从南方带来了一点北海产的海产品，这就是我们给姨姨的见面礼。来之前我对阿依母亲说："这点东西算不算少？"阿依母亲就喷喷嘴说："你们回来看我们就行了，根本不用带东西，一定要带就带吧，万里迢迢的，你带多少才算多？"

不管怎样，我们还是按世俗办事，带了一些，除了给阿依母亲，余下的就打算一家亲戚分一点儿，一直到分完为止。

姨姨乐得眉开眼笑。她说："我不稀罕你的礼物，你们能来看我，我就非常高兴了。要是我去南方看你们，我也不会带啥东西！"

她在院门口就开始上上下下地打量我，然后说："阿依还是很有眼光的嘛。"

之前阿依告诉我，姨丈早在三年前就回广东普宁老家了，他们的儿子章粤在1997年离开小城后，一直留在广东普宁老家，前两年开了一个照相馆，在那边找了女朋友，已经决定在那边定居了。

我问起姨丈，姨姨笑嘻嘻地说："你姨丈去年春天回来了一趟，住了一个月又回广东了，他们父子抛下我们母女不要了。"

"那你为啥不一起回去呢？"我问。

她还是笑嘻嘻地说："我嘛，走不动了，身体不好嘛，老家天气又热，不想回去啦。"

她的模样儿比阿依母亲要年轻上几岁，说话却比阿依母亲细声细气，也有点啰唆。相比之下，她更有教师的气质。我们谈到了这个院子。据说姨姨在三年前就买下了这个院子，那时候便宜，他们只花了四万多元。阿依母亲也曾经想在县城买这样的院子，但是当时光旭结婚要花一笔钱，我们也帮不上忙。姨姨的儿子章粤1997年就回了广东发展。女儿章婕结婚后，他们在县城买房子的愿望一下子就实现了，那个农民女婿出了很大的力。

章婕说话像她的母亲，也是细声细气，但是很健谈。阿依曾对我说，姨丈是傣族人，看章婕真的长得像傣族姑娘。王虎人长得瘦高黧黑，一看就是风吹日晒的，不爱说话，表情有些执拗。这两个人，两年前，姨姨就是为了他们的婚事大哭了几场，向阿依母亲和阿依诉苦。但是现在，他们生活在一起了，还有了女儿章慧颖。这小家伙对阿依不怕生，对我也不怕生，给了她几颗糖果之后，她就跟定我了，一直往我身上蹭，还要我抱，鞋子把我的衣服蹭得脏兮兮的，她母亲过来嗔她："你太顽皮了吧，把姨丈的衣服都弄脏了。下来！"她不愿意，我只好抱着。

中午的饭桌上很热闹，院子里摆了两桌，菜都是以肉为主，水煮羊肉，大盘鸡，大鲤鱼，桌上堆着一摞馕，还下了面条。阿依说："新疆人用餐，光看饭桌上的东西不好区分汉族还是少数民族，汉族也像少数民族一样吃饭了。"

姨姨对我这个侄女婿比对侄女还热情，大块肉都往我饭碗里夹，阿依母亲在一边笑。我和王虎先喝了几杯，一看他就是喝酒厉害的人。我问："你今天开车不？"

他"吱"的一声干了杯中酒，一摆头说："没事，不开。"

姨姨说："王虎今天专门陪你爸和你喝。"

阿依父亲说："小羊是南方人，喝酒不行，我嘛，还可以喝两杯。"

阿依母亲就嘘他："你也不能喝，谁不知道你的本事呀！"

大家都笑了起来。

饭后，阿依说我脸红得像个酒鬼。我却很兴奋。在小厅里，阿依母亲和姨姨两姐妹聊得很欢，我也不时插嘴，遂了解到了姨姨的一些往事。

　　我是1964年和我们的珍姨，也就是你们的姨婆婆谢良珍来新疆的。1963年的时候，姨婆婆的老乡艾天成，你知道的吧，他当时在北宁县龙眼场供销科工作，因为地主身份，被单位清退后，他听嫁到新疆乌鲁木齐的堂妹艾秀凤说新疆是个大地方，谁到了那里都可以找到活儿干，便叫了他的女友，南宁卫生学校药剂学专业刚毕业正待分配的李英英，这两个年轻人商量决定一起来新疆闯。后来，他们就到了艾秀凤那里，经过介绍，老乡带老乡，就这样来到了马场。艾天成这人能说会道，善于交际，马场就安排他跑外勤。李英英的工作很轻松，就是负责在哈萨桥附近的农田里赶乌鸦，乌鸦老飞进地里吃粮食嘛。两个人在马场有了着落，成了老马场的职工，他和李英英两个人也在老马场结了婚。

　　一年后，艾天成通过老家的朋友知道了我珍姨被除名的事，就写信给她，说新疆大地方，好地方，容易找饭吃，劝珍姨来新疆。珍姨因为之前的身份问题，与周应明的关系一直不好，正想去哪里逃避呢，艾天成的信一说就把她说动了。那时候嘛，我因为是地主后代，在老家已经没有出路了，我就决心跟珍姨走。阿依妈妈也想走，但当时刚结婚不到两个月，老公是湛江人，在桂林读大学，她不好走。和我们一起来新疆的还有北宁的一对姑嫂，姑子是送嫂子去伊犁跟丈夫结婚的。我们四个女的从广西出发去新疆，你说盲流也罢，自流也是，当时我总共筹了一百一十元的费用，走了差不多半个月，路费就花掉了五十六元，路上吃的住的几乎全是珍姨出的。

　　来到巩乃斯草原后，我和珍姨都是在马场三队劳动。我们算是幸运的，1964年马场开荒种地急需劳动力，我们来到才一个月，马场就给我们落了户，还给了房子。1973年起，我的工作就是给队里养猪，三个人养几十头猪，大家都叫我们猪倌。逢年过节杀猪的时候，每家可以分到一公斤两公斤猪肉。

到了第七个年头，就是1971年的秋天吧，我和你姨丈结婚，你妈妈带着阿依来参加了婚礼。说起来不怕你笑，新婚那天晚上，我向姐姐要来阿依，让她睡在我们的婚床上。说来也奇怪，只要阿依在我房子睡觉，我就觉得很踏实。阿依不在我这儿，我就怕，心里老不踏实，有时还有鬼怪的幻觉。那时候你姨丈单位在五区，就是哈拉布拉，每个星期只能回来一次，我害怕又不敢说，我就想让姐姐把阿依让给我来带，我也好有个伴，我发觉主要是阿依能给我壮胆呢。我就跟你们妈妈说，把阿依送给我吧。但是你们妈妈不愿意，她说："要送阿依呀，我早就送了，还到这个时候。"我当时还责怪我这个姐姐呢。

1975年，章婕出生时，阿依快六岁了，常常来我家看章婕，好玩得很。到了第十个年头，1974年的时候，三队的农民和中农代表都说我干活积极，又是高中毕业生，那时候马场的高中生少嘛，他们推荐我做本队学校的代课老师。但是这个推荐有人不高兴了，在全队的推荐大会上，三队的指导员一言不发走出会场，在门口外遇到了赶马回来的三队队长，就跟他说："他们正在推荐老师，你看咋办？"队长握着马鞭就闯进会议室，挥着马鞭大喊："你们选老师是吧？我推荐一个人，我媳妇行！"指导员跟着走进来，他宣布："队长的媳妇是个品德优秀的人，最适合当这个老师。"哈哈，荒唐？但是这件事居然成功了，队长那个小学三年级都没读完的媳妇当上了三队小学的老师。后来，我虽然又获得了几次推荐，但都没有获得通过。一直到了1977年秋天吧，队里的贫下中农都议论开了，说三队仅有的一名高中生都没能当上老师，那还有谁可以当？更主要的是，那时场部中学有老师调离，学校急需可以拿得下中学教程的人，队领导已经没啥亲戚熟人的要安排了，而且当时整个马场也很难再找得出第二个学历较高的人啦，有人提到我这个正在放猪的老高中生，最后才一致通过我当了场部中学的代课老师。算起来，到1977年，我在三队做了五年的猪倌，终于当上了人民教师。

等等，你说我普通话不标准怎么教学生？我老实告诉你，我真的闹过笑话，我刚开始教的是数学，说"一毛钱"老说成我们老广的"一毛田"，学生就瞪大眼睛问我："啥叫一毛田？"我拿出一张一毛钱的纸币，学生才恍然大悟，哈哈大笑。

1976年春，你妈就把阿依送来跟你爸，阿依快到上学的年龄了，你爸当时在羊队煮饭，根本顾不上她，就把阿依丢给我带，我正求之不得哪。那时，我在队里喂猪，小阿依一放学就去托儿所帮我接章婕，带着章婕玩耍，直到我下班了，我们娘仨才回家。1978年，你们妈妈也来到了三队，先是在基建分队种菜，很快又当上了老师。你们妈妈一来，阿依就跟爸妈住一起了，我还真舍不得她走呢。

阿依也真聪明，那时候还学会了打针。那时候呀，你们爸爸是赤脚医生，你们妈妈和阿依都跟他学会了打针。章婕两岁的时候经常感冒，阿依给她这个表妹打银（花）黄（芩）注射液，章婕光着个小屁股哇哇地哭，阿依一针扎下去，还在笑。那时候左邻右舍的小孩，没几个不挨阿依扎过针的。

我是在1977年秋调到马场场部中学任教的。后来，我一直在初中部教数学，还兼任高中的政治和历史课程。1979年秋，你们爸爸妈妈都调到了二队。1982年，县里的民办教师都参加转正考试，我和你们妈妈、姨婆婆三个老高中生都参加了。真是幸运啊，我们三个都转正了，阿依母亲数学还考了全县第一。真想不到，我们这几个盲流，最后都成了正式的人民教师。

1983年，你们的爸爸妈妈也调到了场部，那时你妈和姨婆婆在小学部分别担任四五年级的语文和数学课程及班主任，她的爱人龙世通还做了我们学校的校长。到了1985年，伊犁师范学院招生，给我们学校一个学习深造的名额，当时学校主要领导瞒着大家自己偷偷去报名，结果不符合报考条件。校领导考虑是让你妈去的，你妈得知是公费学习，机会难得，就推荐妹妹我，是你妈把这个机会让给了我，这事我后来才知道。学校教务主任来通知我的时候说：公费的哦，但是要参加考试。他像是要看笑话一样加了句：你考得上吗？想到姐姐提醒我一定要抓住机会，不管怎样一定要上大学。当时我考的是历史地理专业，幸运的是我考上了，而且成绩出来后听说我的地理成绩在新源县考生中排第一呢。阴差阳错，我从广西跑到新疆，四十多岁时，成了伊犁师范学院的一名大学生。

姨姨喘口气，喝茶。大家也跟着嗑起瓜子。我一边嗑一边抬头眺望窗外，西面，可以看见那拉提山脉幽蓝的山体上的积雪，在正午的透明阳光照射下，一座座山峰像一个个哈萨克族少女帽子上的鹰翎，又像一朵朵巨大的棉花。山腰的蓝色更深些，接近黑色，反衬着山谷里的白雪，像一群哈萨克族少女留下的白纱巾。姨姨看着我突然笑了起来，转头对大家说："你们看小羊，没见过雪的人，看见雪山就呆了。"

大家也跟着笑。姨姨就说："这点很像你姨丈哎，他刚来新疆也是迷上了雪。"她跟我谈起了姨丈。

是你姨丈告诉我的，他刚来新疆那年，也是对雪感到稀奇。其实我们谁不稀奇呀，都是南方人，刚到新疆时，在哈密看到天山，心里稀奇得很，觉得新疆好玩啊，那么高那么长的雪山。后来到了马场，遇上冬天下雪，大家第一次打了雪仗，二十几岁的人了，像小孩一样。你姨丈更稀奇，他是当兵的，有革命意志嘛，他告诉我的，一来到伊犁就要两个刚认识的当地人，哈萨克族人，要他们带着爬雪山。哈哈，一个广东人，看到雪山就在眼前，他要当红军嘛，和两个老哈萨骑马去那拉提草原，末了就爬莲花山，就是那拉提山其中的一座，高着呢，远着呢，说是还没到山腰就爬不动了。老哈萨跟他说："上面有雪莲花，就是你们汉族人说的神药。"他又往上爬，最后在一片雪前真的爬不动了，他就抱了一把雪，"咔嚓咔嚓"地啃着，他渴了嘛，把两个老哈萨都看愣了。

我们都笑了。一个南方人，来到大西北看见雪觉得新奇，这应该属于正常的反应，就像我刚刚回来时在路上看到那几场雪时的感受。我倒是奇怪姨丈来新疆之前是在哪里。姨姨告诉我：

你姨丈嘛，是广东普宁人，是个傣族，1958年参的军，做的是炮兵，部队驻在汕头，1965年复员后就来新疆。他父亲是普宁高中的教师，1957年被定为右派，下放到新疆伊犁，他母亲也跟着他父亲来到了新疆。当时他家有五兄弟，大哥腿有残疾，留在了东莞，他是老二，复员后主动要求来伊犁，是为了照顾父母来伊犁的。当时一起来伊犁的还有他的三个弟弟，都和父母生活在一起。他们最先住在五区，就是现在的哈拉布拉乡五小队，1970年时我经人介绍认识了你姨丈，第二年我们结的婚。你姨丈和我结婚一年后，我们一起调到了马场一队，你姨丈先是在机耕队工作。后来我做了老师嘛，1985年去读伊犁师范学院，场部学校找不到老师，硬是让你姨丈代我上了一年的课，教的当然就是我教的初一历史课。他教历史可好笑了，我是听我的学生后来说的，你姨丈给学生讲着讲着，本来说的是广东普通话，说着说着就成了潮汕话，叽里呱啦，底下的学生先是一片惊愕，跟着窃窃私语，随后哄堂大笑。

"哈哈，老广讲普通话让人听着就够费劲的了，还讲上了潮汕话，那就更折磨人了。我奇怪的是，姨丈那么喜欢雪，为啥后来就回了普宁呢，这里不好吗?"姨姨解释:

你姨丈哪是舍得新疆，他是舍不得他的儿子。他的儿子要在老家发展，说是那里可以发大财，这里光是吃吃喝喝，喝酒成风，他觉得老家天气好，酒鬼也不多，吃得清淡，每天两碗白粥一碟青菜过日子，哪像我们这里，人人吃肉，大碗喝酒大块吃肉，新疆人嘛，哪能不喝酒吃肉? 不过嘛，你可不要喝那么多的酒，喝多了伤身，何况你也不能喝，你也是老广嘛!

"姨丈都回老家去了，姨你也不考虑回去吗?"我望着她苍白的面庞，多皱纹的眼角，忍不住问。她眨巴着眼睛，眼角的皱纹也跟着动起来，双眼透出两股沉思的光。

你姨丈先后两次离开新疆回老家，第一次是1993年，我和章粤也跟他回去了，你们光旭也去了嘛，那年他考不上大学，我和你妈满以为靠着他的篮球特长可以上大学，结果没上，他伤心死了，就跟着你姨丈去汕头，学汽车修理。我是送你姨丈和章粤回去的，不到一年我又回新疆了，老家太热了，我待不习惯了。你姨丈在汕头做了六年，老实人，发不了财，2001年又回来了，留下章粤回到老家普宁，用他老爸的钱开了一家照相馆。这两年，章粤的生意不错，你姨丈又动了回去的心思，去年又回普宁去了。走之前，他苦苦劝我跟他回去，我没有答应。你姨丈回到老家还劝过我好几回，他在广东那边的嫂子也劝我。有一次，我真的被说动了，下了决心离开这儿，我都收拾了行李，已经上了去伊宁的汽车，可才走到巩乃斯河岸边，看到那片那么熟悉的草原，看到那些熟悉的房子和人群，再想起以前在南方和姐姐受的那些苦难，我三岁就没有了妈，也没见过爸，二十几岁跟姨姨来了新疆，好不容易才有今天的生活，我心里又打起了退堂鼓，一路上都受着心灵的折磨。到了伊宁车站，我竟然莫名其妙地又坐上了回新源县的汽车。有两个熟人在车站看到我下车，过来跟我说，你啥时候外出了，从哪儿回来了？咋会一脸的泪水，哭啥呀？本来我只是流泪，并没有哭，经她一说，我竟然呜呜地哭起来了。从那时开始，我知道，我这辈子都不会离开巩乃斯回南方了，我是属于这里的，我不属于南方的老家。

阿依母亲和姨姨都提到过她们的姨姨，也就是阿依的姨婆婆。当年，姨婆婆带着阿依的姨姨盲流到这里，两年后，阿依的妈妈也来了，她们三人一起在新源马场三队劳动，住地窝子。

阿依母亲对我说："你和阿依都回来了，我带你们去见姨婆婆。"

院里是两棵海碗粗的杏树，杏花开得正灿烂。在粉红粉白的杏花映衬下，一位老婆婆显得鹤发童颜，年纪与阿依母亲相仿，一见面就叫冰莹冰洁，拉着她们的手。两个晚辈称她为姨。我和阿依便恭恭敬敬地称她姨婆婆。她爽朗地应着，过来拉了阿依的手，亲热地说："阿依上学一离开新疆就是十年，现在才回来，我看看，哎呀，长胖了，以前瘦瘦的一个，像根葱，难道是新疆的羊肉包子不养人，口里的大米饭养人？"大家都笑起来。她又望着我说："叫啥名字了？小羊，噢噢，不错嘛，一表人才。冰莹，阿依给你找了个好女婿！"

大家又笑起来。

很快就来了三个人，一个是姨婆婆的大女儿杏花，她男人老谢，杏花长得有点儿像维吾尔族人，鼻挺眼深的，哈密瓜样的脸。他男人老谢肥头大耳，爽朗地伸手握我。还有一个我好脸熟啊，阿依望着我笑说："你看看她是谁？"

"柳花！"我喊了一声。柳花便笑盈盈地走近和我握手，说："梁小羊，你果真跟阿依回来了。"她还是当年在南安那样瘦，穿一袭灰色的冬裙。

晚饭是在姨婆婆家里吃的，席间问起姨婆婆的二女儿兰花，说是在乌鲁木齐做生意，大儿子观雨在伊犁教书，二儿子观水还留在北宁做生意，小儿子军军去年结婚，刚刚添了儿子。杏花和他的男人老谢忙着做饭，姨婆婆和柳花陪我们说话。杏花、兰花、柳花都和阿依一起玩大，兰花、柳花在南方那些年，与我和阿依一起来往过，因此我有故人重逢的感觉。

柳花问起了当年她在南安日报当记者时认识的许多朋友，这些人大多数都是当地的文学青年。

"我啥也不写了，就想好好教书，就看你们功成名就了。"柳花说，又转头问我，"你还写吧，我猜你肯定写，你适合当作家。"

我笑了。是的，我很想当作家，那时，我的写作正处于一筹莫展的时期，并且婚姻生活出现了困难——尽管我们夫妻感情很好，但是家庭生活很不如意，我们六年了还没有孩子，我的父母为此忧心忡忡，我的心情十分苦闷。我开始厌烦那时的生活，想着逃避南方。在这种厌烦和苦闷下，我更希望通过写作寻找到一条解脱的路。

于是，在与姨婆婆和所有人的交流中，我有意识地记下了他们的经历。我注意到，这些本来是南方人的盲流，以及他们的后代就是疆二代对新疆的态度，对新疆的情感。我意识到，在姨婆婆的心目中，新疆当年不仅仅是避风港，也是一个新世界。

我比冰莹早了两年来新疆，我是和冰洁来的，是艾天成带我们来的。我来之前，1963年，我和沙冲乡的周应明结了婚。应明现在在北宁。这个人嘛，当年出身好，贫下中农，在北宁一中当老师，是本科毕业的大学生，当时又红又专的典型。在那个年代嘛，我看上他也是这点。但是他嘛，为人很自私，我当时在民信小学当上了老师，和他结婚后，他说我爸我妈是地主，是反动阶级，从来没看过我的父母。"四清"运动时，我被定为地主出身，被清退出教师队伍。这时，应明他不是安慰我，而是想跟我划清界限，他竟然说出令我心寒的话："如果我不是贫下中农，保护了你，你早就被杀掉了！"

工作没有了，家里也没有了温暖，我对老家这边的希望完全破灭了。那时，艾天成从新疆寄来了一封信，问起我的近况，我就去信说了我没工作了。很快，他回到广西，找到我说："你来新疆呀，我和李英英在那边过得挺好，我们都有了工作。那边世界很大，活路也多，全国各地被迫害得无路可走的人都来这里了，新疆就是一个大收容所，在这边的人都没事，你就毫不犹豫地来吧！"刚好，你姨，就是冰洁嘛，也在为自己是地主后代的身份害怕发愁，我就跟她一说，她就同意走了。1964年4月，我们两个人就跟着艾天成一起离开北宁，那时候没有直达车，我们到地区买了火车票，路上不停转车，在衡阳转，在武汉转，在郑州转，在西安转，到了兰州转，一直到尾亚，开始搭大货车，我们两个女的被司机的莫合烟熏得头晕眼花，幸亏没遇上什么坏司机。就这样一直走了二十多天，到了月底才来到新源马场场部。

那时候，艾天成和李英英已经在马场场部有了工作，艾天成干的是外勤，李英英在乌鸦岭那一片麦地负责赶乌鸦。我和你姨到了新疆后，艾天成介绍我们去马场三队参加生产劳动，成了农民。

我来到马场那年冬天，观雨就出生了。那年天真冷啊，我从来没经历过这么冷的冬天，零下四十多度，冻死人的，真的有南方来的盲流被冻死。那时我开始想应明，你不知道，一个刚做了母亲的女人没有丈夫在身边，那冬天就更冷了，冷到了心里，但是应明在广西，一点儿忙也帮不上，我们简直算是孤儿寡母，幸亏得到你姨和几个老乡照顾，才挺过了冬天。第二年春天，应明得到了消息，他请假来到了马场，他希望我跟他回去，我不愿意，回去干啥呀，那边都没有活路了。那时我还没习惯寒冷，春天也很冷，但是我坚决不回去。应明劝不动我，住了一个月就回南方了。后来，到了1966年春天，我又生下了观水。1968年春天，应明又来到了马场，还是想劝我回去，我已经没有回去的勇气了，尽管是当农民，但生活基本稳定下来，我是铁了心不回去了。我倒是希望他想办法调过来，他不同意。第二年1月，我生了杏花。

杏花出生后，应明又来过一次，他为劝我回去的事和我吵了好几次，我渐渐冷静下来。他想把三个孩子都带回广西，但是只有观水愿意跟他走。他回去后，我听广西的亲戚说，他已经有了一个年轻的女人，据说是他的学生。我左思右想，给他去了一封信，商量分手，他收到信后，很快就同意和我离婚。

离了也好，省得他跟我还会难受。那时，斗批改运动很厉害，我和我的侄儿都被摊上了，我是"地富反坏右"的女儿，侄儿谢向忠是"特务"。向忠在老家就是个三棍子打不出一个屁的老实人，老家的批斗开始不久，应明的堂哥应江和应军也跑来新疆，家里人害怕向忠惹祸，就让应江和应军把他带过来投奔我。向忠的爸妈都以为新疆这边天高路远没事，谁知道来了不到几天就被揪出来了。在一次批斗时他被人打中了头，不久就经常自言自语，冷不丁喊出一句"爱因斯坦和我一样伟大""牛顿是我的学生"之类的怪话。全马场的人都把他当作疯子看。

我们白天黑夜都被批斗。当时，我要养三个孩子，日子很艰难啊。幸得应江应军帮忙照顾，帮了大忙。本来我也以为离开广西到了新疆不会有事，谁知道这边也一样搞运动，我几乎要绝望了。说来不可思议，我和应明离了婚，但是应江和应军却帮我打理这个家，帮我照顾观雨、观水和杏花三个孩子。这时，我还得到了三队队长龙世通的帮助，他是河南来的复员军人，参加过抗美援朝，来伊犁支边，那时还是红卫兵头头，在他的帮助下，我在三队落了户。1971年，我和龙世通结了婚。

1972年，世通调到了马场场部工作，我调到了马场的子校任教，世通当上了场部学校的校长。那时候的场部学校有小学、初中、高中，都有，非常热闹。我的二闺女兰花、三闺女柳花和小儿子军军都是在场部出生。

打倒"四人帮"后，我们这些地主后代再也不用担惊受怕了，一个一个落实了政策。马场根据李英英的学历，把她调到马场场部医务所工作，艾天成负责全场的后勤工作，做了后勤部长。

1980年，观雨考上了巩留师范学校，他是马场第一个考上中专的学生，一下子就出名了。马场的党委书记很高兴，在开学那天，专门派了一辆马车送观雨上学，还组织了几百人的欢送队伍，敲锣打鼓送过哈萨克桥，马车一直把观雨送到五十公里外的巩留师范学校，学校的师生都当稀奇看。后来，观雨毕业了嘛，被分配到新源县十月公社八大队任教，后来又调到四大队任校长。

你问杏花吗，一年级到五年级都在马场场部学校读。那时候我们家在农一队的河坝边，你家阿依比较清楚，她比杏花低一个年级，和杏花、兰花、柳花都好得很，经常来我们家吃住，四姐妹睡一个大炕。杏花这丫头犟得很，当时她对她的后爸很有意见，小学毕业后就自己联系了观水。那时候观水在北宁嘛，她的二哥嘛，她的亲生爸爸还在北宁一中教书，帮她办理了在北宁读初中的手续，初中三年都是在北宁读的。毕业后，我让她回马场考试升学，幸好她回来了，她考上了伊犁师范学校。毕业后，被分配到新源县十月公社五大队任教。

形势好之后，盲流们也开始想老家了，不少人迁回了口里。我们广西就有好几个老乡回去了，和我关系最好的艾天成和李英英也想回去。1987年吧，艾天成和李英英两口子带着小儿子和女儿，商调回到了北宁工作，李英英回到了北宁医院，艾天成进了商业局。但是，两个人，还有孩子们都不习惯南方的气候和饮食了，才干了一年多，他们又商调回了新源县，李英英调到新源县的妇幼保健院工作，艾天成调到新源县物资局，两个人一直干到退休。

　　我的两个丫头，兰花和柳花，大学毕业后一直没有工作。刚好老家有一帮做官的亲戚嘛，我就让她俩回老家找他们想办法。后来你知道了，我姐姐那帮亲戚都她们姐妹俩都找了一份工作，一个在地区文联，一个在地区报社，都是临时工，报酬也不高，都干不长。1997年，她们两个都回来了。兰花跟朋友去了乌鲁木齐做生意，柳花不愿意再往外跑，就在新源县当了老师。

　　柳花在南方的时候，我和她是有很多话的朋友。我的广东牌照摩托车除了载过阿依，也曾载过衣裙飘飘的柳花。我和阿依结婚后才听说，柳花在地区一位有身份的亲戚曾经想为我和她牵线，但是听说我已经和阿依好上了只好作罢。只是当年令我奇怪的是，曾经在地区干得好好的她们，为什么突然就回伊犁去了？我和阿依结婚时，她们也没有参加。后来我打问这件事她们也没有说。

　　柳花在地区日报当实习记者大约有两年，姐姐兰花在文联属于编外职工，又因为她的姨姨，就是她母亲的二姐家在小城，她的表哥在小城一个乡镇当领导，她就和兰花常常来小城，住在表哥家。那时候我和阿依刚认识，阿依来找我的时候，身边也常常带着她俩，阿依管她们姐妹叫姨。

　　春天，我和姨婆婆的谈话结束后，我和阿依再次住到了姨姨家。作为李英英最好的朋友之一，姨姨带我们去则新路看望了她，那是一个很漂亮的院子，有一层占地四百多平方米的楼房，院里绿树青青，红花吐蕊，新种的青菜绿油油。艾天成在两个月前去世了，他们的两个孩子分别在伊犁和乌鲁木齐工作，现在她一个人住在这个大院子里，和我絮絮叨叨说着那些旧事。

　　1987年春天吧，我和艾天成都想调回北宁工作，那时候还有叶落归根的想法。艾天成找了在北宁做领导的熟人，我们两口子带着小儿子和丫头回去了，我调回了县妇幼医院，艾天成调回了县商业局，孩子们在县城读书。但是，我们一家四口怎么都不习惯那边的气候和饮食了。我们在北宁干了一年嘛，这一年我们也认识那边的世情了。我敢说，那里的人是最现实的，比新疆这边的人现实多了，那种现实不是说不能讲，都是要吃穿住的嘛，问题是他们只有一个信念——找钱。为了钱可以朋友亲人都不顾。我就亲眼看到亲耳听说，医院旁边的一户人家，为了父母留下的一块地皮，两兄弟闹翻了，都想要那块地皮建房子，开商铺，争执不下，开打了，又闹上了法院，还是没解决。那里的人干啥都要讲钱，吃拿卡要太普遍了，我去办个证件，没红包不理你，给了红包一个小时就办好了，这不是没钱不办事，有钱乱办事吗？我们实在不适应了，才干了一年多，我们就申请调回新源县，幸亏这边还愿意接收我们回来，我调到新源县妇幼保健院工作，艾天成调到新源县物资局，我们两人一直干到了退休。只是，今年2月初，老艾走了，孩子们都在外面工作，一年回来几次，我自己住这个院子，良珍和冰洁常来谝话，你妈冰莹住在马场，很少来，要是你妈也在县城买个房子就好了，我们几个老太婆就可以常常聚在一起啦。

我觉得在县城买房子是个好主意，虽然我们经济拮据，但是相对南方小城而言，房子根本就不贵。那时的新源县还是一个房地产欠发达的地区。

我从姨姨那里得到的另外一个消息是，珍姨婆的女儿兰花在乌鲁木齐和同学合开了一爿钢材商铺，惨淡经营，勉强度日；柳花和一个出租车司机结了婚，遗憾的是一直没有孩子，她心中的焦虑我们感同身受。来自家庭的希冀和周边的议论，使他们的关系岌岌可危。

新源马场（二）

　　4月下旬的天空从早晨六点开始就明晰得只剩一片冰蓝，清冷的晨风从东南面白得晃眼的天山雪峰缓缓吹来，越过连绵的草山和河滩公路旁的白杨林带，越过晨曦中亮闪闪的河面，送来了那条河上湿润的水汽，也送来了河岸沙枣花的缕缕芬芳。我熟悉那种芬芳。十七年前，在老家乡下初中，正在萌发作家梦想的我，收到了来自乌鲁木齐一位叫曼丽的姑娘的复信，信笺之间夹着两朵淡黄色的小花，也散发着眼前河边这种淡淡的幽香。

　　我喜欢这条河，它弯曲而缓慢，清洌至冰凉，从天山脚下充满想象的黛绿的山谷里流来，一直流进特克斯河，最终和从那拉提流过来的巩乃斯河汇合组成伊犁河。它发源于库尔德宁自然保护区喀班巴依雪峰脚下，从上游开始流经巩留县和新源县，成了这两个县的一条界河。当地人一直叫它莫乎尔河，口语又称莫河，但是我查过新疆地图，它其实叫大吉尔尕朗河，吉尔尕朗，蒙古语，幸福、安逸的意思。河的名字让我想象当年成吉思汗的蒙古人曾经到过这个地方，关于这些判断，我在早年出版的《吉尔尕朗河岸》一书里有过表述。河对面有一个叫莫乎尔的巴扎，它是巩留县的一个乡。不知是因为来自莫河这个名字谐音，还是来自千百年来的一种叫法，当地人一直把莫乎尔乡简称为莫合，也写作莫合，吉尔尕朗河就贴着它的镇区北边流过。而北岸，就是我们现在生活着的新源老马场。

　　老马场，其实就是一个老牧区。就聚居的住户而言，根据我的观察和询问，现在这里就只剩下八十多户六百多口人了，其中汉族三十二户，回族二十九户，哈萨克族十二户，维吾尔族九户。这些住户中，稳定地在马场放牧的有三十五户，种地的有二十二户，出外做生意的有十七户，其余人家做其他营生。十多年前，那些和阿依母亲一起在七十年代落户的老乡朋友绝大部分已搬迁到哈拉布拉乡316省道边的新马场，有的迁到了巩留县的莫乎尔乡和新源县的哈拉布拉乡，还有的迁到了新源县城、巩留县城等地，比如我们的姨婆婆和姨姨一家。少数还迁到了州首府伊宁或区首府乌鲁木齐。现在留在老马场的，大多是些家境一般或者没啥门路的人家了，再就是些年纪大了哪儿都不想去的人。要说有门路而不想走的，还真找不出谁来。至于阿依母亲一家，大概属于上面各种原因的综合。我曾经接触过一些搬走的人，在他们的眼里，似乎并不看重这片他们曾经生活过的土地，或者他们对这片土地有不同的看法，那是因为他们对自己的生活有了新的想法。

阿依母亲和小舅子光旭都是安于现状的人。早几年，我和阿依从希望他们过上舒适丰富的城里生活出发，希望他们迁到新源县城，我们甚至表态愿意出一部分钱。但是光旭说："东莞我都待了七八年，城里啥生活我没见过？还是老马场好，种几十亩地，闲时钓钓鱼，还有老婆孩子热炕头，这就是我的生活！"他说得慷慨激昂。阿依母亲虽然没有完全赞成这种说法，但她强调更多的是这里空气好，适宜养老。从心底里说，自从我和阿依回到这里后，我们开始暗自庆幸他们没有搬迁，阿依是因为怀念过去，舍不得童年的乐土，而我仅仅因为这里是阿依常年思念的家园，是阿依多次讲述、我梦中无数次出现过的家园。

清晨，阳光还没有照到草原上，吉尔朵朗河上空明净而又空寂，空气清冷而又显得湿润。河坝边的杏树、梨树和桃树还处在绚烂盛开的阶段，沿着河滩公路看过去，一条粉白淡红的花带延伸在连绵起伏的山坡上。

村口刚刚长出小刀大叶子的杨树榆树仿佛在一幅油画里静静地站立，如果不是由于一群一群的鸟儿在一棵棵树之间飞来飞去喳喳地叫着，这一幅油画就是静静地挂在一面大墙上的艺术了。

我正在院子里浇菜，看见阿依父亲一直精心饲养的那群鸽子正在"噗噜噜"声里飞过杏花如雪的枝头，掠过院墙外那片浅绿的白杨树，瞬间就斜升至白杨树的上空，在瓦蓝的天空下组成一个亮光闪耀弧度优美的图案，在呜呜的鸽哨声里搭配发出一阵阵"咕咕咕"叫声和"噗噜噜"的振翅声，然后高高飞起向北划入蔚蓝高远的天际。太阳即将出来，有一些线性的幽蓝光影越过东南面暗绿的草山，在院子内外的果树和杨树梢头交叉浮荡，天空和天空下的一切显得多么清冷、纯净和寂寞。

当漫天的阳光从鸽哨嘹亮的蔚蓝天空里洒下来时，清冷袭人的山风也仿佛刚刚从昨夜酣睡中醒过来，开始从加乌尔山上徐徐吹下，绵延起伏的马场于是就有了一种半冬半夏的温凉，一种半春半秋的清爽。杨树、榆树碧绿高挑如一个个姑娘，还有正在亮亮地展示着自己果实的苹果、杏树、梨树等各种果树都在悠闲地摇摆着，草山上蓬松的野草也在缓缓起伏，就连那些早醒的鸭子，走上草地时也是屁股一摆一摆的。满野的清凉都被冷峭的山风撕扯着温凉地铺覆到草山上。

清晨，我静坐在院门口，盯着面前的白亮土路出神。上午的阳光开始像煮化的酥油一样一抹一抹地涂在屋门前的那片杨树叶子上。老牧羊犬乐乐伏在墙根边晒着太阳，显出一种闲适的神情，一副慵懒无力的样子。回想这年4月我们回到马场时，阿依告诉我乐乐已经活了十八岁了，十八岁的女子会是一位水灵灵的女子，但是十八岁的狗却已经是一条老态龙钟的老狗了，难怪它这样慵懒。秋天之前，喂这条老得快要掉光了牙齿的老牧羊犬一直是我们在马场居住岁月里每天最重要的工作之一。阿依的记忆中，乐乐的母亲是一条叫小狼的母狼犬，早些年光旭从二队一位姓马的回族朋友家里要回来的，它的父亲却是马场的一条土狗，所以乐乐就是二转子（混血）狗了。尽管这样，乐乐依然是一条有着狼狗血统令人见其形闻其声即感到其非同寻常的看家犬。

十八岁的狗意味着什么？我想它不但意味着真正的老，也意味着它在狗的世界里稀有的高寿，它的漫长一生的见多识广，它的阅尽狗世的老态龙钟，它在老马场大平滩草原上因为美食和情欲而产生的欢乐和忧伤。想想看，在现实生活中，一条狗一般能活到三年五年吧，然后就被主人卖给食客们宰掉吃掉，就算超过八年十年，很多狗也会病死了，或者发疯之后被主人遗弃了。十八年，狗活那么长的岁数干啥？几乎等及一个人生命的三分之一，甚至见证着一些主人的生老病死。

阿依告诉我，乐乐的确活了十八年。

在乐乐之前，那条叫小狼的母狗下了一条小狗，它和这乐乐一样都拥有一个挺人性化的名字：欢欢。欢欢也是一条勇敢而懂事的牧羊犬，除了主人放羊时忠诚地跟随着，警惕地守护着羊群外，它还是一名好猎手，三天两头到山上咬回来一只狐狸或者旱獭。它在老马场场部特别是种马站那一片地方是出了名的狗中英雄，我家下面那户邻居（是户哈萨克族人）家养的一条牧羊犬也特别厉害，外形有些像藏獒，成天在院子里被一条粗链子拴着，只要有人经过它家门口，那狗就会拖着链子冲过来，吓得左邻右舍的邻居很是反感。自从那狗和欢欢咬了一架，被欢欢咬伤耳朵后，它一见到欢欢就跑回自己院子不敢出来了，它的小主人对欢欢的意见就很大了，总想个什么法子好收拾欢欢，现在回想欢欢被下毒的过程，我还是很难过。那年4月初，草垛子上的雪刚刚化完，晚上天气特别冷，那晚我们喂了欢欢却疏忽了外面已结冰了，忘记了给它喝水，估计也就是在那个时候它在外面舔食恶人下了毒的东西，大概十一、十二点时我们在房子里被电视剧里的节目所吸引时，听到门被欢欢扑打着噗噗响，我们没理它，疏忽了。可怜哪，欢欢在向我们求救啊，可怜的它一路呕吐着，回到后院那高高的草垛上（它的岗位）面向着西北面，痛苦地挣扎着，直到断气，它还保持着平时守护家园的英姿。记得第二天，我从草垛子下面经过去学校，看见欢欢还趴在草垛上呢，我唤了一声它，它没理我，我不知道它其实已经死了。中午放学回家，看见光旭哭哭啼啼的很悲伤，他对我说："欢欢死了，是被人毒死的，我恨那个人！"欢欢可是光旭的爱犬，他和它几乎每天形影不离。那天下午，他抱着欢欢，眼泪汪汪地跟我说："姐你帮我拿一把铲，我要去后山给欢欢找个睡觉的地方。"我跟着他上了后山草原，他边哭边挖坑，累了我也帮他挖，我们挖了一个半米深的坑后，他就把欢欢给埋了。

乐乐是光旭从二队一位姓马的回族朋友家里要回来的，它的母亲是纯种的狼狗，但父亲是个土狗。乐乐警惕性非常高，往往一只鸡走进来它也会奋追狂咬。此外，十多年前的乐乐还是一只乐于奉献的牧羊犬，白天，它常常带着一群狗跑上后山加乌尔山的最高坡上，眺望着马场下的一排排土坯房屋，警惕地注视着道路。如果村口偶尔走进一个它认为可疑的人，它就会狂吠着从山坡上冲下来追袭，身后是一长溜狗声附和的帮凶。这阵势，相信无论是谁遇上了都会心惊胆寒。

乐乐长时间无所事事的时候，会让两三条狗留在山坡上警戒，它却溜到河边，不是洗澡，也不是喝水，而是做出一种我们无法想象的举动——扑到河里抓鱼。马场的许多人都看见过，乐乐举起两只前爪子，瞄准目标，飞速一扑，一阵雪白的水花溅起又偃息之后，就有一条白花花的狗鱼或者鲈鱼衔在了它的嘴上。乐乐抓鱼不敢说百发百中，起码也在百分之八十的概率。房前屋后地溜一圈，对那些个老鼠洞特别关注，经常抓到老鼠，非得把个老鼠玩得要死不活的，没了力气逃跑，它就把玩得奄奄一息的鼠兄献给老朋友家里那只正在喂小崽的老猫。还有呢，它认得自己主人家的田地，一旦发现有牲口窜进地里糟蹋庄稼，它会狂吠着跑进去追咬，直到把牲口咬出田地才罢休。自然，和所有的牧羊犬一样，它也会偶尔咬回来一只狐狸、旱獭或者山鼠。晚上，它镇守的家园一片静寂，那是旁人对它畏惧的结果，倘使有谁一时疏忽忘记了它的存在，那么他一定会惊惧地看见那条掠过长空向黑夜发起进攻的影子。因此，十多年前马场的人都知道乐乐，都说它是全马场最聪明最勇敢最忠诚的警卫。

乐乐突然缓缓地抬起头，温情脉脉地朝阿依看了一眼，阿依招呼了它一声："乐乐，乐乐，你是我们家的一员哦。"乐乐就屁股坐地，脑袋努力上扬，又看了阿依一眼，压着地面的尾巴摇了一下。阿依朝它招了一下手，继续着她的讲述。

　　我在马场生活那些年，乐乐除了跟我上山放羊之外，就是老老实实地待在院门口，或者在院子里走动。自小到大，它就从没进过一次房子，哪怕是我们都不在家。十八年来，它一直是饿了就在院子里等候着我们派饭，往往是光旭提一只盛馍馍或者米饭的塑料桶出来，它便伸头进去专心致志地"用餐"，吃饱了舔一舔嘴巴，望一望在房子门口坐着的主人，然后走到菜地边的水龙头旁，那里有一个自来水冲刷出的水窝，它伸出猩红的舌头，"嗦嗦嗦嗦"地舔水喝。

乐乐可能从我这个新归的南方人身上看出了什么，一见到我就会起劲儿地摇起它那狗毛不多而且已经非常干涩的尾巴。我每次进门，乐乐只要看见我都要亲热地走过来，让我摸摸它的脊背和脖子，而我每次摸到的都是成了一绺一绺的狗毛，干涩得就像除掉了麦粒的秫秆。我从橱柜里拿了几块熟肉扔到地上给它吃，阿依看见了，大声说："勺子吗你，你这样会把乐乐教坏的！"

但我固执地认为乐乐不会，十八年都过来了，规规矩矩大半生，到了老眼昏花的年龄难道就彻底老糊涂了吗？我这样想的时候就在厨房的地上扔给了它两块大肉，它走近门口，先看看地板上的肉，又抬头看了我许久，已经明显有了白内障的双眼努力挤出一线等待的眼光，它看我没有阻吓的意思，便大胆地走进厨房，叼起"佳肴"。它一吃完就认定我了，凝视着我再也不愿意走，蒙蒙眬眬的双眼里闪动着一缕乞求的光，好像在说，再给我一点儿吧。我终于不忍，又在厨房的地板上扔了两块。乐乐就像一个失宠多年一朝又被临幸的老皇妃，满嘴是欢愉的哼哼声，摇起了毛色干涩稀少的尾巴。那天，它心满意足地吃完后，一边回首一边缓慢地走到墙角休息去了。

初夏到来后，落在老马场的阳光像土墙一样厚实金黄。院子里，早熟的夏苹果花已开始凋谢打果，樱桃已经成熟，挂了一树树的艳红（院里有两棵樱桃树），吊死干杏树也结出了手指大的果粒，而太白杏像老马场上一些可爱的小巴郎，隔一天就可以长大一点。

黄昏，我去后山草原散步。去后山草原有两个路口，从牧业队通过来的水泥路到村口就和场里出来上山的泥路形成了一个"人"字路口，沿着柏油路的延长线是一条上坡的土路，长长地向山上延伸；右转就是一条缓缓下坡的水泥路（那是一条铺设了十几年的水泥路，已经有些地方因失修而露出了路基下的砂石，显得坑坑洼洼），有三四米宽，水泥路穿过两排房子向左转，有一条宽约三米的小水泥路（同样是一条铺设了十几年的水泥路，路面也已经坑坑洼洼），路的左面隔七八米就有一个小巷子，通往各家各院。小水泥路一百米的左侧，是绿树成荫的场部小学。继续往前，左侧的第五个路口有五棵巨大的白杨树，树下摆着一张石桌、几块大石头，还有几个破烂的椅子，常常有人聚集在那儿打牌。从路口往左的巷子走进去，两边是一家家院子，尽头就是草山，左侧最后一院靠山的房子就是我们的院子。出门向左就是一条长十多米、宽五六十厘米的上坡土路，春天里拖拉机轧出的一道道沟痕和马牛羊踩踏出的黄色泥泞经过夏日的暴晒，已经完全变硬，但是一有风来就会尘土飞扬。

土路往山上走二十来米，又向右分出一条更小的土路，沿着小土路走，左侧是一条流水叮咚的水渠，沿路右侧有一溜手腕粗的杨树。快到我们屋时有两棵直径足有一抱粗的老柳树，树下是一条横跨水渠的独木桥，桥的一头斜斜地通向我们屋边的小巷，另一头是我们上山的第二个路口。跨过独木桥，就踏进了通往后山草原的凹槽小径。阿依母亲说，从她来到老马场落户开始就看见了这条荒凉小径。这是一条被牲畜践踏过不知多少年的小径，一直荒凉着，两边长满了半人高的芨芨草，人和牲畜走进去都不容易被看见，但是只要走完这条二十多米的凹槽小径，一仰头就可以看见起伏绵延的草山，山上缓缓移动的牛羊，还有山顶上野草横生的土坯房子，还有稍显破旧的毡房。晚霞弥漫在草山的尽头，弥漫在加乌尔山上，晚霞之下是马牛羊自由行走的辽阔大平滩草原。

沿着小径上山，一直通向后山草原。我踏上小径时想到，这条荒径既是巴哈提别克放羊走过的地方，也是阿依在去南方之前放羊经常走过的地方。我从这条小径的底部走到它的最高处，大约要走半个小时，就可到达加乌尔山，然后再从山顶沿着缓坡走上去，就是一望无际的大平滩草原。阿依说，那里是巴哈提别克和他的哈萨克族牧羊人的天地，也是牧羊犬的天地。一到了那里，喝过酒的牧羊人都会趁着酒意肆意地睡觉，而马牛羊有了牧羊犬的看护，走多远也不会走丢。我比较害怕牧羊犬，它们对靠近羊群的外人的追击总是锲而不舍，除非主人就在旁边，否则我在劫难逃。有一次，我骑了摩托车搭着阿依就往辽阔的大平滩草原跑，结果被两条牧羊犬穷追不舍，在狗龇着牙离我们的腿还有一拃之距的时候，牧羊人巴哈提别克及时骑马赶到，我们还在落荒而逃。自那以后，我最勇敢的时候也只是在屋后的草山上转悠。

我的天地和哈萨克族牧羊人的天地，还有牧羊犬的天地，中间就隔着一座加乌尔山，山脚下就是辽阔迷人的草原，一条小溪从草山之间流过，溪边有灰旧的毡房，撩开门帘的门口边停放着一辆坐凳上搭了紫花毯子的红色男装摩托车，有时也能看到一匹缰绳拴在木桩上的马，偶尔走出一个提着水囊或者挤奶桶的扎着红头巾穿着黑衣裤的女子，也总能看到毡房顶上的炊烟袅袅直上。

在山顶，有简易的黄泥土屋，围得方方正正的一个土墙院子，但是向南和向西的院墙已经明显坍塌了一半。很明显，它现在已经被明显抛弃了，或者在这个季节已经被忽视了。它经历了风吹雨打，土墙已经完全裸露，甚至墙根已经长上了青苔，在这个干旱的季节只剩下干燥焦黑的叶片，在风中噼啪噼啪地摇响，使这个山顶显得有些凄凉。土墙的旁边早已杂草丛生，和山顶一起绵延而去的山包跟着都显得有些寂寞孤独。土屋的主人或者建造者已经赶着羊群去了山里，还是早已下山入了城里，这个我没有问到，我也不打算问到。土屋门口那根被雨淋日晒得焦黑的拴马桩还在，在阳光和风里还渐渐长大起来。

我在加乌尔山下的大平滩草原上随便地转悠，内心常常产生岁月的沧桑感，这种空旷寂寥、经常无人的景象，使我不住地想象我就是往昔年代中的来客，我一直在这里生活，怀着对未来的坚忍，并且经历着那些最普通的爱情。

我对那条连通山顶和山脚的荒凉空寂的小径的感情也与日俱增。我把它看作是我适应这里的事物和时间的一个通道，也把它看作是属于我私人的一个领地。在这里，没有人知道我正在想着的事情，我的一个梦，我回到这里的目的，那就是——我想当一个作家，而且想当一个与众不同的作家，我指的是在创作素材上，我想在这里寻找到有价值的素材，然后利用这些素材创作出与别的作家相媲美的作品，至少也能显示我与众不同的创作个性。关于这些，多年以前我在南方就开始了寻找。那时，我进入那个重要部门已经三年多，因为写材料受到主要领导赏识，又老实肯干，结果领导的每一份材料都要我撰写，从此我深陷重围，无法脱身。在我印了一本书并且因为书号问题出了一点事之后，尤其是我数次想走出樊笼而不能之后，我可能还对我工作的那座小城产生了偏见，以为那里不是人生活的地方。这对一个有志于当作家的青年是致命的，因为直接影响到了他观察事物的方法，并且打击了他的自信。相比较那些与我一起出发的青年，他们想当官的已经当了官，想成名的已经成了名，留下我孤独木讷地焦虑着。现在我分析自己，当初进入仕途实在非我本愿，只是因为面对家人的希望和身边朋友熟人意气风发的感染，一时虚荣填满心头，我进了一个我并不适应的误区。当我在多次碰壁后幡然醒悟，世界江山已定，我已垂垂老矣。但是我不甘心，我想到了独辟蹊径。我生长于南方，但是我有一个北方人的情怀，并且我很早的时候就已经阅读北方，尤其是阅读新疆。现在，我成了这里的女婿，我拥有了一项与众不同的资本，于是我编织幻想的欲望重新强烈起来。简单地说，我期望能从这里打开一条文学的小径。小径虽小，但是我的内心却可以比它辽阔。就像眼前，我沿着这条狭窄的小径漫步，却可以想着我人生艰深的命题，想着我这场从南方就开始的旅行——我老早就树立的人生目标。自然，通过这条小径，我也欣赏到了这片自然富有个性的美景，我甚至遭逢了不期而遇的邂逅。

有一次，就在这里，就在这条荒径上，我遇上了一位裹着围巾提着一个布袋走过来的妇女，我断定她是一位哈萨克族妇女，而且是一位落落大方的妇女，因为，还有二十多米她就毫不害羞地看着我，等到她到了我面前，我被她的一声大叫惊呆了：

"梁小羊！你是梁小羊？"

"你是——"我嘴巴一定张得大大的，因为我根本没想到她会喊出我的名字，在这片荒芜的草原上，她是一位哈萨克族妇女。

"你不认得我了？也是啊，十年了，听说你都当官了，还长得白白胖胖的，挺年轻的嘛，一点儿都不老哎！"她像开了机关枪。

"你是——枣花？"

"不像了是吧？像你的阿依吗？"她突然嘎嘎嘎大笑起来。

我尴尬地傻笑着。那一刻，我很庆幸自己还有这种及时掩饰尴尬的方式。

"我还以为你是一个哈萨克族人！"

"嘎嘎嘎！"她继续大笑起来，"是吗？我变黑了，你就以为我是老哈萨克族了吗？"

我讪讪地笑着，伸手去折一根斜插到我腿边的枯干的芨芨草，芨芨草很有韧劲，我又扯又掰终于把它弄断了。

"我听说你回来了，一直想去你们家看你，没想到咱们在这儿遇上了，一个人在这儿玩呢？攒劲得很嘛，阿依没跟你来？"她望着我手上的芨芨草问。

"我闲着转悠转悠。"

"哎哟，你留阿依在房子里，你就出来浪了？"她咯咯咯地笑。

我也笑。奇怪她的笑声开始变得顺耳了。

"我们没见面都六年了吧？现在又见面了，真是缘分啊！不过也不能说是缘分，阿依虽然是我的姐们，却也六年没见过面了，十年没回过新疆了嘛！我以为她都忘了马场了，只有我这种土包子才回来嘛。至于你，大作家，也是不可能来我们这个地方的，荒凉嘛！真想不到，你们还真来了！"一串连珠炮之后，她又嘎嘎嘎地笑起来。

我也终于呵呵地笑起来，只觉得心里已经变得很愉快。

她告诉我，她刚从农二队的亲戚家里回来，抄近路从草原上的小径回家。她真的就像我没回伊犁之前巩乃斯的亲友们在电话里所说的那样又黑又瘦了。我们没有坐，我们是站在草原上说话。我很想拉着她的手坐在这片辽阔的草原上好好地谈一谈，谈谈我们南方一别六年后的许多疑问和往事。但是我经过仔细考虑后终于决定放弃了，毕竟老马场这地方还不怎么开化，我担心孤男寡女在一起会引起老马场人们的误会，况且枣花男人经常在二十多公里地的巩留县城打工，我怕引起不必要的麻烦。

"到我家做客吧，我宰土鸡，我做的大盘鸡最好吃了！"她说，瘦黑干燥的脸上，两只黑眼睛里有火亮火亮的东西闪烁着。

"不了，"我甩了一下手里的芨芨草秆，说，"阿依爸爸说好晚上要在家里吃饭，他要和我喝两杯。"我编了一个理由。

"哦——哦——"她发出像鹅一样的恍然大悟声，"那就再说吧，有空再来，别跟我客气啊，老朋友了，我家在巷口东边。对了，你还要和阿依、光旭一起来！"

我应了一声。

"走啦，回家去啦，你慢慢闲逛吧，好好看看我们的草原！"

我又笑着说了声好。她已经拐到小径下山了。

草原上大多数时候天清气朗，空气澄明，视野可以延伸到远方的天山脚下，并且寂静得只剩下风。这样也好，我可以毫不设防地倒行，根本不用回头看，甚至可以闭上眼睛快速地后退。有时我会跌倒在芨芨草丛里，我趁机坐上几分钟，或者半个小时。这时我会想起，在我以八股文为业并生活了三十多年的南方，不说放心倒行三公里，就是倒行三十米也要提防身后突然出现的车辆和行人。我在南方的时候练习倒行总是要东张西望，生怕碰到某个人或者某个物体，而在这片草原上，我似乎是一个脑袋前后都长着眼睛的人。一个月过去后，我的倒行已经接近健步如飞。

我并不是在杜撰故事。人们的生活有各种奇特的方式，在偏远的角落感知生活的崭新和无法预料的乐趣就是其中的一种，我乐此不疲。而在此之前，我已经患上了南方恐惧综合征。例如在那座南方小城，我就几乎患上了小城雨季恐惧症。在淅淅沥沥的春雨或者秋雨中，小城许多像小径一样的街道人满为患，一些路口的红绿灯形同虚设，铜州商场门口、二环西路三个十字路口、客运总站的大转盘、大笼市场路口、客运中心路口、南北路口，几乎所有的十字路口和红绿灯，都要面对抢灯和堵车现象。当绿灯开始闪烁，红灯就要来临时，跟尾抢灯的车辆排成一排，另一方向对向的车辆因为受阻而疯狂地摁着喇叭。有许多次，我载着几个外地文友经过这些路口，他们对这些乱象表示不可理解，我就在停车线内拍着方向盘骂："狗娘养的！如果实施了电子监控抓拍，何至于此？这些年，城市建设的确有了大变样，但是在管理上还远远跟不上时代，一些亮化工程搞得不亦乐乎，但是对于这些关系到出行安全的建设，市民提了多年还是迟迟不能实施。"

在春天的雨季，依然是那些路口，那些人总是撑着雨伞，急匆匆视死如归地赶路，伞把都被他们紧紧地握在手中，像一把冲锋枪突进人群，伞与伞狠狠地撞在一起，所有的人，不管男女老少都是寸步不让，他们只顾盯着前方，拉长脸，目不斜视，心里都有一股义无反顾的浩气强迫对方让路。他们把雨伞当作盈利的商铺，认为任何的松劲都是软弱和耻辱。当伞把伞碰歪了，过去之后总会听到一句"癫逼"或者"三八"的咒骂，很少听到"对不起"或者"不好意思"的歉疚之语。

我知道，他们当中有许多是完成了原始积累的人，当官的为自己的儿子甚至孙子谋好了位置，现在他们已经踌躇满志地坐在主席台上；经商的也靠紧了自己的靠山，许多人拥有了别墅，房子遍布广州、南宁、北海等地，有的人还占有了整整一条街，积蓄可以让四五代衣食住行无忧。我这样说并不是自怨自艾，我是面对这个世界有些无奈。也许这就是我的软弱，或者自卑，但是我的心的确不在那里，我想去更远的地方。

巩乃斯河畔（二）

大约是我回到马场后的十五天左右，我在这个家里第一次感到了身体的不适，像重感冒一样难受，全身乏力，骨头都疼，头昏昏沉沉的，除了我在南方喜欢吃的稀饭，包括手抓肉、大盘鸡什么的我都不想吃。阿依母亲看了我的脸色，说："你是遭遇水土不服了，你从老家带啥东西来没有？"阿依就拿出了那把大蒜头。在干啃了三个大蒜头且拼命咳嗽之后，我又喝了阿依给我熬的稀得可以照见五官的清水稀饭，然后蒙上被子睡觉，尽管睡不着，却可以就着后山不时鼓荡起的拍打着窗户的萧萧长风，对着这片偏远而寂寞的大地胡思乱想。

到了夜里十一点左右，外面传来了淅淅沥沥的声音，那肯定是雨来了，这让我有回到南方的错觉。阿依还在母亲那边聊天，十年后重逢，她们有说不完的体己话。我便就着这雨声，居然悄然睡着了。

后半夜，我醒了，阿依已在身边轻酣入梦。我感觉到骨头的疼痛减轻了许多。轻轻挪动身体，怕惊醒阿依，在一阵寂寞的想象中又睡着了。

第二天九点起来，雨继续在下，我感觉精神不错，便待在床上斜躺看书。阿依已经起床去厨房，不久端来了一大海碗热气腾腾的稀饭，又用南方带的大蒜头蘸盐让我吃，我吃了后又卧床休息。到了中午，症状又减轻了不少。傍晚，我起来去厕所的时候，觉得已经完全恢复了。

第二天早晨，雨晴了，碧空如洗，东南面的喀班巴依雪峰显得近在咫尺，伸手可及。

我们在院子门口的小厅闲坐，阿依母亲和阿依回忆着一些过去的话题。在我的印象中，我看到了一位言谈举止都十分得体的慈祥老人，她习惯在我们的每一次疑问后用"就是的""嗯"来加以肯定。她的讲述让我好像也回到了那个时代。

1969年春天，我怀了阿依，大约七个月的时候，你爸爸打算让我去医院检查胎位。那时新源县的医院十分简陋，你爸就决定让我去伊犁医院。他在马场劳动请不了假，就给了我九十块钱，让我自己坐车去伊犁。我坐了一个上午的车，天下起了雨，我又饥又渴，就进了一家饭馆吃饭。

　　这时进来一位长得非常俊俏的姑娘，但看上去没有精神，她朝我走来，递给我一张纸条，我一看，上面写着："好心人，行行好，救救我们，我和我的十个同伴饿得不行了，给点饭我们吃吧。"落款是：王玉英。非常漂亮的字，真是字也像人。我就奇怪呢她咋不说话，拿着一张纸条讨饭吃？我就问她："你的同伴在哪里？"她一开口就是湖南口音，说："我们租了一间房子，离这儿不远。"我就打了雨伞跟着她走，来到一间光线很暗的房子，果然里面一条条躺着十几个人，有男有女，全都面黄肌瘦，有气无力，连站都站不起来。我觉得怪可怜的，就拿出二十一斤粮票，还有十一块钱，给那个王玉英。我说："我只能给你们这些了，我也困难，也没落户，随时可能被遣返，咱们出门在外，能帮衬多少就帮衬多少吧，今后还是靠自己。"王玉英含泪对我说谢谢。她问我："大姐，你叫啥名字，哪里人，可以告诉我们吗？"我就说："我叫吕冰莹，是新源马场人。"她说："以后如果活下命来，我们会去找你答谢的。"我说："不用，这年头，拿不准谁也有个落难的时候，我也不指望你来谢我，大家把今后的日子过好就行。"

　　我要走了，王玉英突然说："大姐，你脚上穿的是布鞋，你又挺着个大肚子，这下雨天布鞋容易被淋湿，可不能让脚着凉了，我把我的皮鞋跟你的布鞋换了吧，这样你也好走路。"我想，哎，这姑娘还是蛮体贴人的，就答应了。

　　我跟她换了鞋，到地区医院一看，人山人海，觉得太麻烦了，想想自己也没啥不舒服，就决定不检查了，带着剩下的几十块钱，又坐车回来了。你爸听说我到了伊犁不光没去检查，还救济了一帮盲流，就生气地说："你好厉害嘛，拿着我的钱做救济去啰，你想办收容站啊？"我笑笑说："人都有落难的时候，我也得过别人的帮忙嘛。"我这样一说，你爸就没说啥了。

阿依母亲和我长谈的时候，提到了阿依当年出生的地方，她说记得那里叫哈拉布拉乡五大队七小队。

一个寒风凛冽、天空瓦蓝的早晨，我们在她的讲述中，重返阿依出生的地方。

　　我在三队劳动，因为表现积极嘛，队里准备把我转为马场正式职工。偏偏在这个时候，斗批改运动开始了，上面来了通知，我们十几个1966年后来新疆的自治区外的人被列为黑户，被通知停止劳动，要遣返回原籍。顿时，我就没有粮食供应了，也买不到粮食，我哪能回去呀？回南方就是死路一条。上面要求队里把我们遣送到"工纠队"。据说"工纠队"是个打人的地方，被抓去的都会被打个半死。来拉我们的牛车来了，他们命令我们上车。阿依爸爸尽管属于正式职工，但也帮不了我，只是傻傻地看着。我挺着大肚子艰难地上了车。我被遣走时他跟着牛车流泪。当时负责遣送我们的是三队的徐健河，驾着牛拉槽子（木轮）大车，到了五区（今天的哈拉布拉乡）的时候，动了恻隐之心，说你们是从老家来找活儿干的嘛，多不容易，都是憨厚的人，哪里像啥反革命啥特务的？今天我就冒个险，你们都走吧，各走各的路，有人问就说是自己跑的。

　　没有被遣送"工纠队"，但是我们也没地方去，三队是不敢回去了，就在巩乃斯河畔荒原上流浪，带着一点干粮，就是买的馍馍，几个馕，头巾包着，住在别人废弃的地窝子里，每天晚上都能听到从荒原上吹过的又硬又冷的风。有一晚，半夜起风的时候，我听到地窝子洞口有不像风吹的响声，我就握紧了一根木棍出地窝子口边看，月光下，两只闪光的眼睛看着我，我毛都竖起来了，声嘶力竭地大喊，举起木棍胡乱挥舞，那双眼睛不见了，一只四条腿像狗一样的动物跑掉了。我好害怕，把棍子放在身边，抱着包袱坐了一夜，天亮后还要拿着棍子试探了几下地窝子口，半天才敢出来。

　　不能再待在荒原的地窝子里了，还是要去找村庄的人家。我觉得生活好艰难，有一个简单的家不能回，有一个丈夫不能待近。我绝望过，但最后还是忍了下来，我想，从那么远的广西来到这里，吃了那么多的苦头，我要活下去，无论多么艰难我也要让自己和肚子里的娃娃活下去。

　　我走到一个村子，遇上了一户来自甘肃的人家，这家的男人说老婆要坐月子了，要我帮他服侍老婆，早晚煮饭洗衣，有糊糊吃，有一间接近坍塌的房子给我住，我就同意了。正是四五月的季节，早晚的水还冷得沁骨，我挺着七个月的大肚子帮洗衣服，洗屎尿片子，还要生火煮饭，心想只要顺利生下肚里的孩子，受点累受点冻没啥。没想到那家的女主人坐满月子，为了节省粮食，让我走了。我只好又往别处去，胡乱走。

这时候阿依爸爸找到了我，他是求爷爷告奶奶得到了看管的通融，偷偷跑出来的，他通过老乡找到了他另一位老乡，就是五区（今天的哈拉布拉乡）一大队七小队的岳明宝。岳明宝和李秀兰两口子真是好人啊，他们听了我的遭遇后，一点犹豫都没有就收留了我们。我记得岳明宝当时说："你就安心在这里生孩子坐月子，锅里有我们的饭也会有你们一口。"那时候啊，我感动得哭了。岳明宝是四川人，和阿依爸爸是老乡，他看我和你爸无家可归，就让我们住进他家，他家也就多出一间房子，实际上就是伙房，也没有床，岳明宝拆了厨房的一扇门板给我们做床。安排好后阿依爸爸又赶回三队参加劳动去了。

那年秋天，阿依快出生了，她爸爸也来了。岳明宝对我们说，我家房子的墙有些缝隙透风，我要赶紧把墙缝糊好，好让冰莹放心坐月子。我肚子疼那天，是岳明宝跑步去请来了村里的医生，一进门，我和你爸眼睛都大了：竟然是一个哈萨克族的年轻男医生！哈拉布拉本就是个少数民族聚居的地方嘛，哈萨克族人最多，来给我接生的是个哈萨克族也不奇怪。我就是在门板上生下了阿依，她的接生员是个哈萨克族男人！可惜呀，明宝后来告诉我，那个哈萨克族医生搬走了，要不我还真想让你们去找找他，他也是阿依的恩人。阿依这个名字嘛，是有来历的，哈萨克族男医生为我接生后，说我女儿可爱，看着像个善良人，就说他有一个女儿，也像我女儿一样漂亮，取名叫阿依古丽。我心里一动，也说："那我女儿也叫阿依古丽吧！"

其实在我心里的本意是，女儿是一个哈萨克族医生帮接生的，我就觉得取名要有一个念想，本来我对阿依这个名字就喜欢，现在哈萨克族医生说出的意思又合我意，我就一口答应了，这也是一种感恩，还有与我相依为命的意思。没想到哈萨克族男医生大声说好，又建议说，你们是汉族人，可以叫前面两个字，于是就有了阿依这个名字。至于学名嘛，我给她取名叫月婵，又有两种意思，首先是表达美好愿望，其次是"月"和"岳"谐音，"婵"和"产"谐音，用意就是让我们记住这户岳姓人家的恩情，记住在岳家生下了阿依。我住他们家差不多半年啊，多亏他们不嫌弃我们。岳明宝是个很乐观的人，也是一个很爱音乐的人，那时候他是生产队里的会计，有一把二胡，阿依出生后，他只要晚饭后有空总会坐在院子里拉二胡，拉的曲子很好听，阿依有时候常哭，但是一听到二胡响就会安静下来，笑着，似乎也喜欢听。

那个李秀兰嘛，整整为我做了一个月的饭，好人啊，一句怨言也没有，脸上都是笑容，还每天嘘寒问暖的。我对她说："要不是你们，我都不知道能不能生下这个女儿，也不知道我能不能活下来。"李秀兰说："大姐，都是口里来找口饭吃的落难人，能帮衬着就帮衬吧。"

那时候嘛，左邻右舍的人，包括许多少数民族邻居知道我的情况后，都对我很友好。阿依满月那天，我们对谁也没说，也没打算让人知道，可是晚上的时候，村里的许多人，包括一些哈萨克族人、回族人和维吾尔族人都陆陆续续来了，有的骑着马，有的开着拖拉机，有的步行，带来了羊肉、牛肉、鸡蛋和酒，那晚竟然坐了满满三桌人。他们说，这是章家的喜事，也是我们的喜事嘛。这些人，平时也没啥来往，但到这个时刻还是挺有义气的。阿依满月后不久我们就走了，阿依爸爸赶着一辆毛驴车把我们母女接回了三队。走的时候，岳明宝和他老伴轮流抱了阿依，边亲边说："在门板上生下的丫头呀，真舍不得你！"又转头对我们说，"你们的女儿就是我们的女儿，有空带她回来看看这个她出生的家。"

风拂着我的脸，很冰凉，我似乎感到有泪水浸在眼眶里，眼睛就更凉了。路边的杨树林带还没有长出叶子，繁密的树枝一丛丛举起直指天空，像被参加列队大扫除的人们竖起的一排排扫把，仿佛要在天空上开展一场盛大的打扫活动。当年荒原上的地窝子是无法找到了，院子和院子之间净是一片一片没有化尽的残雪，众多的院子组成了哈拉布拉镇区的一部分。几只觅食的乌鸦呀呀地叫了几声，落在一百多米远的几个扫把上。

阿依母亲看着那些颤动的扫把枝，又开始了她缓慢的讲述。

1970年初，伊犁地区的政治形势风起云涌。那时，我已经回到三队，三队还是不愿意接受我们，我和许多1966年以后过来的人都被当作"三无"（没有户口、没有工作单位、没有介绍信）人员，就是盲流。还有人说我们是1966年后来的，是口里的破坏分子，是害怕被专政才逃到新疆的。队里于是决定把我和桃红强制送去新源县的"工纠队"。

那时你爸已经被划为"五类分子",被强制到老马场的羊队参加劳动,我和他一年都难见上一面。那时候嘛,整你的人,关你的人,都不会考虑到你会不会妻离子散。我想,与其被抓进去,还不如自己逃。

这时候,良珍姨姨找到我,她把她的外甥女桃红也托付给我,说这丫头也是黑户,待不下去了,先跟着我走,也好互相照顾。后来我才知道,是她的堂小叔子周应军看上了这丫头,暗中眉来眼去。那时候周应军已经有对象叫胡金兰,也是老乡。良珍姨姨对这种关系很恼火,不知道怎样处理。听说我要走,就找我来了。桃红是良珍姨姨的外甥女,自然也是我的表妹。那时她才是个十九岁的丫头,她跟我说,她父亲可惨了,本来是北宁茶厂的厂长,1969年的时候被揪出来,说是"黑五类",在北宁街上被批斗,硬生生被打死了。也有人说没有断气,被当成死了扛去暗螺岭埋了,可是埋得不够深,第二天有打柴的农民看见尸体被饿狗拖出来,撕咬得皮开肉绽。桃红找人再次埋了父亲。母亲被造反派押到地里劳动,脖子上挂着黑牌子,身边带着四个比桃红小的丫头,还背着一个没满周岁的小丫头。母亲为了五个未成年的女儿,连死的想法都不敢想。那个难啊!桃红后来就跟自己的叔叔刘德全一路搭车扒车来到了新疆,千辛万苦来到马场,找到了她的良珍姨。

那天是大年初三,我抱着阿依带着桃红走了。我们举目无亲,我也不敢去找阿依爸爸,孩子才四个月啊,要吃奶呀,我也没奶,没办法,我就沿着巩乃斯河边没有目的地走,大雪纷飞,路上的积雪都没过小腿了。到了种羊场大桥的时候,我们被军管会的人截住了,他们把我们押到一间房里,一个穿军装戴袖章的人把十厘米厚一沓的白纸和一支钢笔往我面前一放,命令我:"赶快写材料交代,不交代不放,不写满这沓纸也不放!"我把阿依往办公桌上一放,拿起笔写呀写呀,都是写从哪里来,要到新疆找活儿干找饭吃,去过哪里,等等等等,写了一张,第二张就照着抄,硬是抄完了那沓白纸。天亮后,那些人进来,拿起我写过的那沓纸,看也不看就收走了,一个人说:"你们走吧!"

我背起阿依领着桃红出了门。我想起新源县基建队有一个叫陈善林的广西苍梧老乡,原来在马场的时候认识,我就直接去找到他,他很热情,煮饭给我们吃。这时候,另一个姓胡的老乡来了,他是基建队治安办主任,对陈善林说:"今天晚上就算了,明天你就让这些所谓的老乡走吧。啥老乡啊?净是些不三不四的人!"

我们不想为难陈善林，决定第二天走。陈善林向我们道歉，为我们做了一顿好饭菜，我们吃得饱饱地出门。那时我反而镇定了，心想，与其被饿死，还不如大胆去找"工纠队"，共产党的国家，我就不信他们会看着我们被饿死。我们就去了新源县，进了"工纠队"，我把才四个月的阿依往办公室的桌子上一放，一副你们看着办的架势。这时，"工纠队"的一帮队员围上来，七嘴八舌说，这肯定是一个坏分子，自投罗网来了。那时"工纠队"对被抓进来的人，往往先暴打一顿再审问。那帮人看我带着一个丫头，还抱着一个小娃娃，就问我是哪里人，我说是马场人，他们问我男人是谁，我说章泽州。那帮人就说："我们不信，你这种人，今天说这个是你男人，明天说那个是你男人，说不定就是个坏蛋！"就在那帮队员认定我是坏分子的时候，一个被他们喊作"范指导员"的人进来了，跟大家说："我看这个带娃娃的女人应该不是坏蛋，她真的犯了事还敢来我们这儿？真正的坏分子我们想抓都难抓到呢，怎么会自己送上门来呢？"他吩咐几个人收拾一间房给我，又安排伙房弄饭给我们吃。范指导员还拿来一件皮大衣给我，说："这件大衣你先用着，把娃娃照顾好。"这是我那时见过的最好的官。其实被抓进"工纠队"里的人也不见得都是坏人，他们有的是包工头，有的是知识分子，很多看上去都是很有修养的，据说有的还是当时的社会名人，常常聚在一起说书，下棋。我看见范指导员和几个管理员也经常去听，还跟几个被看管的人下棋，有时候还会因为悔棋而争吵。那帮人后来平反后都回去了，据说有很多大学教授、高干呢。

　　那个范指导员真的是挺好说话的，好几次吩咐队员要让我吃饱，还另外给我营养加餐呢，你说怪不怪。还有一奇事，就是不知从哪儿来的一只花母鸡，天天上午都来我的床角下一个蛋，我就每天都有鸡蛋吃了，还有了奶喂阿依。可是有一天我带桃红和阿依上街玩回来，看见他们的房子里一片烟雾，原来他们正在生炉子，那帮被看管的人悄悄对我说："对不起，我们馋坏了，把你那只下蛋的母鸡宰了，给你留了一碗汤，你喝了吧！"把我气得够呛。不过我转念一想，他们每人每顿也就是一缸子的苞米粥，哪里能饱？想到这里我气就消了。

　　那帮人鬼点子也多，他们纷纷给我出主意说，你去跟工纠队范指导员或杨秘书说，你要带孩子，来晚了，经常没分得上饭。我就听从他们的意见，用背带背着阿依，背带的两头各有一个袋子，去找杨秘书，杨秘书带我去伙房见了伙夫黄二叔，当时范指导员也在场，杨秘书跟他说了原委，范指导员当场指示黄二叔，保证我的伙食与工纠队员的一样。黄二叔把那些管理员没有吃完的好菜，什么羊肉呀，什么豆芽呀，满满地往我缸子里装，又看我背带上有两个袋子，就把锅里烤得金黄的玉米馍馍往袋子里装，装了鼓鼓两大袋。我回到房间，那帮人也已等着了，我把那些馍馍一个一个地分到他们手上。他们乐得挤眉弄眼笑。就是用这个办法，我几乎天天去找黄二叔，每次都能满载而归。其实我也想过，凭着黄二叔那样的精明人，不可能不知道我们的把戏，他知道他们都吃不饱，想帮忙没有理由，现在看我这个做法，他就顺水推舟做个人情了。八几年我做老师转正后，到县里开会，带着阿依和光旭，跟着一帮老师去县里东风大食堂吃饭，遇上黄二叔，原来他到了东风大食堂做了大厨，一见我就喊起来："你不是当年那个在'工纠队'老来伙房找我要馍馍的妹子吗？变化可真大啊，都做了人民教师了！"我说："就是嘛，我要再次谢谢你当年的好心！"

我感叹："都以为你带着阿依吃不饱穿不暖，谁知道暗地里开了小灶！"
阿依母亲笑起来："你以为天天顿顿都有好吃的？我跟你说说后面的事。"

半个月后，"工纠队"的领导觉得长期供我们吃饭不合适，就把我们送去了"收容站"。那时候嘛，凡是没有合法的身份证明和固定工作的人，都会被送进"收容站"，在这里寄宿两个星期或者一个月。那时候"收容站"的人嘛，大都没精打采地在房里等候，许多人坐在门口，两脚伸在门槛外，还有像我这样带着娃娃的妇女，不时要哄不断哭喊的娃娃。一百多人闹哄哄的，像个小市场。

当时"收容站"的宿舍不够住，新盖的宿舍还没好，"收容站"的站长王云飞就让我们几个女的去旁边养路站的宿舍住。养路站那里有五间空房，归养路站的老张头管。老张头五十多岁，不知为啥"收容站"的人都叫他"老牲口"。我带着阿依、桃红住进去的时候，老乡章天福悄悄告诉我，"老牲口"欺负女人，夜里要小心点。我一听就备了一根木棍，夜里把阿依放在中间桃红睡里面，把木棍放床前，要是有谁来我就打他不客气。第二天我起来，章天福见到我就问："昨晚'老牲口'没有欺负你吧？"我说没有，我防备着呢。不过，听说之前有三个女的被"老牲口"欺负过，后来都走了。

"收容站"里的人常常挨管理员骂，因为许多人都像乞丐一样到处乱窜，吃完饭后又弄脏了地板，垃圾满地。大概因为我老实，又带着一个不到一岁的女儿，"收容站"的负责人不但一点儿也不刁难我，反而吩咐下面的人给予了我很多照顾。那时候从广西来的盲流章天福、刘德全、周应军等一帮人待在伊犁许久了也找不到活路，想进"收容站"混几口饭吃，但"收容站"也不是很随便收人的，几经周折，还是进不了。这时候，我撒了一个谎，说这六个广西人全是我的弟弟和堂兄弟，并在介绍时一一把他们改成了自己的吕姓。收容站的站长王云飞还真相信了我的话，同意收留他们。现在我想来，那个站长肯定不是糊涂人，不会那么轻易地相信了我的话，十有八九他给了我这个面子是因为可怜我们，因而默认了这些其实非常容易识破的"谎话"。

哎，你别说，那时候在"收容站"还真能管吃饱。我在收容所的那段日子里，常把当时公家分配给我吃的奶粉、糖、饼干拿出来，给那些因吃不饱又在长身体的年轻人吃，把每次多领的馍馍分给干重活的男同志吃，收容所里那些来自五湖四海的盲流都亲切地叫我"吕大姐"。那帮人把才四个多月的阿依抱来抱去，阿依就像一个过手宝，那帮人都戏称她是"收容站之花"。咱家能吃的东西也不多，但收容站都能经常送来一些奶粉、饼干、糖果之类。平时天福、玉莹和应军、刘德全他们也省吃俭用给我们家送吃的。"收容站之花"大概被人们叫了两个月，那帮老乡不同意了，说叫啥"收容站之花"呀？多难听，现在是人民公社，应该叫"人民公社之花"才对吧？大家拍手称好，于是大家又改称阿依为"人民公社之花"，你说有趣不有趣啊？

她哈哈大笑起来，脸上的皱纹堆得像柜子上那颗核桃。我却发起了呆。我寻思，那个产在一扇门板上的娃娃，那个才四个多月的女婴，在那些经历了千山万水流浪，最后在新疆又没找到工作，生计未卜的盲流手里转来转去，被赞誉着，被怜惜着，也被喜爱着，还有那个"老牲口"的影子，那是一种怎样的情景？

有一天晚饭前，阿依母亲在厨房里突然大声叫起来，把正在院子里说话的我和阿依吓了一跳，以为老人家被菜刀切伤了手，赶紧跑进去看个究竟，却见她拿着一个肉碗说，你们看，中午我放橱柜里的一碗肉，现在不见了一半，是谁吃啦？我们面面相觑，知道这不可能是人干的，因为肉是生肉啊。后来阿依看到睡在院子一角的乐乐，它的嘴角居然还残留着几粒肉渣子！这下子，大家全明白了。阿依便责怪我："都是你，乐乐十八年的好习惯，一下子给你教坏了。"阿依父亲在一边笑说："就是，你第一次回来，就把一条好狗给惯坏了。"说得我很不好意思。阿依母亲说："乐乐真是给你惯坏了呢，它不但进房子里偷，还会用脚打开橱柜门了，想当年，你就是拉它也不敢进房子。"

我讪讪地笑着，看着那条老狗，心里说，好家伙，你也有晚节不保的时候。

伊犁草原的4月天很像我南方老家的冬天，先是阴沉半日，然后吹起了冷风，第二天，最多第三天，雨就来了。春雨淅沥，巩乃斯草原上的空气冰凉而纯净，散发着草叶的甜腥味。我们就在这样的天气里乘车去那拉提。雨季去往那拉提的路上车子很少，雾气也趁机在远处的山坳里升起，路边的杨树湿淋淋地滴下水珠。

我们在巩乃斯县城坐上班车，去那拉提拜访当年和阿依母亲一起从广西盲流到新疆的古红和李瑞为。在路上，阿依给我讲了一段历史。

2001年夏天，我妈的患难之交，就是古红嘛，她的四女儿李灿大学毕业来到了广西，通过我妈找到了我的电话，来到北宁找到了我，那时候你出差不在家，我在家里接待了她，她住了两天，主要目的是想让你帮她在北宁找一份工作，因为听说你在北宁市委办工作嘛。我说了你的处境，答应如果有办法就帮她。当时她还复印了她的户口本给我，我随意翻了翻，结果发现，户口本里除了她大姐的名字李瑶有一个曾用名李二，前面一页还有一个李一，注明是大女儿，我就觉得奇了怪了，李瑶她不是他们家老大吗？怎么前面还有一个大女儿？我就问她："这个李一是谁呀？"李灿却咯咯咯地大笑起来，笑够了，然后一点我脑袋："姐呀，李一就是你呀，你就是李一呀！"我一头雾水，她见我不明白，就给我讲了原委，原来当年古红和李瑞为在那拉提开荒种地，但是她还没有获得批准落户，大概是因为她没有进过收容站吧，所以嘛，没法像进过收容站那批广西老乡那样，都被安排落户了。他们俩刚刚结婚不久，心里非常焦急。当时有一个不成文的做法，在新疆生了孩子的盲流可以照顾落户，古红虽然怀孕了，但是孩子还没出生嘛，他们就央求我妈，要把我认作他们的女儿，李灿妈妈挺着一个大肚子，她爸爸李瑞为带着我，我们一起去找大队的领导，最后还真的获得批准了。就这样，在他们的户口本上，我被取名叫李一，是他们第一个孩子的意思。后来，他们的大女儿李瑶出生了，乳名却叫李二，李瑶就一直管我叫姐姐。这些事，我当时哪里知道，据说我当了他们家三个月的女儿，我妈就来把我接走了。

巩乃斯河在218国道右侧弯弯曲曲地流淌，河心的沙洲上竖着一棵棵虬曲硬朗的胡杨，不规则地分布在河中间和河的两个内侧，这是自然的神工，是岁月的放任自流的收获。河边则是成行的杨树，不用说是后来植树造林的结果。

一个半小时到达巩乃斯县境内的那拉提镇。在一间经营日杂百货的店铺里，我见到了古红和李瑞为。老实说，我乍一见到李瑞为，吃了一惊，以为面前是一位哈萨克大叔，浓密的头发，黑黑的眉毛，眼睛一看人就射出鹰眼的光，高挺的鼻子，酱紫的脸庞，有一身粗布棉衣的穿着，还有爽朗的笑声，怎么也无法让我把他与一位来自我南方老家的人联系起来。偶尔有哈萨克人进来问他什么，他竟然能嘶嘶沙沙地讲上一大串我听起来仿佛外语的哈萨克话。

他们除了经营日常百货副食外，还经营着狐狸皮、雪莲花等等一些干品山货，甚至还有鹿茸、鹿鞭、羚羊角。"这些货大多数都是从老哈萨那里来，"李瑞为说，"也有一些汉人能弄到。"

晚上在古红家吃饭，我问古红刚到新疆的往事，她爽朗地说起来。

我嘛，是和冰莹一起来的新疆，一开始到的就是马场三队，是你冰洁姨带我们去办理的劳动手续，冰洁比我们早来了三年嘛，你们妈妈是她的亲姐姐嘛，当然好办了，我呢，冰洁就说是她的表妹，也给办下来了。我们在三队劳动了一年多，第二年，瑞为就来了，我们就结了婚。后来，你们妈妈知道的，我们不久被列为黑户嘛，我和瑞为就跑了，你们妈妈也被赶出了三队。我们先去了伊犁，在那里跟人种麦子，那里的麦子长得不好嘛，比那拉提的麦子差远了，许多人都吃不饱。后来我听说你们妈妈在巩乃斯收容站了，我又赶到收容站，但是收容站也不要我们，是你们妈妈说我们是她的表弟表妹，收容站才愿意收下我们。那时候嘛，刘德全、章天福都成了她的亲戚嘛，都进了收容站嘛。

"听阿依说你们户口本上登记过一个李一的名字？"我问她。她哈哈笑起来，说："有这回事，我给你看看。"说着，回里屋找了一会儿，拿出一个棕色的本本，我看了他们的户口本，果真就有"李一"的名字，与户主的关系一栏写着"大女儿"。她回忆——

　　那时候进了收容站嘛，我觉得老待在那儿也不是办法，听说那拉提的土地多，土质好，适宜种小麦，我们就去了那拉提。那时候地方对拖家带口的人很照顾，都给落户，我已经怀着李瑶，快要生了，但是那拉提那边的革委会还是说要生下来才给落户。碰巧你们的妈妈来看我们了，我看着三岁多的阿依，突然有了办法，我对你们妈妈说："把阿依送给我做女儿吧，这样我们就可以落户了，今后，有我一口吃的就有她吃的。"但是你们妈妈不愿意把阿依送给我们，说借给我们一段时间还可以。我们就想，先带走等落了户再说，落了户阿依就是我的女儿了。就这样，我挺着一个大肚子，瑞为拉着阿依，我们就去找那拉提革委会，还真的给落了户，户口本上，我把阿依取名叫李一，就是我的大女儿。那时候我们每餐只能买两碗面条，一碗给瑞为，他找活干辛苦嘛，我一碗就我们娘三个吃，我给阿依喂一口，自己再吃一口，我的一口我肚子里的女儿也吃了。一个月后，我的大女儿李瑶出生了，当时我把她取名叫李二，所以你们看，户口本上就有了李一李二两个女儿了嘛！"本来，我是想让阿依做我们家的大女儿，但是才三个多月，你们妈妈就来了，一进门水还没喝，就喊："古红，我女儿给你们办了好事，你也该把她还给我了吧！"没办法，我只好把阿依还给了你们妈妈。哈哈！

我问阿依母亲："知不知道阿依有个名字叫李一？"

　　"不知道啊，当年只知道古红要借我家阿依去落户，后来又想要阿依做她女儿，哪里知道阿依还有这么一个名字！"阿依母亲说这话时，眼眶里竟然有了泪花。

　　"不过，古红还真的把阿依当作她女儿来喂养，"她又回忆说，"我来看她时，她正在给阿依喂面条，一边放着一个大面碗，里面是热气腾腾的面汤，她夹起一筷子的面条，'嘘嘘嘘'地吹着，然后喂给阿依吃，真的像她前面说的，有她一口吃的就有阿依一口吃的！"

哈萨克一大队

天气渐渐转暖了，可以只穿一件秋衣外加一件薄外套。在我的要求下，阿依母亲带着我和阿依去哈萨克一大队。在县城沿316省道三公里左侧的一片哈萨克居民区旁边，我们下车了，那是恰普河大桥和316省道交会的路边，杨树已经像两面密匝匝的绿色屏障，林带外的条田上，绿色的播种机正在来回作业。

阿依母亲带着我们往一条巷子走着，我一抬头就看到了公路后面的大山，黑黢黢的山上是黛绿色的林带身影，透过林带的树梢可看见一角雪白的山峰。在一片杨树林子旁，阿依母亲停下了脚步，为我们指点着那一道道山，一家家院子，一片片田园。阿依母亲说："全变了，房子都不一样了，我们当年住的地方还在前面吧，我记得这个地方是个会场，当年就在这里开过社员大会。"听这么说，我干脆坐在一根不知是被砍伐还是被风吹倒的枯干的杨树干上，阿依母亲和阿依也相继坐下来。老人就慢慢给我们讲往事。

大概是1970年的春夏季节吧，来新疆的盲流全都遇上好运气了。那时民间有个说法，说是周总理指示，在全国范围内取消"盲流"这一说法，改用"自愿支边"一词，并出台政策，在全国范围内安置自愿支边人员，就地落户。伊犁各个县对盲流的落户安置很快就开始了，我被安置到十月公社一大队。那时派出所让我报户口，要出生年月，我不知道我的准确生日，我八姨说过我是出生在1939年冬天的嘛，我妈妈坐月子是在1月中旬，我还是按南方的生日算农历的习惯，报了1939年12月30日。就这样，我就正式有了新疆户口了，分配给我的房子就在316省道南边。我还得到了一百块钱的安家费，落了户的人都可以去商店领一件安家物品（有棉服、锅碗、水桶等）。一大队因为当时的住户是以哈萨克族居多，所以又被称为哈萨克一大队。老乡章天福和刘德全以及周应军、马义被分到了山坳里，费茂志和李华兴被分在我家附近。

我带着阿依和表妹桃红高高兴兴地住进了分到的房子，那是三间土坯房，据说以前是维吾尔族人住，房子挺好，墙厚，房顶也扎实，我知道这房子冬暖夏凉，可是我们才住进两天，附近的一些哈萨克族人、维吾尔族人和汉族人都来了，他们都好心地劝我和表妹："你们这里不能住啊，这房子闹鬼哩！"维吾尔族人很幽默的，他们伸长脖子，瞪大眼睛，吐出舌头，用手比画着上吊的样子，然后说他们常常在晚上远远地看到房子里有一个白衣女人在上吊。说起来很恐怖。我们才不管这些呢，住在鬼屋里也比流浪好，我和表妹说啥也不顾了，应该说是顾不上怕了，硬是住了下来。住在周边的那些广西老乡也为我们壮胆，说不要怕，真要有什么事有我们呢。那时候阿依还不满周岁呢，根本不懂得事，当然就谈不上怕不怕了。反正，我们在那里住了一年多，啥事也没有发生。慢慢地，那些邻居看我们没事，也敢来我们家串门了。

那时候隔壁住的是哈萨克族人乌姆尔别克，他老婆叫加孜拉，两人都是小学老师，和我们关系好得很。他们家里有好吃的常叫我带阿依过去吃，有时他们干脆送过来。他们家里养着十几只母鸡，也许我真的是与母鸡有缘，有一只黑母鸡经常来我家门前的草垛里生蛋，前前后后生了一窝蛋，我跟加孜拉说了，她说家里生蛋的母鸡多，那窝蛋就留给你们吃吧。我们在一大队住了差不多四年，他们家的鸡蛋阿依可没少吃，阿依与他们家的丫头萨妮娅也玩得好极了。

你问你爸这时候在哪儿，他还在马场三队呢，那时候嘛，他过不久就会挑着油罐和一小袋粮食（都是平常收集下来的一些公家浪费不要的），步行七十多公里赶来一大队我的住处。据他后来说，到了肖尔布拉克（七十二团场）时，被一个恶作剧的哈萨克族男子抢走了油罐，还把里面的油都洒出了三分之一，他径直找到团场的领导，告诉了原委，领导也好说话。那时候，阿依才两岁，我背着她找她爸爸，从一大队开始走，一直走了七十多公里才到三队，足足走了一整天才到达咧。

那时候我还遇到了一件很有意思的事情。有一天，我正在房子里给阿依喂饭，费茂志的老婆方云康喊我，让我带阿依去她院子里摘杏子。我正准备出去，就有一个三十多岁的男人走进来，手里提着大肉糖果一大堆东西，问我："你是吕冰莹吗？"我一看，不认识，就说："我就是，你是谁？"他说："我是你前年给过我们饭吃的其中一个呀，你还给了我们粮票和钱，那时候在伊犁，王玉英你记得吧？我是她男人，今年我们都落户了，各个县都有，我和玉英分到了巩乃斯一区，玉英怀孕了。我一到巩乃斯，玉英就让我来找你，要我代表大家谢谢你，我本来是想去马场的，刚好路过这里，听到有个女的喊吕冰莹，我就问她，她给我指点了你的房子，我就找到这里来了。"

我这才记起前些年的往事，谁敢相信呢，还真是这样巧哎，他们还能找到我。说实在的，我都差不多忘了。

我们的房子靠近路边，很快就成为大家暂时歇脚的地方，那些人来自五湖四海，有着落的、暂时没有着落的，男的、女的，老的、年轻的，凡是听说十月公社一大队的"吕大姐"，不管认识不认识，都来找过我。你说南来北往那么多人，有多少人到过我们家啊，我都不记得当时接待过多少了，他们大多数是些生活没有着落的年轻人。我现在回忆，在我家落脚时间最长的就有七八个年轻人，有一两个月吧，有的春天来，有的夏天来，有的秋天来，反正春夏秋季节都有。他们到山里挖中药材，挖得差不多了就扛下山放到我家门前的地坪上晒，平常我和桃红表妹帮他们翻晒，还帮他们收集存放。还有三四个男的，秋天在山下附近打零工，晚上回我家住宿，全都睡到一间房里。你爸有时候从马场回来，也像我一样，把这一帮人都当作自己的老乡一样看待，给他们饭吃。他们也挺好的，买了中药材赚到钱，就去巴扎上买回羊肉让我们煮了大家吃，剩下的都拿回来给我保管着。我把他们的钱物用个本子登记好，帮他们保管好。我平时忙里偷闲也会给他们缝缝补补。他们都叫我大姐。这帮人啊，我最记得里面有个叫阿鹏的，广西贵港人，他可是个人物咧，可厉害了，他不跟那些人去挖药材，他是梁上君子，像《水浒传》里的"鼓上蚤"时迁知道吧？他在广西的时候就跟人学到了绝技，他自己说的，学了什么"江湖救急术"，说白了就是偷东西，但是他偷的东西不卖出去，不换钱，是专门救济穷人的，说起来你可能不信，他能偷的东西可多了，山上哈萨克的皮衣，羊羔子皮大衣，真材实料的，有几次夜里一大捆一大捆扛回我房子里，把我吓坏了，我叫他不要偷，他说："我这不叫偷，我是江湖救急，师傅教我的，我不能拿去卖钱，不能自己享受，专门送给需要的人。大姐，我看你是好人，家里也困难，还这么慷慨仗义，我送你几件皮衣吧，冬天御寒。"我坚决不要，他劝了多次后，摇摇头说："你不要，那我就没办法帮你了。"我还是让他把东西拿回去。他说："我就不拿回去了，我送给那些需要的人吧。"果真，他把皮衣一件一件地送给了那些不管是一面之交还是已经熟悉的老乡朋友。还有更绝的，别人睡觉挤大通铺，他用土坷垃石块搭起两个墩，一根扁担架在上面，自己一人睡在扁担上，真的神了。有一次阿鹏正在扁担上睡觉，岳明宝的老婆李秀兰来了，来看阿依啊，当年阿依在他们家出生嘛，我说你这个大恩人来了，我也没啥好招待的，就宰鸡吧。谁知道吃一碗面的工夫，阿鹏进门了，进门来干啥？一手提着一只大大的鹅啊！更吓人的是，两只鹅都没有了鹅头，血流滴地的，望着我说："大姐，你宰鹅。"把个李秀兰吓得浑身发抖，说咋会这样的啊？还说我："以后你可不要让他这样干了。"我说："我没有叫他这样干啊！"更神的在后头，那帮人要去天山采药了，说没有粮食了，阿鹏说："不要慌，明天早上天亮的时候你们都去四队的磨坊门口等我。"那帮人果真去了，是他们后来说的，一到门口，阿鹏就一袋一袋面粉往外传，一个个人扛了一袋面粉就走，愣是没有人发现，阿鹏后来跟我说，那是障眼法，我这是江湖救急，不是为我自己，我也不拿去卖钱享受，所以就没人看得见。那帮人扛了面粉回来，再拿上工具和包袱，全部进山采药去了。那个阿鹏几天回来了，其他人没回，原来他病了，脸蜡黄蜡黄的，说是心里啵啵跳，干活没力气。我那时也是觉得心抵力，正吃天王补心丸，就给了他一盒吃，没想一个星期后他竟然好了。好了嘛，他就说他要回南方了。我搬到八大队一年后，收到过他的一封信，信上面说他已经落户海南岛南方农场，一位很有钱的华侨认他做了义子，他现在条件好得很，问我想不想回南方，如果想回他可以帮忙找一份工作。我那时候拖儿带女的，又在八大队落户了，我就去信说不想回去了。

但是貌似平静的岁月很快又起了波澜。阿依母亲回忆：

1971年秋天，"一打三反"运动开始了，我所在的十月公社收到了老家北宁县扶阳乡谢冲村寄来的通报，上面写了一段文字，说我吕冰莹还有我妹妹吕冰洁的父亲是"反动军阀、伪警察局长"，我们是"反动派的后代"。你爸当时在马场三队，姨婆婆谢良珍和徐健河的老婆万柳娣也在三队，都被戴上了"地富反坏右女儿"的帽子，姨婆婆的侄儿谢向忠是特务，他们四个人都被从口里来的知青红卫兵吊起来打。十月公社的红卫兵对我们说，你们这些人都属于专政对象，要坚决打倒。有一次，十月公社正在召开社员大会，讲话的是公社书记，回族人，姓丁。他宣读了通报，然后大声喊："谁是吕冰莹，站起来让大家认识认识！"我忐忑不安地站起来，全会场几百号人眼光齐刷刷地看着我，我心里直打鼓。那书记看了我好一会儿，然后举手一挥，大声说："出身不由己，道路可选择。出身好的犯了法一样要服刑，出身不好的拥护共产党一样可以有饭吃，我们可不能因为她的出身问题就要打倒她！"许多人附和。就这一句话，我在十月公社一大队站稳了脚跟。那一年冬天，我被评为十月公社的劳动模范，他们奖励了我一件羊毛背心。

社员大会开过后不久，艾天成从老家探亲回来，他告诉我，给十月公社发来通报的是谢冲村的支书黄玉宝，他就是我那位做了大队会计的小学同学的男人。当年他的老婆我的同学罗英秀找人顶替我去了六万大山，让我失去了分配的机会。那一年，这对夫妇又合计找我的麻烦来了，想置我于死地。我不明白，我在哪里得罪了他们？他们想要的我都给他们了，我远走新疆避开他们，不在眼前碍着他们，他们还千方百计想要我的命。我那时感到非常愤恨。

被迫害的人还是不断来新疆。好像是1971年吧，有一个叫路金英的广西老乡，藤县人，她的来头可不小，据说是国民党一个公安局长的女儿，听他们说，来之前藤县闹得厉害，把那些"黑五类"的子女都集中起来开会，开完会就枪毙，有些提前听说了就跑，跑哪里？就跑离广西最远的新疆，这个路金英就是其中一个，同她一起来的还有一个男的，她说是她丈夫。那时她来到新疆举目无亲，刚好认识了这个四川来的小伙子，两人就在一起了。她还告诉我，像她这样的身份的人，不跑出广西肯定会被杀死，她就跟着别人来到了新疆。她也像全国各地的盲流一样，到了新疆先找同县或者同地区的老乡，可是她投靠的老乡不理她，她就找到我这里来了，因为我们都是广西来的嘛。我也是心软，看见这两个年轻人瘦得很，一点精神都没有了，就给他们饭吃，留他们住了两宿，收容站的人就来抓他们了，他们正在我家里帮忙，我正在做午饭，收容站的人抓了他们就走，我追出来，他们已经被押上了车。我想了想，赶紧跑进房里抓了两个馍馍，跑着追上刚开动的卡车，把馍馍塞到了他们两人手里。他们拿着馍馍，流着泪，我对他们说："不要哭，现在上头有指示要安排盲流，你们这一走也许还是福气呢，再也不用寄居在我这儿了。"汽车很快就开走了，一片烟尘掩住了他们的去路。

三个多月后，这两个人找上门来了，他们告诉我，被抓到收容站之后不久就被分到尼勒克落户去了，据说男的是铁匠世家出身，有一手好手艺，就做了铁匠，女的当了农民。来我家那天，那男的说："我这些年亲自打制了许多纯钢菜刀，当年帮助过我们的人我都送一把，就当作我的报答吧！"我看他们这样说，就收下了。

后来，我们家搬了几次，我却一直使用这把菜刀，而路金英两口子后来也来过我们家两次。真是一把菜刀定交情嘛。

1973年，清明节的前一天吧，天才擦黑，我肚子疼得厉害，我知道我的第二个孩子要出生了，那时候你爸爸在马场，我只好喊隔壁"皮帽子"的老婆方云康过来，"皮帽子"就是费茂志的绰号嘛，大家那时候都这样叫，他不在家，我就让方云康去找车子拉我去县人民医院。那时候只能找到拉拉车，方云康把我扶上了拉拉车，一个人吃力地推着车子往医院走。我一想不行，得有几个有力气的汉子来帮忙，就让她找来住在我们不远的老乡章天福、周应军、刘德全几个。除了周应军，章天福和刘德全那时候还没结婚，三个男人讨论咋弄我去医院，最后一致认为，为了防止我从车上滑落，应该把我紧紧地绑在拉拉车上，我想动都动不了。他们担心我在车上生下孩子得产后风，就从我房子里抱来两张厚棉被把我严严地盖住，我也没想到这几个男人没有什么经验，只是想快点去医院，就由他们摆弄。那时我想到天黑了阿依在家里没人看管，就让方云康抱她去她家住。三个男人就推着拉拉车上路了，在路上，碰见了你珍姨婆的侄子向忠，他也赶过来帮忙推车。可是谁也没想到，才到恰普河边的语录塔我就生了，我感觉到孩子已经出来，就在棉被底下动着，可能有哭声，但是两张棉被盖着，大家都听不见。而我也想，反正医院很快就到了，到了医院再让医生处理吧，几个大老爷们在路上也不好处理。他们推着我急急忙忙地向医院赶，找到医生时，医生撩开被子，娃娃就从被子裤子里掉出来了，三个男人都别过头去不敢看。医生大声喊："咋弄的嘛，孩子都窒息了，护士，快，抱去抢救室！"经过两个多小时的抢救，娃娃才哭出声来，救活了。三个男人松了一口气，都说："送女人去医院生小孩，这还是头一回，没想到缺乏经验，让棉被捂坏了孩子，吓死我们了！"回来后，他们都连连庆幸地对我说，"这娃娃命大，以后大姐肯定能靠他享福。"你知道了吧，这个娃娃就是章光旭。

不久，从老家回来的人说，口里的农村生活十分困难，又不准种养，谁家种点蔬菜、几棵果树、玉米或者养几只鸡什么的，被勒令毁掉或者没收，被偷被抢是常事。可是在我们这里，那才叫世外桃源呢，我跟你说啊，我坐月子的时候，自己家里养的鸡生了十几个蛋，还有老乡送来的鸡蛋、母鸡、猪肉，我才叫享福呢！维吾尔族和哈萨克族邻居也给我送来了牛羊肉。所以说，我生阿依的时候是受够了苦，生光旭是有吃有喝。后来，也不知道是哪个老乡回了一趟老家，结果北宁那边，我的一位高中同学，在荷花高中担任生物老师，对她的科室同事说："吕冰莹逃到新疆过上了共产主义，生侬儿（孩子）鸡蛋一篮篮吃，割一只猪自己家吃完。我好恨自己嫁了佬（丈夫），生了侬儿，不然马上去新疆揾佢（找她）！"

我和桃红在房前屋后种下的南瓜、豆子和洋芋，长得特大特好，没有一个人来偷。收获时，一个一个硕大如锣鼓的南瓜堆了大半个房子，最大的重三十多公斤，种出的黄豆洋芋吃不完，还送给附近的维吾尔族和哈萨克族邻居品尝。所以阿依和光旭的童年，是在南瓜饭、黄豆子和洋芋的喂养中度过的。

那些年，一个落难者依靠互助就可以渡过难关。有件事我记忆深刻，大概是1973年秋天吧，从北宁县民信乡盲流到新疆谋生的温家兄弟，当时因说的是满嘴白话，不会说甚至也不怎么会听普通话，没有哪个单位愿意要他们。他们打工没着落，就暂时住在我家，算起来是在我家暂住的年轻人里时间比较长的啦，兄弟俩具体叫啥名字，我们直到现在都不知道，大家只管较胖长得壮实的哥哥叫大温，长得瘦小的弟弟叫小温，那时大家只要说大温小温就知道是指他们两兄弟。兄弟俩还算勤劳，来了一段时间之后，他们也开始跟着其他年轻人外出去挖药材打零工。当时是秋末冬初，他们主要是采挖党参、甘草、牛膝、雪莲、贝母等。每次下山，我家的地坪就满满当当晾晒着这些中药材，我帮忙把中药材按大小档次分类收集。那时阿依可没少吃细细长长晒得七八分干，又甜滋滋的党参、甘草。有一次大温得了寒热病（应该是重感冒吧）后下山，那是中秋前后，天气早晚非常凉，常常打露水或者有轻霜，我记得我叫了两个下山来的年轻人，在院子里搭了一个可以容纳两个人的人字形简易帐篷，然后烧了一大锅开水用两个大木桶装着，并把事先洗好的大葱和不知从哪儿搞来的几坨已拍扁的干生姜，迅速放到开水桶里并提到帐篷里，然后叫大温等水温合适后在里面好好泡个药水澡。在大家的帮助下，大温的病第二天就好得差不多了，休息两天又进山了。

我们向左拐进一条土路，沿着马路边的林带继续走。路边的土坯房院子里晾着衣衫，一看那些服饰就知道是哈萨克族人家在居住。我们下车，阿依站在土路边，试图给我指点当年的生活痕迹，但她也是记忆模糊。

1973年4月初，雪才刚刚融化，春天来得有些晚。一天夜里，我迷迷糊糊地被费茂志的婆娘方云康抱回了她家，第二天我又迷迷糊糊地醒来，叫妈妈，居然有人应我，但我的第一感觉那不是我熟悉的妈妈的声音，于是极力想睁开眼看看是谁，还诧异我怎会在这儿，眼前还晃着几张熟悉的脸孔。那是平常和我一起玩耍的素娟、素蓉、小玲、小兰几姐妹，这时她们的妈妈方云康也走过来安慰我，说我妈妈生弟弟了，到县城去了，过两天就回来，叫我先住在她家，还叫她家那几个孩子跟我玩。素娟、素蓉、小玲三姐妹年龄比我大，因为平常经常在她家玩，也就没怎么感到生疏，很快就和她家的孩子玩得像一家人似的。方云康和她男人非常想让我做她家的女儿，硬是要我喊他两口子为爸爸妈妈。我不干，以后每次去她家玩，他们都要我叫他们爸爸妈妈，我不愿叫，就不出声，还极不好意思。因为素娟、素蓉都在怂恿我，要我叫，我就扭捏着身子就是不叫。方云康两口子看我这忸怩样儿，都哈哈地笑。他们知道我很爱吃嫩玉米棒子，两口子就叫素蓉、小玲和我去自家的菜地里掰玉米，一会儿玉米的香甜就飘满屋里屋外。看着我和她家的孩子玩得不分你我，方云康常和她男人说，眯眼儿（阿依的四川口音读音）要是自家娃儿就好喽，这女娃儿长得很是惹人喜欢。有时说着，还顺手把我搂在怀里，素娟、素蓉就说我已经是他们的妹妹喽，我问为什么，她俩坏笑着说，因为我已经叫她们的妈妈为妈妈了，那是在妈妈生弟弟那天凌晨（几点了不知道），反正是在梦里喊妈妈，当时迷迷糊糊地听到有人应，现在才知道，原来是方妈妈在应我哪。

两天后，我从方云康家自己跑回家来，妈妈已在家里，床上躺着个婴儿，好像睡着啦。我好奇地伸手弄弄他的小鼻子，摸摸他的眼睛，妈妈过来侧身躺在他旁边，不给我弄。我问她："这是谁啊？"妈妈微笑着对我说："这是你弟弟呀，他在睡觉呢，别弄醒他，快去吃你的绵绵饭吧！"

"绵绵饭"是妈妈的专用术语，意即烂饭。妈妈是广西人，满嘴的两广口音，普通话夹着土白话，习惯用白话思维。有一件趣事我讲给你听。妈妈生下弟弟后，给他取名叫光日。几年后，光日上小学了。有一天放学路上，二队的队长刘俊海听到小孩喊"光日、光日"，不禁哈哈大笑，说："这是谁家的娃娃？起了这么一个二屄名字，这是骂人的呀！"

正好有几个高年级学生跟在光日后面，此时也一脸坏笑齐声鼓劲喊："光日、光日！"

光日看看二队长，不知所措，就跑步回家跟妈妈说了这些，妈妈百思不得其解：他说我娃娃的名字是二屄名字，这是为啥？

晚上就和我爸讨论："二队的刘队长为啥笑我娃？"

我爸也思考了很久，一遍又一遍地念着"光日"，突然一拍大腿说："呀，的确是个二屄名字！"

我妈就瞪着他问："为啥？"

"日，在你们南方，是好名字，在北方就是下流话嘛！"

我妈愣了半晌，突然发出一阵爆破似的笑声，接着"咚咚"地拍着自己脑袋说："就是啊，我真糊涂，咋就没想到这个呢？"

那天也凑巧，出外流浪躲避运动的幺爷爷突然回来了。我妈和我爸都知道幺爷爷毕业于军校，见多识广，还会讲英语，二人吃过饭后就带着光日去了幺爷爷家，讲了当天光日名字的风波。

幺爷爷问："你们想给他起个啥名字？"

我妈说："想给他起一个跟太阳有关的名字。"

幺爷爷捻着自己的山羊胡子说："光日这个名字的确不好听。"

我爸说："那叫光胜？"

幺爷爷说："那也太俗气了，光胜光胜，人生在世，谁不经历一些曲折的呢？就像我。"

我爸我妈就继续思考着。一会儿，幺爷爷说："我给他起一个吧，叫光旭。"

"嗯，啥？"我妈眼睛睁得像两颗紫樱桃，"光绪！光绪皇帝？"

"哈哈哈！"幺爷爷笑得山羊胡子猛抖，"咋想到光绪皇帝去了？不是不是，是光旭，九字旁加一个日的旭嘛，就是十个太阳，够光辉灿烂的啦！"

我爸我妈顿时像鸡啄米一样连连点头，满心欢喜。

阿依母亲说："个丫头，说得我像个啥人一样。"阿依说："妈你当年那样取名不奇怪，你那时候还是习惯用白话来思维嘛，所以就有了当年那个奇怪的名字。"这话我信。在南方，如果用白话来读"光日"，那的确是一个声音响亮寓意光明的好名字。南方人名字中有个"日"字太普遍了，比如"梁阿日""李日""陈日"，等等。"日"字在两广，一直是光辉灿烂的意思。但是在北方，尽管也可指太阳，弄不好却是一句骂人话。

摩托车沿着一条防风林带拢护着的机耕土路走，经过了一大片条田后，来到了一片地表植物茂盛的旱地边，阿依让我再次停下。我们下车，站在了这片南瓜苗地旁，南瓜叶子里探出一朵朵鲜黄的南瓜花。阿依用手轻轻地拨弄着那些鲜绿肥厚的瓜叶和金黄的南瓜花。

看，南瓜花啊！在我的记忆中，盛夏时节，南瓜花总是满山满坡地开放。南瓜和葫芦瓜种在白杨树下，也不怕牲畜来糟蹋，没有围栏，倒是别人家把自家的南瓜茄子葫芦瓜四面种了刺芽子围着，可是那些驴呀猪呀羊呀专门踩着刺芽子去他们地里吃瓜吃叶，他们就愤愤不平，说这些畜生瞎了眼。还有更离奇的，我妈养有一头猪，记忆中我妈只喂过几天，那头猪就天天一大早去外面人家的瓜地玉米地啃，吃瓜叶，吃玉米秆，晚上就回到猪棚里呼呼大睡。我亲眼看见过有人拿枪在地里打它，可是打了几枪都不中，它"努努努努"地哼着跑了。几个月后，我家杀了猪，宰猪的费茂志说："这头猪养得可真够肥的。"

在路边种的瓜又多又大，一个南瓜要两人抬，葫芦瓜也长得特别大。我拿围巾一裹就抱着当娃娃，拍着哼着哄"她"睡觉。

每次摘了南瓜，我们总是把最大最漂亮的南瓜留给爸爸回来时吃，他也吃得最开心。所以，南瓜花盛开了我就想念我的爸爸了，可我爸只能在逢年过节的时候才被允许回来探亲，才能吃上我们种的大南瓜。而由于我爸的省吃俭用，每次回来总能捎上几十斤面粉，一家人这时候就可以改善改善生活。

看到我们住进去后啥事也没发生，相反，以后的日子里我们挺顺利的，附近的少数民族居民，还有汉族人都感到十分惊奇。慢慢地他们也敢过来和我们谝话，就是唠家常了。那时候，我已经长到五岁多，每天和一群少数民族的孩子在屋前屋后的杨树林里疯玩。有时候，孩子们都回去吃饭了，我就坐在自家房子院墙外的土坡上，看那位天天从身边经过的哈萨克族老太太，背着个孙子佝偻着腰经过，我就喊："阿帕亚克西！阿帕亚克西！"（阿帕在维吾尔语和哈萨克语中都是奶奶的意思。那老太太背上的小孩肯定是她的大儿子的长子，按照哈萨克族和维吾尔族的风俗，大儿子要把自己的第一个孩子——父母的长孙或者长孙女"上缴"给双亲，他们称呼祖父母为爸爸、妈妈，而称呼自己的父母为哥哥、姐姐）每次我喊这话的时候，老太太便会停下来，咧开已经没有牙齿的瘪嘴笑笑说，亚克西，亚克西。然后把枯枝般的手伸进兜里摸出几颗奶疙瘩，颤巍巍地递过来，我常常高高兴兴地蹦过去抓在手里，看老太太蹒跚着走远了，便有滋有味地啃起来。

但是也不能说啥事都碰不上。1978年，一件令人恐惧的事情发生了，上边广播说，这个地方将发生大地震。我妈和表姨吓得惊慌失措，我那时候还不是很懂啥叫地震，所以也算不上很害怕。我妈匆匆忙忙带上才五岁的我和一岁多的光旭，去一位哈萨克族朋友的旧毡房里住了五天五夜，那几间房子里的东西几乎啥也没带上。我妈想这下子房子彻底完了。但又一次值得庆幸的是，地震虽然发生了，却是很微弱的一次，房子一点儿也没有受损。回到家里，在那个年代当时的情景和心情是用语言不能表达的，我妈和表姨一连说了好几句"谢天谢地"。那时候我的确还不怎么懂事，一进房门之后便找了根黄瓜咬个不停，仿佛刚刚过去的几个夜晚仅仅是一场游戏。

我们的房子渐渐成了许多来伊犁的南方人的"免费旅馆"。那些从南方逃难过来的广西人、广东人、湖南人、湖北人和四川人都非常可怜，没有户口，也没有活儿干，因而常常把住在这里的老乡当作救命恩人。其实没有真正地域意义上的老乡，一听说哪里有老乡，甭管老家距离有多远，甚至两广和两湖之间都被看成了老乡，认识不认识，有没有关系，他们都会千里迢迢去寻找。加之我妈好说话，谁来都有饭吃，哪怕是南瓜土豆，所以到我妈家里的老乡就特别多，几乎隔三岔五就有人来投宿落脚，饿了就在我们家吃，困了就在我们家的大炕上睡。每逢他们到来，我妈总是准备好一宿两饭，招待他们住一宿，吃过饭再赶路去四方找活。有的因为暂时无路可走，她就会让他们多住上几天。也许是我妈对流浪四方的经历感受特别深，对遭遇这种生活的人都特别同情，对谁来都是笑脸相迎。印象中来人最多的时候一次达到三十几人，家里只要躺得下人的地方都睡满了人，就像正在办一件大喜事一样热闹。天南地北的人们在这里聚散，我们的家也成了名副其实的"龙门客栈"。许多人从这里走出去后找到了工作，算是跳了一回"龙门"。因此，后来大家到伊犁各地成家立业后，仍有不少广西人湖南人都说认得我妈，倒是我妈常常说记不起他们了。

秋末冬初，各地都开始宰羊了，一大队的哈萨克族农民们也宰羊。那时候嘛，他们还不习惯吃羊内脏，宰了羊之后扔得到处都是。那可是好东西啊，妈妈和爸爸见了眼睛都放亮。我们那些老乡见了眼睛都发亮，捡回来啊，捡回来就洗干净，捋干净，切了下一大锅，半个小时后，香气就飘起来了，老乡们馋得口水直流，我们也馋得吞口水。这帮人就在我们家里吃喝了，那个快乐啊，想想我都快乐。有一年春节，我家也很热闹，那些投宿来的人都挤在我家，晚上他们中几个女的和我们娘儿仨挤一个大炕，男的在外间大通铺上，也有的打地铺，还有的去邻家借宿。当时大家的生活都非常艰难，但是大家的精神面貌真的是很积极，很乐观。现在嘛，可不敢比啦。

"我有一个疑问，"我说，"当年你们住在一群少数民族中间，跟他们的关系咋样呢？"自打我来到这里后，对于那时候的汉族与少数民族的关系，我充满了好奇。阿依说："我们可好了，用现在的名词说，那叫民族和谐。你知道吗？那时候我们小孩子都爱跟哈萨克族大人学哈萨克语。"

十月公社哈萨克一大队是一个多民族人杂居的村庄，哈萨克族最多，学说哈萨克语，在多民族杂居村庄中是家常便饭。小时候我的玩伴有很多哈萨克族小孩。爸爸结交的朋友大多也是哈萨克族哥们。真正做我哈萨克语老师的是铁武尔鲁仕，一个哈萨克族人，年纪三四十岁，个子不高，留着一把斯大林式的胡须，目光炯炯的。我们天天都会打照面，他也隔三岔五到我家坐坐。也许是他看到我天天和民族小孩一起玩耍，哈萨克话说得不够溜熟，总有偏差，冬夜的一个晚上他来我家坐坐，看见我在火炉边烤火，他和爸爸也在火炉边喝着小酒，他忽然决定收我做他的学生，教我说哈萨克语，每天三句话，三个单词。先从数数开始，布尔、也克、无邪，日常用语：开答吧勒呻？别了 gie 西，别了买的。铁武尔鲁仕认真地教我说，我也很认真地学，"明天打扫卫生吗？"——"夜叻铁恩/他咋叻可/朱尔各孜/也么子别？"这句话汉语七个字，哈萨克语就一长串，至今我依然不能很熟练地说出来。这句话，我这老师（为了方便，我在后文中简称铁武尔鲁仕为铁老师）费了好大的精力耐心地一遍一遍地教我，他从不发火。有一次，夜很深了，我刚洗完脚，他又来了，一定要我很顺溜地把这句话学说一遍，他才竖起大拇指，点着头，说着加合西，然后拿着他那只又长又大的手电筒巡逻去了。爸爸把准备好的炒瓜子大大地抓了几把塞到这哥们儿的皮大衣口袋里，还有那瓶他们俩喝得还剩一小半的伊犁大曲，几粒剥了皮的大蒜也一起塞给了他。新疆的冬夜是很寒冷的，酒可以暖身，大蒜可以提神。大家都非常地老熟啦，铁老师也不推让，只对爸爸说，热合买提。铁老师这时还不忘教我一句"瓜子"——"切木系 gie"，我也及时地跟他说：塔哈，切木系 gie 嗟的噔吧？听我说出来了，他笑笑：布拉德。他才边走边说，米亚（他们都这样称呼我，就是我乳名明月的谐音），明天嘛，我教你数十以内的数字，还有眼睛鼻子这些哦，或西（再见）！他和送他出去的我爸在那儿握握手：或西或西！爸爸看他走向房屋那头，才转回头对我说，好好跟这个叔叔学习哈萨克话，将来可以多一条路。铁武尔鲁仕叔叔把你当自己娃娃一样教呢，认真学哦。

"我们去看看你曾经住过的老房子吧，应该还在吧？"我急切地问。阿依摇摇了头，说："可惜得很，老房子没有了，1974 年，上面要求住在哈萨克一大队的广西人搬到更需要搞生产的一区十月公社（后改为新源镇）第八大队。我们就离开了哈萨克一大队。又过了几年，修了这条公路（316 省道），许多房子都被平掉了，包括我们的老房子。"

"还能找到当年住过的地点吗？"

"公路两边全新盖了房子，小巷也不再是当年的小巷，连那些杨树呀小路呀全都变了，不可能找到了。"她叹息说。

我们向一位从地里收工回来的哈萨克族老人打听，老人似乎很茫然，因为阿依也说不出当年老房子的地址。

后来，老人问："你究竟啥时候住过这地方嘛？"

阿依说："七十年代初，1971年到1973年吧，我们就住在这里，我记得这一片山，那时这里叫一大队。"

"噢，一大队是吗，这里不是了，这里是六大队了。"

这么说，当年的一大队行政区域已经有了很大的改变？真是不可思议。

老人走了，我们继续在原地逡巡。一位哈萨克族小媳妇和两个小孩子走出门来，好奇地看着我们。阿依对小媳妇说："三十多年前我和我妈住在这儿。"

哈萨克族小媳妇笑说："哦哦。"目光有一丝疑惑。

"我想拍一个你们的照片，可以吗？"

她笑说："可以，可以。"

两个孩子也嘻嘻地朝我笑，眼睛像两颗黑黑的大丸子，还拍起了双掌。

晚霞开始盈满了西边的天空，原来已经接近黄昏了。我发动摩托车，阿依上车后，我慢慢地驶上316省道，离开这个当年叫十月公社哈萨克一大队的地方。

十月公社八大队

一个阴雨连绵的傍晚，我们从三轮车上下来，撑着雨伞走在县城东南郊的恰普河边。恰普河穿越白杨拢护的村庄，默默流淌，一直流入西北面的巩乃斯河。

在两棵水桶粗的杨树下，在苹果树枝条簇拥的院门口，一个瘦高而长发的老人带着一帮人迎出来，见了面拉着手说个不停，见了阿依就喊："阿依啊，当年瘦麻秆一样的丫头，你都长得这么胖了？"

阿依让我叫他天福叔叔。阿依说，他们都是我妈当年的患难之交，瘦高的那位叫章天福，老家在广西蒙山。

我们坐在章天福的小客房里。他问我："新疆好吧？"我说好。他说："对啊，气候好，我和这些人相处得也好。"

他说他已经三十多年没回过老家了。

"不想回去了，看都不想看了。我家原来是地主，土改时除了我的爸爸妈妈被杀掉，我的兄弟姐妹全都逃出来了，我老家已经没有亲人了，我这辈子都不想回去了！"

他的老伴玉莹姨张罗晚饭。阿依母亲当年的朋友周应军、刘德全和他们的爱人都来了。章天福夫妇亲手做了新疆大盘鸡，鸡是自己养的，酒却是从附近的小店里买回的伊力特，红红的商标特别耀眼。

天福叔叔用手指点着瓶身的伊力特三字说："我们新源县产的酒，就在肖尔布拉克，到过了吧？"

"经过了，没去看过，每回路过都闻到酒香。"

"那是，在新疆，喝酒就要喝咱们的伊力特！"

我们猜拳行令，一喝一小杯。这些夹杂着新疆口音和老广口音的广西老乡，说起话来像老家的杂烩，口味特重。章天福要说话前脸部都像一个猴子脸般活动着，眼睛明亮且不住地眨巴。他对我说："我们都是盲流过来的人了，啥苦没吃过？能有今天的生活，能在这里定居，我是一辈子都不会走的啦。"

饭后，雨竟然停了，西边的天空甚至还有一点暗红，给南面的天山雪峰衬出一种暖色来，山腰的雪岭云杉却显得雾霭朦胧。原野上轻轻拂过来一阵风，把微醺的我吹得有了一些清醒。

阿依父亲和天福他们几个人还在喝酒谈笑，我便和阿依母亲、阿依沿着天福房子前面的村道散步，小路还没有硬化，但是刚刚铺上了一层砂石，避免了走路泥泞，长满白杨树的小路下传来鞋子摩擦砂石的声音。阿依母亲在我前面走着，慢慢给我讲述八大队的历史。

十月公社八大队是我们的第二个家。在六十年代，八大队这个名字还没有呢，这里一片荒凉。1974年，我们一家和八位广西老乡被分配到了恰普河河坝边上的八大队落户，那时候阿依五岁，光旭才一岁。同时获得安排的还有一些来自其他地区的盲流，广西人最多。因为一下子来了一群汉族人，占了这个队人口的百分之九十以上，所以又被周边的少数民族称为"汉族人大队"。就在那年，我们算是成了八大队的第一批垦荒者吧。

然而，刚刚盼来的稳定很快就被一场风暴破坏了。为了逃避"造反派"的迫害，我带着我们那几个所谓的姐弟东躲西藏，常常是饥一餐饱一顿。阿依爸爸满以为逃避口内的艰难在大西北就可以过得平安一点了，却意想不到中国虽大，风浪也可以波及每个角落。当时只因为他在生产队里做饭比较好吃，手脚麻利些，就被一些好像可以连饭都不用吃的人划成了"敌特的后勤部长"，被"革命群众"用砖头和带钉子的木板打得昏死几次。受着动乱迫害而颠沛流离的父母根本无法照顾年幼的儿女，幸得这些善良义气的广西老乡给了他们童年无尽的关爱，这也算是他们对我们以前曾给过他们帮忙的一种回报吧。

阿依爸爸住在马场三队，我在八大队，两人工作的地点相距上百公里，交通又非常落后，几乎都是坐马车，一家人相聚的日子很少，平常都是我带着三个孩子在地里劳作。在那个年代，一个妇女带着三个孩子过日子那个难啊，你无法想象。吃的住的是大事，人的身体更是大事，遇到大人或是孩子生病什么的，全靠母亲的那些热心老乡了。这些人，就有来自广西蒙山县的章天福、李玉莹夫妇，有来自北宁县青石乡的刘德全、杨敏夫妇，有来自北宁县新通乡单丫村的周应军和他的小弟周应荣，后来，还有来自北宁县陆景乡龙湾村的顾家明。他们都帮过我们，好几次在孩子们病急的时候，二话不说，顶着太阳，有时冒着大风大雨接送我们去医院，只要有最好吃的都给我们吃，就像对待亲人一样。还有一些老乡对我们也挺好，阿依姐弟几个在童年时代呀，都得到他们的许多关照。特别是天福两口子、德全两口子，还有应军他们，把阿依当作自己的女儿一样看待，每次家里做了好吃的都要送一碗过来或是把阿依接去。还有天福叔叔的二女儿小兵、三女儿小洁、四女儿圆圆、五女儿春春，阿依常带她们玩，她们对阿依特别亲，都管她叫姐姐。

1974年夏天，我们已经迁到八大队两个多月，你爸接到四川资中老家的来信，说家里遇上急事了，他就请假回四川。那时我已经生下阿依和光旭，阿依五岁多，光旭一岁多。在八大队尽管我已经是一个落了户的人，有了地，但那个年代，啥事都可以发生，妻离子散也是常有的事。我们结婚时都没有领结婚证，这种婚姻本就是一种时代的产物，一些没有名义的夫妻随时都可以分开，或者悄无声息地散伙。你爸一走就是一个多月，我已经做好了跟你爸分手的准备，但一想到两个孩子，我的确心里感到很悚惶。不想一个多月后，你爸竟然回来了，还带着他和前妻在资中生的大儿子光灿。你爸说，那次回去是因为他前妻生病死了，他回去办理后事。那一刻，我就知道你们爸爸是一个有情有义的男人。

咋个不是呢？我告诉你，你爸还做了一件事，我就是从这件事看出了他的胸襟。那时，我接到老家八姨大女儿冯燕的来信，她说，妈妈被下放到爸爸老家黑龙江阿城县乡下劳动，两个弟弟和一个妹妹读初中，她读高中，爸爸的工资入不敷出，家里生活遇到了困难，问我能不能寄点钱回来，否则就要把妈妈最珍爱的缝纫机卖掉了。那时我想，卖掉缝纫机又值多少钱呢？不过那缝纫机的确是八姨的爱物，我在广西她家的时候也用过。但是我没有钱啊，我挣的是工分，你爸爸每月工资才五十多块，但是我们家五口人也要吃饭花销啊。我是后来才知道，是你爸爸偷偷寄了钱。我是怎样才知道的呢？是第二年良珍姨姨回老家，她回来告诉我，她去八姑父（她称我八姨丈为八姑父）家了，八姑父说，冯燕每隔一两个月就收到一次钱，每次都有五十块，落款就是冰莹的名字。我这才知道，你爸爸看了冯燕给我的信，偷偷以我的名义寄了差不多一年的钱。

我们在八大队住了四年。一家人和十几户广西老乡都有很好的关系，真的是同甘共苦的兄弟姐妹。我最记得，好几家生的孩子都是我接生的，像章天福的老婆李玉莹和周应军老婆胡金兰生孩子，就是我接生的。现在八大队的乡亲都来电话多次了，让我有空回去说说话。天福、家明一帮人一直叫我"大姐"，叫阿依爸爸"姐夫"，说"大姐和姐夫啥时候回来呀？可别忘了我们这些难兄难弟"！

我从阿依那里听到了另外一种讲述。

牙齿也有相碰的时候吧，何况一群来自天南地北的盲流。那时候，我们隔壁住着一个叫马义的湖南人，平常我们有困难都互相帮助，又都是同甘共苦过来的哥们儿，关系很好。1976年春节前夕，他要回湖南老家探亲，前面我提到的大温小温两兄弟，当时还住在我们家，非常拥挤，也很不方便。马义就跟我妈说，想请那两兄弟帮看房子，顺便喂一下他养的两只小山羊，这样也可以解决他们住宿的问题。这可是看在我妈的面子上呀，我妈欣然答应了，叫两兄弟去马义家，看还有啥要交代的。马义当时还是单身汉，但家里的家当比较起当时被分来的十来户人家，已算是比较多的了。两兄弟春节期间还算安分守己，春节过完了，元宵节刚过，马义也快从老家回来了，大温小温回来说想外出去办点事，让妈妈帮喂两天羊，两兄弟就这样消失了差不多一个星期。马义回来了，他拿了些家乡的特产过来给我们，并告诉妈妈说他家被盗了，被盗的都是一些值钱的东西。他说话的态度就十分怀疑是大温小温两兄弟干的。我妈当时很气愤，认为他这样无缘无故地怀疑大温小温，其实就是对她不信任。马义当时也很生气，认为我妈不分是非袒护老乡，就报了警，矛盾激化。我妈就叫其他几个年轻人，无论如何一定要找到大温小温来问个明白。过了差不多一个星期，有个年轻人回来告诉我妈，他找到大温小温了，他们承认东西是他们偷的，已经销赃。我妈当时那个怒火呀，呼呼地直往上蹿，当着众人宣布："我不再认他们这两兄弟了，他们丢尽了我吕冰莹的脸，丢尽了两广老乡的脸！"大家知道我妈这次是很认真很坚决的。后来我才知道，也就在那天，以前曾在我家歇脚的人，认识的不认识的，只要听说这件事的人一传十十传百，相互转告，孤立了这两兄弟。现在想想我妈当年还是蛮有号召力的。

马义彻底与我们闹翻了，他不知从哪儿搞来了很多带刺的枝条，在我们两家公用的菜地中间搞了一条分界线，那时虽说每户人家两亩宅基地，但是院落围墙是每两户一个大院落，中间的界线以地砖或石头作标志。

我爸那时候就是一个窝囊废，在八大队时，面对邻居马义多占院地，人家没理也帮自家人，老爸是有理也放弃。他对人家说："我们家冰莹就是那样的，请你多多包涵。"像个外交官。

马义用了两个钟头把界线插上带刺的树枝分开，就去访友了。我妈有两天不出声，只管干自己的活儿。第三天马义从外面回来了，我妈做了一道辣子炒鸡的湖南菜拿去马义家，很诚恳地向他道歉。马义接受了道歉，我妈也虚心地接受他的建议。两家又回到原来好邻居的关系了。马义亲手去把那个界线清除，我妈这才发现那些带刺的树枝是很好的清热解毒中药，果实就是枸杞，是少有的野生枸杞，是好东西呀，建议别拔了，留着它长，叶子清肝明目，果实滋阴补肾，到时谁想吃就来采摘多好。马义只拔了一小部分，留出通道，其他的就任由它生长。那些年我常去摘果来吃，甜滋滋的。左邻右舍的老乡们也来我们家院子里摘了枸杞的种子栽种，枸杞在八大队里开始繁衍起来。1979年我家搬到了老马场后，我有很多年没回过八大队了，但是我听那里来我家走动的人都说，吕大姐走后我们还是喜欢吃枸杞，每年春夏，原来你家院子里的枸杞叶子都是绿绿的一片，红红的枸杞果一串一串拖着挂着。就是现在，那里的每家每户依然还有在院落里种一两垄枸杞的习惯。

马义是在一个深秋季节里调走的，他走后一些往事也渐渐地从我们脑海里淡忘了。1978年之后，家家户户的日子渐渐好过了。1977年的除夕晚，我爸正在做汤圆，我妈正在炸扣肉，我当时因为肚子发胀气，正在床上捂着被子揉肚子，妈妈做好红烧肉，刚把油锅清理了准备煮汤圆，这时我听到有敲门声，我说妈妈有人敲门，我妈说外面下着大雪，这个时候有谁会来敲门呢？妈妈套上那双自己手工做的布棉鞋去开门了，我在床边上看到门口有个壮实的男人两手撑着两边门框，棉絮一样的雪花随着冷风飘了进来，妈妈没看清，问谁呀，那人嘴里轻轻地喊了声"大姐，是我"。我妈一听那声音脸色就变了，立刻脱下一只布鞋使劲地抽了那人一个耳光，愤愤地说你还有脸回来见我！那人不敢还手，直说:"大姐打得好,大姐打得对,我该死,对不起大姐。"然后就是对着妈妈深深地鞠躬。我妈板着脸说:"你走吧,走得远远的,过好自己的日子吧!"然后就砰的一声关上了大门。我看见我妈在门里站了一会儿,擦了一把眼泪走进来了,对爸爸说,刚才大温回来了,我打他,还叫他走,我都气糊涂啦,外面下这么大的雪,不知他吃饭没。我妈说着又快步走到门口,打开门看到刚才那个人已经走了。我妈有些懊悔地看着门外翻飞的雪花,关上门无奈地摇摇头。多年后我听我妈说,那晚大温从我们家门口走后,离开了八大队,离开了巩乃斯。再后来,有人在尼勒克看见他在工厂门口背麻袋,应该就是干装卸的工作吧,看上去身体依然健壮。我妈叹了一口气,啥也没有说。至于小温,我们一直没有他的消息,也不知道他是否离开了新疆回到了广西老家。

八大队留给阿依母亲最深的记忆,除了那些兄弟姐妹一般的老乡,就是在那里生下了小儿子光亮。

光亮嘛,是1976年10月出生的,那时候是农忙季节,我一个人在家里待产。表妹桃红已经去河南了,去河南周口结婚啊,她找了一个老乡,是我们北宁青石人,叫欧兴贵,也是个盲流,不过只在新疆待了两年多。据说他父亲是周口市电力公司的总工程师,民国时代从北宁考上中山大学,分配到周口工作。1975年他父亲被打成"反动学术权威",儿子和他划清界限,来到了新疆。那时桃红面对几个男人不知道怎么选择,我就对她说,欧兴贵这个人不错,虽然跟他父亲闹矛盾,但是他跟我们说了好几回后悔对不起他爸爸,有后悔就有反思,他迟早会有出路的。她很快就决定跟他了。1977年欧兴贵家里情况有了好转,他就调回周口去了,也带走了桃红。桃红一走就是二十多年,没有回过新疆。

那时队里只有一个刚刚学会接生的赤脚医生,还是个没结婚的姑娘,叫刘桂兰。我要生了,娃娃是脚先出来,接着脑袋也出来了,歪着脖子,刘桂兰好像束手无策,我一看急了,就自己扶着娃娃的脖子,糊弄一番,硬是把娃娃接生出来了。刘桂兰都看呆了,赶紧帮我擦洗打理,一边给娃娃包裹一边对我说:"阿姨,你太能了,我在队里这么久,没见过像你这样的,自己给自己接生了。"我说:"我的娃娃不娇气,想咋生就咋生。"

娃娃出生后，我还没有给他取学名，就随便给他取了一个乳名：狗。心想贱名好养。我和你爸平时喊着喊着就习惯了，连阿依都这样喊了，我们去到哪儿都喊：狗。娃娃会走路了，会说话了，我们也这样喊他，每次喊他都"嗯"地应一声。有一次发烧了，我就带他去卫生室，给娃娃看病的还是那个刘桂兰，她已经结婚了，腆着一个大肚子给娃写处方，问我："娃叫啥名字？"我脱口而出："狗。""啥？"刘桂兰瞪大眼睛再问我。我再说了一遍："狗。"刘桂兰一手放桌上脑袋伏下去，一手叉腰哧哧笑，我说你别用力笑，会影响到你的胎儿。她抬起头抹着眼角说："明明是个人嘛，你咋喊他狗？"我才醒悟过来，说："乳名就是狗。"刘桂兰问我学名，我说没有，她就一边笑一边真的在处方单上写下了"狗"字，又把来看病的几个熟人逗笑了，把捡药的李英勇逗狂了。从卫生室回来后，我越想越感到不是滋味，那天晚上，我和你爸就给娃娃起了名字，就是章光亮嘛。

你也感到好笑是吧？我再说一个趣事给你听，原来我的前夫家不是说我不能怀小孩吗，我生下了阿依后，写信报告了在广西的八姨，就是你们的八姨婆。八姨婆非常高兴，在电话里大声说，冰莹你是能生的嘛，是那小子不行，我要打电话告诉他。我赶紧请她不要打，她却说，要打，太欺负我的外甥女了。据说她真的打电话给以前那个男人家了，好好地奚落了对方一场。后来我又生下了光旭，八姨又打电话给他们。生下光亮的时候，她不打了，因为那时候她已经被下放到八姨丈的老家黑龙江阿城县乡下劳动了。反正，我生阿依和光旭时八姨都向他们通报了，说你们不是说我外甥女不能生小孩吗，现在你们看看，我外甥女都生了两个了。我知道她是故意气他们的。想想都好笑，我这个八姨。

尽管阿依母亲接二连三地生了小孩，尽管在新疆有了栖身之地，但是生活依然是清苦的。阿依有许多难忘的记忆：

我妈生了光亮后，家里就有了三个嗷嗷待哺的儿女。这时候的光旭虽然才三岁多，但是身高已经像一个五六岁的小孩了，因为平常日子极缺油水，他又活泼好动，没到吃饭时间就喊饿，吃起来像头小狼。有一次，我在家里看光亮，光旭出院门玩，遇上了邻居家的小海，平时他和小海常在一起玩耍，小海是个男孩子，年龄和光旭差不多大，手里拿着一个刚出笼不久的馍馍。光旭看着他手里晃动的馍馍，眼馋极了，吸着鼻涕，直吞口水。光旭本来就是一个大嘴巴嘛，他凑近小海说："看在和你玩的分上，给我一点吧。"小海却说："不行，你吃了我吃啥？"光旭说："给我吃一口，就一口嘛！"小海看着他的大嘴巴说："行，只许你吃一小口。"光旭抓住小海拿馍馍的手，张开大嘴一口咬上去，小男孩大叫一声："我的手，我的馍馍！"原来光旭一口就咬掉了馍馍的大半边，还把小海的手指头也咬到了，疼得小海大哭，剩下的小半边馍馍掉在地上，哭着回去找妈妈。光旭一看不好，赶紧跑回家。当天傍晚，我爸我妈从地里劳动回来，小海妈已经守在院门口，跟我妈说了这事，还说："小孩子嘛，眼馋肚饿，吃就吃吧，就是把我家小海的手指咬伤了。"我爸当即把小海拉进房子消毒包扎，我妈那边跟小海妈赔不是，两个女人很快就谈笑风生了。

我那时一年四季穿的都是一双运动鞋，一直没有买过新鞋。这鞋也真耐穿，上小学都是穿着它，一直穿了五六年，把我的脚都穿疼了也没烂，实际上就等于裹脚了，这让我今天长着一双小脚，只穿三十五码的鞋，一般的女的都穿三十七八码的鞋嘛。到了八十年代初，我才穿上了一双乌拉鞋，就是用乌拉草做棉絮的棉鞋，那是我妈在领了工资后花了三块钱买的。

父亲虽然常常被强制劳动，但一想到家里的女人和三个儿女，硬是省吃俭用，每次节假日都争取回来和我们在一起。每次回来，他背上或者手上都少不了一小袋子的面粉，这就是一家人改善生活的最高希望。面粉拿在手中，母亲总有办法做出一些花样的食品来，供三个小孩解馋。但是平日里面粉也的确是太少了，单单在几个节假日，哪能解得了三张饥饿的嘴巴的馋劲呢。于是，那些看着于心不忍的老乡，总会拿出一些自己也舍不得吃的面粉干粮，接济一下我们。

我比光亮大七岁，那时他刚刚可以扶着墙壁站起来，不是很稳。我和他待的时间不长，好像没啥姐弟间的亲近。光旭和光亮就比较亲近，光旭有啥也是先给光亮，我有些羡慕，反而我和章婕（姨姨的女儿）比较亲近，和姨姨更亲近。其实当时，我和妈妈很生疏，时常把妈妈叫作阿姨或者干脆就没称呼，刚开始妈妈有些生气，渐渐地，她发现错不在我，而是父母与孩子长期不在一起，就会产生这种生疏。记得1977年的春节，我回家，刚进家门，见到期盼我回来的妈妈，就死活不愿喊妈妈，宁愿被罚跪，就是开不了口叫妈妈，妈妈非常难过也非常生气，不理我，当时我真的很委屈。

1976年秋天，妈妈背着光旭带着我到马场三队老爸那儿，小住几天，我也到了上学的年龄。那天上午我跟着几个伙伴一起蹦蹦跳跳地去三队学校报到，在填报成分一栏时，我不会了，我看有人填贫农，有人填中农，有人填佃农，还有人填富农。我想了想，觉得富农好听，就填上了富农。中午回到房子，我爸问我成分填了啥，我说，填了富农。"啪!"未等我反应过来，脸上已经挨了我爸狠狠的一巴掌。我蒙了，哭起来。我爸说，你这不知死活的丫头，填了富农，你就没命了，还会连累一家人。我害怕极了。吃过饭，我爸就拉着我去了学校，找到我的班主任，说孩子不懂事，我祖祖辈辈的老贫农，口里老家发了洪水，父母兄弟姐妹不是淹死就是饿死了，我都没有活路了，才逃荒来到新疆，哪有的富农成分呢? 我现在改过来。那班主任也好说话，帮他找到了报名表，我爸在富农两字上恨恨地涂着，一直到辨认不出来了才停手，然后又划掉了我上午填写的整栏字，在最后另起一栏，认认真真地填写着我的基本情况，在成分那一栏工工整整地填上了贫农两字。

开学不久，我妈有意要留我在羊队和爸爸在一起，可是爸爸是个大老爷们，根本不管我这个丫头片子，羊队离三队学校也有十里地远，他就把我交给同在马场三队当喂猪职工的姨姨，从那以后我在姨姨家生活了两年多。我妈两三个月才来看我一次，每次来我都央求她带我走，她总说还不是时候。那两年，我一直盼望着妈妈忽然会回来接我回家，我每次吃完饭都要爬到围墙上眺望，总觉得妈妈会从那条机耕路上回来接我的，可是每次都失望了。时间长了，想妈妈的感觉渐渐淡去，以至后来，我觉得姨姨就是我的妈妈，可她又让我喊她姨姨，我脑海里就觉得有些糊涂了。

1977年夏秋季节的一天，好像是星期六或者星期天下午吧，我和几个伙伴在马路边上的树林里玩耍，远远看见有位阿姨急匆匆地快步往离树林三百米左右的地方的公共厕所奔去，远远看那妇女又要进男厕所的样儿，我就向她喊道，阿姨，那是男厕所，你进错啦! 那阿姨一闪就进了男厕所，我和玩伴都傻眼啦，不知道那阿姨是压根就没听见我们喊呢，还是她根本就不在乎，还是内急已来不及选择了。那个年代，公厕用一个两米高的土墙圈子围着，左边是男厕右边是女厕，土墙圈子上面什么标识也没有，但是大家都知道男左女右，入错厕所的情况一般都不会发生。可是这回有人破例啦，这娘们真不知丑！我和玩伴当时都这么认为。

傍晚，我和玩伴玩饿啦，大家就各自回家了，我刚进姨姨家门，见姨姨正忙着做晚饭，我就一边帮着烧火，一边向姨姨说起那位阿姨进错厕所的事，姨姨听了就一直笑。我和姨姨正在聊得热乎呢，从里间房走出一个人，我吃惊得下巴都要掉啦，你猜怎么着？上错厕所的就是她咧。更让我吃惊的是，我姨姨对我说，她就是你妈。我这才把她认出来。我再次说起了下午的事，妈妈笑着说，是啊，我糊涂了，当时急嘛，没听到，也没注意男女，一头就扎进去啦。哈哈，我妈是一位糊涂的妈妈。

阿依母亲大笑起来，我们都笑吟吟地看着她。她笑停了，说："你爸那个人呀，虽然在三队当医生，但是他一向都是大大咧咧不管事。那时候我在八大队务农，离三队有七十几公里远啊，我担心对你的学习不利，当时姨姨在三队后勤组喂猪，当上老师后，我觉得让你在姨姨家食宿可以得到辅导，就送你去姨姨家住。"

"可不是嘛，那几年我很少和我爸待在一起。每到周末，或者到了寒假暑假，我就回八大队的家里帮干活。那时候的八大队，还没有普及康拜因，耕种就像现在的南方，基本还是靠手工，干农活还是很辛苦。"阿依说。谈到这个，阿依母亲回忆——

我们这些老乡从哈萨克一大队分到八大队后，大队按人头算分给每家一块宅基地，大多数都有两亩地。我们家分在通向恰普河畔的路口，我让人在宅基地上盖了两间土打墙的房子。那时候大家都是干活挣工分，平时的农活是种小麦，还种胡麻、玉米，有时也种油葵，小麦播种靠拖拉机，收割靠康拜因，其他的农作物就靠手工种植和收割。

光旭四岁那年，八大队的各个生产队都响应政府号召，自力更生学大寨，抓革命促生产，大搞烧石灰运动。社员们纷纷行动起来利用有利资源开展烧石灰促生产的农业运动。我们生产队的石灰窑就建在流经八大队的恰普河畔。我们家当时就我一个人带着光旭，阿依在马场三队跟着姨姨读书，我带着光旭，每天挑着一对筐子往返于河滩和石灰窑。烧石灰用的那种青灰色的鹅卵石，原本附近河滩到处都是，经过社员们捡拾，很快就挑了个精光，剩下的都是一些质地不好的。我为了更好地完成任务，多挣些工分，也和李玉莹阿姨（阿依母亲的拜把子姐妹，排第三，阿依光旭他们也称呼她三姨）那帮妇女到离石灰窑较远的地方去捡拾鹅卵石（石灰石），光旭就和队上那帮挑石灰石社员们的孩子们玩耍，等着我回来。那时候的午饭和晚饭，队里给每个参加劳动的社员分一份青菜煮粉条，大家吃得半饥半饱，我把自己那份又分为两份，自己吃一些，给光旭吃一些，结果是母子俩都饿着肚子。

但是回到家里就不饿了。我那时在家也养有十几只鸡，鸡蛋不少，房子里总有几十个鸡蛋等着，吃不了的鸡蛋拿到县城菜市场出售，赚点钱贴补家用。我为了让光旭吃饱肚子，每次出工，就装几个生鸡蛋去，装生鸡蛋去干啥呢？因为我们烧石灰嘛，我学过化学，懂得生石灰遇到水会起化学反应产生热能的原理。在干活累了休息时，我拿水发点石灰煨鸡蛋，啵啵啵啵滚烫的石灰煮鸡蛋，这样我们母子俩也能吃饱了。哎，其他社员见我们这样，也学我们咧，于是嘛，每次烧石灰，大家都能吃到熟鸡蛋。

我们十几个围坐在天福叔叔家的饭桌上吃晚饭，喝肖尔布拉克大曲，最抢手的菜是玉莹姨做的大盘鸡，鸡块剁得好，骨肉搭配均匀，辣子不过头，西红柿和大块洋芋又绵软又入味。阿依母亲说："当年一起在八大队开荒，同时向身边的少数民族学做大盘鸡，大家都喜欢吃玉莹做的，特别适合两广人吃。"阿依父亲说："你做的也不错嘛。"阿依母亲嗔了他一眼，说："就你会说话！"众人大笑。阿依父亲也笑着说："我这是说句公道话嘛！"

我说："当年还有大盘鸡吃，这是否说明你们的生活不苦呢？"

"不能这么说，五六十年代，南方人还有吃到河鱼的呢，不是也饿死人？总有苦中作乐的时候。"他说。接着呷了一口杯中酒，夹起大盘鸡里的一块洋芋放进嘴里，我眼看着他咀嚼吞下了，他又说，"不过嘛，在新疆做农民就是比在广西好。"

在新疆做农民嘛，不像在广西，地不好，干活还要累到死。巩乃斯的地也是最好种的，相对南方老家来说，这里地广人稀，几乎每户农民分到的耕地都超过了二十亩，老家才有一亩三分地吧。更重要的是，这么多的土地不愁耕作艰难，因为这里的农业机械化水平较高，从翻地、播种，到施肥、喷药，再到收获，全部由机械操作完成，而且管理方便，产值也高。我家有耕地二十多亩，一年种一造甜菜，每亩收获四至五吨，每吨收入约三百元，年收入就达三万多元。那边是顾家明叔叔家，阿依叫他叔叔，你当然也要叫他叔叔啦。还有你周运升叔叔，他们家每年都种植中药材柴胡二十至三十亩，年收入也在三万至四万元左右。

周应军叔叔主要是行医，他的骨科医术据说是他太祖公传下的，是货真价实的祖传秘方，专治跌打骨折等。从六十年代到现在，经他手医治好的各族伤痛者不下两千人，在新源县很有名气，很多当官的、做老板的体面人物都找他。后来，县卫生局发了行医许可证，他就在家里挂了一个"周氏骨科诊所"的牌子，时不时就有来他家就医的人。乌鲁木齐有一位当官的，因为车祸重伤骨折，花了二十多万元也没有彻底医好，留下了后遗症，不能正常走路。这个当官的十分痛苦，经人推荐找来了周应军，应军在乌鲁木齐一待就是两个月，把这位当官的后遗症给治好了。那当官的十分高兴，除了付给药费，还给了一万元的红包，可他只收了一千元作为来回车费。那当官的很感动，专门派了一辆小车送他回巩乃斯。从此，不光是附近的受伤者，远在巴州的，甚至南疆阿克苏的受伤者也请他出诊。他不出诊时就忙地里的活儿，和金兰一起种有玉米、大豆各二十亩，种地的收入每年也有五六万元。

阿依母亲讲过，在伊犁定居的广西人不少于一百户，主要集中在新源县和巩留县，大部分是贵港、平南、桂平、蒙山、北宁、荣县、陆川等地人。新源县的北宁籍人约有二十多户，大都在二十世纪六十年代来自北宁的扶阳、青石、陆景、沙冲、新通、云安、民信等乡镇。而新源县的北宁籍人大部分又集中在新源镇第八大队，所以八大队又被人称为新疆的"广西村"。几个北宁籍老乡多次告诉我，在新疆当农民比在广西舒服，尽管每家每户都有几十亩土地，但全是机械化耕种收割，一年种一造，一造即可吃数年。如果仅仅是为了吃饱，那么会养出许多超级懒汉的。天福叔叔给我们说了一句他们的顺口溜："当官要在南方，种田要在新疆。"

那些早年从南方来到这里目前已上了年纪的人，比如江浙、湖南、四川和两广人，基本上每户的住房条件都很好，一般都有宅基地一至二亩，屋前屋后就是很大的庭院。当我问起他们是否愿意再回南方时，他们都摇头说："南方太热，那里的气候也早就不习惯了，回去要生病哩。"

电视和报纸上正在报道"非典"。口内几乎所有的省、区、市都发生了疫情，尤其以广东、北京最为严重，广西的疫情也不轻。感染的人都被送去隔离治疗，每天都有感染和死亡的数字更新，看得人惊心动魄。新疆一直没有发现疑似"非典"病人。《人民日报》几天前发了一篇文章叫作《非典西进，新疆缘何一片净土》，说的是新疆发动干部群众防范得好。

"我们这儿阳光和水都比口里好，空气清新，怎么可能有'非典'呢？"天福自豪地说，"你们就在这里生活下去吧，在这里过得舒坦，我喜欢这里的阳光和水，孩子们可以回口里发展，我们老两口是不可能迁回去了，扎根了嘛，这辈子就认这里是家了。"

在阿依母亲的记忆中，八大队的四年尽管有地种，有饭吃，生活在老乡的互帮互助里，但两地分居还是一个困扰一家人的问题。幸好，四年之后，她终于遇上了一个好人。

1978年，好运气来了，政府对被"斗批改"的人员全部落实政策，我们原属于老马场的职工也恢复了身份，你老爸的工作稳定下来，做了羊队的仓库保管员，兼做卫生所医生。你老爸叫我离开八大队，把户口迁过来，我也决心回到马场三队生活，结束两地分居的日子。但是想过来不是那么容易的，主要是户口很难迁回来，没有迁户口，队里就不分配工作，这个要托人情啊。

政策变好了，许多原来两地分居的人家都各想办法，许多人都解决了，可是我还没有办法。当时你爸在三队，我一个人在八大队带两个小孩，挣的工分并不多，还欠下了队里的一百多块口粮钱，如果不还清，第二年就没有粮食吃了。你爸虽然在三队工作，还做赤脚医生，但是他是一个实诚人，除了和那些患者家属吃个饭，喝点酒，吹吹牛皮，谝个闲话，一年到头没攒下几个钱。欠八大队的口粮钱啥时候还，我一时也没有办法可想。

许多人开始种菜卖钱，我也在自家的菜园子里种了六七分地的大蒜，几个月后，大蒜可以收获了。那时我家还有一辆毛驴车，毛驴还是母毛驴，都怀有小毛驴了。我拔了满满一车子的大蒜，天不亮就拉到三公里外的新源县城菜市场，卖给菜贩子。我种的大蒜饱满，个头大，很好销，第一天我就卖了三四十块钱，十几天后，我就赚了四百多块。有了这些钱，我心里就踏实了。

有一天，我正在八大队的家里给光旭光亮做饭，一个中年男人带着一个小伙子来了，他走到我的面前问："你是吕冰莹吗？"我不知他是什么人，但见他满面含笑，就回答说："我就是，你找谁呀？"他说："我找的就是你呀，我是吕冰剑。"我糊里糊涂地问："吕冰剑是谁？"这时八大队的妇女主任何秀莲刚好来到了，她惊讶地说："哎哟，冰莹你怎么说不认识他呀，他就是我们十月公社的吕书记呀！"我说："吕书记？不认识就是不认识嘛，我干吗要说认识？"那个人就笑眯眯地说："有个性！你叫吕冰莹，我叫吕冰剑，我是广东梅州的吕，你是广东高州的吕，我应该叫你妹妹嘛！"我心里想，这个人真有趣，我跟他素不相识，他跑来认亲来了，就说："可我没有哥哥嘛！"他就说："你这个妹妹我认下了，这样，你把你的简历写下来，哪天交来给我看看。"我说："我带着一帮孩子，哪里有时间写简历？写好了也没有时间送。"何秀莲就热情地说："我帮你送，你写吧！"我不知道这个吕书记想干啥，那时我笨死了，竟然没有想到他是想帮我，最后我也没有写。

但我一直寻思怎样才能将户口迁到马场三队。有一天忽然醒过来：对，他既然想认我做妹妹，就找他呀。于是就向何秀莲打听到了他在县城郊区的家，硬着头皮去找，说了自己的愿望，这时他笑了，说："行啊，马场的书记、大队长阿德西是我的老部下，是个哈萨克族，我给你写个字条吧。"他拿出一沓信纸，撕下一张，在背面写了几行字，大意是：阿德西，吕冰莹是八大队一小队的人，要迁到马场三队与她爱人一起生活，请为她办理户口。

但是吕冰剑的媳妇庄淑英在一边发话说："马场就是一个口袋，进去就出不来了，我和老吕把你当亲妹妹看，老吕就在公社当书记，你就考虑在十月公社哪个村哪个小学教嘛，老吕说一声就成了！"我不愿意嘛。吕冰剑就对庄淑英说："哎呀，冰莹在那边有三个孩子，有老章，不回去咋办？"这时，冰剑的媳妇还想给我介绍新源县的一个干部，让我离开你爸嫁到县城，我哪有这个心思嘛。老吕就责备他媳妇："这像啥话嘛，人家都有三个娃娃了。娃娃的爸爸在马场，她要回马场，马场是个国营单位，回到那里嘛，吃饭米面盐油都不用发愁，都由马场按月供应。"庄淑英就摇摇头说："那就由你吧。"

我满心欢喜地拿着这张纸条回到八大队，开始着手还那欠下的一百多块的口粮钱。这时老乡大顾（顾家明）找到我，他说看中了我住的房子，你不是准备迁走了吗，就把房子卖给我吧，你欠队里的口粮钱我替你还了。我想，这是挺好的事嘛，就同意了。当时我住的房子的确是好房子，一百多块买下来挺合算的，有三间房，一个大院子，总面积一亩多，大顾是我老乡，一直互相帮助，我也不跟他计较那么多了。他去队里替我还了钱，我的户口粮食关系也顺利迁出了。

我来三队后的工作嘛，阿德西大队长先是安排我在羊队基建分队种菜，工资是三十九块七毛九。阿德西的羊缸子是大队部电话机管理员，有时候也去菜地劳动，她一去菜地就叫我："李冠芬——（这哈萨克族羊缸子的汉语发音真是有趣，我吕冰莹她叫我李冠芬，好笑得很）李冠芬，李冠芬，我们去菜地里啊！"我就跟着她和几个人，有汉族，有哈萨克族维吾尔族羊缸子，一起去菜地护理。基建分队有二十来个人，种十几亩地的菜，每家每天都可以分到一到两公斤的蔬菜。

后来我才知道，吕冰剑出面帮我大忙，其实是我多年前就种下的善因。咋个说呢？我来到马场不久，有一个广西的老乡叫黄传娣，她嫁给了野果林改良场那边一个甘肃人，她的丈夫有家庭暴力，黄传娣一被打了就背着个孩子，翻山越岭来到我家吃住好几天，把我家当成个避难所。那时候吕冰剑还是改良场的书记，他是广东人嘛，黄传娣就和他认识了。因为她常来我家避难，可能对我有好感吧。有一次见到了吕冰剑，就跟他说起了我，她说："冰剑，在马场三队有个吕冰莹，应该算你妹妹吧，在八大队当了八年农民，她是个好人，也帮过我，现在想回到马场三队她的男人和孩子身边，想把户口迁到三队，马场的领导不答应，你帮她一把吧。"据说那吕冰剑有两个哥哥，没有姐妹，黄传娣一说，他就把这事记下了，还真帮上了我大忙。我说实话，如果没有他帮忙，就是有三个章泽州也没法把我调到三队，也没有后来我当上老师的事，我可能还是农民，最多就是马场的职工。

啥？你问我为啥想离开八大队，不是你老爸离开三队过来？那是有现实的原因，那时候八大队还没有小学，孩子们上学要去一大队小学，中间要经过大水坝，要过一道堤坝，只有两尺大小，小孩很容易掉下去。有一次，八大队李根生的媳妇蒋秀兰就掉下去差点淹死了，幸亏有人看见救了上来。让阿依去那边上学我可不放心嘛，就想去三队。那时候冰洁姨正好在三队后勤队养猪，可以照顾。后来我看阿依长期离开我在那边，你爸又不会照顾，光旭也快要上学了，后面还有光亮，我就想，不去三队不行了，就在这时候，遇上吕冰剑这个福星了。

我把户口迁到三队不久，三队小学的一位老师回江苏探亲，要两个月才回来，校长就安排我代了他的课，教五年级，工资待遇按照知识青年的标准发放，我记得是三十九块七毛九。我哪里是啥知识青年啊？就是一个盲流嘛。我在这之前也没当过老师，但是我好就好在不怯场，看了两个晚上那位老师之前备的课，我就有了自己的想法，走上讲台就讲起来。我的运气就是这样来的，遇上了一个表现的机会，校长对我的表现很满意，对其他老师说："真想不到吕冰莹一上讲台就可以讲课，可以当老师嘛！"两个月后，那位老师探亲回来，那位校长向队里的领导报告，说要留下我做老师，因为学校本来就缺人。现在想想，真是时势造人呢，我一个菜地管理员，一下子又当上了民办老师！这个机遇是好人给的，一个是吕冰剑，一个是那位校长。自然，是吕冰剑最先帮的忙，才有后面的机会，不是他帮忙，我的户口手续和工作真不知道啥时候能解决。他是个好人啊！

带着一种发现的欲望，我和阿依从老房子的一箱子旧书信中，花了两个多小时，硬是从一百多封信件中翻到了吕冰剑当年写给阿依母亲的那张纸条，那是一张32开的信笺，但是有着鲜红的抬头，印着"新源县十月公社革命委员会用笺"一行字，汉文下面是一行维吾尔文字，书写处顶头有一句"最高指示"和一行维吾尔文字母。在用笺的背面，五行圆珠笔的笔迹写道：

阿德西：
　　吕冰莹是八大队一小队人，要迁到马场同爱人一起生活，请准给办理户口粮食关系。

吕冰剑
9.15

这张字条穿越了三十五年时光，蓝色的圆珠笔迹还是十分清晰，几乎没有什么漫漶。就是这张寥寥几字的纸条，改变了她的生活。1967年秋天，她来到马场三队，在被遣返、流浪、迁徙十一年后，已经是1978年秋天，整整十一年，她终于又回到了马场，成为一名正式的社员。

"我妈正式迁到三队后，我们家就大团圆了，爸妈都忙于自己的工作，光旭、章婕他们还没上学，邻居之间的小孩也没怎么搭伴，我大多数时候都是自己一个人去，"阿依说，"乱糟糟的局面已经结束了，但是一些历史遗留问题还没有清理。我还是个小学生，不明白，现在回忆起来，也是半梦半醒的。"

　　在三队读书的两年，我每天要从家里步行五公里去学校，来回二十里地。从家到学校的那段路是用泥土和砂石混合筑成的，每年都要维护，不知啥时候起，这维护的工作就落在了一队手脚戴镣铐的劳改犯们身上，他们在荷枪实弹的狱警监督下完成。有一次下午放学了，我像往常那样边玩边往回走，手里还拿着一半昨天晚上烤的大饼子，中午在学校吃了一半，没吃完，边吃边走边玩儿。经过维吾尔族大叔卡德尔家还没播种的西瓜的那段路时，远远看见前面的路边的坑沟里黑压压的人在挥铲劳动，走近了，我被吓着了，不敢向前迈步。那些劳改犯，有的手脚同时被镣铐铐着，有些双手上铐，有些双脚上脚镣，也有些不戴镣铐的。犯人们大多蓬头垢面，外表很草莽，也有些斯文的，也有个别面色苍白，萎靡不振，还有些冷漠的、木讷的。我正打量着这帮人，一个脚被拴着长铁链的人突然从路沿下的坑沟里想爬上来，向我伸着手，嘴里呜噜呜噜地叫。我吓了一大跳，本能地向路中间偏，坑沟里发出一阵大笑，"嘟——"突然响起了一声刺耳的哨子声，一名狱警端着冲锋枪朝着那人吼了一句："4367，干活！""是！"穿着4367号囚服的那人立刻应声。劳改犯们马上安静下来，我才敢小心地走着。经过他们旁边时，我才看清，4367号是一名面黄肌瘦的青年人。我正在看着他走，突然有一名面黄肌瘦的中年人伸出手问我要饼子吃，我迟迟疑疑地掰了一大块，迅速地递给他，然后加快脚步走。间隔十来米就站一个端枪的狱警，在路边来回走动张望。

　　4367号就是贾玉生，我之所以记住了他，是因为几年后他被平反了，成了我的英语老师，也是我妈的同事，比我妈年长不了几岁。他跟我们谈起那段往事。据说他出生于河南一户大户人家，就是大资本家嘛。他教我们的时候，同学们都说他很有绅士风度。他是北京大学毕业的，学的是高端科技专业，"四人帮"时期被打成右派，下放到伊犁。他后来对我说："想到伊犁离苏联那么近，生活又好过，很是向往，就找机会翻山越岭终于到了那边。可是苏联移民局把我从苏联遣返了，刚回到国门就被公安给逮捕了，定为叛国罪，被押到巩乃斯公安农场服刑，刑满出狱后又被安置在可可托海，后来调到我们这里（新源马场场部学校中学部）做英语教师。"

在他之前，有几位老师教过我们这届学生的英语课，我觉得还是他的发音最准确。更主要的是，他为人很热情，不论你是谁，只要到他家，他都非常热情地接待，我们有时去他家求教，他像对待成年客人一样端茶倒水，讲问题也很耐心。同学们都说，贾老师不像其他老师那样令人畏惧，他就是那样平易近人。据说他在北大的同学大多是在北上广搞国防科研的。八十年代末，有个同学得知他的处境，想推荐他回北京搞专业。他说，专业已丢了几十年了，况且在这里已经儿孙满堂，我就在大西北终老吧。于是继续在这个偏僻的马场做英语教师。

因为听说老师是北大才子，我忍不住让阿依带我去看望了她的老师。老人住在后山北侧靠近水渠的一个院子里，两棵杏树白花灿烂，菜园子里一片葱茏。他果然十分热情，拉着我们的手，把我们让进房子，让老伴烧开水，亲自为我们端上热茶，又把干果和糖果抓了往我们手心里塞。他说："九十年代末退休后，我被返聘到母校北大做英语讲师，教了两年，两年后又去福建晋江外国语学校任教了三年。现在嘛，我年纪大了，行动不便啦，又回到了马场。我再也不出去了，这辈子就在这里啦！"

哈拉布拉

初夏最后的一场雨夹雪过后，老马场南面的天山山脉像石膏一样洁白，草原的浅草在寒风里摇曳，吉尔尕朗河水变得丰盈浩荡，还泛着一股绿意。

阿依母亲带我们重访哈拉布拉新马场三队。新马场的规划很好，各家小院整齐地排列着，门前栽着杨树和馒头柳，树枝刚刚长出嫩黄的叶子。我们便沿着巷子缓缓地走着，听阿依母亲讲。

大约从1978年春天开始，我离开八大队之后搬到了马场三队，再也不像1966年刚来到这里时住地窝子了，住的是土坯房。当时你姨姨已经被借调到了三十多公里外的场部教书，阿依跟着她去，我们就暂住她的房子，大约住了三个月。那年初春，大概也像这样的气温，乍暖还寒，阿依患了百日咳，整天地咳嗽，眼泪鼻涕一块儿流，队里活儿多，我脱不开身，就告诉冰洁，让阿依每天下午放学后走一里路到场部卫生所打针。那些天冰雪刚融，马路上泥泞不堪，阿依穿着那双乌拉棉鞋，那是她仅有的棉鞋，为了不让鞋弄湿弄脏，她每次去卫生所都走马路边那一米半高一尺多宽的土墙头，土墙头从学校后围墙一直延伸到场卫生所边。在一次去打针的路上，她从土墙头上跌下来，左手肘关节脱臼，冰洁的同事黄老师帮复过位，但是没有彻底到位。冰洁来电话说，阿依这个臂肘还有些偏。我就让她爸爸专程去场部把阿依接回身边，阿依爸爸原本就是医生，我也略懂一点中医，我和她爸爸帮阿依脱臼的肘关节复好了位。

那时，队里给我们分了房子，就在大队工作指挥部的后面。我们得到了三间土坯房子，很牢固，我们在那里一住就是两年。那时你爸爸在马场羊队做医生，我在大队部基建分队的菜地做管理员，一家人终于团圆了，日子过得虽然很艰难，但是很开心。

也许我们就该有人缘，就像当年在哈萨克一大队一样，很多从广东广西来新疆的年轻人，一时半会儿找不到工作，无依无靠，常常吃不上一顿饱饭，那帮人不知怎么就听说了我，陆陆续续来找我，都叫我"吕大姐"。现在想想那氛围有点像"江湖"，当时的十几个年轻人常来我们家吃饭，后来这十几个年轻人被统一安置到新成立的一个农场开荒种水稻，成为第二批支边拓荒者。那时候饭是可以吃得半饱，肉菜也能隔三岔五吃得上。也是他们有福气，那时候场里每隔一两天就要被淘汰宰杀一批牛羊，有时宰三五头（只），最少也有两头牛五只羊的数量。宰杀场地就在我们家前面的打麦场上，当时的少数民族居民宰杀牲畜是不要牛头羊头、内脏和四肢的，只要皮毛和剥了皮的肉骨，这样，我们每天可以收捡到三至五头牲畜的下水，用现在只在农村可以看到的用来煮猪食的超大铁锅，煮上一大锅的美味牛羊下水，美美地吃呀吃呀。现在回过头想想，那两年的生活真是赛神仙。

按照阿依的记忆，那个年代，各家各户普遍都苦，但有时候可以苦中找乐，苦中作乐。比如他们在马场大队部经历的"野猫故事"。

在伊犁，常听到一些人评价我们两广人，天上除了飞机不吃，地上除了汽车不吃，其他凡是能吃的都吃。不是两广人好吃，而是会吃。就拿吃猫来说吧，不叫吃猫而叫吃虎，两广人都知道。

最早见过吃猫，而且是我自己亲身经历的，是1978年的事了。那时候，我家刚刚从八大队搬到了马场大队部，就是在三队嘛，爸爸在羊队卫生所工作，妈妈在大队部的菜地做菜地管理员。我们住在一个工作指挥大队部（现在的新马场场部附近）那排东西走向呈"7"形平房里，房子在东面尽头那两间，房子的东面还有三个准备盖房子用的土墙圈子，西面隔壁是一间小百货商店，再过去是几间会议室和接待房，"7"形拐角那两间房是公家的食堂和储物房，有一间会议室的窗台上放着一台手摇电话机。大阿队长的老婆就是专门负责这台电话的管理员，一到暑假她就时常回家做私事，常把接听电话的任务叫我一个小娃娃来代管，嘿，这成了我的玩具，有事没事就去摇两把，喂喂几声又挂了。就这么玩了几天，玩厌了，就不稀奇了，倒是那几间不上锁的会议室和接待房成了我们一帮汉族、维吾尔族、哈萨克族小孩们平常嬉戏的好场所。

大队部房屋后面是一片几百亩平整的麦田，春夏季节一片碧绿。屋前是一块占地上万平方米的地坪，打磨得很平整，是夏收秋收晒粮食的地方。地坪过去就是一个占地比地坪还要大些的大马圈（是给马儿们越冬和转场用的），马圈屋顶很高，开有几个较宽的气窗，马圈里间隔了好多间小型马厩，这个马圈大概可以同时拴养三四百匹马。

不知道啥时候开始，马圈里有了野猫，这个马圈很快成了野猫、麻雀、黑雀、斑鸠、野鸽子、燕子和一些不知名鸟雀的家园。

马圈和我家住的那排房子被一堵高约两米的围墙呈长方形那样圈在里面，大门分别开有两处，一处在我家旁边，供来往的人们出入，一处在马圈东侧围墙开了一个大门，平常是用五根海碗粗的椽木横拦着。

野猫到了繁殖的季节，经常听到它们凄厉的叫春，就像婴儿的号哭声不绝于耳。野猫们繁殖很快，天气好的每个下午，傍晚夕阳中，在我家对面东侧，连接着马圈的那一堵三四十米长的土墙上，一群吃饱了的猫一字排开，淑女般地端坐在墙头，面向夕阳，轻轻摇着毛茸茸的尾巴，有些若有所思地欣赏着夕阳、彩云，感受着微风吹拂；有些爱漂亮的就自个儿舔毛梳洗一下；有些不安分的就互相舔舔毛，小小地嬉戏一下；有些干脆什么也不做，眯着眼儿，收拢四肢伏在那儿，那感觉很享受。猫们皮毛有白的、黑的、灰的、花的，有较纯色的，还有比较杂色的，个个毛色油光发亮，个头有大的、中的、小的，还有几只个头特别大的，像三个多月小狗那般大，仪态很是威武。我在夕阳中一边喂着自家那群鸡鸭，一边欣赏着对面的猫儿们，它们不怕鸡鸭的喧闹，不怕来往的人们和过往的牛羊马群，仿佛早已熟悉了周围的环境一般悠然自得。时间过去那么久了，直到现在看见从身边闪过的猫儿，我还会从记忆的海洋中翻出那个画面：蓝天，白云，夕阳下，晚霞中，那堵墙头，一群猫儿，看夕阳。在大队部住的那些日子，大马圈成了我们这帮哈萨克族、维吾尔族、蒙古族、塔吉克族、回族、汉族等民族小孩的游乐场，也成了野猫的安乐窝。每到夕阳西下之前，一群野猫在墙头上一溜列队端坐着，欣赏着夕阳的美景。那景象深深地印在我的脑海里，可惜当年没有相机把那时候的记忆留下来。

野猫繁殖得越来越多，食物需求量也越来越多，入冬时节猫儿们身体里需要储存更多的脂肪度过寒冬。新疆的冬天是非常寒冷的，零下二十多度是那时候最平常的气温，哈气成雾、滴水成冰。有些猫儿想到了取暖的去处，我家火灶就成了一些太聪明的猫儿上好的取暖地儿。在我家吃了晚饭烧水梳洗完了后，就寝前，我和弟弟在里间房里闲聊或看书的当儿，一些野猫也已在我家灶头上、火灶口、火灶里面（火灰已熄灭）蜷曲着猫身睡了。第二天，我那早起的舅婆开了门，准备煮早饭，那些受到惊吓的猫有些直接蹿出门，有些躲起来等待时机蹿出门，有些竟然直接蹿入烟囱。我那慈悲的舅婆以为猫儿们都逃生了，给锅里加好水，往火灶里烧了一把芦苇秆（那时在大队部的住户人家，家家做饭烧水的柴火就是从芦苇荡里打来的芦苇秆，上好的开春用来编织苇席，次等的就用来烧火做饭），准备烧热水洗脸，这时从火灶里嗖嗖地蹿出来两三只一身火的野猫，吓得舅婆跳起了踢腿舞一般，发出"哎呀，哎喂哦"的惊叫，用她的南方口音直骂"死发瘟，死发瘟"！有那么一只野猫义无反顾地直往烟囱口蹿，最后没出道口，就被火烧的烟熏死在了烟囱里。这下可害苦了我们，烟囱因为被死猫堵着开始倒烟，搞得屋内浓烟滚滚，呛人。这时候要依靠爸爸了，他提水上屋顶，往烟囱里倒水，清理死猫。有了第一回后，猫儿们依然前仆后继到我家来取暖，就经常有笨猫死在烟囱里，爸爸担心经常这样冲洗烟囱，会把火灶或者房子给冲坏冲塌了，因此，大家对野猫们就有了防备。每次关门前，驱赶野猫，先用一根苇秆敲打桶啊、盆啊发出响声，最后再往火灶里摆扫一下苇秆，确定没有猫，再关门反锁。相安无事了一段时间，但是，很快我们又受到野猫的侵扰，我们从屠宰场捡回来的煮羊头、煮牛头、牛羊杂碎，发现每次都少了些，后来舅婆发现晚上经常被野猫偷吃，野猫们先是趁我们不备入室偷吃，最后发展到破窗而入，我家的窗户没有玻璃，是用纱窗和两层塑料布蒙的，经风吹日晒后纱窗就不怎么耐用了，野猫依靠它们锋利的爪子，不费吹灰之力就在塑料布上钻出个洞来。

　　野猫偷吃兼搞破坏，爸爸真的被惹火了，他把收藏好多年不用的铁夹子（以前用来夹水老鼠的）拿出来修整了一下，准备夹猫。第一次他夹了一只中等大的野猫，费了很大的劲才弄死野猫。后来爸爸想到广西人是吃猫肉的，何不叫八大队的大顾（顾家明）帮着收拾这些野猫呢？真是想到曹操，曹操就到了，正要叫人带话给大顾，第二天中午，大顾就到我家了。那时他想买我们在八大队的老房子，我们还没有卖，他已经暂住在那里。我爸爸把夹野猫的事告诉了大顾，他本来就是一个馋吃猫肉的人，一口应承了。他说先回去把家里的事儿办妥，过两天后专门来抓猫吃猫。大顾来后，爸爸就和他在晚上去夹猫，一晚上就夹到两三只又大又肥的野猫，两个人乐得哈哈笑。白天爸爸和妈妈去上班，大顾就宰杀弄干净那些被夹到的野猫，做了满满一锅猫肉，晚上和我爸美美地下酒。

　　尝到了甜头后，大顾每隔一段时间就要来家里和爸爸夹野猫。我不吃猫肉，牛羊筋倒是吃了很多。后来妈妈被调到马场农二队小学教书，她带着光亮和舅婆到了二队，我和光旭跟着爸爸还住在大队部。那年的寒假还有两天就要结束了，妈妈他们三人去了二队，爸爸白天上班，大顾还是起劲地来找爸爸夹猫。又一次，他们甚至连野猫王也给抓到了，猫王的体形很大，几乎有一条普通狗一样大。从大顾和爸爸热烈的讨论话中得知，他俩费了很大的劲才把夹住后腿的大野猫给套上脖子吊起来，现在想象，那场面挺血腥的。中午，我和光旭都饿了，爸爸还没回来，大顾也猜到我们饿了，他快速地把收拾好的大块猫肉放进大锅，锅灶里烧起了红红的煤炭，锅里的水在滋着泡泡，要开了。那时家里没有什么烹饪调料，大顾就来了一锅清水炖猫。水开了，猫肉在水里翻滚着，猫肉的香味和腥味很快充满了整个房间。我和光旭坐在旁边看着大顾那娴熟的举动，光旭因为很饿了，不停地吞着口水，一副馋相。大顾见状，就把一个青花大海碗的猫油快速放入锅里烫起来，又快速捞起，用小碗盛了端到我和光旭面前，叫我和光旭趁热吃。之前我们从没吃过猫，更不知道猫油还能吃，白花花油润润的猫油，看起来既诱人，又恶心。我闻到猫油的腥味儿就不想吃，死活不吃，饥饿的光旭吞着口水，一副纠结的样子。大顾看我们不吃，随手就从碗里拈起一撮猫油，在我们面前晃了晃，一把塞进嘴里，吸溜一声吞了，用标准的两广口音普通话夸张地说："好吃（qī），吃（qī）啊，吃（qī）啊，很好吃（qī）的。"在他的示范下，光旭跃跃欲试，用手捏了一块，捏着鼻子，学着刚才大顾的吃法，吸溜一声吞进去，随后却张开嘴，恶心了几下，终于没吐，赶紧摆着手说："叔叔我不吃了，好恶心啊！"大顾见我姐弟俩确实不想吃，又怕饿着我们，只好做了一顿清水吊面疙瘩，给我们填饱肚子。后来，每每想起光旭吃猫油时又饿又馋又纠结的萌样子，我还会忍不住笑出声来。

"在号称畜牧业发达的马场吃野猫肉，听起来有些离奇。"我笑道。

"当然有牛羊肉吃，"阿依说，"有一年，经常吃到牛羊肉让我们都以为过上年了。"

　　大队部每周都宰两次牛羊，每次最少宰两头牛、五只羊，有时还杀马，这些都是被淘汰的牛羊马，用来改善牧民的伙食。那时候牧民们只要牛羊马肉和皮子，头、蹄和杂碎都不要，舅婆就带着我们姐弟三个去将那些杂碎全部捡回来，收拾干净，熬煮成一大锅，香味飘到了几里地外。那时有一帮来自两广和湖南、江西、贵州的年轻人，有两年他们没有固定工作，也没法落户，靠打散工度日，生活很艰难。我记得其中就有李继宝、黄晓、王志刚等十几个小伙姑娘，都没有结婚，在这里吃了上顿不知道在哪里吃下顿。听说马场大队部有一位来自广西的吕大姐，家里不宽裕却能给过路的老乡吃一顿饭，就抱着试试看的心理来了。第一顿就碰上了我们煮的杂碎汤，还有大顾煮的野猫肉，这帮年轻人美美地吃上了一顿牛杂碎野猫肉，欢喜得拍着肚皮说着感谢吕大姐的话，有的说半个月没有吃过饱饭了，在你们家终于解了个馋。有几个江西和贵州的年轻人说，我们老家与广西相邻，在新疆遇上你觉得特别亲。

　　那帮人里面，有江西的涂文建和他老乡向丽阳，在口里都是地主的后代，来马场之前他们就是一对恋人，因为长期落不了户，没有工作也吃不饱，向丽阳对在新疆生活下去失去了信心，已经准备回老家了。涂文建害怕回去被批斗，但又无法说服向丽阳，心里十分苦恼。他俩来到我家蹭饭吃后，我妈听广西老乡说起了这事，就和向丽阳谈了两个晚上，还送了自己穿过的一件衣服给她。大概是暂时能吃饱，又有人安慰，她同意留下来，不回口里了。涂文建知道后高兴坏了，他对我妈说："能留下来就有希望！"

　　打那以后，他们就和我妈熟了，隔三岔五过来，几乎每次都碰上我们煮的杂碎汤，还有大顾煮的野猫肉，我妈就笑他们有口福。涂文建和向丽阳他们来了也不等着吃，这个路上搂一把柴火，那个去河里挑一担水，姑娘们还帮带我两个弟弟，逗得他俩嘻嘻哈哈。两个月过去后，马圈的野猫就少多了。

但是牛羊杂碎还不时有，我家还像一个小食堂，亲戚朋友还经常来。有一年初春，家住七十二团的一个表叔（我爸的表弟）路过我家。当时他带着几个人来，还开着一台东方红拖拉机（那种带履带的），听说是去四营帮哪个生产队耕地的，中午到我家歇脚吃午饭。当时正好碰到那帮两广老乡也在我家，前一天哈萨克族人杀了六头牛，而且还是怀有身孕的母牛，十多只羊，羊也有怀孕的，有些牛羊宰杀后剖开肚子，肚子里的崽儿还是活的，有些看起来就差那么几天就要出生的，结果在寒风中被活活冻死了。现在想起当时的情景，觉得真可怜！

死了的牲畜还可以养活人。那些日子，妈妈和舅婆拿回许多牛羊杂碎，煮了满满的两大锅，还有一些生的锅里装不下就留着没煮。刚好有一个老乡帮拉冰到我们家，妈妈就让他去叫那帮老乡来吃肉，他们一下子就来了七八个，大家有站着吃的，蹲着吃的，坐着吃的。我爸和他的那个表弟在屋里吃着肉喝着白酒。不知道是他眼热呢还是吝啬，就看不下去了，看不惯我妈接济这帮人，就对我爸说："三哥（我爸在四川老家那边排行第三），你看嘛你看嘛，三嫂这个人，真是穷大方，让那帮无亲无故的老广来家里胡吃，人又那么的㞞多撒，你家里有多少粮食给他们这些人吃撒，个个都是五大三粗咧，个个都那么能吃撒，你不辛苦嘛，我都替你辛苦心痛喽，你也不讲讲我三嫂，叫那帮子人滚㞞蛋喽，别到时候你们自己没得饭吃，到处讨撒。"爸爸笑着没答话。那表叔回头对从外面进屋的我妈妈半开玩笑半认真，话中有话地说："三嫂，我们这样打牙祭，辛苦你喽哈，长此下去非得把我三哥家吃穷喽不可！"我妈听出了话外音，心中有些不快，但是脸上还挂着微笑对这位表叔说："这有啥呢，都是落难人，能帮一把就帮一把，谁没有个落难的时候？我给他们吃点又咋的啦，我们又不是没饭吃。这么多年来，你们谁来，我不是一样都有茶有饭来招待？年轻人路还长着哪，怕啥！"几句话，就把挑拨是非的表叔给噎回去了。

阿依母亲说，在她家"打牙祭"的那帮年轻人，后来大都成了新农场的主力军。

1980年春天，马场决定在苇湖一带的盐碱地开办新农场，试种小

130

麦，但是没有成功。有人建议试验水稻种植。马场领导便号召会种水稻的人报名，这帮从南方水稻产区来的年轻人，包括小涂和小向都报了名，结果全派上用场了，他们在苇湖旁边开垦荒地，改良盐碱滩，第一年试种水稻就成功了。有一天，老乡李日宝提了半个面袋子的大米来我家，兴奋地说："大姐，我们种植的水稻产大米了，送你一点尝尝新。"我是广西产粮区人，很早就唠叨说一直想吃上一顿大米饭，我也高兴哪，那晚我为家里做了一顿喷香的大米饭。小涂和小向还成了种田能手，被农场树为先进。他们说，那帮会种水稻的两广人，还有湖南人、江西人和贵州人，是伊犁首批开发盐碱地、沼泽地的人。几年下来，他们把当时哈拉布拉的盐碱滩涂都改良成了万顷良田。

让我们感到欣慰的是，小涂和小向的爱情也圆满了，稻谷丰收当年就结了婚。我和孩子们都去喝了他们的喜酒，酒席上，他们大声说感谢我挽救了他们的爱情，敬了我三杯酒。其实呀，当年我就是吓唬小向，说我就是地主后代，我们都不能回，回了口里老家就是死路一条。这也是当时的实话，谁想竟然挽救了他们的爱情。

午后，初春的阳光照在碧蓝高远天空下的哈拉布拉农场上，照在不久前已经插下秧苗的水田上，这些还泛着鹅黄色的嫩绿秧苗在万顷水田里排列成一排排整齐的直线，微风吹拂，万头攒动，很有我熟悉的南方水稻产区的气势。没有在田间干活的人，一块块条形水田连成规模，它们的边缘是以白杨树为主的防风林带，水稻和经济林木在蓝天下展示着一种新的农业概念，并使我们感受到了全新的自然景色。很难想象，二十多年前这里曾经是不长庄稼和树木的盐碱地，但是现在，新农场的水稻种植面积已经扩大到八万亩，稻田的北端继续向外扩展，一直延伸到了著名的哈拉布拉苇湖边。

尽管经历了很壮阔的开发，哈拉布拉的景色还保留着当初开发前的某些面貌，尤其是那个苇湖，碧绿苍茫一片，点缀着大大小小的水洼，恰似万千明镜陈列在绿到天边的碧毯上。芦苇已经长成了一道屏障，但是依然挡不住阳光从那些青翠秀美，仿佛百褶裙般的枝枝叶叶间漏下来，于是碧绿中便透出一种油光光的色调，晃荡迷乱、闪烁变幻。

我们走过一片坑坑洼洼的泥地，来到了一户人家的门前借马或租马。我们轻叩院门，不一会儿走出来一位头戴圆形白色皮帽子的哈萨克族大叔，六十多岁的样子，花白的长胡子，他眯着双眼朝我们打量。

阿依和他说明来意，他笑着说："行啊。"

又说了一些话，当他得知我们是马场人时，竟然高兴得大笑起来，用一口很娴熟的汉语说："马场？我经常去的，以前我在那里开过拖拉机，我儿子现在还在马场工作，我认识那里的人可多了。"

他列举出一长串名字，恰巧就有阿依父亲的名字。阿依母亲一点明，他更高兴了，说："行，今天我就带你们进苇湖。"

大叔转身去了马厩，很快就牵来了三匹马，一匹黑色，一匹灰白色，一匹棕色，三匹马的毛皮非常光亮。大叔让我骑棕马，阿依骑那匹白马，他自己则骑上那匹黑马，走在前面。三个人三匹马，嘚嘚嘚地向前慢走着。

"大叔，请问您叫啥名字？"我的马挨着大叔的马，我大声问了一句。

"马里克。"大叔稍扯了一下缰，望了我一眼。

"您平时都干些啥活？"我又问。

"放羊，放牛。家里养有两百只羊，一百头牛。"

我正在问这么多的牛羊如何放牧，大叔却喊起来："小心，前面过水洼了！"

马蹄踏得水洼啵啵响，水珠溅到马里克大叔所骑马的脚上。

一连过了五道坑洼，我们来到了苇湖。湖里有十几处大大小小的亮色水洼，点缀在绿色的碧毯上，不时还可以看到水鸟在里面跃动鸣叫。马里克大叔说："那是野鸭，这里随处可见。"

几只绿头野鸭在水面上旁若无人地豪饮，不时发出尖声啼叫。在黑黝黝的苇荡里，又传来"啪啪啪"的振翅声，四五只野鸭又过来凑热闹了。

"平时有人来打野鸭吧？"我问。

"以前经常有，现在少了，政府宣传得好，枪支也控制得严，年轻人进城做生意去了，老猎手们也不来了。"马里克大叔望着苇湖里游过来的一群黑鸭子说。

水禽们"叽叽嘎嘎"地叫着，小脑袋左摆一下，右扭一下，开始转往另一处水域。当荡起的水纹平静如镜时，聆听和观赏的时间就结束了。

一阵低沉而雄浑的大风呼呼刮来，在大芦苇上移动，借着它的推力，芦苇荡缓缓地顺风起伏，有一种仿佛人发出的声音，从遥远的天空深处落到了湖里。然后又是一阵寂静。似乎听到几声很清脆的犬吠，旋即一群犬也跟着喧嚷回应起来。然后，声音又慢慢地低下去，只剩下刚才一样的几声吠叫。最后吠叫声也没有了，只看见芦苇荡缓缓地顺风起伏。

我问马里克大叔苇湖有多大，他夸张地睁大了眼睛，说："从这里骑马穿越苇湖，从早到晚一天也走不出去。"

"那么大？"我也睁大了眼睛。

"可不是嘛，以前有人进去抓鱼，有几个就回不来了！"

我问里面有啥鱼，大叔又起劲地说："有鲤鱼、狗鱼、鲫鱼，大的和人的身躯一般大，甚至有两米多长，还有水老鼠（水獭）、天鹅、野鸭，很多很多，抓不完。"阿依在一旁说："大叔说得对，小时候我就看到我表叔在这里捕到一条大鲤鱼，他吃不完就分给我们吃，啊，现在想起来还馋。"大叔笑着说："你这个丫头，见过宝了。"阿依说："可不是，我们到湖里去拾过野鸭蛋、天鹅蛋，我有一次拾了一篮子的蛋，啧啧，可诱人了。拾完鸭蛋，我们又挖芦根吃，那种白白甜甜的芦根，是当年我们常吃的零食。"大叔在旁边呵呵笑着说："野鸭蛋现在也有哩，不过要到前面的湖墩上，太远了，天快黑了，改天我再带你们去。"

我们都笑了。去芦苇荡里拾鸟蛋，那是多么诗意的童年，但是我想，既然童年一去不回，那么一些诗意也只好留在童年了。

傍晚时分，风似乎大起来，排列成方阵一般的芦苇荡缓缓地漫向望不到尽头的天边。"这些苇子是宝哩，每年冬天都有许多人来这里割了运回去编苇席，可赚钱哩，运到伊犁去卖，每张苇席能卖到十块。"大叔说。

这是多么好的资源，也许在不远的将来，苇湖里的苇子能发展成为当地的一种编织产业？还有苇湖，这么辽阔的一片水乡泽国，让它静静地卧在这里是否可惜了？我突然有点异想天开起来，说："能不能通过招商推介会什么的，引来资金把苇湖建成一个大型水上公园呢，沿湖筑起堤坝，栽上杨柳，盖起漂漂亮亮的度假村，让哈拉布拉出现一个百里苇湖风光区，并带动饮食、运输和服务业的发展，让大家都大把大把地赚钱。"

马里克大叔说："有啊，一个苇业公司已经投资几千万元，在这里引水育苇，开发湿地，准备办起苇板加工厂。到那时候，芦苇就不仅仅是野鸭生蛋的窝窝，还是农民赚起大钱的摇钱草哩。"马里克大叔说话时脸上都泛起了红光，好像赚钱的人中就包括了他自己。

北京时间21点左右，哈拉布拉的天空已经有点暗了。我们赶早从苇湖出来，回到了哈拉布拉街上，我要给马里克大叔带路钱，他推辞着坚决不收，反而热情地邀请我们去他家做客。我们想赶回老马场，便婉言谢绝了。

我们找了一辆皮卡回家，司机是一位戴帽子的瘦小哈萨克族。从哈拉布拉回到老马场，耗时四十分钟，车费白天是二十块，我觉得晚上了应该多给他十块八块，但他没有多收。当他掉转车头时，灯光照在数十米外小巷口的杨树林上，车子在轰鸣声中疾驰而去，很快便只能看见一点红色的光亮，那是留给我们的一个想象和感叹。

"今天我们遇到了两位好心的哈萨克族。"进了院门口后,我感叹地说。

"哈萨克族都热情友好,"阿依接过话说,"我给你讲一件趣事,也是与哈萨克族有关的。"

    1980年秋季,光旭在三队小学上了一年级,因为家在大队部,离学校差不多有十里地远,我们姐弟俩早上都备有干粮做午餐,一般中午不回家,我和光旭就去西瓜地偷西瓜吃,吃饱了再回学校上下午的课。

    有一天早上,我和弟弟光旭像往常那样走在去学校的路上,刚刚走完那六百多米的泥巴小公路,拐上大公路,光旭的鞋带松了,我低下身子帮他系好鞋带,无意间往光旭身后瞟了一眼,天哪,大阿队长家的那只体形硕大的美利奴种羊不知何时跟在我们身后约不到十米远,雄性十足地逼视着我们。我和光旭互相使了一个眼色,跑啊!我们跑了约二十米远回头一看那种羊已追上来了,光旭不知什么时候已爬上了公路右边一长溜准备盖房子用的土墙圈墙头上,直对我喊,姐!快往墙圈跑,爬墙头!他边喊,边引开种羊的注意力,我以最快的速度飞也似的奔向了墙圈。到了墙圈里,才发现自己无论如何也爬不上墙头。墙头高,女孩子终究比不上男孩那样劲足,攀爬力强,我紧急下就地躲在了墙圈里的一个角落里,角落被一棵长势非常旺盛的野辣椒(黑豆豆、黑屎溜溜)遮挡着。羊还没来,我发现眼前这棵野辣椒结满了一串串肥美的黑豆豆,这可是我爱吃的野果之一,我忘记了当时的危险,尽情地享用着黑豆豆。突然看见墙圈门口探进一只羊头来,它正在扫视着墙圈里面,它没发现我,正想离开,我却被它那傻样子给逗乐啦,忍不住笑出声来。种羊听见笑声,循声发现了我,它一个猛冲,冲向墙角,我一闪身躲到墙圈的窗口,一个飞身蹿出窗口跑到了大公路上。光旭在墙头喊,姐你怎么还没上墙呀?我边跑边说爬不上去,光旭这时发现种羊也跑到公路上了,就大声喊,姐!快跑!它追上来了!我是撒腿就跑啊,耳边只听到风声和光旭的惊呼声,姐,加油,加油!姐,快,快,羊就要顶上你啦!奔跑中,我感觉到了羊的角就差那么十来厘米就要顶到我后背了。我没命地边跑边喊着,约七百米的地方有座桥,桥的左边约五十米的地方,有一户哈萨克族人家,我跑向那里,看见那个毛遂自荐做我哈萨克语老师的铁武尔鲁仕老大叔(他为人特别亲切,每天扛着一把猎枪,为

134

大队部守夜执勤，他是父亲的民族哥们儿，他每天晚上都按时到我家，聊聊天，喝点儿小酒，顺便教我说哈萨克语）从门前的凉棚正往外走，我躲在他身后，用哈萨克语告诉他，我后面有羊追着呢，请求他帮我赶走羊。那羊早已一头顶在厚实的凉棚苇子墙上，正在那儿挣扎呢。铁武尔鲁仕提起一把铁榔头，使劲地敲了一下那羊的头，羊吃痛跑了。铁武尔鲁仕老大叔送我到大公路路口，光旭也从墙头下来了，我们姐弟谢了铁武尔鲁仕大叔，拉着手往学校的方向走去。路上，光旭问我受伤了没有，我说没有，他才大笑起来，告诉我他看到我与羊赛跑的情景。我虽然有些后怕，但也觉得很好笑。

几天后，我们走了一趟新源县城，在一位亲戚的引导下，我们在则新路一处院子拜访了阿依母亲的老乡李日保。他坐在皮沙发里和我谈笑风生，年近七十的老人声音一点儿都不显得苍老，他喝了一杯橙汁饮料，愉快地回忆起当年在新农场种水稻的往事。

七十年代初，我从北宁县兴盛乡来到巩乃斯草原上，举目无亲，不知道怎么办。听说了一大队有个吕冰莹，她家经常接待北宁老乡，虽然穷，但很有同情心，总是想方设法为人提供食宿方便。我就去找了她，她说："我也是过来人，知道出门谋生难，今日有了落脚点，能提供方便就提供方便嘛。"后来上面号召开辟新农场，我和当时那些南方来的年轻人，都被安排在马场三队下面那片芦苇荡里搞开发。那时候我身无分文，我就问你们妈妈冰莹借了两百块，买了种子、肥料、农具，真的在地里干起来了。一年后，我种水稻发了一点财，赚了两千多块，我一有了钱就给你妈妈还钱来了，你们的妈妈竟然不记得借钱给我的事了，她还想不要咧，我硬是把两百块钱还给她了。有借就要有还嘛。

我们种水稻嘛，也算成功了，第一造我们都给每家老乡十几二十公斤米，南方人嘛，还忘不了大米饭的香味，吃了都说好。我除了把几十公斤大米给吕大姐，就是你们妈妈，还将大米碎成粉，亲手做了我们南方人最喜欢吃的米粉送上门。那天你妈不在家，是阿依和两兄弟在家，拿起我做的一把米粉就生火下锅，结果煮成了一锅米粉疙瘩。哈哈！

他甚至说到了与阿依母亲有关的一个小故事——

1998 年，我从新农场迁到了六区（今天的则克台镇）当了农民，我有五个子女，读书都把我们读穷了，最小的丫头初中毕业后我就想让他出来谋生，可她还想读高中大学，我打算不让她去了，她哭了，我和我老伴也很苦闷。当时附近也有广西老乡，家境比我好，但我们很少来往，我也不好意思去找他们，觉得冰莹人善良，和我们亲切，我就找她诉苦，她说："多难你都要送，我能帮忙就帮忙。"你说奇怪吗，我只听她的话，觉得她说的是对的，我就咬牙挺着，送这个小丫头上了大学。第二年，我家里穷得没有钱买肥料，地里的庄稼眼看就要错过了施肥季节，我一急，又跟冰莹说了，她二话没说就借了我两百块。那年地里收的粮食丰收了，我这个家才好起来了，也还了债。2001 年，我的小丫头考上了大学，我第一个打电话告诉你岳母，她和我一样高兴。

在李日保的楼房里，不落伍的装修提示着日子的富足。他跟我说起当年阿依母亲给他的鼓励和帮助，仍感动不已。我回到马场后，跟阿依母亲说起这些，她说："我真的记不起当年给他的帮助了，但我记得我为了他的小丫头读书的事，说过一些鼓励的话。"

新源马场（三）

从农一队到农二队的马车道已经有三公里路铺好了柏油，光旭骑着摩托车在前面带路，我骑着摩托车载着阿依，沿着吉尔尕朗河北岸行驶，沿路都是白杨和白桦穿插组成的防风林带，每年春秋季节，它们护佑着北岸几万亩的条田作物。右侧的吉尔尕朗河越往上游河岸越陡，河边的景物也开始以灌木林和芦苇为主。我带着一种欣赏风景的心情慢慢地骑摩托车，十多分钟后来到了二队。在那里，阿依找到了曾经住过的旧址，那里已经是一户哈萨克族人家，一个用得光滑溜圆的馕坑坐落在房子前。

因为担心打扰人家，我们把车停在离房子十多米远的一排杨树下。阿依回忆二队的生活。

大概是1980年9月吧，开学我就上小学三年级了。我妈调到马场农二队做老师，我们家也从三队搬到了二队。公家分的两间房子，还是土坯房，我爸爸妈妈和两个弟弟住里间，我和舅婆住外间。那时候我爸是医生，工作不是很忙，甚至有些无所事事。房子周围有五棵属于公家的核桃树，每年都结果，有时候我们也能捡到熟透的核桃，我们就用石头砸了吃。

跟我们一起住的还有我妈的舅母，就是我的舅婆。1976年的时候，周应军回广西老家探亲，我妈说让他帮忙把舅婆接来了。那时我妈正怀着光亮嘛，不方便回去。我妈当年说过，舅舅既然离家出走了，我有义务把我舅母接来新疆，我要为她养老送终。那时，公家在我们房子后面新盖了一排房子，我爸找队里的领导汇报说，舅婆身体不好，家里

137

房子又少，不好住。公家就批给我们一间房子，给舅婆住。

在农二队住的那几年，每天都有十几个来找爸爸打针开药的新老病号，遇到季节交替疾病高发期，病号就更多些。爸爸既看病又打针，往往有些忙乱，妈妈有时会打个下手，帮着打针。我上小学四年级那年，出于好奇，跟着爸爸，看爸爸怎样给人看病开处方，怎样打针。我也常趁爸爸外出，偷拿针盒里那支有颜色的注射器（皮试注射器）把玩一下。也许是爸爸发现了我的好奇，有一次在给病人注射时，他特意叫我到身边，把肌肉注射的操作过程手把手地示范给我看，还让我在那个纱布做的垫手腕用的手枕上扎针，练手势手劲，我只用了个把钟头就掌握了要领，并且给病号注射。病人反映，我手势轻，要求下次还叫我帮她打针。因为觉得刺激，还有成就感，我有点飘飘然。

后来，爸爸把统计处方的事也交给我做，简单的复方也让我开出，司药也交给我做，伤口处理也是我来处理。哟，我俨然一个小赤脚医生了。全队的新老病号都知道老章家的丫头会医呢。爸爸外出到山里给牧民看病，一天两天回不来，也不用担心队上的病号了。现在想想，那时我才四五年级，正是贪玩的年龄，平常要挤出时间来完成消毒注射器（那时没有一次性的）、司药、开处方、伤口处理、注射、出诊（到病号家里，去给起不了床的老病号打针）、统计处方这些任务，占去了我许多好玩的时间，我的好奇心和热情在慢慢消失，最后是逃避，只要见到有病号往我家这边来，我就往自家的前后院的菜地里躲藏，巴望着这时不是爸爸帮他们打了针，就是妈妈帮他们打了针，往往这样的巴望里，突然响起了妈妈的叫声："阿侬，快来给李阿姨他们打针，你藏在豆角地里干啥！"唉，我还能藏吗？我极不情愿地走出来，给那帮等待的老病号打针。说实话，我也怕给他们打针，因为他们常年吃药打针，臀部的那两块肌肉皮下早已暗藏了很大的疙瘩，俗话说就是肌肉都打死了，药水很难推进去，特别是油脂之类的注射液，非常难注射，经常发生针头扎不进去，推不进药水，推入的药水从针口渗出的情况。老病号的大疙瘩，往往是推进了药水，针筒拔下来了，针头还在屁股上摇晃，还要再小心地拔下来，病号说那疙瘩已没了痛感。

记忆中，队上的人都有个习惯走家串户去聊天、诌传子。有一天，隔壁家的男主人丁振文得了重感冒，有些发烧，他来到我家看见里屋一帮子诌传子的人，蔫蔫地叫我爸爸给他看。爸爸给他搭了脉，开了药后，被里屋的人叫进去了，我妈把他带到外屋药柜旁，根据爸爸开的处方抓药，告诉他还要打一针。妈妈吸好针剂，丁振文怯怯地看着针筒，不知所措。妈妈说要在屁股上打针，妈妈还没说完，丁振文就慌慌张张把裤子一抹到脚跟，像犯错的小孩子撅屁股等挨打呢。妈妈马上就纠正说："快把裤子提起来，打针是在臀部上点的地方打的，只需把一侧的裤腰往下稍稍拉下就行了。"丁振文不好意思地照着做，说："我从小到大，都几十岁了，没怎么得病，一般得个小病，认为扛一扛就好了。这还是头一回打针，真不知道打针是啥样的。"妈妈在他叨叨解释的说话当儿，一针下去，他震了一下，眼泪就掉下来了，哭起来。妈妈再也忍不住笑了，边笑边说这位老邻居，大老爷们儿打支针还哭鼻子，就这出息！丁振文边掉泪边求妈妈别取笑他了。后来，让谝传子的人谝了去，还真的笑坏了许多人。有时候我看到春晚郭达和蔡明演的那个打针的小品，我总是觉得郭达就是丁振文的在线版。

来找我爸看病的人不光白天来，有时候深夜也来。有一天晚上十一点，我们刚刚睡下，听到院门的拍打声和看家犬乐乐的吠叫声，我爸出去开门，我跟着我妈也起来看，来人是二队的李家东两口子。原来李家东老婆罗清秀因为打哈欠用力过猛，造成了下颌骨脱位，就那样张着一直合不拢嘴，也不能说话，口水流了一路。那时我才见识到了老爸的技术，只见他将两只手并起来，两只拇指跷起，两根食指伸直，两只手其余的四指收回，拇指顶进罗清秀的嘴巴，食指托住她的下巴，两手用力，一推一顶一拉，一声"咕"响，罗清秀的下颌就复位了，就像弄一个拉脱了的抽屉一样。罗清秀就可以大声说"谢谢"了。

再跟你说个秘密。别看我爸是受人欢迎的医生，我妈是许多学生喜欢的老师，但是我爸却是那种在外窝囊在家龇牙咧嘴的人，严厉到了令我们做子女的无法理解的程度。印象最深的是我五年级那年，有一次我赶着去上课，来不及吃饱，就拿了一块结成块的红糖，在班上偷偷地吃。那时候是我妈教我，她在班上批评了我，让我站起来。不巧的是，经常无所事事的我爸从窗外经过看到了，他瘸着腿冲进来，大声骂着，把我推倒在地板上，顺手操起讲台上一根拇指粗的教鞭，照着我劈头盖脸打了一阵，我疼极了，哭起来。全教室的同学都惶恐地看着，他们肯定不明白我爸为啥这样对待我。还是我妈把我拉起来。这个记忆是很深的，我一辈子都记住了。

"老爸的窝囊是马场出了名的，"光旭这时插了一句，看我疑惑的样子，又说，"姐夫你绝对想不到，我姐姐当年是怎样忍受家庭的屈辱的。"他的话让我感到有些不舒服。屈辱？什么屈辱？老爸老妈那么爱女儿，当年还有谁在家庭里给了她屈辱？对我的反应，光旭先是摇摇头，又点点头。

　　我告诉你，你就会感到震惊的。刚才姐姐也讲到了，就因为来不及吃早餐，装了一块红糖块带到教室，上课时饿极了，偷偷地吃，老师发现了也批评她，但是老爸还是冲进教室，当着全班同学的面，把他的女儿打趴在地，还用脚踩着姐姐的脖子厉声大骂。说句老实话，我当晚知道后怒火中烧，要是我当时在场，我一定会上去把他打倒！

　　还有一次，二队小学的女教导主任处处与我妈过不去，那时我妈还是代课老师，人微言轻，这不是存心欺负我妈吗？可是老爸知道后，竟然来到办公室，当着那么多的老师赔着笑脸向对方道歉："我们家的冰莹嘛，她就是那样的，请你多多包涵。"如此不分原则道理就对人点头哈腰的窝囊样，连办公室里的其他老师都惊呆了，背后说："这个章泽州是咋回事？自己的媳妇有理，他不帮自己人反而帮别人！"几乎把人气死。那时我已经十五岁，我非常愤怒，跑到那位教导主任家，一块大石头打在她的院门上，大声警告她不许再欺负我妈，否则我不客气。我的恐吓还是有作用的，后来她再也不敢欺负我妈了。

我看过阿依小学中学时代的照片，她因为营养不良，整个就是一个瘦小伶仃的女孩儿。但是阿依却表达了自己的理解，按照阿依的解释，经历了家庭变故和政治运动的父亲形同惊弓之鸟，虽然凭着一点医术没有经受太大的风浪，但自此有了自己的人生哲学，处世谨小慎微，他也从一个忠厚老实的人变得像一个乡愿。这样的解释尽管脱不了牵强附会，但也似乎符合当时的历史背景。

　　听到儿女们都在说父亲窝囊，阿依母亲一直笑着，等他们说完后，也给我讲了一段阿依父亲的往事：

　　你们的爸爸嘛，要说窝囊确实也算窝囊。阿依读大专的第二年，我们家里最紧张了，你们爸爸就主动说，要做生意，要为儿子女儿赚学费。刚好十月公社八大队的老乡李广的儿子李振明也有这个意思，他们两个就商量合伙，每人出资五千块，去霍尔果斯进服装。我们钱不够，我去向这个借那个借的，还向安秀莲老师借了两千块，她很爽快地答应了。老爸拿了钱去霍尔果斯，租了一个小铺，购进了一批成衣。这个老实人啊，那些老外（主要是俄罗斯的）跟他说，我没带钱，先赊账，过几天带钱过来。结果人家一去不回头。那时候邻居潘易星也在霍尔果斯，在工地做建筑工，据说因为老板不发工钱，他没钱吃饭了，就来找老爸借钱。死老头子，真爽快，就借了五六百块。这事给李振明知道了，气得指着他鼻子喊："章泽州，你连本钱都敢借给别人，你就不是一个做生意的人，你为人民服务，行！我不跟你合伙了！"老爸说："看到他没饭吃，我忍不住嘛！"李振明才不听你的理由呢，他很快就撤资单干了。老爸回到马场后，不敢跟别人说，还央求我不要告诉别人。我又好气又好笑，说你这个窝囊废，做生意亏了本，还死要脸皮。唉，你天生就是做赤脚医生的料，给人家瞅瞅屁股（医痔疮），弄弄抽屉（帮人家下颌骨脱位复原），免费接骨，扎根针的。

　　人家李振明后来可是发财了，成了大老板。你老爸亏了三千多块。如果不是欠了债，后来光旭也不会这么快就去广东打工。

当天晚上，在老马场的房子里，我和阿依母亲又开始聊天，我们的话题还是从二队开始。

　　我到二队教书的时候还是代课老师，代课老师不好当啊，特别是面对一位根正苗红的领导，就是我们的教导主任嘛，哎，都是往事了，我也不是背后乱说话的人，我当时只是想做好本分就行。我做了两年的代课老师，从没想过有什么转正的机会，但是，机会偏偏就来了，1982年的时候，县里开始了民办教师转正考试，我去考了。这次考试很有戏剧性，你想不到吧，我数学考得了新源县的第一名，89分。语文嘛，考得了60分，不过这个60分光是知识分，作文分没有算进来，作文分我得了个零蛋！为啥呢？不是我没写，写的是《给女排的一封信》，那时候女排连连得世界冠军嘛，我就写了，而且自我感觉挺好。那封信要求落款不写真实姓名，只能用×××代替。我在写完检查的时候，马场的一个领导进来巡考，他在我身边站了很久，看了我写的信，一会儿走到讲台上说："有的同志啊，我要提醒一下，胆子要放大一点，作文写得好，落款嘛要写上自己的名字！"我一听，想，坏了，我没写。也是我一时糊涂，竟然涂掉了那几个×××，唰唰唰写上了自己的名字。卷子交了之后，我才醒悟，完了，我犯大错了。半个月后，马场一个在伊犁教育局工作的哈萨克族人米尔丁回来，对你老爸说："你的羊缸子数学考了全新源县第一名，89分。"又说，"可惜作文违规了，分全没了，但是语文还是考得不错。"我再向他打听，原来，在伊犁改试卷的时候，改卷员把我的试卷用来传阅，改卷的那个人说："可惜了，这个人知识分得满分，作文却写了自己的名字，违规了，只能给零分。"几个改卷员讨论了一下，大家都认为，我知识分能拿满分，作文也写得不错，全部给零分太可惜了，就同意作文不给分，知识分留着。要是作文我得分，我语文起码有八九十分。我顿时恨死那个领导了，也恨死了自己。冷静之后，我又想，估计那个领导也不是故意的，可能是他不懂，想帮我，却误导我了。谢天谢地，幸亏我的语文知识分不丢，要不那次转正肯定泡汤了。你说惊险不惊险吗？哎，还有呢，考试的时候，校长的弟弟，他在我后面用笔捅我的背，我明白他的意思，他要我给他看答案，我就把试卷和草稿纸吊在桌子边，他在后面看。后来他告诉我，他的数学考了七十多分，也被录取转干了。我一转干工资就得了行政二十二级，我看了电视，相当于那个空军修理飞机的技术员待遇，哈哈。我还因为讲课好也提了一级。那时，马场的老师一个人讲一课，底下听课的全是老师和支边的大学生，讲完了由大家评论。我讲完下来，那些大学生都说："哎哟，今天真是听了一节好课！"结果那次公开课之后，我个人被提了一级工资，得了行政二十一级。那时我是多么高兴啊，这算得上是我这辈子最强的成就感了。

好运有时是连续来的。阿依母亲说，转正后的那年，她还有一个调回老家的机会呢。

1982年冬天吧，二队小学的老师陈丽蓉全家调回了她老家广西贵港。陈丽蓉与我关系一直很好，在二队小学我们一直是好姐妹。她回到贵港后打电话跟我说，她有个表哥在贵港公安局当领导，如果我想回老家，她可以帮忙。我当时以为她是说说而已，就开玩笑说，你能办得通，我就回去。让我想不到的是，不久陈丽蓉来电话，说调令已经发出了十几天，你收到没有？还说连我在哪个学校都安排好了，还安排我教高中语文，安排你老爸在学校做饭。我吃了一惊，心想，真有这等好事？第二天一大早我就冒着雪花赶去场部学校问，可是校长高书时说："没啥调令啊，有调令我能不告诉你吗？"就这样又等了一个月，学校领导一直没有通知我。我知道真有这个调令是在两个月后，场部学校的一个同事来二队亲戚家串门，顺便来我家悄悄告诉我的，他说在高书时的办公室看到了那张调令。我问："那为啥我去找他的时候他说没有？"他说："你以为高书时会主动告诉你啊，要是主动告诉你他就不叫高书时了，你知道的，他可是人人皆知的高术士。你去要那张调令，那可是要'拔毛'的，你就赶紧'拔毛'吧！"

高书时被马场人称为"高术士"是有来由的，他曾经要求还差一年多才够退休年龄的李安详老师退休，好安排他的小姨夫顶替，一年后就转正了。李安详是四川内江人，出了名的老实人，他在马场见人就用他的四川口音气哼哼地说："高书时心机多，诡计多，强令我退休，安排他的小姨夫顶岗，他就是一个术士，高术士！"从此"高术士"的绰号不胫而走。"拔毛"是啥意思你知道吧？就是送钱送礼嘛。你想，我当时一个月的工资才几十块，家里还有几个孩子要吃饭，哪里有钱送？你老爸就说："咱家的电视机是彩色的，校长的电视机是黑白的，咱们就把彩色跟他的黑白换了吧！"当时我想，我本来就不是贵港人，真去了贵港也是人生地疏，反正在这里干了差不多二十年了，还有一帮老乡和朋友，况且真要调回去还要"拔毛"，说不定回了口里要办啥事还要"拔毛"呢，我还是不回去了吧。这事就这样搁下了，电视机当然没换，我也一直没有去找过高书时要看那张调令。

夕阳的光影在老人的满头白发和清瘦多皱的脸上闪烁，像上了一层红釉。我突然在心里感叹，老人真是难得糊涂，也倔得可以，白白放弃了一个好机会。她可能算不上孔雀，所以她无法东南飞。让她感到安慰的是，她在这片土地上做了老师，算得上人尽其才。

阿依母亲说，二队的生活也是一段不寻常的记忆。

1983年刚刚开春，寒风还冷得彻骨，可顽皮的光旭一点儿也不怕冷，和他的回族朋友伊萨去后山草原骑马。半个小时后，他从受惊的光背马上摔下来，摔断了左臂，急得我天天催着你爸爸找药治，实在没办法了，只好送去县医院。那年家里真是祸不单行。也是在那段时间，我的舅母，就是阿依的舅婆病得走不动了，我们就决定送她去五区医院就诊，来来回回去了好几趟。那时我们房子距离机耕路有几百米，每次都是你爸背着她到路边，上了正在等候的拖拉机。当时二队的不少人站在路口看着说："瞧这家子厉害啊，把个舅母接来当妈养着。这章泽州也真是，背出背进，这算哪门子事嘛！"你爸一声不吭，早上背出门上拖拉机，下午下了拖拉机再背回来。舅母被确诊得了食道癌，已是晚期。后来我们送她到二区的一五军区医院住院，我和你爸轮流守护。阿依当时在场部中学上初一，离家有十多里路。刚上小学一年级的光亮没人看管，上三年级的光旭也贪玩，他俩饭都吃不上，我就把他俩托付给了同事安秀莲老师。阿依周末才回家，每次回来就去安老师家里接光旭光亮回来，然后做饭洗衣。

我本来在二队小学教毕业班，五年级（当时小学学制为五年），上的是语文课。哎，我也不明白，我擅长的是数学，我的普通话也不好，学校却安排我教语文。那就教呗。但是谁都明白，教数学要比教语文轻松，语文要详细备课，数学备课相对轻松嘛。而且我看了那时的任课表，那些教数学的老师大多数都是马场领导和各队领导的家属。我想，我从广西来到新疆，那么远都走过了，那么多苦都吃过了，好不容易当上了老师，教个语文算个啥！

当时，马场场部学校的校长高书时还兼任三队小学的校长，他可是马场的高级知识分子，大家都说没有他不懂的问题。可是我跟他算是有过过节的人啊，为啥呢？因为一个教学问题。1983年夏天段考，我们老师集中到场部改卷，有一个成语"蹉跎岁月"的解释，我们老师有分歧了，场部的刘桂珍老师认为是"岁月艰难"的意思，我记得是"虚度光阴"的意思。那时学校没有《辞海》，一时间也没有找到成语词典。校长高书时也附和刘桂珍的意见。我不服气，我们起了争吵。高书时就非常不满地说我："你连我的意见都怀疑，你水平很高吗？"我一气之下踩了自行车就去三十公里的哈拉布拉中学找语文科的组长李佳玲，我拿回来了《辞海》，打开给他们看，他们才哑口无言。我的执拗一时间传遍了整个马场，大家都说吕冰莹厉害，连"高术士"都敢叫板，而且还赢了。

1983年秋天，马场通知我去场部小学任教，并指定要我教五年级三班，还说可以把家安在那边。听到这个消息我当然高兴，因为你爸爸已经调到场部卫生室，阿依也在场部初中读书嘛，我把光旭光亮带过来，我们一家就可以住在一起了。我是后来才听说，我调到场部教学，是高书时校长认为我能干，就想到让我来管这个三班，做班主任。我当时也有一些顾虑，高书时听了我的话就说："你去教吧，教初中，以后给你评中级教师。"我那时是小教二级，一听这话二话没说就答应了。那是个啥班啊，全班有五十六个学生，大多数都是长得牛高马大的，能打能冲。还有一对回族姐妹，长得很漂亮，可惜是哑巴，据说是近亲结婚。还有一个患了羊痫风，课堂上听着听着就口吐白沫倒在地上。他们都说这个班的学生常常把任课的女教师气得呜呜大哭。男老师呢，连续几次和男生对打。我私下打听过，有一位原来在县上做记者的男老师（名字你不能在这里写出来），教化学的，最喜欢惩罚学生。兰花你知道吧，对，就是珍姨婆婆家的兰花，有一次在上课时觉得头顶发痒，伸手抓了抓，结果这位老师大声说："你不是很喜欢抓头吗？这一节课你都要把手放在头顶，保持这个动作一直到下课！"兰花只好一节课都把手放在头顶上。有一位男同学伸了一个懒腰，被勒令课堂上一直伸着两手扭着腰保持姿势。男同学是马正文的弟弟马正武嘛，不听他的命令，他就上来拖他出课堂。还有一次，他看见一个男同学课堂说话，立刻将手里的粉笔掷到了这个男同学的头上。这个男同学就是库立江啊，维吾尔族，已经长到一米九的个头，被掷到脑袋后气势汹汹地冲上来。一群男生团结着呢，也跟着哄叫着冲上讲台，把老师放倒，抓腿抓手扛起来，一直扛到教室外，把全校师生都惊动了。结果老师和学生都被罚停课一星期。

这些我刚来时都不知道，只知道过来可以方便我的孩子以后读中学，离场部近些，就高兴地来了。叫我负责这个班我就负责这个班吧，也没想到要咋样严管。奇怪的是，我第一天到这个班上课，学生就出奇地听话。据后来几个常来我家走动的学生说，他们已经知道我跟校长顶牛的事，所以一开始就对我刮目相看。那天我还没走到教室门口，就有眼尖的学生跑回座位大喊："大家别吵，吕老师来了！"霎时全班安静，我也不知咋的，这个班就这样教下去了。

现在我想起来，那个班的学生不怕我，还服我，主要是我把他们当人看，差生也有自尊嘛，我不把他们当差生看，更不会打骂他们。我在

第一节课上就跟他们说："我知道咱们班上有些同学为人爽快，比较活泼，像个男子汉，但是有缺点，就是基础差。你们也是父母生的，也是人，我吕老师不会小看你们，更不会打骂你们。我只想尽自己的能力教你们。"结果第一课他们就专心听我的话，几乎没有吵闹的。不过也有捣蛋的，有一次，不知是谁把教室的几个灯泡全用弹弓打碎了。我找到班上最调皮的学生马正武，一个回族学生，就是马正文的弟弟，我说："我给你十块钱，你去帮我买一个二百瓦的灯泡回来装上吧。"结果，第二天一大早我来到教室看早读，教室里亮堂堂的，灯泡已经装上了。更让我觉得奇怪的是，马正武把二十块钱给回了我，说是昨天晚上就有人偷偷地把灯泡接上去了，还告诉我他就是刘海阳。当时我觉得吃惊，这个刘海阳，还是光旭的好朋友咧。这个学生后来在伊犁钢铁厂做了供销科长，回到马场见到我，总是恭恭敬敬地喊我吕老师，说要请我吃饭，叫我去他那儿玩。那个班的学生的确调皮捣蛋，但是后来都混得不错，开公司做生意发财的有十几个，见到我都很客气，都说，吕老师，当年要是我听您的话，好好学习就好了，就没有今天这么辛苦了。我说，你们都很听话啊，现在日子不是过得好好的吗？

那两个回族的哑巴，虽然学习不好，但是人挺好，初中毕业后开拖拉机，还能自食其力呢。还有一个学生，叫伊布拉，回族，不是我班上的学生，但是他自觉来我教室后面听课，常常拿着一张椅子坐在后面。我没有撵他。他后来当了兵。有一年他回来探亲见到我说，吕老师，我虽然不是你班上的学生，但是我会一辈子记住你的课。说得我还蛮感动的。那个患了羊痫风的学生病情发作时，倒在地上，我就去掐她的人中，她就醒来了。后来毕业了，也不知道她去了哪里，不知道嫁人了没有。

教这个班半年，我才知道，只要你发动了他们的积极性，跟他们打成一片，你就比教优秀班还要轻松。咋个说呢？说组织义务劳动吧，我一在班上宣布，那个牛高马大的男生劳动委员库立江就呼啦一声振臂高呼："吕老师你啥也不用管，说清楚地点在哪儿，任务是啥，我们男生全包了！"如果你看到肯定会感动，三十几个男生，一人骑上一辆自行车，拉着一位女同学就跑，女同学在后面扛着工具。当时姨姨的女儿章婕也在这个班嘛，她们女生可享受了，男生把她们拉到劳动点，都吼："女生就地休息，劳动全是男生的！"女生们全都笑嘻嘻地坐在草地上休息、观看，男生们一人抢起一把工具，越干越起劲，结果任务要求种的三百多棵树，我们班比其他班早了半个小时就完成了。女生们在回来的路上坐在男生后面一首接一首唱歌，什么《团结就是力量》，什么《我们走在大路上》。

原先许多人说我们班上的学生是差生，智商低，是傻屌，但是段考期考大多数人都超过了七十分。年终评优秀教师，我没有评上，班上的学生为我鸣不平，说，吕老师咋个你不是优秀老师吗？我说我教你们就没考虑这个。学生说，我们知道，优秀教师都给那些官太太了。他们还找了校长质问，校长说是名额有限。我赶紧去把他们叫回来了。

他们毕业了，有十几个学生考不上初中，毕竟基础差点嘛，但是都想跟我读，我也舍不得他们。我说："那你们就跟我一起上初一吧，我把你们都带到毕业。"我跟校长说了我的想法，场部的学生，你总不能把他们丢到社会上不管吧，丢到社会上就真的成了二流子了。家长也来求情，学校没办法，于是全进了场部中学。

场部分给我一院干打垒的房子，就在你们的表叔朱世新家旁边，周边全是哈萨克族维吾尔族回族人家。房子有三间，但都是破破烂烂的，连院墙都崩塌了，但是冬暖夏凉。二队有十几个跟我出来读五年级的学生（二队没有五年级），早上天刚亮就过来，常常跑得气喘吁吁，中午带的馍馍在学校吃，晚上又赶回家。当时有个学生叫金锋，就是你们刚回来时接你们的那个金锋，家里有五姐弟。说起来他家也挺惨的，他父亲原来是二队的队长，安徽人，我在二队时和我们关系不错。不知咋回事就带着一家人回了老家，结果不到半年又回来了，原来安徽那边早已经分田到户（我们马场是国营单位，分田到户是在1986年后），他分不到田地，又回到二队，这时他的房子已经归公重新分配，队长也被免掉了。不久他又生病死了，留下老婆和五个娃娃。他们的安徽老乡不愿意收留他。娘儿六个只好挤着住在二队的旧库房里。金锋和金刚两兄弟到场部上学，金锋兄弟俩都不想回二队住，就在我们家吃住。两个孩子也懂事，每天吃过晚饭就拿起工具在院里干活，耕地啊，浇菜啊，打扫卫生啊，都干。他们回家了，我还会给他们几块钱。惹得阿依奇怪地问我："妈，他们两个是不是你的孩子，怎么也像我们一样在院子里干活？你还给他们钱花？"

那五个孩子啊，后来都有了出息，金锋有一个姐姐去了合肥电视台，有一个姐姐在伊犁开美容院，有一个姐姐嫁给了军人。金刚和金锋在伊犁开了铺面。

　　我把那个捣蛋班教毕业后就不教初中了。不是我不想，是校长高书时不让我教了，他的小姨子师范毕业回来了嘛，要工作，要岗位，我就被安排教小学了。自然，当年高书时说的给评中级教师的话再也没有下文。

　　金锋金刚他们毕业后就离开我们家到外面闯世界去了。那院房子，我们住了一年吧。后来场部重新分了房子，就是现在我们住的家。

我和阿依重访这个院房子是在一个夕阳刚临的傍晚，我们远远就看到了那个被染得有些橙红的黄泥土墙围院的房子，房子已经重新砌过了墙，但还是干打垒，一溜儿排列着三间房，第一第二间房的门关闭着，第三间黑黑的木板门破了两个口子，朝里敞开着，不见有人影，草料泥巴覆盖的房顶传递出一种颓败感。在院门看整个院子，像面前摆着一个废旧的纸箱。我可以想象到，阿依和她父母当年在这个"纸箱"里进进出出的情景。

　　在旧房子的左边，是另一方天地，六棵白杨树形成一个"V"字长势，一片苦豆子草伴根而生，杨树外的一片地上，艾蒿长得比人还高，我根本进不去，只好在外围拍照。有一间建了半拉子工程的小砖房，被荒草掩映了。上下各有一户人家新盖的房子，都是彩钢瓦封顶，用木板护栏围着，房子还没有装门，说明还没有住人。阿依为我指点着三十多年前的五棵核桃树，如今只剩下一棵了，正落在一户人家的院子里。

　　我的目光又回到那个旧院子，院子周边的杨树高峻密集，浓荫森然。金色的夕阳穿过白杨树梢照在褐色的土墙上，时光似乎一瞬间定格。在一边跟着走的表叔朱世新说，房子已经换了两茬人住了，原先住的是一户哈萨克族，后来搬走了，又来了一户哈萨克族，只有夫妻两位老人，早上到山上牧羊，很晚才回来。我们走近房子拍照，想找回一点记忆。阿依一边拍照，一边讲述。

　　你不知道，在大锅饭时代，队里给每家每户的粮食，根本不能填饱肚子。从小生长在条件比较优越的家庭里的爸爸，经过了岁月的磨炼，也能够勤劳耕作，带领全家人利用空闲时间，去荒野捡柴火，开荒种些洋芋、油菜、葵花、玉米等，用以补给家用。

　　在这里住下的第3年，就是1984年，我上初中了，学校就在场部学校里。那时候，院子虽旧，但是家却有了起色。各家各户都可以搞些养殖了，我们就在这个院子的外墙边盖了一个猪圈和羊圈，养了一两头猪，两三只羊，还有两三窖兔子（一窖兔子约有八至十只），五十多只鸡，三十多只鹅，十多只鸭，基本上解决了一家人一年的吃肉问题。有了这些禽畜，自然我们几姐弟就有事儿做了，辛劳与快乐充实了我们小孩子的心，练就了我们一双勤劳的手，活泛了我们对生活的思索，锻炼了我们承受生活压力和解决困难的勇气。后来我到南方上大学，两个弟弟也到南方等地打工，像光亮，先后在广东、河南打拼，依然有一股子韧劲，这不得不说是当年的自力更生勤奋劳动锻炼了他，锻炼了我们。

对了，1985年的时候我看到妈妈书桌上有一封信，是一个叫吕庭海的人寄来的，来信地址是广州市中山路芳草街东巷10号，没错，我记得清清楚楚。信的大概内容是他是吕行迁的侄子，吕行迁是他的八叔，我妈就是他的堂妹，他在广州市公安局工作，他去了北宁扶阳乡谢冲村，打听到了我妈的地址，就寄信来了，见信后请与他联系。我就问我妈，跟他联系了吗？我妈说，小孩子懂个啥，别问那么多。后来，我曾经再次问过我妈，得知我妈根本没有去信跟她这个堂哥联系。说真的呢，我有些怨我妈，因为我觉得他的这个堂哥是个有身份的人，联系了说不定对我们是个好消息。但是我妈真是奇怪，她就是不理会。后来的事实证明，不跟吕庭海联系是个重大失误，不说后来我和光旭光强在南方遇到困难的时候孤苦无助，还导致我的外公身份和历史几乎无法查证。

1986年夏天，我们家添新成员了，我爸写信给在资中的光灿，还寄了钱，要他来新疆跟他生活。光灿来的那年三十一岁了，进家门时背着一个老家的大背篓，身高大概一米五多，大背篓在他背后高出一头，我把他形容为"泰山压顶"，背篓里全是他的衣服鞋子什么的，可把我和光旭光强笑死了。他还长着一个大蒜鼻，红通通的发亮。我们就这样迎来了一个老哥。老哥来新疆是因为她母亲已经被姐姐爱文接去养了，姐姐说留在家里还会耽误了弟弟讨媳妇。可是母亲不在家，光灿也没有讨到媳妇，这个可能也是他想出来闯荡的原因吧。我爸叫光灿来本来是想让他学开拖拉机的，可他人长得矮，又吊儿郎当的，不学好，就喜欢在家里弄吃的，有时候宰鸡，有时候宰鸭，没有鸡鸭就去河边抓野鸭，弄好了就留鸡腿鸭腿给我吃，还讨好说："我这是给妹妹增加营养好考上学校……"

　　也许是我的天赋低，还有不够勤奋，1987年，我初中考高中时没有考上。家里当时也养有几十只羊，我就想跟马场的同学马文青一起牧羊算了，马文青是回族，也没考上嘛，家里养了一百多只羊，正缺人手，他哥说你回来我们就有伴了。马文青说还有伴呢，阿依也回来放羊。

　　就在我准备一辈子做个牧羊女的时候，遇上了一件好事，我的班主任常老师，她的爱人老冯是新源县体委的干部，他和我爸是朋友，正好得到了一个那拉提气象站气象员的名额，就跟我爸说，我介绍你家丫头去上班吧。我爸说好啊，十六七岁就可以参加工作了。我妈一听说也同意了。马文青羡慕我啊，说我有工作了，没人跟她放羊了，羡慕得都要哭了。

　　我就去了气象站，去了才知道不好干，我去的时候是8月底，气象站在那拉提山上啊，海拔有三千多米吧，天气已经变冷了，山上早早就下了雪，我们站有三个气象员，一个是站长，我和另外一个男的轮流上班，站长偶尔上来看看。我隔天就要上山抄温度表，分早中晚三班，早上四点多就上山，骑马啊，踏着雪上去，中午两点上去一趟，下午八点上去一趟，每趟要走一个多小时，来回就是两三个小时。工资有一百二十啊，那时候已经算不低了。但是我干不下去了，经常上山，又冷又孤独又害怕，到了11月初我回马场，我就哭着跟爸妈说干不下去了，爸妈看我一副不争气的样子，就说不干就不干吧，那我干什么呢？还上学，复读，我妈说，年纪轻轻的，又是一个丫头，这么早出社会也不好，就让我复读了。马文青不复读，她顶我的工作去了，她听说我不想去了，高兴得让家里人找了常老师爱人老冯，老冯真的又介绍文青去了气象站，去前还专门问了她，能吃苦吗？怕冷怕累怕寂寞吗？马文青说，总比放羊好啊。她就去了，去干了三个月不到，第二年1月，离春节还有十几天，文青骑马上山的时候遇上了雪崩，那是一场大雪崩，有人看见了，像水库决堤，白浪滔天，漫天白雾的，把她连人带马埋了，还埋了几个路过的牧羊人和他们的羊群。也许这就是命。文青后来被挖出来，运回马场埋了。我妈在那年春节前听说了这件事，正在烤包子，吓得一个包子掉在地上，望着我，又望望我爸，说，这就是命，合该你不该去的。我爸却说，也许阿依去了没有雪崩呢。这还真的难说。我又

150

惊又怕，想起文青，很难过，她是马场回族中跟我最好的两个同学之一，另一个也姓马，叫马秀花，就是马正文的妹妹。放羊多好，放羊肯定现在还生活在马场上。

白杨树下的丁字路口往西，沿机耕土路走五百米，右侧就是原场部学校，学校周围一圈都被高峻的白杨树掩映着，教室旁边长满了艾草蒿草和苦豆子，都是齐腰那么高，苦豆子结一种形状似菜豆角或者绿豆的果实，楼内的水泥空地旁边长满了齐腰高的艾草蒿草，北面的一长溜墙基痕迹讲述着曾经存在过的许多房子，离此十多米远的水泥操场也被四面长起的艾蒿围拥着。这个季节常见些哈萨克族妇女，互相对蹲着在操场上为织壁毯而弹羊毛，不时发出"砰砰啪啪"的捶打声。学校的后面是一条一米多宽的水渠，艾蒿、芨芨草和苦豆子沿着渠边疯长，有的地段被这些野草遮住了渠面，看不见水流只听见潺潺流水声，望过去是一片苍绿的荒凉。

这是一所汉族和少数民族混合的小学。我曾经数次经过这里，往往驻足而视，因为自己也是一个所谓的文化人了，对学校这类传播知识彰显文明的场所总有一种敏感，也有一份亲切感，总觉得与自己有着某种联系。校门大多数时候都关着，我曾悄悄地朝里面窥望，校园很安静。有一次大概是课间操的时候，我看见了两位教师看护着的三十来个孩子，两位老师是居住在马场的夫妻，快到退休年龄了。

4月底的一天，阿依带我来到学校门口那两排叶子已经肥大得绿油油的白杨树下，吹着冰冷的河风，回忆早年读书岁月。

我在马场读的高中。当时班上有四十八个同学。那是十二年前的事了，我们这间学校还兴旺着呢，从小学一年级到高中三年级总共有十二个年级，生源广得很，有来自莫合林场、公安农场、前进牧场、高潮牧场的，有来自恰西林区、哈拉布拉的，还有来自农四师的二连、三连、七连、八连的，学生人数最多的时候达到了一千多人。那简直就是现在一个大镇初中的规模嘛，在你们人口稠密的南方大镇，学生也就三千两千吧。

江河日下啊，现在，马场的场部搬到五区了，中学的职能转到了哈拉布拉中学，中心校也就转移了，留下的这间学校已经破旧坍塌，大多数机灵点儿的住户都已搬迁到三队，就是新马场，也有聪明点儿的迁到了县城，还有更具眼光更具实力的就迁到了州府伊宁，还有迁到自治区府乌鲁木齐的。

马场成了老马场，这里的人口越来越少，学生自然也越来越少。说是小学，其实早就没几个学生了，小学也就是一间不完全小学，一层的教学楼，三个教室，一到三年级，一个年级一个教室，一个班三十来个学生。马场九十来个孩子，到了该读小学四年级的年龄，现在都去了河对岸的巩留县莫合小学，或转五区（哈拉布拉乡）小学，剩下些太小的孩子就暂时在这儿待着，三年之后他们还是要到五区或者莫合那边去的。

我1990年高中毕业，没机会参加高考，为啥呢？那时参加高考是要指标的，县里只分给我们马场4个高考名额，其中理科3名，文科只有1名。这些名额都要经过预考筛选。我预考时差一分没进名额。没机会参加高考，妈就拣了一个小行囊，和我搭车去乌鲁木齐，想带我回口里老家散散心。在乌鲁木齐站，我突然腹痛，上呕下泻，在乌鲁木齐折腾了几天，稍有好转，我们就赶快搭车回家。过了几天，场部领导跟我妈说，场部学校缺老师，安排我做代课老师，工资是一百块。我在学校代了一年课后，我爸我妈说代课不知啥时候能转正，还是去复读考大学，以后工作机会多些。但是在马场学校复读肯定没啥用，师资和环境都不行嘛。1991年秋天，我妈去找了在县城二中做团委书记的观雨，就是珍姨婆的儿子嘛，他帮我弄到了二中复读。

在二中复读也没啥进步，倒是在观雨表舅的劝导下，加入了共青团。当时，我和一位叫麦迪娜的维吾尔族女同学同桌，她家境很好，戴着一副红宝石耳环。但她天生就有狐臭，夏天出汗很臭，冬天穿棉衣也能闻到，换座位时，班上的女同学都不愿意和她同桌，最后老师又安排我跟她一起。有一次她悄悄地问我："你为啥不像她们一样，见到我就捂着鼻子走？"我说："这没啥，狐臭嘛，又不是你自己愿意得的，是遗传的，不能怪你，你也不要因为这个而烦恼。"她听了很开心，从此跟我玩得很好。每到星期六，学校开放澡房，要买热水票，麦迪娜带我去洗澡，看门的维吾尔族男子都不问她和我要票，他还允许我们洗澡的时间长一些。当时我觉得很奇怪。后来我才知道，原来澡房的管理员是她哥哥，跟着她，我占便宜了。

我在二中复读，每次放周末假我还在马场"开小灶"，我妈让我去找邻居贾玉生老师辅导英语，找刘兆梅老师辅导数学。这两口子当时已经从马场学校退休，他们跟我们家关系一直不错，辅导我也很热心。1992年高考，我的成绩还是不理想，仅仅上了杭州教育学院的委培生线，是大专，一年要两千六百块培养费。我爸我妈说，委培生也好吧，总比待在马场强，毕业后总会找到工作的。于是，1992年8月底，我揣着爸妈的积蓄和借来的一共五千多块钱，先坐班车到乌鲁木齐，新疆是秋天了嘛，到果子沟都看见下雪了。从乌鲁木齐坐火车去杭州，要四天三夜吧，第一次离开父母远行，第一次离开新疆，还是自己一个人，又激动又担心，五千多块钱是我妈亲自在内衣缝了一个结结实实的暗袋，里面装了四千八百块，让我在外面的衣袋裤袋分开再装两三百，应急。除了大袋子的衣服，还有两个小袋子，里面装了十几个馕，还有馍馍，一个塑料杯，就一路吃着馕，一路喝着水，到了杭州。哎呀，第一次到了口里的大城市，幸亏有车子接到学校，要不都晕头转向了。去宿舍放好行李，第一时间到校园里电话摊打电话，向我妈报告平安啊！

到了天下闻名的杭州别提有多兴奋了，俗话说，上有天堂，下有苏杭，虽然家里穷，但也高兴嘛。就说西湖，也是天下闻名的嘛。和刚认识的新疆老乡，余洁，还有杭州的林小蓉，上海的应文芳，走路去了西湖，看苏堤，看白堤。原来西湖真的美啊，比马场还要美，比天山还要美！又去看雷峰塔，又去看六和塔，还去看了灵隐寺。别提有多快乐了。那时候全都忘了马场，忘了新疆，只觉得大学就是幸福。过了两周后，9月16号，是我的生日嘛，真凑巧，也是缘分，宿舍里的林小蓉、应文芳，还有男生应荣臻，居然和我同一天生日！就凑钱买了一个大蛋糕，有筛子那么大，全宿舍十二个女生和班上七八个男生都来吃了。还在校门口的饭馆吃炒菜，喝啤酒，疯了。那时候想，幸亏来了大学，来了杭州，要不真不知道马场之外的世界，天有这么大，景色有这么美，青春有这么美好！

是吗，你说我陶醉了？美好的回忆嘛！可惜时间太短了，那时我们的大专学制是两年，因为怕花钱，两年里我没有回过一次新疆。去过几次广西，北宁的二表舅那时候因为负责供销采购，家境不错，知道我在杭州读书后，都叫我暑假和寒假去他家过，他还寄来了路费。我一来到北宁，三个表舅总是轮流带我和他们家人去吃吃喝喝，我也经常去南安八姨公八姨婆的家，去冯明姨姨的家，八姨婆还专门在她家的二楼给我安排了一个房间，八姨公还说："这里就是你的家，有你的闺房，你的小天地。"我也是安于享受，乐不思蜀吧，所以我一直在南方，想爸妈了，就只是打个电话，还在电话里兴奋地说起八姨公八姨婆是如何如何地好，三个表舅也是如何如何地好，甚至，我还说起兰花的表哥——我也该喊他表舅的，那时候他还在成均镇当书记，后来当上了北宁市副市长——他的家人也是如何如何地好，实际上，我只是在三表舅有一次带我去他家时见过一次他，他的老婆——我该喊她表舅母的——亲热地搂着我说："虽然你是新疆妹，可是我们是亲戚啦。"她把那个"啦"字拉得很长，十足的老广腔。每当我在电话里说起这些，我妈总是既高兴又有点酸溜溜地说："我的丫头在南方享福了，快要忘记我们这个贫穷的家了，是不是啊？"说真的，每次我都被我妈说得快要哭了。

1993年，11月吧，我还在杭州读大学，我妈在电话里告诉我，她退休了，其实她还没到年龄，是学校要她退的。说起来，我们马场不属于县上管，属于自治区畜牧厅管，学校领导的权力很大，校长高书时下了个通知让我妈退，我妈说还有一年嘛。高书时说："我让你退你就可以退，你退了可以让年轻人有饭吃，你自己也可以休息，还可周游世界，不是两全其美嘛。"后来我妈的同事说："这个高书时啊，真是一个高术士，花花肠子最多，他是想让你退了，好把指标留给自己的小姨子转正。"我妈这才恍然大悟，但是木已成舟，尽管嘴里也跟着同事骂了一声"高术士"，最终还是退了。

那一年，马场的许多人家渐渐开始迁到县城，还有迁到伊宁的。马场学校的高中部、初中部相继取消，学生人数一下子减少到两百多名。到了九十年代后期，小学部的老师一个个调到了乡里县里，学生也一个个转学到乡里县里。我妈说，不到三年，场部学校的学生就剩下五十多个，老师剩下三四个。我们的母校就这样彻底荒凉了。

尽管老师们一个个调走了，但是那位北大毕业的英语老师贾玉生却没有走。阿依说，那时他和老婆都已经退休，住在场部第三巷第三间院子里。但是据她妈说，贾玉生老两口已经到福建跟着他的外甥女儿生活。那时我怀着对一位北大学子的尊敬，跟随阿依去看了那院房子，我看到了像篱笆一样开裂的院门，三间干打垒的土墙房子，窗户位置很高，像电影里监狱的气窗。很明显，房子已经换了主人，里面的菜园子边铁丝上晾了一溜的衣服。我有些物是人非的感慨。一个北大高才生，数十年来就在这个偏僻的马场埋没。他曾经度过了书生意气的北大校园生活，幻想着美好前程和幸福人生，后来活在举国皆惊的恐惧之中。做了老师后，本该可以桃李满天下，却因为困在这个人口只有四五千人的马场，在一个只有三百多名学生的校园里，英雄无用武之地。现在年老了，可以说是苟且偷生，也可以说是一事无成。

当天晚上，阿依母亲告诉我关于贾玉生老师两口子的更多往事。

贾玉生比我早五年退休，他老婆刘兆梅比我早三年退休。两人是在场部中学教书的时候认识的，之前贾玉生被定为叛国罪嘛，被送到公安农场劳改。后来学校需要英语老师，上级知道他从北京大学毕业，精通英语，就把他要来了。北大才子嘛，虽然有过不光彩经历，但是也把刘兆梅吸引住了。刘兆梅是山西人，又漂亮又干练，一看就知道是那种泼辣的人。时间长了，大家看出两口子都是倔脾气的人，尤其是刘兆梅，年纪越大嘴巴越碎。两人退休后，有一次，贾玉生从外面回来，说想吃豆腐。刘兆梅顿时火冒三丈，骂道："你还想吃豆腐？你那点工资都不够你吃豆腐！"贾玉生一气之下就扔下她回口里去了，到了福建他的外甥女家，说在新疆待够了，想在口里长住。他的外甥女也是名牌大学生，在一家公司当领导，听他如此说，就给这个舅舅找了一个保安的岗位，以免他日子难过。他在保安岗亭过了三个多月，渐渐真的不想他老伴了呢。

刘兆梅身体不好，经常不出门，在家里煮饭，烧的是苇子秆。有一晚，我做了一个梦，梦见一大队个个都像做戏一样，穿着凤冠霞帔出门，从我家窗口走过。晶晶（她的女儿）跑在前面，我问她出啥事了，她说："我的馍馍还没蒸好，他们还要抢我的。"我醒了就知道这不是好事啊。我就叫老头子："去看看刘老师那边有啥事没有。"老头子打着手电去一看果然有事，大门被从里面顶上了。老头子从后窗户看去，刘兆梅瘫睡在床上，喊她也不应。他就去找来一小队书记马正文，马正文撬开门，发现她已经昏昏沉沉不知人事了。我去找马场的杨医生给她挂吊针，杨医生说："我才不给她挂吊针，上回给她挂了，她骂我用的是过时药。"我说："你做医生的见死不救是犯罪。挂了吊针又不用你追费用，可以从贾玉生的退休工资里扣嘛。"杨医生才答应了。

挂了吊针后她就醒了。我煮了一碗糊糊端给她吃，她还是很虚弱。她跟我说："吕老师啊，你搬来我房里跟我住吧，这样我们可以聊聊天!"我委婉地推掉了。你想想看，她老两口都有退休工资，不知道家里藏了多少钱财，万一去了，我最后说不清楚呢？第二天，我给她煮好了鸡蛋面送过去，又打电话给她的表弟韩星宇，让他从伊犁回来看看。韩星宇又打电话让贾玉生从福建回来，果然发现她垫被之下有两百多块钱，那时候这可是巨款啊。她病好了之后，我又去看她，她问我当时邀请我去她家住为啥不答应，我就跟她说了这些理由，她才明白过来。

场部学校师资的薄弱的确在隐喻着这间学校无可奈何花落花去的颓势。有好几次，我从一间教室旁边经过时特意放慢脚步，碰巧听到了一位五十多岁的女教师唱歌时那并不怎么准确的音调，还有孩子们那参差不齐的跟随声，他们的声音断断续续地穿出掩映在校园周围的树木林丛，在村口野地上游荡，偶尔也跟随着那杆穿过树丛直指天空的红旗呼啦啦地飘。

不上课的时候，各个空荡荡的教室里模模糊糊的光线下，排列着些并不怎么整齐的桌凳，它们像农村里一些颇有智力但却得不到正式辅导提高的学生，像旁边山野上朝气蓬勃的植物，就那样顺其自然地分布着，无人干扰，寂寞而又平淡。

"当年的红火热闹劲儿再也不会回来啦。"阿依说这句话的时候，思想的目光从操场边那杆高高飘扬着的五星红旗上滑落，停泊在红旗下面的一片碧绿青葱的树梢上，沉默了好久。

关于马场以及马的了解我自然是充满好奇和渴望的，最直接也是最笼统的印象还是来自阿依那句话："十五年前，我们新源马场还是巩乃斯草原上一个辉煌的部落。"

2003年初夏，我们在后山草原散步，瞭望起伏的原野和远方白光四射的喀班巴依雪峰，阿依颇为自豪地说了这样一句。

我在翻阅一些史料时获知，早在西汉时期，这里作为气候温暖土壤肥沃的伊犁河谷的一部分，同属西域强国乌孙的领地。而乌孙人养出的伊犁天马汗血宝马已经举世闻名，迄今仍有许多中外专家考察和改良育养伊犁天马并且乐此不疲。在元朝中期这一带已属于西迁的蒙古察合台汗国一部分。明清以来，这里就和伊犁的许多马场一样，一直盛产两千多年前就已天下驰名的天马。有人作过测定，伊犁天马一小时可以疾跑六十公里，和一个刚刚考取驾驶证的人驾车速度相当。解放军进疆后，千里边境线和莽莽戈壁雪山的巡逻迫切需要建立供应军马的马场，这里因为拥有良好的资源禀赋而成为全疆最重要的军马场之一。根据我的调查，以及一些至今仍生活在新源老马场或已经乔迁到新源老马场之外的上了年纪的人介绍，早年鼎盛时期的新源马场有聚居的住户多达三百五十多户三千多人，饲养着可作为军马的良马五千多匹。一些哈萨克族老人回忆，二十世纪八十年代以前，马场拥有的肥沃草场超过三十万亩，每年都养有良马五千多匹。周涛的名篇《巩乃斯的马》，里面的马的原型很有可能就来自巩乃斯军马场。

老马场一队现任书记马正文告诉我："马场每年的牛羊保有量超过一万头。当时的夏牧场嘛，就是这个大平滩草原，冬牧场在一百多公里外的阿拉套山和那拉提山下，那里是盆地草原。"

我查阅资料时发现，这片高山草甸平均海拔在1600米以上。关于它的历史沿革是这样的：清朝末期沙俄蚕食伊犁大部分地区后，居住在伊犁的哈萨克族许多部落被沙俄强制"人随地归"。1882年6月，饱受沙俄欺凌的哈萨克族中玉兹六大部落之一乃蛮部落的分支黑宰部落共三千多人归附中国，最初被清政府安置在博尔塔拉草原。数年后，这支黑宰部落部分住户在首领率领下南迁伊犁河谷，其中部分定居在位于南面离新源马场不远的特克斯县，部分来到了新源县西南和巩留县东北交界处，也就是吉尔尕朗河两岸，从而据有了这个辽阔肥美的天然牧场。

像昭苏军马场一样，巩乃斯草原上的新源马场也曾经源源不断地为新疆边境提供巡逻的军马，最高待遇时它是一个虚拟乡科级单位。九十年代后，新疆边防巡逻逐渐实现机械化，新源马场就没有驯养军马的任务了，马在更多时候回归到哈萨克族牧羊人的坐骑，而需要的马倌也越来越少，马场很快从一个乡科级单位降格为村级单位，而且马场的主体部分——场部搬迁到了原来它的下面一个小队——农三队，位于哈拉布拉，那里被命名为新马场。我们生活的这个地方，人们习惯叫它老马场，哈萨克族人还叫它"阿克布尔汗"（马多的草原），一个位于加乌尔山脚下的小村庄，也可以叫牧区，是西天山位于河畔和公路边的为数众多的小村庄之一。

5月的一天，我到了新源县城，见到了原新源马场的党委书记孟雪顺老人。他已经七十八岁了，微胖，除了因秃顶脑袋光亮，脸色还是一片红润，且十分健谈。

　　二十年前嘛，我还在马场担任党委书记。那时候的新源马场嘛，新源县管不了，属于自治区畜牧厅管辖，所有的职工都由上面发工资。那时候的马场嘛，成立有马、牛、羊三个牧业队，每个牧业队大约有三十户人家，马队的马常年超过三千四，牛队的牛大约八千头，羊队的羊也不少于三万只。三个牧业队就是新源马场的三驾经济马车，实现的生产总值占了全场的三分之二。那时候的新源马场嘛，尽管是一个农牧参半的生产区，严格来说还是以牧为主的生产区。牧业对我们来说非常重要，我们吃的肉大部分是马牛羊肉，也有一些家禽肉比如许多人家都养有鸡鸭鹅，但毕竟数量不是很多。我记得章泽州吕冰莹家，也就是你岳父母家嘛，当时也养有一些鸡鸭鹅。吕冰莹最擅于养鹅，每年家里都要一次性买回上千枚鹅蛋，你的大舅子章光灿就整天守候在孵鹅娃子的那间小房子门口，孵出的鹅娃子成为远乡近邻的抢手货。但是，你们家也养羊，我记得你们家养有二十多只羊。吕冰莹的那个丫头，哦，就是你媳妇阿依啊，一到周末放假，天刚亮就赶着羊上后山的大平滩草原，或者每天放学回家后就上后山草原接过她爸爸或者哥哥手里的牧羊鞭。不光是你家养羊，几乎家家户户都养羊养牛，哈萨克族还养有马，大群大群的马，都是彪悍的伊犁马。那时候呀，漫山遍野都是马牛羊，马场后面有一座加乌尔山你知道吧，对，山后就是大平滩草原，面积超过三十万亩，那些年风调雨顺，草的长势很好，牲畜长得膘肥体壮，马牛羊成群结队在大平滩上走，真的像诗歌里唱的那样"天苍苍，野茫茫，风吹草低见牛羊"。那时候的羊肉嘛，好吃又便宜，也经常吃，还有牛肉马肉，那也是非常地好吃非常地有营养。我们这一代人能有今天，都是马牛羊的肉把我们肚子喂饱，把身体养结实的。

孟雪顺老人的回忆既传达出老一代马场人的建设豪情，也给我这个后来者一种诗意的畅想，我想象得到，每年的春夏秋三个季节，在新源马场寥廓苍茫的大平滩草原上，总有数千匹高大健壮的各色骏马，或悠闲地吃草，或扬鬃奔驰，它们越过吉尔尕朗河，在翻飞的雪白水花和腿肚被溅得湿淋淋的畅快惬意劲儿里，走上起伏连绵高耸旷远的大平滩草原，跃上草花及腰的草山坡甸，蹄声橐橐，马嘶羊叫，长风吹拂，声势浩荡。在仿佛擂动战鼓一般荡人心魄的急疾马蹄声里，牧民们尖厉的哨声和马群的嘈杂嘶鸣声，荡漾奔突在三十多万亩流泻漫荡的大平滩草原上空，久久不散。

在后山草原上

一个凉气袭人的早晨，在大平滩草原后缘，在朝阳越过喀班巴依雪峰把整片草原都晒成乍暖还寒的区域里，前往辽阔绵延的草山上斜斜地走着四个人影：一个是阿依父亲，一个是阿依母亲，一个是阿依，还有一个就是我。阿依母亲扛着一把木柄溜滑的铁锨，一头用旧绳子吊着一个红柳框，里面装着煮熟的鸡、大肉、馍馍、水果，还有酒杯。阿依父亲蹒跚着走路，阿依提着一个红色塑料袋子，里面装着香烛纸钱，我则提着一个黑色塑料袋，里面是几挂鞭炮。

闪亮的阳光照在浅青的加乌尔山上，但是依旧驱散不走凛冽冰冷的风，地上的植物时时高低起伏。那些一寸左右长的草芽，一小片一小片地分布在草山上，互相之间隔着一块块枯黄的草地或者裸露的地表，整个草场就像一位贫穷的母亲，为了抵御寒冷，在自己的破衣裳上缝着一块一块不知从哪里弄来的新旧不一的布片。善于钻人脖子的山风一阵接着一阵，吹得脸上和脖子里冰凉冰凉，有时候也弹起干燥的虚土扑在人脸上和脖子上，用手一摸涩涩的。去年枯萎的芨芨草秆还一丛一丛地兀立在草山上，在阳光下显得白亮白亮，有一些折倒了躺在草地上，没有折倒的还有半人高，稀稀拉拉地掩映不住草山上一片光秃秃的坟头。裸露的土地灰亮灰亮地躺着，在偶尔赶来的疾劲山风里飞扬起一柱一柱高高的尘烟。

几只如无人机一样硕大的山鹰低低地滑翔盘旋，还有十来只小小的云雀蜻蜓点水一般高高低低地飞过头顶，竖耳倾听还有清脆的仿佛时下人们下载在自己手机里的逼真的和弦鸣声。偶尔有一只早起大概是去准备早餐的灰色野兔慌慌张张地跃过去秋就已干枯的芨芨草丛，它们一定是在寻找这些日子已长出嫩芽的酥油草和老鸦蒜。

践踏这些野草的时候我的双脚一直很不自然，坦率地说我有一种荼毒的感觉。幸好我们不久就到了目的地。这里是后山草原上一片最集中的坟地，像哪家厨房里摆馍馍一样绵延开去大约有四五十座。在老马场过世的人几乎都埋在这里了。在一块约有一米高的墓碑前，我看到了几行几近模糊的竖排刻字，中间一行稍大——

故舅母黄瑞芳老人之墓

右边一行稍小：

北宁县扶阳乡谢冲村，一九二〇年生

左边一行也是小字：

外甥女吕冰莹、冰洁奠，一九八八年三月立

阿依父亲用他那几十年不改的四川口音对阿依说："这个嘛，就是你的舅婆，你还记得吧？"

"记得，我在老马场的时候不是年年都来这儿看她吗？想不到她的坟这么荒凉了。"

阿依父亲叹了口气说："的确是太荒凉了，有些年我们也没来看嘛。"又转过头对我说，"小羊，你第一次回来，给舅婆烧几炷香，许个愿吧！"

三炷香青烟袅袅地从坟堆前升起，升到了蔚蓝的天空下，升到了雪山之旁。祭台前摆上了祭品，我跪拜着这位睡在地下二十多年的前辈亲戚，也是我的遥远的广西老乡，突然想到这儿已经是天高地厚的大西北，二十多年前这个女人就已长眠于此，心底涌起一缕苍凉，一丝悲悯，一份敬佩。

我们都坐下来，坐在一片草芽初出的草山上，望着这青烟袅袅的坟头，再望望远处亮闪闪的吉尔尕朗河，河岸边小叶青绿的排排杨树，听阿依母亲回忆她的舅母。那些往事像坟前跳跃的烛光一般，再次闪腾跳出。

　　我舅母，就是阿依的舅婆嘛，在广西解放前就与我舅舅结婚了。我的舅舅，阿依叫舅公嘛，是我外公唯一的儿子，外公很在乎这个唯一的儿子，在舅舅十九岁时就为他定了这门亲事。舅舅是受过新思想教育的，还一表人才呢。但是舅母却是个典型的农村妇女，既不识字，相貌也有点丑，还五大三粗的，跟舅舅比确实是八竿子搭不上的人，所以舅舅对这桩婚姻激烈地反抗，他对外公说："你娶回来的这个女人，我是不与她在一起的。"成亲一个月，他既不与她圆房，也不与她说话。一个月后，在一个天麻麻亮的早晨，舅舅给了外公一笔钱，说是了结养育之恩，便空手摆臂离家出走了，甚至连一件换洗的衣服也没带。他这一走，直到死都不回来，留下舅母在家里守了一辈子活寡。

你问舅婆啥时候来的新疆？哎，还要从1975年说起，那年9月，艾天成回北宁探亲，在老家见到了我舅母，那时候外公外婆已经去世，以前留下的一个使女跟随舅母将近十年，已经嫁人了。舅母孤单一人在家，家里没收的没收，充公的充公，已经一穷二白了，她吃了上顿没下顿，难得很。艾天成回来后对我说了舅母的情况，感叹说："她一个人在老家，怪可怜的。"我这才想起，舅舅离家出走后，舅母一直在老家，又无儿无女，无依无靠，一个人生活了十几年。那时我们住在八大队，生活总算安定下来了，就打算把舅母接过来，但是我家里几个孩子要看管，你老爸也在队里被强制劳动，我为怎么接舅母来发愁。

到了1976年10月，老乡周应军要回北宁接他的老婆金兰和小孩过来，我那时刚生下光亮，更不能走了，就对他说："我的娃娃还小，回口里不方便，你顺便帮我把舅母接过来吧，我给你路费。"周应军是个好人，好老乡，答应帮我把舅母接过来。舅母来后，我每天下地劳动，她就在家里帮看阿依光旭光亮他们。阿依爸爸和孩子们都跟我舅母建立了很好的感情。

在阿依对童年和少年时代的记忆中，她的舅婆是一位长得并不怎么好看但又属于典型南方人种的中年妇女，她身材高大，十分能干，且和蔼善良，绝对地吃苦耐劳。没有儿女的她一直十分疼爱她的外甥外孙子和外甥外孙女儿。

我们住在二队的时候，父亲常常要去三小队劳动，母亲去场部学校上课，还有集中学习，我们姐弟几个疯玩半天后，便吵着要舅婆下面条吃。每每这时，慈祥的舅婆眼里便溢满了一种母爱的光彩，她会说，我们今天不吃面条，我做米粉给你们吃。米粉？米粉是啥？我第一次听说有米粉这种食物，我们姐弟几个都高兴地拍起巴掌，内心无比新奇地等待着。笑眯眯的舅婆先是生火烧一锅水，然后麻利地舀来一海碗干面粉（其实真正的米粉是用大米粉做成，那时候没有大米粉，舅婆就只好用面粉代替了），加淀粉和冷水搅拌成糊状，然后倒少许进一个平底小盆中，再把盆子左右倾斜几下，让盆底的"米粉"糊漫匀，再把小盆子放进架了个箅子且水已烧开的大锅里，盖上锅盖，再加大火，大概十分钟后打开锅盖，把小盆子取出，盆子里便有了一张热气腾腾、状似透明的粉皮子，舅婆熟练地以薄木片贴边割划后翻转盆子倒出，如此反复十来次，桌上的碟子里便叠起了十几张粉皮子。接着，她又拿刀将这些面皮子切成细条状。然后舅婆笑眯眯地告诉站在一边早就馋急了的我们：这就是"米粉"了，和我老家的米粉一模一样。说着，便这个几筷子那个几筷子地把"米粉"分给了在一边眼巴巴望着的我们，姐弟仨便狼吞虎咽地吃起来。在我的印象中，"米粉"每次都能吃个饱，因为舅婆总是不吃或者很少吃，总是在旁边一边做"米粉"，一边不时抬头看我们姐弟几个吃得津津有味的样子，笑眯眯的。每每这时，我才发现舅婆其实也是很美的。

我开始想象，三十多年前的八十年代初，在离广西万里之外的伊犁，舅婆将一种心有不甘极度怅惘的悲伤深深压藏在心底。白天，她和她的外甥女儿也就是阿依母亲一起下地干活，或者跟随着外甥女儿上后山草原牧羊，晚上就在想她的负心男人。但我想象不出据说当时长着一双南方大脚的舅婆是如何走在空气干燥土地坚硬的西北原野上的，更无法想象习惯了一件毛衣便能过完南方冬天的她是如何熬过零下三十多摄氏度的伊犁严冬的。只听说本来身体就不好的舅婆常常闹病躺着，冬天常常把长满了老茧子的手脚都伸到火炉前烘烤取暖，因为脚生了冻疮，一边烤还一边嚓嚓地抓着痒痒。我惊叹于她在新源老马场时那种身心俱痛的凄凉和无可奈何的隐忍。

阿依母亲回忆，她舅母在远离南方的伊犁度日如年，虽然也曾和她的外甥女下田劳作，上山放羊，但终日郁郁寡欢。1983年春天，在伊犁历经了七年大西北严冬折磨的舅母终于含恨去世，弥留之际她对围在身边的外甥女一家大小说："我见不到他实在不甘心啊！"随即睁眼而逝，终年六十三岁。在一旁守候的阿依母亲念及她舅母四十多年思念丈夫却无果而终的生涯，忍不住痛哭失声。

我舅母最后患了食道癌，是在马场二队的房子里去世的，从医院回来后，她知道自己不行了，就要求我们把她安排在房子后面的一间砖房里。

1983年春天，天气还冷得浸骨，舅母已经是最后时刻了，她两眼凹陷，充满绝望忧郁，好久才说出一句："我见不到他实在不甘心啊！"我知道，她说的是谁。我心里也压抑得很。那天清晨，舅母去世了，她是睁着眼睛去世的，我知道她心里的痛苦与不甘，我给她抹上了眼睛。

队里的干部和职工都来参加了她的葬礼，用汽车拉着几车人来了，他们说我们都是来自五湖四海，黄瑞芳是劳苦之人，身世可怜，是真正的劳动者，我们应该为她送行。我想，这还可能是因为我在场部小学当老师，是他们娃娃的老师，多少还有一点面子吧。还有广西的老乡，老少男女一大群，他们送的花圈就有一大堆，装了两辆汽车，舅母无儿无女，在这里死，也算是哀荣吧。

有时我想，像我舅母这样的女人，一辈子享不到什么福，结了婚等于没结，有男人等于没有，还要离乡背井，等了四十三年，连男人的音讯都没有等到，最后客死他乡。多苦的人生啊，像她这样的人，像只蚂蚁一样，最后无声无息地走了，就像白来一趟世上。

舅母那个睁眼而逝的表情，让作为外甥女的阿依母亲后来多少年始终牵挂，并决定多方寻找那个流落异乡的舅舅。而在这时，地区的八姨婆也在千方百计寻找她的哥哥。阿依给我转述过八姨婆女儿冯静的回忆：

我妈有一个心结，就是寻找她早年出走的哥哥建鹏。八十年代末，我妈已经在地区复退军人精神病疗养院退休，她利用单位准许退休老干部每年一次外出旅游的机会，每次都选定去成都或昆明，目的就是寻找她失散了三十多年的哥哥。她始终相信，哥哥还活在世上。

我妈终于打听到一些消息，我舅舅先是去了成都，置了一点家业，跟当地一名女子同居。这名女子是成都人，长得比舅母漂亮，但她一点儿都没有给抛弃老婆的舅舅带来幸福，两年后这个女人席卷了舅舅所有的钱财，不知去向。舅舅后来去了缅甸、柬埔寨，后来又回到成都，再后来就到了昆明，开了一家汽车公司，做上了金马汽车修理厂的技师。据说技术高超，谁开来的汽车不用看，摆在三米外光听发动机声音就知道车子用不用修，要修问题又在哪。这一次昆明创业比在成都的奋斗收获要大，我妈听舅舅生前的一些同事讲，他拥有三十多辆车，在昆明的一条小巷里买下了一院两百多平方米的房子。

我妈在成都查访期间知道了哥哥的去向，于是她将每年出行的地点选定昆明，在当地报纸登了寻人启事，并且采取到一个一个派出所查户口的方式，苦苦寻找她哥的消息。到了1985年春天，我妈和我一同去昆明，在一个街道派出所请求查户口时有了收获，我个子高，扫了一眼派出所的户籍公示牌，发现有一个长相很像我妈的头像，就请户籍警端出登记姓谢的档案给我们翻，只翻了几页就看到了一个我们熟悉的名字。

"就是他了！"我妈兴奋地对我说，"真是太巧啦，你看，你看，他长相像不像我？"

我们继续往下查，发现此人的籍贯果真就是广西北宁，出生年月也与我舅舅的籍贯惊人地相似，而且在户口迁入栏中又发现了从成都迁来的信息。种种充满希望的迹象令我们欣喜若狂。

这天早晨，昆明下着淅淅沥沥的小雨，街道两旁的茶花开得正艳，空气中有一股隐隐的醉人的清香。这似乎暗示着这是一个幸福的早晨。我和我妈共同打着一把雨伞，按派出所的户口记录寻找到了门牌，映入眼帘的是一条偏僻安静的小巷，在一个绿树掩映的小院里，门敞开着，一个老头正蹲在水龙头前拿着毛巾一把一把慢慢地洗脸。我一眼就认出了那个老头与我妈有着惊人的相似，我首先将想法告诉了我妈，她已经端详了好一会儿，我的想法增强了她的信心，她压抑住惊喜，用家乡话叫了一声："谢建鹏！"

一切都按照我们的预想出现，那老头先是一愣，很快随口答应了一声，一抬头发现了我们俩，接着我妈又喊了一声："谢建鹏！"老头站起来，又答应了一声。再往下的进展已经和电影上的镜头千篇一律了，唯一不同的是昆明的春雨和城市的茶花同时盛放，飞洒。啊，这对失散了四十多年的兄妹终于重逢了……

八姨婆回到地区后，将她在昆明寻到哥哥的消息写信告诉了阿依母亲，阿依母亲一直想去昆明看望，但最终没有成行，我想大概可以归因于阿依母亲年事已高，加之对舅母的悲惨遭遇感受深刻，不想过多触及伤心往事，何况当时他们的经济条件也不是很好。

但是她却给远在昆明的舅舅写了一封信，告诉他舅母在伊犁十多年的经过。

信末署上了她和妹妹吕冰洁的名字。后来舅公复信了。

　　舅舅的信里说了"两个想不到"："想不到我两个成了孤儿的外甥女
还活在人世，而且在新疆成了家，想不到你们姐妹俩还为我对不住的女
人养老送终，我真是惭愧啊……"

　　信里还说："早知道你们两姐妹活在世上，我就不把财产捐给政府
了，冰莹你不要在新疆了，你来昆明定居吧，你来了肯定不后悔，你到
昆明了我再跟你说，我要悄悄地告诉你一些事。"我想到自己已在新疆
成家，有了教师这份工作，有了几个儿女，我就没有答应。事后我隐隐
感觉到，舅舅可能有什么重要的事情要跟我坦白。但是，当时的我没有
考虑到这些，从那以后，舅舅再也没有跟我联系过，一直到2001年他
去世。

　　我不知道他想对我说些什么，我那些姨表亲都猜测，舅舅肯定还有
很多财产，可惜再也找不到了。我是不计较那些东西的，就像我父母当
年也曾经有过丰厚的财产，到头来我和妹妹啥也没得到。这么多年过去
了，我们啥苦都挨过来了，现在不是过得挺好嘛，虽然不是大富大贵，
但也吃穿无忧。

　　我一边听阿依母亲和阿依回忆往事，一边把糯米饭、鸡、大肉和水果供在
墓前，斟了满满的五杯酒。阿依父亲点起了香烛，我和阿依朝着坟堆磕头，阿
依轻声祷告说："舅婆，我十年了才回来看望您，我回来得太迟了，您不会埋
怨我吧，愿您在天之灵无忧无虑，和舅公过得幸福，也请您保佑漂泊的外甥外
孙女如意吉祥！"

　　鞭炮声把静静的草原震醒了，有放羊的哈萨克族人在河谷对面朝这边瞭望，
还有牧羊犬轰轰的叫声，随着苍凉的山风送来。这个时候已经过了清明，我们的
祭拜在草原上显得有点儿特别。山风刮起烧化的纸灰，碎纸在白亮亮的阳光下漫
天飞舞，跌落在芨芨草丛中已经长出来的嫩芽上。我沉入了阿依母亲的讲述中，
突然听到阿依父亲叫我："小羊，我已经叫你几声了，你就许个愿嘛！"

　　我这才醒悟过来，恭恭敬敬地向这位我只是想象过但也可以勾勒出一个影子
的舅婆跪下，三叩首。

　　在距离舅婆墓地十多米的地方，是一座几乎寸草不生的大土堆，紧贴着土堆
竖着一块几乎及人高的墓碑，阿依说："这是我三爷爷。"

我三爷爷和他大哥也就是我的爷爷嘛，都毕业于云南陆军讲武堂。听我爸说，六十年代末，三爷爷还在老家抱着侥幸心理勤恳务农，可惜最终还是被那些人定为"国民党反动军官"，一次又一次被揪出来游村批斗。他实在是忍受不下去了，逃了出来，也终于远走新疆，几经转折又到了巩乃斯草原，最终和幺爷爷定居老马场，并且隐姓埋名，我爸爸让我叫他许爷爷，一直到八十年代初，我爸爸才告诉我这是我的三爷爷。

　　在老马场，三爷爷就是一名默默无闻的垦荒者，人们也认为他不过是众多盲流中的一个，和他们一样来天高地阔的新疆流浪。有谁想到他年轻时候曾经指挥过成百上千人的军队奔驰在疆场上？他做了三十多年农民，八十年代中期去世后，三奶奶就带着儿女回了四川老家，我们也与他们失去了联系。

　　离三爷爷墓地二十多米处便是幺奶奶的墓地。听阿依父亲说，幺奶奶曾是四川老家的一户大户人家的小姐，跟随幺爷爷来到马场后只知勤勤恳恳地干活，儿子泽庆已经成了家里的顶梁柱，她还是裹着头巾下地干活，完全是个农妇了，干农活一直到八十年代末因病去世。

　　阿依父亲还说，幺爷爷黄埔军校毕业后做到国民党的团级军职，受过枪伤，身体不是很好。我想起前天，我和阿依看望幺爷爷的时候，耳聋眼花的老人还不忘劝我们多吃菜。幺爷爷对我说："新疆嘛，是个好地方，我在四川活了三十多年，还是来新疆了，这里是个大收容所，啥人都可以收。像我这样的旧政府的人可以收，像阿依爸爸阿依妈妈那样的地主后代也可以收。"说着，用一种鼓励的眼光望着我，说，"听说你想当作家？这个好嘛，自古到今新疆有许多文人来过，最后都留下大名，新疆有许多可以写进书的大事。新疆的风光嘛，也是全国独一无二的。如果你也留下来，肯定能够成为大作家！"

　　我没想到他能说出这番见解，心想这个幺爷爷不简单。我说："我想写一本关于新疆的书。有时间的话，我还要采访你呢。"

　　这可是实话。我这趟旅行的目的，除了看望阿依父母，还有就是把他们的故事变成我创作的素材。如今幺爷爷问起这些，我才醒悟他是一个经历社会大风大浪的人，他的话里饱含生活的智慧。但是我经历尚浅，且好高骛远，对自己也就谈不上有多大把握。从心底说，我希望能更多地了解新疆，了解这片土地上的人和事，找到让我心动的东西，然后写出较为理想的作品。

但是他的回答很简单："我和你三爷爷的故事嘛，不是你个人说得明白的。写新疆，你还是多写写农牧民吧！"

当鞭炮噼噼啪啪炸响的时候，我扶着三爷爷的墓碑站立，风把我的头发吹得根根竖起，旷远而瓦蓝的天底下飞过一只黑色的大鸟，一直飞到离这里二十多米的东边的三棵白杨树上泊下。我想，鸟应该是天底下最自由的精灵了，它一定知道，在这些高高的白杨树下，有那些人的青春在流浪，它会不会把眼下看到的一切告诉在另一世界的人呢？

阿依在跪着，拱手垂眉絮絮叨叨地说了一通。我也跪下了，我说："三爷爷啊，我和阿依回来给你磕头啊，你是阿依的三爷爷，当然也是我的三爷爷，我有许多心事未了，想要一个孩子，还想当一个作家，你就保佑保佑我们吧！"

在幺奶奶的墓前，我也说了同样的话。

我说这些话的时候，阿依父母和阿依都在我身边站着，一脸肃穆。

中午我回到房子后，开始写关于马场的文字。我坐在炕上，披着风衣，并拢双腿坐着，稿纸就摊在桌上。阿依坐在炕的一头，手里拿着一杯菊花茶水，那是阿依母亲每年在院子里种的菊花，她说这是天山菊，清火解毒的功效特别好，几次劝我们喝。后来我喝了，不知道泻火没有，心里暖暖的。听声音，老两口正在院门口和对门的潘万鑫说话。房里只有我和阿依聊天，我记录。傍晚我已经写了两万多字，看样子我会写到十万字。

我兴奋地对阿依说："可能祭拜了几位先辈之后我获得了保佑，我写了很多，有文思如泉涌的感觉。"

阿依喝了一口菊花茶，笑吟吟地说："看你在他们坟前一脸恭敬的样子，可能他们的在天之灵已经被你打动了！"

我从大炕上站起来，披着阿依父亲的棉大衣走到窗前。窗外，东南面就是喀班巴依雪峰，夕阳的霞光正涂抹在雪顶上，而雪线以下的山麓已经开始缓缓地发蓝，整座山峰像个彩色冰激凌。

我想起南方小城的老家，那个蝉噪和雨季刚刚开始的地方。对我来说，眼前这片土地上的一切，包括窗外的风景，包括那些亲人前辈的往事，有一些陌生，也有一些遥远，但是我心里却升起了一种安分和留恋的感觉，伴随着一种神圣的向往，一种难以表达的祈望。我感到自己已经被一种新的、可能永无宁日的人生攫住了。

我缓缓地说："我可是虔诚的，我对他们说的话全是真心话。"

·下部·
十年转场

旅途（一）

从潘多拉盒子里跳出来一个邪灵，一夜之间就给中国大地带来了一场白色恐怖，电视、电台、报纸每天都在滚动通报感染和死亡的数字，屏幕上二十四小时都是白大褂和救护车蓝警灯白车身晃动的影子。小汤山医院成了媒体的口头禅。

刚刚从伊宁回来的邻居潘万鑫坐在巷口的白杨树下，对着几个人挥着手势，哇啦哇啦地说话：

"从伊犁回马场要经过七八道关卡呢，哈拉布拉都设有检查站了，龙口也有，警察都端着枪！"

有人传说政府正在寻找那些从口里来的人，尤其是两广人。"你们俩要小心了，出门别给他们逮住了。"潘万鑫笑嘻嘻地逗我们。

我和阿依快快不乐地回到院子里。阿依母亲从房里出来说："你们俩不要东奔西走了，要不然被抓住都不知道！"

我们的出行计划流产了。阿依有很多路途远的同学和亲戚都没有去探望，有的我们虽已在电话里说好，最终还是不敢去，而他们也不敢来。

此时，我接到了我的办公室科长的电话，他先是言不由衷地询问了一番，大概意思是新疆人是否住蒙古包，是否会用筷子？末了说："领导说了，你的假期已经满了，要按时回来。"

我才记起，我在伊犁盘桓已经将满两个月。可我一点都不觉得已有这个时间，反而像刚刚过去两天，我们正想合计明天的计划和生活——可是，他们就追我回去了。

科长又说："你回来肯定被隔离，起码一个星期。外单位去旅游回来的都被押到疾控中心了。"

我顿有惶惶之感。

那些傍晚，我常常坐在后山的草坡上，向东遥望，喀班巴依雪峰上的晚霞像穆斯林的红围巾一样，扎在洁白的额顶上，显得热烈、通红、高洁和遥远。

两个月前那场自南到北从东到西的旅行，又在我脑海里浮现……

4月2日，一个春和景明的日子，我和阿依离开一天比一天闷热的小城，乘汽车去广西首府南宁市。我们的目标是阿依的故乡——新疆伊犁。出发前三天，我已打电话给广西区党委机关刊物《当代广西》编辑部的陆嵘先生，多年前，他们刊物采访组来小城采访时我参与了接待，我跟他很谈得来，他是一个瘦小而和气的人，待人热忱，语气友善。后来我们一起合作发过稿子。当我说起请他帮忙购买两张去西安的火车卧铺票时，他一口答应了，为此我满心感激，我这个生活在拥挤而俗气的小城里的谨小慎微的人，得到他这个工作生活在首府的文化人的热心帮助，我想这应该是我一向谨小慎微老实巴交的缘故。我又请他介绍一间既经济又安全的宾馆，他向我推荐了位于民族大道据说是区计生委招待所的一间小宾馆，并强调说这是他发现的民族大道上最便宜最安全的宾馆。

当天下午我和阿依来到南宁，在人潮如蚁的南宁汽车总站坐上出租车，找到了这家小宾馆，住宿费是八十元。这是我们结婚以来第一次住上这么贵的宾馆。关起门之后，我们和阿依躺在软绵绵的床垫上，美美地享受着那种手脚摊开的舒适，互相感叹着这个令人兴奋的陌生世界。

晚饭就在宾馆门口左侧的一家粉店，吃的是南宁老友粉。我们吃得满头大汗。刚刚回到宾馆门口，陆嵘先生就到了，我给他钱，他客气地推辞着，最终拗不过我的坚持收下了。他关切地问："你们坐火车到西安，之后还要坐火车去新疆，路程这么远，考虑过坐飞机吗？"我说："是啊，一来是省钱，二来我还是喜欢坐火车。"其实我想说出口的潜台词是，第一次回新疆，坐火车可以一路看看沿途的地貌，这对我的写作计划有好处。但是我不能把自己想当作家的念头在这里说出来。当然，我们也确实没有更多的钱可以坐飞机。

躺在八十元一晚的床上，开着空调，聊着即将开始的北上和西行的旅途，我怎么也睡不着。时间已经到了夜里十一点。

"南风知我意，吹梦到西洲。"我抖了一下自己的书袋，卖弄地说，"知道吗，西洲，就是吐鲁番。"

"看你能的，快睡吧，别搞得明天坐车两人都困，我们的行李可是要看好的。"阿依这样劝我。

对面墙壁上的空调呼呼地响着，阿依好像睡着了。卫生间的灯光折射过来，房间里光线朦胧。我闭上眼睛，强迫自己什么也不想，其实还在想，想未知而又有所了解的远方，想这次好不容易成功的旅行，想自己早年那异想天开的荒唐岁月……

二十世纪八十年代中期，我正读初一，位于桂东南喽啰山脚下的鹅石乡初中毗邻镇区大街，每到傍晚六点三十分，我们这些十三四岁的少年开始上晚自习，到了七点，我们总能准时听到那首令人热血沸腾的歌响起："逐草四方沙漠苍茫哪惧雪霜扑面，射雕引弓塞外奔驰笑傲此生无厌倦……"有人开始练习起了"降龙十八掌"，嘴巴里"嗬嗬"地发出喊声，还配以手掌击打人物的"砰砰"响声，十足就是电视剧里的打斗场景。

那是一个全民热读金庸古龙梁羽生的年代。凡是读过些书识了些字的人，谈论得最热烈的不是《射雕英雄传》和《白发魔女传》，就是《书剑恩仇录》和《七剑下天山》。我也把这四本书看完了，我第一次惊奇地感悟到了在宏大苍茫背景中诞生的英雄主义和理想主义。而后两本书在我看来则更具诱惑力，因为它们实实在在地写到了亘古苍凉的西域，写到了明月云海下的天山。这些书里的人物和描写，对一个当时没有多少生活阅历而又生活在炎热逼仄的南方少年来说，自然产生了一种巨大的魔力。我发现，我认识的众多少年并不像我一样表现得性格奇怪，面对这些令人惊奇的阅读，我们大多仅仅是喜欢谈论书中的绝世武功而已。

我成了一个想入非非的人。奇怪的是，我不对身边豆蔻年华的女生感兴趣，却对金庸十五部小说里排行第九的那本书——《书剑恩仇录》里的一个人物——在大漠飞沙中纵横驰骋的翠羽黄衫霍青桐痴迷不已，无端就有了一股书剑情怀，幻想走上一段碧血黄沙的岁月，与一个雪杏花般纯洁冷峻的女子在西域天山相遇。

那时，我收到了一个叫曼丽的乌鲁木齐女子给我写的信，那信封像一朵蓝色的马兰花，信纸飘扬着淡淡的沙枣花儿香……

"起来啦，起来啦，五点啦！"耳边突然传来阿依的喊声。我一骨碌爬起，上卫生间，紧张地漱口洗脸，收拾物品，最后一遍检查了行李。五点半退房，在宾馆门口十多米外的小店一人吃了一屉小笼包，刚好看见一辆过路的出租车，我来不及抹去嘴巴上的酱油，赶紧拦车，阿依付了包子的钱，上车就赶。七点十五分的火车，我们在六点十分到站，大箱小包拖着扛着检了票，踏上了南宁开往西安的K316次列车。

我们的铺位在三号车厢，11号和12号，是两张上铺，这也是我跟陆嵘说好的，买这样的铺位坐长途，安全，两个人睡觉也方便互相关顾。行李有两个大拖箱，里面几乎都是天冷穿的棉衣棉裤，出发之前阿依说："新疆还是冬天呢，零下十几摄氏度，没有两套棉衣棉裤可不行。"岳母也在电话里告诫我们，新疆这边正在下大雪，冷得很。我相信她们的话，固然我的感情已经沉浸在那个塞外的新疆，但是阿依和我岳母都是我新疆生活的老师，在此之前，我已经听了阿依数年的讲述，预先品尝到了新疆生活的滋味。于是，衣裤和一些生活用品以及旅途用品都塞满了大箱，还有所谓的北宁土特产，就是荔枝干桂圆肉之类，还有之前我从北海买回来的十几斤海鱼干。因为是始发站，我们轻而易举地上了车，轻松地为两个大箱子找到了在行李架上的位置，把一些水果和矿泉水之类的东西放在自己的箱子上，然后在上铺上躺下来，长呼一口气。

火车徐徐启动，发出的声音既像"极力极力"，也像"克勒克勒"。"极力极力"，"克勒克勒"，铁路两边的繁花茂叶在迅疾后退，远处春耕的田园在缓缓后移。啊，我要离开你了，南方！

火车载着两颗心，一颗是乡恋，另一颗也是乡恋。在我们既迫切又愉快的心情中，火车过了柳州，出了桂林，一路穿越湘乡鄂地。等到跨过辽阔中原，到达郑州，我们已经行驶了两千多公里，将广西远远地抛在了南方。这时，在火车上再想起广西，已经有一种如烟似雾的感觉。

从行车方向而言，郑州之前都是自南向北，郑州之后才是真正的西行，火车从郑州开始变更为317次列车——一个"7"字的旅行真正开始，一种人生迎来转折的感觉再次浮上我的心头。

就在前天，旅程刚刚开始时，我的心情是复杂的，一会儿想到此行的目标就是关山万里的塞外伊犁，我一生中第一次走这么遥远的旅程，带着探望亲人的愿望，还朦朦胧胧地带着一个梦想，还有一种逃避的心理，心中不觉涌起一种易水壮士的悲壮。

从1997年我们结婚到开始这次旅行，我整整等待了六年，阿依却等待了十年！许多朋友听说我老婆来自遥远的新疆，见了面就要问我去过岳父岳母家几次了，我总是惭愧地回答说还没有去过一次。凡是听我这样说的亲戚朋友都说我做得不对。他们都不说我妻子做得不对，而是说我做得不对。我还知道，我被他们耻笑了——连岳父岳母都没见过就娶了人家的女儿，而且长达五年不去探亲，这个男人不是扯淡吗？我明白，因为我的确是一个男人，是和他们一样深受中国传统观念影响的男人。什么叫中国传统观念？打个比方说就是逢年过节要回家去看看，有了喜事要大办喜酒，娶了媳妇要跟她回娘家拜见岳父岳母，等等等等，这才是一个男人！是男人，该走的路就要走；是男人，就要痛痛快快地负起一些责任。可是该走的路我没有走，该负的责任我没有负。老家的一些亲戚一直在责怪我，有的说："你这只讲普通话的老婆系骗来的吧，我哋都冇见过你的外父佬外母嚜。"有的说："你老婆从咁嘿远的地方来到南方，都同你结婚六年了，你居然连外父佬外母嚜都冇敢去睇睇。"这些话让我感到特别羞愧。

有时候阿依和我坐在灯下谈论她的伊犁往事，谈论在新源老马场的童年和青少年生活，我听到了盲流、地窝子、斗批改、马场、草原、雪山、牧羊、克孜、大盘鸡、烤羊肉、馕、馍馍、赛马、叼羊、割麦、吉尔尕朗河、哈萨克、维吾尔族等等这些词，我便产生一种如思乡般的向往。阿依表达更多的是一种想回娘家的迫切，我看见她竟然有些泪眼模糊。但我们的生活还是那样贫穷，我们结婚时，家里倾其所有买了一张老式的木床，一个用料粗劣做工简陋的小衣柜。尽管我非常喜欢写作，父母请人用老家的松木做了一张书桌，是样式非常简陋的那种。被子、餐桌、煤气灶都是用了多年的老旧之物。没有沙发，只有三张简单的木椅子。而这些东西，一直陪伴着我们度过了六年。

"我离开老家已经十年了，我想回去看看了。"那年初春，阿依这样对我说，并且用恳切的目光望着我。

"好吧，我们立刻就准备回去，这些年，我对这里的一切都烦透了。"我挥着手，下了决心说。

真正促使我实现这次远行的原因，除了对阿依的内疚外，肩上还负着那份责任感——分别十年没有见过父母的阿依和结婚六年还没有做成父亲的我，都需要一次逃避式的旅行。况且，那片地域对我早已具有一种超强的磁吸力和神秘的感召力，我是必定要去一趟的，我渴望借此改变我的晚点的人生。

"嘎——吱——"是强力刹车声。4月5日晚上十九点，火车到达西安站。列车广播说，西安的温度二十九摄氏度。竟然有二十九摄氏度！我心里嘀咕着，和阿依各拖着一只庞大沉重的箱子走出车厢，我肩上还扛着一只牛仔大布包，阿依手上还提着装有矿泉水、水果和方便面之类的一个大袋，我们被后面的人涌着向前，汗水开始洇湿脊背。我们在人流络绎中走出站口，来到了人山人海的西安站广场，顿时感到了一种扑面而来的孤独，一种相依为命的感觉使我们紧紧地靠在了一起。在车上吃了一天的方便面，我早饿了，阿依说她也饿，但是，最令我们着急的事情不是吃饭，而是去买西安开往乌鲁木齐的火车票。我们寻找着售票厅，在来来往往的人流里走上台阶，除了使劲地拽着行李，就是不停地呼唤着对方，生怕对方一转眼就会从人海里消失。那种孤独感，甚至是恐慌的情绪是我在南方时没有过的，我靠紧了她，她也靠紧了我，每当有一个人挤进了我们之间，我就感到非常害怕，上台阶时，我们两人浑身上下都被沉甸甸的东西坠住了，行动起来十分吃力。

我们将行李拉到火车站售票大厅时，我已经满身流汗。阿依在一根柱子旁边站着看行李，我赶紧去售票处买开往乌鲁木齐的车票。排队的人如长龙，我们饿着肚子一直排了将近一个小时，终于轮到我买票，被告知当晚去乌鲁木齐的列车没有卧铺票只有硬座票。无奈之中只好买了两张二十二点西安至乌鲁木齐的1043次普通快车硬座票。

从买票的队列中走出来时，我已累得双腿发酸发软，肚子也饿得隐隐作痛，浑身无力，阿依也神情憔悴。我怕她顶不住，就说："先吃饱饭再说吧，火车还有两个小时才开。"我们便拎着箱子，背着大包，在站前街上找饭馆。在火车站左边一百米处找到一家有米饭的小饭馆，我先要了一碗热稀饭喝，稀溜溜水一样，喝完一碗终于长了精神，阿依只要羊肉泡馍，我也跟着要了一碗，狼吞虎咽地吃着，饱得肚子发胀，这时我才发现，羊肉泡馍的碗原来竟是一只又高又深的大海碗！饱了就精神了，我和阿依看看大碗然后相视而笑。阿依说："等你到了新疆，我让你吃馕，馕可比泡馍要好吃多了。"我兴奋地说："好，我等着！"

体力恢复后，行李箱也明显变轻了。二十一点的西安站前人山人海，我们也挤在入站检票的人流里。行李过安检带时，阿依一直用白话提醒我小心，行李放上去后，让我在原地站着，自己匆忙进去守候，行李过来时迅速拿到了一边，把她累得气喘吁吁。

候车厅里挤得水泄不通，已经找不到座位，我们只好站着候车，累了就双脚交替再站。我看了1043次列车的候车人群，旅客排起了两排近百米的长队，似乎民工居多，后来经过多次从西安坐火车才知道，由于新疆的季节特点，他们成了春季来疆打工冬季返乡的候鸟，年年如此，怪不得每逢这个季节车票那样难买。我们那天买的是硬座，老是担心上车迟了会被人抢了位置，便听从了一直在旁边走来走去鼓动旅客提前进站的一个中年妇女的话，交了二十块钱，换来两张站台票，她带我们好几个人在旅客上车前几分钟来到入站口，一名车站工作人员看都没看一眼我们的站台票便放行了，就像他们早有默契一般。

拥着挤着来到已靠站的列车旁，才发现进站的人群已经从检票口潮水一般涌了进来，看来那两张站台票并没有为我们带来什么便宜。车门刚打开，大家早做冲顶之状。因为是始发站，所有的车厢都是虚位以待，这时包括我们在内的乘客都有一种亢奋和恐惧，这种亢奋和恐惧又催生了争先恐后的心理。阿依和我想了个办法，我们俩分别从一节车厢的两边车门上车，先每人抢占两个位置再视情况调换。车门突然打开了，我们跟随人流一拥而上，行李箱和背带包连拖带拽，谁也不肯相让。好不容易进了车厢，都往对方跑，我老虎扑食般冲到了一排空位置旁，先用背包和箱子占着两个位置，然后喊阿依，才发现她在前边也占了两个位子，但旁边也有人不停地想挤进来，看看还是我这边位置好，没有太靠近卫生间，于是赶紧叫她过来坐下，行李架上还有一个位置，我像猿猴一般攀上座椅，阿依配合得非常及时，赶在一个中年男人的箱子举过来之前把我们的一个箱子举起来，我弯腰接过啪的一声把箱子抛上行李架，那个男人只有看着我干瞪眼的份，只好在椅子下找位置。我和阿依对视着笑了一下。然后，我充分利用自己的一个箱子已经在上架的优势，把旁边的旅行袋移移挪挪，为我们的第二个箱子找到了一个位置。瞬时，我就长长地呼了一口气。望着整个车厢上的忙乱景象，我们都忍不住想笑。只一会儿，车厢里已挤满了人，都在为挤一点儿位置和放行李而争论交涉。不久，连过道上也挤满了人。车厢里已十分闷热，热气、汗臭、屁臭和其他各种异味正在源源不断地充斥弥漫，令人不敢吸气，但又必须要呼吸，空气真是让人闻之几近窒息呕吐。我们都在做着半呼吸状，就是小心地吸半口气，发觉不对劲又马上呼出，如此反复不断，聊以喘气不至于窒息。这种没有空调的普快幸亏还可以打开车窗，但打开车窗也不管用，因为车还没动，没有风进来，所以臭味依然没有消散。环顾四周我才发现，全车旅客都是以民工居多，许多还光着膀子，还有十几个新兵，挤了两三排位子。整个车厢一片拥挤喧哗。

列车是在大家的焦急期盼中启动的，绿皮火车缓缓离开西安。微风从打开的车窗丝丝吹进，刚才那种透不过气来的闷热和臭味正在被丝丝清凉一点点地抹去。此时此刻，我们放心地做了一次深呼吸。

夜里十二点多，列车刚刚离开咸阳站，在我们乘坐的硬座车厢连接处，一群乘客蜂拥着去乘务员室排队买卧铺，阿依推推我，我也去了，等票的人超过了二十个。将近一个钟头下来，我和几个旅客排着排着就想打瞌睡，有的还往前面人身上靠。半梦半醒间，隐隐约约听到前边有两个男的在说笑：

"这趟车的人太多了！"

"可不是嘛，都脚踩脚啦！"

"刚才在过道那儿我的肩膀碰到一个女的，你猜那女的咋说吗？"

"咋说呢？"

"她叫起来，你把我撞死了！我说，把你都撞死了你怎么还能跟我说话？"

一阵哄然大笑，大家都醒了。我的睡意也全跑了，又充满希望地等候着福音。足足排了一个半小时，轮到我前面一位时竟然就没有票了。竟然这么巧，轮到我就没有票了！一时不觉失望至极，一下子全身发软。我们坐了三个多小时的硬座，想想还要坐两天两夜的硬座，我就算能挺下来，可阿依能吗？

　　我不敢放弃希望，勇敢地走到乘务室门口，好声好气地请求那位脸蛋红扑扑的乘务员，一有空出的卧铺就喊我一声，乘务员大概看到了我的一副讨好相，就说："两点钟的时候你过来一下。"

　　我回到硬座上坐下来。也许因为我们对生活艰难的理解和体会，也许是因为出门在外的陌生感，我们都对前后左右的民工存有一定的戒心，就用估计在这里谁也不可能听得懂的土白话商量。

　　阿依说："我哋轮流睡吧，乜人醒着就多只心眼儿。"

　　"你先睡，我习惯了熬夜，要一点以后才睡得着。"

　　"现在仲早，仲系你先睡。快到两点了我就叫醒你买卧铺。"

　　我就开始小寐。到被阿依推醒，一看手机已经一点五十多，我就匆忙赶去乘务室，列车刚刚启动，乘务员刚回到乘务室，看见我就说："有卧铺票卖了。"我大喜，花了五百多块补了两张卧铺票。这时我才从票面上知道，列车已经过了天水站。

　　买到硬卧票后的欢喜是情不自禁的。我们赶紧搬行李，穿过道时我拼命挤出一道缝，阿依紧跟着我开辟的道路，一连艰难地穿越了三节车厢，终于挤出人海，来到了二号卧铺车厢。放好行李，上了卧铺，把重要的袋子放在铺下枕着，为了省电关了手机，一躺下就忍不住长吁一声，手脚摊开，仿佛人生的大事都已办完，一身的舒泰让人缥缥缈缈，很快就睡着了。

　　不知何时我醒来，感到一阵阵从密闭不严的车窗渗进来的凉意。回想在西安以南遭遇的那种闷热，恍然觉得经历了两个季节。我轻轻地从行李箱里取出一件外套穿上，屈腿坐着。看看对面的阿依还在熟睡，我轻轻地为她掖好被子。车厢里有各种轻重缓急的鼾声此起彼伏。我打开手机看时间，凌晨四点多。我长时间静静地看着窗外黑黢黢的山岭，火车不时穿越隧道，发出呼隆隆的响声，伴随着一阵阵冷风吹来，我不由得卷紧了外套的领子。

　　"克勒克勒，克勒克勒。"火车在加速，朝着我们的目的地——新疆前进。我的内心既充满了紧张和神秘，也对未知的前路一派兴奋。作为一个早年就喜欢文学，后来一直没有放弃的文学青年，我已经提前准备了几本稿纸和几支笔，我在出发之前就打算在车上写作，哪怕是一种记录也好。我就着手机的屏幕光，记录了准确的行车时间和停车时间，包括沿途的站名和景物，我记录了一些人的面孔和身高长相，我记录了车上旅客的说话，还记录了我的天真和无知。

车厢内鼾声此起彼伏，偶尔听到隔壁有人问夜巡的乘务员，回答说过了陇西。可能是因为我在西安站上车时完全挤累了，精神也极度紧张，好不容易才能安稳放松下来，以致睡下后很长时间对窗外的一切毫无知觉，所以不知道过了陇西。半梦半醒间，我感觉到列车走了不多久就停，三番五次地停，人也觉得磕磕碰碰的，困得厉害，不知什么时候又睡去了。

后来我隐隐约约地听到了一阵悠扬的音乐声，我又醒了，开了手机，看到时间是4月7日上午八点。一阵音乐之后便是播音员柔婉的声音：列车前方到站定西站。

卧铺上的旅客陆陆续续起来，洗漱的，吃早餐的，拉话的，唱歌的，全出来了，车厢里一下子热闹起来。我观察车厢内的人，大都身板高大，五官端正，轮廓分明，操着方言浓重的普通话，谈吐语气与南方人截然不同。有人与自己的同伴小声交谈，或大胆与外乡人谈笑风生。这样的气氛中很容易交朋友。阿依也起来了，我们坐在过道的椅子上，东张西望，很快就和我们的一位邻铺交谈起来，得知他是一位从河南回疆的汉子，带着他八岁的女儿回老家周口走了一圈。

"我已经有十几年没回过老家了，这次回来，是想让丫头也认一认咱老家，人不能忘记祖宗嘛。"汉子笑着说。

那小女孩长得很漂亮，在车厢内走来走去，活泼可爱，几乎全车厢的旅客都逗她玩，给她各种好东西吃。汉子姓胡，是家住阿勒泰的出租车司机。我和他交谈，觉得他很健谈，也很乐观，后来才发现他正是昨晚排队补票时大声说笑话的那位。

我问他："孩子妈妈呢，这次没有一起回老家吗？"

他顿了几秒钟，然后说："离婚了，两年前还在阿勒泰的时候。"

我觉得有点儿好奇，但看他进入了一副沉思状，便不再多问。阿依从包里拿出小袋子的瓜子，说："小妹妹，阿姨给你瓜子要吗？"小女孩望着她的父亲，胡先生笑着点点头。小女孩伸出的手掌心里就沙啦啦地多了一小团瓜子……

九点左右，有一位常坐这趟车的旅客说，这车晚点了，应该在凌晨四点半到达陇西。晚点了五个小时？我有些愣怔。看看还有几个铺位的人在酣睡，有的还在打呼噜。我坐在走道的椅子上向车窗外望，不觉惊讶了一阵：外面尽是黄土高原，几乎看不到一丁点儿绿色。我突然觉得饥肠辘辘，而阿依还在铺位上赖着，她一直有赖床的习惯。我去列车衔接间简单洗漱，打来开水冲上一桶快餐面，坐在过道的窗口旁稍等，面还没充分泡软就挑起吃，一边吃一边朝窗外看。

这是一桶又烫又辣的面，吃得我脖子头皮都开始发热，可是却很能提神，我也有了更多的注意力注视着窗外，这片与南方完全不同的塞外景色，黄土高原地貌比刚出宝鸡时更加裸露突出了，看上去有点儿惊心动魄。但是原野也分布着一片片的庄稼，路边也有一院院的房子，房里房外都有各种树木。当然，迎面入眼的更多的还是沟壑纵横，还有黄土路上穿着棉袄戴着毡帽赶着驮货的马或者毛驴踽踽而行的庄稼人。与山清水秀的南方相比，这里的大地多了一份雄浑和厚重。我把窗口打开一道细小的缝，扑面而来的是渐强渐烈的西风，仿佛一位冷峻的老者带给我们苍凉冷凝的声音。

列车的窗外出现了黄色的土地，高隆起的沟壑纵横的土塬，没有几棵树的原野，一看就知道属于极度干旱区，尽管是起伏的山丘，却也不能看到尽头的苍茫。我看得意识里有些迷迷糊糊，便爬上铺位，拉过被子躺下。不知过了多久，在半睡半醒中听到广播说兰州到了。我便爬下了铺位。

从昨夜凌晨到今日下午，真是天水兰州一日间。窗外的原野依然是一片干燥、荒凉，铁路两边全是荒坡浮土，远方大地还有一片黄澄澄的烟雾弥漫，列车向着它走，越近越见那烟云的厚重，不久我们便看见它在头顶，似要嗖的一声掉压下来，车上的人说，好厉害的沙尘暴呀。沙尘暴，这个带着暴力和野蛮禀性的词语，是我在电视和各种纸媒上认识的，没有真正面对面感知过。古人没有明说沙尘暴，但是岑参有诗词描写这种现象："君不见走马川行雪海边，平沙莽莽黄入天。"在电视上倒是多次见过沙尘暴，有时是首都北京，有时是甘肃内蒙古。看那乌烟瘴气的景象我就想，在南方生活其实还是挺幸运的，至少是山清水秀，有驱不掉的湿润。老天爷为什么如此眷顾东南而漠视西北呢？

不久从列车广播得知，外面真的就是起了沙尘暴，而且刮的是七八级大风，我们乘坐的又是普快，有个列车员走过来对我们说，我们的火车必须让那些特快直快先过去，然后还要等大风沙过去。于是，列车一停再停，在大站要停，在小车站也要停，在荒滩上还要停，这样车到兰州已是下午三点半左右，晚点将近六个小时。

和我长年坐火车常常遭遇晚点类似，晚点实在是我一直挥之不去的人生际遇，初中考高中复读，高中考大学复读。细究其原因，全是因为我迷上了文学。接近异想天开的行为，在我高二开始读文科班后达到了高潮，当时，许多同学知道我写诗后，开始喊我朦胧诗人。他们还调侃说："所谓朦胧，就是看什么都朦朦胧胧，看女人也是。"班上的两个发烧友找到我，和我谈文学，一个是班长王兆文，干部子弟，身材挺拔，宽肩细腰，走路两眼看天，用现在的话说就是装逼；一个是朱同，细高苗条像根葱，喜欢着奇装异服，爱用摩斯将头发梳得纹丝不乱，走路扭扭捏捏，两只眼睛一笑就成弯弯的月亮，有同学说他是桃花眼，迷死女人。两人都是一副公子哥儿样，一直是学校许多漂亮女同学的青睐对象。班上的马勇和洪光几个同学都说王兆文和朱同是很会"掂嘢（泡妞）"的人。而我，尽管作文在班上享有盛誉，但长相平平，性格内向，学习成绩又处于中等水平，王兆文和朱同却放下身价称我师兄。我说："我们应该办一张文学报，就像湖南广东的中学生诗人一样办报。"王兆文说："可是没有印刷机器怎么办？"朱同说："就用手抄，手抄报更有意义。"三人一拍即合，朱同提出一个报名：《宁江浪》，宁江，就是我们北宁县的母亲河，我们就是宁江泛起的道道波浪。那时，邱华栋赵红尘潘洗尘等等中学生诗人因为创作成绩突出而被重点大学破格录取的消息陆续传来，朱同兴奋地对我说："就系咁样搞了，写一批诗，办一张报，在全国扬名，争取被北大武大破格录取！"

理想就像启明星一样在黎明前的天空烨烨照耀着我们。我们三人分别为手抄报写了一些诗歌散文，我还写了一个发刊词，钢笔字和画画都较好的朱同负责抄写、画图。那时北宁高中还没有文学社，我们的手抄报就成了学校的第一张文学报。当晚，我们三人一起行动，将手抄报贴在了语文科门口的墙壁上。

第二天早操过后，我和王兆文朱同不约而同经过语文科门口，看到许多同学和老师都在围观墙壁上的《宁江浪》，我听到他们惊奇地朗诵着我写的发刊词——《寻梦，我们扬帆起航》，有人表达着惊叹，也有人嘘嘘嘘地表达着嘲笑和不屑。我心里隐隐泛起一种既惊喜而又惶恐的感觉。

晚上自习课，班主任孔老师在铃声刚刚响过就来到教室，他径直去到班长王兆文桌前，轻轻敲了一下他的书桌然后转身就走，有经验的我们都知道，孔老师在找他谈心了。我心里隐隐觉得不安。半个小时过后，王兆文还没有回来，一直到第二节自习课开始十几分钟后，王兆文才低着头垂着眼帘回到他的座位上。那天晚上下了自修课后，王兆文也没有搭理我，回到宿舍洗漱后倒头便睡。这让我更加觉得不妙。果然，第二天早操散场后，王兆文就在操场上找到我和朱同宣布："为了我的光明前程，我要告别文学了！"

他说到做到，从此开始埋头看书。他说是专心迎战一年之后的高考。

当天晚上的自习课临时改成了班会课，班主任进行了高考总动员，其中用了大约三十分钟谆谆告诫我们，即将到来的高考将会决定我们的前途命运，而不是什么文学改变人生之类的空想，没有几个人能当作家，也没有几个当了作家的人

181

能让自己体面地生活。班里的其他同学开始用异样的眼光看着我们，我们像做了亏心事一样低下了头。

《宁江浪》文学手抄报仅仅出了第一期便迅速宣告夭折。我却像一个赌徒上了瘾一样，继续偷偷地看文学书，写多愁善感的文字，兀自不顾旁边同学异样的眼光。有一次，王兆文和朱同找我到北宁高中大门外吃粉，他声明由他请客，因为他总是有钱。他对我说："文学一直是我的梦，但不是唯一的梦，我最大的梦是从政，也许只有你这样痴迷写作的人才能当作家。"

他的话成了谶语，我不时有习作在一些小报小刊上发表。我对写作的执迷不悟和过多分心于课外书阅读让我付出的代价却是巨大的——我一直存在着严重的学科短腿，语文成绩尤其是作文出奇地好，但是数学经常考不及格。班上成绩很好的同学都在背后议论："学科缺腿，作文再好也上不了大学。"我却偏偏不服气，因为那时中学生诗人作家被大学免试录取的新闻不断出现在报纸上，我和朱同也一直抱着这种幻想。可惜啊，一直到高考结束，我们不但没有遇上这种好运气，还因为沉迷文学而名落孙山。

我终于再次复读了，并且在父母痛心疾首的教育和劝告下，跺脚发狠要把那个梦想忘了。但终究是忘不掉，在一次又一次深夜在教室里点起烛光"开夜车"时，还会偶尔拿出那些中学生诗人的作品看，也会偶尔涂鸦几首，当想到这些行为可能违背了父母的期望，可能直接导致再次名落孙山时，我又大梦初醒般，打一个寒噤，赶紧在跳跃的烛光中把它们收起，而父亲的话随即响在耳边："你冇考大学，冇跳出农村，以后三兄弟怎样揾吃呢？"

终于有个大学读了，是广西师大，是个委培生，"虽然不是重点大学，但也是广西的名校，"我像阿Q一般安慰自己，"终于可以放心地看自己喜欢的书，写自己喜欢的文字了！"

而正因为在广西师大，我读了大量的书，写了一些作品，在我们家乡的文学青年中第一个公开发表短篇小说并获奖。但是在我进入党委办工作的那些年，我的文学创作开始顾不上了，许多后来者却写出了一些重要作品。我开始犹豫：是当官还是走文学之路？在我们那个小城，当官带来的好处是显而易见的，可以在短时间内高质量地改善自己的物质生活。

人真是一种容易动摇心志的动物，尤其是当他的前途或者生计遇上抉择的时候。我曾经只为一个饱肚子的梦想而焦头烂额，甚至为此误落尘网。那时，因为年轻，什么都想闯一闯，以为错了还可以卷土重来。

那是1998年，我正在北宁文联做着内刊的编辑，但已经在当地小有名气，我又受了当时社会很浓郁的仕途风气的影响，开始踌躇满志，想进入政坛发展。时逢市委办正在物色笔杆子，他们主动找到了我。来自农村，一直苦于没有关系没有实力的我心动了，市委办啊！一个进去了就能当官的地方，那是农村娃做梦都想去的地方！

父亲支持我这个想法，他说："当了官，屋己的地位就会升高，就会受人尊敬，想想过去低声下气的日子，咳，你就该知道孰样去努力了吧！"

我进市委办的第二天就回到老家，激动万分地对父亲说："老豆，我哋的祖坟冒烟了，照形势睇冇出三年我就要当镇长，冇出五年我就要当副县长！"父亲笑得流出了口水，吧唧吧唧着嘴角说："咁就好了，当年左邻右舍笑我借钱送你哋读书冇有用，这回佢哋要自打嘴巴了！"

光宗耀祖的思想激荡着我，昔日借债读书尴尬度日的记忆鞭策着我。

父亲欣喜地认为我走上了一条正路。十几年来，他到处求人借钱供自己三个儿子读书，因为家贫兼疾病，老三中途辍学，老二大学毕业后自谋职业，好不容易才有我这个大儿子进了机关工作，他一直希望我挑起家庭的大梁。

"克勒克勒，克勒克勒！"

火车发出低沉而坚韧的吼声，载着我们向西奔驰。兰州西去大约三十分钟，两边跌宕绵延的原野上，有泛绿的作物，有高挺的杨树，原野的尽头总能看到一道道烟霭苍茫的山岭。偶尔竟也能看到星星点点甚至是小块小块的绿。两小时左右过黄河大桥，底下是一条巴掌大的小河，黄水在阳光下黏稠地流淌。有旅客说，黄水就是黄河。我坐在过道上，注视着那道黄水很久，想到了中华文明，想到了发源地。我还想，这么小的黄河，这么黄的河，却孕育了一个民族的文明，是那些人故弄玄虚，还是黄河神秘莫测？唉，这些，真不是我这个见识浅陋的南方人所能明白的。

夜色朦胧时，已经是二十一点。列车广播在对夜里一些时间段列车到站情况进行说明。大约在二十二点到达乌鞘岭，并提醒说，乌鞘岭气温较低，请大家注意穿衣保暖。

乌鞘岭这个地名于我并不陌生，我从初中开始便已从自己订阅的《绿风》诗刊里熟悉了它，那时经常有一些新边塞诗人如林染、贺海涛等发表在《绿风》的诗里写到乌鞘岭，由于此名奇特，剑气凛然，加之诗人的诗大都气势浩瀚，辽远苍茫，我就深刻地记住了这道乌鞘岭。

林染说过，乌鞘岭是西域和口里的分界线，就是说，过了乌鞘岭，就是河西走廊了，而河西走廊，也是广义上的西域了。

大约半个小时后，我借着微弱的站台灯火，看到列车停在了一个叫天祝的小站上。

过道上没有人了，他们都已回到铺位上躺下。我也趁列车停靠的机会，爬回上铺。

"困了吧？"阿依已经在对面的上铺躺下盖好被子，这时抬起头问我。

"有点，我也想躺一会儿。"

再次出发后，我感觉到，列车开始吃力爬坡了。

我和整个车厢重心都在往后坠，列车的速度渐渐慢了下来。然后，我听到了"克勒克勒"的声音变声了，变成了"轰隆轰隆"，列车无疑正在穿越隧道，果然有刺骨的寒风不知从哪里袭来，有一会儿几乎喘不过气，我赶忙掖紧了被子。耳朵仿佛被一滴水堵住了，嗡嗡响。窗帘没有关严的窗口射进影影绰绰的光，我抬了一下头，看见了昏暗洞壁里的点点划过的灯火。

"轰隆轰隆，轰隆轰隆！"

绿皮普快继续吼着爬行，感觉走了不止半个小时，大概到山腰了吧，然而隧道还没有过完。后来我才知道，乌鞘岭隧道是亚洲最长的铁路隧道。那时列车速度已经缓慢得几近停止，像一个负重走累了的老人，在拼着最后的劲儿跨越最后一座山头。

"轰隆——轰隆，轰隆——轰隆！"列车在做最后的加力，像一个负重的老人在喘息，艰难地挪动着脚步，颤颤巍巍，随时可能颓然倒下。

我扭头望了一眼对面上铺的阿依，她发出了轻微的鼾声。我又冷又困，知道自己也要睡了。

窗外天边露出淡白的晨曦时，幽蓝而绵长的祁连山已经出现在远远的天际，月亮也转到另一边去了。

为了避开洗漱高峰，六点多我就去刷牙洗脸，还上了卫生间，又拿杯子接了开水，又悄悄地拿了一桶快餐面去泡。做完这些，我坐在过道上静静地等。对面是一位穿着灰色夹克的男子，细看竟然是阿勒泰的胡先生，他也同样早起。我们偶尔聊上一句，关于窗外的景物，大多数时候，我们都望着窗外出神。

八点半后，车厢里的嘈杂声大起来，有的拿着杯子牙刷过往，有的坐在过道上双手护着小桌上热气腾腾的快餐面，有的正在嘘嘘地吃着，空气中飘过阵阵快餐面特殊的气味。已经穿好衣服在下铺或者过道上坐着说话的，还有拥被坐着偶尔搭话的。

胡先生的女儿过来了，在过道上走过来穿过去，一会儿喊爸爸，一会儿叽叽喳喳，唤来了几位女乘客的热心，全都逗她说话。

女乘客问小姑娘，妈妈呢？小姑娘说，妈妈不和爸爸过了。胡先生接话说，离了，自己犯过一次错误，她就走了，他自己一直在改，不知道老婆能不能原谅。

女乘客这个给瓜子，那个给水果，还问小姑娘名字，小姑娘说："我叫胡丹丹，山丹丹花开红艳艳里的丹丹。"说罢又嘻嘻哈哈地往过道跑。胡先生喊："小心，小心，别碰到叔叔阿姨的方便面！"

九点多，阿依也起来了，状态要比我好，她获得了充分的休息。她在慢慢梳理头发，准备将它往后扎起。我拿起已为她准备好的牛肉面去接开水泡。回来时，不断有正在过道上吃泡面的人为我让路。我开始吃起面的时候，阿依就去洗漱。这些，我们在出发前就已商量好。

对面的中年男子朝我笑了笑，很理解地离开座位去了车厢接驳处。我已把那桶面吃了个底朝天，连酸辣汤水也喝干了。

阿依坐在我对面，不时挑起雪白的面条吹气。她边吃边告诉我，如果不晚点，我们可在明天晚上九点抵达终点站乌鲁木齐，从那里，我们需要再次转车，坐上班车走七百多公里到伊犁，再走三百多公里，才回到我们的家新源老马场。

"前后要走五天五夜呢，坐了火车又要坐汽车，回这个家够你走的，希望你不要嫌远。"

"为了爱情，巴格达不嫌远。"我把新疆诗人李瑜的诗句背了出来。阿依嘻嘻地笑了，手里的塑料叉子挑上的面条也跟着笑抖。

"能不能申请再延后十几天？"那天在老马场的院子里，阿依走过来问我。

"不能了，领导下命令了。"我皱着眉回答。阿依便显得呆呆的不说话，走进房里找她母亲去了。

那些天，常常在傍晚，我总是坐在后山的草坡上向东遥望，喀班巴依雪峰上的晚霞像穆斯林的红围巾一样，扎在雪顶上，主峰就像刚刚成婚的新娘，显得红润、热烈、高洁，透射出一种挺拔和神圣的品质，把我这个南方来客的心全都牵挂在了冰山上。我想，这是适合我生活的地方，这应该是我生活的地方，我一直想逃避南方红尘，适彼乐土，我隐隐约约地感觉到，这里就是我的乐土，我可以在这里完成我心中的伟业。

当我确定回去之后，脑海里便不断涌现阿依父母和他们的亲友在伊犁的往事，我在吉尔尕朗河两岸看到的风景，以及因为在这些地方漫游而产生的灵感。

我已经决定写一本书，为阿依的父母，也是为我自己。在这本书里，我将反观自己的内心，留下我的心灵史。

阿依是不能走的，自从怀孕后，她就决心辞掉南方的工作，跟着母亲留在马场。

发往伊犁的班车何其早啊，早上六点半，整个大地还是一片沉寂的夜色。岳母已经为我煮好早饭，她还特别为我煮了稀粥，炒了三个菜。我已经吃饱了，可她又给我准备了路上吃的馕和鸡蛋。

在门边等候的岳父对我说："小羊，我先去拦车，你在后面慢慢过来。"六十九岁的老人说罢，拖着残疾的双腿蹒跚出了门。我的拉杆箱被光旭抢过去拉着，阿依和她母亲陪着我走在后面。

有一辆车从身后开过来，打了两声喇叭，灯光照得前方的房子和杨树一片白，我们偏到一侧让路，借着汽车的灯光看到，那正是莫乎尔乡去伊犁的班车。我们赶紧招手，车子停了，我把箱子接过，司乘为我放好行李，我对阿依母亲说了"保重"，阿依用力抱着我，泪水终于溢出，抽泣起来。我搂着她的肩膀，也流下了泪。

司机给了我们大约一分钟的道别时间，然后开始鸣喇叭。阿依松了手，我提着袋子上车。找到座位后，我才记起，阿依父亲为我们找车子，却不知道去了哪里。车子就要启动了，阿依焦急地大喊爸爸。

我正感遗憾，阿依父亲气喘吁吁地赶来了，司机关了一半门，老人蹦着瘸腿挤上了车，司机只好重新开门，老人大声说："我想去给你拦车，咋个想到它从后面开来了嘛！"

他大口地喘着气向我走来，我赶紧起身向前迎，和阿依父亲握了手。汽车喇叭声又起，我大声说"保重"，老人家沿着狭小的过道往前面挤，到了车门边又回过头来喊："小羊，路上一定要小心啊！"他在车门处吃力地探着脚，站在门边的光旭赶紧扶他下了车。

他一下去，车子就开动了，司机似乎要把时间追回来，狠狠地加油提速，车身剧烈地震动着。天还没完全亮，四周一片灰蒙蒙，我们回过头，在微弱的路灯光里看到四个模糊的身影，其中有两个人苍老缓慢地挥着手，很快什么也看不到了。我坐回座位，泪水模糊了我的双眼。

窗外的景物渐次清晰起来，杨树的躯干白闪闪地晃过，越过暗绿的草地，可以看见一道深绿的河水。再过半个小时，天色已大亮，早起的牧人正赶着羊群在河滩草原上慢慢走着。河岸的荒滩上，一团团的红柳像紫色的烟雾排开去。

偶尔在河滩草甸上出现几个蓝色的帐篷，旁边都有一堆燃过的柴火灰烬。经历了春夏之交的几场大雨，河水流量充足，水势深沉，悠悠流淌。

班车进入巩留县界后就看到了巩乃斯河，沿岸的草地鲜花盛开，路边林带的杨树叶子稠厚而闪亮，一树树浓绿得像一支支画向天空的大斗笔。林带之外，流水弯弯的巩乃斯河不时亮闪闪地呈现。初夏来了，这片地域的景物变得赏心悦目，可我却走了，要回到熙熙攘攘的南方。就为这一次回来，我等待了六年。如今我一个人走了，实在不知何时再能回来，也不知道是否可以回来——假如一切顺利的话，再回伊犁应该是在岁末年初。一想到这里，一层让我恐惧的现实——面对那些过分关心我们人生大事的人，他们那些疑问、嘲笑、讥讽和背后的非议——一想起这些我心上就像压了一座大山。我开始长长地叹息——既为我，也为阿依——如果可以，我多想一起留在这里，一辈子也行，一辈子留在天山脚下。这时候，我多么渴望天山上真有"七剑"，有"冰川天女"，有"晦明禅师"，我愿意做一个仆人，一辈子留在莽莽天山中。

到达伊犁州客运中心是上午十点。旅客三三两两，一种疏旷悲凉。我犹豫了一会儿，还是掏钱买好了去乌鲁木齐的车票。然后我就在疏朗的大厅里坐着。清晨五点吃的早餐，这会儿有点饿，但又不想吃东西。大厅内偶尔出现一拨赶车的人，进站口有个留着一字胡的维吾尔族人喊："巩乃斯巩乃斯，去巩乃斯的上车啦！"我引颈长望，真想重新跳上回巩乃斯的车。

终究还是发车了，乘务员让大家传递着一张表格，要求每人填写住址和单位，我看到已经填的大都是伊犁人，全车旅客大概只有我这个伊犁女婿填写的是自治区外地址，而且还是与疫情最严重的广东省为邻的广西，有那么一阵子我感到很害怕。表格填好后就被乘务员收去了，我心里又开始惴惴不安，生怕我这个"外地人"会遇到什么麻烦，也怕左邻右座对我有什么看法。幸好一路无事，乘客尽管也在谈论"非典"，但都是一种调侃的方式，甚至发出阵阵笑声。

我掏出手机给阿依打电话，报告已经上车，她哭着说："你路上一定要小心，到了乌鲁木齐找到住处就告诉我。"

窗外的楼房在后退，杨树在后退，伊犁河在后退……伊犁，一步步地留在我身后了。

格登山色伊河水，
回首依依勒马看。

当年，被贬谪伊犁三年的林则徐遇赦东归，离开伊犁时吟出了这样的诗句；此刻，我完全领略到了他的那种感受。

阿依曾经对我说，这辈子我还想在马场生活。我曾用心揣摩这句话，相信她说的是真话，毕竟，离别曾经生活过二十多年的故乡已长达十年，当我们在纷繁喧嚣的南方，在热浪滚滚的南方待着，那种铭心的思念和渴望，必定会更加强烈。

三个小时后，汽车已在弯弯曲曲的赛里木湖草原公路行驶，我到了伊犁境外。果子沟、赛里木湖，我都没有来得及好好看看，时间却飞走了，昨天恍惚如梦。

到达乌市碾子沟车站已是晚上十点多。一出车站就看到了"八一招待所"五个红彤彤的字，心里不觉涌起一阵热浪。走进去，经过保安的测温并显示正常后，我才被允许登记住宿。一躺到床上我就给阿依打电话，心里像被一根线牵着，感觉她就在身边，而实际上我们已经相距上千公里了。

我恍惚回到了两个月前，就在这里，在乌鲁木齐——

伴随着隐隐约约的两声汽笛的长鸣，车厢里陡然响起一片嘈杂声，我睁开双眼，看见人们正从行李架上取行李，在整理行装。我赶紧一骨碌爬起，阿依已经在上铺伸手护着我们的行李，看见自己的拖箱还在，我松了一口气，竭力举手拿下，放在已经一片拥挤的过道边。又护着阿依下来，两个人开始穿起棉衣。又听见了乘务员喊话，知道1043次列车已稳定到达乌鲁木齐市。

列车坚定地刹车——"嘎——嘎——"我一看时间，午夜零点，窗外，早就如雷贯耳的乌市一片灯火通明。列车停稳，温暖的感觉一下子漫上来，虽然从车门透进来的冷风证明窗外其实很冷。一边拿下行李，一边感受着一种释然放松的感觉——坐了四天三夜的火车，今日终于坐到终点站。

我随着人群从车厢鱼贯而出，一阵风像冰一样敷在脸上，不禁打了一个寒噤。在随波逐流中往出口涌，阿依在前，我跟随着，看着那些人流，听着那些口音重重的招徕住宿用语，我和阿依走在乌鲁木齐出站口旁边的栏杆处，犹豫地东张西望，对着那些招揽住宿和搭车的人摇头，心里却紧张地思忖着该去哪里住上一晚。

突然一个童稚的女声在我们腰际响起："叔叔阿姨你们想去哪里住呀？"

我低头一看，正是列车上认识的胡丹丹。她的父亲胡先生就站在我们旁边。

我回答小姑娘："还不知道，先看看。"眼睛却望着胡先生。

小女孩仰头看着她爸爸说："爸爸，叔叔阿姨不知道住哪儿，我们带他们一起去找旅馆吧？"

胡先生看着我们说："行啊，咱们一路同行，去碾子沟汽车站对面的旅馆咋样？明天买票坐车都很方便。"

我一直认为旅途的相遇不能太交心，但不知为什么，对眼前这位胡先生我一点提防的意识也没有。

"到了到了。"副驾上的胡先生突然说。出租车停在一栋三层小楼前，我抬头就见到了"八一招待所"五个闪着霓虹灯光的大字。

胡先生在前面掏钱付车费。我在后排一边掏钱包一边说："我来。"他一摆手说："我买我买。"早把钱递给了司机。我有些赧然，便把钱包放回去了。

八一招待所的住宿费便宜得让我不敢相信，每人只收十五元！可惜房间已经不够了，只剩下了最后一间，还是一间很大的四人房，服务台的小姐对我们说，还是照顾你们夫妻俩吧。然后动员胡先生和他的小女儿去住另外一间没有住满的四人房。胡先生犹豫了，但不得不说：那就这样吧。他的女儿却闹着不愿意。我一直在考虑着，这位胡先生一路上热情善良，他那活泼可爱的女儿也增加了我们的信任感，我便做出了一个大胆的决定：

"我们四人住一间吧。"

阿依朝我点点头。

胡先生却睁大了眼睛，说："这，行吗？"

"行！"我望着他，完全是一种信任的目光。

胡先生望了望我，又望望阿依，笑了，说："好吧！"

各自一阵安顿之后，胡先生说："走，我请你们吃个饭去。"

阿依说："我已经在车上吃了面包，不饿，你们去吧。"

我知道她累了。于是我和胡先生父女来到旅馆对面的一家清真面馆，一看里面几乎都是穿戴大同小异的维吾尔族人，用我一点儿也听不懂的维吾尔语交谈着。

胡先生征求我的意见吃什么，我说："随便吃点吧。"

他为我点了一大盘羊肉烩面，为他女儿点了一小盘，他自己却说不饿，没有再点。我在想，我可以吃掉大盘，我早就饿了。很快，一位并没有戴小花帽，但头发微黄卷曲的维吾尔族姑娘捧着一盘子面条来到我面前，我一看盘子吓了一跳：那个盘子十足像我们南方人办婚礼时用来端茶的大托盘，大盘子里，白白的面片、红红绿绿的西红柿芹菜和肥瘦分明块头大的羊肉堆了满满一盘！我惊诧良久，食欲跳上来，我埋头便吃，我吃面片叽里咕噜响，啃肉像菜刀切割声，肉虽然肥，但是它的香味我闻所未闻，面片也十分好吃，我把头埋进盘子里吃，觉得不这样吃就对不起胡先生的盛情，对不起这么好吃的美味。我吃了许久，已经觉得肚子饱了，抬头发现盘子里还有大半盘面条和许多肥硕的羊肉。我真正惊呆了，扭头看看身边的维吾尔族汉子和几个维吾尔族姑娘，他们也是这么大的一个盘子，却一个一个吃得干干净净。那一刻我觉得多难为情啊，我早就知道浪费可耻，还知道剩太多是不尊重人，可我——亏我还是个饿急了的男人哩，吃得这么少！于是伸箸再吧啦吧啦吃了几口，饱得实在是装不下去了，只好停筷住嘴。胡先生劝我再多吃点儿，我只是摇头。心里开始后悔：刚才未动筷子前应该和胡先生对半分，现在已经浪费了。

胡先生要去买单，我赶紧过去抢先付了钱。胡先生拿着钞票望着我说："哎哎，不是说好——"

"你女儿太招人喜欢了，无论如何你得同意我请她。"这是真心话，还有我吃得最多。

胡先生说："遇上你们两口子，真是遇上朋友了。"

我边笑边抹着嘴巴走出门口。在门边站立的维吾尔大叔留着银白的胡子，他对我漾起憨厚的笑意，指着挂在门边的半边生羊肉说："我们的羊很肥，是吗？"我满以为我是因为看见我吃剩得太多而表示歉意，就点点头说："是啊是啊，你们的羊太肥了，瘦点就好啦。"我看到那位大叔脸上愣了一下。我没有多想就走出来了。

走到八一招待所楼下时，才想起阿依平时告诉我的，少数民族人都以自家的羊肥而自豪，对客人说自己的羊肥，那是向客人自夸哩。回到房间跟阿依还没说完，她便忍俊不禁地笑了起来。

"你真笨，一点儿悟性也没有，新疆人哪有希望自己羊瘦的道理！"

"哎呀，我刚才还说希望他的羊瘦点儿哩！"

胡先生也大笑，他的女儿一边笑一边朝我做鬼脸。

临睡前，我们一边看电视，一边和衣躺在床上聊天。

胡先生评价自己说："我的婚姻是失败的婚姻，我对不起我原来的媳妇，对不起这个女儿。"然后他歉然地看着他的女儿，搂了一下她，他女儿乖巧地靠在他身上。

小女孩叫胡丹丹，是胡先生唯一的女儿。胡先生离婚已经三年了，前妻一直没有答应复婚，而他也一直没有再找其他女人。

他叹了一口气，埋头说："还是原来的媳妇好，善良，我喝了酒，骂她不还口打她也不还手。"又抬起头看着我们说："你们结婚多久了？有孩子了吗？"

我和阿依对视了一眼，有点为难地回答了其中一个问题："五六年了。"

胡先生轻轻地"哦"了一声，眼睛在我们脸上扫过，沉默了。

那不堪回首的记忆又开始在我脑海里回放。

六年！一块心病一直折磨着我，也折磨着阿依。真熬人啊！五次的流产史让我和阿依回忆起来心如刀割，那些年，每次有孕后的两个月里我们都在胆战心惊里度过。尽管小心谨慎，如履薄冰，最终还是无力回天。

那年秋天，我陪阿依第五次从医院清宫回来，两人在房里躺床上抱着哭了一天一夜，几近两堆烂泥。我流着泪捶着床喊得最多的一句话是："人生啊——"

父亲和母亲都认为是阿依的原因。那几年，母亲带着阿依去找了好几位巫医，给阿依喝了许多偏方药，又用巫医给的画符烧成灰烬冲水喝，还是没有任何作用。

阿依来自草原牧区，性格刚烈，但是每次回到我老家都真诚地向父亲问安，他总是反应冷淡，问一句就答一句，几乎没有了解过他儿媳妇的家境。父亲甚至对母亲说："当初以为冇花一分钱娶了只好媳妇，娶哪里的人冇好？娶了一只新疆的，孩子仲冇有。"两个人就唉声叹气。后来，母亲悄悄地告诉我："你阿爸讲，实在冇得就考虑离婚吧。"

我头脑里似被堵住了，一句话也说不出。

阿依却流着泪说："咱们去广州大医院检查吧，要是我的原因，我们马上离。"

我想起曾经的失恋，想起阿依对我的种种好，我实在不愿意说出离开的话。

此前，我们听人介绍广州中山医科大学附属医院技术比较先进，便决定要去那里。我们开始省吃俭用，三个多月后，我们筹到了一千多块钱。

从小城去广州要坐六个小时的卧铺班车。班车在夜里九点出发。我和阿依轮流着睡，只为守护藏在衣服挎包里的一千多块钱，那可是我们搞清楚身体问题，为今后的生活挣来一点体面和尊严的资本。

天刚亮到达广州。我们在广州汽车站下车，匆匆忙忙打的去医科大附院。我第一次见到了高架桥从十几层楼顶通过，大街上像水一样流动的大小车辆和人群。一种恐慌感和无助感涌上心头。

在附属医院，我们真切地感受到了中国患者队伍的庞大和生生不息，我们光挂号就排了一个多小时的队，候诊时又排了五个多小时。

医生问了我们的情况，然后跟一个实习生说话，二十出头的实习生在一边埋头写着，最后面无表情地递给我一张单子，说："需要检查你的精液。先去交费。"

一下子就花去了五百多块钱。然后去检验室，一个护士接了我的单子，我马上就觉得她的脸色跟我递过的单子一样，她头也不抬地向我伸过一根试管和一张纸:"去卫生间,自己弄出来。"

我感到脸上一阵抽搐,那表情肯定是讪讪的了。

"在哪儿?"尽管身边有一对对男女在站着看,我还是硬着头皮,尽量用不至于太大声却又必须让她听得见的声音问。

"那边有房间。"

我接了试管,惴惴不安地走过去排队,阿依在原地候着。

三个房间都关着门,等了十几分钟,一个又一个男人拿着一根试管进去,几分钟后再举着一根试管出来,脸上一律讪讪的。

轮到我时,我快速地闪了进去,慌忙关上木门,折腾了五六分钟,就是无能为力。我想起了阿依,居然有一种不适应感。我感到困惑,想到外面还在排队的一拨男人,不知何时他们会敲门,越想越不行,一时我像一只困兽般忙乱。

我强迫自己安静,让记忆从历史开始。最后,我终于想起了霍青桐,是的,霍青桐,我一阵激动,不能自已地进入了忘我的世界,整个房间,不,整个世界,只剩下了我和霍青桐,那段青葱岁月徐徐进入我的脑海。

打开小房间的门后,阿依正在一棵桂花树下等着。不知为何,我感到一阵羞愧。

我们最终得到的答复是,一个星期后来取检查单。

我们为难了,在广州住一个星期,衣袋里剩下的那点钱是不够的。

于是连夜坐车赶回小城。一个星期后,我们再上广州,拿到了那张有检查结果的单子,我们去找医生问诊,得到的结果是,两个人都要做一次染色体检查,预约一个星期后。

阿依说:"还是回去吧,下周再来。"

第三次来到广州,检查的结果让我大惊失色——我是g6pd(6-磷酸葡萄糖脱氢酶)缺乏者,这种情况下,就要看我们的运气和预防措施了。

权威大医院的结果让母亲和我一样垂头丧气。当这种病症经过本地医生的详细解释后,父亲变得沉默,躲在门角后抽水烟筒的时间也更长了,一般要喷完五次烟屎后才会停止他的抽烟,继而一声不吭出门,要么去学校,要么扛起一把铁锹去了田垌。母亲似乎表现出了一种失望甚至是隐隐的绝望。有一次,她竟然背着我悄悄对阿依说:"要不,去找个男的生个孩子吧。"阿依羞愤得藏在房子里哭了一天,我一气之下把母亲赶回了老家。

我犹如疯了一般在小城的街灯下奔跑着,沿着兴宁路到沿河路,再到一环路。我犹如疯了一般悲伤欲绝——这是多么绝望、羞耻、惨痛、卑鄙的生活啊!

为什么会这样呢？为什么？背负着这样的耻辱、尴尬、痛苦、悲伤，心情沉郁地过着每一天，每一年，经受着小城人没有经受过的耻辱和悲痛，生活还会有什么意义吗？没有！既然这样，还不如干脆找个地方解决自己好了，结束这耻辱，结束这悲剧，可以选择北宁河或者宿舍楼七楼顶。这件事情也许很快就要开始了。

北宁河一桥下的浩荡河水像黑洞一般恐怖，棱棱翻滚的河水让桥灯变成了闪烁的鬼火。我回忆高中时代，在校园右侧流过的河水每年必浸死一两个人，每次江面都会浮起膨胀尸体的那一幕，心脏不禁怦怦直跳，浑身起了鸡皮疙瘩。我终于什么也干不成。害怕的心理和愧对父母养育之恩的内疚让我绕上了环南路，再沿着兴宁路默默地走了回来。阿依忧郁地迎接了我。我们继续承受着让人厌恶的耻辱和痛苦。再也没有比必须活下去的感受更让我感到痛苦的了。

从秋天开始，我的生活变得一团糟。我十分悲观，不知如何度日，经常借酒浇愁。在这种落拓中我不停地反思自己，我曾经是一个热爱人类、热爱艺术尤其是文学的人，一直在探索最美好、最深奥的事物，讲求精神的享受和对人生的思索。但是现在，我却对自己的人生失望，我甚至看到了几十年后孤独、凄凉的自己。正是感受到了这种绝望的眼神，阿依总是忧戚地看着我，握着我的手。有好几次夜里，我喝了酒后走上宿舍七楼顶一坐就是几个小时。我抬起头呆呆地望着那轮惨白惨白的月亮。阿依拉着我的手，月光下的眼睛一片水雾，幽幽地说："我们还是再等等吧，我们还是再等等吧……"

"你们万里迢迢都有缘分走到一起，要珍惜呀！"

胡先生说这句话时像一个长辈，我和阿依望着他，他正斜躺着给睡着的女儿盖被子，我们不由自主地点头。

他躺了下去，一阵沉默之后，响起了轻微的鼾声。

我也不知何时睡着了。到了半夜却醒来，大汗淋漓，始知房内开了暖气。房灯没有灭，我侧身看见阿依似睡非睡的样子，不愿惊醒她。而另一边的胡先生和他的小女儿睡得正酣。我躺下去，不知何时又迷迷糊糊地睡着了。

第二天一早起床，打开窗户才感觉到寒气袭人，浸入肌骨。我打开手机，有一条新疆移动公司发来的短信说，乌市最高温度是-6℃，最低温度是-12℃。

七点多，碾子沟街道上只有偶尔的车辆和稀疏的行人，乌市还沉浸在天亮的睡眠中。但是归心似箭的四个人谁也睡不着了。大家赶紧起床，匆忙洗漱。洗漱的水槽是公共的，设在房间走廊上，洗脸的时候，胡先生父女不在旁边，我们在房里收拾东西。阿依轻声告诉我："我昨晚几乎一夜没睡。"

"为啥?"

"总是有点儿担心。"我明白她的意思,叹了一口气。

她又笑着说:"其实担心是多余的,一夜平安过去了。"

我们退房去车站。胡先生又带我们去碾子沟汽车站门前的摊点吃了牛肉面,然后一起去买票。我买了两张下午三点去巩留县的车票。一算时间,要明天早上才到。胡先生这时已买好了下午两点回阿勒泰的车票,走过来看看我们的票,又上前看了一会儿售票厅上的车次显示屏,突然说:"哎呀,上午九点有车去伊犁呢,如果不晚点的话,你们晚上十点就到伊犁了,到那时再转车去巩留县或者巩乃斯县,今天晚上你们就可以到家了。"

我和阿依都后悔买错了票。

"没关系,可以退票。"他带着我们去找售票窗的工作人员,费了好大一番唇舌解释然后争论,终于退了票,马上又帮我们办好了九点去伊犁的乘车手续。

经历了一个多小时的折腾,开车时间很快就到了,我们赶紧与这位非亲非故的胡先生握手道别,也和可爱的小胡丹丹握一握手,道一声再见。上车时,父女俩站在车门边笑眯眯地看着我们,一边看一边挥手。车开出站门了,还看到他们站在原地向我们望着。

"明日隔山河,世事两茫茫。"我们见面的机会,应该是很难有的了。

设定的闹铃响起来时,我才发觉已经是早上七点多,匆忙洗漱后打的去火车站。我惊讶地发现,售票大厅里只有稀稀拉拉的百十来人,所有的窗口都没有排队,车票出奇地好买,我还买到了下铺。旁边有人说:"乌市车站从来都是人山人海,要不是因为'非典'了,我们想当天买票当天走那是不可能的。"

进候车厅时,我和其他旅客一样经过了严格的体温检测。我亲眼看着一个中年妇女因为测温仪三次报警,被两个身穿白大褂的人架走去隔离区,女的屁股堕地不停挣扎号啕大哭。我顺利通过检测进入了候车大厅,一排排锃亮的不锈钢椅虚位以待。我环视四周,看着稀稀拉拉的候车旅客,有一种吉星高照的幸运感。

一个人踏上归途,依然是五天四夜的火车。

我所在的车厢乘客少得令人生畏,就像一辆连油钱也挣不回来的班车。除了我就是三位维吾尔族姑娘。我们全都走出过道,好奇地朝两边车厢张望,互相微笑致意。车窗几乎全部打开,凛冽的寒风扫荡得车厢里更加冰冷萧索。

阿依打来电话,确认我已上车后,一直不愿挂机,我说:"没事了,挂了吧。"我主动摁掉了通话。把手机装进衣袋的时候,我感到自己眼里有了泪。

两个乘务员靠在值班室门口说话,从她们的话里得知,这趟火车的大部分车厢都是空的，"非典"吓得大家都不敢出门了。而平时，她们都忙得腰酸腿疼的，现在正好落得清闲。

昔日铿锵有力的火车轰鸣，现在听起来竟然是那样虚空缥缈，发出"哐当哐当"的噪声，像一个无精打采的人在敲着锣。

在列车穿越达坂城戈壁的时候，三位姑娘唱起了《最美的还是我们新疆》，她们在过道上拍手，起舞，旋转，空荡荡的车厢成了舞厅，观众是我和两个乘务员。

我走过多少地方
最美的还是我们新疆
……

一位长得胖胖矮矮的维吾尔族姑娘唱着舞着就走到了我的铺位边，瞅我，我朝她笑，她也笑。她很快转回铺位去了，再来时双手捧了一大捧葡萄干给我，我谢她时，她唱着又转回她的铺位去了，她们的歌声再次和在了一起。

三位姑娘到哈密就下车了。她们嘻嘻哈哈走出过道，胖姑娘还跟我挥了挥手，我居然把她们送到了车厢连接处，莫名地感到了一阵依恋。

整节车厢里就只有我一个人了。列车启动后，从车厢底部传来了一声又一声车轮碾轧钢轨缝隙发出的声音，在一个人的车厢里显得特别清晰，也特别响亮——

"克勒克勒，克勒克勒，克勒克勒，克勒克勒……"

那个下午天黑前我一个人坐在下铺位上，一直望着窗外，那些像中世纪城堡的山丘在我眼前徐徐而过。

太阳渐渐向西倾斜。太阳下山的西域有无边无际的苍凉笼罩着我和我乘坐的火车。车窗关得并不严实，有飕飕的冷风侵入。从窗口望出去，大地就是一块很大的船板，我们就在船板上迎风破浪。左面，天山山脉被一片朦胧的雾霭罩着，银色的山顶一路延伸。而前方，是一片临近暮色的大海，水天之间是一种苍凉浩茫的壮美。

戈壁滩向远方浩荡荒凉地延伸着，暗红色的一道道垂挂的火焰山随着这种延伸梦一般渐渐地移向右后方，变得遥远而模糊。偶尔在烟霭朦胧中看到旷野上竖起的一根根柱状物，还有残垣断壁样的景象。那些奇形怪状的山体，峭陡的坡度，倾斜的荡漾，歪扭的弧线，展现着不可思议的破碎、凝聚和组合，时高时低，欲倾还立，显示着一种凝固和忍耐的力量，相互呼应又相互排斥，集恐怖与悲壮于一体，最终连绵成雄壮的一片，虽凝滞不动，却仿佛在一夜之间就会随着地壳的运动而变幻换形，又会随着长风的吹拂而游移。

车顶传来呼呼的风声，无疑，火车正在迎着大风前进，我能感觉到它的艰难卖力，它仿佛在呼喊，在攥紧拳头，在迈稳脚步，在努力向前。向前，这坚毅的指向又感染了我，让我变得镇静。而因为镇静，我又觉得始终如一的轰隆轰隆火车声盖过了狂风的呼啸声，从而带给我一种更加稳重的坚毅和很现实很真切的安全感。

夜色就在风声和火车声里把大地淹没了。

我也不知不觉地趴在小茶几上睡着了。

耳边依旧是轰鸣，分不清是火车声还是风啸声，我正走在苍茫灰褐的戈壁大地上，一位饱经风霜却慈祥敦厚的老人向我摊开了双手，讲述着他宽阔平静的内心。我随着他走进那片自然，我看见了碧绿的草原、芬芳的花海，一群穿着鲜艳服装正在歌舞的人群。我在旁边惊奇地观看着，然后忍不住加入了欢乐的队伍，手鼓的咚咚声和各种吹拉弹乐器演奏出美妙的音乐。旁边有一位正在摆着双手自如地起舞的白发老者，笑吟吟地问我："你是小羊吗？我是阿依的爸爸啊，你们回到新疆了，你们回到家了！"

我惊喜地向老人家伸出手，旁边一位正在舞着的老者举起大手把手鼓重重地击了一下，发出的不是"咚"的鼓响声，而是"哐当"的一声巨响，紧接着感觉身子被谁突然地操了一下，再接着是很响很响的"咯噔咯噔"的声音，"咝咝啦啦"的声音，拉得很长很长——

我一下子惊醒过来，抬起头，看到了头顶的行李架，然后，我还看到了昏黄的过道灯光，还有下铺上的人。

我看了一下时间，凌晨四点二十分。我看到了一个简小而又洁净的站台，但是和沿线的慢车停靠站相比已经属于比较大的了。我突然有了一种预感，也不知道为什么，尽管窗外景物模糊，但我依然预感到我们到了一个崭新的天地。此时此刻，我的思维也无比清晰，我兴奋地抬起头向窗外望。我在熹微的晨光和昏黄的灯光中，看清楚了站台白色水泥竖牌上的两个字：尾亚。然后我看到了有一些稀稀疏疏的杨树点缀在铁轨两旁，一辆红色机修车停泊在边缘的铁道上，车身上用喷漆写着"乌铁哈工段"几个白色大字。

真是旧地重现，历史重演啊！两个月前，就在这里，不过那是白天，当我听说尾亚属于新疆，经历了一万多里跋涉的我终于忍不住喊了一声："嗬，新疆！"随即一跃而起。

那时，阿依被我惊了一下，爬起来惊讶地看着我，我兴奋地说："新疆，我们到了！"阿依睡眼蒙眬地望了窗外一眼，终于笑起来，说："看把你心急的，才到尾亚呢。"

我当然知道她话里的意思：尾亚距离伊犁还远着呢，甚至距离哈密还有两个多小时的路程。可是那一刻，我看着窗外一团又一团淡黄色灯光映照着的尾亚车站，心中有一种突然被水浸满的感觉，一下子就遍布身体，盖过头顶，然后是一种晕然的感觉徐徐漫上来，有一首歌的旋律开始缓缓奏响。这不是幻觉，从东经110度北纬22度的北宝到东经94度北纬41度的新疆尾亚，我从中跨越了多少经纬度？三天三夜的行程，我已经完成了从简单的穿越到醉心的融入，我被新疆的景象彻底震撼，一种从头到尾的蜕变充溢我的全身，我觉得我已经是一个不简单甚至是非常幸福的人。伴随着这种奇特的感觉，那首萨克斯管演奏的音乐正在耳边悠扬响起，那就是我们非常熟悉的《回家》。

"我听我妈说过，当年她就是从尾亚下的火车，那时候的铁路才开通到这儿。"

我睁大了眼睛看外面，很想看出一点当年的痕迹。但是只有铁轨和停泊的一列货车。

"那年我妈下车后，那些盲流们，也有自称自流的，就像蚂蚁一样从这里流到全疆各地。"

"我们也来了，我们是自流。"

阿依笑了，望着我说："胡扯，我们这是回家啊！"

是啊，回家！我和阿依一起回来，我们一路穿越湘乡鄂地，跨过辽阔中原，再出陕西甘肃，经历了四天三夜的火车旅程，将我出生成长的广西远远地抛在了南方；那时，我和阿依在过道的椅子上对坐着，对着窗外灰蒙蒙天空下的褐色戈壁滩发呆。

突然之间，一点儿过渡也没有，远处连绵起伏的山头就蒙上了一层银幕，天空也呈现出连天连地的白茫茫。我正在疑惑这种变化，阿依伸手过来拍着我的肩膀激动地喊："快看哪，那边下雪啦！""什么，下雪？"我一下子就站了起来，将眼睛凑近窗玻璃往外看。"这不是雪花嘛，都飘到跟前了。"阿依又说，她的手在点着窗玻璃。我便看到了有纸屑一样大小的棉絮在窗前飘舞，看见了棉絮的白，棉絮的柔。风却像一个喝酒过量动作粗暴的男人，掼得那些娇气的小精灵漫天飘舞着。我看得出，那都是一些娇嫩的花儿，在狂风这个暴烈的男人手里她们依然没有脱去淘气的禀性，在窗左窗右和我们逗着。她们真是一些小淘气，是小女孩摇着新藕一般的小手做出的天真动作。这种淘气的飘舞只在鼻尖前，再远处便是一片茫茫飞絮，风卷白雾，那风是看得见的，因为有一团团逐坠着，或者是一棱棱排着滚着，仿佛暴风雨中那雨水的形状，只是这形状的颜色是棉絮一般的白，不，也许是面粉一般的白，或者是天地间有谁在大风口处倾倒细盐精盐，那句"白茫茫大地真干净"的名言在我脑海里一直是抽象的，只是看了眼前的景象后才领悟到它是多么地形象。

"这是新疆的雪，"阿依有些自豪地说，"到了尾亚，就是我们新疆了。"

"我们新疆！"我也像阿依这样喊。是的，我们是回新疆，我们是回去探亲。在这路上，我们幸运地看见了下雪。啊，新疆的雪，原来就像我童年看到的棉花。现在，它就是老天爷送给我们的见面礼。

雪啊，雪啊，为了与您的这场遇见，我和阿依等待了多少年！

我们从结婚那年开始就在筹划这次旅行。可是，我们整整筹划了六年！

那时，在那边，在那座南方小城，我被他们耻笑了：

"外父佬同外母嬷都冇见过就娶了人家的女儿，你亦太冇够男人了吧？"

连老家的一些亲戚都在责怪我：

"你老婆系骗来的吧，五六年都冇见过你的外父佬外母嬷！"

每每听到这些惊叹和疑问，我就感到特别特别地羞愧。有时想想，他们说的也对。我也是个男人，而且是个和他们一样深受中国传统影响的男人。那些男人，逢年过节都要回家去看看，有了喜事要大操大办，娶了媳妇要跟她回娘家。

可是，该走的路我没有走，只有一个原因，路途太远了，那些年，我和阿依都拿不出回新疆的路费。

阿依常常和我在灯下谈论伊犁往事，谈论喀班巴依雪峰和大平滩草原，谈论家门前的吉尔尕朗河，谈论人和羊一起乘坐的河面上空的拉索缆车，那时，我就产生了一种思乡般的向往。阿依表达更多的是一种想回娘家的迫切，我看见她竟然有泪眼模糊的情景。

"六年了，我们该回去看看我爸我妈了吧？"十天前，阿依还这样期期艾艾地说，一副恳切的目光望着我。

"回去，回去，我早就想跟你回去了，反正路费也攒得差不多了！"我那时不但非常痛快，而且显得信心满怀。

于是就有了这次漫长的旅行。

可是现在，我又一个人回南方了，我这是离家，还是回家啊？

我走进自己的铺位，抻开洁白的被子边盖着边躺下，才发觉自己已泪流满面。

我不知道自己是怎样又睡着了的。一觉醒来，窗帘已经拉开，天光大亮，列车员已经喊着到嘉峪关了。

上来了十几个旅客，看到这么空荡荡的车厢，他们兴奋得一阵欢呼，各自找了一个下铺，或坐或躺，比满座时还要热闹。

嘉峪关的黄瓦飞檐缓缓地进入我的眼帘。

> 寂寞的祁连山
> 孤独的嘉峪关
> 大漠千里起风沙
> 荒野少狼烟
> 祁连山多辽阔
> 嘉峪关多遥远
> 我心好似沙千里
> 吹到你身边

突然记起了《大漠千里情》，费玉清的歌，此时非常适合我的心境，在南方的时候我就喜欢听，一听就会发痴，就感到自己来到了关外的荒漠上，在狂风沙里做着一个踽踽独行者。

火车又回到了河西走廊，又经过了祁连山，这歌正袅袅地响在我的耳际，那句"大漠千里少狼烟"，歌词不选"烧"字而选"少"字，我并不认为是误字，我悟出了辽阔和壮美。

有一种超越了南方喧嚣生活的岑寂感觉在我心底冉冉升起。

将近一点到达酒泉站。中午吃了火车上昂贵的盒饭，然后前前后后走动一会儿，舒活一下因久坐而微酸的筋骨。车厢里那十几个旅客已经在各自的铺位上睡去了，我还没有睡意，便坐在窗前默想。

长时间的单色调，目光开始觉得疲惫。同时一股愈来愈强烈的孤独感渐渐袭来，闭上眼睛一会儿，离开现场一会儿。再睁开眼睛，看到外边的沙漠上还残留着一些古老残缺的矮墙、土墩，我猜测这里曾经是一个古城堡。焦黑如煤的荒漠上，没见到一棵树，连一只飞鸟也看不见。偶尔也看到一丛丛呈现圆形分布的已经枯黄的草丝，在沙漠上顽强地趴着……

"你看，你看，那就是骆驼刺！"我听到阿依在我耳边喊。

"骆驼刺？"

我即刻产生了很大的好奇，《绿风》里的诗人经常写到骆驼刺，就是这些矮趴的草团？我伸长了脖子看。

"以前我读过许多新疆诗人的诗歌，经常提到它，真想不到它是这个样子。"

"很奇怪是吧？就这么一点点可爱的绿色，却能出现在寸草不生的沙漠中，青青的小枝干根根向上，末梢发展成一种尖利的小刺，谁想拔除它都不容易，它会刺疼你。但是这种草却有用得很，沙漠上的骆驼一旦吃了它，就富有耐力，可以继续跋涉。"

"有机会我也想啃它几口。"我笑着说了一句。

有呼噜声像拉大锯一般响，我扭头一望，看到了铺位上那些熟睡的旅客，我突然醒悟，我和阿依这样交谈时，是在两个月前，在进疆的列车上。而现在，阿依不在身边，我只是一个人回南方。

我叹了一口气，手肘支在小茶几上，手掌心托着下巴，继续望着窗外。

上午九点多，列车在一个非常偏僻的岔道口上停下来，列车员告诉我们，这是临时停靠，要让一列快车。一些人打开车窗，让清凉的风吹进来，一些人在感叹快慢车的不平等。

突然听到杂乱的喊叫声，我很惊愕，以为车上发生了骚乱，但许多人都往窗外看，我也站起引颈向外，原来从两边纵横交错的黄土路上飞跑着许多农民，手里提着水壶，或者提着一篮苹果，争先恐后地向列车跑来。

有一个临时坐到我对面的甘肃旅客告诉我，那些农民在卖水哩。果然就不时从打开的窗口望见一只水壶的盖子，一个声音不高不低喊着："卖水，卖水。"

"一杯水五毛，也有一块的。"我对面的甘肃人说。

列车没有打开车门。对面坐在窗口的甘肃人望着窗下肤色干燥穿得土里土气却一脸渴望的农民，无动于衷。在这之前，我们被告知列车可能有很长一段时间没有开水供应。过道的椅子上坐了一排人，有的正在座位上一边喝矿泉水一边悠闲地看着窗外。开始有几个人拿着杯子，打开车窗喊："给我来一杯！多少钱？"

"五毛。"

就听到水壶倒水的咕嘟咕嘟声。我手肘撑着茶几伸头向外望，叫卖的农民衣着也许称不上破烂，但却是极不规则的，不讲究搭配，没有什么审美感，宽大的旧裤子下脚穿着解放鞋或者球鞋，牛仔裤配上一双磨损严重的皮鞋，上身穿棉大衣旧军装的什么都有，头发蓬蓬松松地乱着。

将近半个小时后，火车终于长鸣一声，把那些翘首望着车窗的农民抛在后面。我回望他们，有几个在下面的路基旁追着跑，过道上的两位男旅客笑着说：

"他们来不及收钱，车就开走了。"

他们的身影已经变成了在野地上蹦跶的雀鸟，可我似乎还看见他们一直在望着车窗比比画画地说着什么。

到达西安已经是第二天早晨，我看到了那些等候在出站口的如狼似虎全副武装的人员。我没有惊慌，但必须承认我有一种压抑感。我在旅客稀稀拉拉的售票大厅里顺利地买到了回南宁的K318次车票。我不敢走出候车大厅，找了一排空置的座位躺下来。中间除了买两个快餐面泡吃外，就是打了一个给阿依的电话，我极力控制着失落和孤苦的心情，给她报了平安。傍晚，我经过了严格的测温检查，踏上了K318次列车，经历了刚刚经历的两天一夜的寂寞旅途，回到了南宁，又在汽车站经过体温检测，上了回北宁的班车。

我刚下班车，就被两个戴着大口罩的工作人员送到了我的家里。我被告知，十天之内，除了待在家里哪儿都不能去，并强调这是纪律。他们还给我留了一支体温计，要求每天自测体温三次，做好记录，如有发烧必须向单位报告。

每天买菜成了我的难题，我的父母都在乡下，我只好让住在郊区的弟弟每天帮我买菜送到门口。我有时开门取菜时会遇上对门的统计局莫股长家人出门，我们平时总是互打招呼，但那些天他就像躲避瘟疫一般躲我，出门时紧走几步匆匆下楼，下班回来见到我开门会迅速闪进门去，嘭的一声，门关上了，我感到一阵尴尬。

第三天上午，同事打来电话："总是材料，总是加班，每晚不超过两点别想回去，已经有三个晚上加通宵了，快顶不住了！"

下午便接到了办公室主任的电话，先是询问感觉怎样，当得知我一直没有发烧，便用平静的口吻说："你马上过来加班，办公室开饭。你上班的事不要告诉外人。"

整整一个星期，我每天都是家里和办公室两点一线，办公室主任起码有三次告诫我不要外出。他还让医生每天都来我家给我量体温。最后一天，他如释重负一般说："你小子行啊，一直没发烧，我们也是火烧眉毛了，冒险，你真要发烧得了那个什么'非典'，我们全办公室二十多号人都要被隔离，那时这个司令部就全部瘫痪了……"

南方（一）

　　粉蓝红艳的紫荆花和丰满碧绿的大叶榕横撑街面，密密匝匝地遮蔽了滚烫的阳光，街道却依然燠热得让人举手投足就会流汗。我放眼四望百花齐放，可花团锦簇的街道丝毫没有让我产生春满人间的感觉，反倒有度日如年的煎熬。每天都在汗流浃背，天空粉尘飘逸，东河臭味熏人，十几家瓷厂的烟囱像黑森林一样覆盖着北城区上空。雷阵雨如期而来，雨水落在紫荆花上，花的紫红色就淡下去了，淋在摩托车和电车上，车的表皮就有了一层涂抹的痕迹。窗外虽然大雨倾盆，房里的人却一直开着空调，雨停后也没有关掉的欲望。骑着摩托车到沿河路、一环路、二环路、兴宁路看一看，全是穿着短袖在树下摇着折扇或者蒲扇的男女，许多人衣衫尽湿，男人还大多赤膊着上身，女的年轻点的必穿露出大腿肉的超短裙，上身的文胸背带清晰而富有凹凸感。大街小巷不时见到一拨又一拨的年轻人群，正纳闷又发生了群体斗殴事件，走近一看才知是冷饮摊前挤满了嘶嘶喳喳吮着冰棒喝着冷饮的各色男女。

　　这就是小城的蒸笼时代。要是在伊犁，根本上连冷饮都不用喝！我这样想道，那里有冰凉的风，从雪峰上徐徐吹下，刮凉了头颈，舒畅了全身。

　　唉，要是我现在还在伊犁，那里肯定是清风徐来，江山如画了。我继续这样想，未去之前我还以为那里荒凉偏远，大漠孤烟，只是一个放逐流浪的地方。但很快我就发现这个地方适合我，我甚至感到在那里的心安理得。我可是刚刚经历了一番惊心动魄的长途才回来的啊！

　　就在那场可怕的战役结束不久（战事还没有结束，预防和患者的后期治疗还在继续），从6月开始，我就一直活在令人煎熬的日子里。种种迹象表明，我似乎很荣幸地被领导们认为是特能写八股的人。是的，我曾经靠着这种文字找到了工作，甚至还获得了重任，我被任命为综合科的副科长，一个管理写作班子的副职，如果不出意外，不久的将来我将接替准备下乡任职的科长。科长曾经在只有我们两人的办公室里说："兄弟，认真做，我下乡后，你就是科长了，接触市委领导的机会更多了，以后，你我都会当上乡镇书记的。"乡镇书记，那是我老家的人视为大官的职位，因为他们办一点事都要找村委会，村委会总是说要等书记镇长研究了才能办。他们就说，要是有一个亲人，或者一个亲戚，或者一个熟人当了镇书记，乜嘢事情冇搞掂？村里甚至有人说："当了镇书记，想在老家建大楼就建大楼，想吃扣肉就能吃扣肉，想坐小车就能坐小车。"

当我在许多个深夜里写着"同志们"，写着"召开这个会议的目的"，用排山倒海的语气写"一二三四五"这些部分时，我似乎看不到自己了，我变成了一架文字机器，从他们下班后，我就开始吭吭哧哧地运动着，一直响到深夜两点，有时候甚至响彻通宵。他们不停地赞扬我："小羊不错，有思路，文字好，讲得透彻。"我哑然失笑。真不敢相信这些我搜索枯肠想出来的东西，这些从兄弟城市那儿要来的参考材料，这些没有任何思想和灵魂的文字，一经领导讲出来，下面的各镇各部门各单位领导就会奉为圭臬，贯彻执行。那些年，刚刚毕业的大学生无不对这个"司令部"趋之若鹜，敬似神灵，以进去为荣。我常常看见这个"司令部"里那些我熟悉的和不熟悉的身影，渐渐成为主席台上的重要人物。

我的身份真也发生了变化。科长下乡任职后，办公室果然让我接替了他的职务，根据惯例，我获得了跟随主要领导外出调研的待遇。这是作为办公室人员梦寐以求的一个目标。而这样的目标往往只为替市委主要领导写材料的人首先获得。

半年过去后，我开始感受到了一种微妙的人际关系。有人说我是书呆子，迂腐木讷，虽然能写几篇公文，却一坐就是几个小时，领导进门也不抬头。跟随领导下乡不能灵醒地为领导服务，比如只顾自己下车，不能及时为领导打开车门，下雨时手中的雨伞没有及时举到领导头上。

那天在一个大型项目开工仪式上，天就下起了零星小雨，当我听了办公室主任的话将一把雨伞举在市委主要领导头顶时，旁边有几个人窃窃私语起来，虽然我听不清他们说的是什么，但已经感觉到浑身不自在，脸也烧起来，我还感到握伞的手在颤抖。那次仪式结束后我跟随人流走向回程的中巴车，一位代替正职来参加仪式的某局副局长拍了拍我的肩膀说："伙计，做得有模有样吰，有前途！"我听到一起走的几个人笑起来，其中一个说："罗副，你冇晒人家了，如果学到三两招，你早说脱副了！"我当时感到非常地不舒服。

我的日常工作自然是写那些"同志们"，今天赶着写明天的，明天赶着写后天的，一坐到桌前就要冥思苦想"同志们"和下面的句子。

当我写不下去的时候，我会骑着那辆大油煲嘉陵摩托车走一圈小城的西门口，那里一直是夜生活的兴旺区，汇聚的消夜除了本地的煮炒甜点外，还有自治区外的特色小吃。

在阿依没有回到伊犁之前，一个春夜，我们在三岔路口发现了一个令我惊奇和兴奋的场景——三位戴着花帽的新疆维吾尔族人开的红彤彤的烧烤摊子。那时小城人对吃烤羊肉串还不是很热衷，尽管他们疆味十足的叫卖声不断，生意还是显得有些冷清。阿依扯着我的手走近一个摊子，自以为在新疆有些见识的我大胆向摊主问候："亚克西。"他惊讶地望着我们，说："亚克西。你们是新疆的——老乡？"

我和阿依都笑眯眯地回答："雅达西。"

他仿佛试探一般，来了一连串维吾尔语，当然，我们回答不上来，只好讪笑。

他问阿依："你，新疆过来的？"又指我，"你，本地人。"

我们大笑。阿依问："乌鲁木齐过来？"

他说："和田过来。"

我们很快得知，他叫阿卜杜拉，一家三口来到小城。他的矮小但栗色而美丽的妻子正在一边穿着羊肉，腼腆地看我们一眼，笑一下，又低下头干活。他们大约三四岁的小男孩靠着母亲坐在一只木凳子上，眼睛大大的看着我们。我点了三十串烤肉，把阿卜杜拉高兴得眉开眼笑。自那以后，我们隔三岔五就去阿卜杜拉的摊子买烤羊肉串，一次就会买上三五十串，让路人都侧目。那时的烤肉串用的是竹扦，五毛一串，买了之后可以打包走，不像今天的铁钎要回收。阿卜杜拉对在这个南方小城遇上我们这样爱吃烤羊肉串的老乡惊喜不已，每次都会额外送我们两串。我和阿依顺路买上两瓶漓泉纯生，回到家就比赛谁面前的竹扦最多，但总是我抢得最狠，阿依就说："算你能吃，天生就是吃烤肉的主！"

我吧嗒着嘴巴朝她做了一个鬼脸。

市委办的干部都要轮流值班，每天晚上一个人在大办公室耳房改成的一间小值班室里守通宵。曾经在许多个酷热的夏夜，我一个人待在小值班房里，门口被我拉上了铁栏门，还上了一把锁。实际上，除了我之外的每一个人在这里值夜班时都这样做，因为外面的大办公室是一个全部玻璃窗的透明办公室，我们让灯火通宵达旦。这样，外面走过的任何人和动物都可以看见里面的人在干什么，除非我将小值班室里的灯光关掉。

大办公室里有一个电视机，晚上值班没有电话接听或者需要发通知的时候，我就可以斜躺在椅子里，四仰八叉地将脚搭在面前的茶几上，不被任何人打扰地看电视，左手拿着一瓶冰冻漓泉纯生，右手拿着一串烤羊肉。一口肉一口酒，心里想，济公也不过如此吧。

十二点后，我的瞌睡上来了，起身穿过同样是玻璃窗透明的走廊上卫生间，然后穿过同样灯火通明的走廊回来，进入小值班室时就关上铁门锁好入睡。此时，外面的柜式空调呼呼地响着（夏天制冷冬天制暖），冷气或者暖气穿过铁栏门进入小房间内。

在许多个值守的夏夜，我看了许多个电视频道之后感到无聊极了，独处的环境我感觉到饥饿难耐，我就想到了阿卜杜拉。一想到阿卜杜拉我就走到办公大楼门口，踩发我那辆花了两年奖金才买到的大油煲摩托车，我骑车下了拱形坡道后才突然想起，要是领导电话查岗呢？我赶紧加一手油又绕坡道回到出发点，支好车，回来把值班电话转移到了手机上，这才大大方方地跨上摩托车，一路呼啸花五分钟就到了阿卜杜拉摊子前。照例，我让他烤三十串，一边看他烤一边看手机时间，一边不忘记叮嘱："多放点孜然，多放点辣子！"二十分钟后，阿卜杜拉才把三十串烤肉装好，热乎乎地递到我手上，我早在旁边的冷饮摊买了一瓶漓泉纯生，一路呼啸又花了五分钟才回到值班室。

那夜，我一边看着电视一边嚼烤肉，喝冰镇啤酒，办公室里散发着浓浓的孜然香味，我浑身都体会着说不出的舒泰。醉眼惺忪的时候，我进了小卧室。

当我正在梦中时，突然听到了房门外惊诧的喊叫声，我睡眼惺忪地起床开门，天大亮了，打扫卫生的勤杂工大龙在大办公室里哗啦哗啦地嚷："乜人吃烤羊肉？一堆竹扦，废纸篓都塞满了！"我讪讪地笑着，赶紧跟他一起收拾。当所有垃圾拎出去，桌子也擦过之后，孜然的味道仍隐隐不散。八点，办公室的同事上班了，几乎每进一个都要大喊："昨晚乜人值班？一屋子都系烧烤味啊！"我在一边嬉皮笑脸地乐。这样的次数多了，办公室的同事见惯不惊，每次我值班过后，他们都会大叫："又闻到孜然味了，昨晚肯定又系新疆佬值班！"

我的绰号"新疆佬"就这样在办公室里叫开了。

接到光亮和春花要我们去东莞参加他们婚礼的电话是在这年3月上旬。阿依的父母都在伊犁，已经表态不能来，已经回到马场的光旭和红花也表示不能来。作为光亮家里唯一的家人，阿依和我参加他们的婚礼。

在他们的新房里，我们欣赏着他们花了三千多元拍出的婚纱照，这笔钱在当时已经不菲了。我和阿依结婚那年都没有拍过婚纱照。

光亮的同事和朋友帮忙组织起了一支有十几辆车的队伍，还有全程录像，车队浩浩荡荡地走过厚街。我和阿依坐在其中一辆车上，脑海里想起了六年前我们的那场婚礼。

1998年秋天，我们的婚礼在小城举办。结婚之前，我曾给阿依的父母寄去一张我们的合影，不久他们来电话："我们对这个女婿很满意！"阿依还告诉我，她的父亲用了"一表人才"这个词来称赞了他的女婿。

那时候盛行送彩礼。阿依说："新疆也不能免俗呢，彩礼一般都要数万元，有的人家还要房子、车子呢。"但是她在电话里向她的父母说了我家的情况，我们家三兄弟读书时借了许多债，到现在还有五千多元没还清，我的工资一个月不够两百元。

阿依母亲很干脆地说："丫头，本来我和你爸担心不收一分钱彩礼被人小看，就想让小羊家象征性地给个三五千。现在我一分钱彩礼都不要啦，我还要给你一万元做陪嫁呢！"

他们还专门打电话告诉我："小羊呀，我们虽然还没有见过你，但是嘛，我们相信阿依的选择。彩礼嘛，我们一分钱也不要，我们也不能给你们什么，希望你们用自己的双手创造幸福的生活。"

我听了他们的话，既感动又内疚。我知道，在当时，我家就是三五千也拿不出。

让我吃惊的是，阿依坚决不要那一万块钱，还底气十足地对她母亲说："我们的婚事你们放心好了，在大酒店办酒席呢，挺体面。"但是她拗不过母亲，最后答应要了两千块。阿依用她母亲寄来的钱买了一个衣柜和转角柜，买柜子那天，我跟在她后面去家具市场，一路都是讪讪的。那两个柜子是我们新房里唯一的新家具。

新娘出阁应该在哪里？在宾馆。这是阿依表舅母出的主意，她说："你哋父母冇在这里，只有咁样了。"那好，我们就定在宾馆，就定在二招，就定在政府第二招待所，政府的所有接待活动几乎都在那里，那里气派。阿依单位的姐妹陪她去街上化了妆，然后去二招开了一间房，下午我的花车就去二招接了新娘，回到家后，再去了办酒席的荔园宾馆。

我们只请（我承认不是租）了一辆花车，是我的一位在地税局工作的同学安排的公车（感谢那些年还可以公车私用，我也给了司机微薄的劳务费），一辆半旧的广州本田。花车打扮得非常简单，只在车头盖上贴了一个大红双喜字。新郎新娘都到酒店了，司机才发现有一个问题，车牌没有贴花纸，人家一般贴"百年好合"。司机急中生智，叫服务员在前后车牌上贴了一张红纸，大家都笑着说好。

参加婚礼的一些客人在酒店门口打量着阿依，不断称赞说："哟，新娘真漂亮！"我感到十分骄傲。

三天后，父母让我们回老家举行一个拜堂仪式。仪式开始时，门里门外围了几层观看的亲戚邻居，都在喊喊喳喳，用的都是土白话，都在议论新郎新娘。

"新娘冇识讲我哋白话嘅，佢系讲普通话嘅。"（新娘不懂说我们的白话，她是说普通话的。）

"系（是）捞妹？一只（个）大学生，捋了只捞妹？"

"嘘——"

"听讲新娘系好远好远的人。"

"好远？边哋（哪里）嘅？"

"听讲系新疆。"

"新疆系乜嘢地方？"（新疆是什么地方？）

"听我表兄在甘肃读大学的仔（儿子）讲，系大西北，要坐五日五夜的火车，跟外国咁（那么）远。"

"听讲仲有大沙漠，那个地方啊，草都种冇（不）生！"

"听讲佢哋冇洗身嘅，一年最多洗一次。"（听说他们不洗澡的，一年最多洗一次。）

"听讲那个地方好冷的，日日落雪，屙尿都结成冰。"

"听讲佢地（他们）天天吃面包吃大饼，餐餐都喜吃羊肉牛肉，冇吃青菜嘅。"

"咿呀，小羊做乜嘢捋了只咁远的老婆啊？"（为什么娶了一个这么远的老婆？）

……

他们说这些话的时候，阿依皱起了眉头。她已经听得懂土白话。

我有一个堂嫂是队里著名的长舌妇，仪式结束的当天晚上来我家串门，询问我们收到了多少礼金。我们含糊其词。堂嫂看见我们不说，就滔滔不绝地说起见闻："我睇到我隔离一台（桌），只有五只大人，六只小孩，有给两文的，有给一文的，有给五角的，仲有给两角的，一桌的礼金肯定冇够十文吧！"

阿依坐在里边一言不发。堂嫂走后，母亲说："真系冇想到，我哋使长了咁多！（真想不到，我们用超了这么多！）"父亲说："我哋十几年冇办过喜事了，往年都系我哋饮佢哋嘅，佢哋系来还人情嘅，给多给少冇计较！（我们家十几年没办过喜事了，往年都是我们去喝他们的喜酒，他们是来还人情债的，给多少都不用计较！）"

我紧挨阿依坐着，心里很不平静。脑海里一一掠过那些身影，小城的琴，阿依单位的耿医生，来自新疆的兰花、柳花和枣花，甚至还有那位新疆女友文曼丽……我最终与阿依结婚了，这就是我的命。我这辈子合该与新疆结缘。

在厚街的那晚，阿依躺在光亮为我们挤出的那间小房里，看着墙壁上据说是春花张贴的明星画，不禁抚今追昔，感叹今非昔比，很自然地聊起了她的两个弟弟的往事。

别看光亮今天好像比他哥哥还要光鲜，其实在很小时候他就把光旭看作偶像。光旭一直比他长得高，跑得快，有胆子嘛，更主要是会打篮球。光旭真是我们那一片村庄公认的打篮球的好苗子。到今天我也没想明白，自小和我放羊赶鸭子赶鹅的愣小子，到了高小和初中就是同学老师心目中的篮球健将了。每次到校运会或者班际校际篮球赛，没缺过这小子，甚至教师友谊赛也拉他做客串。高中的时候有人说他能上大学体育系。因为迷上篮球，他的成绩不怎么好，其实高三时候已经有奎屯职业技术学院的老师来考察过他，打算招他进体育系。

这时候发生了一件事，光旭班上的高世钦和徐礼貌争女朋友，两人为此打起架来。那徐礼貌本是光旭的哥们儿，光旭当即上去为他们劝架，结果脸上被高世钦狠狠地打了一拳，光旭大怒，一记直拳打在高世钦的人中上，一颗门牙就此掉到了地上。这下子闯祸了，那高世钦就是校长高书时的儿子。当天晚上，高家夫妇带着几个亲戚到我们家闹，最终我妈赔了他们一百块钱。

光旭因为打校长的儿子也付出了代价。毕业前三个月，遇上征兵，是招武警兵。当时奎屯职业学院也看中了他的体育特长。但是家里都认为当兵好，上大学还要一大笔钱呢。光旭去应征，很快他就通过了体检关。谁也没想到，在政审的时候，校长高书时去武装部告了一状，说光旭在校期间打架斗殴，品德很坏。你想，校长亲自去告状，事情自然就黄了。那时，光旭一边骂着"高术士"，一边还想上门揍他，被我爸我妈狠狠地骂了一顿，他才作罢。

高考成绩出来后，光旭考得很不理想，但是奎屯职业技术学院还是能上。可家里当时正是经济最困难时期，我在杭州读委培，一年花去五六千块，家里的收入也就是我妈我爸孵鹅娃子卖钱，一年也就卖个千把块钱，除掉家里用的和我们姐弟仨读书用的，我路费都没有了，所以我读书期间连新疆都没回过，幸亏在北宁的几个表舅支持，每年暑假寒假寄点钱给我做路费去他们家。

家里权衡之后，决定不送光旭读大学了。那些日子，他的心情很不好，有一天借了一位哈萨克族朋友的马，独自一人翻过马场对面的木格塔山去特克斯水库钓鱼。那天下午，他提着两条鱼从水库回来，经过二公社（吉尔尕朗乡）的一所小学时，看见操场上老师正在打篮球，他心里一动，就凑过去看了一阵。老师们开始分组赛球，却刚好差一人，看见光旭长得高高大大，站在操场边专心地看，有人就对他喊："高个子，会打球吗？"光旭就点点头。这样他就加入了他们的比赛队伍。一直赛到天黑啊，我妈在家里担心他遇上山那边的狼，吃不下饭。我爸就让光旭的两个同学骑了马去山那边寻找，他们到了那所小学的操场边，看见那间厨房里灯火通明，碗盘交响，凑近窗口一看，原来光旭正和那十几个教师喝酒哩，桌上就摆着他那天钓上的两条大鲤鱼。光旭后来说，那天他不光打球打过了瘾，还跟一位管厨房的老师学会了清蒸鲤鱼。

1993年秋天，碰巧姨姨和姨丈要回广东老家，光旭就跟着他们到了汕头。姨丈是回来开汽车修理店的，他就跟姨丈学修汽车。真是年轻气盛，有一天，姨丈看他不够积极，就忍不住批评了他几句，他却受不了啦，跟着一个刚认识不久的湖南人到了深圳，进了一家电子厂。新疆人说的是口音很重的新疆普通话，一口一个"咋啦""那个啥""你勾呢""笑个屄"，又长得五大三粗，身高一米九，体重一百九十斤，吃饭用个小面盆装满满一盆饭，一顿吃两斤肉，厂里食堂饭菜不够吃，又出门口买上五块肥猪脚。那些两湖两广的小青年就啧啧连声："新疆佬，又高又大，真能吃！"

两个月后，厂里发生了一起工伤事故，一个跟他说得来的河南工友被机器砸断了两根手指，老板不想承担责任，草草给一千块钱想了事，他就跟老板理论，说话又大声急躁，结果，老板大怒，把他们两个都炒了鱿鱼。

河南的工友回家了，他在人生地不熟的深圳街头浪荡了十几天，兜里剩的不到十块钱。眼看无计可施，他记起背包里还放着离家前母亲给他写的一张纸条，上面写着一个人的姓名、地址和电话，他叫刘尚武，是我妈年轻时在老家北宁扶阳乡认识的朋友，在深圳工作。光旭找到了刘尚武工作的运输公司，有人告诉他，刘尚武出去运货了，要几天后才回来。那时候手机还是稀罕物，他无法联系到刘尚武，只好在公司附近守着，每天去附近买三个面包充饥，晚上在公司旁边一栋没建好的三层楼房里睡。有一天晚上，来了两个比他还蛮横的男子，是摸黑来的，鬼鬼祟祟，一进来就问他有没有吃的，他把还来不及吃的两个面包给了他们。半夜他不敢睡着，装着睡，听他们悄悄说话，好像提到了警察，其中一个还问，这个家伙咋办？另外一个就把声音低了下去。光旭一惊，马上醒悟到了危险，趁他们不备，一骨碌滚到门口，一个鲤鱼打挺起来，三两步就跑出了房外接着开始狂奔。那两个人追到门口，到底没有追来。

光旭后来认为那两人是杀人犯，没有追他是因为怕暴露。

他身上的几块钱都花光了，差不多两天没吃上东西。傍晚，他回到运输公司旁边的另一栋没建好的房里，一阵晕眩，他倒在了地上。

几个小时后，刚刚跑完运输回来的刘尚武听说有个自称是亲戚的年轻人来找过他，又有人说看见这个年轻人在旁边平房出没，他顾不上休息就去找，果真在平房里找到了满身污垢有气无力的光旭，把他背回宿舍，煮了一碗粉给他吃，问清楚是吕冰莹的儿子，晚上又和他去外面吃了一顿好饭，留他在宿舍住了一夜，第二天给了他两百块钱，说："你出去找找，看有没有适合自己的工作，没有的话再回来。"光旭揣着两百块钱就去了东莞，凭着一米九的个头和憨厚的长相，以及他从小爱打篮球的特长，得到了一家灯饰厂总管的欣赏，录用他做了保安。半年后，厂里又让他做了厂篮球队的队长。

2000年春节前夕，光旭从东莞回新疆探亲，有人给他介绍了莫乎尔乡的姑娘红花，两人之前已经认识，这一次心照不宣的见面让双方都有了意思。红花的家境本来就好，她又是家里的老幺，自小得宠，家里一直想给她找一个顶天立地的男子汉。也合该和光旭成就这桩姻缘，那介绍人把他领到红花家，一米九说话粗声大气豪爽憨直的光旭第一眼就被红花的父母看中了，傻傻的他当晚就住在了红花家。这下子就有大事了，按照我们那儿的风俗，男孩子在女孩子家住了夜，就代表他已经完全同意，不能反悔了，否则会影响了女孩子的声誉，这叫做人不厚道。红花的父母高兴得竟然连彩礼也不要就答应了这门婚事。

光旭订婚大约一个月后，给我打来电话说："新疆去广东打工的年轻人多得很，就是订了婚的也去，广东越来越富了，随便干一个月都能拿到两三千块。我和红花商量好了，趁着年轻，赶快去拼几年！"他说这话实际上是为自己壮行。

他和红花再次来到东莞。光旭回到原来那家灯饰厂，总管念旧情，让他回来继续做篮球队长，还让他做了保安队长。他打篮球的技术相当好，一直是厂里的核心球员，每周都打比赛，和附近的厂打友谊赛，打赢打不赢都有奖励，起码有吃的有穿的，打赢了，还会奖励每个人一千块。

红花进了附近的电子厂，工资也有两千多。光旭和红花哪见过这样高的工资？他们一直都是下地搂麦子收苞谷。现在一个月领到两三千，光旭的大嘴巴就咧得更大了，头一个月就把过半的工薪寄回去给了老娘。其实老娘和老爸都有自己的退休工资，家里还不至于要他的打工钱养，他是兴奋才寄回去向爸妈报喜。红花一个月一个月地领到这些钱，止不住喜悦，就当私房钱存起来，反正她家里的经济状况比我们家好，自己赚钱自己花。光旭虽然块头大胃口大，但拿到的奖励也不少，工资就用得不多，那边老娘常告诫他要积攒点结婚钱，一年下来，两个人存了五六万。家里两位老人又拿出些积蓄，在巩留县莫乎尔乡买了一套两房一厅的二手房，用作光旭红花的婚房。

光旭打电话对我说："姐，我现在才知道，为啥北方成千上万的男女青年要来广东打工，赚钱是真，但是赚钱也是为了一个目的——享受！"我就训他："你个放羊娃子，来到了大都市别学坏了，小心老爹和老娘训你！"光旭就哈哈大笑说："姐你错了，就算学坏了也还没轮到老爹老娘训，我身边有个羊缸子，她盯我可紧了！"就听到他大声叫"哟哟"，不用问，肯定是红花在旁边使劲扯了他耳朵。

2000年秋天的一个晚上，光旭打电话到我们家里，他气喘吁吁地大声说话，告诉我们他已经在广州火车站，买好了回乌鲁木齐的火车票，"我一分钟都不能在广东待下去了，我要回新疆，红花也回去，马上走，还有一个小时就上车了！"阿依问他理由，"我打架了，被开除了，我也不想干了！"他继续大声喊。原来，几个广西工友偷用工厂的自来水洗衣服，他出面制止，被对方骂为"新疆佬"，他一下子变得愤怒起来，大声喊："你们又是啥东西？"双方从争吵到动手，他出手就是重拳，把对方一人打成重伤。广西打工仔素以打群架出名，面对高出自己二十公分的新疆大个子，伤者一下子就召来了二十几个老乡，工厂怕酿成更大事端，在发清了他的工资后辞退了他，他一气之下，和红花离开东莞回到了新疆。

"算鸟！老子回新疆生娃娃，这辈子都不会去广东打工了，死心塌地当农民！"他在给阿依的电话上发誓说。

2000年12月，他俩在马场举办了婚礼。据说在婚礼上，他在南方的经历被马场人在酒桌上传了个遍。他的老同学、农一队的队长王恩敬他："回来好，回来和我一起下大田！喝！"农一队的书记马正文也敬他："你牛掰得很嘛，从新疆打到南方，又从南方打回新疆，真正的儿子娃娃，喝！"

他们的婚礼，我和阿依依然因为盘缠问题没有回去。忆起我们结婚时他们也没有来，阿依和我竟然都有些释然。

"权当这是一场抵消吧！"阿依苦笑着说，"但心里觉得很不是滋味。"

她还告诉我，就因为光旭和红花的婚事，还牵出了光亮和春花的"轶事"。

就在我爸我妈正在老马场张罗光旭和红花婚事的时候，光亮和春花的自由恋爱也开始了。两人的意志都很坚决，但是很快就遇到了阻力，春花的父母要光亮家里给一笔不菲的彩礼，把我爸妈难住了。你想，刚刚办完大儿子大儿媳的婚礼，早已用得所剩无几，此时从哪里弄来一笔彩礼？两个老的就说，情况就摆在那里了，你爱跟不跟吧。光亮急了，跟春花说，但是春花对家里说的话不算数，尤其是春花家的亲戚，此时团结一致对付光亮家，甚至有些愤愤不平，认为光亮家不花财力娶回一个媳妇是太便宜了，都劝说春花的父母不要吃这个亏。光亮对我妈说，我去与他们谈谈吧。

真是拔出萝卜带出泥。一个月前嫁女儿时没有要彩礼的红花家里也开始有意见了，他们认为，红花是他们家的小女儿，一直很得宠，嫁给作为光亮大哥的光旭反而不要彩礼，这不公平。我妈本来有个打算，那时候县城的房子还便宜，想用这笔彩礼钱在县城里买一栋房子给光旭和光亮，来自红花家的议论让她大为光火。她本是一个自尊心很强的人，年轻时代盲流新疆饱经沧桑，尽管有过很多次改变自己命运的机会，但是生性要强过分自尊的她放弃了。此刻，尽管一家人依靠自己的劳动还没有创造富裕，但她也容不得别人说出伤她自尊心的话，尤其是对方丫头看中的是自己的儿子，父母却因为彩礼问题不同意，她认为这严重伤了她的自尊。按照我妈妈的人脉关系，她完全可以从她的一帮生死老乡那里借到一笔钱，但是她没有去借。

关于彩礼的谈判并不顺利，光亮一怒之下离家出走了。腊月二十八，他身上揣着一千块钱，在浓烈的春节气氛里，飞沙踏雪，穿越大半个中国，从苍茫新疆进入三秦大地，又从辽阔中原赶往爆竹声声的南方，他决心要去广东打工，也是逃避那边难堪的环境，主要是想到外面自由地选择自己的生活。说起他，也真是让我羞愧。1993年他考上了苏州大学，是政法专业，是正式录取。偏偏那时他脸上生了一个大疮，烂了半边脸，去医院治也治不好，就迟迟没有去大学报到。学校都寄来通知催促他报到了，可脸上也烂得太不像人了，就没有去。那时真笨啊，都不懂得去信请求保留学籍。爸爸找来各种药治疗，三个多月后治好了，可是大学那边说已经没有学籍了。其实那时家里也有些消极，因为听说读大学一年要两千多块，那时我已经读着大专了，委培生嘛，一年要两三千块嘛，家里实在养不起两个大学生了。我真想退学啊，可是又舍不得。他也失去了上大学的机会，这就是命啊！其实他是个读书的人，只能留在马场当了六七年农民。

他离家时还没有手机，他曾经打过一次电话回家，说已经到了西安，后来就再也没有电话联系。这可急坏了我妈，打了几个电话给我，都是问："光亮联系你没有？一有联系就告诉我啊！"

大年初二的凌晨，正在乡下老家过年的我和阿侬在阵阵鞭炮声里突然接到一个区号是南宁的电话，说话者竟然是光亮，他说马上要搭车来我们家。阿侬和我都惊喜地等候着他的到来。

光亮到达北宁市区已经是下午两点多，他找固话拨通了我的手机，我在电话里指点他坐上了开往我老家的班车。大约两个小时的车程，我和阿侬估摸了时间，提前十分钟去村里的下车点等候。春节人多班车也多，几车旅客都下完后，我们竟然没见到光亮。

这怎么可能呢？他都上了班车，竟然没有等到！惊急之下，我们连续向几个刚下车的村民打听是否看到一个说普通话的年轻人，其中一个说："阿边（那边），钟传英店门口，有一只生得好像北佬的后生仔，不声不响咁蹲在那儿，有知道系冇系你哋要搵的人？"我们赶紧跑过去，果然看见一位穿着半旧的灰色加厚风衣的年轻人，正搂着一个大黑包蹲着，东张西望。

"是光亮吗？"阿依喊。

他站起来，望着我们憨憨地应了一声："姐！"

阿依跑上去拉着他的手，脸上悲喜交集。他又望着我嘿嘿地笑了一声，说："姐夫。"我才想起，我和这个小舅子竟然是第一次见面，我便拍了拍他的肩膀，一副亲热的样子。

"姐，姐夫老家是个啥地方嘛，比我们的老马场还要偏僻，四面都是高高的大山，围得像个馕坑。这些人说的啥话我也听不懂，问他们这是哪儿，他们也听不懂我的话，我就只好蹲在这儿等你们了。"

我不承认我老家比老马场还要偏僻。老马场是什么呢？是广阔的草原，是辽远的旷野，是寂寞的荒地。在我和光亮一路的辩驳中，阿依几次破涕为笑。

十分钟后我们回到家。阿依母亲打来电话说："刚刚接到八姨女儿冯静的电话，你们舅公去世了，我们家要派一个代表去昆明参加后天的葬礼。本来我要亲自去的，但是我在马场，赶不及了，就让光亮代表我去吧。"

阿依母亲顿了顿，又说："我知道他的路费不够了，你们就给他一点吧。"

光亮说："我不能再等了，姐你给我吃个饭，我吃完就走。"阿依一边流泪一边给他盛饭端菜，他狼吞虎咽，扒拉饭菜像转风车。阿依说："你一个人去行吗？几天几夜的旅途奔波，你肯定累坏了，不行，我要陪你一起去！"他摆摆手里的筷子，坚决地说："没事，你就别去了。妈说了，就让我一个人代表全家去，你安心在家过年吧！"

他急急忙忙吃完，一边拎起背包一边抹着油亮的嘴巴。我赶紧把过年仅剩的三百块钱给了他。阿依又塞给他用塑料袋包着的六七个面包。我用摩托车送他去二十公里外的二级路口，亲眼看着他在暮色苍茫中踏上了去市区的班车。

两天后，舅公的后事处理完毕，光亮就直接去了东莞找工作。

两个月后，阿依母亲打电话告诉我们，春花也偷偷离家出走了。她本来在马场就与阿依熟，从阿依母亲那里要了阿依的电话，坐了五天四夜的火车，又倒了半天的班车，来到了我们在小城的家。

那天我看到这姑娘时，悄悄对阿依说："难怪光亮为了她与她父母和亲戚吵了一场，是个美女嘛！"

阿依曾经为这个丫头家人的态度愤怒，觉得他们小看了她家。她曾经在电话里生气地说："那么势利，这婚事就吹了也好！"现在春花来了，她又着急了，私下对我嘀咕："这丫头，穿越了大半个中国还不敢去东莞找光亮，她知道光亮生她家里人的气吗？我也不知道光亮现在的心思。"

春花对阿依说："姐，不管家里和亲戚咋说我，我这辈子就是要和光亮好！"语气颇有一个烈女的坚决，让我突然想起《平凡的世界》里那个润叶。

春花到我们家的第二天，阿依给光亮打电话，我们才知道，光亮已经在东莞一家日企里工作，但为彩礼之事还一直耿耿于怀。阿依说："春花都来我家了，你看她这个样子，她对你是好的嘛，那些人是那些人，她是她嘛！你先接她过去再说吧！"

一个星期后，光亮过来了，忙忙地吃了饭便要连夜搭车走，他对阿依说："姐，我是请假过来接她的，老板只批准两天。"

他回到东莞后，很快为春花找了一份在玩具厂的工作。有一次他打电话给阿依说："姐，我和春花现在是一心一意谋发展，不攒够钱就不结婚！"

两人在东莞一待就是一年半。到了2002年7月，光亮在电话里告诉我们："快过来吧，我们准备在厚街大摆宴席，这婚礼是按我说的办，彩礼给了，我也不麻烦爸妈，我俩结婚花的钱全是我俩解决！"

阿依高兴地说："这样嘛，我赞成，我和姐夫明天就过去！"

光亮和春花的婚礼酒席超过了三十桌。在一阵喧哗声中，光亮的老板也来了，是一位矮小而上了年纪的日本老头。我几乎是第一次看见日本人，而且据光亮说，他是一个大企业家，就是这个日本人，让光亮做起了后勤部部长，并且在两年里存款很快达到了六万元。但这个日本企业家不过是一个穿着普通、满脸平常甚至有些猥琐的老头。让我吃惊的是，这个日本老头在喝了几杯酒后，竟然在他的员工怂恿下，快步走过来搂着新娘跳舞，全场响起了欢呼和口哨声。日本鬼子——花姑娘！我当时头脑里蹦出了这两个词，我惊诧于自己的条件反射竟会至此。

嬉闹在两分钟后结束，日本老头竟然率队过来向我们敬酒。我和阿依以及春花的姐姐作为家属长辈被安排坐主人桌，光亮春花的朋友都尊敬地称呼我们为男方家里人和女方家里人，都说我们是新疆人。日本老头举杯来到我们面前时，用流利的汉语说："祝福你们，新郎新娘的家人！"

我心安理得地接受了他的敬酒。

阿依打心底为光亮这个排场感到自豪，她抹着眼角泪花说："可惜呀，我们的老妈老爸没来，光旭红花也没来，要是都来了，那该多满足多高兴啊！"

旅途（二）

K316次列车离开南宁，一路踏歌般挺进中原。穿越河南时，我满怀喜悦地凝视着辽阔壮美的中原大地，不时翻阅着那沓厚厚的题目仍在用《回到伊犁》的草稿，为自己寻找更贴切的词句。我已经写了六万多字。旅途的漫长和冥思苦想都不是难忍的，甚至车厢里的喧闹和因为放暖气而产生的浑浊空气也是不值一提的。远方的家，远方的亲人，远方的女儿——从旅程一开始我就一直被一种幸福的眩晕笼罩着。

是的，远方的女儿！还在前天，我一大早就坐在办公桌前埋头思考着"同志们"下面的句子。当加班到了傍晚，突然接到了阿依母亲的电话，瞬间我就有了一颗狂喜的心。按照阿依母亲说的，此时的伊犁河谷冰天雪地，然而，我们梦寐以求的日子终于从天而临——女儿出生了！

我跑出办公室，站在院子里一棵桂花树下，双手合十，仰天长吁，狂喜的泪水顷刻流了下来。

我连夜打电话给《当代广西》编辑部的陆嵘，请他帮忙买一张最早去西安的火车票。第二天上午得知成功买上票后，我又让在西安的亲戚帮忙买上一张接续前往乌鲁木齐的车票。然后，我去跟领导请假。

办公室主任静静地听我讲完，一拍巴掌说道："大喜事啊，首先表示最热烈的祝贺！"

然后他说，你要请二十几天假，肯定要跟书记说一声。"你等着，我先上去跟他说。"他出门上三楼，脚步咚咚响。十几分钟过去了，我正忐忑不安，他下来了，说："书记叫你上去，有话说。"我忍不住问："书记不批？"他努努嘴，一扬手说："你上去就知道了。"

我敲门，里面说请进，我扭开了门锁，又轻轻地关上门，书记抬起头，笑眯眯地说："小羊来了？"我应了一声，交叠着双手站在他的案桌前。他又说，"我听李主任说，你女儿在新疆出生了？你要去新疆？这可是人生大喜事啊，应该去，应该去！"我心里的石头放了下来，忙着说谢谢。他摆摆手说："我也借这个机会跟你说几句吧。这么多年来，你给我写材料，辛苦了。你写的那些论文，调研文章，还有讲话稿，虽然我也讲了思路，讲了观点，但主要还是靠你组织语言，靠你撰写，所以啊，功劳嘛，主要是你的。"他这样说，我又诚惶诚恐起来，弯腰点头说："这是应该的，我的本职工作。"他微笑着点头，伸手在案桌上的黑色公文包里翻了一会儿，拿出一个黄色信封，直直地伸到我面前，望着我说："小羊，这个，是你该得的稿费，三千块，请你收下。"我惊得眼睛都大了，慌乱地摆着手说："不，不——"他笑起来，说："这是你劳动所得。你写的那些讲话稿啊，还有那些论文啊，大多数都发表了，有一些稿费，这是你该得的。你不是要去新疆吗，这些就当路费，当探亲费，拿着去看你的岳父岳母吧。"我还是不敢拿，忙不迭地说："真的，不用不用。"他严肃起来，说："拿着，我是认真的，你还不了解我的为人吗？"我看见他的目光变得炯炯而严厉，知道他不是开玩笑，虽然迟疑着，还是伸手接过了，是挺硬朗的一个信封，沉甸甸的，我一迭声地说着谢谢，心里早已激动得狂跳，手都在发抖。说真的，我真的需要钱，我已经将去新疆的花费细化到了个位数。而手头的三千元，差不多就是我三个月的工资啊！

此刻，我望着书记那渐渐变得慈祥的笑脸，内心可以用"感激涕零"来形容。我心里说，书记呀，你帮了我大忙，我会一直帮你写下去，无论多么辛苦，我都要帮你写下去，等我回来，我要帮你写到升官发财，地老天荒！

2月的中原大地虽然一片萧索，我却看出了那光秃秃的枝条上隐藏着的春意。过西安，过黄土高原，过黄河，又过兰州，又过黄河，再过乌鞘岭，就到了河西走廊，偶尔见到一场纷纷扬扬的大雪，把连绵起伏的大地装扮得像一个巨型的奶油蛋糕，而且一路上都可以看到这个巨型蛋糕，仿佛知道我要庆祝生日一般，主动捧到我的面前，我满怀喜悦地趴在窗边，欣赏着这个既温馨又接近童话的世界。回想2003年的那次西行之旅，尽管我对西部早就充满向往之情，尽管我是陪着阿依回故乡，但是真正在那个时间踏上西去的列车，那种面对苍茫大地的苍凉感觉和对自己未来生活和事业的忧思还是像戈壁沙漠一样扑入眼帘。而这次2月之旅，尽管窗外的大地银装素裹，冰封雪飘，我的内心却涌动着澎湃的激情。

"克勒克勒，克勒克勒，克勒克勒，克勒克勒！"

漫漫旅程，一路火车。出河西走廊，出嘉峪关，出玉门关，出阳关。暮宿嘉峪关，别酒破萧瑟。西走接嘉峪，凝素无青云。青海长云暗雪山，孤城遥望玉门关。契利请盟金匕酒，将军归卧玉门关。羌笛何须怨杨柳，春风不度玉门关。长风几万里，吹度玉门关。发到阳关白，书今远报君。我有阳关君未闻，若闻亦应愁杀君。更无别计相宽慰，故遣阳关劝一杯。劝君更尽一杯酒，西出阳关无故人。

李白、王维、岑参、王翰、王之涣、王昌龄、胡宿……诗像黄河一样自天上来，奔流到海不复回。他们或为写诗而出塞，或为建功立业而出塞，或因得罪朝廷而被逐边塞，全都是——出塞！甚至，那些支边的，那些自流的，那些盲流的，屯垦戍边的兵团人，还有诗人周涛杨牧章德益，还有逃难的阿依父亲母亲！

今天，我也来了，我也是——出塞！

大雪、戈壁、胡杨、村庄，带着新鲜的魅力在我眼前连绵不断地闪过。我兴奋地回想着以前的那次旅行，那是一次多么艰难和新奇的旅行，它带给我长途奔波，也给了我没有压抑和束缚的欢快。一年后，尽管我依然有着众人都有的野心和计划，但是2004年2月的旅途，天赐的幸福已经填满了我整个的旅程和生命。

我是在隐隐约约的两声长鸣汽笛里惊醒过来的，长时间的刹车，坚定的刹车——"哐——哐——"列车到达乌鲁木齐，时间是晚上十一点。

窗外，乌市一片灯火通明。温暖的感觉一下子漫上来，虽然从车门透进来的冷风证明窗外其实很冷。车厢里陡然响起一片嘈杂声。我一边拿下行李，一边感受着一种释然放松的感觉——四天三夜的火车，终于坐到终点站，住宿一夜，第二天就可坐上卧铺班车赶往伊犁。

拖箱拖着走，大包小包也拿在手上，心里有点急促，却刻意保持着一份镇静。一脚踏上站台，寒风飕飕地扑来，银叶一样的雪花从天空飘落，吸一口新鲜的空气，我走进乌鲁木齐灿烂的夜。

> 2002年的第一场雪
> 比以往时候来得更晚一些
> 停靠在八楼的二路汽车
> 带走了最后一片飘落的黄叶
> ……

不知是哪栋楼飘来的歌声，在霓虹灯里闪烁飘荡，朝我耳朵里烈风一样灌进，我突然感觉到，从南到北从东到西都能听到的这首鼻音浓重嗓音沙哑的歌，其实是唱给我一个人听的歌啊！

　　　　是你的红唇粘住我的一切
　　　　是你的体贴让我再次热烈
　　　　是你的万种柔情融化冰雪
　　　　是你的甜言蜜语改变季节
　　　　……

住哪里好呢？当然是八一招待所，一辈子都不会忘记的八一招待所！就在车站对面，依然是十五元一个床位，我花三十元包了一间房。

躺在简易的木床上，仿佛又回到了昨天，回到了去年，我和阿依，还有胡先生父女，我们四人同住一间四人房……

依然是坐乌鲁木齐回巩留的卧铺班车。312国道昌吉段尘土飞扬，两边一排低矮的土坯房和砖房一座连着一座，路边偶尔孤零零地站立着一棵树，上面压满了厚厚的黄色尘土，整个图景就像电视镜头上的中东某地区。

汽车连续行驶了八个小时，天色开始阴沉下来，感觉夜幕就要来临，但一看时间，才是新疆的午后。我半躺在铺位上，侧头望向车窗外，看到了白雾一样的世界。也许是一路太亢奋的缘故，精力已接近透支，头脑里渐渐一片昏昏沉沉，我模模糊糊地进入了梦乡。

"到果子沟啦！"有人在我耳边喊。我一激灵就醒了，窗外的天空一片铅灰色，我看到了山岭上早被银色裹覆着的塔松树，听到了车顶和窗玻璃与狂风大雪搏斗的低吼声。我看了一下时间，才知道汽车已经沿着乌伊公路行驶了七至八个小时，窗外还是看不到尽头的天山。

在愈加阴沉的天色下，一片纷乱的雪花扑打着客车，左面是峻昂不见顶的山，山被一些披着一层雪色的植物盖着，右面看不到大地，却有飞机下降的感觉。再回首，又往山下看，才知道我们正循着一条螺旋形的柏油路往下向右缓缓沉降。

这就是被誉为"中西文明交流的千年通道"果子沟啊？我伸头往窗外望，仿佛回到历史隧道，张骞在前，班昭紧随，蒙古大军踏来，林则徐、洪亮吉走来，王蒙也走来……如今，普通的我也来了。

汽车进入了果子沟最陡的一段公路，暮色真正来临，汽车开了大灯，飞絮一样的小雪突然变成了漫天飘舞的大雪，灯光把雪花照得玲珑剔透，像片飞翔的玻璃。我看过果子沟的有关文字，据说当年洪亮吉流戍伊犁，看到果子沟的大雪后写诗："天山雪花大如席，一朵雪铺牛背白。"虽然夸张，却是既形象又新奇。

翻卷的雪花扑打着窗玻璃，听不到任何声音。出于好奇，我尝试着开了一点儿车窗，迅捷地感觉到那是一种可以穿透一切的寒风破窗而入，几片几乎没有重量的小雪花沾在了我的额头和脖子上，还没有找到雪花的感觉，锋利如小刀的冰风便在脸上脖子上横割竖割——好冷！赶紧关上窗。伸手再摸额头和脖子上的雪花，它们已在车上的暖气中融成了几滴冰水，流在我的脸上，流进我的脖子里，冰凉冰凉。

汽车正在以大约四十五度角的坡度向下盘旋，我有一种一头扎向两边山脉雪堆里的感觉。我把脑袋伸出过道看，前面的车灯光束里，像头屑一样的东西在白花花地飘，能见度大约只有十来米。

"以前我听人说，果子沟的气候变化无常，六七月天也会下雪刮风，现在下雪就不奇怪了。"去年初春，阿依和我经过果子沟时她的话还在耳边。

阿依是1992年秋天离开伊犁的。我想象，那年她离开果子沟时肯定是柳树婆娑、白杨成荫、云杉墨绿的季节。

1992年秋天，她离开了生活二十二年的老马场，途经这道沟走出新疆，到杭州上了大学，毕业后在广西找到了工作，后来又与我结婚，十年里竟然没有回过一次家乡。如今，她回来了，我也回来了。

道路从山顶开始就一圈又一圈地往下盘，给我一种新奇而又惶惑的坠落感。

一个初来乍到新疆的人，一个既是为了梦想也是为了逃避的南方人——我的内心既充满了渴望又浮荡着苍凉。

不管怎么说，我们回来了。我在心里默默地说了一声：一切都过去了，我们结婚六年的惨淡，荒废的青春，不得不度过的无奈岁月。

我又想起我们刚刚结婚时，新房子里除了阿依用她妈妈给的两千块钱买了衣柜和转角柜，连新床都没有买，仅用一张朋友低价转让给我的席梦思充作卧榻，电视机是我最要好的小学同学、在广东做了水磨工头的耿定发送的，一台十九寸的康佳，那时候是家里唯一高大上的电器。没有洗衣机！结婚那年冬天我看到阿依洗衣服时手指头都冻红透了。不久，我又因为出书问题被新闻出版局罚了款，最拮据的时候，我们足足吃了一个多月的咸菜粥。我一直在节约工资还债，我工作了五年还没有还清读高中和大学时借村里亲戚的债务。

当然，也有偶尔收到一次稿费的时候，总是五块六块的居多，就有一次周末，我不是撒谎，我口袋里真的只有两块五毛钱了，已经三天想着买肉加菜改善伙食的我，刚好收到了《大家报》寄来的六块钱稿费，那会儿我大喊及时雨，兴冲冲地去邮电局领了回来，跟阿依说发点小财了，今晚要加菜。中午下班我去小城有名的铜州市场，信心十足地在猪肉摊和鱼档之间穿行，足足有半个钟头在一块五花腩和一个鲈鱼头之间踟蹰，怎么办？五花腩有瘦肉又有肥肉，能炸出油，可以给我们五天吃一次肉的青寡肚子补油水，但是鲈鱼头能补脑，平时饭桌上阿依就多次对我说："你天天熬夜挣稿费，等有钱了一定要买鲈鱼头，好补脑！"

我踟蹰着，叫肉摊的人称了那块五花腩，报价要八块五，叫鱼档的人称了那个鲈鱼头，要九块，就在我犹豫不决的时候，一位老阿姨买走了五花腩，我只好返回鱼档，这时满眼里都是各式各样的鱼，有鲈鱼、草鱼、鲤鱼、罗非鱼、塘角鱼，在眼前游来游去。我眼光逡巡着，旁边还有许多我小时候见过的山龟，我看有人问价，报价要一百元一斤，一只山龟大约三斤多，那是我想都不敢想的。我只好再看鱼，杀好的鱼一大块一大块摊在案板上，拦腰切断又剖开的鲈鱼头像东非大裂谷，一个个鲜红的鱼心脏像小孩吹气球一样啵啵地伸缩跃动。我终于发现，刚才看好的九块钱鱼头已经被人买走了，我只能在更大的一个个鱼头之间选择。我估摸着那些鱼头，最小的起码也要十几元。可我口袋里只有八块五了。

我指着一个鱼头，小声跟摊主说："我要一半。"

摊主说："要完一只亦冇多啊，亦就十把文钱。"

我能感觉到摊主盯着我的目光。但是我坚持说："我屋己人少，要一半就够了。"

摊主不说话了，帮我把鱼头从中斩开。这时我听见旁边有一个声音笃定地说："给我称两只山龟！"我扭头一看，是一个穿着花丝绸短袖腆着肚子的中年男子，用戴了大金表的左手叉着腰，用夹着一支烟的右手点着那些缓缓爬动的山龟说话。卖山龟的摊主喜出望外地跑过去，一边为他挑选一边笑容满面地说："我这些山龟全部系正宗的山货，煲汤吃了，绝对大补，包你壮腰健肾！"我羡慕地看着摊主选出两只四爪乱摆的山龟，一称，报价六百五十元，妈呀，我的半边鲈鱼头不及他的零头呀。

男子昂着头吐着烟圈说："帮我剁了，今晚我有重要客人来，我仲要捉两只鸡，搞一锅靓汤饮饮！"我听得心里咚咚响，像一面鼓被擂着。

鱼摊的摊主称好了我的鱼，说："六文五。"我看着那块鲈鱼头，摊主正在给我咚咚咚地切斩。我想，人家六百五一锅汤，我六块五也有一锅汤，行，我还有一块钱买豆饼，一块钱买青菜，今晚的鱼头豆腐汤，就是我们夫妻的上汤了，这可是一篇一千多字的散文换来的呀。

那一刻，在人声和刀砍声嘈杂的市场里，我心里竟然也有一种按劳取酬的欢欣。

到达伊宁时是夜里零点多。这个时间，与我们去年回来时几乎重合。我不觉回忆起去年回到伊宁的情景。

我拖着一个大拖箱，阿依背着一个大牛仔包，从水洼遍地的伊宁市大世界车站走出来。迎风起舞的雪花在午夜灯光淡黄的街道上漫漫飘落，在人行道的树木缝隙中飘落，在积水横流的路口店边飘落，一份幽静和凄美的感觉浮上我的心头。雪花雨水落在我们的身上，我们的目光犹疑而彷徨。

手机上的天气预报说，伊宁市最低温度零下十摄氏度，这在同时的南方那边不敢想象。尽管已是北京时间零点二十分左右，南方的城市甚至才是夜市的开始，这里的车站周围的店铺早已打烊，行人几乎可以说没有。漫天飘舞的雪花和淋淋漓漓的雨水，还有街道的冷冷清清，使我们更加饥肠辘辘，所带的食物都吃完了，车站裹着棉大衣戴着棉帽子的门卫告诉我们，整个伊宁市都不会有夜宵店营业了。

我们一阵东张西望后，来到一家露出半边门面淡黄灯光的小店门口，一眼瞥见里面有一个矮小的货架，上面都是些瓶瓶罐罐的东西，大都是牛奶，我们仿佛看到了佳肴，赶紧挤身进去，一位被棉衣和头巾裹得严严实实的维吾尔族大婶正在收拾东西，大概是准备关门，看到我们拖着大箱扛着背包吭哧吭哧走进来，吃惊地看着我们，在看清楚我们是一对夫妻时，才放下心来，问我们是不是要喝牛奶？我问有没有饼干，大婶说没有，只有酸牛奶。我们买了两瓶浓稠的本地产伊源酸奶。为了不妨碍大婶关门休息，我们走出店门，一人抓着一瓶酸奶努力地吸着。檐外的雨雪和着冷风飘进来，流进喉咙和肚子的酸冰慢慢地抚慰着我们的饥肠。

午夜的伊宁市街灯被密集的雨雪笼盖着，显得更加淡黄。伊宁在我多年前的想象中是一座充满异域色彩的边陲名城，此刻却完全笼罩在暗淡的灯光、彻骨的冰冷和纷乱的雨雪中了。

冷还是其次的，重要的是我们在回来之前就已经知道，从伊宁到家还有三百多公里地，这样的里程在南方已经穿州过省了。尽管归心似箭，可是车站问询处告诉我们，伊宁通往巩留、巩乃斯等县的汽车都已停开了。而且，路况又不好，现在是雨雪天气，就算有车，走起来也会很吃力。

"咋办？这儿离家还有三四百公里。"阿依也不知所措地问我。

"为了爱情，巴格达不嫌远。"我抹了一把嘴上和脸上的雨雪，满怀豪情地说。

阿依惊异于我脱口而出这最后一句，她说："怎么像是写诗？"

我继续擦着嘴角的雪花，笑说："这就是一句诗，是一位新疆诗人早年写的，我喜欢，就记熟了。"

阿依抹了一把脸上的雪花，笑吟吟地说："好啊，巴格达不嫌远，我也正想说要赶回去呢，就怕你不同意。我马上给光旭打电话！"

我们是幸运的，光旭在伊宁市有一位虽多年不见但一直保持着联系的哥们，叫金锋，而且他童年时代也跟阿依熟悉，他在伊宁市还有一辆夏利出租车。据说，当光旭在电话里请金锋送我们时，他立刻就答应了，还高兴地说："阿依姐回来了？好，我送她回马场。"

"金锋还是我妈的学生呢。"阿依说。

小伙子比我们小好几岁，非常热情，帮我们装行李，一声"阿依姐"，又一声"姐夫"，向我们问候的，还有一位坐在副驾上的姑娘。

我和阿依坐在后排，车里开着暖气，我把臃肿的衣服理了理，放心地打开脖子下的两个扣子。车子已经行驶了，雪花在斜斜的雨丝中飘落，灯光把雪花照得像一片片白羽，闪闪发光。

子夜后的公路车子非常少，我们走得很快。凌晨三点多，我们久进入了巩留县城，雪花和雨水在昏黄的街灯下飘落，街道空无一人，车轮子咝咝沙沙地响。金锋一手拿着我的手机与阿依母亲通话，一手把着方向盘。

"吕老师，你的女儿女婿饿坏了，我也饿坏了，对，炒几个菜，要不，就做当年你最拿手的炒鸡蛋！"

三个人都笑了。我承认，我身子变暖了，肚子却更饿了。

车子出了巩留县城后雪突然下大了，绒花一般的雪花在车头灯里飘舞。大雪对我这个南方人总是一大诱惑，故而一直瞅着前面。那一刻，我很想打电话告诉我在南方的朋友，比如朱山坡，比如吉小吉，我想告诉他们，我看到了雪。那些年，我们这些朋友没有一个看过雪。但是我怕闹笑话，忍住了。

一小时后，天色蒙蒙亮了。金锋说："姐，我们到龙口了。"

"龙口？"阿依喊起来，"过了龙口就到马场了！"

金锋的车两个大灯照得前面的雪花像小白蝶一样飘舞。他问阿依："这是哪了还记得吗？"阿依一迭声地说："到了，到了，到我家的巷口了！"

车子停下时，金锋打了两下喇叭。

天色灰蒙蒙地亮着，周围的平房和树像被蒙上了一张白布。几棵披着白色大氅的杨树下，是两排平房围成的巷口，撒盐一样洁白的巷子里，远远地延伸着两串深浅不一的脚印，疾步而来的是一个穿着黑色大衣的大个子，身后紧跟着两个摇摇晃晃的身影，再后面还有一位裹着粉红头巾穿红棉袄小媳妇模样的女子。我知道，他们都是谁，他们都来了。我的心啵啵地跳着，阿依眼里噙着泪花，几乎是疾步走出车门。雪花盈盈地落满了我和阿依的头。大个子到了我们身边却停下了，身后转出两位老人，一位满头白发，身材瘦削高挑，穿着灰色棉袄；另一位老人，身材中等，戴着皮帽子，穿着黑棉大衣，明显瘸着腿，蹒跚着脚步一蹦一蹦地向我们走近。阿依几乎是跑着上前，拉着他的手，喊一声"爸——"，又拉着旁边她的手，喊一声"妈——"，一个浊重沙哑颤抖的四川口音在问："阿依回来了？我的丫头回来了……"我就再也没听见有谁在说话了。

抓一把黄土飞沙捂在心口上，

喊一声大西北我的亲爹亲娘啊，

亲爹亲娘。

六年前，从阿依拿回的一张光碟中，我学会了这首歌。常常在两个人的晚上，我们不看那台只有十九寸的带厚厚后座的康佳彩电，而是把光碟塞进碟机里播放，专门调到这首歌，幽怨地，也是悠扬地，唢呐响起来了，巴哈尔古丽的歌声也响起来了，它透射出强烈的大西北地域气息，滚动着苍凉遒劲的情感，一次又一次地打中了我内心深处早已绷紧的那根弦，常常是噼噼啪啪叮叮咚咚地炸响一胸腔。

离家十一年，阿依回娘家；结婚六年，我第一次探望阿依父母。从北宁到南宁。又从南宁到西安。再从西安到乌鲁木齐。又从乌鲁木齐到伊犁。半天的汽车。五天四夜的火车。又一天加半夜的汽车。一万三千里的长旅。长夜漫漫的折磨。飞沙踏雪的寂寞。我们回来了。

又冰凉又温热的东西从我的鼻子上流下来，我看不见人了，也看不见雪了，有两个人紧紧地拉着我的手，我真的看不见是谁在拉着我，但我知道我必须喊一声："爸——"，我也知道必须再喊一声"妈——"，又温热又冰凉的东西流进了我的脖子里，我知道我的鼻涕也出来了，我听见阿依也在那边吸着鼻子，并且不只我们两个人在吸着鼻子，我感到我的喉头在发哽。我用力闭了闭眼睛，那些模糊的东西被挤出了四个眼角，我才看见簌簌的雪花和着泪水落在岳父抖动的花白胡子上，落在岳母嗫嚅的嘴唇上，也落在光旭和他媳妇的脸颊上。好长时间后，我终于听到了那个颤抖的四川口音："小羊回来了？"还有一个我熟悉的两广口音："梁小羊回来了？"

眼前早不见了黄土飞沙，只是一片冻雨飘雪，那都是些圣洁又冰凉的精灵啊，顺着我们的头发、脖颈和衣服悄悄地滑落，潜入我们的身体。相会的那一刻，一声声仿佛从万里之遥传来的颤动着的呼唤，在几只西北小号辽远、绵长而高亢的伴奏中幽幽响起：

> 肩膀上还扛着当年开荒的砍土曼哎
> 戈壁滩你又种出一片胡杨为咱遮阴凉
> 轻轻叫声爹呀
> 轻轻喊声娘呀
> 到如今你的两鬓如雪白发如霜
> 白发如霜

那嘹亮清凉悠远的唢呐声啊，那高亢悲壮的呼喊声啊，把我的心弦一下一下地锥响着。作为结婚六年未曾见过岳父母的我，作为经历了五天四夜长途火车之旅饱尝寂寞、盼望而又欢欣的我，那一刻，心潮的跃动一直跟着那首幽怨而又悠扬的歌：

> 轻轻叫声爹呀
> 轻轻喊声娘呀
> 到如今你的两鬓如雪白发如霜
> 白发如霜
> ……

阿依母亲端出了香味飘溢的炒菜，阿依父亲瘸着腿端出了两碗热气腾腾的饭，果然就有两大盘煎得黄灿灿的鸡蛋，还有一大盘个个像拳头大的馍馍。我们和金锋以及他带来的姑娘早饿了，坐下来就飞快地吃。特别是我，一气干掉了三碗米饭，却对桌上一大盆小山似的馍馍和馕视而不见，让我惊叹的是阿依狼吞虎咽就着肉炒蒜薹吃了两个馍馍和一个馕。

光旭对阿依说："姐，你去了那么长时间南方，还习惯吃馍馍和馕呀？"

"从来就没有忘记呀，你不知道我在南方也常吃馒头，不过那馒头没有家乡的馍馍地道好吃，那里的馒头是甜的，刚吃的时候还真不习惯呢，要说馕，那地方就更不可能有了，偶尔有新疆的同学给我寄过馕，就把它们当作金贵的东西冷冻着，馋的时候就掰半个吃。"

阿依说着，又拿起了第二个馕掰着吃。

阿依母亲看着我，笑说："小羊肯定不习惯吃馍馍，更别说馕了。"

我说："别说那些一点儿味道也没有的馍馍，就是甜馒头我在南方也少吃呢，那馕不就是大烧饼么。在南方我吃硬的食物还行。我尝一下吧。"

阿依狡黠地笑着，递给我一个大如小碗色泽金黄的馕，我在电视报纸上见过新疆人这种粮食，在感到新奇的同时，在阿依父亲母亲笑眯眯的注视中，我满不在乎地张嘴咬住了这个外凸里凹的大饼子，我终于发现，它是如此之硬，一下子就梗住了我的门牙，我再换里面的大牙去咬，还是坚如磐石，在我的大牙与馕相持的过程中，我的口水却顺着嘴角流了出来。

响起了一窝蜂似的大笑声。我赶紧遮住自己的嘴巴……

当我经历了一天的车程回到伊宁，银装素裹的伊宁之夜欢迎了我，我通过光旭的朋友金锋联系到了他朋友的车，我又冒着漫天的飞雪，马不停蹄地赶回三百多公里外的老马场。

五个多小时之后，在那个大雪纷飞的早晨，我打开了这个家那扇简易的木院门，首先听到了那一声声陌生而渴望已久的啼哭，我的脸上流下了激动的泪水。

我知道，一个时代已经终结，另一个时代已经来临。

为了等待这个时代，我已经等候了六年。那些年，在南方老家，在单位和宿舍，我一直面对着左邻右舍或明或暗的嘲讽和议论。我越来越感觉到，南方的屈辱已经堆成了一座大山，我一直背着这座大山，不胜负荷。在那些年里，它一直在考验着我的神经和感受力。

谢天谢地，我已经回到了老马场，我迎来了一个新时代。每天，我的全部时间就是伏在阿依十多年前睡过的炕上，像服侍大公主一样服侍阿依，像服侍小公主一样服侍小家伙。有一种深深的遗憾，阿依没有奶水，完达山奶粉就成了唯一的替代品。一个多月后，老表叔朱世新家圈养的那头奶牛生了小牛，阿依母亲就带着我找到了住在东山脚下的老表叔，老人慷慨答应每天上午免费为我们提供新鲜牛奶。母牛吃着后山草原草料产出的奶啊，白花花水亮亮香喷喷的鲜牛奶啊，每天两公斤的鲜牛奶，就这样喝进了我们女儿的肚子里。小家伙特别容易饿，一饿醒就哭，而哭得也特别频繁，特别大声。阿依母亲害怕小家伙哭出病来，还没满月，她给小家伙取了乳名"丑丑"，还跟我们说，贱名好养。我知道，这其中蕴含着一个来自南方乡村经历了人生苦难摄取了民间智慧的女性的心机。而我，更是坚信这是上天的安排，是我们饱受世俗的折磨苦苦等候之际不可逆转的命定。我们翻看了很多书籍，最终弃之一边，从自己的想象中，为她取了学名叫"依力"，就是"伊犁"的谐音。我们想把这个名字和这片土地记录下来。

冰冻的吉尔尕朗河像一条白玉带子镶嵌在辽阔的马场边缘和一条公路之间，裸棉一般敞开的原野上，爆炸式的杨树枝条正举着银剑冰戟伸向高寒的天空，榆树的枝条则散漫地撑起一挂一挂的冰凌，野杏树、梨树和榆树一团团一排排像巨大的白蘑菇群排列在岸边，又像在飞机上看到的一朵朵白云。我觉得这些景象是为我准备的，它们早就伫立在那里，一直在等待我，这也是一份爱情。看到这些，几天前，我在河西走廊上看到的那个巨型蛋糕又摆在了我面前，我再次进入了童话世界，那首熟悉的生日赞歌既深情又欢快地唱起，巨型蛋糕的白色奶油在散发着甜蜜诱人的光芒。我看到了原野边缘和河滩边那一小片一长溜纤巧鲜艳的红柳，它们就是奶油蛋糕上的小浆果或者彩色巧克力，它们的出现，为冬日马场这场庆生仪式增添了一种灵动而热烈的氛围。

我喜欢在这个季节里生活，这不光是因为依力的出生，也跟我出生成长和常年生活在南方造成对冬日认识的缺憾有关。在南方的漫长岁月里，我一直想象北方的冬天，想象北方人怎样度过雪花飘飘千里冰封的日子。有一次我和阿依在后山雪原漫步时，我望着纯净而苍凉的天地，说："真像做梦啊，我竟然又从人声喧嚣的南方回到了这个荒凉而又壮丽的地方。"

雪晴的时候，我有时会到后山去散步。往往这时，小依力已经被我们哄睡着了，阿依搂着她酣然入睡，我则带着小依力熟睡之后获得的疲倦和放心的微笑，像一片被风从地上翻起来的柳絮一样，从家里悠悠荡荡地走去。厚厚的积雪使得我的散步举步维艰。但是我喜欢这种散步，一个人在雪地里总是分外寂静，人就被清洁的世界裹着，有一种被净化的感觉。有一次，我连滚带爬上到马场西北面的加乌尔山，看到了近处的山包，白雪覆盖的土房子，高高的只剩枝条的杨树，还有羊圈马棚，再远处就是像屠格涅夫笔下的白净草原，视野一下子变得千里辽阔，冰封雪飘的世界一直绵延到马场东南面的喀班巴依雪峰。银色的大地上长时间呈现出原初的悠远、苍茫和静寂，看不见一个人，更没有一头牲畜的影子。这时候我就会想起南方，想起那些奔驰的汽车和摇下车窗怒号的人们，想起雨季那些用雨伞当作开路先锋的男女。我突然觉得自己的生活变得遥远起来，好像来到了另一个星球上，我不光是与他们有着一个不同的精神世界，也有着一个不同的自然世界。

雪花像慢镜头一样飘着。光旭岳父家的邻居吉利斯来了，他有着栗红色的略卷的头发，没戴小花帽，坚毅的脸显得英姿飒爽。他是他们村里的歌手，也是光旭的朋友，我曾经在《吉尔尕朗河两岸》一书的《载歌载舞的村庄》一节写过他。那时，他新婚不久，热情开朗，在院子里和我们闲聊，和光旭谈论着开春使用犁铧的事情。当一切都谈妥后，我们就着一盆水煮羊肉开始喝酒。三杯过后，吉利斯变得兴奋起来，给我们唱了那首《牡丹汗》，一下子就把我抓住了。他说他曾经唱给妻子艾丽娜听，他妻子说他唱得好。但是我觉得它就是写给阿依和依力的：

> 你是我生命的力量，
> 啊，亲爱的姑娘啊牡丹汗
> 你是我黑夜里的月亮
> 啊，我的姑娘
> 亲爱的牡丹汗
> 月亮躲在云彩的后面
> 啊，亲爱的姑娘啊牡丹汗
> 晨风莫吹断我的思念
> 啊，我的姑娘亲爱的牡丹汗
> ……

接到主任给我的"催归令"是在三十五天后。出于对给了我薪酬的单位的敬畏，4月中旬，我离开了老马场，离开了阿依和依力，恋恋不舍地赶回了南方。

两个月后，经济已经捉襟见肘的阿依也重回到了南方，另一家医院录用了她，并安排她在办公室打杂。

我是后来才听说，我们走后，马场人对我们女儿的印象很久都停留在她的哭声里。经常有人挤在那间简陋的房子里，一边观看一边感叹："这个娃娃啊，是我见过最能哭的丫头了，哭声能传遍整个马场哩。"阿依母亲也说："她就是能哭，而且哭声特别响亮，特别是饿了，我们来不及冲奶，尿湿了尿片子，我们来不及换尿片时，那哭声啊，冲出房子传遍了周围十几户人家！"光旭和红花也非常害怕我们这位外甥女哭，每次哭，光旭都会说："都已经哭了一个小时了，她咋还在哭？"红花说："肯定是哭她爸爸妈妈不在身边照顾她，她爸爸妈妈和她相隔这么遥远，分别这么久，不哭才怪哩！"

正是春播时节，光旭和红花白天要下地干活，晚上想好好休息，可是这位外甥女实在不懂事，从后半夜开始就大哭，老两口哆哆嗦嗦花了十几分钟给了牛奶喝她还要哭，一哭就是一两个小时，声音从洪亮到沙哑。红花只好带着光旭和儿子一起逃到六七公里外的娘家住，第二天一大早又骑摩托车回来下地干活。

我和阿依相继走后，才三个多月的小家伙似乎硬是要折磨人一般，总是在老两口抱起她的时候停止哭泣，阿依母亲患有冠心病，一双手的关节也不时疼痛，结果，因为长时间搂抱小家伙而落下了炎症。家里本来还有个大儿子光灿，偏偏也到县城打工去了，就连年迈的阿依父亲也因为常有少数民族邻居找他看病而常常不在家。没人帮得上忙，阿依母亲就只好自己强忍着手腕疼，一次又一次抱起哭得像个泪人儿似的小家伙，用只有阿依母亲和小家伙才能听得懂的语言进行心灵上的交流和安慰。阿依母亲常常嗔她："你这个丑丑啊，你真是命苦啊，才这么大一点就与爸爸妈妈离别。你的命运真像你的小名，就是一个丑丑啊！"

作为外公，阿依父亲在家时总是跑外勤，常常到五公里地的莫乎尔乡集市上买奶粉或买些小儿常用药。为了省些车费用来买优质奶粉，因公致残一条腿不灵便且有高血压的阿依父亲冒着严寒高一脚低一脚地来往奔波于家和集市之间的雪地上，以至于家里常常无人做饭，留在家里忙于照顾外孙女的阿依母亲就经常挨饿。后来老两口商量好，阿依父亲每次要出门给人看病，就事先把馍馍蒸好，菜择好洗好，才放心出门。阿依母亲也是趁着小家伙睡了，才匆匆忙忙地跑到厨房啃几口馍馍，吃一个自制的咸蛋，喝碗水。如果时间来得及再炒些菜，或者煮一碗苞谷面糊糊，好就着馍馍吃。在两位老人的精心哺育下，尽管只有三个多月，小依力却已由一个瘦小如猫的女婴长成了一个健康快乐的宝宝。

在和小家伙分别的三个多月里，有时候我们从南方打电话给两位老人询问她的情况，阿依母亲总是在电话里笑呵呵地说："丑丑没事，丑丑很乖，你们放心上班吧，一切都有我们呢！"

南方（二）

　　瓢泼大雨把路边平时挺拔的速丰桉林带打得蔫蔫的，褐色的树枝和脏绿的残叶散落一地，但是阻挡不住北宝公路上扫墓的大小车辆，有的中巴车头还赫然打着"李氏扫墓车队""黄氏扫墓车队"的字样。在北宝公路两边的丘陵和田间小道上，不时可见十几人甚至上百人的队伍，穿着雨衣，打着雨伞，有人挑箩筐，有人扛锄头锹铲，有人拿着鼓鼓囊囊的各色塑料袋，没有拿东西的小孩在队伍前后喊叫奔跑。

　　半个小时前，雨正在遮天蔽地地下着，我和阿依搭乘她三表舅的车子从北宁城区出发，目标是七十多公里的扶阳乡谢冲村。我们一起去祭拜阿依母亲的外公，也就是阿依的外祖公。

　　也许是心诚则灵，我们即将到达谢冲村时雨彻底停了。来参加扫墓的各路亲戚从全市各镇过来，集合在外祖公的老屋正厅时已经有八九十人。几个老人感叹说："真难得啊，去年清明节没有放假，只回来十几个人，今年放假了，一下子回来了一百多人，也只有清明节才能把这么多人拉近了。"

　　外祖公的老屋坐落在谢冲村村委会左侧，谢冲村通往扶阳圩的路边。为阿依表舅驾车的朋友李老板会看风水，此刻停车路边，煞有介事地为我们讲述了这个地方的各种风水位置，还特别为我们指划出了远处三座山组成的一个"仰天螺"，指划出了旁边的两座山头分别为"财星"和"印星"，大家啧啧惊叹。我们先到阿依的舅舅谢科耀家做客，喝他的儿媳妇熬的鸡粥。谢科耀是阿依外祖公弟弟的孙子，阿依外公的侄子，他的家是一座三层楼房，位于谢屋老家靠路边的门口旁。谢屋老家是一片占地约一千平方米的大院子，正屋住着谢科耀的两个弟弟一家，外祖公当年住过的房子已经坍塌，隐约可见两排墙圈子，雨中的故居只剩下两间瓦房，在旁边一丛碧绿耀眼的修竹映衬下，显得有些寂寞沧桑。

我们在屋厅献上供品，烧了香纸鞭炮，祭拜了谢家的列祖列宗。祭拜有人主持仪式，向神位告诉了我们一帮人回来祭拜的消息，祈求保佑我们顺心遂意。我也虔诚地拱手作揖，口里念念有词，祈求保佑我们一家平安。

外祖公的坟在五公里外的山岗上。有两公里左右的水泥路通到山脚，但是水泥路仅仅能过一辆小车，掉头都很困难，于是大家决定步行。要走一公里的田间小路，雨停了，但田塍一片泥泞，我的皮鞋，还有大家的皮鞋凉鞋全都沾满了泥。走完了田塍，还要走两公里的山路，春天，山路全荒芜了，锯齿一样的芒草长满路旁，山路有些打滑，上坡要用手抓住一些树枝小草借力，但很容易被锯齿形野草割破手，有经验的人都叫小孩不要用手抓。三个表舅的小孩都在前面跑，全不把山路当成山路，把我们落下五六百米。

外祖公的坟在一面缓坡上，据他们说这是一个"麒麟地"。"乜人祭拜乜人就发！"科耀舅舅举着铲子铲了一把草，望着我们笑说。我那时正因为自己的文学理想而发愁，就想，那我要好好地拜拜，让这个外祖公保佑我。

坟地不算太荒芜，我用带来的铁锄除草，填新土，献上供品。我拿出买来的香纸、鞭炮，香纸烧起来，鞭炮声噼噼啪啪地响起来，我们拱手叩拜，我除了第一时间祈求保佑我们一家三口平安外，还说出了一个只有自己知道的奢望：在新疆写出一部真正能拿得出手的作品。

趁着亲戚们在为坟茔锄草加固的间隙，七十多岁的谢科耀，就是阿依母亲的表哥，我们叫他表舅，在坟山的草坡上坐着，向阿依讲述了他知道的往事。

　　阿依的外公，就系冰莹冰洁的爸爸嘛，亦系我姑父，听讲在那个时代系大人物呢，在十九路军做过军官，有人讲系旅长，后来又到了广州做军官，不久又到湛江，做禁烟酒局的局长，亦有人讲系海关关长。冇管系乜嘢官吧，反正，冰莹冰洁的爸爸系了不起的人物。

　　冰莹系同我一起长大的。四岁之前，佢屋己好富有，听讲在北宁县城的沿河街有一排铺面。可惜佢冇福气享受啊，佢三岁时，爸爸在湛江被日本人捉走，不久又被放出来，但系冇过几天就莫名其妙死了，听讲系被日本人注射毒针后慢性死的。当时系1941年，冰莹三岁，佢妈妈得了肺结核，不久就死在了桂平。最亲的人陆续死掉了，冰莹至今都冇知道自己的生日系哪日呢。冰莹爸妈的地产金铺以及在香港银行的存款凭证，听讲冰莹的妈妈都带到了佢干爹干妈屋己。冰莹的妈妈死后，那户人家因为害怕战乱，移居到了美国，那些家产的凭证从此都冇有了下文。

冰莹的妈妈临终前将女儿托付给本村的远房三叔，让佢帮忙照顾。为感谢佢，冰莹的妈妈把自己在香港的一间金铺赠送给佢。三叔带着冰莹去了香港。乜人想到三叔系只败家子？因为赌博好快就输了那间金铺。冇钱了，佢就冇想再养冰莹了，就把冰莹卖给了江西的一户人家。后来，做地下党的八姨千方百计揾到了冰莹的下落，把佢从江西赎了回来。

解放后土改，冰莹的外公外婆的家产全被充公了。冰莹冰洁两姐妹就靠着亲戚，尤其系佢哋八姨九姨帮忙上了学，一直读到高中。

六十年代初，上边说高中毕业的学生全部安排工作，但系冰莹冰洁被划为"地主""反动军阀"的后代，两姐妹都冇给安排。冰莹到了谈婚论嫁的年龄，不久就和湛江的一只男人结婚，男人冇有爸爸，但有妈妈，这位家婆特别喜欢冰莹，觉得冰莹长得秀气又勤劳，大方又得体。但系因为冰莹两年多都未生孩子，遭到族人的歧视，经常被责骂，佢哋骂冰莹系地富反坏的女儿，生冇出孩子系老天报应。冰莹就想着离家出走，走得越远越好。真系老天注定，在冰洁跟着良珍姨去了新疆一年后，冰莹的高中同学古红来了，佢男朋友李瑞为已经在上一年去了新疆，打电话回来讲那边揾工好容易，佢就想去揾佢男友，又想揾一只同伴去，冰莹这时候亦收到了冰洁的来信，信里都讲新疆好。古红和冰莹就讲好了一起去新疆。唉，冰莹就这样做了盲流，一去四十多年，从此我再冇见过佢面。

有一件事我要讲你知，1985年，从高州过来一只叫吕庭海的人揾到我，佢五十多岁，睇样子系农民吧，讲要揾谢莲芳的一对女儿，佢自称系陈坑人，系莲芳女儿的堂哥。佢讲，佢系查族谱时发现佢八叔吕行迁娶了一位叫谢莲芳的北宁扶阳乡人，佢就过来了。他仲讲，吕行迁十六岁时离家，曾经改名叫吕辉。佢想方设法查找十九路军的有关资料，打听了许多部门，可惜一直未揾到一位叫吕辉或者吕行迁的旅长。我讲，莲芳系有一对女儿，但都在六十年代去新疆了，至今冇回来过，亦冇有联系。他听讲后就摆摆头走了。

也许系天意，你今日回来了，同我哋一起祭拜外祖公，那就好好祭拜吧，算系了却冰莹的心愿。这个系你爱人吗？叫乜嘢名字？梁小羊？哦，在文化部门工作？在城里？冇错冇错，北宁好啊，越来越漂亮了，如果当年你的外公外婆在北宁的地产能留下来，那你哋今日的日子就好过了。真系可惜啊！

我弯腰鞠躬祭拜外祖公时，身边有人说："这只坟的风水好好喔，乜人拜乜人就发喔，试过了，好灵验喔。"我一听之下，顾不上地上雨后潮湿泥泞，赶紧扑通一声跪下去，向外祖公行了三叩九拜之大礼。当我站起来时，两个膝盖直至小腿部位已经成了两堵泥巴墙。就有老人说："你咁虔诚有心，今年你肯定发财了。"我听了暗笑，心里说：外祖公，我不求发财，我只求你保佑我的女儿平安成长，还要保佑我写出一本关于你的外孙女走新疆的书！

2004年5月，阿依母亲打来电话说："你们的丑丑已经可以自己翻身坐起了，表叔家的黑白花牛挤出的牛奶把她养得白白胖胖的，我们准备把她送回给你们了，你们就等着吧！"

我和阿依不禁惊喜交集。原来，在东莞的光亮媳妇春花即将生小孩了，光亮打电话请父母过去帮照看孩子，老人便决定顺路把小依力送回到我们身边。

阿依母亲后来对我们说："我们走的那天，我抱着小依力，你们的爸爸提着两个旅行包，一个装着小孩的换穿衣服和奶粉瓶罐，一个装着我们换洗的衣服，天刚刚亮就离开了老马场。小家伙仿佛知道要离开这边的家了，一路上啼哭不停，一车的乘客都诧异地看着。好不容易到了巩乃斯，她又一下子安静下来，一双充满好奇的大眼睛骨碌碌地转动着观察周围。"

两位老人从新源县城转车赶往乌鲁木齐，拿到了熟人帮忙订的机票，第一次坐上了飞往桂林的飞机。在宽敞舒适的飞机上，小家伙安静而好奇地打量着机舱内的乘客，她很快成了这趟飞机上的"名人"，年轻漂亮的空姐和许多乘客都朝她笑，逗她玩，她也咯咯咯地笑个不停。临下飞机前，一位空姐送给她一个唐老鸭空姐木偶，她抓在手里一直不放。

后来整整半年，她对挂在家里墙上的"唐老鸭空姐"指指画画，兴致盎然。

他们随身带的旧手机已经自动关机，登机前竟然来不及给我们打电话。飞机经停西安准备转飞桂林时，他们的手机一直开不了机，焦急之际，一位好心的桂林旅客询问了这两位抱着婴儿满脸无奈的老人，随即用他的手机拨通了我的电话。其时我正在南方的一家饭馆里和朋友吃中午饭，接到电话后赶紧放下碗里还剩一半的饭，通过一位朋友借了一辆单位的公车，他又安排了司机，我们夫妻经历了六百多公里飞驰，夜色朦胧时到达桂林永福县，接到了阿依母亲从宾馆打来的电话，告诉我因为手机不能用，他们已经坐出租车进入桂林市区，并听从了司机的建议，住进了每晚六百元的桂林宾馆。虽然他们手里抱着我们的千金宝贝，然而手头拮据的我们还是惊呆了，我赶紧劝他们退房，他们要回了九成的住宿费。随后，我打电话给家住桂林的大学同学，他帮忙联系住进了一家房价只需六十元的招待所。

在空调声一片嘈杂的房间里，面对分别已经三个多月却一下子跨越了千山万水的依力，看着她趴在床上像跷跷板一样调皮地抬起头，用极具新鲜感的眼光交替看着我和阿依，继而嗫嗫嘴巴，突然捣蛋一般叫了一声"大大——大大"，阿依父母和阿依都喊："这不是北方小孩经常叫的爸爸吗?"一霎时，我激动得热泪盈眶!

依然是六百多公里的长途，一家三口和阿依父母在车上轮番释放着久违了的团圆的欢乐，依力在后排叫啊唱啊……六个多小时后，我们便回到了热浪滚滚的小城，回到了位于市政府宿舍楼四楼那个简单的家。

阿依母亲更是有着旧地重逢的激动。那天晚上，阿依抱着依力陪她走在小城沿江南路上。河水潺潺流淌的北宁河，依稀可见的沙街码头，还算熟悉的土白话，这些都将她带回到了遥远的青少年时代，以及那些青涩的学生生活和痛苦的回忆——四十年了，当年逃离小城，做了盲流，如今风静魂归。老人的目光是陌生的，也是淡然的，四十年前，这座南方小城堪比一个小镇，如今不光世易时移，环境变迁，社会也在裂变，留给老人的记忆一片模糊。她说："我不像是回老家，像是来到了一个陌生的城市。除了记得县城有一条河，其他我都没啥印象了。"

有一晚，我们带着依力和两位老人走上北宁河大桥，在遥望码头的游船时，阿依母亲突然问我们："你说，假如当年我不走，不知道能不能成为这个城市的一员?"

江心的几盏渔火在闪烁，我的内心也在一阵阵起伏。阿依母亲问了一个已经没有假设的问题，我惊诧于一向务实的老人何以有此一问。

"不知道，很难说。"我说的是实话。她父母的历史，她自己令人唏嘘的身份，再也不可能推倒重来。

阿依回答得很直接："假如你不走，别以为你能拿回那些，可能你连今天的生活都没有。"

"哎，阿依说的这个嘛，我赞成。那个年代，逃走就是最聪明的选择。"阿依父亲插了这么一句。

阿依母亲不再说话，眺望着江心，桥面的灯光很亮，江面的渔火反而变得明灭闪烁。

阿依父亲比阿依母亲要更容易适应这座小城的生活。在我们家生活的两个月，他极易满足，每餐有两个馒头、几片肥肉和一点咸菜就高兴得像个孩子。我和阿依要给他买衣服，他说捡我的旧衣服就好，他看中了我多年不穿的两条旧裤子，系上皮带后在镜子前炫耀。他每天在我们上班后，让老伴在家照看小依力，他一个人出来闲逛。那时我们住在市政府大院，门前是北宁河大桥，桥头几乎每天都有一位中年妇女挑来豆腐花（阿依父亲母亲叫它豆腐脑）卖，他喜欢喝，但又不会说听不懂小城土话，他的四川口音摊主也听不懂，他不知道一碗豆腐花该给多少钱，就看别人喝完一碗给多少他也给多少。"我看别人喝两碗给一块，我喝一碗就给五毛。"他笑嘻嘻地对我们说。

我曾问阿依母亲是否要去二十多公里外的地区看望她的八姨，她向我们打听八姨的处境，我们告诉她，八姨患了老年痴呆症，已经完全认不出我们了，甚至连她的儿子孙子也认不出了。

她坐在旧沙发上，脸上神情忧郁。

"不是我不想去看她，她留给我的是慈母一样的热烈和包容，我实在不忍心看到她今天像你们讲的那个样子。"她说。

她在我的遗憾和惊讶中选择了避而不见。

两个多月后他们去东莞光亮家，春花快生了。我送他们上班车，女儿紧紧地拽着他们的衣襟，尽管她的年龄还不足以让她会说话，但是她可以啼哭。两位老人显然把这种拽和哭看作了对他们的依恋，不禁也眼角涌泪。阿依父亲对我和阿依说："娃娃嘛，虽然是你们的，但是我和你妈养了三个多月，感情很深了，都可以把她当成自己的丫头了，你们要养育好，如果有啥闪失，我饶不了你们!"

不久，一种直面个人生命消失的场景来到了我面前。2005年5月，八姨婆，就是阿依母亲的八姨，在中风和痴呆三年之后走了。作为阿依母亲的女婿，作为阿依的丈夫，我和阿依去地区殡仪馆给她送行。这是我第一次去殡仪馆。以前，我尽管在农村老家也参加过老人的葬礼，但那是一种南方乡村的传统，我从小到大就不时遇见，小时候害怕，顾忌，在路上远远看见那支铙镲锣齐响鞭炮声声烟雾弥漫的奇异队伍就要逃。后来大了，慢慢领悟人生不可避免死亡，谁都要走这条归路，况且大了再像个小孩一样逃跑就被同龄人耻笑了，就装作若无其事地走着，看着，心里却还是惊惧不安。

阿依母亲已经六十六岁了，她在东莞帮打工的小儿子看小孩，她说她不能过来参加葬礼，让我们代送香纸钱。我们明白，她是不忍心看一生中最关心她的八姨走掉。

我们去了殡仪馆，那是一个城里人最终要去的地方，更是一个干部必定要去的地方。我心里想，看看也好，看看这个吃公家饭的人都要去的地方。果然，那儿一片肃然，尽管也有仪式，甚至还有几个喃斋的人敲敲打打唱唱，但是整个场景庄严，神秘，隐隐传出一种恐怖的气氛。

我怀着几丝紧张和恐惧，紧抿着嘴唇走近瞻仰台，我看见了她的遗体，像电影里的场面一样，她躺在鲜花松柏丛中。脸色雪白，身体缩得很小。她是地主的女儿，她是老家扶阳乡谢冲村第一个参加地下党的女子，她曾就读广州财经大学。她的姐夫是传说中的十九路军军官，姐姐是蚕桑中学学生，参加过蓝衣社，后来这对夫妇留下两个孤儿姐妹，姐妹俩都为了谋生避难盲流新疆。再后来，姐姐的女儿阿依去杭州读书，每年寒暑假不回新疆却回她的家，因为惭愧当年照顾不了那两姐妹，她疼这个叫阿依的外孙女，专门在家里空出一间房子给她住。后来，她的外孙女成了我的妻子。

阿依和这位老人的儿女都哭了。我也想哭。最终，我朝这位躺着的老人鞠了一躬。

她的子女去守骨灰，几分钟后就看见两个表舅和表姨（八姨婆的儿子和女儿）凑在一起，大表舅捧着一个黑色发亮的盒子，我和阿依跟在他们后面，一起去后面参加祭祀仪式。在那里，在一排象征十二生肖的水泥雕塑前，有几户人家正在祭祀，喃斋法师的舞唱，熊熊燃烧的香纸冥钞阴间用具，还有不时响起的鞭炮声，漫天飞舞的纸灰，逼人的火光，我瞬时又想到了生与死，存与灭，不禁感到一阵战栗和恐惧。我机械地跟着他们烧纸、祭拜，在紧张不安里完成了那次祭祀仪式。

那一刻，我听到天际响起的渺渺茫茫的弦乐。

女儿回到南方后，父亲渐渐开始喜欢她。父亲是矛盾的，没有女儿的他很喜欢孙女，但思想里一直希望有孙子，他看着左邻右舍逗弄孙子时也不免羡慕。2005年春节在老家的地坪上，他牵着我女儿的两手表情陶醉地教她走路，旁边是几个故意逗弄孙子的邻居，他们说话时常带刺，他就假装看不到也听不到。

父亲的心情好了许多，和阿依的交流也渐渐有了。到了2005年夏天，回老家摘荔枝的阿依发现父亲精神状态不好，就说："爸，你很少体检，我带你去医院全面检查一次吧。"但父亲推辞说："我现在不是好好的嘛，检查多麻烦，又没有时间。"或者说，"一个班就是两位任课老师，走了一位就肯定给另一位添麻烦了。"在我们的坚持下，他终于答应去抽血，还做了一个胸透。当他发现儿媳妇为此付了六十多块钱，又听医生说暂时没发现大问题时，他就不高兴了，说我们："根本没事嘛，花那个冤枉钱干什么？"等到我们去开好了B超检查单子，早不见了他的身影。下班后打电话到乡下，电话那头传来的果然是他的声音。

因为我们三兄弟生的都是女儿，老家男丁众多的邻居总是扬扬得意，优越感十足。有一天下午，父亲去上课还没回来，母亲一人在厨房里剁猪草，三伯父五岁的孙子旺火跑到我们家厨房门口褪下裤子就拉尿，我母亲在里面喊："又在我家厨房门口屙尿了，弄得我厨房里满屋尿臊味！"三伯父过来了，捏着旺火的脸蛋说："旺火，你这条卵柄，屙尿屙得好高哦！"等旺火拉完尿，他又帮旺火抖掉小鸡鸡上的尿渍，提起裤子边往上拽边说："旺火，记住，一般人系冇能够像你咁样企着（站着）屙尿咽！"又弹了弹旺火的裤裆说，"旺火，你系有卵的哦，再在这里屙小心被阉了你只卵！你知乜人才有卵吗？"我母亲听在心里不作声，只有木板上的猪草被剁得"嗵嗵嗵嗵"响。

周末我回老家，母亲悄悄地对我说："你阿爸成日背着你哋同我叹气，讲我哋生了三只仔，到了你哋一代有生一只仔，佢忧心你哋兄弟有冇后代，讲自己肾都忧凹了！"

这年，我的三伯父和两个堂伯父已经儿孙满堂，父亲一支却迟迟不见孙子。多年来，村里有些人眼看我们家三兄弟穷读书，自己家的孩子早早辍学打工，后来我在机关上班，大弟做了医生，二弟做了个体运输户，日子蒸蒸日上，他们既敬佩又嫉妒，这就是典型的恨人有心理。而当我们迟迟等不来男丁之际，就是他们笑人无的时候了。

我变得更加沉默寡言，更多的话只愿意留在笔端。我开始认为，自己目前的道路已经不能全部展示我的人生价值，况且，以我当时的那种处境，仕途成功反而成为乡人关注议论的焦点，我不用听就知道他们在说什么话："升官发财又有什么用呢？还不是连个儿子继承都没有！"

每当我听到那些言论的时候，我就用一种天问的方式诘难老天爷，为什么要让我降生在这片非议葳蕤的土地上，让我一结婚就陷进了这片奔逃不出的瘴疠丛生的热带雨林中？

夏至前夕，市委书记意外地调到了外地区任职，这让我心里很是怅然。回想六七年来，我从刚到市委办开始，曾听了父母的话，也受着周围的影响，认为升官发财，光宗耀祖，于是也把市委办当作自己人生的跳板，总认为自己不久会有进步。平心而论，这些年我写材料，熬夜是常态，也真的下了功夫，从书记和办公室主任对我的赞赏就知道自己做得不赖，而自己也因此得意起来，竟对办公室有依恋之意，而这一依恋就是六七年。尽管有从办公室出去的好心人劝我趁早要求下乡任职，我也曾经在接受任务时有口无心地对书记说过（书记往往这时总是说，你下去了，谁为我写呢？于是就不好意思再提了），但似乎总是不够坚决。而他也早有对我表态安慰："放心，你的事情我会考虑的。"于是，就在这种"不好意思"和"安慰"中，我度过了七年。

现在，不知为何，我对材料工作第一次有了厌恶的情绪。我曾经在心里许下"要为书记写到升官发财天荒地老"的诺言似乎一夜之间消散了。我预感到我的仕途会出现一次危机。

新来的书记竟然就是科长的校友，他到任的第二天就召见了科长，科长神秘兮兮地带了笔记本和笔走了，半小时后回到科室里一派意气风发之色，他"传达了"书记的指示，要我们连夜收集全市所有规模企业的主要经济数据。按照以往的经验得知，新来的书记要大抓工业经济了。

果然，夏至过后第三天，市委市政府决定召开城建、工业和招商大会战会议。市委书记让分管文字的办公室副主任和综合科长以及我这个副科长到他办公室聆听思路，我们都很专心地记着。来之前副主任让我拿了录音笔，他生怕错过书记的任何一句话。书记讲完后就像往常一样打趣说："三大会战啊，你们也去会战吧，看看后天能不能拿出一个初稿来。"余下的工作就是我们写作班子的事了。副主任是不写的，一出门口他就对科长说："你根据书记刚才讲的列一个详细的提纲吧，我再改一下。"然后他就回到与书记相邻的办公室去了，他平时的主要工作就是为书记处理信件，通知办公室准备会议，安排各镇各部门的领导向书记汇报工作。

回到科室后，科长对我说："你先列一个提纲的初稿，我改一下，再给石副看。"我有些抵触，赌气地说："我哪里会啊？"他笑笑说："锻炼一下吧，这个科长迟早是你当的。"我心里想：等我当了再说吧。可是我嘴上还是答应了。没办法，只有做了。这种单位就是一级压一级，不服从就有人打小报告，就有人给穿小鞋，最糟糕的结局就是让你迟迟上不去或者出不去。

综合科里只有科长、副科长我和另外一个同事，而我手头上正有几个短篇小说在写着，一天到晚满脑子都是人物活动和对话。刚刚构思好的一个情节和一段对话很快又被这些材料的构思打断了。我对那些八股文的厌恶顿时达到了极点。有几次晚上八九点，科长因为有应酬在酒店陪领导，同事因为老婆刚生孩子要先在家打理后才能来，我一个人在办公室里写。那时候电脑还不普及（那些年我也一直用笔写作。事实上，直到2005年，电脑在小城还不是普及产品，就是在小城的司令部市委办，整个办公室也不过只有两三台电脑，由两个打字员专职使用。我们用笔写好稿子，有时也用剪刀剪下报纸或者其他资料上的文字，加上糨糊就可以成就一篇文章。我们把这些写好的文章和剪刀加糨糊制作的材料交给专职打字员打印），科里才刚刚有了一台电脑，但是我打字一点也不快，材料写好后都是通知打字员小庞来打。写的方式不光要自己组织语言，还有一些是剪刀加糨糊的制品，现成的报纸和以前的材料可以小心地开天窗、做星条旗，弄好后就拿到办公室对面的打字室给小庞。小庞正在谈恋爱，因为这些天晚上加班十分生气，恼怒地瞪着我喊："天天晚上加班，你们又不练习打字，我每天晚上都要来，一点自由都没有，烦死了！"我苦笑着说："你看我有自由吗？还不是一样，你只是打字，我还要写好，还要改，还要校对，比你更烦。"她拍着桌子说："不说了不说了，我要打字了，要不每次都被你们拖到三更半夜才能回家！"我趁着她打字的间隔回到办公室想我的小说。在秘书科值班的大龙过来说："梁副科长，怎么加班就只有你一个人啊，科长都去喝酒了。说实话，我在办公室都十几年了我最清楚，你做死还不如陪领导喝一顿！"大龙的话让我刚来的一点思绪又乱了，我越想越气，拿起桌面上几份之前自己写的所谓讲话稿撕成满天飞舞的碎片，碎片落到地上，我恶狠狠地踩了上去。我踩、踩、踩，我发狠说，把你们踩成稀巴烂的狗屎！

我是一个衣着光鲜的人物，实际上是一个贫穷的农家子弟。我还爱占便宜，每次加班材料一完成我就用办公室的电脑写自己的文字。我感觉到，文学对我的吸引力越来越强了，我几乎无法在任何时刻放下我的创作。我是多么喜欢创作啊，为了抒发我的内心——我上一年从伊犁回来后，已经写下了大约七万字，我急于求成地从中选了一些章节，加了标题后投给几家杂志编辑部，有名气的大刊，也有省市级的小刊。那些文章从体裁看接近游记，我过多地在文字里炫耀自己到过这里那里，而真正触及心灵的文字还不多。结果，只有四五篇在省市刊物发出来。尽管如此，我已经兴高采烈，认为自己才华横溢。这种想法直接的后果就是让我自负起来，认为自己有当作家的天赋。却不知我已经到了一定的年龄，或者说接近中年，却始终不愿意跟随身边的大流，尽心尽力地做好那些八股文字以博得领导的赏识，以便早日谋得一官半职，好让自己的后半生和家人过上出车食鱼的生活。用他们的话说，我没有认清自己人生的航向，却异想天开去当整个中国大地上大多生活并不过得好也过得不是很有尊严的作家。从这个角度去考虑，当办公室有人向领导打报告说"梁小羊不务正业"就不足为怪了。

我很固执，一意孤行，打算把"不务正业"进行到底。自然，也有朋友看见了我发表的作品，他们好奇地问我怎么会有时间，有一个还是以前我倾慕的文学领路人，但是现在他已经在一个重要部门工作，又担任着主要职务，只是近年来没见他写了。本来他是我叫了多年的老师，现在他反过来要叫我老师，我是真心感到羞愧。但是，一个事实是，我这些年来写的东西比他多。因此，好像我已经可以当他的老师了，虽然，我在他面前没有这样说。但是，我想在这里说，一个人只要有写作的理想，哪怕他是像我这样曾经长年从事着没有灵魂的八股文工作，只要时刻记得自己的目标，那肯定也能为自己找到创作的时间。

我还知道，我迟早会抛弃掉这些八股文。尽管，我是因为八股文而找到了工作，又因为八股文而来到了一个体面的单位。

一种莫名其妙的生活左右了我，我总是觉得自己需要更多的机会，想踏上一个更广的区域。我对未来的期盼，应该是自己喜欢的地方，自己喜欢的生活，对我有着莫大的吸引力。

现在，尽管我已经有了亲爱的女儿，尽管女儿已经回到了南方，但是，我为了那本书，也是为了我所谓的与众不同的文学之路——就是在我的朋友都在热情讴歌或者咒骂自己生活的地方的时候，我已经立下决心，要一年一度回到伊犁，我想让我的文学之心在这片叫作伊犁草原的辽阔大地上徜徉。

我甚至可笑地觉得，我这辈子就是为写作而生的，或者说注定要当一名作家。天知道，没有哪个兴趣或者说工作让我这样痴迷，一天不干就觉得丢了魂。不过，让我感到痛苦和失望的是，尽管我自以为是地认为我是当作家的料，并且也为此倾注了大量的心血，但是我的写作一直没有实现大的突破，除了在几个省级和几个地市级刊物发过作品，自费出了一本书外，我实在没有上佳的表现。而我的一些朋友，比如朱山坡、吉小吉、天鸟和陈启他们已经崭露头角，而我却进步缓慢。为此我痛苦不堪，一度怀疑自己写作的天分。但是我实在没有办法放下来，就像文学遇到了一个赖皮一样，我也像一个赖皮一样缠上了文学。

令我惊喜的是，我的这种赖皮的态度竟然也能取得一点点的进步。与我的朋友们相比，尽管我作品发得少了些，但是我却慢慢找到了写作的切入口。那就是——实际上，我的亲人和朋友都不知道——在吉尔尕朗河两岸，一个奇迹已经发生，在这个与南方截然不同的地域上，在这个有着我的另一拨亲人生活的地方，我直觉地知道，无论是我的生活态度还是写作理想都迎来了崭新的机会。

我在这个本来打算逃避和苟且偷安的地方所过的任何一天与我的写作有关的生活，将比在南方生活得更加丰富和圆满充实。

在这个理想的召唤下，我的新的旅程也开始了。那时，阿依已经在南方重新找到了工作。然而我的心却是不安分的，这种不安分不是以前那种野心勃勃的盲目，而是一种响应远方呼唤的理智——我开始了一个作家追求写作的漫长旅程。

2005年7月下旬，我带着我的高中同学李毅光出发了。在此之前，他曾几次央求我，说想看看电影里的新疆。"同你做伴，也想看看你外父佬外母嬷的娘家。"他说。

我们便向着我的远方——也是他一门心思想去看稀奇的地方——出发了。

"克勒克勒，克勒克勒，克勒克勒，克勒克勒！"

一到吃饭时间，李毅光就从中铺下来，央求我请他去餐车吃炒菜喝啤酒。回到铺位后，只要一有机会就不断用那些过度热情的话与年轻的列车女服务员套近乎，惹得邻座几个女乘客对他指指点点，还窃窃地笑。当服务员走后，他就蒙头大睡，睡够了，就爬下铺位，先是把坐在过道上的我搡一把，把我从沉思中惊醒，然后一边拍大腿一边抱怨："屌佢人，千嘿咁远，头都睡爆了，腰都睡断了，仲未到啊！"每每看到他那叹气的表情，我就感到非常有趣，忍不住笑起来。这时候我就想到，耐心对于一个人来说是多么重要啊。有人铁了心要发财，有人铁了心要写作。抛开身体、才华和机会不说，这时候竞争的就是耐心。三年前我就有了这种意志，假如我轻易受到这位同学的干扰，那我肯定无法继续走自己的路，那样我这辈子肯定一事无成。

"克勒克勒，克勒克勒，克勒克勒，克勒克勒！"

在经过第三夜和第四天的旅程之后，我们终于在那天下午到达乌鲁木齐。那一刻，我那位从来没有走出过两广的同学在出站口站定了，他忙不迭地看着那些扎着各色头巾穿着各种裙装的少数民族女子目瞪口呆，不顾后面蜂拥而来的出站旅客，连连问我："这里系外国啊？咁多高鼻深眼的靓妹！"我催他快走，去找一家宾馆休息。他又问，"宾馆里头亦有这些靓女吗？"

在乌市的柔巴依宾馆里，他四仰八叉地躺在床上，特别惬意地说道："你知道吗，其实我并冇介意走了咁远的路程。我冇想到我哋本来系一个愉快的开始，我相信了你，后来我觉得受骗了。现在，我又觉得好爽了。"我在一旁笑着说："你听清楚了，我哋要去伊犁，仲有一千公里。在古代，伊犁就系流放地，林则徐、洪亮吉、邓廷桢，听讲过吧？仲有王蒙，听讲过吧？比我梁小羊出名的那些大小文人，那就更多了！"他抬起头向我瞪眼："好，现在又加上你一个！"我大笑，说："想流放？我仲有有这个资格呢，你有睇睇那些被流放的都系乜嘢人！"

看到他又把头低下去，我鼓励他："就算我把你流放了吧，到了伊犁你就发觉值得一来了。"

当天晚上和第二天中午，我咬咬牙请他吃了两顿薄皮包子和手抓肉，他抹着亮汪汪的嘴巴满意地说："好吃，好吃，我现在就发觉值得一来了！"

下午我们坐上去伊犁的汽车。因为已经吃好睡好，他开始表现得兴致勃勃，对着窗外的天山和草地上的羊群像个无脑货一样惊叫，惹得邻座频频向我们射来不满的目光。好在不久之后，我们沿着古尔班通古特沙漠行驶，他就因为窗外的单调和车身的颠簸而沉沉入睡了。可我一直睡不着，车过石河子时，我从右边窗外看到了一个低低地悬浮着的火球，它正随着我们行驶的班车急剧地弹动着，火球越看越像一个熔化的轮子，下面是朦胧轮廓的荒野。我望着这幅景象呆呆地出神，我知道，火球下面就是我的草原故乡。

我的这位同学，他记忆中最远的旅程只到过广州（从小城出发要坐六个小时班车）。对于这次新疆之行，他对我说"当（土话，像）出了一次地球"。那天下午，在奔驰的卧铺车上，他早早躺下了，鼾声如雷。我却激情四射，头脑异常清醒，开始掏出本子，半躺着续写《回到伊犁》——是的，我正在投入地书写两年前（第一次回到伊犁的2003年）我就已经相认的故乡。

当我们经历了十个多小时的旅程到达伊犁州客运中心时，已是夜里三点。我们走进了附近的杨树林之秋宾馆。服务员打着哈欠瞄着我们的身份证，见到我们正在用土白话交谈，奇怪地看了我们两眼。宾馆没有电梯，我们步行上三楼，进房关好门，放好行李，一边脱袜子一边说笑，突然听到了"噗噗噗噗"的拍门声，我俩都一惊，赶紧嗦声，对望了一眼，两个女声传进来："老板，要服务吗？""老板，开门！"李毅光凑近我耳边，发出老鼠活动的声音，惊惧地说："屌物，孰嗰佢哋咁快就知道我哋入住嗰？"我压低声音说："我哋上楼梯时一直讲白话，佢哋肯定以为系广东老板来了。"拍门声和催开门声简直吵得一层楼都知道了。我想开门叫她们走，李毅光朝我摆着手绷着下巴瞪着眼睛，依然用那种老鼠活动的声音说："千万毋开，听佢哋声音千嘿（土话，非常）咁狼，让佢哋入来，等下只怕有系你舞（土话，整）佢，而系佢舞你。我在广州有只友仔讲过，亦系半夜，有人拍门，佢去开门，那只鸡婆一入来就海底捞月，捧佢裤裆，三条豹佬也跟着入来了，关上门，嘭声揿到床上锁住喉咙，开价就系四千文，佢善善（土话，乖乖）给够数。"于是我们坐在床上等。五六分钟后，那些声音随着几句粗野的骂声和一阵脚步声消失了。可是，我们再也无法入眠。

第二天上午八点，我们匆忙退房，步行到了州客运中心，上了直达莫乎尔乡的班车，五个多小时后，我们终于到达巩乃斯马场光旭的家。我的同学虚脱一般斜靠在院子门廊的椅子上，行李箱扔到离脚三尺远的地方，耷拉着脑袋，双手松垮垮地垂至椅子两侧，眼睑紧闭，有气无力地对我说："老友，为了你这趟新疆之旅，我做牛做马了，帮帮忙，斟碗水来，有稀粥更喳（合适）。"我赶紧倒水，光旭则让红花熬稀饭。晚饭时，李毅光什么菜也不要，用姜块蘸盐硬是喝掉了六大碗稀粥，然后把自己砸到大炕上睡到了第二天上午。那晚，我是在老同学的鼾声里入眠的，睡前，我已经伏案写了三千多字，在那些文字里，我记录了自己从最初想一个人寻找梦想到因为害怕寂寞而哄骗一个朋友陪伴漫长旅途终于到达目的地的心情轨迹。

这次长途旅行不久就让我感到，我背负了两地的乡愁，我在南方的根基、工作和生活，以及阿依和女儿因为我的南方人生而渐渐适应的南方生活，让我开始为在两个故乡之间往返而踌躇。但是，相对于我在八股文生活中历尽煎熬而言，这次新疆之行我已经是一种悉心随性的释放。我隐隐约约地感觉到，这片土地的神秘，以及阿依和女儿与这片土地的关系，让我觉得这里蕴藏着我命定的夙因和深情呼唤的梦想。而这些就是我的生活，是我人生不可逃避的也是与众不同的生活。我本来就想做一名作家，上天又把这种生活和命运安排给我，对我而言这既是一种辛酸的经历，也是一种赏赐的财富。就是这些东西，让想成为作家的我对这种旅程显得像是着了魔，而我也一直认为这种旅程可以承载我在文学上的更多想法。

我尤其感念对我的文学理想持支持态度的幺爷爷。我回到老马场时，曾经想去看看他老人家，遗憾的是他已被家里人送去县上的敬老院，听说他已经听不见声音，也认不出家人亲朋了。2006年1月，我收到了老人去世的消息。据阿依父亲说，在他去世前十几天，他的儿子根据他的要求把他接回了老马场，因为他说过，他要和老伴一起，埋在后山草原上。阿依父亲还说："老一辈人嘛，都说过走后要埋在后山草原上，我将来也会这样。"

如今，幺爷爷的墓碑就高高地树在加乌尔山脚下，远看像一位身板硬朗的老人，在飒飒的风里眺望着连绵起伏的山野。

叙述到这里，我感到非常遗憾，本来我还可以讲述这些老人更多的故事，可是由于我的疏忽，早年我没有趁自己在马场的时候亲自请求还能清晰表述的幺爷爷讲他们几个老人的故事，没有趁着他还能清晰地表述的时候请他讲讲那些往事，我没能将几位老人的不平凡过去记录下来，为此我深感后悔以至自责。那时，我已经开始考虑写一部关于他们和那个时代的长篇小说，现在，如果我真有这样的决心和目标，我就只能在艰难的打听和查询中了解了。

我掉进了一口井里，是文学之井，深不见底。从2003年起，我坚持每年至少去一趟阿依的家乡伊犁搜集素材，培养当作家的素质。我渴望将旅行和当作家的理想结合在一起，而且我对这种旅行抱有很高的期望。我的心里涌动着当作家的决心和激情。我在写《回到伊犁》的同时，也开始写作另一部书——《吉尔尕朗河两岸》，我想通过一条河的两岸生活，讲述我对人生理想和精神家园的选择，我渲染了令人向往的草原生活，描绘了壮美的草原色彩，表现了对草原生活的期望。我已经写了二十万字。

我回到南方小城后，有一次，我回乡下老家时也把书稿放在桌上，父亲翻看了我撂在桌上的书稿，他带着一种怜悯的口气说："写咁多呀，冇知道能冇能够出版？"

我内心正闪烁着一片希望之光，颇为自信地回答："总有一天会出版的。"

父亲合上我的书稿，不看我，却说："那你冇想当副县长了？"

我有些心不在焉地说："听命运安排吧。"

那时，经过办公室一年的磨炼，我已经明白走那条路的艰难，开始自我感觉良好地认为自己是一个文学天才，正心怀远方，理想如火，在不久的将来就会摘下一枚泛金的硕果。

葬礼（一）

南方的天空已经有十来天看不见太阳了，阵雨一天接一天地下，即使雨停了，天空也始终被铅灰色的云层布满着。空气湿润闷热得可以让人与人粘着。一切都表明，小城令人厌烦的回南天到来了。

那是4月里非常湿热的一天，阿依冷不丁地接到城区的表姨冯静的电话，她一听就惊住了，挂了电话后黯然说："八姨公不在了。"

第三天我们就去了南安殡仪馆。茂密的柏树衬托着安静和肃穆，到处是蓝底白字的标语，告诫着人的生命最后的尊严。外面还是雨，还是闷，殡仪馆的大厅却因为开了空调而显得凉飕飕的，这愈加强化了一种悲伤和萧索的氛围。参加追悼会的有逝者生前亲戚和单位的代表三十多人，大都肃穆无语，偶有小声打招呼的。司仪在讲话。

原单位领导读悼文。我在嗡嗡回响的大厅里只听到几句"黑龙江人""四野部队""参加过六万大山剿匪""参加了抗美援朝"，以及"任地区五方园艺场场长"之类的语词。这些语词我曾经熟悉。前些年，就是我和阿依结婚后的那些年，每次上地区探望他们老两口，他都喜欢给我回忆往事。1949年北宁解放，阿依母亲外公家的人才知道八姨婆和那个黄家男人并没死，八姨婆还到了广西平南的石灰厂工作，做的是会计。那时候，她已经和石灰厂的厂长冯百全结婚，冯百全就是阿依母亲的八姨丈。有一次，我问起他的老家，他说，黑龙江阿城县蜚克图乡秋皮沟啊，我一听糊涂了，比阿依新疆那边的地名还费神嘛。他笑得堆起满脸皱纹，说，秋皮沟嘛，隔壁就是杨子荣智取威虎山的夹皮沟。

他讲自己打仗的历史，打的都是大仗啊，辽沈平津战役他都参加过，所属的部队是四野。四野，就是林彪的部队。1950年，桂东南一带土匪猖獗，四野南下成了剿匪部队，他所在的团驻扎在地区。他参加过六万大山剿匪，后来又参加了抗美援朝。"前后歼灭过一百多个国民党兵，在朝鲜战场击毙过二十多个美国兵和南朝鲜兵。"他一直做到了副团长。

部队后来为了加强对地方的建设管理，让部分军人转业，他留下了，就在那时候认识了八姨婆。他先做了平南石灰厂的厂长，又做过地区新生机械厂的厂长、五方园艺场的场长和书记。是八姨婆教他读书认字，后来他还能自己写自己的工作报告。

鲜花翠柏中，红红的党旗覆盖着那位我曾经熟悉的老人，平时一米八几的人，现在似乎短了一截，白炽灯光下是瘦削而苍白的脸庞。经过他身边瞻仰时，我走在阿依后面，我听见了她和前面的表舅表姨（八姨公的儿子女儿）的抽泣声。

阿依是有理由悲痛的，这位老人，他的一家曾经给了她和她母亲难以忘怀的温暖。八姨婆和八姨公结婚后，一直希望在遥远新疆的两个外甥女能回到自己身边，但两个外甥女都在那边有了家，自己能力又有限，举家调回来不容易。在阿依的回忆中，八姨公既是一位慈祥的老人，也是有些马列的干部。阿依母亲曾经说过，六十年代中期她盲流新疆之前，八姨为了帮她安排工作，要身为园艺场场长的八姨公出面，他总是说："毛主席教导我们，革命干部要大公无私。"八姨气得差点跟他闹离婚。后来阿依母亲远走新疆之后，八姨曾经哭着骂他："都是你不肯出面帮忙，弄得我两个无父无母的外甥女盲流新疆！"

阿依在杭州读书那些年，因为路途遥远，费用紧张，她每年寒暑假都没有回新疆，每个寒暑假大部分时间都在八姨公的地区家里度过，有时也到北宁表舅家。1993年寒假，她从杭州坐火车来到柳州，再转乘长途客车来到南安军转站（军供站）八姨婆的家。已经六十多岁的八姨婆亲自去走访自己的亲戚，只希望亲戚们能帮帮她，将来她毕业后可以回地区或者北宁工作，这样将来她的外甥女也就有回老家的落脚点了。

八姨婆的家从军转站搬到地区专门为离退休干部建造的居住小区荔园新村后，八姨公和八姨婆就给家里人指定房间，特意指定了一个房间专门给阿依。两位老人笑眯眯地对家里人说："现在分配房间，在阿依没有结婚之前这个房间就是她的闺房。"阿依回到北宁工作后，在和我结婚之前，她每个周末都上地区住那间房，而这个家里的人也一直将那间房称作她的闺房。

她母亲在八姨婆走时在东莞没有过来，现在依然没有过来，只是嘱咐我们代她送行和上香。

十个月前，八姨婆走时也在这个殡仪馆举行，真是世事重演。经历了八姨婆的葬礼后，我对去殡仪馆参加送行已经少了许多恐惧和紧张。当两个表舅捧着他们父亲的骨灰盒出来，我们都走上去，一起来到后面，那里排列着各种生肖，用水泥铸成，在一只狗像前，表舅们烧起了香纸冥钞，几个表舅、舅母、姨丈和表姨都嘴里喃喃有词，都是祷告和祝愿的话。我们又点起了鞭炮。旁边还有几家人也在做着同样的事情。生肖像前烟雾缭绕，鞭炮齐鸣，黑色的纸灰漫天飞扬。

送走八姨公之后的当天晚上，阿依母亲从东莞打来电话，详细询问了葬礼的情况，老人对于自己没能参加八姨丈的葬礼很有歉意。她叹息说："最值得我挂念的两位老人都走了，从今以后，我心里那份负累就轻多了。广西，就剩你们最值得我牵挂了，你们还年轻，可以来广东看我，也可以回新疆去住一段日子，你们有什么梦想，就下决心全力去实现吧！"

阿依母亲的话似乎对我有一种动力，我熬夜写作的意志骤然坚强起来。到了2006年4月，《吉尔尕朗河两岸》被我写到了二十五万字。我对这部书充满了信心，先后投给十几家出版社和杂志社，但都令我失望了。自我消沉一段日子后，我采取分散出击的办法，把书稿的一些章节添加上标题，投给了一些刊物，这些一万几千字的章节先后在《鸭绿江》《延安文学》和《草原》等一些刊物发表，黑龙江省团委有一个综合性的月刊叫《新青年》，在长达两年里给我开了一个"行者无疆"的专栏，给了我很大的鼓舞。

如果说这时候还有令我厌烦的事的话，那就是八股文了，这是一种与文学呈相反方向力量的撕扯，当思维被迫转入这个轨道中，真有一种眼睁睁看着爱人被别人抱走的难受。这时候，我是多么赞同赫尔曼·黑塞的那段话："再也没有比完成职务、遵守一天或一年的时间安排、必须服从他人这个观念更可憎、更可怕的观念了……"对他来说，办公室、公家机关和工作场所都有如死那样可憎。

平心而论，我一直铆足了劲写材料，仿佛我真心喜爱着这种工作。然而，我又不知不觉地写起了那些东西。那时我就知道，酿造于十几年前的这杯文学美酒，它的香味又飘出来把我灌醉了，我的现实又被那个缥缈的理想网住了。可是，我刚进这个单位时，曾经是那样踌躇满志，一直自信会在那条道路上风生水起，光宗耀祖。回想考核组来考核我前夕，文联主席李海浪不满地对我说："梁小羊，你真系冇有本心啊，来我文联才一年多，刚刚熟悉编辑工作，你又要走了，讲真的，当初冇系我帮忙，你入得了文联？只怕仲待在糖烟公司里等死！"

他说的话是真话，我进文联之前，那间公司的确已经半死不活了，工资只发七成，我每月只领到一百多块钱，喝了几顿同学的结婚酒就所剩无几了，更别说有钱跟我当时爱得死去活来的琴拍拖，琴的家人也因为我的家庭条件而激烈反对我们在一起。正因为这些原因，我穷怕了，也被另一条道路的光辉前景吸引住了，我要走，别说当时有市委办的领导看中我，就是求人我也要寻找另外的门路了，我那时目标明确，进入别人梦寐以求的党政机关，像文联前几任编辑一样，进了党政机关就当领导秘书，若干年后再到乡镇或者部门当一把手。我那时想象自己得到的果子总是甜甜的。

我深知，当年能够进文联，完全是李海浪老师的功劳。说来有些传奇，当年朱山坡离开文联去市政府办之前，有一个外号叫"鸡公头"的家伙已经捷足先登借调到文联了，他是小城虎头水泥厂的资料员，也是李海浪专门找来写所谓的报告文学的写手，此人长得一表人才，身高一米八一，像鼓面一样饱满的额头红润光洁，说话声如洪雷，鼻子高挺微勾状如鸡嘴，在大街上常见他骑一辆车身及腰声如破锣的雅马哈，"突突突突撒撒撒撒"响彻半条大街，一天到晚神采奕奕，声如洪钟，说话三句不离女人，尤其一见到稍有姿色且曾有一面之缘的女人，冷不丁就会响起惊喜兴奋的一句："啊哈，靓女，又见到你了！"随之那高大身躯侧旁便会突然伸出又大又长的双手，随着洪钟一般的问候语迎着女人"啪啪啪啪"地上下摇起来，李海浪说那形状十足一只见到鸡嫲就想跳上身踩飞（交配）的"鸡公头"。据说绰号"鸡公头"即由此而来。最有趣的一个传说是，他看中了某初中的英语老师，那老师虽然对他的健硕外表翩翩风度甚为欣赏，但对其夸夸其谈态度轻浮甚看不上，数次表白均不答应。然而有一晚，他巧言令色博得了女老师的同意进了她的房间。第二天早晨天刚亮，他骑着雅马哈"突突突突撒撒撒撒"地驶出校门，走了几十米想起了什么，又折回头，"突突突突撒撒撒撒"，驶近坚守岗位的门卫身边说："伙计，你千万千万不要对人讲我昨晚在涂老师房里过夜吼——"门卫瞪了他一眼，说："真系此地无银三百两嗯！"类似的传说还不止一个。我就曾在一次去文联办公室找李海浪老师看稿时听到他感叹隔壁党史办黄姓少妇为尤物，发誓"有一日要吃了佢"。

与他相比，我却遭遇了尴尬。一次朋友请客，六七个人商量好，各自拉着自己的女朋友去东方夜总会跳舞，我那时和琴的关系正处于十字路口，我恳求再三她才答应，她坐在我的"大油煲"后座上出来了，在那个灯光变幻的舞池里，她看着我的朋友跳完了一曲又一曲，任我多次邀请就是不愿意跟我进场。时间到了十一点，我满心酸楚，最终，她亲自上去点唱了那首《无言的结局》。"鸡公头"就在这首歌里搂着一位女子跳，一曲终后，看我落寞地坐在角落里的样子，在旁边落座时公然跟其他人说："梁小羊那只卵样，要相格冇相格，要屋冇屋，要钱冇钱，亦想泡街妹？睇睇我这种相格嘅嘛，英俊潇洒，高大威猛，冇系吹，想搞掂佢条女分分钟!"众人大笑,我羞愤不已。一曲再起,"鸡公头"又换了一位女子跳起来。文友都羡慕地说他"日日过新年,夜夜做新郎"。

我却是彻底失恋了,那夜我送她回家,在那个只能容一辆摩托车进去的巷口,她下车,站住了,说:"冇要送我入去了,被我阿爸见到你就要被打死!"她决绝一般离我而去,发誓不再见我,"我与你缘分已尽,再见不再系朋友,希望冇要变成敌人!"

那时的我多痛苦啊,第二天早上我竟然来到文联向李海浪大放悲声:"我女朋友冇要我了,我女朋友冇要我了……"李海浪表现得既惊愕又好笑,安慰我说:"屌那妈,你男子汉大丈夫一只,怕揾冇到老婆?既然佢发誓离开你,那肯定冇值得你爱了,天涯何处无芳草?早点跳出来,多妹儿愿意跟你啊!"

那时"鸡公头"在文联已经搞得风生水起。因为有李海浪撑头,"鸡公头"利用文联的刊物作为平台,每期拉来四五篇报告文学,最多时甚至有十几篇,这些所谓的报告文学其实都是给经济能人写的"奋斗史",每篇都有一笔赞助,多则几千,少则五六百,李海浪老师每篇给"鸡公头"五成提成,那已经非常可观了,所以他经常有闲钱请吃请喝,他还两次在文联当着我们这些文友吹嘘说请了宣传部部长吃大餐。那时李海浪和"鸡公头"的关系已经好比度蜜月,小城的文友绝对记忆犹新,有时候在安静得可以听见鸟鸣的兴宁路上,突然传来振聋发聩的"突突突突撇撇撇撇"声,紧接着那辆北宁街绝无仅有的高及腰际的雅马哈越野摩托驮着李海浪从兴宁路上呼啸而来,进入市政府后还打了几个响屁才熄火,李海浪走在前,"鸡公头"提着一沓资料跟着,一忽儿叫"李主席",一忽儿叫"李老师",俨然一个跟班秘书模样。"鸡公头"早就扬言:"我揾通了宣传部部长咧,部长早就答应我了,朱山坡一调走就签字让我入文联!"

可就是这样十拿九稳的事,最终还是黄了。原因居然出在"鸡公头"身上。原来李海浪老师有一天见到了一位钢球厂的老板,谈话之间得知,老板答应"鸡公头"写一篇"报告文学"在《北宁文艺》上发表,给的赞助是一万元,而"鸡公头"对李海浪报告说是五千元。李海浪心里一动,再对"鸡公头"联系的其他赞助人了解,几乎都是如出一辙,得五千报两千,得一千报五百。李海浪大怒,却不动声色。

那天上午,当朱山坡调进市政府办的文件下来时,"鸡公头"掩饰不住兴奋,三步并作两步踏进李海浪办公室,把手里的一张纸扬得噗噗响,唾沫横飞地说:"大件事,海浪同志,大件事了!我马上就要跟你成为同事了,部长都签字了!"李海浪脸都变了,伸手要看那张纸,他一把收回去,诡秘地笑着说:"冇使急,冇使急，马上要做同事了，来日方长。"

那天午休我睡得很沉，醒来时发现李海浪打了我的寻呼机起码超过二十次，我以为发生了什么急事，惶恐地复机，他气喘吁吁地说："屁股痒了（小城粗话，糟了的意思），大件事了，宣传部部长签字了，'鸡公头'要做我同事了，佢开始喊我同志了，连主席老师都冇喊了，假如佢入了文联，恐怕要喊我小李了，咁样仲正常嗰啊？我要行动了，否则就迟了，今晚我同你去揾市长，求市长签字调你入来，就睇你有冇运气了，我已经写好报告了！"

后来我才知道，李海浪天黑前先找了早些年离开文联去当了市长秘书后来又到兴宁镇做了镇长的诗人倪文津，倪文津也真够意思，说晚上会提前去老板家里等着。当晚八点我和李海浪到了市长家，报告呈上去，市长盯着报告沉吟不决。倪文津在一边说："老板啊，这只梁小羊我了解，比我仲能写，先调佢入文联咯，以后肯定像我咁样入政府办为你服务嗰，迟早都系你的人。"此话一落，市长虽然还在埋头看着报告，却伸手说："笔，笔。"李海浪早有准备，双手呈上一支黑色钢笔，市长接过写了几笔，纸上显出几道依稀带墨迹的划痕，居然没有墨水，李海浪又开始手忙脚乱地在衣袋里找笔。我心里怦怦直跳。还是秘书出身的倪文津灵醒，早就不知从哪里掏出一支笔递到了他老板手上，市长手上的笔尖哗啦啦地喷出蓝黑墨水，那张报告的顶头上就有了一行字："同意调入，同意入编。"并署上他的大名和日期。我心里顿时一通鼓鸣，知道从今开始世界是我的了。

那么，我为什么工作了一年多，又要离开好不容易才进来的文联呢？而且，在市委办工作了五年之后，我又开始有了厌烦的情绪，我讨厌那些"一二三四五"。那些诗歌和散文又在加班之余冒出来了，常常在午夜，加班结束后同事都趴在桌上睡着了，我像早年吸烟上瘾一样开始倒腾起那些文字，而那些文字也像我童年时代的蝴蝶一样纷纷向我飞临，我便渴望着，自己也能像蝴蝶一样拥有飞翔的自由。

我一直努力干活，表现得非常诚恳，仿佛我真心喜爱着这种工作——八股文，然而，我所有的努力都是为了一个目标——去远方。我想，既然我必须去做一件事，既然我为了潇洒而弄湿了头发，那我就把这个头发理下去好了。多年的分析和思考让我彻底明白自己，我实在没有做官的才能，憨直和木讷的性格，让我只能凭着一些老老实实的手段谋生，而我感觉写作也是其中手段之一。这是我经过十分认真的考虑之后作出的决定。此前，尽管我在一些不太有名的刊物发表了这些关于伊犁的文字（我两部书稿的部分），但是我没有感到任何的喜悦——当然，除了有时候因为感受的芜杂思路的卡顿而写不出才苦闷——我也没有产生任何的气馁。

就是在这样一种心情中，2006年5月下旬，我怀着作家生涯中青春将逝的焦虑感和恐慌感，把女儿留给了阿依，留给了我母亲，一个人背着《吉尔尕朗河两岸》的初稿，踏上了开往伊犁的火车。

我知道，我在进行着一种转场式的生活，这是一个多次去过草原的作家才有的感觉，我的一辈子待在南方甚至只是待在喽啰山区的父亲母亲不会知道。但在父亲看来，这简直就是一种盲目的行动，他生气地对母亲说："分星（一分钱）冇剩落，都放在车轱辘上了！"

要成为作家的理想鼓舞着我，作为女婿去探亲的想法也催促着我，我出发了。尽管那时候我已经确认我并不是一个有天分的作家，我还没有写完《吉尔尕朗河两岸》，但是和阿依第一次回伊犁的幸福感依然在我心海充溢着，我的确认为自己是幸福的，我感到这种幸福感一直存在。

火车已经过了西安，又过了兰州。窗外天空晴朗，空气清新，干涸的土塬总是让我想起南方湿润润令人生厌的回南天气，偶尔在小盆地里出现的蔬菜、果树和花卉长得异常壮阔和鲜艳。甚至，偶尔出现的一条水细如尿或者已经干涸的河沟，也让我感到了大西北土地的律动和埋伏的力量。

"克勒克勒，克勒克勒！"

火车发出低沉而坚韧的吼声向西奔驰。兰州西去大约三十分钟，两边坦然跌宕开去的原野上，有泛绿的作物，有高挺的杨树，原野的尽头总能看到一道道烟霭苍茫的山岭。偶尔竟也能看到星星点点甚至是小块小块的绿。两小时左右过黄河大桥，底下是一条巴掌大的小河，黄水在阳光下黏稠地流淌。有旅客说，黄水就是黄河。我坐在过道上，注视着那道黄水很久，想到了中华文明，想到了发源地。我还想，这么小的黄河，这么黄的河，却孕育了一个民族的文明，是那些人故弄玄虚，还是黄河神秘莫测？

夜色朦胧时，已经是二十一点。列车广播在对夜里一些时间段列车到站情况提前说明：大约在二十二点到达乌鞘岭。乌鞘岭气温较低，请大家注意御寒保暖。

乌鞘岭这个地名于我并不陌生，我从初中开始便已从自己订阅的《绿风》诗刊里熟悉了它，那时经常有一些甘肃和新疆的诗人，比如林染贺海涛发表在《绿风》的诗里写到乌鞘岭。由于此名奇特，剑气凛然，加之诗人的诗意境气势浩瀚，辽远苍茫，我就深刻地记住了这道乌鞘岭。

新边塞诗人林染说过，乌鞘岭是西域和口里的分界线。过了乌鞘岭，就是河西走廊了。

大约半个小时后，我借着微弱的站台灯火，看到列车停在了一个叫天祝的小车站上。

过道上没有人了，他们都已回到铺位上躺下。我也趁列车停靠的时候，爬回了上铺。

> 这是骆驼刺丛上的黎明
> 我飘着风雨洗白的风衣
> 在托来高原漫步
> 我晨曦汹涌的前额漫过莽原
> 在荆棘上卷起一堆堆红花
> ……

这是林染那首发表在《绿风》上的《爱情交响诗》，我吟咏着它走过乌鞘岭。

列车开始爬坡了，我和整个车厢重心都在往后坠，列车的速度渐渐慢了下来。然后，我听到了"克勒克勒"的声音。列车无疑正在穿越隧道，果然有刺骨的寒风穿过车窗袭来，我赶忙披紧了被子。耳朵仿佛被一滴水堵住了，嗡嗡响。窗帘没有拉严的窗口射进影影绰绰的光，我抬了一下头，看见了昏暗洞壁里的点点划过的灯火。

"克勒克勒，克勒克勒！"

绿皮普快继续吼着爬行，感觉走了不止半个小时，大概到山腰了吧。速度缓慢得几近停止，像一个负重走累了的行人，在拼着最后的劲跨越最后一座山头。

"克勒——克勒，克勒——克勒！"我听到列车在做最后的加力，我甚至担心它会最终停下来，失去了爬山的力气。

"克勒——克勒——克勒——克勒——"列车渐渐像一个负重的老人在喘息，艰难地挪动着脚步，颤颤巍巍，随时可能颓然倒下。

"克勒——克勒，克勒——克勒！"我突然被震了一下，在凝视和冥想里醒了过来。列车发出的声音渐渐由慢转快了。"克勒克勒，克勒克勒！"它已经完全恢复了，我能感觉到列车正在下坡。"克勒克勒，克勒克勒！"列车越走越快，最终在一段平坦路到来之前呼啸而出，它冲出了隧道。突然之间，也是在我的一念之间，列车就在声音和身份上完成了一种蜕变，一种电光石火凌空而至的蜕变——出塞出塞，新疆新疆，出塞出塞，新疆新疆！

我激动得一掀被子坐了起来——是的，出塞出塞，新疆新疆，出塞出塞，新疆新疆！就是这个声音，这就是火车的声音，它突然就喊出了我心中的音符——或者说我的感情——出塞出塞，新疆新疆，出塞出塞，新疆新疆！是啊，真的就是——出塞出塞，新疆新疆，出塞出塞，新疆新疆！

一阕浩荡的音乐开始在我的心里长长地奏起，它在纵情歌唱，歌唱的是我的目标，歌唱的是我的方向，歌唱的是我此行即将抵达的归宿地！

"出塞出塞，新疆新疆，出塞出塞，新疆新疆！"

它呼喊着，冲出了漫长的隧道后，我明显感觉到它长长地松了一口气，像卸下了千吨重负，一下子走得扎实平稳，走得沉着坚定；它已经完全缓过劲来，恢复了先前的力气——出塞出塞，新疆新疆，出塞出塞，新疆新疆！

短促而有力的口令，强劲的吼声，它朝着缓坡的前方，呼啸着，长驱而下。

"出塞出塞，新疆新疆，出塞出塞，新疆新疆！"

在经过三天三夜的旅程之后，我又一次到达了乌鲁木齐，再次看到了穆斯林文化影响下那些与南方截然不同的建筑、路树、人们的衣着和面孔以及餐馆小吃，来往的旅客就像电视剧上一个个典型的角色。那些人当中有更多的人穿着看起来高贵修长的大衣，说着令我感到快速而不可破译的语言。我看见了许多姑娘，这些姑娘身材颀长，腰肢匀称结实，弯腰的弧度很柔美，脸庞白皙，嘴唇涂了润唇膏显得鲜艳光亮，一律的眉毛浓长，五官欧化并且漂亮。男人们有不少有着高直甚至带钩的鼻子，稍显深陷的眼窝，有着轮廓分明的脸庞，乍看之下长得像国人眼中的老外，但他们不是老外。街道的路名、店名、广告牌和霓虹灯到处都可以看到那些波纹线的文字。这些场景使我确信我的确就在乌鲁木齐。我第一年回到乌鲁木齐时，对这座城市的印象是模糊的，那时是深夜，现在很难回忆起来，只记得有灿烂的灯光和匆忙的脚步，而这些在哪座城市都是一样的。我对街上走过的人群竟然有那么多与我们不一样的族群有了太强烈的印象，一种紧迫的心情，一种慌乱的思绪，一种害怕人生地不熟，害怕遇上什么乱子的心情骤然而生。

我想在乌鲁木齐找到一种依靠，哪怕一个熟人也好。我想到了兰花。

我在前面说过，兰花和她妹妹柳花虽然都比阿依年轻了几岁，但按辈分阿依却要叫她们姨姨。在南方有一年多，我和朋友们对这两姐妹都只是直呼其名。我和阿依结婚后，我也随阿依叫她们姨姨。其实她们一直是我拐弯抹角沾点亲的好朋友。遗憾的是，她俩在我和阿依确定关系之后就悄无声息地离开了小城，柳花直接回到了伊犁，兰花据说去了四川，因为那时与兰花恋爱的那位记者已经回到老家成都。曾经那么好的朋友与我们不辞而别，我今天都对此事觉得奇怪。那时伊犁的教师职位十分空缺，柳花很顺利地当上了教师，但是兰花却不喜欢这个职业，她跟着那位记者在成都做起了服装生意，并且很快他们就发了一点小财。有一次，我打电话给她，她热情地邀请我去成都吃川菜。那时连去新疆探望阿依父母的路费也筹不够的我，当然就没有去成都。一年多后，据姨姨的女儿章婕在电话上说，兰花离开成都回到了伊犁，奇怪的是她的男朋友依然留在成都。我后来询问过兰花，她后来的生意天分或者决心就是成都之行后被激发出来的。

那天上午，我到达碾子沟长途汽车站买好票后才发觉，这是一趟晚上开往伊犁的班车。离发车时间还有大半天，我打电话问阿依要到了兰花的电话，我打过去，听到了她惊奇继而淡然的声音，我说我想到你那儿看看。她依然淡然地说："那你来吧。"

我按照兰花所说的地点打的来到了王家梁钢材市场，见到了她开的一家面积只有二十来平方米的小铺面。她已经没有了在南方那几年的肉疙瘩模样，顶多只能算稍为丰满。说话间不停地看账本，不时看手机。我问她是否还在写作，她咔咔地笑了。然后说，非常忙，那些文字早丢到博格达峰上去了。

她在我面前一连接了好几个电话，没有电话的间隔便和一个据说是阿依同学弟弟名叫徐鑫的小伙子商量事情，说完后就让我先在店里坐一会儿，她急匆匆地走出去了。我一直等到中午一点多，那位叫作徐鑫的小伙子接了一个电话，之后到对面的快餐店给我拿来了一盒饭。他告诉我，兰花在外面忙业务，她让我吃个盒饭将就着。我一听徐鑫说完就急匆匆地吃了起来。其实我下了火车就没有吃早饭，早已饥肠辘辘了。徐鑫还说，兰花这段时间忙得饭都赶不上吃，还经常睡在店里，害得他只好去挤同学的出租房。我知道再等下去也不会见到兰花，吃完饭我就打的去了汽车站，候车两个小时后踏上了开往伊犁的班车。

整整一个月，我待在天山脚下的库尔德宁林区，在高耸入天的云杉林里，坐在一根风死木上，投入地修改那本叫作《吉尔尕朗河两岸》的书稿。林区静谧潮湿，欧李和黄刺等野果成了我的零食。林子外的草甸上，草绿得像纱巾。草甸上空高远宁静，抬头仰望，时常可以看到鹰，时而节奏舒缓地盘旋，时而激情昂扬地扑落在草丛里。我为自己可以身临其境，在吻合文字的氛围里写作和找到了合适的句子而心情喜悦。

　　　　我悄悄地东张西望。周边，银霜满地，高大的云杉和它们巨人般的
　　影子为我们值夜，冰凉的夜风吹响毡房和云杉树梢，白天就已盛开的啤

酒花此刻继续散发出阵阵幽香。抬头可见深蓝的天幕和银白的喀班巴依峰顶上，一轮明月高远而孤独，月边是丝丝缕缕飘荡着的棉絮一般的白云。这时在山坡上远看库尔德宁草甸毡包座座，灯光点点，更显出山谷的空旷和幽静。我想，这样的世界这样的氛围真适合我，这里有雪山的气息，还有清凉的睡眠。我已经是一个不想走出这群山包围的人。

在库尔德宁，我孤独地凝视和思考，慢慢地记录，我的记述因为沉入而深刻，因为缓慢而准确，有些句段甚至可以直接放进书稿里。库尔德宁这片河谷不光有茂密挺拔的云杉林，可以把我本就有些封闭的内心包裹起来，而且还有三尖两刃刀一样漂亮银白的喀班巴依雪峰和从雪峰溶化流下的库尔德北宁河，哗哗的河水一碰到我就让我惊叫起来，多么清冽冰冷的河水啊，简直可以冰冻我的内心。正是这种冰冻的感觉让我忘记林区之外的生活，忘记南方。就算是有雨的季节，河谷里荡起厚厚的白雾，我也觉得这对我很有利。因为，那些铜黄色的小木屋或者那些暗灰色的毡房都非常适合我，适合我正在进行的关于吉尔尕朗河两岸的创作。只要离开那座只剩下白话的南方小城，离开那些打印纸或者电脑上的"同志们"，随便遇上这里的什么天气我都觉得舒适。库尔德宁对我的写作真的非常有好处，当时，我的《吉尔尕朗河两岸》已经到了《林区之路》这一章，实际上，我已经开始了《库尔德宁岁月》这一章的写作，尽管写得有些粗糙，甚至幼稚，观察也没有细致到让人惊异的地步，但是我毕竟写了。我不断地把白天看到的景象，包括阿肯弹唱和哈萨克族人放羊牧马的场景写进去，尽管形成了一种堆砌的局面，但是我想，修改和补充还是一个漫长的过程，现在我需要做的就是体验和记录。我甚至可以和哈萨克族牧民哈木力别克一起吃羊肉，和他一家品尝去冬制作的熏马肠，拿出我带来的一瓶肖尔布拉克大曲，然后，我们就听他弹冬不拉，唱：

　　草原上的百灵鸟叽叽喳喳

　　毡房的花儿等待开放

　　漂亮的姑娘啊，你咋还不来到我身旁

　　天快黑了，你知道吗

　　鸟儿回家了，我在等待

　　等待黑夜分娩出星星

　　等待荒漠变成草原

　　黑头发的姑娘啊

快点来到我的身旁
……

然后，我就接到了阿依在万里之外的南方小城打来的电话。

"你快些回来吧！"阿依的声音有些沙哑。

"有啥事呢？"我顿时觉得问题可能严重了，心里一阵紧张。

"就在昨天，老爸进城了，我看他脸色很不好，精神也很差，我就和大弟带他去了医院检查，竟然发现——"

"你说吧，我挺得住。"我心跳得厉害。

"你千万要挺住，可能也是误诊，还要——还是等你回来，再带他去检查吧。"

"究竟是什么病呢？"

"医生说的，怀疑老爸是——癌。"

我手里的木碗和熏马肠同时跌落在毡房的地毯上。

"你要稳住自己，还不是确诊，我和大弟商量后带他去南宁确诊。"

挂了阿依的电话，二弟的电话也来了，他读书少，也没什么见识，只是哭："总冇使讲了，我仲计做点事业给佢睇啊……"

我走出哈木力别克的毡房，仰望着苍茫的喀班巴依雪峰，泪水流了出来。

在回南方的六个多小时的飞机上，我一直想着他，看着舷窗外的巨型云彩和下面模模糊糊的山脉大地，我突然想到天国，如果他真的不治，他以后会不会像我这样，整日在天空飞着，每天从我们生活的地方头顶上飞过。

回到家的当天，我们三兄弟凑在房里秘密商量，决定带他去南宁确诊，这也是寻求最后一丝希望。阿依托她做医生的同事为我们联系了广西医科大学肿瘤医院的一位教授。第二天一大早，我和二弟就陪他去南宁检查确诊。那位面容清癯说话慢条斯理的教授望着我们说："已经全部扩散了，换肝也没有用了，就算你们有钱，也没必要花这个钱了。最多可以挨到半年，也可能是两三个月……"我的脑袋嗡嗡地响着，再也听不进后面的话。

他也不问我们检查结果，我却要强装笑脸，编着一些话哄他。

我心情沉重地扶着他走出医院门口。瘦骨伶仃的他走在宽敞亮丽的大街上，说了一句："大城市跟北宁那个小地方相比就是不一样啊！"这时候我才想起，他是第一次来到南宁，恐怕，也是最后一次来到南宁了。恍惚之间我又想起1992年秋天，他陪着我去广西师大报到的往事。

256

1992年夏天，我因为捣弄文学导致了严重偏科，最终只考上了广西师大，并且只是一名委培生，每年要交纳三千元的培养费，这笔钱在那个年代是个大数，对于已经欠下三千多元债务的家来说，无疑是雪上加霜。我太不为这个贫穷的家争气了。

他却掩饰不住家里出了一个大学生的欣喜，张罗着办了两桌升学酒，把他学校的同事和村干部都请来了。我听着他们赞扬我的话，想着那几千元的培养费，心里既高兴又担心。

当时大学通知书规定，要拿委培登记表到县政府盖章后才能报到。他生怕我把事情办砸了，一定要陪我去。我载着瘦削的他，顶着8月的骄阳，使劲蹬着单车走了四十多公里山路到县城，在政府办公室赔着小心送着笑脸一个人一个人地打听，终于找到了管公章的领导。我永远忘不了那人睥睨着我们，说了一句话："你读这只学校冇用嗰，白读，回来后冇会有单位要你！"我被这盆冷水泼得全身冰凉。

他等那人盖好章，刚才还谦卑低下的他马上挺直了瘦削微驼的腰板，一字一句非常有力地说："儿子，冇听佢乱讲，好好读，会有出息嗰，阿爸相信你！"这话把那人说愣了。

办通了手续后就去借钱。"三千文纸培养费，太多了吧，乜人愿意借啊？"我嘀咕了一句。父亲望了我一眼，自信地说："正巧良昨日回来了，去揾良借咯，佢系大老板了，应该冇问题嗰。"良是我的远房堂哥，在东莞开工厂做了老板。我们在一半是沉默一半是揣度中蹬着单车，一个小时后来到了良的那栋全村唯一的三层楼前，父亲望着贴着白瓷砖闪闪发亮的门楼，迟疑了一下，说："一身汗，先歇一阵再入去，冇使咁难睇。"父亲推着单车走到楼房转角处那棵荔枝树下，我们坐了一刻钟，父亲说："差冇多了，入去咯。"父亲缓缓站起来，径直走进了这栋银光闪闪的楼房。良很好说话，微微笑着，还给我们斟茶，给父亲递烟，良的父亲却板着脸。知道我们的来意后，良没说什么，良的父亲却不同意了，很认真地说："借咁多钱给你，我怕以后你哋还冇起啊！"

良的父亲出去了。父亲与年龄小他十几岁的远房堂侄面对面坐着。我们沉默了。我无法想象，作为叔辈的他在侄子面前是如何难堪地坐下去的。最后，他尴尬地告辞，我也讪讪地出门。

时间已经到了我开学前两天，钱还没借到，他和母亲紧急商量，决定去我大姑妈的儿子、他的外甥家借这笔钱。去外甥家要翻山越岭走六七公里，那天下午五点多他出发，在他大姐即我大姑妈家吃了晚饭。当年，大姑妈十五岁时为了减轻她一贫如洗的父母家的负担而嫁到喽啰山另一边。此时，大姑妈先是和他聊起了家常，接着让人找来了她的大儿子，也是他的外甥，我的表哥，这位大表哥拿出几天前卖了肉猪准备建房的三千元钱说："舅舅，我作为你的外甥，你问我借钱送小羊读书，借系应该嘅，就借整数吧。但系有一只希望，今后小羊有了出息，亦要帮帮我的仔（儿子）。"那时候农民眼中的出息就是当官。他赶紧说："会嘅，小羊如果有出息，我会叫佢懂得做人嘅。"他的外甥害怕他自己拿钱不安全，打着手电送他回家。夜里十一点，他和我站在围墙口望着我表哥的手电筒光隐没在苍莽山岭，感叹地说："幸亏我仲有这只外甥啊！"

出发前一天，我打算一个人去学校报到，他说："我年年在学生面前讲《桂林山水》，都冇知道真正的桂林山水系怎样的。趁这只机会我亦去睇睇桂林吧！"在火车上，他紧紧抱着装有三千元的半旧挎包，眼睛警惕地盯着身边走过的人，一刻也不敢大意，更不敢睡着，我却因为困顿而酣然入睡。醒来后，他对我说："刚才广播讲到了柳州，下一站就到桂林了，我仲未去过桂林，这回要睇睇咯，我亦冇见过大学，冇知大学比小学要大几多？"我犹豫着，此前，在我刚领到通知书时，我在学校见到了先我一年考上广西师大中文系的高中同学李木茂，他在祝贺我的同时，说了他要在开学前三天先到校，因为他是学生会副主席，要带领同学迎接新生。他走了几步又回头嘱咐我，大学生开学是不准家长陪同子女一起报到的，被校领导看见了要被批评。在火车即将到站的时候，我突然想起了好不容易才能上大学，完全被这种害怕批评的想法弄晕了头，开始盘算着是否让他送我到学校。

火车进入桂林站后，我突然说："爸，你就别去学校了吧，我之前听去年考上师大的同学讲，家长陪同来的，会有老师在门口盘问，上大学了我也应该独立了。"他沉默了一会儿，说："好吧，反正我亦冇空，明天仲要讲课，我今晚就回去吧。"那时，老实过头的我完全没有想到可以玩一点虚的，报到时，可以让他远远地站在一边呀。

他把我拉到候车大厅的角落里，四顾没人注意时把挎包里的三千元给了我，看着我小心地藏好，又把能给我的钱都给我了，叮嘱说："你收好，整丢了就毋想再借到了。"他留下最后一张五十元，我陪他买好了晚上六点返程的车票，一个人坐了公交车去学校报到。

到了学校我才知道，陪自己儿女报到的家人在校园里络绎不绝。他本来很想看看我就读的大学是什么样子，更想看看山水甲天下的桂林又是怎样的美丽，而他每年都要在课堂上讲解的《桂林山水》写的就是这里，我猜想没有游过桂林山水的他在讲解这篇课文时是何等向往。现在，他来了，可他又走了，回遥远偏僻的老家去了，他只在山水甲天下的桂林现了一下身，与我的大学擦肩而过。那时，桂林站到三里店的师大分部仅需坐四五站的公交车。

后来他告诉我，我走后他一个人背着挎包在火车站广场上东张西望，四处溜达，好奇地走下地下商场看，才下台阶就有一个浓妆艳抹的女子凑过来，猛拉他的手，他一惊，赶紧挣脱退后，那女子张开血红的嘴说："别跑，进来看电影嘛!"说着又伸手过来。他哪里见过这阵势，立刻就往台阶上跑，一只解放鞋蹬掉了赶紧捡起，赤着一只脚一口气跑上了地面广场。那女的还快步追上来，他大惊，赶紧又往火车站检票口跑。检票口还没几个人，检票员拦住他问车票，他赶紧拿出车票，在获得放行后，他头也不回地跑了进去，在候车厅站定后才转过头去看广场，只见那追他的女子悻悻地离去，才松了一口气，弯腰穿好鞋子……

我刚进市委办时，在第一个周末专门回老家向他报喜，而且向他强调，我不用找关系不用送钱！我志得意满，他也激动万分。光宗耀祖的思想照耀着我和他，昔日借债读书艰难度日的记忆也激荡着我和他。母亲满脸笑容地杀了那只唯一的大公鸡，我们两父子当晚喝了一瓶桂林三花，我醉了，他也醉了。我躺在泥砖阁楼的松木床上，半夜醒来还在哈哈大笑。有一些事情只是我知道，文联一直有一个光荣的传统——小城的许多干部都知道，从文联出去做了领导秘书或者党委办写手后来又做了市领导或者部门领导的就有好几位。

他欣喜地认为我走上了一条正路。十几年来，他低声下气借钱供三个儿子读书，因为家贫兼疾病，他的三儿子中途辍学，他的二儿子大学毕业后自谋职业，好不容易才有我这个大儿子进了机关工作，他一直希望作为大儿子的我挑起家庭的大梁。

人的心底都有一种衣锦还乡的虚荣和功成抱负的快意，所谓河东河西，我自然记起了六年前的往事，我想见见当时北宁还没撤县改市时县政府办那个人。领到调令当天我特意回老家跟他喝酒，我说："爸，当年县政府那人说的话你还记得吧?"他点点头说："记得，他应该退休了，你不必耿耿于怀，你要明白，你有今天还是受了他的刺激，你应该在背后感谢他。"他的话，把一段时间以来我的念头彻底打消了。

许多领导和同事弄不清楚我为什么材料写得好，从不拖拉误事，文学作品也写得出来。他们都问我："写材料就已经忙得焦头烂额了，你还有文学作品发表，怎么有那么多闲空写?"我常常笑而不答，或者最多说一句："那都是我以前写好的。"

那时我正踌躇满志，既想当作家，也想谋得一官半职。我既为市委主要领导服务，那就要用市委主要领导的思维看全市。于是，有关城市建设、工业发展、招商引资、财政金融等等方面的重大决策，我都在平时有所研究，还不停收集材料分析，借鉴外面省市经验，形成本市材料，我每年都要写几十万字材料，这些材料都是纳入市委决策的，许多都是急难的材料，比如党代会报告、工业发展大会，甚至还有那些五年计划，我都写过。平心而论，如果真正用心思考全市的发展思路，考虑主席台下的干部怎样才能入心接受，必定要用自己的风格（领导的风格）的话说出来。从这个角度上说，八股文中真有不少是与文学作品一样，是属于艰辛的创造性劳动，是心血之作，是那些污蔑剪刀加糨糊的门外汉所不能理解的。

但不知怎么就有人到领导面前汇报我不务正业了。尽管我如此努力，左右搏击，还是有个别领导相信了那些人的话，并试过对我冷淡相待。幸亏我古井无波，处变不惊，甚至当作没有感觉。主要领导也听到了那些人的话，但他好像很理解地对其他人说："梁小羊本来就有这个爱好，他的材料也写得很好嘛！"

尽管我做了毫无所谓的准备，但他这句话还是让我有了释去重负之感。

1999年春天，小城几位做着单位主要领导的作者自费出版了诗歌、散文集，一时在本地掀起了一阵文学热潮。老早就有文学梦的我，跃跃欲试整理了自己在一些小报小刊发表过的十几篇关于喽啰山的小说，凑成了一本十几万字的书稿，书名就叫《紫烟里的喽啰》。据说自费出版要两三万块钱，我那时虽然在市委办工作，但工资才三百多块，年终奖也就两千多块，这点收入当然攒不够自费出版的钱。犹如困兽一般熬过了一个月后，我想起了已从政府办调到文联当常务副主席的朱山坡，便夹了书稿去找他。那时他正坐在一张桌面上期刊和书籍堆成小山且脱了边皮的办公桌旁埋头写着什么，一台沾满灰尘的旧电风扇在他对面墙根转动着，发出街上收破烂人击打的"咣当咣当"声。我把出书的事跟他一说，他霍地站起来，两眼放光，瞪着我说："出书？出小说集？"看到我点点头，他又大声说："我早有此意！我刚刚写完一部长篇小说，你睇睇！"他稀里哗啦地翻动着桌面上的资料，找出一本厚厚的打印书稿给我，说："拯救大宋皇帝！"

原来他的小说名为《拯救大宋皇帝》，是写北宋末年一群农民去金国拯救被俘虏的宋徽宗的故事。我们互相翻看对方的书稿，阅读故事时兴致勃勃，到考虑出版时就愁眉苦脸了。朱山坡一拍桌子说："我记起来了，过两日全国书市在桂林召开，我听讲以往好多作家在书市上一炮打响，书稿竟卖到两百万，我哋亦去试试？讲冇定亦能一鸣惊人呢！"我双拳"咚咚"两声擂在他的办公桌上，还蹦了两下高，楼板隆隆响，我咆哮着说："对，做佢，就系咁样做！"

两天后，我们两人朝着桂林出发了，坐夜班火车，那时的慢车从玉林到桂林需要十多个小时。一路上因为兴奋，我们在硬座上夸夸其谈，直到夜里十一点还没入睡，对面的两位女士厌烦地瞪了我们几眼，我赶紧扭了一下朱山坡的大腿，他才极不情愿地噤声了。我们那晚睡了醒，醒了睡，只得了几个囫囵觉，还梦见书市上我们的书稿被看中了。我们满身臭汗走出桂林站，精神抖擞地打的直奔位于朝阳广场的书市。在那里，我们豁出去一般，毫不羞涩地拿出自己的书稿，向一个又一个书商介绍自己是如何写了一部杰作，出版后一定能引起轰动，一定能为他们带来效益。那些书商大都戴着金丝眼镜，可连我们的书稿接都不愿意接，就像电视上的老板一样仰天哈哈大笑。笑过之后，一个个都摆摆手，操着标准普通话说："不行，不行，我们不出书，我们只卖书！"等到我俩从书市这头扑到那头，已经喝了三瓶矿泉水还是口干舌燥时，再也没有任何一位书商愿意听我们吹了。已经是中午一点，我们饥肠辘辘，满脸失望，最终垂头丧气地走出书市。我记得朱山坡心有不甘地回头朝着一个大肚子书商指了指，狠声说："丢那妈，你只龟，你哋都系龟，总有一日你哋要来揾我要书稿！"

我强忍住笑走出书市门口，之后我们一起哈哈大笑。笑过之后，朱山坡说："现在最要紧的问题仲系解决肚子问题！"我们一眼瞥见门口右边一百多米处有一家大排档，便快步进去，点了两碗不要肉的三两量桂林米粉。朱山坡一边吸溜着筷子粗的桂林米粉一边说："冇吃肉，省点钱，回去搞自费出版！"我笑嘻嘻地说："但亦有能够亏了，多吃一点佢哋的料！"我把桂林米粉的配料如酸笋、豆角、芫荽、辣椒、葱花舀了满满一层放在米粉上。朱山坡干脆操起大勺，在米粉碗里堆起了一座青黄相间的小山。

我们最终还是寻求自费出版了。我通过朱山坡在桂林的一位朋友要到了一个书号，花了五千块，我那时还沾沾自喜，觉得自费也比先前那几个北宁作者便宜。我又从几个朋友那里借，凑够了八千块钱的印刷费。初秋的时候，书在小城一家印刷厂印了一千本。尽管是自费出书，尽管只有一千本，却也成为小城的一个文化事件，当地媒体给我上了新闻。一时间，我沉浸在出书立言的喜悦里。又听从一帮文友的建议，携书到北宁第九中学作了讲座，现场签名售书，学校文学社六十多位比我还要狂热的社员都买了一本。那几天我接到的都是师友的祝贺和索书的电话，我以为自己成了大作家，完全被喜悦冲昏了头脑。时逢广西作协吸收会员，我填了表，初冬时节收到了批准入会的通知。我快乐地想，我也是一名作家了。

当我喜滋滋地拿了一本《紫烟里的喽啰》送给父亲的时候，他拿起翻看了几页便合上了，叹了口气说："自古以来，文而优则仕。文人如果冇当官，就剩一只穷字了。你搞这东西赚了吗?"我得意扬扬地说:"卖得三百文了。"他有些不相信地看着我。我一把掏出了裤袋里焐得火热的钱。

在大约六个月里,实际上是两三个月,我们曾经费尽心思想带父亲旅游,想去的地点就有桂林(我读大学时他曾送我去桂林报到,却匆匆在车站折返),我想以此弥补他来到人世的遗憾。但是他已经明显体力不支,面黄肌瘦,精神也十分委顿,对着我们摇头,结果一次也没有去成。我们买了碎肉机,做肉酱给他吃,但他已经不想吃肉;我们又买了豆浆机,教会二弟媳妇做豆浆,他也吃得很少;我买了据说可以抗癌的猕猴桃,他也只是勉强地吃了两三个。他吃不下。

我进入了自己历史上最黑暗的时期,不光《吉尔尕朗河两岸》和《回到伊犁》已经完全搁笔,连领导交办的八股文也写得不尽如人意。本来,我一直想写一本自己满意的书,让父亲在他的有生之年看到,以此证明我作为他儿子的不凡和理想选择的正确,但最终我赶不上命运拉他远去的脚步。到了最后一个月,我看得出,他在坚韧地挣扎,在咬牙忍受,那是一种人说人怕的痛。面对母亲,他就像我们瞒他一样,他也在瞒母亲,其实我们都心照不宣。以他早年学医的经历,他不可能不明白他的病,他也是在和他的儿子们一起做戏,做给对方看,也是做给我们的母亲——他的爱人看!

他终于昏迷了,我们兄弟按照三伯父的建议,为他骨瘦如柴沉重如石的躯体穿衣,感觉扶着他的身体就像扶着一架铁梯,生硬,机械。

12月29日,我从上午开始就守候在父亲床边,他的嘴巴大大张开着,喉咙里只有发出的气流声,很响,像沉沉地睡着,一只很大的苍蝇飞进他的嘴里,我赶走了,又飞进来。我大喊阿爸,他没有任何反应,他三天前就没有任何反应了。

他喉咙里的声音渐渐减弱,从上午的吹气泡声减至下午只有游丝一样的微音。三点左右,我转身去厨房喝口水,再回来时,我听到那游丝一样的微音轻轻一拉,瞬间声消气灭,阒无一人。我的心怦怦地跳着,侧耳凑近他的脸边细听,我感到他灰色的脸像余烬一样失去了温度,世界万籁俱寂,他辞别阳间的脚步声已成无形,如果不是耳朵很灵,如果不是有直觉,如果不是和他心有灵犀,我是不会听到他走的脚步的。我一下子被谁打开了一个缺口,浪潮汹涌而出,借助号啕发声:"阿爸!阿爸!"我的绝望的悲声惊来了在外等候的两个弟弟和三伯父,我泪眼婆娑地望着他们喊:"阿爸有在啦,我阿爸有在啦!"

紧接着是大弟二弟的悲喊。三伯父走过来,替悲痛中的我们轻轻地把被子盖过了父亲的头部。

作为父亲的哥哥，三伯父竟然没有哭，他只是在我们的哽咽声里，异常冷静地差人去请先生为父亲选择墓地。先生确定后，他又开始安排两个侄子上山挖坑，又叫木匠七堂哥景先和西屋杨的芳利上山砍树做棺材。还叮嘱说："佢原来栽的那棵杉树假若冇见了，就选一棵大点的砍，快点砍，否则人家知道去跟你理论，到时就砍冇成了。别人有乜嘢话讲的，跟佢讲事过后再来理论。"

三伯父的话源于我们村里一个习俗，老人都在年轻时种有一棵自己百年后用来做寿材的杉树，这些杉树集中在崩山坳里，都做了记号，但那些家里有事的人选树不按记号，专选大的。还有一些外村人也来盗伐。结果属于父亲的那棵已经找不到了。景先挑来挑去，最后选了一棵。棺材板割好后，一量发现厚度只有一寸多。据说别的老人过世时寿材通常厚达三四寸，为此我感到十分难受。父亲生前住不上好房子，走后连棺材也是薄薄的。

当夜，我们三兄弟为他守灵。中间我偶尔去看望母亲，以防她冠心病发作。我给她喂消心痛，她哭着说："你阿爸真短命啊，仅寿五十八岁，冇退休就去了。那日夜里佢跟我讲，我冇死平时仲可以给点钱你，我死了，你怎搵到钱使……"

我站在母亲床前，久久说不出话。

喃斋的法师在用刀破开几根竹子，切掉篾肚后，用篾青制作了高大堂皇的灵屋。这是一种富含乡土气息的仪式，在我熟悉的老家，几十年来凡是举行葬礼都有的程序。父亲就要离开我们的房子住进这些篾青做成的大屋里了。我在旁边木然地看着。法师安慰我说："你老豆去的系天道，最自由的世界，变成了鸟。"

童年时代，我也想像一只鸟一样飞翔，在老家的喽啰山飞上飞下。后来这些年，我渴望像一只飞鸟一样离开樊笼，做一个自由的个体。直到现在，我还在渴望着。只是不知道，是父亲卸下了那些为我而产生的心理负重而首先获得了自由，还是我一年年为了理想远走新疆而首先获得了自由？

当我们披麻戴孝完毕，震耳欲聋的响器声和喃斋声刹那间回荡在老屋，那样的声音，那样的环境，任是多平静的我，瞬间与弟弟控制不住痛哭。

在我们那一片村子里，喃斋是一种风俗性的法事，却能吓倒许多胆小之人。小时候，我和伙伴经过正在办丧喃斋的人家门口，常常被吓得面如土色。今天，面对父亲，我已没有了恐惧，我希望通过这种方式让他的灵魂在另一个世界获得安宁。

棺盖钉死之前要揭盖，让亲人最后看逝者一眼。我们屏住气探头望，父亲是平躺的，整个身形因为极度瘦削而高低不平。正值冬天，他仿佛因为寒冷而显得有些蜷曲，嘴角还有血丝，可见走之前病痛给他的折磨。他的面色已经由前天刚走时的蜡黄变成了青灰，因为有摇曳的烛光在闪烁，他紧闭的双眼给我一种随时会张开的幻觉。

几分钟后，棺盖被"咚咚咚"地钉起来了，我们这些做儿孙的呜哇哇地再哭。那些堂哥堂嫂是帮哭灵的，一次又一次的丧事经历，他们早已熟悉这些程序，主事的伯父让他们来，是为了形成一种悲痛的气氛。

我感到自己已经没有了泪水，声音也哑了，却在抑制不住地干号。我听到两个弟弟也一样。

盖棺论定，通常是指对一个人一生的评价。父亲生前是一名乡村教师，同时也是一个地道的农民，一辈子没有做出什么大事业，甚至连作为他学生的儿子也没有按他要求的道路走下去。他从教将近四十年，在他心目中，我算不算是一个最不成材的学生？

黎明前，哭灵的人最后一轮规律性地号啕起来的时候，我们做儿子儿媳妇的反而安静下来了，这使得我有时间想起他这辈子经历的艰难，想起他几十年对我的希望和我一意孤行给他的遗憾，想起当年他送我去广西师大报到，我为了自己的自尊，造成他这辈子与他无比向往的桂林山水擦肩而过，也与他借钱供儿子就读的大学擦肩而过，想起我曾经当他的面夸下海口要当副县长，想起作家之路的自寻烦恼和创作艰难，想起他在世时我似乎没有好好地爱过他一回，没有珍惜过他给我的温馨时光，我像突然爆发般，伏在血红的棺木上号啕大哭。

天亮了，屋后山梁升起一轮火红的太阳。喃斋的程序已经全部进行完毕，乐器声戛然而止，反而显得屋厅和地坪一片死寂。我的心也跟着沉到了地下。他，很快就要走出这个家了。

乐器声再次嘹亮地响起，送山开始了，他鲜红的灵柩覆盖着白幡，人们七手八脚把他抬出大门。我和阿依被三伯父告知，作为没有男丁的长子长媳，只能送到路口，然后下跪目送他上山，跟去埋土的只能是新近添丁的大弟和二弟。

作为父亲的大儿子，我竟然没有资格送他到坟前，也没有资格为他铲上一锹土！我哆嗦着站在路中央，站在渐近中午的太阳光下。虽然悲痛、羞惭和愤懑揪着我的内心，我还是跪了下来，阿依也跪了下来。两个膝盖被砂石硌得一阵酸疼，阿依疼得歪着身子靠紧我，嘶嘶地吐气。那一刻，肉体的伤痛和一种深深的无后不孝的罪恶感，伴着泪水和膝盖的麻疼渗透我的全身。

父亲被埋入了永远的黑暗之中。从此我再怎样不务正业胡作非为他也无从得知了，或者他虽在天上看见却也无法向我表达担忧和不满。倒是我，因为一直不愿相信他已离去，却因世俗所定为他举办了葬礼并且将他埋入了另一世界中，我惶恐自己会遭万劫不复。

旅途（三）

最近我很少喝酒。因为父亲新亡，还因为我的文学理想遥遥无期，我强迫自己潜心苦读，读得最多的就是《瓦尔登湖》和《沙郡岁月》，有时也读《抵达之谜》。这是三本消解仕途斗志的书。

父亲曾经强烈希望我当官，现在他走了，我在悲痛之后，又有了一种如释重负的感觉，这似乎极不符合孝道，但内心的确如此。我开始阅读这些看似消极避世的书，为了深解其中的滋味，我常常两三天只读一页，还写满了密密麻麻的眉批。我在写作《吉尔尕朗河两岸》时有时思路被阻塞，总是不由自主地拿起这三本书阅读，它们使我心情平静，并产生了一些新奇的思想。

为了获得属于自己的生活体验，为了早日完成这部书，我准备告别父亲刚刚辞世的家乡，冒着不孝的恶名回一趟伊犁——父亲在世时就不赞成我为了写作而远走他乡。

我渴望着走一条适合我人生的道路，尤其是我的写作，我不希望自己的写作仅作无病的呻吟，也不想自己的人生陷于樊笼里迎来送往，更是为了逃离那种奴性的生活。经过这些年的摸索领悟，我知道自己的文学之路肯定是奇崛的，但必定也是适合我心灵的。我做好了迎接悲壮的准备。关于我的人生，我希望它是西风里的白马，是天山上的塔松，经受一些坑坑洼洼后平坦，经受一些风雪后放晴。我盼望着我最后的破土而出。

2007年5月，即父亲走后四个月，单位组织去甘新考察，我因此获得了一次我计划之外的散心之旅。从绿得流汁的岭南到达褐黄干燥的口外，从东经115度、北纬27度的北宁市到东经98度、北纬39度的嘉峪关市，再到东经82度、北纬43度的伊犁新源老马场，我完成了由南到北由东到西的一次地理山川大穿越，我的位置，我的视野，我的思维，我的感情，都在这次大穿越中得到了崭新的置换。

坐汽车从嘉峪关前往敦煌莫高窟的路上，同事们都与嘉峪关的女导游小梁逗笑。因为没有见过辽阔的戈壁沙漠，他们常常大呼小叫，只有我内心一片平静。我趴在车窗一侧，默默地掩饰着内心的兴奋，因为我是有优越感的——我早就见过沙漠了，最早是在四年前，然后还是每年，所以我觉得我比他们多了一些见识，关于戈壁沙漠，关于草原，我不再觉得惊奇，只有熟悉，甚至只有亲切。我知道他们之所以大呼小叫，是因为他们面对沙漠戈壁的敏感，虽然我也有敏感，或者说直觉，但是我的敏感、直觉是比他们高几个层次的，因为之前我有了背景，我的直觉是经过了多年的交织的，所以我的直觉就不再属于心理的直觉，而是上升到了一种审美直觉。正是在这样的直觉里，我尽管是第一次来到敦煌，却也感受到了一种合乎我心情的积淀，一种属于西域又切中了我内心的心情积淀。我终于可以真实地到一趟敦煌，到一趟莫高窟和月牙泉了。

作为赶跑旅途的枯燥的常用办法，小梁倡议了一个蹩脚的游戏，我们按座位顺序喊着"一只青蛙四条腿，两只眼睛一张嘴；两只青蛙八条腿，四只眼睛两张嘴；三只青蛙十二条腿，六只眼睛三张嘴"，类似于击鼓传花的方式，谁说错了腿、眼睛和嘴的就要表演一个节目，我被选中，张口就唱了这首《最美还是我们新疆》，在干燥乏味的戈壁滩上，我竟然一句不漏地唱完了这首歌。这引起了来自嘉峪关的女导游的意见，她说，你走过多少地方呀，还没去过新疆吧，竟然就认为最美还是新疆，我们嘉峪关不是最美的吗？她当然是逗大家，但是我却当真了，对她说，我不仅去过新疆，还娶了一个新疆老婆，我在那里有一个家。旁边的朋友也跟着附和。她犹自不信，以为大家都在反过来逗她玩。我知道多说无益，也就不再强加给她，只要自己心里明白就行。何况我们下一站就是从柳园坐火车去往新疆，我将在和同事们旅游结束后一个人回到伊犁去。在那里，我将开始履行我作为一个伊犁女婿和作家的责任，我将给日渐衰老的老人以情感的抚慰，同时进行苦心孤诣的文学创作，我将写出属于我的边塞世界。

从敦煌坐汽车到柳园火车站转车去新疆，足足三个小时的车程，让我的同事们纷纷发出了惊叹。窗外虽然是春天却艳阳高照，一片光秃秃仿佛烧焦般的黑沙漠黑戈壁横亘在眼前，上面分布着零星的骆驼刺。我的南方同事在车进入戈壁后，足足有半小时仍在不停地惊呼："这里真荒凉、真干旱啊！""但是也好大！"他们对窗外的景物一直表现出一种初来乍到的敏感。但是仅仅一个小时后，他们就出现了审美疲劳，尽管有小梁不停地抖出笑话，但是余下的时间他们开始不停地争扯着窗帘遮挡西部高原紫外线极强的阳光。长时间处于不能变化的景色中，眼睛的疲乏带来了浑身的倦意，他们开始吐出一些厌烦的词：单调，寂寞，荒凉，大半天看不到一间房屋，要被闷死了，等等。很快，他们大部分人都睡着了，没有睡着的几位也已经无精打采地歪着脑袋。只有我，依然精神抖擞地注视着窗外，我在他们认为荒凉的没有风景的地方看到了风景——我看到了寥廓、坦荡、苍凉、寂静以及永恒，甚至在脑海里响起了马头琴演奏的连绵不绝的声音。我不得不再次承认，是二十多年前那些知识的熏陶和与来自伊犁的阿依走在一起后，使我的思维和情感出现了很大的变化。我想，整车人可能就只有我才喜欢和迷上这样的地方，作出这样奇怪的联想。至于那位肤色凝脂般一路上不停地抹着防晒霜的小梁，昨天她在嘉峪关至敦煌的车上还说想往内地西安发展。

到达吐鲁番后，我们考察了高昌故城，观看了一个维吾尔族家庭的演出。白髯飘舞的老父亲弹都它尔，一位老大爷拿着手鼓，一位大婶带着两位姑娘在起舞。同事们推举我上去和他们跳一阵，我一时心血来潮，勇敢地上去了。其中一个穿红衣的姑娘站在我身后，我先是看见，后来就是感觉到，她的胸部顶到了我的右手臂，连续顶了三次。我清楚地记得，从触碰中我能感知她胸部的坚韧度和弹性。在那样一个时刻，我作为一个矢志西行寻找素材的南方文人，其实是带着一丝惶恐与愧疚的，当然我也不否认自己是一个普通男人，是一个喜欢女人的男人，是一个像其他男人一样渴望在旅途上遭遇一场艳遇的男人，这是我们作为男人的一种普遍心理。我观察过一些平时兢兢业业无暇顾及女人的男人，在出差路上可以闲下来的时候，一样得到身边或者别的女人青睐，于是就眼放光芒，喜悦的心情跃然脸上，我就知道他们也有一种欣赏悦己者的心理。更别说那些道貌岸然的家伙，那肯定是时刻渴望一场艳遇的家伙。在南方的时候，我还见过毕业不久即开摩托车搭客的同学，他们以争抢到打工回来的年轻女子坐车为荣，有几个还跟我说他们在路上如何使出浑身解数，让身后的女子在他的急刹车中实现与他的激动相碰。更有的同学吹嘘说，他们拉着女子在回乡村的路边山林里就成全了好事，而且多半是半推半就或者稍稍给一点钱就皆大欢喜。艳遇是男人的烧酒，也是男人的毒药，艳遇之后的故事总是各不相同不可预知。而作为一个热爱新疆的人，作为伊犁的女婿，同时也作为一个正在以自己的执着来选定创作素材的作家来说，我总是告诫自己，切不可以在新疆犯下错误。正是在这种心理作用下，我带着一种对舞艺的赞赏和一不小心占了便宜的歉疚，在别人给二十块三十块的时候，我痛痛快快地给了他们一百块。

到达乌鲁木齐后，我知道我离那个家越来越近了。雪莲旅行社给我们安排了三个导游，小杨是正导，茹仙古丽、小刘是副导，他们开玩笑说因为我们是重要的文化艺术考察团（我们团有作家诗人五位，广西摄影家协会会员两位），所以他们社派遣了三位导游。那两天，他们的淳朴热情除了更多地表现为询饥问饱嘘寒问暖，还少了导购的挖空心思。新疆一游，大家都说吃饭是中国旅游区中最实在的。我想绝对不光是因为那只烤得金黄喷香的烤全羊，还有每餐都有我们意想不到的猪脚肉或者煮大肉，照顾似的为我的南方同事们提供了稀饭青菜。

在去两个旅游行业规定必去的购物点时，茹仙古丽曾偷偷地用脚碰醒我和两个同事不要购买那些赝品，这在许多导游看来她算是一个"勺子"，因为众所周知游客购物就意味着他们有提成。在二道桥子我要买艾德来丝给女儿，她主动帮我与她的维吾尔族老乡讲价，最后每米从45元降到了25元。我们当中有包括我在内的三个人一向喜欢攀高涉远，当天决定爬天池西王母庙，按理有一个小杨带路就行了，茹仙古丽却一声不响地跟上了，来回四五里的上山下坡路，她顾不上自己气喘吁吁，每到一个点都以自己独到的感悟为我们讲解。

那天晚饭后，住在乌鲁木齐的小姨兰花带我去二道桥国际大巴扎闲逛。在品尝了一些土特产之后，在一个熙熙攘攘的转角处，我被一个瘦小的维吾尔族小巴郎拦住了，他要给我擦皮鞋。"先生，你的皮鞋脏了，"他说，"先生，擦皮鞋吧？五块。"我可是第一次被一个十来岁的小孩称作先生，而且是一位维吾尔族男孩，这在内地特别是在南方没有遇过的，感到非常惊奇，还有一些欣慰。兰花却凑到我身边说："别理他，不要擦，这地方常有小孩骗人的，说好五块，擦完了却要你几倍甚至十倍的价钱。不给，一群维吾尔族人围上来跟你说理，你还逃不掉。"我吃了一惊，但脚已经伸出去了，小孩手好快，白色的鞋油已经抹到鞋子上，看样子不擦不好了，就随他，心想，大不了就给你五十块。心里这样想，嘴上却大声说："我相信这位巴郎子，是做公道买卖的！"小孩扬起浓黑的剑眉，黑亮的眼睛看着我，笑了笑，埋头擦起来。他的动作很慢，甚至有点生硬，但擦得认真，长睫毛的眼睛专注地盯着我的鞋。

大约三分钟后，他说："先生，擦好了。"

我递给他一张十块，心甘情愿地告诉他说："不用找了。"

他递回我五块，说："要找的，谢谢先生。"

我不敢坚持，那样的话我会成为这里的目标。兰花惊奇地看着我们的交易。走了好远，才对我说："以前很多内地人都不敢在这里擦鞋，就算上了鞋油也赶快溜走，我都见过，你真神了，小孩不多收你的，还客气得很！"

"他本来就是个善良的孩子，我信任他。"

兰花说我精明，我说精明的人应该是你。她二十多年前曾在我南方的家乡工作过，后来回乌市做生意，常和各族人打交道，生意兴隆让她发起来了，也深谙了与人打交道的窍门，但她依然小心翼翼如此。

第三天上午，我决意与团队分道扬镳，准备只身一人到碾子沟汽车站乘车回伊犁。我觉得那个梦想一直在召唤着我。那里的亲人我在情义上也应该去看一下。茹仙古丽作为一个导游，说出了她的职责分内应该说的话："我要负责将每一位游客送上离开乌市的车。"她坚持步行送我走到车站门口，于是我们走了十多分钟，我由此得到了她的电话号码，她也保存了我的电话号码。后来我曾经和她有过多次联系。这是另外话。当一身鲜艳的她睁着一双美目与我挥手告别时，我分明看到了旁边的一幕：十几个汉族人和少数民族都在转头侧目奇怪地盯着我们看。

西去的班车驶上乌伊公路后，阳光从天山之巅照过来，雪顶之下的山麓还是一片幽蓝，然而我对文学的幻想已经在雪峰上升腾。在去伊犁的七百公里旅程中，离开集体的我几乎没有跟别人说话。我一直在沉思，一会儿想到自己的这部书稿，一会儿又想起我的亲人，尤其是我想起了几个月前离开我的父亲，他在世时对我说的话，他在我的童年时代做我们班的语文老师时，对我的作文总是不经意或者经意地表扬，他总是微笑着说："现在我读一篇作文——"读完后也不说作者的名字，而是拿着作文本，径直走到我面前，给了我。同学们都看着，我红着脸，内心却很激动。

> 在那云雾迷茫的大地上
> 我从你怀里来到人间
> 在我那幼小的心灵里
> 你给我播下了人生的希望
> 当我举目望故乡
> 远处闪现着你的身影
> 当我看到大雁飞远方
> 我就想呼唤你
> ……

德德玛的长调在我的脑海和天际同时响起。我为什么多次在本书里提到几首蒙古长调？那是因为，我有一种苍凉悠长的审美观，我想这种审美观可能与我童年时代经历的艰难生活以及后来阅读新疆题材作品有关。经过这些年的内省，我渐渐知道，我其实一直是个内向有余活泼不足的人，这点似乎就足以说明我不适宜走上仕途。仕途之上，我一直以为那是需要懂得照顾公众情绪，做事八面玲珑的。至于我，一贯以来表现得更多的是喜怒无常，激情做事。更主要的是，那种"百无一用是书生"的特质在我身上特别多，我有古道热肠、多愁善感，经常为情所困，看到困难和苦难就会心肠发软、鼻子发酸。加之，我总是容易陷入冥思苦想之中，无端地烦恼和生气，十足的神经质，有时也会说一些偏激的话，还会在脑海里自言自语，预设对话，幻想自己进入某种生活情景之中。至于像金庸武侠小说中那些大侠一样，"悲从中来，难以断绝"，那就更多了。毋庸置疑，像我这样禀性的人，绝不是一个行事玲珑、机智干练的人，因而也不是一个在公共关系中可以左右逢源的人。说白了，我就是一个适宜孤独地流浪整天陷入沉思苦想中的浪荡者。

我一直在考究自己从什么时候开始就有了这种悲剧苍凉的思想，仿佛齐秦唱的《北方的狼》，孤独、倔强，内心无比开阔又无限封闭，无比强大又无比自卑。那是一种多么奇怪的思想，它其实只能产自草原，而草原距离我却有万里之遥。实际上，草原与我早就亲近过，那是2002年春天，我在跟随市委领导去内蒙古伊利集团和蒙牛集团考察时，曾在深夜里寒风彻骨的希拉穆仁草原上一个人披着长风衣漫游，那种长夜漫漫天际浩茫的北中国旷野环境十分适合我的心灵，我觉得回到了我本该生活的时代，我正在策马扬鞭，射雕引弓，操起冷兵器杀向漫山遍野的敌人。我战胜了，或者战败了，喉咙里低沉却是有力地号着《北方的狼》，感觉自己就只剩下冷冷的牙，长啸两声，不为别的，只为那传说中美丽的草原。

从希拉穆仁草原回来后，我依着第一次走进草原获得的灵感，写了一组题为《敕勒川》的散文诗，我抄录里面的两小段：

> 是你张开广袤的胸怀接纳我进入草原的，希拉穆仁，黄色的河流。
> 尽管大青山高耸起苍黄的屏障，拦住远古洪荒悲壮的梦；尽管四月的高原风沙萧萧，压抑着草原泛绿的渴望，但这呼市满街的白杨红柳，还有那大青山北麓传来的嘹亮的歌声，依旧撩拨着我神往蒙古高原的悠悠诗情。
> ……

因为自我感觉很好，就投给了湖南的《散文诗》月刊，两个月后发表了。我怀着兴奋的心情，将发表的作品贴在了我的网易博客上。

有一天，庄来了，她在我的博客上发来私信："我读了你的散文诗，写得就像我写的。为什么这样说呢？因为我也刚从希拉穆仁回来，你的感受和我的感受太相似了，我虽然生活在这个号称长寿之乡的巴马，但是我也有对远方的向往……"

刚开始，我完全认为这就是文学粉丝的无话找话，于是只作了一个客气的回复。后来在一次百无聊赖的上网中，我点击了她的博客照片，发现她竟然是一位撩人的美女。于是从私信到互给手机号码，一天十几条信息还不解渴，很快就开始通电话。

我正三十出头，极易浮想联翩，虚荣心也空前高涨。尽管我们都属于已婚，但是那种欲望和被我看作是浪漫主义的东西还是在我的体内跃跃欲试。她甚至给我寄来了巴马神酒。"最有效果的酒，来巴马的男人没有不喝它的，走了也会带走一箱。"她咯咯咯地笑着说。她的笑声和关于酒的说法留给我无限的想象。我和她相互之间都能感到对方的喜欢。她还向我推荐了那首当时正在流行的央金卓玛唱的《遇上你是我的缘》，我一听到就如痴如醉了，我真的对她患上了相思。我甚至主动提出在南宁见面。

"这个周末我们就去南宁，"我说，"我们一起吃饭，一起——聊聊。"

"我听说，有的男人喜欢约女的在南宁见面，他们想制造一些故事。"

她的话像是暗示，又像是警告。我吃了一惊，内心反而冷静下来。

我和她的电话联系尽管还是很频繁，但我不再轻易说出约会的话。我知道一个男人如果想入非非，那么他很可能就会想入非非。我承认，当时我胆子很小，我极力收敛了自己。

一个月之后，她突然出现在我面前。

"为了我的弟弟，"她莞尔一笑，说，"他在地区师范学院读书，他想从化学系转到数学系，你是本地人，你如果有认识的人就帮帮我吧。"

她千里迢迢来了，况且还是个大美女，我无法拒绝她的请求，更主要的是我有一个在师院做教授的亲戚，这个忙确实能帮得上。这是天意。

事情办妥后她想请我吃饭，我自然不给她这个机会。尽管我们在大排档吃，尽管最后只是吃了二十几块钱，但账我还是抢着付了。她咯咯咯地笑着说："我故意点这么少，本来我想请客，没想你这个地主之谊尽得这么及时，也实现得太容易了。"说得我脸都红了。

我只好邀请她去游丹砂洞，她欣然答应。从地区到小城二十多公里，出租车司机自作聪明认为遇上了一对恋人，于是狮子大开口，提出的车费是我当时月工资的二十分之一，当我为了面子不得不与他成交时，我产生了小小的心痛。正因为这样，在去丹砂洞时我使用的交通工具是我那辆半旧的嘉陵摩托车，路程有十多公里。让我热血沸腾的是，来回她都正面坐在我的背后，而且我意想不到的是她几乎贴着我的背，甚至把手扒在了我的肩背上，我能感觉到某些器官在背后对我的巨大诱惑。

我请她吃过晚饭，安排她住进小城最好的红云酒店，还陪她进了房间，她主动关上了房门。她穿着深蓝上衣白色裙子在房内走来走去给我倒水，颀长的身材、玲珑的曲线和刚刚过去的感官享受再次让我陷入了陶醉之中，在她弯腰倒水的时候，她微翘而浑圆的臀部让我冲动地想上去从背后抱住她。我敢发誓，那晚我尽管想留在房内，甚至想让她失贞，但是我真的不是想故意占有她。我控制了自己，我心中涌起的是一种绵绵的依恋和炽热的感情。这固然与她没有进一步的展示和稍显矜持的表现有关，我天生就有的冷静约束了我自己。在回家的路上，我知道我的自我克制提升了我的灵魂。

第二天六点我就起床，阿依问我去哪里，我老实说："送一位朋友搭车。"阿依翻了一个身又睡了。我心里隐隐泛起歉意。但是我觉得我应该去送她。我驾驶着摩托车赶到宾馆，她已经起床，我请她吃了早餐，再把她送到车站，小城直达巴马的班车已经发动了，她上车后，我在车下招手。车走了一会儿，我忍不住发信息告诫她路上小心，小城到巴马五百多公里呢。她回："谁像你！过去事，丢得一节是一节，未来事，省得一节是一节。"我愣了半天不明白。后来我查了资料，才知道那是一段佛家真言。

是的，过去事，丢得一节是一节，未来事，省得一节是一节。荒唐而痛心的过去，我可以丢掉；但是，未来必须要做和注定要来的事，我能省得下么？

庄走后，我带着一种释然的心情回到了现实，其实也只是我梦想中的现实，我依然在幻想着草原，等待草原。我在等待的肯定是我生命中最喜欢的律动和声音。

那时，我和阿依终于筹够了回伊犁的费用。她一百块五十块地数着，一直数到了一万。这个平凡的女人，在那年我被一场爱情抛弃时给了我全部的安慰，是她，唤醒我对西域的全部记忆。也是从与她结婚开始，我就决心写一部关于我的心灵故乡的书。

现在，我该怎样结构这部体量巨大文字冗长的书？我是多么希望能在文字的数量和思想感情的容量上都能给人一种震撼的力量啊！但是，以我浅薄的生活阅历和有限的创作水平我能够达到吗？

窗外的林带已经泛绿，远方雪山下的草地蠕动着牛羊，班车沿着看不见尽头的公路奔驰，我的脑海翻滚着波浪，而内心却有无边的孤独和悲壮。

　　我的心一直在歌唱，是一种悲壮的歌唱。歌声里放射出一圈圈透着悲凉而又顽强的音波，倾诉着我的追求，这追求里似乎又发散着一点莫名的悲壮，悲壮里还夹有几分希望——在长途奔袭中的我，心情悲凉悲凉的。仿佛刀郎的歌，正好暗合我现在的心情，既历经了旅途劳碌之苦，又对前方依然遥远的家园和困难重重的理想充满了信心和希望。

　　我已经对自己的生活和写作有了一个目标——做一种记录，记录我的人生。还要记录我的理想，包括记录我的狂想和轻率。《吉尔尕朗河两岸》无疑已经作了许多记录。在当时的我身上，流露出了某种坚毅的伤感和掏空的悲壮。对于一个一门心思想当作家却又资质平平的人而言，这本书有着这种情感的太多流露。

　　那次伊犁之行，我待了二十天。4月下旬的马场，牛羊大都转场进山了，除了偶尔的狗吠声和条田里的机械声外，几乎可以用冷寂无声来形容，路边的杨树在静静地转绿，苹果花的香味明显增加了空气的甜度。这样的环境正适合我思考和写作。其时，阿依父母还在东莞为光亮照看小孩未回，我平时的一日三餐由光旭和红花准备，我在房子里无人干扰，一边看着随身带来的《瓦尔登湖》和《沙郡岁月》，一边在它们的启发下写下去。我在房子里写得脖子发酸时，会走出院门口漫步，夕阳刚好擦着后山的加乌尔山脊，天空的白云呈现一片美利奴羊的颜色。又到了家家户户煮饭炒菜的时刻。

　　鸽子们突然扑棱棱地从院子里起飞，然后在头鸽的率领下在院子上空转圈，呜呜的鸽哨声自头顶传来。有十几秒，它们飞出了院子上空，飞到了后山草原的上空，但是很快又飞回来，将近我头顶的上空时斜斜地滑翔，"咕咕咕"地叫着，在蓝色的天空里我看到了它们银灰色的侧影，从它们彼此间留下的空隙里透出了瓦蓝的天空。从去年开始，光旭接手了他父亲的鸽子，开始计划饲养名鸽，先是购买了三只翻翻鸽，每只价钱六千多元。从去年开始，他就学会了噘嘴唤鸽的哨声，那种声音比鸽哨声还要响亮。

　　他曾提议我通过仰头跟随鸽群飞翔的方式缓解因为长时间写作而脖子发酸的难受。我这样仰着转了十几分钟，颈部的疲劳果然得到了缓解。后来我回到院子里给菜地浇水，这也是我调节思维和解除眼睛疲劳的方式。起先我用管子，管子不能到达的地方我就用桶提水。我最喜欢吃小白菜和芦笋，但是我给它们浇水不能厚此薄彼，水流在辣子、番茄、小葱和南瓜上一样多。弯腰累了，我抬起头看到了前院人家的房子，有两个窗户晃动着人影，我只是用眼角的余光一扫而过，我知道决不能长久盯着别人的窗户，我不愿意让别人觉得我正在打扰他们的生活。但是，他们在暗处的观察却是我不能预防的，那我就做得再自然一点，任凭他们在哪一扇窗户看我，总之我在做着自己喜欢的事情。

我正在写自己喜欢的一种生活，一种静多于动的生活。马场的天气已经进入初夏，晚上临睡前总有一阵阵的山风从后山吹下来，以至我睡觉还要盖棉被。而我知道此时的南方，阿依和女儿留在那座小城里，靠着一台别人处理的旧空调在苦熬那个立夏刚到来就让人汗水淋漓的夏天。我可以想象，旧空调发出风扇一样的声音，出风口不时滴着水珠，阿依在下面用一只红色塑料桶接着滴下的水珠。深夜的房子里，响起老家屋檐下常常听到的春雨声声。

在吉尔尕朗河两岸，新的一年才刚刚开始，整个老马场欣欣向荣，瓦蓝而高远的天空下，是绿浪翻滚的大平滩草原，成群的马牛羊在草原上追风逐草。河滩的胡杨新叶涂黄，像卸下厚厚冬装的少妇。河对岸连绵起伏的已见碧绿的山坡上，杏花一团团一丛丛地分布，或集聚成带状或星散成云朵，像泊在草坡上吃草的绵羊。河滩边的杨树、榆树、野苹果树、野杏树和大丛植物生机勃勃。各式拖拉机、播种机开上了河岸的柏油路、土路和条田里，轰隆隆地响着穿行。到哪家都能听到锹和锄头碰击土地的砰砰声，菜地里整天都有人在干活，有人在插树篱笆。从各家升起的炊烟似乎也比冬日里的炊烟变得轻盈。后山草原的花香一阵接着一阵往我们的房子吹。屋后的那条小木桥再次成了畜群过往的捷径，羊群牛群马群像城市的班车一样一群溜接着一群通过，过了小木桥又过凹槽小路，它们在那条荒径上拥着挤着，各自发出属于自己的欢快叫声。它们沿着浅绿缓缓上升的草山徐徐而上。草山之上就是高朗的天空，天空之下就是一望无际的大平滩草原。

整个老马场都发生了变化，哈萨克族人家也开始了户外的活动。古丽萨尔带着她的女儿和弟媳在马场的晒场上擀毡子，她是一个三十多岁的妇人，她的男人在山上经营着一百多头羊的养殖业，家境相当殷实。古丽萨尔是一个注意穿着的女人，尽管此刻还要亲自擀羊毛毡，但是她的衣着依然是新式的，紫色围巾半裹着黑黑的头发，大红的棉外套下是银灰的冬裙，一双黑色靴子套到了小腿上。

这是一个晴朗得有些寂静的上午，古丽萨尔坐着擀了一会儿毡子后，就把工夫留给了她的弟媳和女儿，而她却在晒场上进行一场日光浴。她是一个臀部丰硕腰身滚圆的高个女人，看着她我就会想起她的丈夫，那个稍显瘦高但是还算强壮的阔伊巴依，我甚至坏坏地联想他们的夫妻生活，那将是一种令人感到好奇的生活。阔伊巴依，老马场的人告诉我，那是羊老爷的意思，因为养羊致富的意思。这似乎是一种天意，阔伊巴依现在就放牧着一百多只羊，意味着他们的年收入将近十万元。这应该是真实的，我有时看见他们家的汽车，一辆还算很新的长城皮卡，平常就由阔伊巴依的弟弟阿依丁开着，经常往县城跑。弟弟在县城和人开了一个烤肉店，羊肉就由他的哥哥供应。阔伊巴依的羊缸子古丽萨尔和弟媳在老马场支持他的事业。尽管身在农村，古丽萨尔却有着追求现代时尚的心，除了头巾鲜艳———一般是红色，有时也有紫色或者明黄色———她还喜欢穿紧身的套装，由于身躯滚圆，她那绷紧的腰部显得特别凸出，而她高挺饱满的乳房就像后山草原上我一直欣赏的那两座小山包。凭着我这些年在牧区游历的经验可以推测到，这样的风景，她的丈夫阔伊巴依应该在这个牧区经常可见。

上午九点，显然已经到了新疆地区吃早饭的时间。金色的太阳已经在喀班巴依雪峰顶照过来，落在杨树林带顶上，碧绿而金色的树顶仿佛是一匹修长而灿烂的丝绸，斜斜地拉着延伸到后山。我出了院门，沿着巷子走到路口，再往右沿着小水泥路散步，经过了右侧的场部小学，然后再向前走一百多米，往右走上大水泥路，一直走到村口的人字路口，沿着人字路口的柏油路延长线———那条上坡的土路散步，我的目标是后山。在经过马场的退休老场长艾克拜别克家时，我从敞开的院门看见了三位哈萨克族妇女蹲在院子的地上，其中有一位是老场长的大儿媳金丝古丽。

她们每人的手里各拿着一根细长的杨树苗杆子，力度均匀地捶打着地上状如棉花的羊毛，还有彩色布，每人手上的杆子交错落下捶打的声音成了很有节奏的"噼啪噼啪"响。我走了进去，看清楚了这是在做"斯尔玛克"（哈萨克语，"花毡"之意）。我看她们一棒一棒地轮番捶打着。我知道，制造类似的产品，在城市已经是机械化了，至少也是半机械化流程。本地的汉族人认为，哈萨克族人做的壁毯和花毡厚暖结实，鲜艳漂亮。据说她们做的花毡是姑娘出嫁时的嫁妆之一，如果她们愿意，一条花毡可以使用四五十年，传给后面两代人。

我走近她们时，金丝古丽停止了手上的活，拿来洗手壶为我倒水洗手，我垂着双手，静静地晾了一会儿。她又把我引进一间房子，七十五岁的老场长艾克拜别克老人就坐在大炕上一张矮桌旁，就像我第一次来他们家时看到的一样，戴着四棱镶花边花帽的他正在喝奶茶，雪白的胡子垂在胸前。艾克拜别克老人贵为场长，却是我作为赤脚医生的阿依父亲的老朋友。阿依父亲曾经为他治好过长年骑马造成的痔疮。后来，他们成为好朋友。

炕的中央摆了一张矮木桌，铺着洁白的达尔达思汗（餐巾），我被老人用含糊的话语和习惯的手势叫到他的身边坐下。老人的喘气显得有些粗重，说话也有点儿含糊不清，退休前他常年骑马奔驰在草原上，参加亲戚朋友的宴请和应酬，身体到了这个年纪已经明显的老态龙钟，动作缓慢僵硬，端奶茶的手一直在发抖。老实说，尽管我到过他家多次，但是一直不适应他的带着浓浓民族语言味的汉语，除了几句简单的日常话，有时简直就不知道他在说什么！我也只好用含糊不清的话语回应，这时会逗得他的家人在一边发笑。幸好这并不妨碍我们的友好关系。于是每次来我都会滑稽地装下去。

金丝古丽摆好了馕、葡萄干、奶疙瘩、蜂蜜、方块糖和碗碟，又把几个馕切成匀称的一小块一小块，老人的几位侄辈也陆续上到炕上坐好，金丝古丽坐在门口的炕沿边，架起奶茶壶，为我们依次倒上滚烫的奶茶。我喝着奶茶，毫不客气地吃着馕和葡萄干。我环顾了一下这间房子，墙壁上挂满了花花绿绿的壁毯，炕上铺的是厚实的花毡，大叔身后堆起的鲜艳被子有四张，上面覆盖着白纱罩。以前我来他们家的时候就知道，每间房子里都是这样的摆设。与其他房子的室内摆设不同的是，老人住的这间房里，大炕内侧正中还摆设着一个相当考究的镶嵌花式木箱，整间房子显得金碧辉煌，富丽堂皇。

我从艾克拜别克大叔家出来，在通往后山的土路上遇到了我的哈萨克族朋友巴哈提别克，他正骑着马高高地甩着一根马鞭子赶着羊群往后山草原走，跟着他的三匹马驮着毡房布和一些生活用具，后面骑马的是他的弟弟。从喀班巴依雪峰那边扫过来的阳光一缕缕地穿透马场的杨树林射在奶黄色的嫩草上，蒲公英的绒毛在光线里起舞。我礼貌地对他们说了一句"加合西"，他们勒停了马，回以同样的问候，我接受了巴哈提别克递过来的一块馕，凭着手感和温度，我知道这是今天才打好的馕，俗称老干馕，外形普普通通，不加油不加芝麻，顶多加一点盐，吃起来却有浓浓的麦香味。这种馕是哈萨克族牧羊人去深山放羊时喜欢携带的干粮，放多久也不会发霉，一般可以保存半年，甚至达到一年之久。

"你们带了这么多家当，这是去哪儿放羊呢?"

"老鹰沟!"他用在阳光下眯成细线一样的双眼望着我说，"那里的草嘛，长得很，多得很，我要快点儿把羊赶过去!"

"那个地方还没有划分给谁吗?"

"没有没有，牧业队还没有来得及划分呢，我要赶在划分之前嘛，快一点儿把羊赶过去，我要把我的羊嘛，喂得肥肥的，到时候你来，我宰最肥的羊招待你!"

光旭曾经跟我说过，通往老鹰沟的牧道有十公里地，那么我推断，巴哈提别克赶着他的羊群到达目的地，从上午大约要走到傍晚。他们在那边将扎下毡房住宿。他们的羊群沿着一条坡底的宽路过去了，地面上被马牛羊的蹄子踢腾起了一溜黑黑的土坷垃。

牡丹汗

在进行这些描述时，我已经回到了南方，继续写着市委书记的材料，这在一些矢志仕途的人看来是一项很神秘很重要的工作，但是我心不在焉，总是热衷于参加一些文学的活动。同时，我开始听到一种说法，一种在南方民间比较骇人的说法，说是在父母去世的那一年，是一个很倒霉的年份，做什么事都不成，还会遇上其他霉运。父亲在2006年12月29日去世，2007年元旦做法事，喃斋，很不巧就是新年的第一天，这被我当地的一些很信命运风水的朋友看成是诸事不顺的兆头。我的老上级陈启就把他的亲身经历告诉我："那年，我的父亲亦系得了绝症，放上手术台后就落冇来了，结果整整一年，诸事不顺。我做了六年副镇长，好冇容易盼到了升副书记的机会，眼看考核在即，冇知何故又停止了。死老豆（父亲），系衰到底咽，估计你亦好冇到哪里去。"

1月2日，我父亲下葬，又逢上我的阳历生日。这些奇怪的巧合我当时没有意识到，那时我正处在悲伤之中。

临近暑假的一天下午，我正在办公室忙着写讲话稿，突然接到依力幼儿园吴老师打来的电话："你女儿呕吐了，还发烧，你快来接她去看医生吧！"我大惊失色，我们夫妻三十好几才得女，女儿是心尖儿肉，稍有个头疼脑热我们就高度紧张。我马上放下手头的稿子，一边走一边想，怎么会呕吐呢？可能就是一个感冒吧。但我觉得还是要打一个电话给阿依，她在医院上班，我让她赶紧预约好医生。

见到了依力蜡黄憔悴的脸蛋，我抱起她，心头一阵收缩，她软塌塌地倒在我的怀里，平时浓长活泼的两道眉毛像两条病蚕耷拉着，本来很好看的长睫毛像两把枯草，遮掩着她那双大眼睛。我问她哪里不舒服，她低声说头痛。

"她刚刚呕过，"年轻的女教师怯怯地对我说，"她呕了一摊，我就赶紧给您打了电话。"

我把依力抱出幼儿园，发动了摩托车，是那种女式摩托，我把依力放在前面踏板上让她站着，再用双腿紧紧地夹住她，她半躺着靠紧我，一脸疲惫的样子，我心急如焚地赶到了医院。

满脸紧张的阿依正在儿科门口等着，带我们去找医生，测体温发烧39.5度，医生认为是感冒，开了一点退烧药，回家后我给依力服下，但没有见效，她还是发烧，还是说头痛，还是伴随呕吐。我们赶紧又去找了另外的医生，吃了他开的药，依然不见好转。那晚依力折腾了一夜，我们也熬了一夜。

"只能去找廖主任了，她是儿科的权威。"阿依说。

我对找谁看病毫无主见，心里只剩下惶恐和对阿依的希望。天亮我就盼望快些到上班时间。我们提前半个钟头去医院儿科门口等候，像等候一个决定自己命运的人。

儿科廖主任是一位精瘦的女士，她花了半个钟头为依力做常规检查，做了详细询问，确诊她患有上颌窦炎，得知前段时间她老出鼻涕，我们给她吃了太多的西药，就说："可能把胃吃伤了，她还有药物过敏性胃炎，我还担心上颌窦炎引起脑部问题，怀疑她脑部感染，你们要让她住院观察，要检查血液，拍X光片。"

我看到阿依本来暗黄的脸刹那间就变成了白纸般的颜色，我还看见了阿依惶恐地看着我的眼光，那里有我苍白的影子。我机械地听着廖主任的意见，头重脚轻地出门去了收费处，办了住院手续，又脚步轻飘飘地回来。廖主任命令护士试针，护士拿起了小针管，依力惊恐地瞪着针管，哭喊："不要打针，不要打针！"阿依抱着依力，我扳着依力的手臂，护士给她小手腕涂了棉签消毒，针管就扎了进去。试针无事，开始抽血，要抽静脉血，还要抽动脉血。护士拿起了比拇指还要大的针管，针管前端那又粗又长的针刺明晃晃地伸过来了，我再次扳着依力的手臂，她已经被吓得不敢动了。粗长的针刺像刺刀一样扎进了瘦小的手腕，我似乎听到了"啵"的一声穿破皮肤的声音。暗红色的液体像泉涌，在拇指大的针管里涨起来。依力哭，喊"疼，疼"，泪水像荷叶上的水珠一样一滴一滴从她脸上滚落。大头针管里的暗红越来越满了，它来自两岁多的瘦小的依力的身体。阿依眼里噙着泪，抱着依力不敢动，嘴里只说："依力不哭，依力不哭，马上好了，马上好了……"两次十几秒的抽血，我的心仿佛被放进了油锅里，煎熬。依力一直抬头望我，泪汪汪地哭喊："爸爸，不要打针，不要打针……"我抚摸着她的脑袋，左腹涌起一阵阵拱顶的难受，我知道，我的胃痉挛了。

依力住院后，我们就以病房为家了，我顾不上市委书记的材料有多重要，有多紧迫了，我想，如果依力有三长两短，我要这份重要的工作又有何意义？我木然地待在病房里，忧愁像惨白的墙壁沉闷地包围着我，又像吊针里的药液，一滴一滴地注入我的心脏。阿依神经质地频频看着输液瓶，滴得慢了就摁呼叫铃，护士一次次过来，轮到换第二瓶药液的时候，大概已经来过五六趟了。我满脑子都是女儿憔悴的脸蛋，都是她蜡黄的面容。我只跟领导说了一声，就日夜待在医院，守着依力不肯出来。阿依那时已经是医院的办公室人员，一个萝卜一个坑，但身为外科医生的院长很理解她，愿意放她的假，专门抽了一位人员暂代她，她对自己撂下工作心怀惭愧。那些日夜，我和她在病房守着，凝视着依力，目光一刻也不敢离开，有什么不适表现总是急急忙忙找医生。

抽血化验之后，几个医生开了一个会议，一个医生要阿依去办公室，几分钟后，阿依一脸戚戚地回来，悄没声息地坐在床头，不看我，看着依力，说：

"他们说要做腰穿。"

"腰穿？"我没反应过来，但看阿依的表情，知道事情不好。

"就是抽取脑脊液作进一步检查。具体结果，要等脑脊液检查之后才敢肯定。"

抽了血之后还检查不出病症，证明问题很严重了。我的心顷刻就坠了一块巨石。谁能体会到我那种惶惶不可终日的心情啊！头晕目眩，两眼发黑，两腿发软，双手也无力，就像灵魂早已被谁吸走了。

阿依让我守着，自己一个人轻飘飘地去了医生办公室，几分钟后她心事重重地回来。

"科里打算让一个普通医生做，说是这个手术很简单，"她满脸愁容地望着我，"我想找人跟廖主任说一下，让她亲自做。"

她和我在依力的床头相对坐着，既惶恐又焦虑。我明白了，由一个普通医生来做，她实在不放心。我受不了啦，掏出手机就找我单位的同事，让他帮忙查到了院长的电话，我拨通了，说清了自己的身份——市委办的科长——也许这样做有些不妥，但是我什么都不顾了。我请他打电话给廖主任。阿依也给这家医院的纪委书记打电话，她是我们拐弯抹角的一个亲戚。

然后，我们就在主任室见到了那个在小城医界大名鼎鼎的廖主任，她正在与几个医生商议着什么。

"廖主任……"阿依两眼含泪望着她说。

廖主任说："放心吧，王院长和韦书记都打电话来了，韦书记昨晚还跟我说了你们的故事，哎，韦书记很了解你们的经历哦，她说她和你们是亲戚，她和我是很好的朋友，我们聊你们聊了很久，小章你竟然是新疆人？真没想到。你们很不容易，我也是女人，明白养个女儿不容易，特别是你们，经历了那么多，我完全理解你们的心情，你们看，我有一件很重要的事情都推迟到明天下午了，我明天上午一定亲自给你们的女儿做。"

阿依直擦眼泪。我像押上了自己人生的全部筹码，既满怀希望又担心堕入深渊。

第二天上午八点多，依力被推到了儿科抢救室。助手医生先给她打了安定针剂，又做了局部麻醉，她很快睡着了，但是不到一分钟她又醒了，看到医生拿着针盒，大哭起来，喊："不要打针，不要打针！"扭动着身子拼命挣扎。主任对我们说："太奇怪了，做了麻醉还会醒，我从来没见过，但也不能注射第二次麻醉剂了，你们合力按住她，不能让她乱动。"那就是要在她清醒状态下做了？我和阿依十分惊愕，助理医生已经抓住她的双手，示意我抓住她的双脚，阿依按住她的腰。她似乎有了与她年龄不相称的力气，我用尽力气，她依然能爆发出反抗的力量，主任说："不行，你上床，用你的腿压住她的腿！"我就上床用自己的腿压住了她的两腿，双手还狠狠地扼住，依力还是拼命挣扎，但在我这个体重一百五十斤的父亲控制下，她已经动弹不得。我心痛地想，这就是给我们的女儿做手术吗？

主任伸手在依力的腰椎上摸索了一阵，找准了一个位于中间的位置，涂抹了消毒液，右手从针盒里取出一根足有十厘米长的穿刺针，阿依脸色都变白了，我的心像浸到了冰水里。当钢针被主任直直地刺进去的刹那，伴随着一声惊天动地的哭喊声，我脑袋嗡地震了起来，心也在紧缩，在痛，似乎那根针刺进去的是我的腰椎，我痛得咬着牙忍受。也许是局麻的作用不大，依力的双腿一直在挣扎，要从我手里和腿下挣脱出来。我听见她大声喊妈妈，阿依答应着，眼里噙着泪，把头凑近她脑袋摩挲着，安慰她："依力不哭，依力好样的，依力忍着点，就好了。"她又大声喊爸爸，我在她的脚边答应着，她又开始叫奶奶。

病房门口已经围聚了一群人，他们在议论："哎，真可怜哪，这么小的妹儿，要受这种折磨。"

她肯定痛极了，她的痛只有我们做父母的知道，我们仿佛经历了一场穿心的痛苦，十分钟似漫漫长夜。更锥心的是第一次不理想，抽不出脑脊液，要第二次重来。我那一刻不只是对主任产生了怀疑还怨恨老天不照顾，心想这样失败的事怎么又摊在我们和依力身上。撕心裂肺的哭喊一直不停，第二个十分钟如漫长的十年，抽出来的竟然不是血，而是如水的液体，足足有三四毫升的样子。阿依和我哗哗泪流。依力还在撕心裂肺地哭喊，她的奋力挣扎，她变形一般的脸部，让我顿生一种欺负人的愧疚感。背着慈爱和养育责任的我们，还有扛着治病救人大旗的医生，就这样欺负了一个才三岁多的孩子。

穿刺做完后，她也哭累了，平静下来，趴在床上不动，我们心痛地哄着她，抚摸着她，像面对一件被失手打碎的宝贝，在经过高人小心的修补之后，我们心里充满了完好无损的期待。阿依紧紧把她搂在怀里，不住地吻她。

下午，医生公布结果时，我才真正体味到什么叫晴天霹雳，脑脊液的蛋白数量达到了八百五十，是脑膜炎。我惊恐万分，像看到了自己生命的尽头，一切都将离我而去。凭着我们有限的那点知识都知道，脑膜炎最严重的结果就是死亡，经过急性期的积极治疗后，一些患者仍留有不同程度的肢体运动障碍、智力障碍、失语、眼球麻痹、吞咽困难等后遗症。

一种浓稠的恐惧和绝望笼罩着我，我和阿依互相搀着进入病房，感觉脚上拖着万斤巨石，又轻飘如絮。阿依的眼眶已经陷进去了，我像来到了两个黑洞前。从牧区来的阿依脸色本来有些酱红，此刻却像一张白纸，把我的心也照得一片苍白。女儿啊，为了等到你来这个世间，爸爸妈妈饱尝了六年的冷嘲热讽，受尽了精神的折磨，妈妈还经受了肉体的病痛，我们终于在三十五岁那年有了你，你出生在妈妈的故乡遥远的伊犁，你得到过外公外婆三个多月的悉心喂养，在我们的生命里，掌上明珠也无法跟你相比！可是，如今——你会不会因此而留下什么后遗症？甚至，你会不会因此离开我们？

我不敢想下去了。我深深地悲叹着，心已经被一块巨石榨出了最后的一滴血。

依力熟睡在床上，我和阿依目光呆滞地看看她，又互相对望一眼，然后把目光转向雪白的墙壁。那里，更加让我感到了一种空虚和冰凉。

人生遭逢的又一次不测让从农村奋斗出来的我渐渐相信了命运，恍惚中想起了年初才去世的父亲，想起了那个骇人的说法。难道，这就是那个谶语在我们身上的灵验？

我开始埋怨在天国之上的父亲，你走得那么早，才五十八岁，还来不及退休，留给母亲和我们做儿子的一腔悲痛。本来，在天之灵要保佑自己在人世间的亲人，可是现在，那个谶语却灵验了，你明明知道你的孙女我们的女儿得之不易，却为什么让她得了这种可怕的病症？

那个下午，我的心头一直被那块巨石压着，我们在一起的时候，不是靠在依力的床头，就是在床头不约而同地靠在一起，我知道阿依是无力的，可我还是想借阿依的肩膀靠一靠。我看她也是这样的表情。依力安静地躺在床上睡着了。但是到了晚上七点多，她突然醒了，吵着要回家，我们怎么哄都不听，她的啼哭声震得同病房的患儿家属皱起了眉，隔壁病房的患儿家属也有了埋怨。未做穿刺术之前，阿依就担心麻醉对她这么小的孩子会留下什么后遗症，现在看到她的哭闹样，愁眉苦脸着。阿依一会儿给她测体温，一会儿给她喂水，一会儿抱她去拉尿，最后疲惫得站着都打瞌睡了。到了半夜三点，女儿说要喝牛奶，我冲了牛奶给她喝，她又要妈妈背背她，阿依疲倦地背着她在病房里踱步，我想接替阿依背一背，她不愿意，突然哭喊："我要回家，我要回家！"哭得声嘶力竭，歇斯底里。阿依说："可能是上午的腰穿术把她吓坏了。"她的哭喊声惊扰了一层楼，隔壁的许多患儿也被惊哭了，一些家属在走廊上埋怨和嘀咕。医生来了，护士来了，她依然哭着喊着，护士就拿出一支针管吓唬她说："再哭就打针！"她惊恐地说："不打针，不打针！"护士一走，她又哭起来，前后闹了近一个钟头，可能是累了，慢慢安静下来，最后睡着了。

我们凝视着她。她脸色蜡黄，两颊瘦削。两年多来我们省吃俭用，尽量供应我们认为一个幼儿必需的营养，奶粉拣名贵的买，三天两头是筒骨煲汤，从新疆回来后，她被我们养成了一个瓷娃娃。可不承想，仅仅三天，她就瘦成了一只小麻雀。我真的在想，只要她转危为安，只要她健康活泼，就是要我去死，就是女儿今后一个人留在世上，我也心甘情愿。

"我想打个电话给我爸我妈，"阿依还是不看我，泪水却已滴在依力的病床上，"给他们知道，我怎么交代？"

她的哭声出来了，低低的呜咽。

是啊，是告诉依力外公外婆的时候了，就算不是恐惧和绝望，也是寻找安慰和依靠。

我一直担心阿依打电话会哭，但是她完全调整好了心情。虽然相隔着五百多公里，在东莞的老人听了阿依低沉而又稍显迟疑的讲述，我也可以感觉到他们焦急的表情，阿依母亲一会儿问我们需要不需要钱，一会儿说他们马上过来。我赶紧朝阿依摆摆手，阿依稍稍恢复了镇静：

"你们不用过来，只是做了一个小手术，过些天就可以出院了。"

"你们怎么这么不小心，平时该做的体检和防疫都做了没有？一定要找最好的医生，绝不能留下后遗症！"

然而，在给依力外公外婆打电话后不到两个小时，她的体温就出现了反复，有时36度多，有时达到39度。刚刚放下的心又被吊起来，压力又像一座山压在心上。当晚又开始输降温药水，我们一夜没睡，第二天她的体温依然高低不定。

上午，单位来电话了，说领导在自治区发言的材料没有通过，稿子返工了两次，书记马上要看材料了，让我回去修改。阿依看着我，我满腔悲愤，阿依且说："你还是回去看看吧，有什么事我打电话给你。"

那个中午和下午，我带着愤怒的情绪改完了稿子，将数据补充和校对的工作留给他们，一言不发跑回医院。我已经连续一个星期没睡过完整的觉了。晚上，同病房的两个患儿都是他们的母亲陪护，房内摆满了躺椅，我要摆一张椅子都已无处立足，只好将椅子摆在了走廊外。阿依在依力住院前就规规矩矩地写了请假条，领导批准后她还复印了自存，见我在病房里为了工作骂骂咧咧，怕我丢了这份既像牛马一般又似乎前途无限的工作，劝我回家去睡上一觉。

"你回去休息一晚吧，这样也可以应付办公室的工作，这里我扛得住。"

"我不走，我就是放不下心，我熬夜惯了，你先睡，下半夜我再睡。"

医生的规定很特殊，晚上十点输一次药水，午夜一点还要输一次。阿依侧身躺在病床上抱着依力，半睡半醒，两次换药水她都醒来，两点之后我也睡不着了，我们就靠在床上护着依力假寐。

第二天，主任说："我们讨论了，需要用罗氏芬菌必治来治疗，这是一种进口药，医院暂时短缺，干脆你们自己去地区或者南宁购买吧，这样快一点。"

我不能怪儿科主任不帮我想办法，她已经很尽责了，我亲眼看见她一个上午都没有闲过，围着她的全是婴幼儿的哭声和他们母亲焦虑忧愁的目光。而且她在一次查房时，大概是看到了我一脸的愁容，趁着旁边的患儿家属出去了，悄悄安慰我说："我感觉到了，你很爱你女儿，我看你女儿的次数都比他们多，我会尽力的，你听我讲，你女儿肯定会好的。"

我和阿依望着她，不停地点头。突然我很想哭。

下午一直下着大雨，我心急火燎冒雨乘车去地区第一医院询问，没有，再去地区骨科医院问，也没有，心里顿时有了哭的感觉。医生建议我去南宁，南宁，乘车来回要六七个钟头，去南宁必定是当天傍晚才到，买好药再赶回小城肯定是明天下午了。

雨一直在下着，我一分钟都等不下去了，一种像雨又像梦的忧愁完全罩住了我。

就在我要往车站赶时，大弟打来了电话，他有一个熟人当晚将从南宁回来。我像抓住了一根救命稻草，一下子就托人狂购了十支，这种药分国产和进口，我们买的是进口药，比国产贵三分之一，每支九十块钱。我们哪里还敢计较价钱呢，自己的积蓄已经花完了，又向弟弟借了一笔钱。

当护士开始给依力输这种药液的时候，我默默地靠在病床上，看着微黄的药水一滴一滴地通过洁白的管道注入依力的手臂，回想起了自己此前走过的路，既艰辛也幸运，让我越来越相信天意。天在我几乎慌不择路的时候，借身一个人帮助了我们，我看见它的善心布满了看不见的空间，它让渺小无助的我对它感激涕零。

在用过罗氏芬菌必治三天后，依力的体温恢复正常了。当我看到她睁开了依然清澈的大眼睛，瘦削的脸蛋也浮现了浅浅的笑容，我和阿依都流泪了。那一刻，我心里有一个强烈的感觉，这世上，除了她，再也没有一个亲人！

依力又睡着了，我和阿依仿佛大病初愈，头靠着病床架斜躺在依力两边，微微闭着眼睛。我又开始愧疚地想，还有阿依，这世上，还有她才是我的亲人。不，我所有的亲人，现在都慢慢地回来了，他们都回到了我的身边。

已经是晚上十一点，阿依让我回家休息，她说："我在这里就够了，你休息好，明天换一下我。"带着疲倦和宽心，我回到了家里。但是夜里三点多，手机响了，阿依焦急地说："依力醒了，哭着要爸爸，歇斯底里的，我怎么劝都不行。病房里的两个孩子都被吵哭了，他们的母亲抱出去躲了。"

我赶紧起床，到楼下发动车子，开了车灯，发现灯光比平时夜里要雪亮，我猜想应该是夜很黑。许多条街道空无一人，只有西门口和东门口的夜宵摊还有几帮聚在一起的青年人喝酒喊令——他们如此开心——我想。我将车子开到了七十迈，摩托车像飞机一般轰鸣着，我赶到儿科住院部，才进走廊就听到了熟悉的哭声，并一声接一声地喊着："我要爸爸——我要爸爸！"我快步踏进病房，依力正在阿依怀里挣扎，我喊了一声，她扭头见了我，带着哭腔扑过来，我把她揽在怀里，给她擦着眼泪，她抽噎着，一直到累了才慢慢睡去。因为我抱着她刚弯腰想放在床上，她的背部还没碰到床就哭起来，像猴子一般双手吊着我的脖子不放，我只好继续抱着她。她又睡着了，但肩膀一抖一抖，她在梦中抽泣。我坐在病床上，阿依凑过来扶着她，默默垂泪。

同病房的两位母亲已经抱着他们的孩子回来，对依力刚才的吵闹不再计较，一个对阿依说："真佩服你哋，我哋的女儿病了，老公来冇够两次，家公家婆一次都冇来过。都说我哋南方重男轻女，这位做爸爸的亦系南方人吧，你咁爱女儿，难得啊！"

我望了望她们，再看看阿依，嘴角露出了一丝苦笑。我想起了父亲母亲。当初，依力回到南方后，不知道是父亲对我多年未得子女的欣慰，还是依力长得可爱，他竟然一下子就喜欢上了。父亲是矛盾的，他一直希望有孙子，当他看着左邻右舍逗弄孙子时总不免羡慕。有一年春节在老家地坪上，他牵着依力的两手表情陶醉地教她走路，旁边来了几个逗弄孙子的叔伯，他们拿眼看着父亲，大声对着自己的孙子喊："走呀，快走，难道你站着尿尿的还走不过那边蹲着尿尿的吗?"父亲假装看不到也听不到。

父亲逝去后，我开始从身体和心理的角度去解读他，我认为，父亲在患上绝症之前，已经因为我们迟迟没有孩子而患了抑郁症，当这种抑郁成为常态，也就积累成了他的身心疾病。我敢说，他的后期绝症与前期的抑郁症有紧密关系。从心理健康角度而言，父亲当时的状态，诚如母亲传递给我的那句话"肾都忧凹了"，父亲就是在抑郁状态中使身体失去了健康对疾病的平衡，最终患上了绝症，走上了不归路。反思父亲疾病的起源，包括前期的抑郁症和后期的绝症，归根结底缘于我作为他的长子，也是家里唯一的国家干部，多年没有生育，后来虽然有了依力，但没有给他这个家添上男丁，无法完成延续子孙的责任，这对深受宗族礼教思想影响的父亲而言，当然是致命的病因。

那天依力出院时，我母亲很想借机亲近她，说帮她洗，她不愿，哭哭啼啼说要爸爸洗。母亲讪讪地笑着。阿依在一边笑着说："肯定是住院这些天她跟我们太亲密了，她都不认奶奶了。"我给她洗的时候，她果然破涕为笑。

两个月后我们忐忑不安地带依力去复检，就像等候自己命运的宣判。当儿科主任高兴地宣布她已经完全康复时，我紧紧地搂住她，一种起死回生的感觉浮上心头。阿依凑过脸流着泪亲她，声音卜卜响，边亲边哽咽着说："你这个让人揪心的——丑丑啊，丑丑啊!"

生存的环境我们是无法改变的，在这个偏远的小城，重男轻女的思想还停留在二十世纪九十年代，"有人就有物""多子多福无子无福"的观念不时在耳边炸响。回想那些意想不到的逝去，我只有深深的叹息，而对于今天饱经沧桑的获得，我已经感到非常满足，并且对这个世界深深感恩。

后来我们一家三口有过几次从广西回到新疆的漫长旅途，三天三夜的旅程，我们把所有醒着的时间都用来照顾依力。几乎每一次，车厢上总有几位非常喜欢她的大姐大嫂拿出她们小孩也在吃的瓜果、干果给她，依力早就得到我们不吃陌生人食物的教导，开始是摆手，随着旅途的熟稔，终于盛情难却，况且是在列车上，我们允许她接受，但是面对女儿转手递过来的零食，我们的底线是夫妻坚决不吃不碰，哪怕女儿中了迷药，那一刻也有她爸爸妈妈守在她身边。

有一次在老马场，晚饭后伊犁台正在播放一男一女两位当地歌手演唱《牡丹汗》，依力喊："咦，这是爸爸经常给我唱的歌!"我诡秘地笑。她问："牡丹汗是什么意思，是牡单丫吗?"阿依看着她说："是个名字。"我趁机指着电视说："对，那女的就是那男的牡丹汗，你和妈妈就是爸爸的牡丹汗。"她疑惑地看着我，又看看电视里的歌手，他们正在深情而忧郁地唱：

> 你是我生命的力量
> 啊，亲爱的姑娘啊牡丹汗
> 你是我黑夜里的月亮
> 啊，我的姑娘亲爱的牡丹汗
> 月亮躲在云彩的后面
> 啊，亲爱的姑娘啊牡丹汗
> 晨风莫吹断我的思念
> 啊，我的姑娘亲爱的牡丹汗
> ……

一首维吾尔族情歌，我曾在哄依力睡觉时在她身边唱，在她熟睡后依然轻声地唱，我轻抚着她的脸蛋和肩背，歌曲一直在我的心底悄悄地唱。

住居（一）

阿依父母在东莞生活的三年，就是2004年至2007年，我一如既往地回到那片土地。西行的旅程让我有说不出的愉快，到现在连我都有点不敢相信，我那时竟然就是为了文学，为了这种在小城里正被一些人嗤之以鼻的事业（必须是像我一样的人才敢认为是事业）。我甚至数次有过辞职的打算，但是每次都被冷静的阿依劝止了。我承认我至今都没有放弃文学，也不打算放弃。因为它，我一个人的旅途是多么地快乐和迷人。尽管我还很拮据，也想过如何改变拮据，但每当我沉浸到创作中去，我就好像忘记了怎样改变拮据的心事。我在很多时候唯一的愿望就是离开这座小城，像个流浪诗人一样到西部去，到那里写一部我喜欢的书。

此刻，我坐在过道上，左肘撑着茶几托着下巴望向窗外，黄昏的黄土高原像电影《人生》里的镜头一样展现在我眼前，我仿佛看到有头扎毛巾的汉子和骑着毛驴的女子走过来。虽然我喜欢电影《人生》里的高加林和刘巧珍，但是我不想自己的生活类同于他们，我也绝不让自己类同于他们。我告诉自己，一定要让自己的流浪和跋涉最后能体现人生价值，这样再苦再累再寂寞的旅途我都能忍受，也值得忍受。

黄土沟壑和残破的窑洞一垄垄一排排地由远而近逼过来，最终将列车夹在两山之间，列车压迫铁轨发出更大的呐喊声："出塞出塞，新疆新疆，出塞出塞，新疆新疆！"几分钟后，火车就穿过了逼人的沟壑，掠过了荒凉的窑洞，又奔驰在起伏的平野上。我心中充溢着前行的斗志，却又沉浸在甜蜜的忧伤中。加之那时，我因为连吃了两天的泡面和火腿肠，觉得口舌苦涩，腹胀如鼓，在铺位上不知放了多少偷屁和长屁，去了几次厕所，每次蹲了十几分钟任凭咬牙努力也排不出半点，最终排出了一点，肛门却火辣辣地疼。回到铺位上揉着肚子继续百般难受，继续忍受肛门那火辣辣的疼，继续放着那些又臭又长的偷屁，再也无心考虑我想考虑的写作问题。望着夕阳下蓝霭朦胧的远山，我百感交集。

"出塞出塞，新疆新疆，出塞出塞，新疆新疆！"

告诉我吧，人生，在哪里才可以找到你啊，人生！

一个人的旅途，只想实现自己与众不同的人生。我终于感到了寂寞的难耐，自己一个人走的确很孤独。我感受到了自己的泪水在眼眶里滚动。我想起了阿依和依力，她们都在南方，理论上，她们都是我坚实的大后方。但是，现在，我思念她们。一直以来，我都想为了她们——是的，为她们——创作一本若干年后值得她们自豪的书，而我也会因此而开辟我崭新的人生。以前，当我还没有她们的时候，我是多么地焦虑和渴望啊——我曾经有琴，后来失去了。在经历了短暂却是有坚实根基的抉择之后，我和阿依走到了一起。可是，没有几个人能比我更能体会到做一个男人的失败的难受，简直生不如死。而现在，一切都过去了，我像一个巩固了大后方的将军一样心无旁骛地奔赴前线。让那些因为实现了自己的人生目标的人都去庆祝吧，他们再辉煌也抵不上我一个人的孤韧，一个人的特立，以及我已经拥有的快乐和为了文学而奔向自由天地的决心！

在经过五天四夜（曾在西安住上一夜再转车）的长途跋涉后，我终于到达了这个偏僻的老马场。这时，我已经在火车上写下了数以万计的文字，正是这些文字让我没有在寂寞而漫长的旅途中发疯。我怀着丰收的喜悦回到了这个家里，和光旭和红花谝话，跟他们下地干活，或者和当地的朋友去草原雪山游历。那几年，我回来的动力几乎就是为了我的创作。在此之前，我继续阅读了一些作家的新疆题材作品，并且结合自己多次回到老马场的观察体会，开始对这片土地有了一些知识和直观的了解。但是，我掌握的东西还是无法满足我写书的需要，我还缺乏很多素材。作为一名立志要写一部很厚的书的作家，我不愿去捏造或虚构我根本不了解的东西。为此，我只好每年不惜花费我拮据的收入，并且央求单位准许一个长假让我踏上西行的旅途。为了节约，更是为了便于旅途收集素材和获得体验，我几乎都是坐火车，五天四夜的旅程，我每次回到老马场后都感到非常疲倦。有一次因为感冒，我全身酸疼，乘坐乌市到伊犁的客车到达五台饭店休息时，我下车几乎走不动了，勉强进入拥挤的卫生间里拉了一泡发黄的尿，再次挤出来后无力地靠在饭店的外墙转角旁，什么东西都不想吃，一直到司机叫喊重新上车。汽车在第二天上午到达伊宁，我一狠心花了五十元（普通班车每人二十元）上了快速线路车，在新源赶上了下午两点回马场的班车，在车上我就打电话给光旭，让他叫红花赶紧煮两碗牛肉姜片稀粥，"记住，是牛肉——姜片——稀粥!"我靠在汽车座椅上,这样叮嘱说。两个小时后,我一进门就喝到了两个大海碗盛着的热气腾腾的牛肉姜片稀粥,半个小时后,我的体力就渐渐恢复了。这时我回想一路的艰辛,我那时的确对这种流浪跋涉的生活产生了动摇,但是一想到我的书,我的未竟的作家理想,我觉得还是要走下去。

到了下一年,或者下一次,我便又抖擞精神,再次踏上了西去的旅途;在火车上,我又开始了埋头写作。

我一直在写作。我不只是记录我与他人的对话,我也把自己融入这片土地中,成为这本书的主人公。我就是我,而不是"我",我并没有超然。

深夜,我已经躺在床上,听着远处草原上哈萨克族牧羊犬隐隐约约的吠叫,想着遥远的南方还有我的亲人,他们都在南方,他们都十分思念这边的家,思念这边的亲人,我们三天两头就通一次电话,有时我会伏在大炕上悄悄地流泪。

我是一个读了一点儿诗书就异想天开的南方佬。现在,我暗暗地、默默地来到了这里,来到了这片叫作西域的地方,来到这片阿依出生成长的土地上。我希望过上自己梦寐以求的生活,实现一个久藏于心的理想。

沿着吉尔尕朗河两岸,我开始了探查性的行走。在我的印象中,吉尔尕朗河在它的发源地库尔德宁林区一段,穿山过峡水流湍急,天山雪水滚珠抛玉,接触之下冰得手指发痛。流经老马场的一段大约有十多公里,呈现九曲回肠之势,河面宽度一般都有五六十米,最宽在八连一段达到一百多米,最窄在荷苍则只有两米左右。两岸便是草原和丘陵,分布着大大小小十几个村庄。有一些河段河水很深,河水浓绿得幽深不见底,也有的河段河床高出,河水分成几道小汊,水流清清亮亮。流经老马场的这一段,是一条隐藏着宝贝的河流,河里的鲈鱼、鲤鱼、狗鱼等鱼类早已为人所知。河边的野杏、沙枣、野樱桃、野山楂、沙棘、黄刺等野果随着季节的变换连绵不断。最引人注目的是河滩全是各式各样的鹅卵石,老马场上了年纪的人说,鹅卵石中还有玉石呢。被冰山融雪冲积淘洗的河石,不时让那些具有寻宝恒心的人收获惊喜。我在吉尔尕朗河两岸游走的时候,听说到的因石头而发点小财的时而有之。有一次,莫乎尔乡的一位维吾尔族汉子在河里足足找了一个月,挖走了一块重达六十多公斤的石头,和人扛到市场上卖,竟然卖了七十万元,买主说石头里面就有可雕琢的玉。早年我们在河畔闲荡,常常可以找到许多鸡血石之类的精致石头,阿依至今还收藏着十几块或如拳头或如鸡蛋大小的宝贝,偶尔也拿出来在我面前炫耀把玩。我曾经拿着它们互相轻轻击打,石头清晰地发出被遥远的岁月淘洗打磨的回声。

这条河有它的丰功伟绩,它浇熟了庄稼一茬又一茬,养育着两岸包括新源老马场和巩留县莫乎尔乡广大地域内的人们，还有他们的马牛羊。沿着河岸生长的次生林，绵延起伏的河滩草甸，草甸上像蘑菇一样分布的哈萨克毡房，那些从草甸上下来饮水的马牛羊，在阳光下闪烁着五颜六色的鹅卵石，还有垂挂在玉蓝色河面上的芦苇，翱翔于水面的飞鸟，河谷上空盘旋的鹰，纯蓝得透明的天色，以及远方天山永远不变的雪线，像一幅画一样留在我的记忆中。它的美丽让我感到了在这方土地上生活的安宁和孤独。

在河北岸的老马场，一个叫农一队的地方，在紧靠后山草原的山脚下，在一排白杨树的掩映里，有一个占地八百多平方米的院子，那就是我们共同的家——我和阿依父母一家住在一起。我以这里为圆心，以河两岸的乡村和草原为半径，开始了转圈似的行走。

每天，早早出现在屋后草山上的马牛羊，偶尔发出的叫声，越过我们院子后面的荒径和水渠，从我们房子的后窗传进院子。似乎是一种呼应，院外那些高大的杨树榆树上，响起了一群早醒的小鸟的嬉闹声。这些就是我起床的闹铃。正好是北京时间早上六点，新疆大地上许多人还处于睡眠之中，我通常做到闻鸟起读。在阅读开始之前，我会打开窗户，尽管我还没有走出院子，但是拉开面对后山的窗帘，一抬头总能看到晨曦中那浑圆高挺的加乌尔山，在蔚蓝清冷的天空下，展示着令我这个来自南方的人深度着迷的冷峻和秀丽。

以我在这里居住的感觉，河两岸的台地就是一个巨大的调色盘，一年四季的色彩总是被它轻松地调配得色泽清楚迥异分明。春天，河的两岸鲜花绽放，最瞩目的美丽来自杏树、梨树、山楂树、沙枣树和野苹果树，那一树树高挺而又蓬松的花，那种灿烂的装束，让我想起了当地演出或者婚礼上哈萨克族姑娘的鲜艳衣着——是的，哈萨克族姑娘，在伊犁哈萨克族自治州的新源老马场，一个哈萨克族人聚居的村庄，或者牧区。而现在，这些来自各种果树的鲜花，以及浅绿的草原上各种盛开的花儿，给了我这个南方人草山和河谷都是花海的感觉。及至夏天，那绿便是成熟得非常丰腴的少妇，她已经换下了春天那套鹅黄嫩绿的时装，代之以一派浓烈鲜艳生命气息极度逼人的雍容。到了夏末秋初，那种绿就是绿，黄就是黄，机枪子弹一样密集的杏子吊在叶子碧绿的树冠里，对比十分明晰，绝不拖泥带水，绝不拉拉扯扯，一切都是那么井然有序。不像南方，在许多时候常常绿得一塌糊涂，也红得一塌糊涂，生活在许多所谓春城绿城里的人们，常常津津乐道街道上 11 月里还有大红大黄的三角梅、紫荆花和黄槐花，说这就是留住春天，四季如春，殊不知这是一种分不出上下左右，东西南北，也分不出春夏秋冬的审美混乱。

雪山、河流、草原、羊群、毡房、牧道、条田、大多数只有一层砖混房子的院子、院子里的苹果树和杏树、白杨树和榆树为主要部分的防风林带——这些都存在于我的周围。虽然我过去并没有真正看见过这些景物，但是我感到我好像早就生活在其中，我现在是回来，我再看看我早年生活的地方。如果风调雨顺，如果我不再为生计担忧，兴许哪天住下来后我就不再走了。

我在这里可以像农民一样参加劳动，而且是心安理得。这个家有四十亩口粮地，每年，安排二十五亩种小麦，十五亩种葵花。春夏季节，小麦开始抽穗，葵花也长出了五六片叶子，都到了该锄草的时候。旁边地里也是三三两两干活的人，比如新佳，比如千和，还有枣花。我们帮衬着干活，谁先干完了，会去帮助一下邻居。新佳和千和是光旭的老朋友，互助自不在话下。枣花是阿依的童年伙伴，也是我在南方认识的朋友，比一般朋友还要亲近些，干活时总有一些话要说，日子便像陶渊明笔下一样怡然自乐。早些年，给地里锄草还主要靠手工，大家都有自己的工具，我们也推来了两辆自制的锄草车，其实就是取一辆自行车的车把、一根车架和一个去掉了轮胎的车轴辘，在下面焊一把贴地的割刀，这就是这一带农民在好几年里几乎家家拥有的经济实用的锄草车。光旭推着一辆，我也推着一辆，红花她们则用手拔。其实地里的草并不多，加之有了锄草车，干起活来就有了一种南方没有过的轻松和愉快。

农作物的葳蕤景象使我心情十分舒畅。通常，我和光旭骑着摩托车去吉尔尕朗河岸边的口粮地里查看葵花的长势，检查灌溉情况。7月的葵花长得大约有两米高，这种向日葵要比油葵高出半米左右。葵花的花盘已经蓄满了籽粒，籽粒有的已经有仁，有的还是瘪瘪的。所有的花盘都大如窝窝馍，肥厚金黄，散发光泽，传递着许多喜人的信息，让我情不自禁地想起了丰收。葵花秆子粗硕壮实，凛然支撑起两米多顶部的花盘。我们检查浇水。人们浇地都是顺着从别人地里接来的排水渠划开几个口子，或者在该堵的地方拿锹堵一下水口子，让水渠的水哗哗哗哗地流进地里，在地势低的地方拦一道泥，就是人们说的埂子，让水势朝着另一个方向流去，半天就浇透了几十亩地。我们那天浇地光是用鞋后跟就在水渠边磕开了几个口子，不过拦埂子就要动用铁锹了，必要时也挽起裤腿踏进排灌渠里用手扒。

知道了小麦良种补贴、粮食直补政策、种麦农民农资综合直补政策之后，觉得浑身有着使不完劲儿的光旭便把口粮地从承包者那里收了回来，自己种起了小麦和葵花，还在加乌尔山脚下承包了两百亩地种小麦。谈到承包两百亩地种的小麦，他喜滋滋地说，老天爷今年肯照顾，不干旱，赚个十几万应该不成问题。我刚回来那年，听说家里有四十亩口粮地，我惊叹不已，因为我南方老家只有一亩五分地。我问他们，这么多地咋干得完活啊？阿依父亲操着他的四川话说，新疆种地嘛，机械化程度高，家里的四十亩地苞谷，康拜因两三个小时就可以收完，还包括了脱粒运走呢。这四十亩地如果放在我的沟沟坎坎的南方老家，我一家五口人没有一个月收不完。光旭撇撇嘴说，四十亩地算啥呢，我还要承包两百亩地种小麦哩。我吓了一大跳，睁大眼睛问，二百亩地，这得多少人干活？红花说，康拜因搂草机打包机上山，前后也不过是一个多星期的活吧。光旭揶揄我说，你以为这里是两广啊？这里可是大西北，大机器一下地，乜都搞掂（他在广东待过几年，会几句戏谑的粤语）！

8月，位于山上的两百亩旱地小麦可以收割了。粮站收购麦子是按市场价升降的。种地的人们都要掌握市场行情，因为一年的希望就在这里了，最好那个希望的价格一个星期不下跌。也有靠预判的，像预测股市走势，辨别牛熊涨停，判得准，加上运气，出手时会遇上成交价比预测价高上好几毛的，那就是大赚了。也有运气差的，收完后价格就降了，骂娘，心不甘，再等了一个星期，还是不升，开始担心麦子发霉，只好狠狠地骂着粮站的娘，忍痛出手。

"等外的前天一块三，昨天一块五了，等内的两块五了，估计明天还会升，收吧！"光旭说。两口子一合计，两台大型康拜因就隆隆地开上去了，搂草机和打包机也跟去了。在瓦蓝的天空下，银色的雪山脚底，绿色的康拜因、红色的搂草机和黄色的打包机，在褐金色的广阔麦地里来回穿梭，机器声响彻加乌尔山和吉尔尕朗河两岸，那种一泻千里的收割场景，让我足够体会到了"沙场秋点兵"的壮阔大气。每天收获的麦子都超过五千公斤，全都在傍晚运回了早就准备的仓库。十天后，所有的活儿干完，大功告成，两百亩地收获麦子五万多公斤。亏得老天爷也帮忙，小麦在粮站被定为等内，价钱也到了两块七，一出手，十三万就已成定局。于是当天就决定拿出平时的积蓄，买回一只羊，请来好朋友塞恩别克和巴哈提别克，由他们宰杀，晚上就有十二三个种地不种地的哥们姐们来喝上了。

我先端几块煮熟的肋条肉过去给不愿意凑在一起的阿依父母，回来后大家已经大呼小叫了。巴哈提别克叫来了一位阿肯，把冬不拉弹得叮叮咚咚响，边弹边唱：

> 一看见你的身影
> 我的心就停止了跳动
> 你的家搬来搬去

像云一样在草原上飘动

你去了那遥远的地方

我怎样才能得到你的消息

……

　　酒是伊力特，二十来块一瓶那种，从李耕的小卖部扛来了一箱，喝得放心，喝得底气很足，不怕中途短酒。三点多了，醉是必然的，喝酒最差的我也醉了。"姐夫不能走！"我迷迷糊糊地听见他们喊。再后来，天亮了，我醒了，我睡在我们房子的床上。

　　深秋的收获同样充满了悬念和惊喜。四十亩口粮地全种了苞谷，10月的时候，苞谷像金条一样诱人了，价格却一直跳跃不定，有时候卖到每公斤一块三，有时候又退到一块，让他不知道选择哪一天收。通常，一亩地可以产一吨多苞谷，四十亩地那是一笔好收成，是一户安心在家务农的农民最大的希望。终于看准了一天，价格升到了一块三，赶紧请来了一台康拜因，请来了几个哈萨克族妇女帮忙，收割机两三个小时就收割完成，收获了48吨，相当于亩产1.2吨。安排车子运输的时候还不敢怠慢，光旭请来了一个哈萨克族朋友跟车押运。那天我负责跟车，在巩留县卖了一块二毛八的价钱，加上卖掉玉米秆子的一千多块，四十亩地的收成超过了六万块。有了这个收成，这年的活就算赚了，可以高高兴兴地做些自己喜欢的事情，过年也可以放开海量喝几瓶。其实光旭也一直这样干着，也这样享受着。对于种地，早年在广东东莞打了七八年工的他有自己的一番看法，他说，早几年在那边打工，也有三千多块钱，但怎么说都是打工嘛，想要加工资嘛，陪老板吃喝玩，一年到头也就存下两万多。咱们新疆人，才不想在那地方低声下气呢，况且回来种地也不赖，光是种自家的口粮地，一年到头也能赚个四五万块。

　　苞谷收完后，苞谷秆还可以卖给饲料站。苞谷秆经搂草机搂出来，再经打包机打包后，就成了四四方方的草砖，这些草砖卖给饲料站每个四块，打包机主人得两块五，搂草机主得五毛，地的主人得一块。四十亩地的苞谷秆打包后有一千七百多个草砖，我们请了一辆皮卡车，中午没到就开始装车，除了请来的四个哈萨克族男子，我和光旭也参与进去。草砖不重，但是车厢很高，我每次用叉子顶上去都是碎叶飞扬，落在头发和脖子上，一会儿就痒痒的。光旭干活更直接些，他长得人高马大，干脆叉子也不用，双手一抱一个草砖就往车厢里扔，上面有两个人接住码放。午饭是红花做好拿来的，一人两个馕，两碗玉米糊糊，吃喝得稀里呼噜。到了下午六点多，活干完了，装满草砖的卡车也走了，我们七八个大人和两个小孩就去老马场的小饭馆，一盘水煮羊肉和几碟糖拌西红柿是我们下酒的好菜。

地里的苞谷收割完，天气也转冷了。寒露后的第三天，天气预报伊犁河谷迎来秋后的第二次冷空气，下午还是天蓝日丽，晚饭后却刮起了西北风，整整刮了一夜。第二天是周四，晴天，我们去赶了库尔德宁镇巴扎，在马牛羊市场买了一只羊，光旭说趁着丰收的喜悦，请来我早已熟悉的几个马场朋友聚餐。当晚十点前停电，刚开始时烛光晚餐，灯亮后我们继续喝酒吃肉，这顿酒，我们一直喝到凌晨两点多，大家都有了九分的醉意。出去小解的时候，风好大好冷啊，周围的杨树果树被吹得哗哗啦啦响，回来再喝了两杯，我提议夜深了各自回家睡觉，大家同意了。

第二天上午九点我醒来，听见窗外雨声淅沥，穿了厚衣服起来一看院里的地，竟然是一场迟来的透雨。这雨好啊，再过一两天，拖拉机就可以带着犁铧下地，一年一度的冬麦又到了播种季节。按照每亩地施放钾肥、磷肥各三十公斤的标准，深耕细翻，施足底肥，耙耱平整，使大土块变小，小土块变碎，为消灭金针虫、地老虎、蛴螬等地下害虫，光旭还使用了消毒药剂对土壤进行消毒处理。下午，小麦调播机来后，四十亩地只用四五个小时就播完了。机器太伟大了。我一直站在田边观望，等到天边的晚霞在金色的杨树林带上洒上一层嫣红，我们一起坐上光旭的新FF7195回家。

2007年下半年，阿依父亲的身体出现了不适。三年前，儿子光亮让他们做父母的到东莞去帮照看孩子。阿依父亲较胖，但他在东莞期间总是喜欢吃肥肉，平时吃饱喝足后常在租屋楼下打麻将，结果高血压加重了，走路摇晃，感觉头晕，不久就被诊治出得了轻度中风。老人的医保都在新疆，在南方看病很不方便。阿依打电话给她妈妈说："把爸爸送回新疆吧，趁着你腿脚还灵便，送爸爸回去，慢慢调养，吃些老家的素食，我和梁小羊每年都会回去看你们。"阿依母亲听从了她女儿的话。这年9月，我刚从老马场回到南方不久，他们就乘飞机回到了新疆，又从乌鲁木齐转车回到了老马场。

有一段时间，大约是半年，为了方便就医，阿依母亲陪着阿依父亲在新源县城租房住。那段时间我和阿依都没有空回去看望，留在南方干着急。光旭说："老娘为了治疗老爹的病，常常在租屋和医院之间奔波。"阿依母亲是一个自尊心很强的人，县城里有她的亲妹妹和她的姨姨一家，经济条件也比他们好得多，可她就是不愿意麻烦人家，悄悄在恰合普河路租了两间平房，每天在那里买菜煮饭。她的妹妹也是我和阿依的姨姨，还有她的姨姨也是我和阿依的姨婆婆都来过，劝她和老头子搬到她们帮忙找的房子去，她不肯。她私下里对我们说："当年我和她们盲流到新疆，一起吃过被驱逐被批斗的苦，那时我们能互相支持。现在人家好过了，但我不能麻烦人家，我只是后悔当初没有坚持让光旭用那笔钱在县城买一院房子。"

她的话勾起了我和阿依的心事，早在2002年，光旭从东莞打工回来后，我们为他的出路费了许多心思，曾经建议在县城买一院房子。那时新源县城的房子便宜如塘泥，随便两三万块可以买到一院六七百平方米的平房，而在同期的南方小城，尽管经济同样属于不发达，但这个面积的地皮售价不下六十万元。我和阿依收入不高，但也倾尽所有贡献了两万元，不想光旭和父母意见不合，最终买房子变成了买拖拉机。这件事至今想起我和阿依还跺脚后悔。而那时有眼光的姨婆婆和姨姨，在儿女的支持下在城里连买了几院房子，后来房子也升值了。

"世上没有后悔药吃。命里有时终须有，命里没有莫强求。"这是阿依母亲多次对我说过的观点。为了治好阿依父亲的病，她下足了功夫，在医院的治疗见效甚微的情况下，先是在一些老乡的帮助下寻找偏方，又在儿女的支持下，到新源县城买了一套一万多元的韩国产喜来健按摩椅，回到马场后，每天晚上她就给阿依父亲按摩。有一段时间，她打电话告诉阿依："你爸的腿脚灵便多了，看来这套按摩椅还是有用。"但是又过了一段时间，她打来电话说："谁知道呢，一时好一时坏。"她又开始相信医院，三天两头搀着老头子去找医生，排队交钱取药。幸亏新源县不像我们工作的北宁，全县人口也就三十多万，怎么挤它也比不上北宁这边一百五十万人口的拥挤率高。只是，都七十多岁的老人了，还要在城里租房子，这时候我和阿依就会为当初没有在县城买房子而感到深深遗憾，为自己没有尽到责任而深深自责。

阿依父亲已经七十三岁，阿依母亲也接近七十岁了。阿依父亲的身体每况愈下，行动开始迟缓拖沓，身体明显比在东莞跟随儿子光亮生活时差远了。尤其是他走路都已半佝偻，吃饭可以听到粗粗的喘气声音。两位老人家在二十世纪六十年代中期，还是青壮年，都是地主的后代，都是为了逃避迫害而走西口，流浪新疆，却不约而同地与当时的许多"盲流"一样，成了开发新疆的一代垦荒人。有时候我梳理他俩的往事，觉得阿依母亲很像韩天航小说《母亲和我们》里的刘月季，许多话和一些处事方式考虑问题的角度都像，既宽容大量也细致实在。他们在特殊历史时期自发支边，长期颠沛流离，被迫随波逐流，面对几十年过来的众多苦难，却又顽强挣扎，做了许多好事善事，也做了不少傻事笨事，还表现出很多窝囊，如今，他们须发全白。

电视连续剧《戈壁母亲》播出后，我从剧中注意到，光旭是像钟槐一样热血正直厚道善良的人。遥想他在东莞打工当年，当着工厂的保安队长，因为劝止一位工人浪费自来水而起了事端，最后把对方打成重伤，工厂也不分青红皂白将他开除了事。新疆人，豪爽，朴实，不会伪装，说一不二，还带点大男子主义，主要表现在不跟娘们斗，但会偶尔打骂老婆。在我的记忆中，光旭开着新FF7195，在从地里回家的路上，或者赶巴扎的路上，拉上几个老爷们或者邻村的小伙子，有时候会拉上一只公羊，专门为周边邻村送去配种。有一天下午，身高一米六九的我和长着一米九个头的他去场部小学晒场搬运装满小麦重达一百公斤的麻袋包，他眯着眼睛说："姐夫，你吃得消啊？你吃不消就别逞能啊！"旁边有三个哈萨克族羊缸子看着我，我不甘心被她们小看，一扬手，喊："我在老家挑过一百斤的稻谷，干了整整一天，还行吧！"我们一共扛了五袋，结果我几乎腰都直不起来了。那天晚上我草草地吃了饭，早早擦洗了一下就上床了。我甚至无法坚持每天必写一点或者必看几页书的习惯。

《吉尔尕朗河两岸》写作到了第五年，2008年夏天，我在炎热的南方小城听到了伊犁亲友关于兰花一夜暴富的传说，并伴随着她与那位记者分手的传闻。那一年，关于新疆的最大新闻是中央新疆工作会议召开，新疆各地开始大兴土木。据说兰花的公司总部已经有员工三十多名，下面的分公司分销店人员超过三百人，一个月的钢材销售额就达数千万元，她终于开起了价格一百多万元的宝马。我这才想起，2007年春天，我在南方接到兰花的电话，问我可否借她十万元，我吃了一惊，因为我并没有这么多钱，而且我因为刚刚办完了父亲的后事，我甚至已经没有一万元。她告诉我要开公司。我知道她要干大事了，可是我没有办法帮助她。阿依通过伊犁的亲戚知道，兰花的铺面越开越大，在乌市有了三个门面，已经发了一笔财，她与原来的合作伙伴分道扬镳，各干各的，她的弟弟加盟进来，她开始筹备成立公司，需要更大的投资，大概要投入八百万元，她和家人找遍了人脉，甚至把母亲的宅基地都抵押了，最后借到了三百多万，但还远远不够，又开始让家里人抵押房子和工资簿，从银行借款，终于筹够了缺口部分。

我一直想见兰花。这年秋天的一个下午，我回到了乌鲁木齐，在乌市南站下车前我就给兰花打了电话。一到出口我就看到了她的白色宝马。身材峭拔的她露出迷人的微笑："走，我们去吃个饭！"

"吃个饭！"这是新疆人一见面就要说的话。我像一个找到依靠的孩子，顺从地上了后排。令我惊奇的是，在过一个车来人往的十字路口时，她迟迟不敢启动，最后竟然把车停下了。正在旁边指挥的警察跑过来，还没等人家敬礼，兰花首先打开车门下了车，对警察说："技术不行，不敢过去，麻烦您帮我开过去吧。"这位浓眉大眼深眶的维吾尔族警察恼火地说："不敢开车你也上路，你驾驶证是咋来的？"她面有愧色地说："我考了三年才拿到本子，拿到本子也有一年多了，过十字路口就是不敢开。"说完，袅袅娜娜地从那位一脸困惑与怒色的警察身边绕过，上了副驾位置等着。我这才发现，当年被阿依她们这些女伴戏称为"肉疙瘩"的兰花，已经出落成一个身材苗条的姑娘，曾经的大脸盘成了瓜子脸，水桶腰换成了适合跳肚皮舞的腰肢，小巧而浑圆的臀部恰到好处地向后撅着，胸前高挺，十足一个新疆美女。这位年轻英俊的维吾尔族警察看着我这个汉族小姨，哭笑不得，听着后面一长串喇叭声，只好上来帮她把车开到对面靠边停泊。

维吾尔族警察下车前要了她的证件看，她露出了刚才迷人的笑容，对他说"谢谢"。维吾尔族警察合了本子给回她，然后下车。她重新上了驾驶室。我忍不住大笑起来。

"一个会使唤警察的女人！"我说。

"这有啥呀，群众有困难找警察嘛！我这样做，也是为了预防危险的发生。"她一脸笑眯眯。

她带我走进一条小街，在头扎围巾穿着各色花裙子的民族妇女中间穿来走去，来到一家清真饭馆，烤包子、手把肉、拉条子点了一桌。我美美地享受着，她只是象征性地吃了一个包子，一杯果汁，笑眯眯地看着我吃。我必须承认，在这个比我小了六岁、年轻貌美已成富豪的小姨面前，羡慕之意和爱慕之情在我心底油然而生。我想，当初在南方那两年为什么我看不出她会在今天发财呢？同时，我为自己当初借不出那笔钱帮助她而深感遗憾。

"先到我家住上一晚，明天早上再赶火车！"我刚擦完嘴，她就笑吟吟地说，"对了，你还没认识我家呢！"

傍晚九点多，她把我带到她家，给我指定了休息的房间，告诉我怎样调浴室里的冷热水，大冰箱里有啥水果和奶制品。一番盼咐后，她说："我还有些事情要办，你在房里，随意点，就当作自己家好了。"她匆匆出去了。我想这就是她作为富人的夜生活的开始（后来我才知道，她出去是为了谈恋爱，那个男人就是我现在的姨丈）。

我洗了一个足够长时间的热水澡。我在她两百多平方米的大房子里走来走去，欣赏着豪华的装修风格，再次羡慕和赞叹不已。之后，我坐在房间的写字桌前拿出平板开始写作。在极度疲倦时我躺到了床上。这时我才意识到，我在布置得过于暖色的房间和女性化的床上根本就睡不着。一直到夜里两点多，我听到了她回来的响声，她进了房间，她的房间就在对面，但是我没有听到关门的声音。而我已经反锁了房门，这是我一直以来的习惯，就算在老马场我也是这样。但是，光旭两口子在晚上也总是不关房门。我问了马场一些人，还问了县城的一些亲戚，他们大多数有晚上只关大门而不反锁房门的习惯。这在我们南方是不可思议的，当然也是令人心里不踏实的。我想提醒她，但又觉得不妥。我在马场就多次提醒过光旭，可是他对我的观点不是嗤之以鼻就是淡然一笑，还学着我的两广腔调揶揄说："放心啦，我哋新疆好安全嘅！"

当轻微的鼾声在对面房间响起的时候，困倦至极的我也不知不觉间进入了梦境。第二天早上七点多我起床，果然看见了那没有掩上的房门。我在客厅茶几上留了一张纸条，在她轻微的鼾声里悄悄关门，赶往火车站上了去伊宁的火车。

半个月后，我打电话让她帮我订一张乌市到西安的火车卧铺票，她一口答应了，接着又问我："坐飞机吧？"我说："坐火车，飞机太贵了。"她哧哧笑起来，说："你一个作家，还在乎这点飞机票钱？坐火车的时间太长了，我都受不了，我帮你买机票吧。"我说："还是坐火车好，我习惯了。"她"啧啧啧"了一阵，说："作家的想法就是不一样，体验生活是吧？行，我叫人买。"

十多天后，我来到乌鲁木齐，她又请我吃了一顿手抓肉。饭后她把卧铺票给我，四百五十五元，我给她票钱，她一把推了回来，说："瞧你，还亲戚，给啥给呀！"我坚持着，她站起来说，"以后再说吧！"我不好再坚持。今非昔比，她再也不是两年前只在王家梁市场开着一爿小门面的兰花了，那时，我让她帮买一张二百三十八元硬座票的钱她也要掂量着，还不好意思在我面前要。

她开着她的宝马把我送到了乌鲁木齐南站。她带我走进站前广场的商场，买了几百块钱的一大堆新疆特产塞给我，让我拎得双手发疼。我候车时，旁边有几位新疆口音的人问我："来新疆旅游的吧？难得来一次，来了就要多带些特产回去！"我说："带给口里的朋友，我的家也在新疆呢！"他们都不相信地看着我。

回到秋老虎肆虐的南方小城后，我用一种再回首的目光看待我的南方故乡，这个曾经生我养我的地方，突然发觉，我们互相之间已经变得很陌生。现在，我的处境多么像美国作家威廉·福克纳说的："我爱南方，也憎恨它。这里有些东西，我根本就不喜欢，但是我生在这里，这是我的家。因此我愿意继续维护它，即使是怀着憎恨。"

我成了一个"悖论"的执行者。比如，我一直以来讨厌南方，现在我喜欢上了这片西部的自然。但我不得不在南方，在这座南方小城徘徊，甚至，我要赞美她，维护她，因为这里是我出生成长的家。我也承认，南方或者说小城所能给予我的便利与舒适，曾经远胜于西北草原和乡村。这是无法否认的现实。而更加无法否认的另一个现实是，我这些年在南方从事着机械枯燥的"八股文"写作，实际上，我的内心在挤压和煎熬中反而得到了更多的自由——我走上了最需要心灵自由行走的文学创作之路。

现在我生活在这座我熟悉的北宁市里。我常常因为创作遇到瓶颈而出来走走，我需要透一口气。我走到的兴宁路是北宁市最繁华的商业街，除了挤成树树木瓜一样繁密的小摊小贩，还有辉煌如春晚的精品店服装行，那些店主或者售货员的目光习惯锐利地盯着进门的顾客，看到衣着光鲜或者口气粗大的人就会谄笑，而看到行动畏缩小心翼翼的农民工就会不动声色或者睥睨侧目。

一切都因为令人难以置信的暴发户遍布北宁街头。我曾经多次看见路虎宝马奔驰凌志越野车以赛车的速度在旺宁路上行驶，突然他们就会停泊在六十米大街上并且正正地压在一道实线上，戴着金表夹着一支冒烟的香烟的手伸出车窗，弹一下烟灰，一个大背头或者小平头正让烟圈缭缭从嘴巴吐出来。有时你会在狭窄的小街上看见一辆豪车经过，驾驶室车窗半开着，穿着光鲜的驾驶员一会儿专注地抠鼻屎，一会儿将手指伸到车窗外起劲地弹鼻屎。许多人都知道在北宁市第三人民医院门口，那里有一个因时势形成的小市场，有一天早高峰时间，车辆鱼贯通过人字路口，有一辆白色宝马越野车突然就停在路口稍稍靠边位置，然后走下一位瘦高中年男子，满脸傲气锁车门走到一个早餐店，两个路口顿时堵了个水泄不通，任许多小车司机摩托车电车驾驶员按喇叭叫骂也不出来挪车。北宁的司机普遍有一种不稳重感和浮躁感，比如他们开车走在六十米大街上，前方明明是斑马线，或者眼前明明是学校门口，单车行人学生正鱼贯而行，有的小车反而厉声鸣笛然后加速恐吓驱散人群后绝尘而去。

在我居住的小区，有一天晚上我驾车出去，在通道与一辆绿色丰田霸道相遇，对方一直用氙气远灯照我，我赶紧靠边停车，闪了闪远灯提醒。老兄，你晃到我的眼睛了。我在心里愤怒地喊。可是他非但不变灯，不感激我尽最大可能地让出了足可过车的路，还趁机将车头摆正我的对面，霎时我被强光照射得张不开眼睛。我知道这辆车，近两年一直在小区各条通道胡摆乱放，还常常停在小区门口的右转角边，让转弯的车辆不得不非常小心，有些新手司机在避开这辆又高又大的越野车时不幸让自己的车身剐蹭到了护栏。真不明白这辆车的主人有钱买五六十万的好车却不愿意买一个十几万的车库。第二天我与朋友说起这件事，朋友跟我一样气愤起来，和我一起用北宁土话诅咒那辆霸道车驾驶员是十足的"废柴"。

曾经，有一天晚上，我和大弟各自驾驶着自己的小车从老家出来，行驶在北宁通往粤海的二级公路上，车上都坐着自己的一家人。大弟的车子跟在一辆蓝色物流卡车后面，我跟在大弟后面。据大弟后来告诉我，那辆物流卡车在他的前方路口碰到了一辆左拐的摩托车，摩托车上的两个人倒下了，估计事故不是很严重，但是接下来却出现了可恶的一幕，物流货车开始倒车，不顾我大弟就在后面猛打喇叭，他还是倒车，啪的一声，物流卡车的后护杠碰到了我大弟的小车，肇事者却迅速左拐并线，一加油溜了。肇事了还逃逸，在逃逸中又造成了二次事故，之后继续逃逸，这太可恶了。我大弟是医生，他下车查看了自己的小车和前方的受害者，受害者问题不大，可是大弟的小车前护杠被碰断了，大灯也已破裂。我怒不可遏，让阿依打电话给大弟在后面报警，当即加油去追。我已经记住了那辆肇事车的号牌，一直追了五六公里，在一闪而过的瞬间，好像看到那辆肇事车停在一户路边人家的开阔门前，可是我的车一下子就开过去了，后面车流络绎，不好倒车，我就在前方一处宽阔路面靠边等候。几分钟后，一辆蓝色货车从我旁边开过，我和阿依一看，果然就是那辆肇事车，他肇事逃逸后又拐进别人的家门口，肯定是想躲避我们的追拦，可他没想到我们眼尖发现了。我再次急起直追，并很快超过了他。因为路上车多速度也快，肇事车的车速更快，我们一家三口都在车上，我不敢贸然在他前面急刹，就在稍远的前方保持距离驾驶，并让阿依通过电话与大弟商量办法。在这过程中，只要发现那辆车有超车意图，我就赶紧加速，抢在他前面。几番这样表现后，那辆车就慌了，他肯定知道挡在前面的车就是专门堵他的，他更加疯狂地意图加油超车，并且在一次冒险中得逞，我堵他变成了我追他。我们又开始了新一轮的追逐，眼看几次超车不成功，我改变了主意，决定在进城的红绿灯处截停他。十几分钟后，在入城路口，我抓住一个机会加速超越了他，并在前面不停点刹，他还在疯狂地加速并线想超越我，我们开始较劲，双方几番加速刹车，大弟的电话来了，大声告诉我危险，不要截他了，因为他在后面看到，在刚刚一次躲避旁车的急刹车中，肇事货车剧烈摇摆，差点儿侧翻砸在我的车上，我的车上可是我们一家三口啊！我一听脊背发凉，正准备放弃拦截，真是天助我也，前方红灯，堵车了，我的车和他的车都被迫停下，我一打方向封住了他前进的路径，然后我们迅速下车。大弟的车子也及时赶上来，贴近堵在了他的车后面，让他进退不能。接下的事情，就是警察来处理了。

那次冒险拦截让我很久还心有余悸。自此我更加痛恨这些不可理喻的道路流氓，他们和小城那些趾高气扬的富豪一样，都是市民和谐生活的麻烦制造者。

而小城的生活却愈加压抑，在总人口一百五十万常住人口三十五万的城区，很难看到比巴掌更大的天空，也看不到有节奏感的绿地，有的只是密密麻麻的火柴盒房子，还有细如丝线牛毛的小街。街道马路在日夜不停地扩建改造，每一天都可以看见被拆毁的房屋，每一天都听得见新房奠基或进住的喜庆鞭炮声。从我的理想和气质出发，我反对这种追求。而且从成为作家的经历出发——譬如我，早年喜欢上文学，后来误落尘网，最后又回到理想的岸边——不管不顾眼前的现实而醉心地追求理想的实现。当然，也有信心动摇的时候，就是作品迟迟写不出来，修改好后又遇上了发表出版的漫长等待。幸亏我一直在坚持，我一直在想，文学以及艺术这些形而上的东西，必定是以饱满的信心、漫长的等待和坚强的毅力作为成功的前奏的。

生活的确纷乱和无奈，我越来越感到了自己的迂腐。将近十年，我为了一个写作梦想，耗尽自己的积蓄，坚持一年一度的候鸟生活方式，也类似于哈萨克族牧民的转场方式。就算阿依没有时间和我一起回去，女儿在南方老家牵扯着我的心，我也没有间断这场旅行，并且没有停下正在进行的创作。这种过度文学化的生活一直吸引着我，也困扰着我。因为迟迟没有获得写作上的成功，有一种徒劳无功的恐惧不时潜入我的心头。

但是，我在吉尔尕朗河两岸的生活和创作并没有停止。我听到了一种声音，他们说："你这个做女婿的可真行啊，回来探亲比老婆还要勤，你的岳父岳母见到女婿比见到自己的女儿还容易！"我在略显难为情的同时，也心安理得地接受了他们的赞扬。为了那个理想，我必须学会坦然，我甚至开始了善意的欺骗。每次回来，我总是对左邻右舍说："到乌鲁木齐参加一个会议，顺便过来了。"或者把开会的地点安在兰州或西安。"到西安开会也不忘记回来看看岳父岳母啊？要坐两天的火车吧？真是有心啊！"他们又这样赞扬我。我"嘿嘿"地笑着。一次又一次撒谎之后，我变得理所当然了，他们也认为我是一个经常到西安兰州乌鲁木齐开会的人。实际上，我在暗暗地进行着另一种工作，每天深夜记着笔记，处心积虑地对那些经历的素材进行艰难的选择，孤单地写自己的书，在一个平板或者手机里记录着自己的人生，阐释着自己的内心世界。

我偶尔也会选择性地把自己的一些经历发到新浪博客上，这纯粹是排解因长期寂寞地写长篇而难有作品发表的寂寞。没想到，有一天，当我漫不经心地打开电脑浏览自己博客的点击量时，博客界面的右上角弹出了一张纸条信息，我好奇地点击打开了纸条，结果我看到：

梁先生：

您好！打扰您了。自我介绍一下，我叫陈天时，老家是北宁市扶阳乡东塘村白石径组的。一个很偶然的机会，我在网上看到了您的大作《回到伊犁》，其中有一些关于六十年代北宁人去新疆的事，这些事，当年听我的母亲也曾提及过。我母亲（就是前面提到的给了阿依母亲十块钱的陈知源妻子刘媛蓉——作者注）也有两个同学在六十年代初去了新疆新源县，一个叫吕冰洁（扶阳谢冲的，吕氏姐妹俩一块去的），另一个是大伦姓古的（具体名字，我忘记了，我母亲已于1988年去世了，现在已无法跟她核实姓名了），姓古的（就是本书提到的古红——作者注）阿姨曾有一个女儿在北宁读书，姓李，比我高一届，后来（大概是八十年代中期）也去了新疆。

我在您的博客上看到了您公开的邮箱，就给您写了这封信。现在，本人想麻烦您一下，我想联系一下我母亲当年的同学，了解一些我母亲当年的往事，不知道您是否有新疆新源县其他北宁同乡的联系方式，或是否听说过我所说的上述两人。如有可否告知我一下，万分感谢！

您如方便可否通过纸条将QQ号发给我，我加您。

顺祝一切如意！

陈天时

2008年8月6日于北京

（信末附有地址和手机号码以及QQ号——作者注）

看完内容后我的内心由好奇变为惊奇。我通过纸条功能发去了我的QQ号。当天傍晚我上QQ（我平时很少上线）时就发现有人要求加我为友，署名就是陈天时。我很快加了他，在QQ上，他又把纸条上写的事情说了一遍。最后，他提出想找到那位叫吕冰洁的阿姨，问我认识不，我说，认识啊，她就是我老婆的姨姨，我岳母的亲妹妹！

他等不住了，要了我的手机号码，很快就打来了电话，用的居然是北宁白话，他惊喜地说："真系巧啁咈，吕冰洁系我母亲的小学同学，我的外公与你岳母的外公系同生产队的，我哋真是有缘分啊！"

他接着解释，他母亲1988年就去世了，生前，也就是吕家姐妹没有去新疆之前，吕冰洁曾经在一个寒冷的冬天送给他母亲一件毛线。

"毛线，那时候系好值钱的啊！"他在手机里大声说。

他又告诉我："我听母亲在世时讲过，当年佢同冰洁阿姨有过一张合影。我母亲在世时有留下一张照片，连我老豆手上都有，几遗憾啊！我母亲去世后，我一直想找揾位吕阿姨，目的就系揾到那张老照片。"

"我想拿来翻晒作为纪念！"他说，"冇知道吕阿姨有否有保存，你可以提供吕阿姨的电话吗？"

我给了他姨姨的电话，并且提前跟阿依母亲和姨姨说了这事，两位老人都说："记得，记得，她叫刘媛蓉，小时候经常在地坪上一起玩的。"

万幸的是，这张珍贵的照片冰洁姨姨居然还保存着。

十几天后，姨姨就给他寄去了那张翻晒的照片。陈天时又给我来电话："多谢你啊，多谢你让我揾回了珍贵的记忆！"

国庆节长假到后，他回小城探亲，我们一家三口请他吃晚饭，席间才知道，他在北京一家证券交易所工作，常去欧美洽谈业务。在家乡，他的父亲陈知源就住在与我们相隔一条六米大街的小区。

"认识你真系帮了我大忙。"他说。然后从挎包拿出一本厚厚的大书——作家彭懿编著的《图画书：阅读与经典》送给我。"我在北京王府井图书大厦专门买了这本书，送给你女儿，应该对她提高经典阅读和绘画欣赏水平有好处。"

我们谈论了一些关于北京和小城的话题。他毫不掩饰地说，他刚刚买了一辆一百多万的路虎，上下班就开着它。而我则说起了自己正在装修的房子。

我们即将离开饭桌时，他说："你哋一家三口如果来北京旅游，一定要揾我。如果有乜嘢需要帮助的，跟我讲。"

那时我的房子装修进展十分缓慢，只因为缺一笔人工费和家具钱，并且为此苦恼着。天时回北京后，我连续两次打电话给他，表面上是问候，实际上是想请他帮我一个忙，但面对一个认识还不够半年的老乡朋友，我又不好意思说。正当我们的对话接近冷场时，他说："你的套房装修完成了吧？"我如遇甘霖，赶紧将情况和盘托出，他在电话那头热情地问："三万元够了？"我忙不迭地答："够了，够了。"然后我觉得如沐春风。

第二天上午一早他就把钱打进了我的银行卡。我说要打借条给他在小城的父亲，他说："冇使，冇使，你放心吧，乜嘢时候方便了你再还我亦得啷。"

这年冬天，我们顺利搬进了南沟左岸的幸福世家小区。因为这次搬家，我那失去老伴不久的母亲和在乡下老家的四个侄儿侄女能够及时进城和我们一起居住，并进入了小区旁边的新松小学读书，这可是我父亲去世前的期望，我作为长子，必须肩负起主持这个家的责任。

他在家乡小城有许多高中的朋友。他有几次回来聚会时都喊我过去，其中有三人在我认识天时之前就与我熟悉，聊起我和天时通过网络认识的故事，大家便纷纷感叹网络和命运一样神奇。

最大的理想

我常常在思考人生，其实是在思考我的命运。我的命运注定与这片辽远的西部旷野有关。说起来似乎有点扯远，我从小除了和父母一起经历了物质的匮乏，还深深感受到了造化的弄人，而自己也不争气，或者误入歧途，不懂自爱，也不知道抓紧时机，以致在升学上栽了许多跟头。作为连锁反应，我的谋生之路也备尝艰辛。我在童年时代智力平平，表现并不突出，却经父亲的表扬而不自觉地爱上了作文，又很早接触了诗歌和金庸，不知怎的，内心就从那时候开始变得苍苍凉凉起来了。后来一直在困顿的生活里沉湎于文学，又经历了两次落榜，一次失恋，最终与阿依认识并结婚，接着又是一番不堪回首的羞耻和窘迫，以至不得不渴望远走高飞。从此，我的命运就与西部紧密地联系在一起了，我的人生旅程就这样被上天安排了。最要命的是，我那个起步于中学时代的梦想，也和我的婚姻和人生旅途一起成长、放大。

我居然一直服从，服从这个上天对我的安排，从未想过改变或者叛逆。我想这种固执和沉湎直接影响了我的心智和神经，让我在生活中尽管与人无异，但内心和表情却特立独行。我知道，这不是一个按世俗生活衡量属于循规蹈矩的路径，起码，我不应该这样敏感多思，沉湎往事，有时也异想天开。正是这种固执的沉湎甚至神经质的思考使我表现迟钝、木讷，甚至于人不容。曾经，我也雄心壮志，醉心仕途，以为那是我的美好归宿，从此衣食无忧，甚至光宗耀祖。但是事实证明，天生的或者童年经历形成的禀性使我胆小如鼠、瞻前顾后、优柔寡断，从而缺乏在功利上的攫取胆量和在政事上的决断能力。说白了吧，我这种人如果跟他们在一起，必定成为异类而不招人喜欢。于是，慢慢地，我就像一个落尾掉队的士兵一样与他们越落越远了，我成为他们的弃儿，或者说成为自暴自弃甘愿认衰的落伍者。

这些年来，我已经相信命运，不知不觉我便改弦易辙，背道而驰。无论是我的不合时宜，还是中途而废，甚至浑浑噩噩，我想都是上天的一双眼睛和一双手在点拨着我。我深陷命运安排的泥淖，经历了羞耻、尴尬和窘迫，有时我表面看来若无其事，内心却被孤独、悲伤和失败噬咬着。我想过放弃或停止，幸好冥冥之中总有人在煽动着我，或者不时扔过来一把时明时暗的火，我听了那些鼓动的话，捡起那把火又在一个人摸索前进。

我继续着我的西进，有时甚至孤身一人。比如2008年8月初的一个下午，我一个人回到了老马场，一踏进这个旧家的院门，便见到阿依父亲双手扶着院门，喘着粗气，呆呆地望着我，嗫嚅着问："阿依没回来吗？丑丑（依力）也没回来吗？"我说没回来。他先是不住地搐动着嘴唇，像在咀嚼着一点什么，后来便突然哽咽失声，令我不知所措。好长一阵子，我听见他的喉咙里发出"呃呃呃"的声音，既像是哭，也像是笑，终于老泪纵横。

"最近半年，你爸就是这个样子，容易耍孩子气。"阿依母亲从我背后走过来，手里拿着便盆，一边将盆子放进床底，一边向我解释。

我当然明白这并不是什么孩子气，而是一个风烛残年的老人才有的一种感情流露。他是想自己的女儿了，想自己含辛茹苦喂养过的外孙女了。殊不知他这样竟也引起了我的心灵感应，为了写这本自认为可以倾诉我的内心和理想的书，我刚刚经历了一场飞沙踏雪九千里的旅途，辞别妻子女儿，一个人坐火车的寂寞像潮水一样涨满心湖，我终究忍不住，也开始热泪涔涔。

倒是阿依母亲比较淡定，她核桃皮一般的脸上不露声色，望着我顿了一会儿，说："你回来就好。"沉默了一会儿，望着阿依父亲不停地抽搐流泪，便说，"不行，你爸爸他太激动了，我要扶他回去躺一下。"她牵着她老伴的左手，我就赶紧扔下行李箱，上去扶着他执手杖的右手，我们像教一个孩子学走路，不同的是，孩子蹒跚时常常发出银铃一般的欢欣笑声，而老人发出的是粗重的喘息和拉风箱一般的痰鸣。从门口进入阿依母亲的房间，再穿过去进入阿依父亲的房间，四五米的距离，我和阿依母亲搀着走了不少于五分钟。好不容易走进他的小床前，怕他轰然倒塌，我赶紧绕到他身后，扶着他的腰慢慢着床。我再协助阿依母亲一番挪动之后，终于给他盖上了被子。想到阿依母亲一人每天要重复多少回方才的动作，我的心就起了感慨。

很明显，阿依父亲的中风症加重了。阿依母亲几乎每时每刻都守在床前，仿佛一夜之间老态毕至，一头白发像天山雪冠，一脸皱纹像剥了皮的核桃。回想

2003年春天，我和阿依第一次回到马场，那时我们见到她仿佛面对一棵天山脚下的白桦，读到了沧桑，但也读出了挺拔和乐观。那时尽管他已经年届七十，腿还有点瘸，但是他还可以随意行走，还和他的女儿女婿以及他老伴去了那拉提空中草原。那时候他整个人的精神状态非常好，简直可以用"老当益壮"来形容。

许多人都有体会，一个人老了大多数时候会像一个孩子。现在，这个孩子睡着了，只是有着与孩子不相称的呼噜声。我想再凑近他的面部察看一下，阿依母亲却朝我招招手，我们一起走到院里，她开始翻晒她的菊花，菊花装了两个筛子，浅浅摊了一层。她一朵一朵捡起替它们翻身，仿佛面对自己的孩子。前些年，尤其是阿依父亲未曾中风之前，她天天在家莳弄菊花，所谓的天山白菊和天山黄菊开了半个院子。我们每次回来，都要在菊花园里徜徉良久。

"端午节那天收的，民间说端午和重阳的菊花是仙草。照顾病人没有闲工夫种那么多了，才有这么一点，往年我还储存了几大包，你回广西带些过去，梁依力可以吃点，小孩子喝了菊花水不上火，还长得漂亮。"她捡完最后一朵黄菊说。

自从护理阿依父亲以来，她吃饭不如以前以硬饭为主，偶尔要煮一小锅菊花粥。她来到另一个筛子前，一边叉开五指往上抛着那些蓬松的花，一边说："菊花粥好，不光是我吃了感到身子轻爽，你爸吃了脸色也好多了，你没看见？我估摸这粥降火，清肝明目，你爸的小孩脾气也少了。"

午后的阳光晒热了院子，一条老黑狗卧在院廊上，那是乐乐，它还活着，它已经二十一岁了。我专门查了资料，知道最长寿的狗一般是二十年左右，乐乐跨越了这个界限。

二十一岁的乐乐酷似仙翁，它脑袋上原本古铜色而富于雕塑感的毛已变得稀疏而斑白，双眼似乎带泪，又像结着眼屎，我估摸它视物也是蒙蒙眬眬的吧，因为我发觉，当我在距离它五米远的地方扔了一个馍馍，它似乎听到了一声浊响，也依稀看见一个东西掉在地上，但走过来之后往往要借助鼻子闻上半天才能找到。整整一天，它的大部分时间都是匍匐在院门口，晚上再也不像马场的其他狗一样，一有风吹草动就会狺狺有声，在院子内暴躁地奔来突去，而是一动不动地匍匐在院门内左侧，任凭外面的沉沉夜色中狗语连天。当年它曾经满嘴利牙，如今已只剩上下颌的两颗丁牙了，吃东西只能慢慢咀嚼，仿佛对食物进行细细品味。

"它活了很久了，一直待在我们家，没有叛变，也没有离开过马场。它为我们守护过羊群，我当年上学它还为我护过驾，在后山草原耀武扬威，吓退过哈萨克族人的牧羊犬，还咬过旱獭，我们一起享用过旱獭大餐！"2003年和阿依一起回来时，她曾这样告诉我。

可是现在，它的确已经很老了，似乎比它的老主人阿依父亲还要多活了一个世纪。

那天下午，我进阿依父亲的房间看望他，喘气像拉风箱一样的老人和我聊天，言语间表达了对我和阿依生活的关心，他表扬了我，说我宽容，接着又要求我要继续宽容，我正纳闷之间，他说："阿依嘛，是我们家的唯一的丫头，从小宠惯了，性格有些固执，小羊你要宽容些。"我就连连点头："没事的，我会的。"其实我已经认可了他的话。阿依是那种关系融洽就像春风，伤了她心就犟得像野马一样的人，和她一起生活的这些年，我已经甘苦自知。

老人还清醒的那些年，他曾经多次对我们说过，他一直希望我们回来，是一家三口回来。实际上，我也几乎年年回来。只是，南北的路太遥远了，从广西到伊犁再到马场，超过六千公里，而我往往为了省钱，总是选择坐火车，坐四天三夜，说路程不远那是假的，说旅途不寂寞那也是假的。每当窗外的阳光和树影忽闪闪地划过我的卧铺，列车广播里类似《回家》的萨克斯音乐或者《一路顺风》之类的歌曲响起，一种穿越南北中国的沧桑感和时光感就灌满了我的内心。

"如果有下辈子，我真不想再远嫁。"阿依有一次这样对我说。我知道，她是为了她的父母亲。

我一直想尽己所能，但是力不从心。阿依母亲的辛苦已不堪言说，自从2008年初阿依父亲卧床后，她就一直守在榻前，如今已有三年，没有踏出过老马场一步，老伴的吃喝拉撒穿衣起卧全是她伺候。她每年甚至每天的衰老变化表现得非常明显，除了头发全白，以前直朗的身材一夜之间矮了一截，人也显得整个瘦小了一圈。光灿作为大儿子，他的四十六岁了还是老光棍的身份一直让他卧床的父亲看见就烦，所以他大部分时间都在阿勒泰或者伊宁找活干。光亮已经在口里有了他的事业，拖家带口守在开封，非到年关不能回来一次。光旭作为安于务农留守家里的儿子，那种大大咧咧却是阿依母亲所不放心的。红花作为一个年轻的儿媳，无论是在习惯上还是在生活的细致上都不合适。而我和阿依更多时候是在南方，因而陪护的工作就全部落在阿依母亲身上。怀着一份内疚，我和阿依每次回来，几乎都待在老马场，待在老人身边。我一个人回来的时候，除了在写作，我把更多的时间花在陪两位老人上，我扶老人换衣，给他喂饭，烧水端水，倒痰盂，我想赎一份他们女儿没有回来尽孝的罪，赎一份他们的外孙女没有回来奉献天伦之乐的罪。

他们还是一年比一年老得更快了，而我笨拙的脑袋和迟缓的创作速度总是远远跟不上他们衰老的速度，为此我深感着急，生怕留下令我顿足终生的遗憾。我真正是埋头苦写，是带着紧迫感和热爱去写，我觉得我是为了老人的生命去写，也是为了我们一家的寄托去写。我雄心勃勃地要当这个家和我的家族和一名作家，我甚至感觉到了我的崇高，我是为了一个理想而写，为了两个家族和两代人去写，我想把他们的苦难和他们以及我对生活的思考写出来，把他们和我的历史和心理写出来。我觉得肩上有着沉甸甸的责任。

正是带着这样的责任，第二年7月中旬我又回来了。从电话上得知，阿依母亲已经带着阿依父亲租住在新源县则新路上的一院房子里。租住的原因，是对使用了喜来健那套按摩椅一段时间后有了信心，觉得进城居住接受理疗更方便。知道这个消息后，那天下午我直接去了老两口居住的房子，却又被告知正在那拉提大酒店参加喜来健公司举办的新老客户联欢会。我来到了那个大酒店的三楼大厅，看见了至少有二十桌老人在坐着吃糖、吃点心、吃水果和喝茶的场面。有一位穿着白短袖衬衣黑裤子系着领带的中年男人在舞台上讲着话，居然就讲到了吕冰莹："今天，是我们喜来健公司系列产品进驻新源县回馈新老用户十周年，我们在这里举行联欢会并聚餐……同时，我也要告诉大家，今天是一个奇特的日子，我们联欢晚会的日子与老用户章泽州的爱人吕冰莹阿姨的生日不约而合。在这里，让我们以真挚的心，祝福吕冰莹阿姨和章泽州先生身体健康！吕冰莹阿姨生日快乐！"

"下面，有请吕冰莹阿姨上台讲几句！"

我的及时出现让她和阿依父亲惊喜交集。本来，不爱抛头露面的阿依母亲还在座位上推辞着，主持人拿着话筒上来了。有人在喊："吕冰莹！"有几个还在朝她挥手，显然是认识的。旁边十几位老人也怂恿她，更主要是我已经站在阿依父亲身边，可以为她照顾老伴了。她终于站了起来，神色有点茫然也有点紧张，微弓的腰开始往上挺，主持人说要扶她上来，她摆摆手，花白头发的脑袋越过一片同样花白头发的脑袋的上边，缓慢地走过一张张坐满人的餐桌，往台上迈步。阿依父亲咧开嘴笑着，鼓励的目光一直追随着她。有老人在继续喊着她的名字。阿依母亲走到台上的时候，脚步有点颤抖，她踏上舞台时主持人伸出手搀扶了她，她站定在舞台中央，接过主持人递过来的话筒，第一句话就是："我没有生日！"底下的人都愣了，随之发出一阵哄笑声，有人喊："那你咋个出来的吗？像孙猴子一样从石头里蹦出来的吗？"又是一阵哄笑声。"我真的没有生日，"我看见，阿依母亲在强调这一句后，开始流泪了，"我当然不是石头里蹦出来的。我出生在广州，叫沙面租界，一出生就遇上日本人来医院闹事。我妈抱走我后回到老家广西坐月子，因为我爸是军官，带兵去打日本了。我在外婆家长到三岁，我爸就被日本人抓走了。我跟我妈去看我爸，我爸后来就被日本人弄死了，我妈也被抓进了监狱。再后来，我在四岁的时候我妈病死了，她死前把我托给她一个远房的叔公养，叔公后来把我卖到江西做童养媳，半年后我的姨丈才把我找回来。因为父母早死，我又颠沛流离，所以到今天我七十岁了，也不知道我的生日是哪天……"我突然听到旁边有人哭，是阿依父亲，他的哭声很奇怪，是那种"嚎嚎嚎"的声音，泪水从他布满老人斑的胖脸上挂落。我还听到了旁边的几个人的抽泣声。更多的人在专注地望着舞台，阿依母亲先后讲到了被买卖当童养媳和去广州求学，高中毕业分配被人顶替，结婚离婚盲流新疆的往事。她一边讲，一边流泪，有几次她哭得弯腰抽搐。她后来站直了，说："我一把年纪了，从来没有谁给我庆祝过生日，我儿子女儿也没有给我庆祝过，不是家里人不给我庆祝，是我真的没有生日，我根本就不知道哪一天，连我身份证上的出生年月都是假的，是那年我在八大队落户时随便报的。我老伴有一次要按照我身份证上的日期给我办生日晚餐，我拒绝了。今天，喜来健给我庆祝生日，我也知道今天不是我的生日，但是不知道为啥，我就是难受，很激动，我要谢谢喜来健，谢谢主持人……"

掌声响了起来，阿依母亲在主持人的扶持下慢慢走回。我在阿依父亲的身边也落了泪。阿依母亲的话让我想起这些年，阿依和我，还有光旭光亮，还有光灿，我们一直想给她过一个生日，就按她身份证上的出生日期，正正经经地给她办一个生日晚会，但是都被她拒绝了。有一次，我们再度提起，她就厉声说："那不是我的生日，我就没有生日！"一边说一边泪光莹然。我们都不敢再坚持，心里却非常难受。七十多岁的人了，居然从小到老没有庆祝过一次生日，我们心里憋屈。我想她的心里也一定憋屈，憋屈的不是没有条件庆祝，而是一辈子即将过完，却连自己的生日也不知道是哪一天。

8月到来后，野油菜花像满天星一样开遍了后山草原，每座草山都呈现一片蜜色。天气从早到晚都是清凉的，东南面的天山山脉像新撒上了一层厚厚的盐，显得十分银白清晰。一条柏油公路沿着连绵起伏的草山延伸。河在公路北侧，在陡立的峡谷里蜿蜒流过，与南侧的柏油公路忽近忽远。两岸徐徐展现出草原林花交错分布的景观。

我想起在南方。在那座小城，从早晨八点到下午六点，户外都是艳阳逼人，到哪里都像走进蒸笼。晚上开始后，潮湿和闷热让无论是吃饭还是闲坐的人都很不舒服，似乎要喘不过气来。而在这里，在我刚遇上老马场8月天气的时候，我打电话给阿依说："4月还下雪，8月就秋风沁凉，南方这时候还是盛夏呢，这太不合时令了。"阿依说："你没有发现吗？同样是6月或7月，两地对比也是截然不同的。这里你站到一棵树下，通体就凉飕飕的了，晚上还要盖棉被。南方啊，无论是在阳光下，还是在屋子里，从早到晚身子都是黏糊糊的，没有空调就待不下去。"

这可是实话，因为我在那里至少比她多生活了二十年。

长得比院墙高出一头的苹果树上挂满了越长越大、颜色越来越诱惑人的黄元帅苹果。沿地攀爬的西红柿藤蹿了一地，在茂密的叶丛间露出一只只泛金泛红的果实。我走进去摘下一只，用手掌抚擦一会儿便放到嘴边咬了一口，肉嫩多汁的西红柿很快就进了我的肚子。然后我又摘了一只。

等到凉气森然的深秋到来，那些高峻挺拔黄金一样的杨树、桦树和榆树，那些彩霞一样红艳的红柳，那些已经泛起亮金色的野苹果树，还有黄得亮堂堂的欧李、黄刺、沙棘，以及银色的沙枣树，都在一株株、一丛丛、一片片、一团团布满河边直至更远的山地。整个马场在视野中呈现出一种印象派绘画的斑斓绚丽，光怪陆离，却又保留着传统中国画的疏旷清朗，意境高远。

这年深秋，我已经写了很多，接近三十万字，我正式把书名定为《吉尔尕朗河两岸》。此外，我还写了大约二十万字的《回到伊犁》的初稿。我已经收集了许多素材，准备大干一番，但是由于我对这里的生活缺乏社会经验，加之创作技巧也没有掌握，我对于怎样安排这些素材感到一团乱麻。对于建造一座房子而言（仅仅建一座），材料多了反而不是好事。我一直在苦苦思索运用这些素材，我想必须找到一个中心，而且这个中心必须与我的人生观点一致，这样我就可以把这些纷繁而庞杂的素材统领起来。有一天，我想到了"出塞"这个词，我已经算是出塞了，但是我的前辈（因为他们是阿依的前辈，所以也是我的前辈）的出塞与我的出塞截然不同，他们是为了谋生，我是为了抚慰心灵，当然我还有一个与亲人团聚的愿望。我与他们相比最大的不同就是可以一边走一边进行这些叙述。我叙述自己时可以随心所欲，但是我在叙述他们时心头会隐隐泛起一丝不安——我觉得有翻晒这些老一辈人隐私的嫌疑，我曾经有过是否违背道德的困惑。阿依也曾提出这个问题，她担心过多说出老辈人的历史会不会引起麻烦。但是现在，为了我的写作，为了能表达我的理想和内心，我决定豁出去了。我不但会写到阿依母亲父亲那一代人，会写到我的父辈，还会写到我和阿依以及我们的亲戚朋友。如此，我就应该有一种真正的彻底的义无反顾地豁出去的意识，像冲出一个要塞，一个关口，来到一片辽阔无际的草原上策马扬鞭……

于是——《出塞书》——一个盘古开天般的思想在我脑海诞生了！我要写的就是这本书——对，就是它——《出塞书》！这就是我对《回到伊犁》的最新命名。

我十分兴奋。在这之前，我一直为找一个好书名而纠结。现在，我找到了最好的。但是我仍有一些担心，因为新疆，或者说西域的世界，那里的时间和空间，对我这个集女婿和作家于一身的南方佬来说仍很神秘，那里的语言甚至连弄懂十分之一都做不到，也没有了解那里的宗教和各地的习俗，那里的世界仅仅存在于阿依一家的讲述之中，我从书本和影视剧那里得来的想象之中，以及后来我看到的和经历的一切之中，但是，它们还是那么少。我唯一感到安慰的是，我对那里始终充满了激情，我的幻想就像草原一样广袤，同时，我又梦想在这个神奇的地域进行题材的选择和技巧的探索。

现在，我既然认识到了写《出塞书》是我的最大理想，我在疆桂两地转场是为了搜集和使用这方面的素材从而使自己成为一名作家，我便开始执意营造自己的文学风格，并且沉醉在对西部和我的出塞经历的浮想联翩中。就算是回到了南方，我的思维仍然游走在西部辽远的旷野，游走在"风吹草低见牛羊"的新源老马场。我在南方写这些时，我尽力让自己沉入这种状态中。我写作之前首先要看数十页关于新疆的书，看电视剧也行，书通常是周涛或者刘亮程的散文，电视剧常常是《戈壁母亲》。当窗外一片嘈杂的土话响起时，我就戴上耳机倾听巴哈尔古丽的新疆民歌。我就在这种状态中写作。我经常从现实中惊醒过来，或从写作的沉湎中回过神来，这时我才知道，我还生活在白话绉绉的南方小城中。

一天，分管文化的副主任交给我一个工业大会战会议的讲话稿撰写任务，第二天早上八点半开会，他七点就要拿走交给市委领导。这是一篇很难写出观点、需要冥思苦想结构的材料，需要搜集很多资料，还要询问众多相关部门的数据。而这个任务在交给我的时候已经是下午五点多，这就意味着我要加一个通宵的班。那一夜我与一个助手几乎通宵未眠，早上七点准时把材料交给了来索要文件的副主任。我满以为可以回家补睡一觉了，我打算醒来再把昨天想好的我书里的一个内容补充完整。万万没想到的是，我刚刚回到家里躺下，一位市委副书记又亲自点名要我马上参加一个紧急会议，我说昨晚通宵了，他说通宵也要来参加会议，这是一个重要会议。原来是自治区一位主要领导来小城视察，市委主要领导要亲自汇报，需要我们迅速写出汇报材料。我几乎是在半梦半醒中听完这个会议布置的。散会的时候我头昏脑涨地回到办公室，一进门，秘书科的人拿着一份会议传真进门，说给我看下周召开的城镇化建设推进会的方案，这意味着一个领导讲话又要开始撰写了。而我那时的真实想法是，我想为自己工作，我想做一个自由的人，我对这种为别人工作的生活深恶痛绝。于是，接下来的事情令我自己也感到惊异——我勃然大怒，此前的怨气和不满顷刻爆发，我伸手就把方案撕了个粉碎，又几拳头把桌上的一个塑料文件柜砸了，散落的文件柜碎片和材料以及一次性签字笔撒了一地。秘书科的人和我同室的两个同事吓了一跳，他们的表情显示他们对我的粗暴行为感到震惊。我这样爆发过后马上后悔了，在党政机关这样的地方，历来把低眉顺眼忍辱负重看作是成熟的表现，而我的所为无疑非常糟糕，我几乎敢断定不出一个小时就会有人把我的表现报告给领导，这纯粹就是给我的竞争对手增加了一个压制我的筹码。果然，第二天就有领导对人说我不够成熟，沉不住气。他们一直在我面前装作同情我，背后却在领导面前说我老实肯干，应该多干几年。

我有时愤恨地想，我哪天干脆找个姑娘来办公室聊到深夜，把自己的道德水准降下来，那样他们就会把我调出去了吧。

但是阿依认为我的表现足以证明我是一个小孩，或者是一个傻帽，并且指出我正在耽于幻想，令人诧异地没有表现出一个作家的稳重。真是奇怪，她来自草原牧区，我以为她会支持我像放羊一样流浪，但是她认为我那样做不负责任，我们已经有了女儿，而我的父亲已经去世，母亲需要赡养。作为长子，我不可能让两个弟弟接济我，而辞职后我可能都不能养活自己。

"像一只狗，或者像一头牛一样忍着，总会等来你叫唤的那一天。"她这样说。

在她的教导下，我发扬了忍辱负重的品格，把后面的日子坚强地过下去。但无论怎样忙碌，怎样锥心煎熬，我都认为文学才是我唯一的救赎。我总是想方设法去流浪。

在这样的理念影响下，2009年10月，我应邀去内蒙古鄂尔多斯参加一个文学采风活动，其间游览了库布齐沙漠和成吉思汗陵。内蒙古是除了新疆之外我最喜欢的省区，从2002年开始，我先后三次去过内蒙古的大青山、希拉穆仁、鄂尔多斯等一些地区，我在那里进一步开化了我的心灵，通过倾听类如《回家》一样的民歌，我似乎与蒙古游牧民族找到了心灵的默契。草原的禀性一直在影响我的心灵。那些天，在朔风猎猎的大青山顶上，我一人高唱腾格尔谱曲演唱的北朝民歌《敕勒川》，以及另一位蒙古族歌手哈桑演唱的《天下最美》。每当听起这些歌曲，数千年的历史画面重现眼前，金戈铁马的岁月让我浮想联翩。我觉得，一个人生活在草原上真是太好了，那才叫人的生活，那才是抵达自己的内心。于是我进一步想起了我已经开始的一年一度的新疆生活，我决心在今后的生活中绝不中断我的艰难理想。

第二天，带着对自由的向往之情，我和一群作家朋友去了库布齐沙漠。在那里，我有时与慕名已久的老师畅谈，有时又独自一人度过。我尽情地享受着不羁的心情。

办公室的电话打来时，我正和几个作家排队等候与《散文选刊》主编葛一敏女士合影，马上就轮到我了，可是这个被我列为太不知趣的电话却来了，一个人说："杨副书记问你在哪里？"我说："我不是请假了吗？"对方说："杨副书记说，不管你在哪里，限你明天早上来到他办公室，他有一个很急的材料要吩咐你写。""他奶奶的，"我不得不骂人了，"我在内蒙古大沙漠里，现在没有车，也不通车，就算有车，从这里到呼和浩特要一天，坐飞机也要一天，你叫他处罚我吧！"我把电话挂了，对方再也没有来过电话。

那一刻我感到很痛快，似乎有冰镇的啤酒从头上淋下。在市委办工作十年，我一直以老黄牛著称，从来没有骂过领导，这次，我老老实实骂了，并且已经做好了被处罚或者"穿小鞋"的准备。

三天后我启程，没有坐飞机，坐火车转道去了北京。中途我联系了陈天时，这个因为网络而认识我然后又通过我找到他母亲照片的老乡，他驾驶着他的路虎越野车到火车站迎接我，我一见面就称呼他为"陈老板"，而他却称呼我为"兄弟"，霎时我感到十分惭愧。他热切地问我要去哪里，因为时间紧迫，第二天我就要坐上那趟北京至南宁唯一的特快火车。按照我的要求，他驾驶路虎专门绕道到东土城路，望着此前只在我的梦里出现的中国作协大楼，我感到了登堂入室的艰辛，快回来开始四楼文学的高深和光荣。

晚上他在紫竹院一家饭店请我吃饭，主动聊起他母亲和阿依姨姨的往事。三年前，他从网上看到我写新疆的文字，看到我写了阿依母亲从广西小城盲流到新疆的经历，从中知道了比阿依母亲还要提前盲流新疆的阿依姨姨的名字，一下点亮了他的记忆。他记得阿依姨姨和他母亲是小学的同学，因为早逝，早年的记忆十分稀少。于是通过我的博客发纸条联系到我。他说："我母亲年轻时候的照片都有有了，我想问问你老婆姨姨那里能有能够搔到一张珍贵的照片。"最终，他成功了。

"认识你真是一种缘分。"他说话还是坚持三年前那个观点，"不认识你我就无法了解我母亲年轻时代的历史，对我来说很珍贵。"

他向我劝酒，给我夹北京烤鸭，似乎我是他的一个什么恩人。当他知道我第二天就要回去，他便要给我订飞机票，我说："冇使，我自己去买火车票。"他说："你喜欢坐火车？得咯，冇使你去挤火车站咽，我叫一个朋友搞掂。""搞掂"一词既是粤语也是小城土话，他大概想用家乡话向我保证，来到首都北京照顾我是理所当然的。

第二天上午我就坐上了直达南宁的火车离开北京，两天之后回到小城。设想中的惩罚没有到来，倒是我成为先进性教育领导小组办公室综合组的组长。现在我回忆起来，只能用脱了一层皮来形容那段时期的工作。聊以自慰的是，半年来，小城的经验上了省里的简报，通讯纪实上了省日报。我无法否认我没有因为这些而获得了一定的好处——我首先成了领导心目中的能人，他们在大会小会上见面都亲切地称呼我的名字：

"小羊，冇错，冇愧系老手笔！"

"小羊，好好干，组织会考虑喔！"

旁边那些局长主任见了也附和说："后生仔，前途无量啊！"

人都是虚荣的，尤其是像我这种没有多少经历却曾经渴望富贵荣华的农村来客。即使我不久之前还经受了一场权力压迫心灵的折磨，但那时我也禁不住产生了一种辉煌前程的幻觉。

这时，当年借学费给我的那位远房堂哥良从广东回来找我，要我为他即将从学校毕业的女儿联系工作。说实话，我不是一个牢记嫌隙的人，但也不是一个遗忘历史的人，当年我上大学时父亲曾经找良借钱，良的父亲对我父亲说，借这么多钱给你，我怕你们以后还不起啊。自从父亲走后，这句话留给我的伤痛将是永远的。

我没有拒绝良的请求，就像小城一些掌握了一点儿权力的人所做的那样，我运用了这些年多多少少积累起来的一点儿人脉资源，更主要的是我还在重要部门，我还得到领导的公开表扬，这些都是官场的财富，它帮助我为这位远房侄子的女儿联系进了一间学校工作。良的女儿报到那天，他带着他女儿来我家喝酒，还带来了大包小包。我们一起喝完了他带来的一瓶五粮液。良感慨地对我说："朝中有人好办事，你可要好好地干下去啊，老家的一族人就靠你了！"我望着堆满了地板的几个大袋子，含糊其词地点着头，心里却隐隐升起一丝羞愧。同时，关于我走另一条路的想法也更坚定了。

阿依的内心还是有些波动的。那天晚上，我们在客厅里看新闻联播，我郑重其事地告诉她，我已经写好了去文联的申请，准备明天一上班就交到组织部后，她忽然望着我说："忘记告诉你了，上午我去政务中心为单位交材料，遇上了潘美清，她问我，阿依，都不见你和小羊来我们家玩了？我家永忠几次问起你家小羊工作的事。我们是亲戚，多来往啊，互相通通气，或许就有帮得上忙的时候呢！"

我这才记起，自从兰花的亲表哥、阿依的疏表舅从北宁副市长提拔到南安市安北区做区长后，我没有去过他家已经有两年了。

"唉，算了，我再也不是以前的梁小羊了。要洗心革面啦，大转折来临啦！"我把双脚架在了茶几上，斜着眼看她，又转而看电视。电视上，是记者在暗访江南一家化工厂的镜头。

"怎么？准备大展宏图了？"阿依望着我，瞪大了眼睛。

"恰恰相反，准备绝迹江湖。"我把双脚从茶几上撤了下来，拿起杯子喝了一口水。

"哎哟哟哟，不就是想去文联吗？说得这么危言耸听。"阿依继续瞪着我。

"我准备专心写自己的东西，从此再无上进的理想了。"我放下水杯，再次将双脚架在了茶几上，脑袋仰靠在沙发背上，望着天花板，徐徐地吐了一口气。

"考虑清楚哦，真去了那里，以后就是你求人家而不是人家来求你了。"阿依将目光转到了电视上，电视播放的是记者暗访后的画外音。

我几乎有些生气了，摆正了身子，再次撤回了双脚，用力拍了一下我身下已经褪了光油的沙发后，用不大但也绝对不小的声音说："我坦白地告诉你，我已经很清醒了，以我的性格论，走另外一条道路我肯定是魄力不够胆气不足，总有一天还会贻误正事，与其迎来那样的结局不如做些自己喜欢的工作！"

阿依沉默了好一会儿，终于痛快地说："好吧，听你的。"

然后就在一个月后，我人生履历中至关重要的一次人事变动开始了，整整开了一天的常委会散后，第二天一大早办公室里就传出了我去当文联主席的喜讯。

当时我正坐在资料堆里，真是"漫卷诗书喜欲狂"。想到马上就可以离开这个十年如一日制造八股文的工厂了，我按捺不住内心的兴奋，一种解放的喜悦浮上心头，我的梦想在心中升腾，我开始规划新的工作和自己的生活。

平心而论，对一个年轻人而言，八股文真是一个好东西，可以让没有任何家庭背景但愿意熬夜奋战的农村娃受到领导赏识，可以在任何一个部门混到一口饭吃，某种程度上政府部门和那些官僚们很需要这种文字，而我们这些农村娃也会因此走上一条拈轻怕重的人无法走上的捷径。所以，我在彻底跳出那种捉刀生活后，回过头来我还是要对那种没有时间支配权的生活表示由衷的感激和怀念。

不管怎么说，我已经走出了一部压抑的历史。我的梦想将在更高的天空飞翔。

然后就接到了光旭的电话："乐乐走了，我把它埋在了院门左侧的那棵白杨树下。"

阿依一个人坐在桌前默默地流了一场泪。我知道，乐乐是她童年的好伙伴。

它也是我的一个朋友。

在我们的房子里，我对在电脑前加班的阿依说："我又该回去一趟了。"

旅途（四）

"出塞出塞，新疆新疆，出塞出塞，新疆新疆！"

昨夜11点出发的广州直达乌鲁木齐特快Z138次列车只用一个晚上就过了长沙，早晨8点多，我在上铺，把隐隐约约有些汗酸气味的灰白被子堆成一团，再搭上那个油亮汪汪的枕头，然后靠在上面，拿出《出塞书》打印稿。这些年，在火车上铺或者中铺写作几乎成了我变态的嗜好。之所以喜欢这样，我觉得可以避免旅客的干扰。我所做的几乎就是一种现场记录——我斜躺在上铺上，偶尔在书稿上专心地修改，或冥思苦想，偶尔写上几行字。有几次，我因为脑袋顶着车顶让脖子无法伸直，我的身子也是半躬着，后来脖子和腰都酸得难以忍受，只好慢慢地爬下来，站在走廊上伸懒腰。个别旅客就朝我瞅，他们一定是觉得这个人很奇怪，总在上铺屈身看书或者写字，火车跑了一天一夜了，他不累吗？我们可都累死了，他却还在写，那么专心，时而沉思，时而微笑得意，拿起放在铺边的笔赶紧写上一会儿。老实说，要是在以前，我看到他们的眼神，我一定会下来主动与他们搭话，以此表明我们的友好和共性。但是，现在，同样是在火车上的旅行，我们彼此获得的价值是多么不同啊，我们各自旅行的性质又是多么不同啊！

噗——噗噗噗——一直坐在通道的椅子上的大叔突然放了一个很响很长的屁，还不自然地挪了一下屁股。坐在他身后的一位姑娘正在吃着一个苹果，此刻咧开好看的嘴无声地笑着，她看着我，我也不禁无声地笑了。长路孤寂难熬，这些动作都是可能的，也是无可非议的。我们都用若无其事的态度和无声的笑，表示了对这种原本不堪的行为的理解。

这是一趟广州直达乌鲁木齐的Z138次快车。经过前些年的西行，我对中途买票转车已经心存畏惧，觉得还是乘坐直达车，而周边城市只有广州才有直达乌鲁木齐的火车。于是，5月的一天，我从小城出发，去广州购买了直达乌鲁木齐的Z138次车票，一个人踏上了西去的旅途。我把离开市委办漫长苦熬的岁月而回到文联看作是一只一直想要飞翔的鸟终于飞离了樊笼。我记起那天，常委会议一结束，我便掩饰不住兴奋，打开电脑在QQ签名上写道：写自己的文字是一种幸福。在那列广州直达乌鲁木齐的Z138次列车上，我感到了过去十年来写八股文的过度劳累和紧张所造成的压抑，正在被充满激情的自由写作冲击得土崩瓦解。我在《吉尔尕朗河两岸》书稿上继续着在自己的写作史上具有里程碑意义的西去旅程的写作和修改。

"出塞出塞，新疆新疆，出塞出塞，新疆新疆！"

窗外已经是甘肃天水夜色沉沉的大地。此前，我一直听说在缺水的天水土地上生长的人们中有着一种令人敬佩的创业能力，为此作证的是我当年在党委办的一位同事，他叫丁享福，我们习惯叫他小丁，他是一位80后的瘦高小伙子，有着一个高挺带钩的鼻子，从脸部长相看很像一位西北回族人。他的老家在天水甘谷县一个黄土高坡深处的闭塞小村。同我一样，寒窗苦读后成为大学生，不同的是，大学毕业前夕，他成为选调生。一次游历广西到了南宁，碰上了一个广西区组织部招人的双选会，他就报了名。他也真是一个享福的人，2005年7月被区组织部分配到了地区，后来就到了小城一个偏远乡镇。因为电脑水平高，为人又憨厚诚实，很快就被正需要电脑人才的市委办相中，从此回城，时常加班，以办公室为家，不久又成了信息科的负责人。那些年，我和我的许多同事对电脑和智能手机的深度使用能力就是他帮助提高的。他对我讲述了天水的许多往事，包括他的童年，那里曾经让他在干旱和贫穷里度过了十多年，而现在他已经和小城的一位乡村教师结婚生子，最近又被组织提拔为一个乡镇的镇长。在那个他深藏记忆的遥远的西北小村，他的父亲十几年前就来到了地区中药材市场做批发生意，并且已经在地区买了房子，而他的母亲一直以不适应南方气候为由不愿意随夫南迁，并且已经在几年前去世。有一年清明前夕他回天水老家扫墓，我们一同坐在西去的列车上，他遗憾又伤感地说："我妈和我爸给我取了享福这个名字，可是我妈没法跟我在南方享福。"我问他："假如人生再给你一个选择的机会，你会不会选择在天水发展？""不会！"他憨憨地笑着，操着浓重的天水口音说，"那地方太荒凉了，我是说我的老家，太干旱了。况且，我已经适应了南方，我觉得在这里更利于我的发展。"我有些吃惊，这又是一个甘愿离开老家的例子，就像我甘愿离开我的家乡。我开始严肃地觉得，不能简单地把他定性为不热爱家乡的人，就像不能简单地把我归纳为反认他乡为故乡的人。

"出塞出塞，新疆新疆，出塞出塞，新疆新疆！"

火车发出匀速的呐喊。我站在过道里又坐下，眼睛贴着窗玻璃遥望。在左面，在遥远而雾霭朦胧的山峦上，几道起伏的银色像一层棉花一样铺覆着山顶。那是祁连山的雪，它是一面旗帜，从河西走廊开始，它就一直在我心里鼓动着一种飞翔的欲望，我久久凝视着它，旁若无物地凝视着它，我感到自己正在冉冉升起，腾空而去。而脚下，一直伴随着我的那种声音总是挥之不去：

"出塞出塞，新疆新疆，出塞出塞，新疆新疆！"

列车在持续加速，沿着稀疏而葱绿的路树拢护的铁路飞驰，祁连山脉仿佛伸着懒腰在慢慢地摇动，缓缓地后退。

天边的几棵树像渐渐走过的人影。兰州西去时的逼仄路段到这里已经变得开阔坦荡，一段巨大的弧形铁路让我清晰而长时间地看见了这趟绿皮火车的首尾，这时它走得很慢，像一条苍龙在晨曦初露的大地上徐徐摆动。

"出塞出塞，新疆新疆，出塞出塞，新疆新疆！"

重新走直的火车继续呐喊，声音又与我的脉搏合上了节拍，我轻叩着过道的茶几，呼应着这种节奏。

列车员说，前方到站武威。武威，在汉代也叫凉州，它最后还是叫武威，据说与汉武帝有关，是彰显"武功军威"之意。汉末西凉十大名将，吕布马超，庞德董卓……都出自这里。

远去了，刀光剑影，黯淡了，鼓角争鸣。

吟一吟《凉州词》吧："黄河远上白云间，一片孤城万仞山。"吟一吟"葡萄美酒夜光杯，欲饮琵琶马上催"吧，吟一吟"凤林关里水东流，白草黄榆六十秋"……啊，凉州词，它是与美酒黄河连在一起的，是与白云孤城连在一起的，是与苍莽群山白草榆树连在一起的。

我长期幻想着能够生活在汉唐时代或者匈奴蒙古草原帝国时代，那些都是尚武、威赫、崇文而又浪漫的时代。在那些时代，就在这片辽阔而寂静的旷野下，曾经发生过多少影响中国历史进程的重大事件。西汉初年，匈奴大举进攻月氏，占领河西，焉支山、祁连山下尽归匈奴，踞富庶河西而傲视西汉，并对西汉燃起连天烽火。当年，名不见经传的张骞被汉武帝派遣出使西域，目的是与西迁的月氏合纵出击匈奴。去西域，河西走廊是必经之地，出了肃州后，便是连天朔漠，风沙漫漫，张骞一走就是十三年，汉武帝等不到任何消息。原来，祁连山一带已成匈奴属地，张骞很快被匈奴人俘获，被带到匈奴王廷，匈奴王劝不降他，就让他喂马，并给他许配了匈奴妻子。张骞找了个机会逃脱，他没有因为这一劫而回长安，而是继续往西寻找月氏国。这一点，我非常佩服，我们不知道张骞当时是作何感想的，但我们可以知道他必有一颗坚韧的心，他经历了更艰难的跋涉。到了月氏，尽管劝不动月氏王与西汉夹击匈奴，但是，他了解了西域诸国的风土人情，疆域分布，地方特产，还知道了一种胜过匈奴战马的汗血宝马。他把认为有用的东西带了回来，在回长安的路上尽管再次被匈奴人俘获，但他再次逃脱，并把帮助自己克服了囚禁岁月寂寞的匈奴妻子带了回来。史家把这一悲壮豪迈的历程称为"凿空"。汉武帝根据他的情报制订了对匈奴的作战计划，他也跟随大将军卫青攻击匈奴，大获全胜。后来，年轻的霍去病出击河西，匈奴人被驱除出了富庶的河西走廊，败退时连声哀叹："失我祁连山，使我六畜不蕃息；失我焉支山，使我妇女无颜色。"

一去十二年，凿空了遥远的西域，凿出了汉代的两千里河西走廊，这是何等的胆略与功勋，没有这种大无畏甚至是孤注一掷的精神，何谈出使成功？尤其是经历了被俘和十年行走沙漠戈壁的折磨，可谓历尽千辛万苦，常人完全可能半途而废，但张骞坚持了下来，这该是何等坚定的信念和坚韧的毅力！

我在穿越那些时代中看到了自己。在我的想象中，生活在草原帝国时代对我很有吸引力。我知道那不是我的时代，但是那是一个适合流浪和驰骋的世界，甚至是一个可以找到我自己的世界。我更喜欢由此而诞生的一种心绪，它使我打算用更长的时间来写作关于草原的一本书。而在此之前，我是多么热爱幻想，渴望在自由的世界里奔驰并因此而实现自己的人生追求。

有一种感受非常深刻，就是每当这片流溢着历代诗人才华和将士胆气的大地出现在我面前时，我那种南方边地小文人的心就会受到很大的撞击，已经不止一次了，每到这里我就有一种怀古的惆怅，随之而起一种立言的豪迈。我想那是因为我一直在西去的路上吧，西去的骑手，红柯在天山十年，写出了《乌尔禾》《喀拉峻风暴》《太阳深处的火焰》，我也来来回回奔跑了十多年，我也想写出我的什么风暴和火焰——可是，虽然奔波忙碌却才能低下思想肤浅而又心有不甘的我，能么？

"出塞出塞，新疆新疆，出塞出塞，新疆新疆！"

告诉我吧，人生，在哪里才可以找到你啊，人生……

一阵"吱吱嘎嘎"的刹车声，车身在摇晃，在顿挫，在摩擦，还剧烈地震了一下。我在铺位上从沉湎中醒来了，头有点沉，我知道这两天我睡眠不够，是因为胡思乱想。我没有马上起来，我想静静地听上一会儿，也好让自己清醒。

过道上响起一个急促的女声："金昌到了金昌到了！"一阵脚步声过去了。听到行李箱的轮子响，从包厢间通过。又有拖箱的轮子响，接着是行李架上的挪动声，有人气喘吁吁地拖举着行李，行李架上传来嚓嚓的声音。

我的铺位所在包间临近车厢盥洗室，出来是两个通透式玻璃的大窗，窗前加了栏杆，那里空间宽敞，常常有人靠着栏杆聊天。这会儿我听见的是两个女列车售货员在对话。一个说："累死了，又热，窗外也闷，歇一会儿吧！"两个女售货员一个坐在下铺床边，一个坐过道，卖不动了。一个说："那就歇会儿吧。哎，现在的旅客，精着呢，拿一电饭锅，里面饭呀，牛肉呀，鸡脚呀，全是自己家做了带的。"

她说的不错，一路上，我看见了许多陕甘宁和河南四川口音的人都带了自制的食品，还提着一捆一箱的快餐面。甚至包括我这个广西人也带了阿依做的面饼子。

我觉得我恢复过来了，慢慢地抬起头。我看见盥洗室的窗口栏杆边一头靠着一个女的，一个高而白，一个矮而黑，都穿着既像列车员又不像列车员的衣服，各自的面前停着一辆铝质小推车，高而白推的是泡沫盒和薄膜包装好的一盒盒苹果香蕉梨子青瓜樱桃番茄，矮而黑推的是牙膏牙刷毛巾口盅陀螺遥控车之类。她们的声音再次响起。

矮而黑说："那天我放在行李架上的一箱子牙刷被旅客偷了。这年头的旅客够坏的。"

高而白说："咋被偷的？"

矮而黑说："当时我病了嘛，中途下车，我妹也在车上卖，我告诉她了，让她帮看着点。她忙着呢，来不及拿，车停了，一旅客拖起我的箱子就走，我妹看见了，喊，停下，停下，拿我箱子干吗？旅客不停，飞快地跑，到了出口，追不上了。"

高而白说："还真有这事！"

矮而黑说："所以每次车到站，我走到哪就停到哪，看着我的货呢！"

高而白那白皙的双手抓住黄漆的栏杆，望着窗外："这地方真是太荒凉了。上回我跑汉口，两边红红绿绿的，全是美景。"

矮而黑也双手抓着黄漆的栏杆，看着外面："上回我去南疆，路边比这儿还要荒凉。"

我看了一眼两边的窗外，全是褐色的戈壁滩，偶尔有像荞麦馒头一样颜色的山头缓缓流过。

高而白说："到了张掖我买无花果给你吃。"

"哎哟我去！你们俩可舒服了，待这儿聊天呢！买无花果？我也有份哦！"

闻声望去，一位三十多岁身材单薄新疆口音很正的男列车售货员过来了，也推着一辆杂货小推车，上面是啤酒饮料矿泉水快餐面袋装食品之类。

矮而黑说："待会儿你在场就给你吃。嗨，我们累坏了，歇会儿。你的卖得咋样？"

男的说："唉，别提了，今天真是邪了门了，往日这时早过万块了，今天才卖一千多块，遭遇滑铁卢了！气得我车都推不动了！"

两个女声叽叽嘎嘎地笑了一阵。列车开始行驶。男的说："不跟你们聊了，我得走了，咋样我都得再努力一把！"

矮而黑望着男的走远，转头对高而白说："啤酒饮料矿泉水，他底下念的是啥词？"

高而白说："香肠泡面八宝粥。"

矮而黑说："啤酒饮料矿泉水，香肠泡面八宝粥。哎，他上回一路喊过来，遇上挡路的乘客，说声让一下让一下，结果底下就忘了词了，有十来分钟闷着走。"

俩女的又笑起来。矮而黑说："看你脸上肤色多白，冒出油来了。我给你拿纸巾去擦擦吧。"

高而白就拿了纸巾去洗漱间。

有一位在过道吸烟的男子问刚刚关好车门的列车员："还有多久到张掖？"

"一个小时。"

高而白出来了，矮而黑笑着说："哎呀，我可想着无花果了。"

高而白也笑，说："放心，时间还长着呢，先走一圈吧！"

矮而黑说："你先走，我在你后面。"

高而白推起水果车走，喊："新鲜水果……"

金昌过后走一个半小时就是一个叫西屯的小站，列车没有停。铁路两边始终是广袤的地势。像是沙化的土地上，生长着一小撮一小撮的野草，大多数都已干枯，说明这里的干旱日子是多么漫长。

列车开始缓缓地转弯，在平坦大地上的大转弯，弧度很大，完全由弯转直大约需要十分钟。我看到了列车红蓝相间的车头。2006年前，我在这里看到的转弯景象与现在截然不同，首先是那道黑黑的烟，在车头高高的烟囱上飘起，在张掖蔚蓝的天空下拉成一道粗粗的黑色抛物线。然后，我感受到了那巨大的"克勒克勒"声，因为转弯弧度大，列车需要缓慢行驶，以至于车内车外的杂音似乎瞬间消失了，只剩下车轮与铁轨衔接处单纯的撞击声，就像一首音乐在其他乐器短暂停歇之后，留给爵士鼓独自演奏的声音。这样，一边是粗黑的壮观的抛物线，一边是敲打人心的"克勒克勒"声。那幅景象令我终生难忘，它像极了我坦荡而又弯曲的人生。

列车过了西屯半个多小时就到了永昌县，也不停。有旅客说，这是张掖的地界。实际上，一过西屯就看出了张掖的"金"字气势，首先是路边原野开始浅浅泛绿，土地宽广平整，一块块的条田敷着碧绿，让刚才看多了戈壁滩的我不由自主地注视着，像在男人成堆的场合突然看见了一位打扮入时的姑娘。

在张掖停泊的时候，我也下去溜达了一会儿。果然看见那个高而白的售货员在一家摊上买果子，我也凑过去，一看她买的两个纱网袋装着的水果，那不就是超市里常见的人参果嘛，鸡蛋一样的形状和大小，白白的表面间隔着一道道褐色。白白的表皮，我倒觉得很像她，褐色的就像那矮而黑。真是神了，她们两人都在这种水果上相遇了。我也终究是抵抗不住诱惑，也跟着买了一小袋，五个，说是一斤，花去了我十元。

开车后，我在盥洗室洗了两个，一手一个站在过道窗前，身体随着车身摇晃着，咬一口人参果，有一股冰凉的清甜。张掖古称甘州。当年柳永在《八声甘州》里写出"是处红衰翠减，苒苒物华休"的句子，这时，我却觉得窗外一股丰饶的气息扑面而来。真是心境决定风景。之前还看过一些资料，知道张掖的来源还有"断匈奴之臂，张中国之掖"的意思。历史的云烟已经消散，匈奴不知跑到了哪里，只有这片土地上的先人们的后代仍在这片土地上繁衍生息。

张掖，张掖，我喃喃自语，忍不住张开双臂比画了几下，果然就有一股冲天的豪气在心头冉冉荡起。

"出塞出塞，新疆新疆，出塞出塞，新疆新疆！"

火车离开张掖一个小时后，我已经修改完《河岸守望者》一章。我掩饰不住内心的兴奋，起身站立在过道上，看着窗外时而漫过来的疏草荒滩，时而飘入眼帘的小麦大豆，抬头便是棱角突出雪线纷披的祁连山脉，不由得做起了扩胸运动，嘴里轻声地念着当年汉武大帝为张掖命名的话：张掖，张掖，张国臂掖，以通西域啊！我决定告诉远在南宁的朱山坡，我给他的手机发信息说：我正在穿越千里河西走廊，在列车上修改我的长篇。朱山坡回信揶揄说：你他妈真像一个作家啊！我坐在过道的椅子上忍不住笑出了声，让坐在身前身后和中下铺的乘客惊诧不已，或者很不满意地看着我。我随即换回一副内敛的面容，矜持地坐在椅子上看书，或者爬回自己的上铺开始另一章的修改。

当初，我在写作和修改《吉尔尕朗河两岸》时，通常过一段时间我就把书稿打印出来，为的是方便翻看和修改。刚开始是十六开，后来为了上火车携带方便还是装订成了三十二开。每次回伊犁我都带在身上，还带了电子版，先后拷贝在TCL手机和三星手机上，不久我买了E人E本，我就在这个八英寸的小平板上修改。小平板虽然还是小，但是面积比手机大，改起来方便多了。

我一直喜欢火车的上铺或者中铺，那里可以让我随便拿起书稿或者平板来修改而不受别人注意和打扰。而且我喜欢享受这种孤独，这种注定要当作家的孤独鼓舞着我。我就在这种孤独里把书稿改得密密麻麻。而当我坐在过道上，我就把书稿拷贝到手机或者小平板上修改，这样做的目的是想给旁人一种玩手机或者上网的感觉，在全国各地三教九流的人们云集火车的时刻，我不想引起太多人的注意，以免我觉得尴尬。纵使当一名作家在这个时代还不是很丢人，但在喝酒吃肉、抽烟打牌、来来往往大呼小叫的火车上，我作为一个决心奔赴异域开辟写作根据地的人，总是敏感地觉得自己有点另类。

我就在这种半是旅行半是写作的状态里度过了我的出塞时光，嘉峪关过去了，柳园过去了，哈密也过去了，我在一天里走过了上千公里，而文字也写了好几千，修改了无数处，身体的艰辛和心底的喜悦同在。我在思路卡顿而沉思的时候举目望着窗外，千嶂层叠，长烟落日，一种闭关的沉静，伴随着一种冲出层峦撞出一条生路的悲壮在心底荡漾。真想像那些人一样来一次深长的呼麦，将潜藏心里最深处的密码竭气输出，即使不为人所知也要唱给大地，或者骤然打开车窗，像那些浑身憋满了力量的古代勇士一般长喊："啊——嗬——"

"出塞出塞，新疆新疆，出塞出塞，新疆新疆！"

那天中午，火车刚刚穿过火焰山隧道群，有一位睡在我中铺的非常年轻的小伙子——根据我的观察，他一直在好奇地注意着我——当我的眼光与他好奇的目光相遇，他就会笑一笑，笑到第三次，他终于忍不住，热情地问我："叔叔，你在火车上也工作啊，太勤奋了，不休息啊？"

刚开始我没注意听，其实我虽然站着，甚至目光与他相遇，但我正在为我的文学理想和写作素材困扰着，后来不知道是他的第几声后，我终于听到了，不禁一愣，脸也几乎红起来，不是因为怠慢这个年轻人而感到难为情，而是觉得受到了他的表扬——我怎么会受到一个年轻人的表扬呢？我在火车上是不是很出格了？这样想着，还是很及时地应了一声："哦，我在记一点儿东西。"

这小伙子挺拔英俊，满面笑意，见我回应，便往我靠过来，他长得高，眼睛就看到了我手里的书稿，我来不及捂住，他就惊讶地说："回到伊犁？这是您写的书么？"

我不置可否，因为我想到否定就是不尊重憨厚的他，肯定又违我的初衷。他也真是明白人，就认定是我写的了，主动提出要我给他看看。我猜想肯定是《出塞书》这个书名太吸引他了，不光是他，只要是一个新疆人也会怀着好奇看上一眼的，而他正是一口的新疆口音。后来我们交谈知道他是昌吉人，天津商学院毕业，一个月前与乌鲁木齐一家大企业签了工作合同，刚刚从西安旅游回来。

为了不引起太多人的注意，我把书稿给他，要求他在自己的铺位边翻看一下，他笑着问："有什么秘密吗？"

我摇摇手，不说话。

这种神秘的方式说明了我的态度，他笑了笑，悄声说："我明白了。"

他开始猫在铺位上轻轻地翻看了好几章，书页上全是我用黑笔改得密密麻麻、涂涂画画的小字。他边看边笑。

我干脆说："我全画潦草了，不好看，也就是一本资料性的东西，不看了吧。"

涂改潦草的字迹可能让他实在看不下去了，或者他本来就对文学兴趣不大，他笑着给回了我，说："我还没见过作家呢，今天终于见到作家了，想不到您就是一位作家，作家竟然就是这样的。"

我不禁失笑，借此贬低自己说："什么作家，就是喜欢乱写，记录一些东西而已。"

在后来的旅程中，我们成了熟人，他每次与我搭讪都称我为作家。"作家，来，请喝酸奶。"他笑眯眯地说，并递过酸奶盒子。我看他只有两盒了，而这旅途还有一个晚上和一个上午，我就婉拒了，其实我也不想喝，我担心随便喝酸奶会影响肚子。

"作家，来，请吃话梅。"他又说，把装话梅的袋子举到我的面前。我伸出手指撮了一个放进嘴里。他显得非常高兴，像个小孩子一样坐在我对面的椅子上，摇摆着他的二郎腿。我也因为在旅程中获得他的尊敬而甚感荣耀，我甚至为此更加坚定了坐着火车经历漫漫旅途回到伊犁写作的信心。

"出塞出塞，新疆新疆，出塞出塞，新疆新疆！"

在漫长的火车旅程中，我已经习惯半躺在上铺写我的书。我通常在自带的稿纸上写，在上铺写，为的是不受干扰，可以半坐着，摊开稿纸悄悄地写。对面的上铺常常是阿依，她大多数时间都在休息，我是时醒时睡，醒时或写，或下去在过道上看窗外的景物，有时候也在火车到站时下去溜达。我写自己一路的观感，一路的思索，下面的人都不知道，我独自享受着一种宣泄的快乐。后来，我每次回去都是订上铺，因为上铺可以给我一个相对自由的空间，我可以无所顾忌地写，旁若无人地写。火车晚上十点关灯，我就尽量在十点前写完我想写的，实在赶不及，我也试过在两节车厢的过道上加班写完，然后回到中铺上睡觉。

我闭上眼睛，慢慢体会着火车前进的声音和摇晃带给我的恍惚和孤独感。我虽然看不见车头，但我感觉到我正站在火车头的上方，迎着风，我们一起沿着西去的铁路飞驰，载着我有些悲怆的梦想。是啊，悲怆，长路遥遥，为了一种相聚，为了一个希望。我突然有些自责起来，我为什么要走这样一条文学之路，花费这么多的时间和金钱，我会最终收获果实吗？假如我一无所成，前功尽弃呢？我岂不是虚度人生，留下笑柄？在那座我熟悉的南方小城，凭着我先前的努力，我已经在那里小有名气，小城有许多人称我为作家，我在那里也有一份稳定的工作，我完全用不着东奔西走也可以混个体面。实际上，我这么多年南北往返，一直没有对我的文友说我是在追求一个梦，也许还可以说是一份责任。

列车慢了下来，像龟在爬行，我凝视着窗外，缓缓移过一个站牌：清水站，是一个袖珍型的停泊点。列车最终停止。上来的旅客很少，下车的旅客更少，可以用"三三两两"来形容。坐这趟火车的，大概都是和我一样的长途旅客，而且大多数都是到新疆。新疆新疆，他们去那里工作生活，去那里谋生；肯定还会有和我一样的人，去那里，为了理想。也许，还会有像我一样，是为了一条艰难的作家之路吧。

几分钟后，列车西去，张掖的气势就慢慢消失了，恢复了漫漫的黄沙戈壁，只有骆驼草在支撑着一种信念。一个多小时后，到了酒泉。左侧的祁连雪山是一道令人眼睛发亮的风景，阳光下的雪山纯白高雅，静止如玉女，我不禁为之惊叹和凝神。据说，河西走廊的最宽处就在酒泉市境内，宽约一百公里。一百公里是我肉眼所看不尽的，抬头看窗外，平野茫茫，戈壁渺渺。似乎有一个传说，西汉时霍去病追击匈奴至此，武帝赏赐的美酒也到了，霍去病让手下把那些美酒倒进一窝水泉里，叫官兵们一起每人一碗豪饮，大家都说这酒玉液一样甘甜，于是酒泉成名。不过，我推测，时至今日，酒泉的名气全是因为它可以发射卫星、火箭和导弹。我看着窗外的滚滚黄沙，想起电视屏幕上冲天而起的运载火箭，我深信那滚滚黄沙里肯定还飘溢着两千多年前的阵阵酒香，那滚滚黄沙也预示着两千多年后的一种凌空而起直上云霄的中华之力。

酒泉再过去，感觉有止不住的更大的苍凉扑面而来，如进入了一个幽深遥远通透直达的地洞口。铁路的两边是戈壁旷野，一望无际，坑坑洼洼，植被当然很少，褐色泛白的盐碱地上东一簇西一簇地生长着一些耐碱耐寒的植物，我猜那是骆驼草。

两点多，我感到了倦意，爬上铺位躺下不久就迷迷糊糊地睡去了。

醒来时我掏出手机看时间，已是下午六点，听到几个旅客正在问坐在靠门下铺的女乘务员，这是到哪儿了啊？女乘务员说，刚刚离开嘉峪关。

火车表现着一种义无反顾的坚毅，有时低吼"克勒克勒"，有时高喊"新疆新疆"，有时甚至就是噼噼啪啪响。我侧耳倾听，除了车厢内的打鼾声，身边的小声议论，就是呼呼的风声了。无疑，火车正在迎着大风前进，我能感觉到它的吃力，还有艰难卖力，它仿佛在呼喊，在攥紧拳头，在迈稳脚步，在努力着向前。向前，这坚毅的指向又感染了我，让我变得镇静。而因为镇静，我又觉得始终如一的轰隆轰隆火车声盖过了狂风的呼啸声，在轰隆轰隆声里，我听出了那种全神贯注，也听出了那种一往无前，我的心中顿时升起了一种稳重、坚毅和现实的感觉。

四五匹马出现在雪山脚下的枯黄草地上，也可以说是戈壁滩上，正值秋天，草少，石头沙子多，所以这一带的草原与戈壁实在没有太大的分别。天空又洒下一层暮色，尽管我在车内，但我能感觉到窗外风景的那种苍凉味。

"出塞出塞，新疆新疆，出塞出塞，新疆新疆！"

火车就像一匹马在奔跑。远方的四五匹马也在奔跑。

> 胡马，胡马，远放焉支山下。
>
> 跑沙跑雪独嘶，东望西望路迷。
>
> 迷路，迷路，边草无穷日暮。

韦应物这首词是多么暗合了我的内心，胡马远放，跑沙跑雪，边地日暮，我犹自默默向西，寻找我的家园，追求我的作家之梦。古代诗人有他的梦，古代胡马也有它们的梦，今天的我也有我的梦。高高的祁连山，蜿蜒的河西走廊，列车在向西疾驶，我只知道我在赶路，这是我一个人的祁连山，我既穿越了古代，也追逐着现代，我是一个矢志追梦的人，我也是一个由游子、追梦者和往事求解者三位一体结合而成的人。

"出塞出塞，新疆新疆，出塞出塞，新疆新疆！"

北京时间二十点，口里的天早就黑了，这里还属于下午和傍晚之间的时段，窗外的阳光依然很亮很黄，敷在焦褐色的戈壁大地上，我的思维随着枯燥的视野慢慢开始沉缓，以至几乎就要睡着。突然眼前一晃，我看见了一只孤独的黑色的小鸟，在窗外大约二三十米远的低空，正在伴随着我们的火车向前飞行。我似乎被击打了一下，一下子来了精神，我似乎有了兴奋点，开始观察这只鸟。这只实际上颜色是灰黑色的小鸟，在张开的翅膀下，它的双爪紧缩着，显得身子是那么小，就像一个小窝窝头，也像麻雀的身子，可是它的翅膀却是那么长，就像一架微型滑翔机，也像一只小老鹰，正在逆风飞行。它真聪明啊，知道飞高了风更大阻力更大，它几乎贴着地面飞行，看上去是那么用劲，那么坚毅，翅膀振动着，又那么轻盈。大漠上的风沙是很暴烈的，戈壁滩上的石块也能吹走，可是它抖抖闪闪的，向我展示着它的勇敢，它的顽强。已经过去十几分钟了，它还那样一直跟随着我们的火车，显得那样固执，那样痴狂。明知道前面还是风沙，还是戈壁，也许漫长的飞行之后会有绿洲在等待，但是还很遥远，继续飞行会忍饥挨渴，如果飞累了，又找不到水源食物，它还会颓然掉落送掉性命。可是此刻，它是任性的，也是韧性的，虽然没有同伴，飞行是孤寂的，甚至是危险的，但也决意往前飞，即使前方是不毛之地，它也许相信再飞不远就是一处适合自己生存的家园。

我突然看见了另一个自己，这也是我一直迷惑的自己，明明知道前方是荒原，是另一个不同的世界，是自己陌生的领域，但是还要往前，甚至义无反顾，在另一个地域试验自己的忍受力，孤注一掷地开辟自己的天地，在别人不理解里沉溺于虚妄，在文学领域抒写自己的精神世界。我突然觉得有些悲壮，有些孤愤，有些苍茫。

西出阳关，也许要告别一些老朋友，但是也可以结识更多的新朋友，走上一条自己也感到陌生的路。事实上，我已结识了伊犁乃至新疆的许多朋友，他们都给过我许多热情的问答和无私的帮助，他们以贴心的语言鼓励了我，让我暗暗下了走自己的路的决心。也许这辈子我的命运就是要与苍凉大气的西部紧密相连。果真如此，那我就一直走下去吧，也一直写下去吧，走到天荒地老，写到白发满头。

过了几处风蚀地貌后，小鸟不见了。我努力寻找，可是在我的视野里再也没见到。我有些杞人忧天，担心它渴坏了饿坏了，担心它被风吹落了，或者被火车吞噬了。过了一会儿我又觉得，像它这样坚韧灵巧聪明的精灵，是不会发生什么意外的，它肯定是寻找到了自己需要的，或者觉得有必要在哪里逗留。也许，它已经在某一处找到了适合自己的家，或者可以给自己提供食物水源的地域，它要停泊，要补充，要鼓劲，甚至也像创业的人们一样，需要阶段性的总结。

"出塞出塞，新疆新疆，出塞出塞，新疆新疆！"

这是一片绿洲边上的田园，玉米、蔬菜、小麦、棉花、哈密瓜等作物葳蕤荡漾，沙枣树、杨树列队成长，树下偶尔露出一道灌溉的明渠，清水潺潺流淌。正像歌中所唱的："沙枣树遮住了戈壁村庄，冰峰雪山银光闪闪，沙海深处清泉潺潺流淌。"我喜欢那些有着各种树木掩映着的村子，有着整齐规划的一个个院子。近年来，这些崭新整齐的楼房不断地增加，不断地蔓延，在大气而又秀丽的林带掩映下，各色忙碌的人们进进出出，在生活里布置着自己的生活。这样的生活又怎不令人赞同歌中所唱的：最美还是我们新疆？我欣赏这首歌，我更愿意欣赏到那些土生土长的植物，是那些原生的植物为这片沙漠边缘的大地提供了源源不断的清新空气。

我曾长期生活在人群密集的南方小城，习惯了满地的泥巴和垃圾袋，习惯了逼仄的楼梯和狭小的房间，习惯了在如蚁的人群中绷紧神经，捂住并不鼓胀的口袋，也习惯了乡下那种山重水复的羊肠小道。一同习惯了的，还有内心那种怯懦和猥琐。我把坐着火车经过天山脚下看作是一种类似于长跑的户外运动，跟着天山跑，辽阔的原野催生了我的豪迈之情，现在，我正在博大的大地胸怀上，尽情地舒展自己的身体和心灵。

我调动了自己所有的关于新疆的知识和情感去写新疆，有不少作品在各种刊物上陆续发表了。我一味写新疆的作品引起了网上一些人的注意，他们认为我是新疆人，或者认为我是新疆人去了口里发展。我有几次去外地参加文学采风活动，总有作家向我打听说："你们新疆人每餐都吃手抓饭吗？"或者问，"新疆人喝酒很厉害吧？"甚至有好几个伊犁的读者在新丝路网站上留言说："读过伊犁作家梁小羊的散文。"而我当年在新散文网上认识的散文家、评论家王克楠老师，也发信息给我说："啥时候你们那边搞活动，邀请我去，我想去伊犁看看。"面对这些询问我既感到吃惊，也在偷偷地乐着。我没想到我可以以假乱真。

我决定申请加入新疆作家协会，来个名副其实的站队。巧的是，新疆作协理事、家住乌鲁木齐的克拉玛依报告文学作家李娟老师在我的新浪博客留言："循迹而至，这里别有一番天地。"

我不失时机地联系了她，展开在博客上交谈，不久她又把手机号码给了我，我们成了忘年交，于是我决定请她做我的入会介绍人。

收到我的请求后，李娟老师发来信息："你是伊犁州的吧，加入新疆作协要州作协推荐才行。"

我发信息："我是广西作协会员，来伊犁体验生活。"

她发信息："哎呀，你不是北屯的吗？"

我难为情地发了一条信息："是广西北宁，不是阿勒泰北屯。"

她回信息："啊！真想不到啊，我在网上认识你一年，一直把你当作北屯人，原来你是广西人！"

我以为请求推荐的事儿没门了，两天后她又发来信息："你既然在伊犁定点生活，又发表了一些作品，那就让省作协出个会员证明吧，我再给你寄去申请表，开会时我帮你推荐。"

三个月后，正值秋天，吉尔尕朗河畔的杨树桦树像黄金花一般正开得灿烂，静水透明的河湾全是它们绚丽奔放的身影。我在老马场接到了消息，我被新疆作家协会特批入会了。一个月后，我收到了我的新疆作协会员证，除了看到深红封皮上的既熟悉又陌生的维吾尔文，还看到了工作单位一栏上写着："广西北宁市文联（挂靠）"。抱歉，新疆作协把我也认作在广西的新疆人了。甭管咋样吧，我算是成了一名名副其实的新疆作家。

但是又有多少人承认我是作家，是新疆作家，或者写新疆题材的作家呢？那些年我多么孤独，多么需要得到承认，谁要是说了赞扬我的话我就会感激涕零。我正在进行一种长夜难挨的实验，如果谁说了理解我的话，我就会引他为知音。我想起2009年深秋，我和新疆作家陈漠、孤岛在鄂尔多斯参加一个采风活动时相遇，当他俩听说我来自广西，都说广西是个好地方，当我说起我也是新疆作协会员时，他俩把眼睛瞪成了核桃一样大，连连问："是吗，你是真的吗？"我拿出了我的封面皮质颜色鲜红的新疆作协会员证，他俩脑袋凑在一起验证了很久，终于说："是真的呢，有最新的维吾尔文，刚换的证，旧的是没有的。"然后我们以新疆作家的身份展开了一场关于新疆背景的交谈，我由此获益很多。我还说道，网上有一些读者认为我是在新疆出生成长的作家，后来因为某种原因到了口里发展。我们都大笑起来。

夏天开始我加大了写稿和投稿的力度。有意思的是，我在几个月里发表的几乎都是新疆题材的作品。尽管有人说过作家并不一定要加入作协。有人甚至宣称要解散作协，但是我一直把加入中国作协看作是衡量自己创作成绩的标尺。第二年春天，我卷土重来，再次递交了申请表。到了6月，我终于凭着在一些有影响的刊物发表了部分作品而被批准加入了中国作家协会。凝视着中国作家网上的会员公示，我对新疆的感念渐渐强烈起来。我明白，我这些能上大刊的作品全是取材于新疆，是新疆这片土地赐给我一个妻子一个女儿后，又一次在文学上成全了我。我的关于南方的作品写出来本就很少，发表出来的更是少之又少，所以许多人都以为我是来自新疆在口里发展的作家。但是当他们知道我是广西人，而且一直在广西工作后，惊叹说："你的创作经历和生活阅历在同龄作家中少有。"

但是我也知道，要在文学之路上开辟一片属于自我的土地是很艰难的，甚至在艰辛举锄两手长满厚茧之后也耕锄不出哪怕是一平方米的土地。尽管我有如此清醒的认识，却依然对写作孜孜不倦，决心九牛不回。

"出塞出塞，新疆新疆，出塞出塞，新疆新疆！"

十年！从广西到新疆，我年年坐着火车回去，从五天四夜坐到四天三夜，又从四天三夜坐到三天两夜；从绿皮火车坐到了红皮，从红皮坐到了黄皮，又从黄皮坐到了红皮，如今又从红皮坐回了绿皮（曾经风云变幻，始终本色不改啊），肯定还会从蓝皮坐到白皮（兰新高铁已经通车，期望西安至兰州早日通高铁）。遥远的疆桂两地，漫长的火车之旅，我在硬卧车厢里，在身边嘈杂的声音里寂寞地坐在过道上，望着窗外纵横交错的铁轨不断地向后延伸，一种抵挡不住也挽留不住的时光感深深地浸上我的心头。

"出塞出塞，新疆新疆，出塞出塞，新疆新疆！"

列车继续欢快地喊，像一个健壮的男人刚好到达性高潮。火车真正的声音是什么？凭着我十年乘坐西去列车的体验，我回忆一下便可以模仿得非常逼真。我知道，一个人如果在旅行中有一份好心情，那么连平时最单调的声音也会成为最优美的音乐。一个人的恋爱也应该是这样吧，就算是别人怎样不理解自己的最爱，依然是情人眼里出西施。我们干的每一件事不一定获得别人甚至亲人的理解支持，但只要觉得适合自己，那就会意志坚定，乐此不疲。这正如我这些年的作为，许多人不理解，我受到的压抑太多了，我觉得自己有一部压抑的历史，我需要解放，需要释放，需要喷发！只有和我相知的人才明白我心里曾经有多么难受。说出这些话，你就会明白这些年我为啥大部分时光居住在南方却要年复一年地回到伊犁去居住一段日子。

当我有了这种心情之后，面对自然界的困难就没有那么恐惧了。比如说狂风，老实说，我有过对狂风的恐怖记忆。那是2009年5月，我们出了嘉峪关大约有两个小时，已经是新疆境内，我脑海里正陷入那种苍远历史勾起的沉思，车顶上的猎猎风声在提醒着我，列车正在顶风前进，并且在大幅度摇晃。睡在上铺中铺的人都下来了，争着坐在别人的下铺上，或者过道里，许多人还站着，有些惶恐地看着窗外，或者面面相觑。大人把自己的小孩搂紧了，我们也把小依力紧紧搂着。狂风给我带来了兴奋，但我也承认，我对在狂风中行驶得有点摇摇晃晃的火车几乎无法保持一个没有经历过狂风吹火车的南方佬的平静——这种感受是在2007年的"2·28"新疆吐鲁番大风吹翻火车事故后获得的——此刻，我们一家三口都在列车上，我更加惊悚。后来，列车终于在一个我不知道的地方临时停车，列车广播要我们不要到处走动。列车员说，我们遭遇了11级大风。那次中途停车超过两小时。列车员还告诉我们不要慌，这趟车在哈密有备用车厢。还说，乌市至汉口的那趟特快因为没有备用车厢只好缩在乌市车站里待发。

在我的记忆中，兰新线大多数时候一路上都是好天气，在好天气可以看到许多壮观的景象。有许多次——有时是在吐哈线上，有时是在乌伊线上，我看到了一轮硕大的红彤彤的火球，无牵无挂地飘浮在辽远却又迫近的荒滩上。隔着车窗，我沐浴了它的红光，感到了它的热烈和平静，真像我的一颗内心，有一种游子的心情，却又注定了运行的轨道，最后的归宿。而在开端之时和归宿之间，一直保持着一种在鸿蒙空间上慢慢飘荡的感觉，等到天色渐淡，长烟渐落，那种温暖而又苍凉的情怀就慢慢升上来了。可是，这种苍凉既不是因为走进了荒芜，也不是因为陷入了悲观，而是回归到了一种审美的异类。对火球而言，是光照万物、温暖大地之后的欣慰和放松。对我而言，是区别于南方落日局促而又平淡的新颖——从这个意义上来说，我一向认为西北的苍凉或者说荒凉并不是落后，而是特立于中国大地上的最男子汉的壮美。

凝望遥远苍凉的景象唤起了我隐伏得最深的情思。多少年里，也是多少次了，我总是在凝望这轮火红硕大的落日时看见了我那辽远的故乡，那个位于一千多公里外的伊犁河上游天山腹地的高山牧区，在我的记忆中，她总是娴静寂寞地卧在流水弯弯的吉尔尕朗河右岸上，卧在辽远苍凉而又温暖博大的落日里，卧在惆怅忧伤而又信念满怀的歌声中：

　　她带着我的心
　　穿越了戈壁
　　多年以前丢失在遥远的伊犁

我再次意识到，我天生是一个活在迢迢长路和悲愁情绪里的人，我不适合待在灯红酒绿和觥筹交错之中，甚至不适合待在城市和商品房里；命中注定我要走在荒芜的旅途上，最好是一个人，走着一条荒偏的小径，因为我身上一直有一股被激情和悲情调和而成的混合物，我被它操控着，最终身不由己投入寂寞苍凉的怀抱。明白了这些，我就明白了为什么这些年来我总是喜欢一个人默默上路，而多次撂下了亲爱的阿依和依力。想到这里，我看了一眼熟睡中的阿依和依力，心里说，这就是我作为一个自诩追求人生理想的作家丈夫和父亲的悲怆的命。

列车重新出发的时候已是北京时间二十点，天色慢慢地涂掉了一路的灿烂明亮，开始变成淡褐色，这预示着夜幕就要来临。我听到了车顶和窗玻璃与狂风搏斗时那种坚韧的低吼声和拍打声。在新疆境内坐过火车尤其是多次经过吐哈段上大风口的人都熟悉这种猛烈的声音。幸运的是，我们放心地睡了一宿，第二天上午十点多顺利到达了乌市。

乌伊高速公路还没有修建时，西驰伊犁的大巴一般都在独山子境内324国道边的回民饭馆前停车，让旅客休息用餐。这时候已经走了四至五个小时。乌伊高速修到谢家地口子附近的2009年夏天，我们又一次回到伊犁，从那里开始走回到旧312国道，再穿越一片苍茫戈壁草滩到达精河地界，需要一个多小时时间。从精河地界开始，汽车进入了开阔的荒滩和草原交替地。公路两边则多有白杨、榆树等防护林带。荒滩上则散漫地分布着一蓬蓬墨绿色的圆冠状的骆驼刺，也有枯死的一团团抱着暴露在荒漠上，或者被大风吹到活着的那些植物身边挂着。这里除了冬天，任何一个季节的草原上，差不多都有一团一团被风扯得随便变形的白云般的羊群在游荡。

然而，这个路边饭馆我是越来越少停留了。乌伊铁路通车后带给我最直接的影响，就是每年从乌市回伊犁可以坐火车。乌伊高速通车后大巴也绕过那个地方了，也绕过了石河子，现在的休息用餐点改在了精河到赛里木湖之前的博乐五台。而在我2010年9月回来时，乌伊高速也只是才修到五台。这年，我是第一次从乌市坐火车回伊犁，一路上见到的景象几乎与走乌伊公路相同，但不同的是K9761次观光列车有两层，空间更好，空气更流通，活动空间更大。我想今后我会更多地坐火车回伊犁。

五台，伊犁和博州的分界。许多次，我们中途下车用餐，上卫生间。因为地势平坦开阔，我感受到了强烈的风正从四面八方扑腾过来，密集的撞击让我无处躲避。然而，就是这儿，却是王蒙当年曾经到过的地方，他描写了这里，尤其描述了乌伊公路边那间五台饭店："最妙的还是这一天行程之后的宿营点，一个群山之中的小小空场，名叫'五台'，这是一个专门为了旅客而开办的服务点，每天晚上这里熙熙攘攘，就着爆炒羊肉喝酒的，寻找床位的，修理汽车水箱和离合器的，匆匆往来。每天凌晨天不亮汽车马达就响成一片，而等天亮以后，这里几乎消失了人迹……"王蒙早年从乌市转到伊犁生活了八年，因为经过这儿，就把这个路边小店描写得极其贴切生动。我常常感叹一辈子学习不够，一辈子学习也学不到。于是只好感慨。将近四十年过去了，王蒙写的五台饭店，想不到今天也没有消失，甚至没有大的改变。

火车时代注定会让我渐渐远离汽车时代，自然也会减少了停留五台的机会。但是我还是非常想念五台那家馆子，那个老板是否还是那位维吾尔族妇女？那两个头戴花帽的招徕顾客的小伙子是否还在店里？许多年，我回伊犁走高速时都要在经过乌苏精河赛里木湖一带凝想一刻，我怀念简单用完餐后再赶回新源老马场的经历。

自然也因为那个饭店而想起王蒙。王蒙在 2011 年出版的新疆题材作品集《你好，新疆》，是一个在新疆生活十六年的大作家对这片土地叙述不尽的热爱。我每次在这个五台路边清真饭馆里用餐或休憩，总会想起王蒙也曾无数次经过这里，逗留这里，不免感慨他，也感慨我自己，感慨他是因为他著作等身，声誉日隆；感慨我却是感慨流年似水，光阴荏苒，时光虚度，多少年多少次经过这里，面对大作家不可仰望。一个真实的声音是：岁月真是不饶人，既不饶我这种普通小辈，也不饶王蒙这个大作家。

五台路边的饭馆像周边连绵的山头一样多了起来，几乎可以用林立来形容了，店主人和服务员热情地站在门口挥手打招呼。可我还是惦记那家清真饭馆，也曾数次在清真饭馆门口的围墙边站立，感觉到从山岭围拢的天空中射下来的那一股股炙烤般的白亮亮的阳光，也领略到了那入肉蚀骨般的凌厉的西风，我就想，肯定有一个谁，她带着我的心，穿越了万里，穿越了戈壁，回到我梦中的伊犁。

卧铺客车总是在我的沉思里缓缓地来到了三台。因为清代曾在湖的东岸设有鄂勒著依图博木军台，即三台，所以赛里木湖又一直叫三台海子。赛里木湖，这些年我把她看作是千里戈壁滩上提神醒脑的一汪仙湖。但我又感觉到赛里木湖并不单单就是一个湖，她最像一位成熟有风韵的妇人，款款地走入我的眼帘，让长年饥渴的我泛起充满水汽的湿润的联想。夏秋阳光很亮的时候，她还原成一片漂亮蓝色的大水域，可也是一个翡翠般的梦境，让人的思想变得透明并进入漂浮的状态。而在阴沉沉的天幕下，湖水则显得沉郁苍茫，有一种深深的黛绿在蔓延，让远归的游子的心情有些压抑。倘若是冬天，那就是一个巨大的盛满奶油的脸盆，到了近处方能清楚地看到那些凝固的寒冰，可那又不仅仅是寒冰，那还是一个在野外生活的西域女人米黄而光洁的脸庞。

我怀念十年前的赛里木湖，那时她还像一个牧羊女一样娴静却带着野性，整个科古尔琴山像个哈萨克族男子一样强壮而宽容地护卫着她。有雪的冬天，她就像一个正在端出雪白面包的主妇，让偶尔经过的人感到生活的平静和殷实。可是现在，赛里木湖这个美人已经不能独善其身，来猎艳的人越来越多。除了冬天，一拨一拨都像在赶海，有时候看起来像东南沿海的游泳池，就差有人跳进湖里。就是到了冬天，那种平静也已经不再，络绎不绝的车辆，甚至是隆隆轰鸣的重型卡车都在分分秒秒地惊扰着一个高原美人的好梦。

十年前，那个冬末春初，我和阿依乘坐的卧铺大巴离开赛里木湖后，颠簸使我渐渐地有了睡意。梦里突然被阿依推醒，她说："快看，果子沟到了。"我睁开眼，半个身子起来抬头往窗外望去，在阴暗的天色下，纷乱的雪花扑打着窗玻璃，左面是峻昂不见顶的山，山被一些披着雪色的植物盖着，右面看不到大地，客车有飞机下降的感觉。再回首，又往山下看，才知道我们正循着一条螺旋形的公路缓缓沉降，前后的车子都开了大灯，却慢如蜗牛。

二十点左右，我们乘坐的汽车刚进入沟内不久，窗外的小絮突然变成了大絮，在玻璃外起舞飘忽，注视久了，可以看到一片白茫茫的世界。出于好奇，我尝试着开了一点儿车窗，迅捷地感觉到那是一种可以穿透一切的寒风破窗而入，几片几乎没有重量的白色羽毛沾在了我的额头和脖子上，还没有找到雪花的感觉，锋利如小刀的冰风便在脸上脖子上横割竖割——好冷！赶紧关窗。伸手再摸额头和脖子，摸到了几滴冰水，冰凉冰凉的。再看窗外，群山仿佛一个个巨大的馍馍，汽车在以大约四十五度角向下盘旋，我有一种随时可能一头扎向雪堆的感觉。

后来我回忆，如果是早上在乌市上车，这时候果子沟已经是夜色苍茫了。不管它天色早晚，穿越这里，我的内心的波澜从来没有平息过。我想我有这些想法也是很正常的，这些年，我每次经过果子沟，随着车子在弯弯曲曲的盘山公路上向下慢行，看着那不时压近鼻尖的仿佛鬼斧神工劈成的山体，还有那挺拔粗壮的云杉，低矮蓬松的野果树，静止的毡房，跑动的牧羊犬，啃草的牛羊，再听着呼啸的山风裹挟着车轮的沙沙声和发动机的轰鸣，我仿佛在一种空间和时间里谛听到了果子沟的潺潺流水声，千年风雪吼，万顷林涛响，那就是几千年历史的漫长歌哭。从那些流水声、风雪吼声和林涛响声中，我似乎看到了张骞和班超的旌旗，听到了丝路驼队的喘息声，听到了林则徐、洪亮吉、祁韵士等无数被流放西域者的愤懑呼喊声，也听到了蒙古汗国万千不息的马蹄声。

面对果子沟，我像一个怀古者，一陷十多年。当年我看到的路旁细瘦的云杉已经长成了壮硕的大树，时光感像古道绵延一般流动起来。我一生能有几个十年？我已经把最珍贵的青壮年时期的十年留在了疆桂两地的转场上，留在了这片寂寞的山谷里。

2011年，果子沟高架桥建成后，它的壮丽宏伟让我震惊不已。在伊犁行走将近十年，我对伊犁风景的认识除了壮美的那拉提、辽阔的喀拉峻、高远的唐布拉和深幽的库尔德宁，现在就只有来自这座国内首座公路双塔双索面桁梁斜拉桥了。我觉得这个建筑之所以伟大，除了它的确是一个高难度科技含量大的工程之外，还有一个原因是它位于崇山峻岭之间和处于深沟峡谷之上，在荒凉寂静的千年古道之上诞生。本来，这条千年古道已经够我们后来者顶礼膜拜了，现在又崛起了一个在古代视若天工的建筑，不禁让人惊叹时代进步带来的神奇。我让做司机的朋友在高架桥靠边停车，之所以让他和我一起冒着生命危险欣赏这个伟大工程，是因为我觉得值得这样做，我宁愿让人们骂我不遵守交通规则也要停车，是觉得我不能错过这个表示礼赞的机会。我把这座雄伟建筑从头到脚都看了一遍，心中的敬仰之情油然而生。我的脚步随着来往的车辆而与大桥一起颤动，甚至小有摇摆，同时我也听到了每次汽车经过时大桥下面发出的空谷回响。我觉得自己就像一只渺小的云雀，迷失在这个有着历史的风烟和气势磅礴的天桥中。我不由得在心里感叹道："为什么我不像张骞、林则徐、洪亮吉他们一样，早点来到伊犁！"

当我回忆了那些风云人物，又感受到这座桥的恢宏气势后，我又回到了果子沟如画的风景中。那是在另一个时间，我们走的是旧路，我让开车的朋友停车，下车后站立在松树边，或者踯躅在芦草沟旁，偶尔捡起一些坚硬的黑石，上面有富含铁质的表征，仿佛一块块钢铁角料，被遗弃在历史的弯道上。我想起那些人生坎坷成就也不同凡响的前辈，想起自己远离南方的爱情，想起大半生的梦想，心里渐渐升起一种悲壮的感觉。

十年！我深陷这些奇特的地貌而不能自拔。那些棱角分明坚硬黑质的石头；那些开花和结果都如油画的野果林，那一道道起伏的草山，草山上那一群群缓缓移动的马牛羊，远处那一座座高耸到天的雪峰，雪峰下蔓延山腰的黛绿的云杉林，就像一幅被天地展开的色彩绚丽的油画。

当我回到吉尔尕朗河畔，沿着河滩公路走向莫乎尔乡（库尔德宁）台地，我又看见了另一幅油画：秋日黄昏的吉尔尕朗河，倒映着远处洁白的喀班巴依雪峰和近处的加乌尔山，岸边笔挺金黄的杨树，河滩上金色的胡杨，像两道火舌沿着河边燃烧，黑色、棕色的马群牛群和白色的羊群，蓝蓝的天，白白的云，全都像色块一般被涂抹在河湾中。云雀、百灵鸟和不知名的鸟儿掠过河面上空，影子就像点墨一样拂在水底，很快又不见了，只剩下几只野鸭在水面上嬉戏泛起的涟漪……

"哎哟，你回来了？"我刚走近院门，对门的潘万鑫正在开门出来，手里提着两瓶伊力老窖，惊讶地望着我问。

"是啊，在西安开会，看着有些时间，就顺便过来看看。"明明是专门坐了三天三夜的火车回来，我却偏偏撒了个谎。

"太好了，你放好行李，跟我去千和家吃饭，他家宰羊呢，阿光和红花已经过去帮忙了，我媳妇也过去了。"他把门关上，站在门口等。

我知道今天晚上要是不去他们肯定说我不够爷们了，光旭还会打电话来说我不是儿子娃娃。我说："好吧，我跟老娘老爹说一声吧！"话音刚落，阿依母亲就打开门站在院门口，我嚅嚅地喊了一声"老娘"。她睁大眼睛说："哎哟，是梁小羊！你咋个回来了？"我说我就是回来了。我把行李放进房间，门也没有带上就去隔壁看阿依父亲，他早已吃力地撑起半身仰头看我，一句四川话"小羊回来了？"我就感到和他相见还在昨天。

跟阿依母亲说去千和家吃饭是难为情的，但是她却说："你去吧，有大餐吃干吗不去呢？"等到我欣然走出房门，她又在后面喊："哎，记住不要喝酒！"我只能应了一声，心里说，这可能吗？肯定要喝，回来被埋怨也要喝，要不怎么会叫"去吃饭"？

我在院子菜地边的水龙头下捧了几捧水胡乱洗了一把脸，关上院门就跟着潘万鑫走了。

光旭、千和、马正文、王恩和塞恩别克他们对我的突然到来是惊愕和惊喜的，他们把本来属于他们联欢的聚餐变成了迎接我的招待宴。两瓶伊力老窖也是不够的，千和转身就拿出了五瓶自己收藏了六年的伊力特。女人不喝，潘万鑫也不喝，我们六个男的喝，我的酒量他们都知道，超过半斤必醉无疑。我记得回来前阿依的叮嘱，也记得回到家时阿依母亲的提醒，但是我还是无法控制自己，一陷进这种喝酒吃肉的氛围里我就不能自己。我不知道我喝了多少，我只记得光旭和潘万鑫扶着我走出千和的院门时外面全是黑魆魆的影子，经过一条路边的白杨树下时我实在忍不住呕了一摊。后来，我就在第二天早上发现自己睡在自己的床上，阿依母亲正站在我的床前端着她泡的菊花水，一连串地说："还是满身酒气！我不是跟你说了吗？不能喝就不要喝那么多，你还是醉了！"她让我喝了她泡好的菊花水，"喝了菊花水，酒气就散了。"我半躺着，喝着温热而微苦的菊花水，这些阿依母亲每年在端午或者重阳佳节摘自院子里的菊花晒干得来的精华。我听到了阿依父亲在那房间"吭哧吭哧"的咳痰声，我心里顿生出一种后悔和愧疚。

我早就知道，喝醉一顿酒往往会疲劳上大半天。那天下午我还有一些头晕，晚饭喝了两大碗稀饭就草草了事。睡前看了不到十页的书，还是我行囊里所带的那本《抵达之谜》。奈保尔从中美洲的特立尼达到达英国伦敦，经历了海陆空的漫漫旅途之后，他寻找到了自己的抵达之谜，成为诺贝尔文学奖获得者。我从喝稀饭的南方小城来到了喝伊力特的伊犁草原，身体和内心的疲劳全是因为一个理想。当疲劳像黄沙和草原一样再次袭上来时，我就不知不觉地睡着了。

我一直到了第二天早上才完全恢复过来。重新清醒的我心里又记起了自己的梦想。我洗漱完毕，吃了两碗玉米糊糊和一个馕，骑上光旭的摩托车出发，沿着吉尔尕朗河左岸来到了库尔德宁林区的阿克图丽迪。在冷森森的原始森林里，我回忆着，自己曾两次采访了维吾尔族女守林员再娜甫古丽，一位三十来岁的维吾尔族妇女，守林员阿卜杜拉的妻子，她总爱穿着一身黛绿色的裙装，和这片森林和谐一致。现在，她的脖子上还吊着一串金色的珠子，估计那是真正的宝贝，因为在十米以外都可以看见珠子的闪光。她的脖子上的肤色是红黑红黑的，五官很端庄，两道浓黑且弯弯的眉毛几乎连在一起，眼睛大而闪亮，我看见了里面闪烁的友好的笑意。她还有美丽眼睛下的一个雕塑一般玲珑细腻的鼻子，让我怦然心动的那种美丽和魅力瞬间水一样荡漾上我的心头。她的修长而栗色的脖颈，衬托着微白的瓜子脸庞，再配上她的天蓝色带小白花的尼龙包头巾，让我感到神秘，我把她看作是山上的一位神女。我甚至在心里说，我喜欢上她了。和她说话的时候，因为她的汉语不甚流畅，我总是有一种扶正她的想法。她习惯拿着一本有关森林知识的书看看画画，或者在那本森林看护记录本上记下最新的情况。有一次，她正坐在一块露出草皮的石头上，一边和我说话，一边捧着一本维汉对译的练习册看着写着，在漂亮的维吾尔语文字下面，已经写着一大段有些歪斜的汉字。我在旁边看的时候，她显得有点儿羞涩的样子，这让我有拥抱她的冲动。我问她在森林里是否寂寞，她老实地说，寂寞，在深山老林里，咋会不寂寞呢？然后又说，但是工作选择了我，我已经慢慢地习惯了。她和她丈夫的儿子已经送进县城读书，住在她姐姐的家。而她的丈夫阿卜杜拉已经勤恳地巡山去了。现在，在她的旁边，用铁钎架起的炉子上，一口已经断了把柄，也没有盖锅盖的陈旧压力锅里，烧开的水正在"咝咝"作响。

库尔德北宁河在淙淙流淌，雪白的浪花唱着她的歌，也唱着我的歌。在河边的一处大约两米高的河岸上，有一棵已经有些朝着金色转换的桦树，孤零零地长在河岸边，峻拔的身躯伸出了河岸，侧身朝向河里。一片神性的祥光在水面闪烁。

我把这些素材和灵感都储存进了我的腹稿，并且因此而感到刺激和快乐。我想到，我正在把这片名不见经传的荒原写进书里，而且是写进一个南方来客的书里，在这片土地上，甚至在中国文坛上，我恐怕是第一个。

我继续在这个偏僻的牧区兼农庄的东南西北几个方向游走，并不是想宣示这片广袤的地域是属于我一个人的领地，我只想表达我喜欢在这片土地上生活。每次我从河坝上走过，走上通往库尔德宁镇的公路，看着路边种植着贝母、亚麻、玉米、油葵、大豆的田园，那么平坦宽阔的田园，我总有忍不住走进去吆喝一声的冲动，那样我就能感到在这片土地上生活是一种幸福。

那个秋天的下午，我坐在被收割完牧草的加乌尔山下一座草山上向四处眺望。差不多有一个小时，温暖的阳光照得我微微有点儿发困，或许这也是幸福的感觉？偶尔有一阵风吹来，身边修长的白草便起伏晃荡，这样的气氛稍稍消解了我的呆气。风停后，随之而来或者说一直不断的温暖阳光对我这个远道而回的南方游子再次给予了安慰式的催眠。

蜜色的草山泛着奶油的光泽，在落日的余晖里，辽阔牧场被镀上了一层淡金色的光彩，仿佛一位中年美妇微眸着一双慈祥、富足的眼睛，坐在寂寞阳台上遥望空蒙的远山，显示出一种富贵的安详和追忆似水年华的娴静。但这种追忆却又不是怎么伤感的，仿佛她早已洞察了自然界的演化真理和人生轮回的经典。在新源老马场，在大平滩草原，在吉尔尕朗河两岸，我除了看到无数被收割的牧草一堆一堆地被码在草地上等待运走，还有装在拖拉机上被堆得高如天齐灿烂如云彩的牧草，正沿着黑黝黝的柏油路突突突地驶来，车上坐着一位头扎围巾、身穿哈萨克长裙的少妇，还看到了牧场边缘那些塔松或者云杉，在蓝郁的森林里悄悄地抹上了一层油亮油亮的淡金色，把整个牧场点缀得既辉煌灿烂又有一种处子般的温柔和寂寞。

三座浅灰色的毡房坐落在灿烂而又寂寞的淡金色里。玛依古丽正站在一座毡房门口的馕坑边，馕坑用草泥土坯砌成，炉中闪着红火，吐着热气，玛依古丽拿着铁钳正从馕坑里一个一个地夹出已烤好的香馕。正是北京时间十六点多，在明亮亮的阳光下，夹出的馕闪耀着金灿灿的光芒，香味溢到农庄的小巷。

在雪水粼粼闪亮的小溪旁，正在担起两桶水的哈萨克族姑娘是玛依古丽的女儿哈尔古丽，金色斜阳正好落在她绛红的脸庞、高挑的身躯和健美的双腿上。六年前，在加乌尔山谷里担水的她就和我认识，她每次担水的形象都触动了我童年时代的感受，我的感受便与她的身影一起出现在后山草原上。她那因为长期得到甘洌泉水的滋养因而显现出晶莹而又质朴的眼睛在长长睫毛下闪动，像一株圆匀的白杨一样高挑健美的身材带给我美感，棕色的长发在草原的通红黄昏中十分和谐。她是我一直赞美的对象。我在《吉尔尕朗河两岸》一书里对她有过详细的描述。她曾经和我说过一对野鹅的故事，野鹅在她这里小住了差不多十天，她天天掰碎馕喂它们，最后它们在她头顶盘旋一圈就飞走了，没有再回来，她为此惆怅了很久。她的讲述让我感觉到她的善良和爱心，虽然我是一个已婚的男子，却有些爱上她了，我甚至多次幻想着有机会能和她睡上一觉，如果能在蓝天白云下，在马牛羊活动的草地旁边，在及腰高的草丛里热烈地偷情那肯定会更好。但这样的机会总是很难遇到。甭管结局如何，与她认识使我感受到了草原生活的新鲜和刺激，并唤起了我那隐秘得有些火热也有些肮脏的想法。自然，也唤醒了我那久藏于心的奇特记忆，曾经，我幻想娶一位少数民族女子为妻。

我最终和阿依结了婚。当我写下这些的时候，正在老马场，在阿依的家乡，她正在看着我敲打这几行文字，她不光没有恼怒，还宽容地认可了我的观点。

"少数民族的朋友其实挺友好的，你和他们交往，就能感受到他们那种真诚，很淳朴。当年，我就是和一帮民族小孩一起长大的，迪娜古丽，娜塔斯，玛依努尔都是我的同学，她们都知道我有一个哈萨克族名字：阿依古丽，就是明月的意思，"阿依说，"所以在读高中之前，哈萨克族同学都叫我阿依，汉族同学都叫我明月。"

住居（二）

这是阿依一家在二十世纪八十年代初住进去的院子。作为马场原种马站的一部分，阿依一家住进去之前，一户哈萨克族牧民已经在此使用了十多年。1983年，马场为解决新转正干部的住房问题，在原来的种马站盖了三排共九户的干打垒平房，各户外加一个占地一亩的前院后院。阿依母亲是1983年转正的公办教师，也分得了一院房子。那时住房十分紧张，大家都在拉各种关系争取。阿依家是在1984年夏秋季节匆匆搬去入住的，据说当时是为了提早做好过冬准备，其实也是怕房子被别人抢了去。阿依家的前院正好是当年那户牧民用来圈放马群的场地，阿依家刚住进去时，前院已经积淀了大约五十厘米厚的牛羊粪。为此，阿依家的菜地长达十几年不曾施肥，蔬菜瓜果依然长得极其茂盛，年年丰收，惠及左邻右舍。阿依家的邻舍最近的有三家，东边隔壁是胡厚生和郭笑花一家，再过去是大喇叭吴新勇家，前面是场部领导龚家海家，隔着一个巷子对面是老狐狸潘万鑫家。大家原本就很熟悉，现在做了邻居，就更像亲戚似的，每天都串串门，聊聊天，谁家做好吃的了都不忘端上一海碗过去给邻居分享，有时也会端着自家一碗米饭或者拿着一个馍馍到邻居家就菜下饭。

二十年过后，院子里的蔬菜依然可以托着那些年牲畜积肥的后福，只要多浇水，果树蔬菜就能疯长，演绎着一年四季的时序物候，表征着村庄的春种秋收。所有的蔬菜都在春夏葳蕤，所有的果树都在按照季节的召唤开花结果。尤其到了秋天，西南角的那棵黄元帅和那棵国光像姐妹花在表演，金黄色和玫红的苹果挂满枝头，看着就像一幅凡·高的油画。经常有许多鲜艳的果子落在地上，把果树的根部围了一个红黄间杂的果圈，有时候我们去捡拾一些回来，并不是因为要吃它们，只是把它们放置在一个大篮子里晾着。

摘苹果的时候，我和阿依扛来一架梯子，藏在树里面的苹果，由我和光旭爬到树杈上摘，外围的果子由阿依和红花站在梯子上摘，依力就站在树下接苹果，一个一个地放进红柳筐里。蛋蛋力气稍大，当苹果装满筐后，他就提回到院廊的地板上，倒出来后再拿着筐子过来装。阿依母亲在院廊上负责装进比红柳筐还要大得多的柳条筐里，晚上光旭就把它们提到地窖里收藏。苹果全部摘完后装了七八个柳条筐，留下一筐供我们平时吃，再留一袋在院廊上，阿依母亲平日空闲时会把它们削皮切片，趁着秋天最好的阳光晒成苹果干，然后装进几个布袋里，放在不常打开的一个巨大铁皮桶上，冬天或者来年的春夏季节就是我们的零食。有一年苹果多得坠断了许多树枝，我们摘了几天后，不想再摘了，就让它们留在树上，半个月后，果子全部掉到了树根下，深秋的时候它们就烂掉了，引来了许多大黄蜂盘绕，院子里飘出一股淡淡的酒香。

有时候，我会在院门口的松木上坐很久，院墙外那群麻雀在杨树下觅食，它们的叫声还是第一年我们刚回来时听到的那种叫声。对面的喀班巴依雪峰依然像冬天一样银白，雪冠在宣示着一种千年的永恒。

在老马场，我对时光的消磨方式总是无所谓。除了在房子里不知日夜地写着那本书——《吉尔尕朗河两岸》，我还常常坐在院门口看雪冠千年的喀班巴依雪峰，看走过后山小径的马牛羊和骑马的哈萨克族人，这时我就觉得时光是静静地流走的；当我已经写不下去了，我就像个勺子一样呆呆地坐在杨树下，冥思苦想阿依父亲母亲的往事，一种把他们的故事写进这部书里的念头就会产生出来。但是，我似乎不能把这些故事连同草原的生活状态和自己在草原上的想法全都写进同一部书里，那样我觉得并不连贯，也不利于我的生活和想法的呈现。我似乎要写两部书，一部是表达自己的生态文明观的《吉尔尕朗河两岸》，一部当然就是历史和现实糅合的《回到伊犁》，是关于阿依父母他们一辈人和我的个人叙事。我觉得这样首先不会让我浪费题材，我可以充分利用或者变废为宝，可以让我老老实实写出两部与众不同的书。其次，假如我连续不断地写下去，我就更有精神和抱负年年回到这里，它们就像针对我的诱饵或者动力一样吸引着我，使我毫不畏惧那四天三夜的长途跋涉，并且以一种名利的现实鼓舞着我前进，鼓舞着我充满情怀地回到这里。

傍晚，东南面的喀班巴依雪峰又像炭火一样红起来了，深凉的天山长风在寂静的马场上空吹过，一排排峻朗的白杨树梢在高空上悠悠晃动，暗金色的阳光掠过幽蓝的吉尔尕朗河，在起伏的山丘上缓缓流荡，滑过宽广辽远的大平滩草原，整个马场的时光是多么寂寞，又是多么温存啊。白天在我身上消失，夜晚也在我的身边到来，太阳、月亮和星星在他们的位置上俯瞰大地。时光如此关顾我，我实在没有理由来挑剔这些年时光在我身上的消逝方式。

时光的消磨方式在老马场人身上得到了充分的体现。他们那种与世无争的悠闲总是令我印象深刻。就是在盛夏7月，在艳阳高照下，放牧的哈萨克人家在草山上不紧不慢地打草、捆草，从草山到各家的路上也是慢悠悠扛着草垛的人们，他们要扛回棚圈里，再一捆一捆地垛好封顶，往往三四天才封好四五个青草垛，这说明这家人已储存有五千多捆青草，一个冬天人和牲畜都可以无忧无虑了。

汉族人则往往把这种悠闲表现在路口的白杨树下。那儿是一个丁字形的路口，紧邻路边是一片上千亩的田地，春天的时候地里通常长满了浓绿的麦苗，夏天麦子收过，一扎一扎高高的麦秆子像人一样一溜一溜地排列过去。秋天的时候，地里还有高耸鼓荡一片金黄的油葵。此时已经到了收获的前夕，我既满怀丰收的渴望，也有一份成熟的天地赐予我的寂寞。我走在两边一排无限延伸的叶子金黄的林带拢护的黑色柏油路上，一遍又一遍地徘徊，漫步，天山长风远远地吹来，我的世界金币纷飞，诗思横溢。

在这些麦秆子或者油葵的旁边，在六棵披挂着满树灿烂金币一样的叶子的高高白杨树下，总有四五个青年圪蹴着围在路边的石桌旁，或者围坐在几根放倒在地的枯干的杨树干上，中间是一块大而平坦的石板，几个人就那样一边谝着话一边打着纸牌。有的人带着孩子到处闲逛谝话。秋天的时候是这样，春天的时候也是如此。我曾经问过其中的两个年轻人，为啥不帮家里干活？回答说："我家那些农活嘛，两三天就能干完。"我明白他们话语的意思，两三天并不是说活少，而是用机器干活，五六十亩的麦子半天就能收割完，锄草翻地播种所需的时间也差不多。而每年种一造的麦子，收获的粮食却可以在今后一两年内不愁吃喝。想想看，一年的劳作时间不超过两个月就可以保证一至两年的生活所需，然后剩下的时间就可以无拘无束地干自己喜欢的事情，这与南方那些一年四季忙到天黑的农民相比，他们简直就是清闲的农场主。于是，每年不爱出去打工的年轻人就这样待在马场，待在这一排排高高的白杨树下。

往往在打牌的几个年轻人旁边，还坐着六七个看热闹的中青年妇人，都裹着头巾，手里拿着布、线和大针小针低头做活儿。春天的时候她们就这样暖暖地晒太阳，秋天的时候则再加一件外套以抵挡山上冲下来的西风。她们总是一边很熟练地做着活儿，一边不时跟着打牌的人谝着，时而高声大嚷或发出阵阵尖厉的笑声。

2010年初，老马场的规划建设得到了上级的重视和扶持，新村批下来了，在河坝右岸，在一队通往二队的马车道边，在清真寺的对面，那里很快就会有我们一个新家，没有结婚的光灿有，常年在口里谋生的光亮有，一年一度回来生活的我们也有，可谓皆大欢喜，各得其所。

听了阿依母亲打来的电话，在南方小城里奔波着的我们着实高兴了好多天。于是就开始计划筹钱，怀着在天山脚下建一个新家的心愿，拟订了一个月两个人至少存下一千元的计划，什么时候筹得差不多了，我们就开始建一院新房子。

这年3月，我在南方，正在对《吉尔尕朗河两岸》进行全面性的第三稿修改，发现书里关于阿依的旧家尚且缺乏有力的材料支撑，决定在9月下旬再回老马场。事有凑巧，5月，姨婆婆从珠海过小城探望她的二儿子观水，在观水家住了两个月。在此之前的2009年，兰花在珠海买了一栋两百平方米的房子，珠海就有了姨婆婆一家冬季度假的家。第二年，姨婆婆听从儿女们的意见，到珠海住了下来。但是，珠海的环境并没有让她习惯，住了三个月后，她说还是想念新疆，想念新疆的亲人和房子，于是决定到广西，和我一起回新疆。她在伊犁的儿女也同意由我这个拐弯抹角沾点亲的年轻人护送这个七十多岁的老人回去。

观水为了生意已忙得不可开交，本来满以为他妈妈会愿意留在他家，就在一个月前，刚刚发生了和田暴恐事件，他劝她留在小城，不要再回新疆。观水还责怪我不出面劝阻，反而鼓动他的母亲回去冒险。我们已经订好了火车票，老实说，面对几天前发生的事件，我也有些惴惴不安。其实观水冤枉了我，几天前我已经对姨婆婆说出了我的担心，但是即将八十岁的老人却否定了我的担心，她说："那是南疆，伊犁和乌鲁木齐我最熟悉了，不会有事的，你不要那么胆小嘛。"

我们如期出发了。在漫长的旅途开始之际，面对窗外徐徐后退的水田、木棉树和夹竹桃，姨婆婆问我："你这么多年在广西和新疆之间来回，你觉得广西好还是新疆好？"

我说："新疆好。"

她又问："新疆有啥好呢？"

"新疆的气候好，尤其是夏天特别凉爽，空气也好，还有吃的东西好。"

"新疆的人文环境好，这是我去过许多地方后发现的，没有哪个地方的人比新疆人更实在，更讲义气。"姨婆婆说，"当年，我和你姨跟着艾天成来到这里，本来是抱着看看的心理来的，但是一来就喜欢上了。那时候尽管口里一片整人武斗的现象，但是这里的人很讲义气，大家都是来自全国各地的人，都是从那边刚刚吃完苦过来的，大家都相处得很好，能帮就帮，所以尽管我们当中有许多人是孤身一人来，但是都在新疆扎下了根。我们在这里劳动，有的做了农民，有的做了老师，还有的还做了官，有的发了财。在这里，什么样的成功人士都有，尽管新疆有个别地方、个别人捣乱，但是我心里有数，和我接触的少数民族都是好的，都值得信赖，我和我的老乡都交了很多这样的朋友。"

我们在西安转车时住宿了两夜，我带她游玩了兵马俑、华清池，还和她吃了陕西的臊子面，肉夹馍，姨婆婆一边看着我吃一边说："小羊你真的像个北方人了，臊子面放辣子，酸辣都能吃，还能吃馍馍，真像！"是呀，我真的像个北方人呢，我吃完了一大碗的臊子面，还把面汤喝了个底朝天。我一直觉得自己的长相虽然不怎么像个北方人，但是我有北方人的特质，骨子里就是个北方人，甚至认为自己血液里蕴含着北方久远少数民族的基因，所以这些年来我对北方大地，尤其是新疆大地，几近顶礼膜拜。

"出塞出塞，新疆新疆，出塞出塞，新疆新疆！"

西驰伊犁的火车过了陇西站后，窗外苍茫的黄土高坡使姨婆婆收回了目光，她翻看着我的《吉尔尕朗河两岸》书稿，说："小羊，我真没想到你为新疆写了这么多，周应明当年也喜欢写文章，可惜他不喜欢新疆，没有跟我留在新疆，要不我们也不会离婚。"

"在那样的年代，阻止他去新疆的理由很多，不愿放弃既得利益，害怕失去保护的身份，还有害怕背井离乡。"我说，"关键是他在那边还有念想，不像你，后路都没有了。"

姨婆婆开始笑："我和你妈一样，不走可能连命都不保！虽然后来在那边也经受了一些风浪，但最终平平安安，生活越来越好。"

满头银发的老人漾起更加知足的笑容。我随着她的目光望向窗外，吐哈线左侧的戈壁滩上，十几台磕头机正一上一下倒腾得欢，一道拔地而起的管架上空，一把火炬正在熊熊燃烧，斜斜腾起的黑烟柱托住了整个灰蓝的天空。

送姨婆婆回到新源县城后的第二天，我在劳动街见到了在广东普宁市生活了近十年的姨丈，他又回到了巩乃斯，面对我的疑问，他笑着说："我还是觉得新疆好！"并且表示再也不想回南方定居了。姨姨和女儿章婕都非常高兴，尽管姨丈没有办法叫儿子章粤一起回来（而章粤已经在祖籍地普宁结婚生子，有了他的事业，开了一家照相馆，生意非常好，还在城区买了一栋宽敞的楼房），但是姨丈觉得还是该回到伊犁去养老。我和阿依也表示了赞同，觉得新疆情结和夫妻感情还是战胜了带着宗族色彩的祖籍地的家族势力。

我去了他们在县城劳动街的家，姨丈很高兴地拿了一瓶伊力特待我，我一杯，他也一杯。他身材高挺、身板硬朗，一点也不像七十多岁的老人，他还很健谈，饭后，我们都醺醺然地坐在简易的木沙发上，他说："你是作家，我跟你讲讲我的经历，也许对你的写作有用。"他就用他的客家口音普通话，和我谈起他的往事：

> 1984年以前，我和你姨两人的工作单位不在一起，你姨在马场三队做职工，我在五小队机耕队做拖拉机手和维修工。我和你姨是聚少离多，就像你爸和你妈一样，长期过着夫妻两地分居的日子。好在我们两人的单位相距较近，我有一辆自行车，每到星期六晚上我就骑车回三队家里，星期天晚上又骑车回五小队家里，两地十几公里，两头跑。后来你姨调到场部学校做老师，我是每月要翻越加乌尔山步行往返场部和五小队的家里。1984年后，经过应聘，我在场部学校当上了代课老师，并经过调动等相关手续，我也成了马场职工的一员，从那以后我们家总算团圆啦。唉，随着你们这些年轻人长大、成家、各奔自己的前程，我们也老啦，退休啦。我女儿你表妹家在巩乃斯，我是想落叶归根的，我儿子你表弟在广东老家发展事业，我也放心不下，想力所能及地帮帮他，父子俩在一起，也好有个照应。2001年，你表妹和王虎结婚后，我也很生气，就决定回广东老家跟我儿子过，你姨不愿回，我们就这样分开了十年。

> 后来，章婕有了孩子，气头过去了的姨姨再也耐不住寂寞，到底离开老马场去了女儿女婿的家，见了娃娃就欢喜得不得了，逗着逗着不想走了，满心的欢喜溢在眉梢。住了一段时间，又发觉这个农民女婿还真不赖，心地诚实孝顺，又会开汽车，收入也不低，觉得是女儿过生活的依靠，便也在心里渐渐接受了，不光换掉了初来乍到时的冷面孔，见了王虎也有满脸的笑意了。又过了一年，他们凑钱在这儿买了房子，你姨姨就住下来专心照顾外孙女。她打电话对我说："你也回来吧，我已经在这里住下啦。"

新源县劳动街一直是县城中心的绿化街，十几条深深的绿化小巷向远处延伸，巷子里的院子排成整齐的两行，居住户有汉族，有少数民族，平时各家各户都互致问候。一条大水渠从巷子口穿过。水渠两边也是绿树成荫，人走近水渠，听到哗哗哗的流水声，水流青绿，迅猛翻腾，简直就是一条咆哮的小河。

姨姨的院子就在水渠边。

在《吉尔尕朗河两岸》中，我只是蜻蜓点水地提到了姨姨，简述了她对阿依的关心和帮助。作为阿依母亲的亲妹妹，作为经历了半辈子颠沛流离的老人，她的人情味儿一直不变。她当年在姐姐艰难时期帮带着阿依，并视如己出，如今对我也关爱有加，每次我回来必定打电话让我去她家住上一段时间。

就在十几天前，我还在南方小城，一天傍晚，我突然接到了姨丈的电话，他告诉我：

今天下午，有一个人用广东的手机号码给你姨打来电话，要她猜猜他是谁，你姨姨就猜说："你是梁小羊吧？"那个人如获至宝，说："就是就是，前几天换了电话，今天到乌鲁木齐了，现在住在宾馆呢，明天就到你家了。"那个人说得很像那么一回事。哎，2010年暑假的时候，你姨姨不是和章婕一家三口子去北宁看过你们了嘛，你和阿依陪着他们。你姨姨回去后一直跟她的外孙女慧颖唠叨，说等着你们回新疆。接到那个电话后，你姨姨她乐不可支，完全相信了那个人的话，对王虎说："梁小羊回来了，你赶紧收拾房间，买些好吃的，要买羊肉，梁小羊最喜欢吃羊肉了。"一会儿，那个人来电话说："我刚刚在宾馆里参与赌博被抓了，现在进了局子，您快汇来三千块赎我，有了钱公安局就放人了。"你姨也有一刻起了那么一点疑心，想翻找我的电话查实，偏偏翻遍手机通讯录也找不到，赶紧打电话问你远在马场的阿依父母亲，竟然多次拨打也不在服务区。我出门去了，那天偏偏没有带手机。她又想，该打电话问问自己的外甥女吧，谁知道阿依的手机一直不通。那个人催得很紧，说再不汇款救他公安局一拘留工作就丢了。你姨被催得心慌意乱，决定汇款救你，可身上只有一千块，赶紧又从女婿那儿拿来两千块，她气喘吁吁慌手慌脚赶到银行，钱汇出去了，可一看银行收条不是你的名字，就问那个人咋回事，那个人说："我的银行卡放在宾馆拿不出来了，用的是朋友的。"你姨又相信了。那个人又说："我的三个朋友也被抓了，一起救救他们吧，你再汇来九千块就够了，他们出来后我一定让他们还钱。"你姨一下子没办法弄到那么多钱，就回去跟她女儿和女婿要，还真的要来了九千块。王虎也接了那个人的一个电话，他听了就说："是梁小羊的

347

声音啊。"于是大家都相信你回到了新疆，都准备在家里等你。还是章婕多了个心眼，钱给了你姨之后，起了疑心，她再次打电话问阿依，万幸的是电话通了，于是什么都明白了，赶紧打电话给你姨，那时你姨正在拿着九千块钱，在储蓄所颤巍巍地排队，还差两个人就轮到她了，这时候，章婕的电话也及时打来了，才没有上更大的当。

我在遥远的南方听完了这个仿佛新闻的故事，故事的主人公都因为我而发生了那些荒诞的情节。我一边倾听一边苦笑，眼前渐渐出现了姨姨因常年患肾病而苍白且皱纹遍布的脸，想起她为了我而做的那些，如今她为了我还上当了，我内心百感交集。我暗下决心，我一定要在书里把她的往事写进去，我要把她在南方与新疆之间的纠结内心写出来。

三个月后，新源县城连下了三天大雪，到处都是粉妆玉砌的世界，除了公路积满了厚雪，平房和一些顶棚也被压得低低的。一天中午，一场中雪刚停，姨姨最疼爱也是最揪心的女儿章婕在学校上完课后，走到电动车停泊的车棚取车，当她拿出钥匙正准备发动车子时，突然一声巨响，整个车棚刹那间就把章婕和她的车子压在了下面，她当即昏迷不醒。章婕住了两个多月的医院，姨姨就几乎哭了两个月。作为一起自少玩大的表姐妹，表姐阿依刚开始被吓得面如土色，流了多次泪，电话打了无数次，因为自己在南方，回不去探望而叹息不已。

事后分析，幸亏车棚里还有高高低低的摩托车电动车几十辆，在一定程度上顶住了钢管和彩钢构造的车棚重压，才让瘦弱的章婕捡回了一条命，但是还是严重损害了她的腰部神经，还造成了椎骨和肋骨的骨折。车棚坍塌事故让章婕整整住了三个月的医院，并和学校开始了麻烦的赔偿和安置谈判。学校同意她因工伤休养半年。但是事故留给她的后遗症是很明显的，她再也不能长时间站在讲台，学校只好考虑安排她做保安。

因为这件事，姨姨更不打算和姨丈回广东了，她对姨丈说："王虎（她女婿）是个农民，三杆子打不出一个屁来，我咋放心得下我们丫头呢？要回你就回吧，命中注定我要终老新疆了！"

现在，姨姨对我说："你看到了吧，我一个老人还能陪着女儿走到人生的最后？我肯定是先走的。现在，能走多远走多远，走一步看一步吧。"

我突然觉得一个盲流人生的万般无奈。像阿依的母亲，女儿嫁到了南方，一个儿子在口里闯荡，一个儿子留在新疆当农民，离开老家五十多年的她其实也挺想回口里看看，或者在一个地方生活一段时间也好。但是，老伴已经卧床不起，生活在许多时候已经由不得她选择。

他们纠结着，我也纠结着。他们是为了亲人，我却是为了这本书。

作为想干点事的文联主席，我最头疼的是没有钱也没有人。文联除了我，还有一个搞书法的副主席，可惜常年患病住院，一个秘书长双眼还患了白内障。我提议办双月刊，他们两个都反对，说担心没有稿件。其实他们是害怕人手不够，辛苦！

我不甘心，把当时已调到自治区文联工作的朱山坡说动了，外加本市的吉小吉、天鸟、刘军海等，和我们文联的三个担任栏目主持，一人负责一个栏目，朱山坡负责约请区内外的名家。我又花了几个星期设计了封面、目录和内页，再和他们几个主持商量修改。于是，广西第一家县级文艺双月刊在小城诞生了。而我也开始沾沾自喜，认为自己担任文联主席可以在小城文艺发展史上留下重笔。

带着这种幻想似的自负，当我被市委办公室主任找去，说明市委主要领导的意图——需要一名把关文字的副主任，希望我重登大堂时，我当即拒绝了。对于这种不服从组织安排的现象，他没有生气，只是说让我"回去考虑考虑"。也许是为了增加说服力，他找了我的老上级、刚刚从市委办副主任任上到一个重点镇做了党委书记的陈启劝说我。陈启也是一名诗人，那时他已经管着几千万的财税，又坐着一辆豪车。那天他来到我的简陋办公室，坐下后跷起二郎腿，拿出老领导的语气说："回去兼任吧，不错的，做与不做不一样的，做了你就知道了。我做副主任的时候，日子还是很潇洒的，这个——这么说吧，我每个月基本不用一分钱的工资——这个，我不能说得太露骨了。况且主要领导调走前会安排你的出路的，到时候你还可以要求下乡当镇书记呢，那你的地位和条件就实现大跨越了！"说得经济条件不是很好的我确实有些心动了。这时候，主要领导召见我了，他是一位官品和人品都享有盛誉的人。他以循循善诱的语气说："小羊，我知道你的为人，你是一个有才能又很知足的人，我非常欣赏你。如果你愿意，我不免你的文联主席，你只要回来兼任办公室副主任，分管材料工作，你热爱创作你尽管搞，我不会干预你。"多么恳切，多么善解人意，多么知人善任。我不禁回想起自己艰辛的童年，我的曲折的求学之路，没有任何家庭背景被迫以小城当时最有文学创作成绩的身份进入了一家行将倒闭的糖烟公司。然而，想不到今天，同样没有任何家庭背景、没有任何经济实力、来自农村年过不惑的我，会有一位市委书记来恳求我到他身边任职。这要是换成数年前，或者换成其他人，不知要如何激动和欢欣。

我感动莫名，稀里糊涂就答应了。不到一个月，文件下来，我以文联主席的身份兼任市委办副主任，组织部的文件上标得清清楚楚，是文联主席排前，兼任副主任。在当时，只有市委办政府办的副主任兼任部门领导，而我一个文联主席的闲职，竟然兼任市委办副主任。据组织部的陈科长说，这可是小城干部任用史上没有过的。与我创办了广西第一家县级文艺双月刊一样，我也开创了小城文联主席兼任市委办副主任的纪录。

现在，既然我已发现再无逃脱的可能，我只能安下心来，过起了命运赐予我的奇怪生活。大约八个月后，在市委主要领导的提示下，我给他总结梳理出了一个全市发展战略：工业强市、农业稳市、商贸活市、生态立市、和谐安市。用了两句铿锵有力朗朗上口几近七绝的话概括新的发展思路：一核四区三节点，三纵四横五园区。很快就在地区喊响了，接着又在自治区喊响了。许多国家级省级地级的新闻媒体陆续来访，把这个战略登上了各级报纸。小城发展引人注目，上级考察和各地参观学习纷至沓来，主要领导也因此深得上级赏识。

这期间，主要领导对我的理解和支持达到了空前，可能也是他对我回到办公室从事文字工作而给予的安抚和补偿，一年内他两次批准我走新疆。这样，我有了足够的时间继续在疆桂两地"转场"，我的创作出现了井喷期，许多一直困扰我的写作难题陆续解开。

2012年夏天，我和阿依再次回到了吉尔尕朗河畔。我在这个家里修改我的心血之作《吉尔尕朗河两岸》，这本书讲述的对象是一条河流。我把修改好的书稿寄给新疆作家协会，这是我在数十次寄给出版社之后的最后一次寄出。我成功了，书稿进入了"第二届新疆民族文学原创和民汉互译作品工程"，获得扶持出版，我满心感激。想起我的书稿在全国各地旅行的遭遇，从此我更加相信新疆是我的机遇，是我的福音，是我的宝地。

这年6月，我们已经在自己的住宅地上设计好了三房一小厅的居室结构。6月9日那天，上午九点，阿依亲自张罗了房子的动工仪式，她还高兴地放了一挂鞭炮，噼噼啪啪响，青烟飘荡在一队通往二队的马车道两旁的白杨树梢上。负责建设的是我们的邻居潘万鑫，他承包了这排房子的工程，他领来的六七个工人几乎天天都在我们的地基上忙着，在他们挖坑打地基的过程中，他们挖出了一些不知哪个时代的断剑和箭镞，锈迹斑斑的剑身和有缺口的生锈的箭头，告诉我们在这片土地上曾经有过那些使用冷兵器的人。另一拨的工人甚至在旁边的地基上挖出了头盖骨和残缺不存的肱骨和脚趾骨，这也告诉我们，曾经在哪个时代有这些劳动者在这里生活着。如今，阿依和我，一个移民的后代和一个外来者，还有他们在这里出生的女儿，在过去的文化层面上继续建造承载自己生活的载体，并且让一些与此无关的建筑工按照我们的意愿忙碌着。我们不时指指点点，告诉一些自认为应该注意的问题。我们如此郑重其事，身心投入，好像我们已经决意在此生活千百年。但是我也知道，如此身心投入换来的建筑，最终也将像以前时代的建筑一样，成为一个废墟。

到了秋天，几乎在一夜之间，那些新盖好的砖墙彩钢房子已经一座座整齐地排列在农一队通往农二队的柏油路边——那些土路马车道已经在这年夏天铺上了柏油——排列在两排高高的白杨树下。从这两年来看，废弃干打垒的厚泥土墙房子转而盖结实精巧的彩钢房子已经是远近的潮流。这些结构坚固用料考究可以防止每年大雪压垮的房子，比几年前还比较普遍的干打垒房子不光更具时代性，也更具实用性。从我守旧的心态和生活追求而言，我喜欢那些干打垒的房子，尤其是几年前我住过的那间房子，那里的壁炉，那道从墙里走过的管道，那一盘从东头连到西头的大炕，那个有些凹进去的铝质水壶，无不让我充满怀念。但是现在，在加乌尔山下的老马场，在吉尔尕朗河两岸，那些五颜六色的彩钢房子已经四处可见。

我们的房子从去往二队的柏油路边数起是第八间，第七间是光灿的，第九间是光亮的。我们的房子和大家的房子整齐地排列在通往河坝的路边。有的房子一个月前就住进了人家，一听说话就知道是陕甘的方言。各家房子外墙涂的颜色不一，红黄绿蓝白都有，在高高的杨树间隐隐约约呈现，远远地看也很有油画的效果。受到这种审美的感染，我们也雇人对院子门口通往住房的地块进行硬化，并且为房子的几面墙补涂了这里人们喜欢的苹果绿。

搬进新房子时，没有像南方老家那样去酒店摆上二三十桌，请来亲戚朋友大吃一顿，还收上来一大沓红包。一只羊几只鸡还是要宰的，伊力特曲也要拿上五六瓶，请来哈萨克族朋友赛恩别克和乔丽帕夫妇给我们做水煮羊肉，汉族的邻居陈萍做了大盘鸡，光旭和红花炒了虎皮辣椒，自家院子里的青菜，还有糖拌西红柿、辣子皮牙子冷盘，两桌简单而实惠的酒席，大伙儿们吃喝得还不赖。

房子里安装了一道用来取暖的火墙，供暖的空间包括一间小客厅，两间分别容下我们夫妻和女儿睡觉的小房，一间稍显狭小的书房。所有的家具包括两张新床，一个衣柜，一张书桌，几把椅子，一套普通的木质沙发，厨房买回来一个电磁炉，一张饭桌，六只小木凳子。我们还在院内种了三棵苹果树，两棵杏树，一棵桃树，也种上了玫瑰花，如今，院子里已经枝繁叶茂。

这个位于大西北伊犁河上游吉尔尕朗河畔的家，就这样安下来了。住进去的第一个晚上，一家人吃饱喝足闹腾欢乐之后，大家都在深夜上床了，一切都沉静下来，我倾听着远处后山草原隐隐约约传来的牧羊犬的吠叫声，门前不远的河坝吉尔尕朗河水哗哗地流淌，身边的阿依和依力柔韧清香的鼾声，一种既像写作灵感又不像写作灵感的激动心情不时充溢着我的心间。一想到这遥远开阔偏僻丰富的地域将与我以后的生活和写作密切相关，我一个南方农耕社会的后代将要跟这片富有农牧特色的草原村庄气脉相连，我这个才华一般笨拙木讷的文学爱好者将要持续不断地写作一部甚至多部关于伊犁草原生活的书，我甚至有可能因此独辟蹊径获得成功，我就激动得手舞足蹈彻夜难眠。

我开始心安理得地把吉尔尕朗河畔看作自己的家乡，我就是家乡的儿女，是家乡的子孙。那时，阿依父亲已经中度中风，但尚可一手拄着拐杖一手扶着墙颤颤巍巍地走出房门，阿依母亲在身边伺候。两位老人都对我说："我们是过来人，知道好日子嘛，要靠自己努力，但是从来不勉强自己。你想做自己喜欢的事，那你就做吧，这新盖的房子就是你们的家。"我高兴地答应着，心底升起一个久藏的愿望：我要每年回到这里居住、读书、写作，和吉尔尕朗河两岸的各族乡亲一起生活。我要让这片土地上的文明成为我写作的底色和取之不尽的资源。当我在那座南方小城里因为理想的迥异而落落寡欢甚至更加孤独，当亲爱的依力已经出嫁，当我已经老了，我就和阿依一起回到老马场，在这院房子里聊度余生。

这个初秋，我们跟着光旭下地。光旭骑着摩托载着他的媳妇红花走在前面，我载着我的媳妇阿依走在后面。我们一起走在防风林带下。我在河坝旁的麦地和葵花地里学会了使用他们自制的锄草车，也曾在菜园地里种菜浇水，在这院房子的前后左右张罗收拾。更多的时候，我满足于白天看东面库尔德宁方向的太阳早早地从雪山上喷薄而出，夜晚看明亮的月光把高高的白杨树梢投影在坚实的土路上，也在星光的夜里举目望天空中属于我的那颗明亮之星。我惊异于我买回来放在厨房里的大肉一个星期也没有变质，而无论太阳这位天上的老兄有多大的狂热，我总是坐在院子里的几株果树下漫不经心地欣赏它在大地上的热情表演。

前几年，囿于这个家的经济条件和我自己的经济实力，我一直很少上网，我的小平板仅仅用于打字（我曾有两年交不起上网费）。我的阅读也大多局限在一些自然生态文学著作上，所以我一度对当今世上发生的事情有些迟钝，互联网上的许多东西我有时候没有及时地知道，这与我在南方天天上网浏览相比简直是孤陋寡闻。我觉得这样也挺好，经过这些年的思考和阅读，我已经重新确立我的世界观，我变得懒于理事，而且很多事情的发生，于已届中年的我而言知道或不知道没有太大的差别。索尔仁尼琴说过："除了知情权之外，人也应该拥有不知情权，后者的价值要大得多。它意味着高尚的灵魂不必被那些废话和空谈充斥。过度的信息对一个过着充实生活的人来说，是一种不必要的负担。"每次读他这段话，处于交通不便信息闭塞的老马场的我总是得到极大的安慰，我觉得自己不必再为过去那些没有办法成功的往事所费神，也不必为自己的孤陋寡闻而惭愧。我有一个愿望，人应该要对只做自己内心深处认可的事的人，也就是对不同的价值观给予最大的尊重和包容。

正是从这个观点出发，我做着在此之前许多人做过的事情，一直以他们为榜样，那些古人，以及那些现代的人，我借鉴他们，并为自己创造了一个属于我的时间和空间。我敢肯定，尽管我沉迷于这里的风景，但是我并没有将时间浪费在饱食终日和风花雪月上。

我一直在创作。我主要还是创作那本《吉尔尕朗河两岸》和这本《出塞书》。前者我已经写完初稿并且修改也即将完成，后者我构思了多年并且写了大部分。我打算并且已经将大半生的心血倾注其中。在我看来，这两部书最终将为我的文学创作赢来最好的声誉。

为了更多地体验这里的生活，为书稿的修改和完成获取更充分的素材，我经常骑上摩托车，从二队的河坝边驶过摇摇晃晃年久失修的铁索木板桥，越过吉尔尕朗河去莫合（这个镇已经改名为库尔德宁镇，我和当地人还是习惯叫莫合）。那座木板桥离河面有五六米高，除了两面围起的铁链和底下的铁链还算坚固外，桥面已经烂掉了几块木板，留下三个篮球大的窟窿，从窟窿里可以看到下面湍急而青绿的河水。第一次我骑着摩托车经过时，虽然我早有准备，提前挂了一挡慢行，但是我疏忽了，一挡是动力最大的挡，沉重的125C摩托车一抽一抽地往桥面蹿，把整条桥荡了起来，我已经来到了桥中间，整座桥却晃荡得厉害，我踩了急刹，我和摩托车一起停下，桥面却像秋千一样荡了起来，我的身体已经倾斜到了旁边的铁链上，我魂飞魄散，感觉自己即刻就要连人带车掉进河里，我听到了桥对面一位哈萨克族妇女和一个小孩的惊呼声。但是我稳住了，惊魂甫定，一直等到整座桥平静下来，我才上了一挡，紧接着又上了二挡，加油快速冲到桥的尽头。我曾经看过几个哈萨克族男子骑车过桥，他们总能稳稳当当地通过，我就寻思是不是我的驾驶技术不好，第二次第三次过后，我才明白，骑摩托车过这种年月久的铁索木板桥，挂一挡容易抽风，挂三挡容易熄火，最好就是挂二挡，以不快不慢的速度就可平稳通过。

到了莫合，我把摩托车停在一家商店或者回族小饭馆门前，坐在简陋的桌边吃一点儿东西，有时是几串烤肉，有时是一碗粉汤，几个烤包子，有时是一盘拉条子。我一边吃一边听周围的人讲述他们的经历，碰上少数民族语言的隔阂，我就倾听他们的语气，观察他们的神色和动作。有时候我也发现他们在看我，但是没有人知道我是干什么的，尽管我戴着一副标志自己书生意气的眼镜，但是我却隐瞒了自己在这里的乡亲们看来非常可笑的身份——作家，每天下地和放羊的人们，谁会想到有一个作家来到这里进行着所谓的体验生活呢？而到了不知哪一天，也许关于他们的经历和表现的文字就会出现在我的书里，或者某家刊物或者报纸上。而这样的事情是有的，我经常听到马场熟悉我的人说，他们在伊犁或者县城里的某个亲戚朋友说起，有个叫梁小羊的家伙，一直在写我们的马场，写我们马场旁边的吉尔尕朗河呢，他们答复说："哦，那个人呀，我知道，他是老章家的女婿！"

太阳升起来了，喀班巴依雪峰顶上金光与银光融会，雪顶之下的山麓一片幽蓝。

太阳照到了加乌尔山下的大平滩草原上，我和那些早早出来的羊群沐浴在清凉的阳光里。

我全身都沐浴在阳光慢慢烤暖的空气里。草山上不时吹来清冽又粗糙的风，和着温暖的阳光擦着我的脸颊和脖子，我隐隐约约地觉得，我的两边脸颊已经像这里的常住民一样，有了两团红块块了。

我斜躺在黑砾石硌得有些生疼的草地上，瞭着嚓嚓穿行在野油菜花和芨芨草秆之间的秋风。

野油菜花落满了我的身上，许多有些泛白的芨芨草秆已经被风和马牛羊弄折。

我闭上眼睛，不远处传来了羊群唰唰的吃草声，它们在尽情地吃着这片草原上的最后一茬草。

太阳直直地照射在我身上，我刚刚冒起的一股股热气很快就被一阵阵的风吹跑了。

鹰因为一时飞过头顶一时飞过远处草山，叫声"啧啧啧啧"，时大时小地传来，像在蓝蓝的天上用它的钩嘴刮擦天空而发出。

我手脚摊在草地上，望着高高的飘着几缕白云的蓝天，突然醒悟，是秋天了，人在大西北，远离生身故乡，可我也再不是一名流浪者躺在草原上。

我已经算是马场的人了吧？

这片土地馈赠我爱情，也馈赠我女儿，她对我只有恩赐，简直恩深似海。二十多年来，我梦寐以求着想跟她飞，想把自己对她的情感最终形成文字。她已经是如此深深地吸引着我，每次回来，都让我远离了南方那些令人厌烦的生活。也许我还没有适应这里的气候和风俗，但是生活已经在一年一年地过下去，并且很快我就从青年到了中年。其间我经历了女儿的出生，理想的更替，工作的变动，甚至父亲的去世和我自己病痛的折磨。无论我是处于什么样的心情，也无论我离开这里多久，不管是在南方为了谋生打拼，还是为了宣泄而在草原上漫步，每当我回来，经过清真寺，穿过白杨树防风林带下的柏油路，走近这排房子的第八间，我都会感到一阵兴奋和惊喜。

在河流两岸，在我们还没有建起自己的房子之前，尽管阿依是这里的人，但我依然有着外来户的感觉。当我们得知即将拥有一院房子之后，我的根的意识和家的感觉才变得强烈起来。我开始觉得有资格并且必须继续在这里生活下去，我要拥有能够给自己提供必备素材的生活，我要和这里的人们和房子打成一片。

我们的房子是富有这里特色的房子，房子的北面也就是通往二队和八连的公路，路两边是高耸云天的白杨林带，每天我在树下站立，总能看到树梢顶上是流淌的白云，白云上面是水洗过干净的蓝天，两排白杨林带沿着公路向东绵延，把蓝天白云撑成了一个美丽的长廊。

院子里春天种的扫把草已经长得齐腰高了，碧绿鲜嫩的枝叶结成一把把饱满巨大的狼毫，一丛一丛围在路的两边，又像列队向进入小厅的我致敬的卫兵。回到房子后，我感觉到，尽管房子外形普通，占地面积才六十多平方米，加上院子总共三百多平方米，但是设计合理而实在，有一厅两房一厨一卫，厨房和卫生间都在房子内，屋顶是灰褐色的彩钢尖顶，外墙被光旭自作主张刷了苹果绿的涂料。院墙是红砖结构，高度超过两米，院门是一座两米高三米宽的绿漆铁门。院子里，是光旭夫妇种下的满满一地的苞谷。在院墙的南角，还有高出苞谷一米多的三株油葵，葵花盘子每天早晚迎着太阳仰头低头。

房子成为这里典型的乡村风格建筑。长方形的围墙有两米高，绿色的铁院门，入门左边是房子，右边是院子，院子延伸到后面成了一个后院，梨树、苹果树和樱桃树就在后院里。房子的墙壁不是一般的厚，打个比方，南方的房子墙壁一般是二十四厘米厚，简称二十四墙，这里建设的却是四十八墙，标准的防震建筑。有了这些打底，尽管这里有过微震的记录，我们也觉得安稳踏实。这种结构和用料也使房子成为作为设计者的我们和建筑工人一起努力获得的作品，就质量和建筑风格而言，我和阿依都非常满意。其实南方还存有四十八墙建筑，但那只是民国期间和民国以前的建筑，我多次参观过这些清代或者民国建筑，能感觉到它们的墙体坚固度比现在建设的楼房墙体还要好。

房子在2012年秋天建成后，我们就开始熟悉它的气味，它的特点，它的作为家的韵律。每天早晨，七点过后我就来到小书房里看书，拉开窗帘的窗子透进明亮的晨光，我开始阅读《瓦尔登湖》，"经济篇"里的烦琐记录让我读得津津有味，我开始反思我们的房子应该花多少钱才不至于奢侈。中午饭后，为了促进消化，我高声朗诵《沙郡岁月》第一部"沙郡年记"的章节，阿依坐在厅门边既是倾听，也是在两只塑料桶里交替清洗着衣服。下午午睡醒来，我打开《抵达之谜》，书中沉稳的叙述和极具思辨性的语言让我费尽心力去体会和思考，我看得很慢，一个小时才看了六七页。当我感觉到视线要脱离页面去思考时，我就抬头看一会儿窗外的景色——广袤西域的景色，我以此达到一种思接和视通的效果——我的视线扫过广袤的条田和河坝边的防风林带，越过河对岸连绵的草山，望向东南面远处那高高隆起的由蓝色山腰和雪白山顶组成的喀班巴依雪峰，渐渐地我就找到了与我的内心理想相符的神灵的召唤，我知道，那里可以安放我的灵魂。

我经常在早饭或者晚饭后出去散步，有时走上牛羊遍布的加乌尔山缓坡，与哈萨克族牧民和他们的羊群对话。我还会走到那几座银灰色的毡房前，与牧民互致问候。我吃着他们递过来的奶茶和馕，威武的黑色牧羊犬似笑非笑地望着我，我就感觉到我心中隐藏着的那个遥远的向往——多少年前梦里出现过的一幕和多少次阅读中想象出来的心愿——已经得到了满足，我已经置身于那个早年我认为几乎不可能到达但现在已经抵达的地方。

我在草原上眺望吉尔朵朗河边的杨树林带，眺望我们位于林带和条田之间的新房子，我把这些看作是给红围墙绿房子配置的风景。我们的房子刚好处于新盖的一排房子的中间，从左边数起是第八间，从右边数起也是第八间。在我们的房子左右边，分别是光亮和光灿的房子。我看到了房顶上银灰色的彩钢和红砖砌的烟囱，看到了我们的家，它与其他的房子构成了这里的风景，我就感到一阵惊喜和亲切。我听马场的几位老人说，像我们现在居住的房子，在他们盲流来到的时代，绝对是公社领导居住的房子，像他们这样的人只能住地窝子。当我听到这些话的时候，我就有了一种生活美满的感觉。凭着我直接的和间接的经验，我知道那样的居住发生在动乱时代，而我尚在懵懂无知，更没有来到这个地方，所以就没有那种生活见解。现在，这院房子的建造者和旁观者大概都不会想到，我这样的一个人拥有它并走进去居住，并且就是为了观察这片土地上的风景和他们的生活。

有时，从喀班巴依雪峰那边吹过来的徐徐长风掠过房子旁边高高的白杨树梢，发出波涛一样的喧响，浩荡而绵长。几只灰黑色的老鹰在树梢更高的瓦蓝天空下盘旋，扇形的翼端像栅栏一样的长羽依稀可辨。我一直望着，这么蓝的天空把鹰的羽毛特点都衬托出来了。我不禁又远远地想起南方，想起那座小城里陶瓷工厂烟囱上的灰白天色，我深深地叹了一口气。鹰的翅膀摇动着，很快就扶摇直上，越过马场上空，在喀班巴依雪峰那边变成了几个灰黑的斑点。我知道，我的家已经是在喀班巴依雪峰脚下，在天山脚下，我感到自己就是这里的原住民，千百年来我的祖辈就在这里繁衍生息。

我有时到吉尔尕朗河对面的河滩上溜达，倾听河水潺潺流响，看一挂挂鹅黄的啤酒花在河畔上像风铃一样摇荡，就像我这些年飘荡而明媚的岁月。那些高大的杨树、榆树、白桦树和胡杨树，在河坝边畜群喝水走出的土路上留下巨大的阴影，正是牧人休憩的场所，也是我默默思索的营地。在林带外的田园上，紫色薰衣草像童话梦境一样飘起烟雾。布满各色卵石的河滩在河南岸向两边延伸，足足有两公里，在这里，我慢慢地寻找着，就想寻找我梦想中闪光的石头。河岸上还有各种野果树，我知道的有野山楂、野苹果、野杏、沙棘、沙枣、欧李、黄刺和黑加仑——正是这些东西构成了老马场之美，也让这里的风景与我熟悉的南方景象区别开来。

晚饭后，我们沿着门前防风林带下的柏油路往东漫步。那里一直通向八连。路两边长着成排的杨树，杨树干大都有一抱粗。杨树掩映的右侧是一座清真寺，圆形的拱顶和一枚高高的新月在温暖的夕光中闪亮。一到夏天，这条柏油路总是被高处交会的杨树笼罩在一片浓荫之中，即使阳光照过来也显得斑驳幽暗。我经过一排院子旁，硕果累累的苹果园和碧绿的葡萄园都披上了黄昏的金辉。这是周五的时光，马场的穆斯林举行主麻拜（"聚礼"之意）时的讲经声音喁喁传来，仿佛遥远天际的奥妙话语，而集体默念"迪克尔"（"赞颂"之意）时双手抚膝虔诚跪拜的半圆形仿佛是这方偏远土地的某种印记，告诉我这里的寂静和安宁属于大西北一个拥有伊斯兰文明的牧场和村庄，而我们正生活在这里。

当我们回来的时候，火球有半边已经隐藏到西边天山的雪峰顶后，但是向东反射上来的红光把东边的喀班巴依雪峰烤得像一团炭火，又像一条宽大的红纱巾盖在雪峰的头上和肩背上。雪峰下面的暗蓝色林带和朦胧起伏的草山像一位贵妇的晚礼裙，看上去十分美丽。我们再次经过清真寺，颂唱的声音已经消失，通往寺里的小径掩映着茂盛的蒿草，却藏不住路面上踩踏的痕迹。我们越过小径，穿过柏油路，到达这排房子的第八间，我掏出院门的钥匙，心情总是一阵新鲜和兴奋，这时候我就恨不得马上把自己心里的感受写出来。我还想到，我用了十年的时间，在新疆和南方之间来回转场，把这个不引人注目的偏僻荒凉的地方变成了我心灵写作的场所，并且在十年里，我写出了之前没有人写过的整整一部书，一部关于老马场和河流两岸的书。我感到了一阵安慰和满足。

我在房子里洗澡，在一间单独的卫生间里洗澡，因为有了花洒，所以是淋浴，在日暖夜冷苍凉干燥的大西北，这是一场多么奢侈的享受啊！此前的岁月，我在老房子居住，洗澡总是在一间简易的能进风漏雨的木棚里，里面钉了一层塑料薄膜防风，舀一桶水，拿一只勺子舀水擦澡，一遇稍凉的天气就会冻得直打哆嗦。这种情景我已在即将完稿的《吉尔尕朗河两岸》里有了记述。如今，我在这里享受着电热水器的方便和舒适，每晚一场热水浴已经是我们的神仙一般的生活，尤其是我散步归来，或者写作过后，一场淋漓尽致的沐浴会让我疲劳顿消，而在写作之前的淋浴会让我精神抖擞，灵感丛生，可以坐在椅子上写作长达两个小时。我感觉自己就像一个经过预热的发动机，随时可以加油给力。

浓重的夜色涂满草原后，白杨树下的房子里多了一团被蒸汽缭绕的灯光。我看见了那个为我生火做饭的人，她揭开锅盖，一团白雾遮住了半个屋子，一圈拳头大的馍馍浮起在锅里。我正在回来，走在白雪皑皑的天山脚下，我经历了千山万水，从遥远的南方回来了，我感受到了自己的幸福时光。

有时我从深夜醒来，看见一轮圆月在窗外的天山顶上挂着，阿依和女儿正在床上熟睡，我心里的感想像月光一样洒进来，我想起十多年的飞沙踏雪，从南到北，我总是在寻找，不曾想到，我梦里要寻找的人，一直就在我的身边，在我熟悉的炕上睡着。

我醒悟到我在这个马场的生活极有可能是暂时的，可能不会延续到永远。但是我希望能到永远。我现在就是在培养那种古老的生活方式，或者说感情方式。但是我更接近一只候鸟。我渴望自己的生活能够进入理想的状态。

随着我一次次回来，我对马场和河流两岸的了解在一天天增加。而关于我和这片自然能够和谐相处我也已经感觉到。从老马场迁出后住在新源县城的杏花一直说老马场太荒凉，劝我到县城和他们一起住。我却每次都找借口拒绝了。这里有我们的房子，有接近荒芜的后院，有阿依母亲，还有光旭一家三口，他们都表示这种生活适合他们，实际上也适合我们，具体地说更适合我，适合我的写作。我既是在写这片自然，也是在写阿依母亲，更是在写我们。

我每次回到白杨树下的房子里，脑海里总是留下这一天经历的事物和声音，我知道我已经被周围的一切所触动，我感到了这里的寂寞而又舒适的气氛。环顾我们房子内的简单家具，没有沙发，几张椅子，一张吃饭用的小方桌，两间房子各有一张床，一个简易布衣柜，有一间房子多了一张书桌，这就是我的卧室兼书房。我在书桌旁坐下来，身体略有一丝兴奋和疲劳，这正是我的创作灵感来临的时候，我就在这样的状态下开始了我的写作。

我每天在这里写作。草原、雪山、羊群、马群、牛群，远处毡房的白色炊烟，一百米外的吉尔尕朗河，还有条田和防风林带，潺潺的水声，不知从哪里传来的羊叫和马嘶声，还有哪家传出的冬不拉弹奏和姑娘的歌声，这些都是存在于我周围的风景，它们都是激发我想象力的渊薮。在我到达老马场的第一年，一支大西北畅想曲便油然而生——关于一个自小梦想的地域、伊犁的游子和南方的叛逆者的心灵史。叙述本身起源于一次盼望已久的探亲，当我经历了漫长的旅途和南北工作生活这样的经历之后，我的家园观念和写作观念已冲破了原来的局限，我由一个伊犁的女婿和一名流浪作家合二为一，真正成为同一个人。这需要多少时间和精力行走，需要多少进入心灵的写作！

我一直在写作，除了修改《吉尔尕朗河两岸》，还继续着《出塞书》的写作。我从自己的体验出发，找到了适合写作这两部书的语言和格调。《吉尔尕朗河两岸》是我从事自然人文写作的探索，《出塞书》则是我对长篇跨文体（叙事散文、非虚构或者小说？）的尝试。我在写景和叙事上不停地交替进行，以致两本书的字数都在不断增加。一想起这些，我就感到极为欣慰。

与我的雄心勃勃和个性追求形成反差的是，《吉尔尕朗河两岸》最后一稿完成后，我先后将它投给了十几家出版社，但是半年过去了，几乎没有收到可以出版的消息。只有个别出版社给我回复，认为我的书太纯文学了，没有什么市场。

我遭受了很大的打击。这本花费了我差不多十年心血的书稿，尽管它打印出来才三百多页，但是，它在我的心中就像天山一样。

当这扇门还没有向我打开的时候，我就到其他地方去溜达。在浏览红袖添香和榕树下时我终于想到了网络，便试着注册了这两个网站，除了在网站上发表一些章节外，还把这部书稿我认为得意的几个章节贴在了自己的博客上，目的是给一些朋友试读，结果很快就收到了许多熟悉和陌生的朋友的热烈回复。庄是其中最热烈的一个。她看完了那些章节，在一天晚上打电话给我说："以一个南方人写草原来说，你是我发现的写得最好的一个，但是，你应该来巴马，来看看盘阳河两岸，这里是世界长寿之乡，你在这里获得的灵感绝不会比你在吉尔尕朗河两岸少。"

她甚至通过QQ给我发来许多长寿乡的照片，包括传说中男女混合裸泳的盘阳河，我在那些照片中看到了被打上的马赛克。

　　好几次深夜，她的电话都来了，我用手捂住手机听筒，并关小音量，小心地觑着阿依和女儿的房间，跟她轻声交谈，一直到十一点多才挂掉了电话。

　　没想到几分钟后她发信息给我："我算不算是你的红颜知己？"

　　我发去一句："我早就把自己当作你的蓝颜知己了。"我仿佛听到了她在电话那头咯咯咯地笑。

　　她再给我发来信息："你来吧，我们在盘阳河相见！"

　　已经是午夜十二点，我躺在沙发上，手机放在一边。那时依力已经睡着，阿依从房里出来，她要给她母亲打电话，新疆那边她妈妈这个时间还没休息，刚好她的手机没电了，她便拿我的。而此时我没有及时将这条信息退回到待机界面。阿依趁机翻看了上面的几条信息。她不再给她妈妈打电话，而是坐在沙发上，将手机也放在右侧沙发上，将目光转向了左边：

　　"说吧，你什么时候走。"

　　"去哪呢？"

　　"你想去哪就去哪。"

　　"什么呢？不过是一个朋友，说几句戏言。"

　　"早就把自己当作人家的蓝颜知己了，早在什么时候呢？"

　　"……"

　　我坚持认为我和庄只是朋友。争吵就此升级。半个小时后，阿依不再说话，进了依力的房间，很快又出来，却突然开了房门出去。一个女人，我的妻子，在午夜一点撂下她的丈夫和女儿，一个人走上寂静而不可知的街头，我十分惊恐，迅疾地抓起钥匙，快速关好女儿的房门就追了出去。我听见了楼梯声，到了一楼却已不见人影，我一阵着急，出了大院往右朝陵宁路走，走了两百多米还是没见到她的影子，此时陵宁路上突然有一辆摩托车轰鸣着飞驰而过，车上挤坐在一起的三个小青年哇哇大叫，呼的一声当街砸下一只啤酒瓶，破碎的玻璃散了一地，传来了他们刺耳的怪笑声。我几乎要哭出声来，我万分担心阿依，又担心家里的依力，我想只要阿依回来，我愿意什么都不干，什么诱惑都愿意拒绝。

　　我一直走到一公里外的西门口十字街，在那里晃荡了十几分钟也没有发现。我只好转身回来。几乎就在此时，我突然想到了大院门口的河东路，那里直通浩荡深邃的北宁河，我顿时头脑一片空白，慌不择路地跑起来，我不知用了多久时间跑到了河边，北宁河大桥上彩灯闪烁，河里一片灯影，也一片寂静黝黑。我扶着护栏，几乎要大声呼喊起来，却又喊不出声。河水汤汤，影影绰绰，我像被扭掉了脑袋的动物一样靠在护栏旁，手酸脚软。

我知道，我是被女儿的呼唤离开河边回家的，我隐隐约约地听到了一公里外她在家里的哭声。在午夜的路灯下，我像一张纸一样飘荡着。当我打开房门，失魂落魄地走向女儿的房间，发现房门已被打开，我心里怦怦直跳，进了房间，见阿依揽着熟睡的依力侧躺着，脸上有泪痕，我不顾一切地扑上去，抱着她俩呜咽起来。

有一段时间，我怀着内心的苦闷，几次悄悄地打点好了行装，我想一个人往那个地方走一走。但是，我肯定是受到了天意的安排，每每到了节骨眼上，不是被家里的事情留住了，就是被工作的事情缠紧了，但是我想更多还是因为阿依，我害怕这样走留给她的是一条背叛的道路，以致我整整等候了一年，都没有决心和机会出发去巴马。

书稿的遭遇让我感到非常失望，我开始担心我那十年光阴可能虚掷在了吉尔尕朗河两岸上。但是我没有办法，也没有更好的生活之路让我离开文学。2012年7月，我专程找了领导说我要离开仕途，回到我曾经熟悉的文联。我已经在过去就有了这个心愿，并写了大量作品，尽管那些作品并没有让我成名。我在打定主意离开仕途之前，已经对自己的人生道路进行了深刻的反思，我认识到，之所以一直有当作家的志向，与我苦难的童年养成我的内向木讷的性格有关，也与我自小孤独地阅读关于新疆的文字从而受到熏陶有关，更与阿依是伊犁人、女儿在伊犁出生有关。所有这一切都与新疆伊犁有着千丝万缕的关系。最终，还是伊犁的原因，我和阿依回到了吉尔尕朗河两岸，在河畔建起了一院自己的房子。现在我已经付出了十年的光阴，但是我的写作才能似乎还没有显示出来，而我的作家梦又处于开弓没有回头箭的困境，我不可能再次向领导提出我要从政的要求，想成为一名作家这条道路是我自己选择的，我已经使自己陷入了不成功便成仁的境地。

我进入了严重的忧虑状态中。有大部分时间，我把自己关在属于我一人的文联办公室里，在长达两三个小时中，我望着电脑桌面上的《吉尔尕朗河两岸》，内心充满了沮丧。我坐在书桌前，时而用右拳拄腮，像鱼一样偶尔张开嘴巴叹气，或者用右手拇指和四根手指捏着额头，闭上眼睛，还是像鱼一样偶尔张开嘴巴叹气。渐渐地我像一只困兽，开始坐立不安，在木地板上走来走去，地板发出咔嗦咔嗦的响声。我无法做到像一些作家那样，写好就放下去听天由命，出版与否不当一回事。我无法做到像他们那样。事实上，我又怎会甘心它被默默埋没？我要找到一条缝隙钻出来，就是努出血来也要长到地面。最终我还是告诫自己，忍着点儿，沉下心来，像老家河里的石趴鱼一样趴着石头潜在水底前进。

我的隐忍耐磨终究产生了作用。2012年9月，我从伊犁回来后，又对书稿进行了较大的改动，把冗长繁杂的开头作了大幅度删减，把按序号分节改为按章分节并且每章都加了标题，又把啰唆拖沓的后半部分忍痛割掉。总之是不住地删改，又不住地增加，删减大大多于增加。我觉得我已经竭尽全力了，我把自己对生活的理解和文学的忠诚都写进了里面。为什么我还不能收获一次丰硕的果实呢？我和阿依倾尽所有，在吉尔尕朗河畔盖起了自己的院子，建起了自己的新家。我对这片土地表达了炽烈的感情。我已经深深地陷进去，像陷进了河淖，今生难再抽身上岸了。

我度过了百无聊赖的一年半。这一时期，除了《吉尔尕朗河两岸》之外，我没有写出什么好的作品，甚至没有写出几个篇幅短小方便发表的文章。现在回过头来想想真是好笑，我那时像一个用情专一的秀才，心无旁骛，苦苦等待着金榜题名衣锦还乡与当年定情女子成亲的一天。

我回到伊犁，或者说我年年回到伊犁，最大的希望就是在这里更新我的思维乃至语言，重新构建思维的新意和语言的特点，以此实现我作为一位作家的文学抱负。我觉得我必须要在这里宣示一些什么。尽管我知道，我的这些想法和做法可能会碰到一些类似于戈壁和沙漠一样坚硬孤寂的东西，但也可能表现出我的一些闪光的想法和穿越地域的才华。

一年又一年下来，我花去了大量的精力安排这件大事，也花费相当多的财力去确保这件大事的成功。结果我发现，我已经彻底地陷进了伊犁情结里了，就连每天上网我都要进入新疆或者伊犁的网站搜搜伊犁的新闻看看，久而久之，以至我的生活、我的性格和我的审美指向都已经与伊犁紧紧地贴在了一起，至今已经密不可分。我终于悟到，我的岳父母是为了生存而来到新疆，我是为了一个梦想而来到新疆。我十分赞成奈保尔说的话："世界上有许多人，他们不安于自己的现状，需要重新认识自我，了解社会，这使他们远走他乡，来到一个陌生的世界。"在吉尔尕朗河两岸，我的心智和情商都获得了很快的增长，我是在一种皈依的心情下来到这个地方的，就是希望不受任何人的打扰而做自己的事情，我想在这里成就自己的作家事业。

然而在那座南方小城，一些认识我的作者对此有些不以为然。我知道，我的选择是完全背离我的南方朋友的生活环境的，也是与桂东南的生活观念格格不入的，但是自卑而又清高的我内心觉得找到了一条与人不同的路子，特别是与这边作家不同的创作路子，因此我常常乐此不疲。我才不管他们怎样不以为然呢，我躲进小屋也好，落入荒凉也罢，我只想安静地做一个写作者。

当然，我关于安静的想法仅仅是相对于那些对我不以为然的人而言，对于我喜欢融入的文学界而言，为了让别人明白我是一名拥有独特题材的作家，我开始奇怪地变得虚伪起来，我假装自己是一名新疆作家，在各种创作介绍中假装自己是在伊犁背景下长大的人（实际上此前一直有读者相信）。在我经常写作新疆题材的作品掩盖下，我的经历已经被一些认识我的人看成了传说，我不知道这样的经历对我今后的写作和生活会不会带来很大的制约。

我必须承认，尽管我身上天生就有一种想逃离、想孤独、想放弃安稳而去追求流浪和动荡的本性，但我也渴望在某种程度上获得幸福，或者在某个地方安居。正好我在南方小城里通过多年打拼具有了这样的条件。这样，渴望和平和幸福的我与渴望流浪和动荡的我一直在内心深处挣扎、纠缠、打斗，最终的结果，我以令人愕然的另类姿态和政治进步停止的代价，过起了这种非常不稳定的出塞生活。

让我感到欣慰的是，我在吉尔朵朗河畔的写作状态比在南方的时候要好得多。仿佛真有神助，我不断听到河流两岸与我的对话，我是在做一种记录，大多数时候我都能按照神的谕示全神贯注地书写，往往这时，我才知道自己对这片土地已经陷得多么深，倾诉得有多专一。我甚至感到，这方土地最终不会辜负我，我必定在这里获得所成，这是从我的写作状态和写作感受获得的领悟。我怀着愉悦的心情注视着我的创作成果，一部已经达到二十五万字的打印书稿（最初，也就是2003年和2004年，我有一百多页的手稿，后来就是打印稿了），我仿佛已经看到自己正从这个偏僻的老马场上冉冉升起。

五十年前，尽管马场极度地偏僻荒凉，但这里根本不会有我存在的空间；即使是现在，我的出现也有一些不像是真的。但是不仅仅是我的婚姻把我带到了这儿，还有我的亲情和梦想把我带到了这个原住人口逐渐减少、移民不断增多的村庄。在这条河流两岸，我看到了那些废弃的土坯房子、黄泥小屋，看到了狐狸和流浪汉出入的荒废的地窝子，还看到了成排成列的防风林带和棋盘格子一样整齐的条田，这些都有着清晰的历史痕迹。我看见阿依的父辈荷锄扛锹坐着马车牛车走过的影子。这种历史性的生活，这些契合了我的想象和早期阅读的生活，成为对我的人生道路的一种教育。这种历史性的生活和后来我的西行经历，在很大程度上在我心里播下了理想的种子，使我成为一种特殊模式的作家的愿望空前强烈起来，并且开始了我在疆桂两地转场十多年的文学生涯。

如此我就有了一个小小的野心，希望在这里写出的作品能够确立我的文学声望。也许正是从这个目的和希望出发，多年来我一直惦念着这个家，而这个家也一直在向我招手呼唤。我在南方的时候，总感觉到有一条路正从伊犁那边延伸过来，又回到伊犁那边去，每当我一个人走在回伊犁的路上的时候，虽然阿依和女儿还在南方，但是我最绵长的思念却是以我为中点向两个方向延伸的，一条伸向我渐行渐远的妻女，一条伸向我渐行渐近的伊犁。奇怪的是，我这个中点在很多时候想的却是把我渐行渐远的妻女拉拽到这边的延长线上来。我一直想着我们一家三口终有一天要回到伊犁去，我终有一天会像风一样在天山南北游荡。

> 我骑着马儿唱起歌儿来到了伊犁
> 遇见了美丽的阿瓦尔古丽
> 天底下有谁能比得上你
> 哎呀美丽的阿瓦尔古丽
> ……

在河岸居住的这些年，我经常可以听到别人唱这首歌，自己也偶尔哼唱一下，自得其乐。这是刀郎没有改编之前的《阿瓦尔古丽》，是旧版的阿瓦尔古丽，也是原汁原味的阿瓦尔古丽，是许多伊犁人的梦中情人。这歌深沉但坚定，美丽却忧伤，诉说着传说中的像天山一样凄艳的女神阿瓦尔古丽。许多年，我听着这首歌，想起自己独自向西的孤独，想起自己走着一条与众不同的写作道路，想起这些年的寂寞并且今后也许属于荒凉的岁月，忍不住黯然叹息。这就是我的生活，我的感情，我的心灵故事，我独自拥有的遥远的美丽。我一直在安慰自己，一直这样过了许多年。有一天，我突然觉得，传说中的阿瓦尔古丽就是这片草原的化身，而这片草原则是传说中的阿瓦尔古丽的现实。至此，我已经毫不犹豫地认定这片草原就是阿瓦尔古丽，阿瓦尔古丽就是这片草原；而我，则是阿瓦尔古丽实质的第一发现者——至少，我是这样自负地认为。

在这片草原上，羊群走过它们的四季，我走过了我最美好的年华。2003年，我三十二岁，三十而立，从这年开始，我和阿依回到伊犁。2004年，我们的女儿在这里出生，后来又回到南方。尽管女儿的大部分时光都在南方成长，但是我们还是一年一次回到这里，有时候我们一家三口，有时候就是我自己，每年一次或者多次回到这个家里。刚开始，我是为了和阿依圆一个最基本的探亲梦想，也是为了圆我早年一个追逐的梦想，后来，我是为了挣脱一个压抑的环境，把这里视作我美好的愿景，看作是美丽家园。在这个信仰缺失的年代，我向一个充满了神性的远方靠近。十年来，我终于确立了一个信念，那就是天山脚下的大平滩草原，从这里绵延开去的吉尔尕朗河两岸，就是天山最优美的地方。我在这里自由地呼吸，随意地结识农牧区的人，没有八股文来挤占我的时间，没有歧视无后和重男轻女的人群嘲笑鄙视，我可以在一天之中的清晨中午傍晚散步，并且因此而看到了梦中的自己。当我和妻女辗转在草山上，当我们看到雄鹰在沐浴了天山之美后展翅飞翔，我就想起我跨越千山万水来到这片塞外的原野上，距离那个一直追求的美好愿望越来越近了。

在我们家三百米外的巷口，是一个三岔路口，那儿有三棵像人的腰身粗的白杨树，树下有一张石板桌，几个破旧沙发，几乎每天都有几个男女围坐在那儿，他们打牌，也在谝着话，从三岔路口经过的人都被他们看在眼里。杨树的旁边就是上千亩的条田，一整块一整块延伸到河坝边。对于马场人而言，这个巷口是一个拉家常的地方，杨树把风和清凉留在了这里，也把笑声和故事从这里散发出去。巷口是马场人生活环境的延伸，是走进和走出村庄的通道，也是维系一个熟人社会的载体。从巷口出发，可以走上三个方向，三个方向可以把马场的各家各院联结起来，除了家庭单位和血缘外，巷口是联结马场人感情的纽带，是户外生活的必需空间。对于我这个一年一度从南方归来的候鸟式生活的人来说，巷口是一道看不尽的风景。在这里，不但可以听到悠闲的马场人谈论的日常事情，还可以看到上千亩的条田，那是马场人的库房，每年长势良好的麦子、油葵和黄豆用收成换来了汽车、房子、伊力特、羊肉、大肉和拉条子。

每天，我在河流两岸散步，也在反思自己，我这种为了写作而刻意常年在吉尔尕朗河两岸行走，坚持用一颗南方人的心去观照西北大地，去观察多民族生活，去了解世代会聚在这里的各色人物的悲欢，并刻意去记录一些事件的做法，是否会影响我对地域的真实性的把握？我有爱屋及乌的思想，那么我是否会像一些爱子心切的人一样，在我长达十年多的新疆写作生活中，我是否有盲目过度的做法在里面？我的过于执着和义无反顾的精神是否会妨碍了我去注意一些真实、客观和更加内在的东西？也许，我需要更加冷静，更加理智，更加客观地面对这片浸透了我的思想和情感的土地。

插 曲

　　家里的两位老人更老了。阿依父亲因为脑血栓先后中风三次，经过医生上门治疗，最好的时期也只是靠着一根拐杖勉强站起，失控地抖着双手，磨磨蹭蹭地挪动双腿，那密集的皱纹、那稀短的白发、那迟滞的目光、那弯曲的双腿、那十米外都可以听到的粗重的喘气，无不显示他已经进入了风烛残年；而阿依母亲尽管腿脚还算灵便，却也是脸越来越皱，背越来越驼，眼睛越来越小，身材越来越瘦，似乎经不起一场更大的风。2012年秋天，我自己一个人回来。我本来就有一种离开妻女的惆怅，而回到这片令我激动的土地上更让我有了一种刻骨铭心的孤独。老人家也早就知道我就要到家，我踏进那道熟悉的巷口，踩着飘浮的塘土走近家门，一眼就看到阿依老父亲正半卧靠在床头，目光迟滞，神情痴呆，我喊了一声"爸爸"，赶紧上去扶着他。他迟滞而疑问的目光转向我，尽管我在回来之前就已告诫自己，不要提起阿依和力没有回来的话，但还是一不小心说出了她们没回来的话，他的泪水便开始纵横，顺着面颊"滴滴答答"落在地上，嘴巴斜斜地咧开，"呃呃呃呃"地发出声音，身体也开始倾斜下去。我有些惊慌，生怕老人家激动过头而发生什么意外，赶紧牢牢扶住他的肩膀，幸好阿依母亲过来了，对我说："没事，他就是这样，一激动就不成个样子。"泪水浸满我的眼眶，回来的喜悦一瞬间化为虚无。

　　就在我回来的那些天，阿依父亲的吃喝拉撒已经全在床上。作为他的亲密伴侣，阿依母亲全天侍候在他的床前。比阿依父亲小五岁的阿依母亲，已经满头银发，仅仅一年，腰背弯成了罗锅。刹那间，我为无法做一个孝顺女儿的阿依深深地忏悔，也为无法尽一份责任的自己深深地忏悔！在床边，我接过阿依母亲送来的她亲手熬制的天山雪菊粥，左手扶着阿依父亲肥胖而笨重的上半身，右手拿起汤匙舀了半匙粥,老人家重重地喘着气,张开嘴巴,颤颤巍巍地抖动着,露出仅有的四颗门牙,我突然想到了以前的牧羊犬乐乐,啊,乐乐很老的时候也是这样的。他慢慢地吧嗒着嘴抿着,吞着,我一共喂了他三汤匙,他吃掉花了四五分钟,我满心的沉重,他两个眼角溢出了两滴泪,我也忍不住泪水盈眶。

"乐乐,乐乐。"有好几次,阿依父亲躺在床上喘息着,艰难地唤起了乐乐。老伙计听到了他的呼唤,磕磕绊绊地来到了房门口,但也只是站在门口,再也不进去了。它肯定感觉到,它的老主人,当年带着它在草原上浪荡的男人,如今比它还要早进入了风烛残年。

每天清晨或者傍晚,光旭或者我总会用开水将馍馍捏碎泡软,放进槽里让乐乐过来啃食。乐乐的行动越来越表现出老年特征,走路慢吞吞的,叫它进食也不慌不忙,如果喂它一口干馍馍,它把吃剩的大半只衔到院子的菜地里埋起来。更有意思的是,它埋得非常小心,埋好了还不忘记用嘴和爪在上面又拱又扒拉一些干土覆上,一副老谋深算颇有心计的样子。这让我想起一些农村老人的行为,他们总爱把儿孙为了表示孝顺而给的钱物悄悄地藏起来,一直到去世前夕也舍不得用。

在一些天的黄昏,乐乐孤独地蹲在院门的墙根下,一缕一缕地晒着最后的夕阳,晒得那样慵懒,那样听天由命,无可奈何。它也常常把他的那条命根子晒到了太阳下,我数次注视,发觉为它当年赢来金枪不倒美誉的那根东西,现在已经松松垮垮地搭在瘦骨嶙峋的肚皮上,稀稀疏疏的几撮毛遮挡不住它英雄末路的凄凉。一条老狗到了老年就是这样,一个男人到了耄耋之年应该也差不多吧。有时我就想,等自己再老些的时候,要好好地看看自己。

回忆这年深秋,我有许多日子坐在金币纷披的杨树下面的院门口,经常看到乐乐表演这一幕,有时候会想到这个偏僻苍凉的牧场,想到这个笼罩在寂寞时光里的老家,想到这个老家里生活着的老人和他们甘于寂寞的儿女女婿,心底升起一丝悠远的悲怆。

即将启程回南方的前一天中午,我正躺在床上,静静地翻看着这部我已经决定取名叫《出塞书》的初稿,突然听到隔壁的阿依父母亲讨论起在县城买房子的事。其实这个事我从头到尾都清楚,2002年的时候,我们曾经计划在新源县城买一院房子,结果因为意见不合,还因为差一小部分钱而没有买成。此后几年,房子不断涨价,我因为在南方买了房子而再也没有能力支持,光旭和光亮也因为一直另有投资而没有及时在县城买上房子,我和阿依感到殊为可惜。最近几年,阿依父亲的中风症加重后,待在老马场太偏僻治疗不方便,阿依母亲便带着他在县城租房住，为此自尊心极强的光旭与两位老人闹了情绪，尽管后来老人搬回了老马场，但从此双方心里一直有疙瘩。今天老人再次提起这个事，我把书掼在被子上，想起当年劝他们在县城买房子的往事，禁不住长叹一声。

接着我听到了外面的吵架声。刚开始我以为来自邻家，再仔细一听像是来自我们院子，好像听到了红花的哭声，还有光旭的斥骂声。他们吵得特别大声，左邻右舍一定听见了。我慌里慌张地爬起床，听见了房间里阿依父亲大声咳嗽，还看见阿依母亲焦虑地走出门口又走进房里。我走到院子里一看，光旭的手掌正在高高地举起，打在了红花的脑袋上，响起噼啪的声音，红花双手抱头哇哇大哭。光旭的手又举起来了，阿依母亲慌里慌张地赶过去，抢在我之前用她麻秆一样的胳膊挡住了光旭那蒲扇般的巴掌。阿依母亲把红花拉回了自己的房间，光旭仍在院子里骂骂咧咧，红花在房子里哭哭啼啼。

事情的起因非常简单，实际上也是因我而起，光旭要他媳妇为我这个姐夫宰一只羊饯行。

红花还在哭着说："姐夫昨天就跟我说了，回这个家不要把他当外人，平时吃啥就吃啥嘛，不要大吃大喝，况且这几天那么多人请他吃大餐，他也说肚子给吃坏了，只想在家里吃些清淡的，像玉米糊糊那个啥的，现在厨房里还有一条前几天你钓回来的大鲤鱼呢，还有一块排骨，有这些我们就足够吃了，没必要再浪费嘛。"

光旭不等他媳妇说完就在门口大嚷起来："这个家是我说了算还是你说了算？我说要宰羊你就要宰羊！"

我突然生气了，走到他跟前喊："你们让我这个做姐夫的多丢面子啊，好像我这个做姐夫的回来就是要大吃大喝，你们一家也多丢面子啊，邻居还以为你们不愿意招待你这个姐夫哩！我刚回来的时候红花就给我做手抓肉，宰鸭子，光旭你还带我去县里吃烤肉，去亲戚家里做客喝酒吃肉，这趟回来我的体重增加了八公斤，我对这种大吃大喝的日子都害怕了，所以我说了希望吃清淡点儿的话。你们两口子总不能当着我的面，又让左邻右舍知道你们吵架打架吧？"

我本意是跟光旭讲道理，他朝我喊："这个家是你做主还是我做主？"

我感到自己的七窍正在冒烟，实在不想讲话了，就回到我的房子，一屁股蹾坐在大炕上。阿依母亲跟着进来对我说："你就别浇油了，他的脾气就是这样，又打又骂的，我也帮不上忙啊！"

就听到对门房子里的红花边哭边说："最难相处就是你们这些四川人广西人，也只有我们河南人笨到家了才嫁给你们！"她这话让我想起，光亮的媳妇春花父母也是河南人。听到这里我既感到惊奇又感到好笑。

红花的犟脾气，再加上光旭说话直来直去，粗声粗气，就有了这场争吵。早些年，光旭在东莞打工，在一家灯饰厂做保安队长，因为多管闲事造成了一次伤害事件，被老板炒了鱿鱼，他一气之下回家了。在广州，他临上火车之前打电话给在南方小城工作的姐姐阿依说："我一辈子都不会来这个鸟地方打工了，回新疆下大田，我照样喝酒吃肉！"

回来种了许多年地后，他便有了许多感想，认为土地是我们的母亲，种粮可以使人温饱，可以使人健康，可以使人正直，还可以使人变得互助。他还认为老马场是美丽的。他说的这些让我很受感动，并坚定了从南方回到这个偏僻马场写作的决心。但是光旭这个人，性格大大咧咧，有着责骂老婆的习气，有着不算轻的大男子主义。甚至，他和我这个姐夫话不投机时也发脾气。他媳妇红花是她父母最小的女儿，自然自小受尽宠爱，虽然也不乏农村女子的勤劳善良，但在家庭生活中还是有些好强，很倔，对待光旭的粗暴也不是一盏省油的灯，爱耍性子，有泼辣脾气。两人自打结婚以来总体上是恩爱的，但锅碰锅勺碰勺的，已经吵过打过无数回了。

面对这两人，阿依父母也觉得为难。阿依父亲唉声叹气，阿依母亲黑了脸，说："由他们去，爱咋咋地！"我几乎一夜没睡，心里乱糟糟的，有一个念头是，我可能以后再也不回老马场了，都这个样子了，这里再也不是我的家了，我还怎么回来？我也尽了我的一份孝心了，我回来的次数比他们的女儿阿依回来的次数还要多，我对我的书修改也准备到此为止，我对老马场对新疆的神秘感也已经几乎没有了。实际上，我是突然对这些烦透了。可我对两位老人却是满心内疚，总觉得还没有尽到作为一个女婿应尽的责任。

当夜十一点，阿依母亲拿出三样东西送我，她说："这个玉做的平安扣送你，这个手镯子送给阿依，这个玉坠子送给依力。"我给她一千元，她说她不缺钱，又搭上自己的一千元硬塞给我，说，"穷家富路，你带着心里不慌。"这些年，阿依母亲总是关心我们的平安，她说，"以后只要打个电话来问候我们就行了，不用再千里迢迢回来看我们，更不用带啥东西回来送我们。我们也是半截入土的人了，别把钱都花在了车轱辘子上。"她说得我心里很难受。走的那天，阿依母亲五点多就起床为我做早餐了，还另煮了八个鸡蛋。我吃着早餐，她看着我，唠叨说："你每到一个地方换一次车都要打电话给我，我和你爸好放心。"我忍着眼泪"噢噢"地应着。她在角落里窸窸窣窣地找袋子装鸡蛋，我明确表示我坐的是长途火车，三天三夜，路上吃不了这么多，而且很可能在我没有吃完之前鸡蛋就坏掉了。老人却执意要装那些蛋。她终于找到了一只当地超市常见的青花颜色塑料袋，一边帮我装好，一边用半是命令半是安慰的语气对我说："你带在路上吃嘛，你要吃了它们，你吃了这些鸡蛋就到家了。"我只好带上那八个鸡蛋，我知道也是带走了老人的寓意和祝福。我望了一眼躺在床上的阿依父亲，他已经起不了床，我回去与他握手，老人的手有些抖，有些温暖，也有些粗糙冰凉。我心里有些想哭的感觉。我说："爸爸再见！"然后我来到阿依母亲面前，我搂了一下老人的肩膀，其实我是想给她一个拥抱，但老人没能领悟，怔怔地站着，直到我张开双手搂住她肩膀了，她才咧嘴笑了一下，还是像我刚回来时那样淡定，可我的眼眶里却有泪水打转。我说："妈妈再见！"然后我走出院门。光旭早就发动了车子等着，他看着我，咧着嘴巴，一副乐呵呵的样子。他昨天对我态度很粗暴，今早送我搭车一脸轻松，他开新FF7195皮卡送我去路口等莫合开往伊宁的班车。我一边和他说着话，一边回头看院门，借着车灯照在邻居院墙反射回去的光，我看见白发苍苍的阿依母亲依然站在院门口朝我张望，酷似我那在南方一直守望的白发苍苍的母亲，而她的房间里还有我卧病在床的岳父，阿依思念的父亲，依力很难见上一面的外公，我眼窝一热，泪水忍不住流了出来。我背着光旭偷偷地擦干了满眼的泪，忍不住想，就算两位老人不在这里了，哪怕光旭和红花再吵再闹，这里也是我们的老窝，我们还是要回来。

从新源回到南方小城后，我想带阿依一起去探望姨婆婆的前夫周应明，但是阿依竟然拒绝了。她说："我一向对他没好感，想当年，他去新疆找姨婆婆，因为我妈和几个老乡吃住在姨婆婆家，他认为我妈我姨把姨婆婆吃穷了，打姨婆婆，要她赶走我妈我姨。还有，〇几年时候杏花千里迢迢从新疆回北宁看他，人还没歇够，他就开口要钱，而且是几万几万地要，把杏花气晕了。"

我只好自己一人前往。他已经在城西的甘村廉租房小区要到了一套两房一厅。二十年前，周应明从小城第一中学退休，先前与后妻结婚后育有一个儿子，后妻几年前已经去世了，儿子一直在广东打工，多年不归，他自己一个人住。我找到了他在二楼的房子，他开门时，我称呼他为"周老师"。当初，姨婆婆来小城的时候，我们曾经一起吃过几顿饭，我不知道该如何称呼他俩才好，阿依当着周应明的面称呼姨婆婆，对周应明则称呼周老师，我也跟着这样叫，想想有些滑稽。三个月前，他才从伊犁回来。他退休后，常常去新疆找儿子观雨和女儿杏花，但他很少和姨婆婆待在一起，几乎每次都住在杏花家里。据我所知，姨婆婆后面的三个儿女对他当年离开他们的母亲很是反感，应明有一次对我说:"冇理我,就由佢哋咯,当年的政治环境让我不得不那样做,这能怪我啊?"

他狭小的客厅里放着一台老式的康佳彩色电视机,我来时他就打开电视。他说,儿子在广东不回来,正好空出一间房让他画画、写书法。我看了那间被他当作创作室的房子,地板上摆满了用白纸和报纸写的字,还有用宣纸画的国画。他说,这已经是我的习惯了,我还写文章,一人自得其乐地写文章、作画。我趁机问起姨婆婆早年去新疆的原因,他于是谈到了他的早年岁月——

我大学本科毕业后到了北宁一中任教,良珍在1962年就已经系北宁县民信镇的小学教师了。1964年,佢同我结婚冇到一只月,就因为地主身份被清退了。佢觉得在南方冇有活路,就听信了老乡艾天成的话,去了新疆。那时候佢已经身怀六甲,后来在新源马场生下了观雨。今天想起来,我对艾天成这只人系有睇法咧,那时候这只人在新平乡税务所工作,不知为何辞掉了工作去新疆。在那边干了半年,给良珍打来电话,说那边好谋生得很,遍地有活干。不知佢系乜嘢目的,如果冇系佢的鼓动,良珍冇会轻易跑去新疆。良珍去新疆后,在新源老马场做了农民,认识了一帮老乡,佢给我寄信讲再也冇想回去受歧视的煎熬了。其实佢走冇见得系很对,1966年运动开始后,佢在新疆亦有逃得脱进"牛棚"的命运。

1964年秋天,我为了劝返佢,向单位请了十几天假,拿了公安局的通行证就去新疆。那个证上只写了去新疆探亲的字,冇有注明具体地址,这个我当时亦冇懂,结果我到了乌鲁木齐汽车站就被解放军拦住了,冇给我买票去伊犁。我在那儿待了两天,眼睇假期仲有一个星期,我急呀,就给学校发电报,要求重新出证明办通行证。北宁公安局的人讲,冇使重新办证了,跟当地公安部门联系就行。我就拿出良珍之前寄给我的信给解放军睇,也幸亏有这封信,佢哋认为我系有家属在伊犁的,就提醒我去揾新疆公安厅。公安厅的人睇了我的信,就在我的通行证背面写了"此人有家属在伊犁新源马场,可以放行"一行字,我才得以买票继续去伊犁。在新源马场,我只住了一个晚上,但就系那个晚上,我哋有了观水这只仔。哎呀,真是同佢一次就有一只仔,这样的老婆,唉!

尽管我学的系理科,但亦能写一手文章,仲很能讲,擅长组织活

371

动，进城当了物理教师，我成了学校的支柱人物。

1968年的时候，北宁武斗开始了，课上冇成了，我又去了一次新疆，住了一只多月。那时候大西北亦有武斗，有人把兰新铁路哈密一段的铁轨也撬开了，火车冇能通行了，但系我又想回去，在马场三队你姨婆婆的房子门口，我又拉又抱我两只仔，想把观雨同观水都带回广西，良珍冇愿意，在房里哭着。这时候有一只"造反派"的头目见到我，就厉声问我："你是干什么的，我们要专政你！"叫手下的民兵抓我，这时候良珍走出来，解释说："别抓他，他是我的亲人。"那时候许多盲流都被抓住再遣返，你外母姆在马场的时候就有这个经历哦。我害怕了，把自己的教师工作证给那个头目睇，他睇了讲："你不能再停留在这里了，要回去抓革命促生产啊。"我赶紧答应。观雨已经五岁了，开始懂事，与佢妈妈亦有很深的感情，冇愿意跟我回去，我就带了四岁的观水走。也就系这一只月的停留，我哋又有了女儿杏花。

武斗结束后，学校让我做了教改组组长，就系现在的教导处主任。在那只年代，教改组组长系学校的革委会委员，权力很大。学校的军代表查档案，知道我在新疆有一个地主身份的老婆，就把手一挥，说："应明同志，我以战友的身份警告你，为了将革命进行到底，你要划清界限，否则就冇系冇给你做教改组组长这件事咁简单，而系敌我矛盾的问题！"当时我想：我和良珍天各一方，一年难见一次面，加之又有政治原因，我实在冇舍得那些政治资本，更冇想被打倒，就咬咬牙离了，给良珍寄去了离婚书，佢亦很快签了字。不过让我想冇到的系，佢离婚当年很快又结婚了，可我系在三年后才结的婚，老婆系我的一只学生。

周应明和姨婆婆的大儿子龙观雨是个很上进的人，八十年代还在马场上初中时就因为成绩突出而赢得人们的赞扬。后来他成为马场考上了师范学校的第一个学生，全场的人都把他的事迹传为美谈。他一毕业就回到巩留县一个乡教书，很快就被新源县当作人才挖回去，在学校任领导。两年后又被伊宁市十六中挖走，很快当了校长，如今是伊宁十六中的党委书记。他也写些东西，新旧诗，记叙文和议论文，前两年装订成册，让我审阅，还叫我想办法联系出版社出版。我看了他的书稿，除了自费出版别无他路。他交往广泛，在伊宁市，文化艺术界、新闻界、政界都有他的朋友。我每次回来，他总能叫出好几位在伊犁当地有地位有影响的朋友出来作陪，让我受宠若惊。那些朋友听我称呼为"舅"，都一脸惊奇，观雨自然又得解释一通，于是朋友们连连说"有缘""幸会"。我也因为这位观雨舅，在伊犁的朋友越来越多。自然，让我害怕的喝酒机会也很多，我已经敏感地觉得，我的身体出现了不适，偶尔脚拇指或者脚后跟隐隐疼痛。我问过做医生的大弟，得知这是痛风的前兆。然而即便这样，还是必须喝很多酒，吃很多肉，因为喝了酒，观雨谈他家庭的往事就多，这正好有利于我收集写作素材。关于他妈妈，关于新疆好还是口里好，他有一套自己的见解——

按我妈这辈人来说嘛，应该是五十五岁以前是新疆好，就是说退休之前觉得新疆好。他们早年吃过很多苦，现在风平浪静，身体尚好，一般的家庭也算丰裕，觉得在口里很难再有这样的机遇。五十五岁以后嘛，风烛残年，想起少年时。有梦啼妆泪的感觉，有的还会想叶落归根，回到口里老家养老，一些纵使成绩很大的人也是如此，比如那个"新边塞诗三剑客"之一的杨牧和章德益，在新疆成就了名气，却在退休后迁回口里安度晚年。他们在心底里有一种对新疆不够淡定的犹疑。但也有例外，比如同为"新边塞诗三剑客"之一的周涛，至今还以生活在新疆为荣。

按我们这辈人说嘛，情况就很复杂，我们都在新疆有自己的事业，经过辛苦打拼，好不容易才有今天这个局面，况且已人到中年，不敢轻易放弃，一放弃就什么也没有了，连退休都没有。但是也有不甘心的，活动后调回了口里，也有的过得很好，成为口里单位的支柱。他们走的原因一般有两个，一个是独当一面，口里的单位欣赏他，认为挖回来值得，一个是工作平平，完全为了儿女迁回口里发展。他们见识过新疆的历次事件，觉得口里更让人放心，他们是缺乏对新疆的自信。

按下一辈人也就是我们的儿女来说，许多有知识有技术有魄力的青年也回了口里发展，尤其喜欢在大城市或者沿海城市发展，并且得到了父母的支持。比如我的儿子嘛，我就支持他毕业后留在南京发展，或者在沿海城市发展。这主要是觉得沿海有更多实现人生价值的机会。新疆尽管这些年发展很快，也有许多国际性的活动和发展机遇，毕竟是边疆地区，社会也比较复杂，不少父母都想让孩子在民族成分单一的口里发展，抱有一劳永逸的想法。但是，新疆是美丽的，也是可爱的，还是必须繁荣发展的，留在新疆发达的机遇也是很多的，所以大多数有志青年都选择留在新疆发展，这也是今天的新疆向着全国先进省区急起直追，且综合实力不断增强的必要条件。我个人对这些为新疆发展稳定而在新疆做出很大贡献的人表示敬佩。

观雨毕竟是做行政工作的老手，可以娓娓而谈，不知枯竭。他的妹妹杏花喜欢善意地嘲笑他为"政治家"和"教育家"。观雨与杏花一个姓龙，一个姓周，却都是周应明的亲生儿女。关于姓龙还是姓周，有一个小插曲，阿依回忆——

1983年的春天，杏花已经读五年级第二学期，有一天放学后我去她家玩，一进门就看到她正在质问她的爸爸，大声说："你不是我的爸爸，我的爸爸在广西，观水哥来信告诉我了。"她的爸爸在房子里坐着，听了她的话一言不发。她的妈妈我姨婆婆正从外面回来，听了她的话也不作声。她越说越大声，直到指着她爸爸哭起来。说实话，她的后爸非常疼爱不是他亲骨肉的观雨杏花两兄妹，待他们如己出，尽管已经生了兰花柳花两姐妹和小儿子军军，但是平常有好吃的，总是首先照顾观雨和杏花。但是那天，姨婆婆做了饭叫我们吃的时候，她发脾气不吃，观雨那时候读初三，放学回来得晚一点，一进门，杏花就扬着信对哥哥说："哥，二哥来信了，把啥都告诉我了，这个人不是咱们爸，咱们爸在广西，咱们也不姓龙，咱们姓周！"观雨恼怒地说："你胡说啥？你懂啥？他就是咱们的爸爸！"杏花却不依不饶，捶打着观雨的胸口哭着说："哥，她真不是咱们爸，咱们的爸爸在广西，姓周，我要改回姓周！"十二岁的观雨怒不可遏，"啪"的一声脆响，也许是天气冷的缘故，杏花的脸上竟然出现了五个红红的手指印。观雨瞪着她，嘴里骂着："看你还胡说八道！你知道吗？姓周的根本就不配做我们的爸爸，他没有尽过父亲的责任，对妈妈也不负责任，他根本没有资格做咱们的爸爸！"杏花哭着跑出门去了。姨婆婆站在灶台边，抹着眼泪说："没有这个爸爸，你们怎么能活到今天？"

几天后就是腊八节，姨婆婆让我去她家跑腊八粥，我一进门就看见姨婆婆给观雨杏花几个兄弟姐妹一人一根非常漂亮的皮带，我也得了一根，大家都非常高兴，都把皮带系上了。杏花也把它系在自己的裤腰上。吃饭的时候，当杏花听姐妹说这是后爸赶巴扎买回来的礼物时，她的脸色就沉下来，一下子解下了皮带，"啪嗒"一声朝对面扔过去，皮带像一条飞蛇一样从她后爸的脸前飞过。她的后爸脸都白了，站起来，指着杏花很久说不出话，最后说了一句："你这娃娃，咋能这样！"那天观雨不在家，我想要是在家杏花肯定又会挨他一巴掌。

杏花五年级毕业后就回到了在北宁一中任教的父亲周应明身边，父亲把她送进了北宁一中，吃住都在周应明的家里。她每天要面对父亲的后妻，她管她叫姨，姨生了一个儿子，杏花对我说过，这个姨对她很好。初中三年，姨婆婆没有回过北宁看她，都把她托付给前夫周应明照顾。同学们都把她当作新疆姑娘看，要她跳新疆舞，她果真就跳了，老师同学都喜欢她。她和一帮北宁的同学成了好朋友，你那个同学李毅光，就是其中的一位。

不久，杏花真的改姓了，把姓龙改为了姓周。观雨在伊犁知道后暴跳如雷，写信让杏花改回后爸的龙姓，杏花就是不愿意。尽管脾气还是那么倔，但是三年后，杏花还是回来了，在新源县参加了高考，考上了伊犁师范学校。随着年龄增长，她也慢慢了解了她妈妈的一些经历，每次回家，她也像观雨一样对待后爸了。但是改姓已成定局，一直到1996年他们的后爸病逝，杏花姓周再也没有改。

在北宁读完初中后，杏花回新源县参加了高考，她的志愿是当一名教师，并且幸运地考入了伊犁师范学校，毕业后回到新源镇五大队做了老师。十多年来，她摸索出了一套教书育人的方法，很快成了学校的骨干。毕业后第三年，她被任命为巩乃斯镇初中的党委副书记。

杏花是一位热心过头的人，每次我回来既想见她，又怕见她，可如果没见她会责怪我，见了她总是买回来许多肉菜招待我，又找车子把我往各个景区送，走了还把特产往我包里塞。她的爱人我们称呼老谢，是一位身宽体胖喝酒海量的男人，他每见我必要我喝，我每喝必醉，因此我有些怕他。我更怕最终有一天我和他都会得痛风。在伊犁，因为大量喝酒吃肉得了痛风症的人太多了。

杏花偶尔会问我广西那边的情况，她的同胞哥哥观水在小城，她每次来北宁也不忘告诉我和阿依，我们像她在巩乃斯陪我们一样，也陪她到处转转。她在我们面前回忆她的母校北宁第一中学，说那时候的学习氛围很好，同学也纯真，班上的同学大部分她都有联系。在谈到新疆与广西哪个好时，她说：

我刚刚从镇初中党委书记的任上调回县教育局任职。我这辈子肯定爱伊犁了。许多人都说南方好，我妈早些年说不想回南方，前几年兰花在珠海买了房子，让她去那里守，哎，她这一住竟然上瘾了，还说南方气候好，不过说的是冬天好，夏秋还是想回新疆。老人嘛，一个怕冷，一个是老了想起故土，说老家好这不奇怪。我嘛，就算我有机会选择在南方工作，我也不会在那里定居，我一点都不喜欢在南方生活了。

我虽然常年工作生活在新疆，但是我还尽量回广西参加同学的一些聚会。2009年我就回了一趟柳州，参加了我们班的聚会，我的同学都说我，你可以嘛，比在广西的同学还要积极参加我们的聚会，你比他们可强多了。

我一直对姨婆婆那几个具有生意头脑的子女十分佩服，觉得他们真是人才。十年前，兰花几乎是白手起家，从钢材生意做起，现在成了身家几千万的大老板，她的弟弟是她的助手，生意也做得十分顺畅。

我有一次向柳花表达了我的疑惑："为啥这么多年你们姐妹没有重返过一次你们曾经工作两年的地区呢？毕竟，那里还有你们的亲戚和朋友，起码还有我和阿依这些朋友和亲戚呀？为啥你们来回广东那么多次，就是不回一次与珠海相隔几百里的北宁呢？是北宁经济很落后，还是当地人不友好吗？"

她淡淡地笑着说："我就是不喜欢那里，我喜欢我出生成长的地方，我觉得在这里生活得很好。"

我很愿意相信这是她的真心话。但是根据有一次我在电话上与她的母亲良珍姨婆婆交谈得知，她其实是因为她的顾永忠表哥在安北区委书记任上身患绝症去世而伤感不已。当年，她和姐姐兰花在南安地区时，曾经每个周末都去表哥在北宁的家里做客，有时还带上阿依和枣花，在她表哥做成均镇党委书记的两年间，经济条件十分拮据的她们在这个富裕的家庭里享受了许多精美的食物，作为镇党委书记的顾永忠还驾驶着小车载着她们畅游了他的辖区，还带她们去了南安地区和南宁市区，女孩们度过了两年的快乐时光。顾永忠升任北宁副市长和安北区长时，柳花和兰花还有良珍姨婆婆曾经分别打电话祝贺了他，到了他担任区委书记时，不光潘美清十分高兴，连远在新疆的柳花兰花也无比兴奋，一度计划在第二年春节时举家南下，与表哥一家欢度春节。但终因工作繁忙和良珍姨婆婆身体有恙而作罢。此后经年，一直因事未能成行。孰料，顾永忠表哥有一天就倒在了任上。"都是因为大量喝酒。"良珍姨婆婆这样对我说，"天天接待，喝到晚上十点，这是我的五姐（顾永忠的母亲）告诉我的。"

就像提拔时没有到来祝贺一样，柳花和兰花也没有参加表哥的葬礼。但是据良珍姨婆婆说，柳花和兰花悲痛地哭了好几次。知道了这些，我对柳花和兰花不愿意踏上北宁的土地也就觉得不难理解了。

作为她的朋友和亲戚，我感到高兴的是，2010年，柳花终于在一位牧区小学的老师那里找到了爱情，并且有了幸福的结晶，生了一个女孩。

这些年，柳花忙于教学，一度到哈拉布拉乡支教。我多次邀请她回广西看看，她说："我再也不想回去了。"语气里好像那里曾是一个令她伤心的地方。连她姐姐兰花也这样说。果然，这几年她们多次来到广东珠海，尽管小城还有她们的一位哥哥在这里生活，地区也有她们的姨姨和表姐，但是她们就是没有回过一次这两个地方。

令我惊讶的是，周运升是那帮北宁籍老乡最坚定地迁回老家定居的人。按照天福的说法，运升是在几次暴力事件之后变得惶恐不安的。他曾对阿依母亲说过，他害怕受到攻击，害怕他的老伴和女儿受到攻击。很显然，他已经变得敏感而脆弱，所以，他和老伴渴望着及早回到自己的老家。

他的辈分很大，是周应明的叔叔，是观雨的叔公，他是我当年在新源镇八大队认识的唯一一个不再喜欢新疆生活的人。早在2010年，他就卖掉了八大队的房子，转让了田地，和老伴一起离开了生活四十多年的八大队，离开了伊犁，回到北宁，在这座小城的六地坡村买了一套原属于交通局宿舍的小产权房。有一次，他打过电话给阿依，希望阿依跟我说一下找工作的事。"做门卫也行。"他说。但是没有哪个单位愿意要一个六十多岁的老头。

2013年春节前夕，我和阿依在小城的六地坡交通局宿舍区探望了周运升，他的老伴也是北宁人，是阿依母亲在八大队的老乡，他们的一个儿子在柳州工作，女儿大学毕业后在广州打工，去年回来了，并且在小城一家企业找到了工作。周运升自从因为年龄原因找工作失败后，就操起自己的特长，做起了赤脚医生，常去农村寻找草药，帮人医治疑难杂症。我问起他为什么离开新疆回到南方定居，不愿意在八大队跟那帮老乡一起生活，他说：

> 我与章天福、顾家明他们不同嘛，他们的子女都在新疆工作，还是国家干部，所以他们愿意铁下心来守在新疆。老实说，以前我也是铁了心认为新疆好，伊犁好，空气比老家清新，吃的也比老家的环保，冬天也比老家暖和——有暖气嘛。但是，那个事件——就是2009年那个事件发生后，我在那里总感到有一种孤立感，神经很敏感、很脆弱，所

以，我想及早回到老家定居。我的儿子大学毕业后在柳州找到了工作，我的大女儿春平也在广州有了工作，小女儿蓝花从巩乃斯高中毕业后上了大学，学的是电子商务，2005年毕业后去广东打工，2011年又回到北宁结婚，现在跟我们住在一起。我在北宁虽然没有工作，但我当年学会的治疗跌打刀伤医术，也可以让我养家糊口。我觉得这种生活很平静。偶尔，我也回一趟八大队，见一见当年的难兄难弟们。

我觉得，南方的天气要比新疆好，尤其是冬天，暖和些。良珍（阿依的姨婆婆）在珠海那边也住习惯了，觉得那边冬天的气候要比新疆好，她也不怎么想回新疆了。再说，我是一个注重叶落归根的人，在那边我觉得很孤立，可能与我的神经过敏和心灵脆弱有关，我想趁早回到老家。

坐在他装修简单的一厅三房里的旧木沙发上，我们和老两口交谈。他的小女儿从广州回来了，现在小城一家陶瓷商店工作，谈话间还问我是否有更好的工作介绍，我实在想不出怎样帮忙，只好尽量露出笑容回答她：一有机会就帮忙。此刻，她的一岁多的女儿正在她和她母亲的膝盖之间来回奔跑嬉笑，而在茶几的另一边，周运升的儿媳正在抱着她的一岁多的儿子喂饭。

南方（三）

在疆桂两地写作九年之后，2012年，当我从清凉的伊犁草原回到依然炎热的南方小城，我用一种再回首的目光看待我的南方故乡，这个生我养我的地方，我突然发觉，我们互相之间已经变得很陌生了。我成了一个"悖论"的执行者，比如，我已经讨厌南方，但是我不得不在南方谋生；我喜欢西北草原生活，但是我不得不在南方城市徘徊。这大概就是人们常常提到的"有几个人在抱怨城市的时候甘愿退回到乡村呢"这样一个命题。是的，南方或者说城市所能给予人们的便利与舒适，一定远胜于西北草原和乡村。这是无法否认的现实。而更加无法否认的另一个现实是，我这些年在南方从事着机械枯燥的"八股文"写作，实际上我的内心却在挤压煎熬中得到了更多的自由——我走上了最需要自由的文学创作之路。而我在南方的纷纭烦嚣中生活也让我的灵魂向隅而歌——我绝大多数倾诉都是书写西北草原的文字。我几乎就是在一个又一个的悖论与辩难之中施展着身手。有时我感到很困惑，有时我又欣喜若狂。我就在这种复杂的人格中在疆桂两地整整跋涉了九年！

屈指算来，我在市委办工作了十二年，到文联任职两年后又任市委办副主任也已经一年零七个月。现在，除了那些"同志们"的文字在陪伴着我，肾结石、痛风、坐骨神经痛也在折磨着我，还有经济上的窘迫也在纠缠着我。记得当年陈启劝我回来担任这个职务时曾说："做副主任可以大大改善你的收入条件。"但是现在，我并没有感觉到。相反，每个月的房供和母亲看病的开销，让我在下个月发工资之前的十几天就把最后的一分工资花完了。反观陈启，当年从市委办副主任的任上到乡镇做了书记，后来又到了地级市文联做副主席，早把该有的攒够了，所以他尽管到了众所周知的清贫的文联，但是他一直活得很潇洒。有一次我在文联会议上见到了他，他正在主席台上大谈诗歌创作，谈到诗歌创作之余的休闲生活，台下的诗歌作者频频做出崇拜的点头。散会后，我苦笑着对他说："你完成了原始积累，你可以休闲了，我却还在苦熬中，而且，我每个月的工资每一分钱都要花完。"他哈哈大笑说："事在人为啊！"

他说的"事在人为"，以我在党委办工作十二年的经历而言，我自然明白。但是我承认，在这方面我的确无计可施。我生性木讷，胆小敏感，十五年的读书生涯让我瞻前顾后，习惯看天吃饭，量体裁衣，在仕途上没有冒险的野心，在经济上希冀旱涝保收。

这时候，我又成了路线教育实践活动综合组组长，那是一个真正需要出材料出经验的岗位，至少有两位领导见到我就跟我说，我市能否出经验全靠你了。真不知道这是重用我还是折磨我。我苦着脸，满心的不快，关于离开市委办的去意已定。就在马年春节之后上班第二天，我毅然决然向主要领导的手机发了一条信息，陈述了我的具体情况，请求辞去市委办副主任的职务，想回文联做专职主席，想做点繁荣本地文学艺术的工作，末了我还推荐了可以担任副主任一职的人选。信息发出去后，主要领导正在南宁参加"两会"，专门给我打了电话，压低声音告诉我："你想辞职的事不要声张，我们会考虑的。"我满心欢喜，知道很快就有结果了。

可是，两个多月过去了，我没有等来改任的通知，却等来参加实践办会议的通知。当我正在医院里排队等候检查的时候，来了一个电话，一个女孩甜甜的声音说："梁主任啊，对了，我还要叫你梁组长哦，现在有个领导小组会议，是杨副书记召集的，这会儿他正在会议室等候你呢。"听到这句话的时候，我心里想，是时候了，是要搞点动作的时候了。

我没有参加会议。我如实说我病了。

当天夜里，我写好了只有半页纸的报告，请求辞去市委办公室副主任和综合组组长职务。报告第二天一早我就送到了组织部，下午就有人说我傻，市委办副主任是以后当局长的平台呢，大家想做还做不上，你倒好，竟然亲手拆掉了这个最好的平台。我知道，按照小城的干部使用习惯，一般在党委办做了副主任的，基本都可以安排一个中上等局的局长，或者一级局的党组书记，年轻的可以安排到乡镇任书记镇长。我干了傻事，但是我没有为自己惋惜。后来的日子，我多次跟那些好奇者和为我打抱不平者说，我就这样了，我不后悔。阿依在经过上次我打报告申请去文联的谈话之后，这次也完全支持我，她用开玩笑的语气说："本来嘛，我还想靠着你封妻荫子。经过这些年的了解，我发现你真的不适合在这个圈子里。离开也好，以后就可以有更多的时间去做你喜欢的事情了。"

天底下的事往往说说就是说说，空口无人敢信，白纸黑字才是凭据，真家伙打了辞职报告，他们果真就重视了。半个月后，市委召开了常委会，免掉了我的市委办副主任职务，我彻底回到了文联。那些天，我觉得自己解放了。

有一个小道消息我是后来才听说的，主要领导问当初力劝我回来任职的党委办主任，知不知道梁小羊打辞职报告？主任惊愕地说，不知道啊，他辞职怎么不跟我说？我听到这个消息后的内心反应是，别说你是主任，就是我老婆我也没在递交报告前告诉她呢，完全是免职文件下来之后我才告诉她的！有一句俗语说：军师多打败仗。这座小城还有一句粗语：人多屁股乱。认准了一件事，你想不受人干扰做下去，最好的办法就是只做不说，你一说了，纵使你意志坚决，他们也会说你一意孤行。又据内部流出的一个信息，主要领导有一次和市委办写作班子谈工作时，说到了我："梁小羊这个癫佬，叫他不要打报告他还是要打，真是个癫佬！"在旁边陪坐的几位市领导同声附和："对，就是个癫佬！"

在他们的心目中，我已经很出格了，不按常理出牌。升官发财、光宗耀祖，这可是小城家家户户都梦寐以求的好事。我也承认，在我经历了早年的遍借债务读出大学找到工作后，尤其是我不花任何代价进入了小城最高司令部后，整日与那些志得意满出入有车的大小领导接触，曾经使我满怀升迁的渴望和计划；置身于灯红酒绿颐指气使的洪流中，享受着大桌小桌的美味，沉浸在同学熟人父老乡亲的恭维之中，曾经让我觉得已经过上了体面幸福的生活。

可是现在，我的追求已经完全改变了，我要用我四十岁后的光阴追赶我曾经的憧憬和未来。我不能被那些曾经让我热血沸腾、野心勃勃的计划干扰了我，市委办副主任不行，政协委员也不行。更何况，这些工作本来就不是我这个档次的人干的，比如我当政协委员的时候，负责这项工作的人根本就不懂他们引以为豪的官场规矩，我那时想着就来气，大家都是委员，都是正科级干部，为啥就只能是我动笔写材料，而他们可以袖手旁观，指指点点，等着我给出那些干巴巴的材料他们看？市委办的材料工作我都辞掉了，政协又怎么可以安排我呢？许多次，我拒绝了这些额外的工作，甚至多次缺席关于这类工作的会议。于是大家都知道我的坏脾气了，一般写材料的会议就不再通知我参加，而我也觉得正中下怀。

虽然我基本做到古井无波，但是也有一些足以让我心情不能平静的事情。我辞掉兼职的市委办副主任后，一些我比较熟识的单位领导一直说我"亏了""傻了"，是"傻卵"；还有一些人自以为是地揣度我是否犯了什么错误，或者忤逆了主要领导，背后说我"被贬了""冇吃得钱了（不能用了）"，要不怎么去了清水衙门的文联？而市委办副主任从来都是出来就任乡镇书记或者市直主要部门正职的呀！如果说这些完全偏离了我心灵的浮泛议论我可以付诸一笑的话，那么一些曾经作为我的老部下、老朋友，我曾经给予过工作上的引导和帮助的人也跟着别人认为我是"傻瓜""疯子"，从此就失去了电话联系甚至在各种场合见到我就假装看不到，这些作为的确很让我五味杂陈。其实过后我也全把他们忘记了，我想，也许我有嵇康阮籍之癫狂，但我做的是自己喜欢的事情，也是我特长的工作，现在既然如愿以偿，又哪里会有闲心去管他们的冷嘲热讽，又有什么值得我自卑和遗憾的呢？

若要真的说到遗憾，还是有的，那就是在小城里我越来越缺少可以谈话的朋友了，谈的自然是文学，可以用生命来写作的文学。自从朱山坡从地区文联副主席的位子上调到自治区文联任办公室副主任之后，真正可以与我完成一次把文学作为理想来谈话的朋友没有了。不错，小城不缺舞文弄墨之人，除了一直服从于业余之外，还服从于"文而优则仕"的古训，真正秉烛夜谈文学的人是越来越少，昔日一起从文的朋友也大多以从政或经商判断自己人生的得失。所以有时候我宁愿用手机打南宁的长途电话，为的是与和我一样可以将文学作为生命一部分的朋友朱山坡通电话。单从这一点看，我觉得这个作为我故乡的小城，已经越来越不像故乡了，故乡反而更像异乡。

于是我更加笃信必须每年在南方和新疆之间来回居住，类似于候鸟。关于这种方式，我觉得用"转场"二字来形容比较合适。就像伊犁草原上的许多哈萨克族人一样，他们养殖着马牛羊，遵循着"逐水草而居"的规律，每年三四月要将牲畜从山脚的冬窝子转到山脚的春牧场，六七月要从春牧场转到山顶的夏牧场，9月要从夏牧场转到山腰的秋牧场，10月要从秋牧场转到冬牧场，如此循环，年复一年。我每年往返于疆桂两地，这多么像是一种"转场"生活。转场之外的含义，我有一次听朋友朱山坡说了一个词后，觉得很合适，他用小说家的语言总结我每年回到伊犁居住为一种"感恩之旅"。就是这个词，让我草根一样的旅程境界开始变得崇高。是的，我的作品写自伊犁，出版在新疆，我的确是回去感恩；我的爱人来自伊犁，我的女儿出生在伊犁，我的作品产自伊犁，我实在是要一辈子感恩伊犁啊！

我也把自己的每一次西行回家都看作是一次漫长的学习之旅。在每次旅行过程中，或者之后，我都在慢慢地写，我想把这部书写透，也许会写得很长，但是我希望能写出一本独特的书，有一个独特的我在里面。

这个想法似乎有些可笑。不过，我真是一个在口内无法实现理想的人。我在口内写了将近二十年的文学，应该说，我几无成绩，一直不能为人所知。我在口内经历的第一场恋爱也是失败之恋。我为此对自己能否在口内顺利生活而焦虑不安。我和阿依结婚既是我生活的开始，也是我实现自我放逐的转折点——不是政治上的放逐，是心理上的放逐——这几年我恍然大悟，我是一个理应遭到放逐的人，我只有在心理放逐中才能实现自我，我只有向西走才能找到我的精神家园，并会因此圆我的作家之梦。

作为一名决意用自己有限却宝贵的光阴写作新疆题材的南方籍作家，我一直渴望自己付诸多年心血的书稿能早日面世。而我近年的作品反映的几乎都是关于疆桂两地的生活，是我在两地的绵绵情思，这就需要我有更多的旅途感触和关于新疆生活的思考。这是一种倒逼的创作志向。有几年，特别是我的《吉尔尕朗河两岸》出版之前的那两年，我几乎对自己的创作失去了信心，已经有了放弃这种努力的打算，我想重新写回我的生身故乡喽啰山，那里生活着和我一起制造了快乐也一起熬过困难的童年伙伴，那里更有我早年最困难时支持过我的乡亲，他们有很多故事值得我去讲述，我也一直有这个打算，甚至觉得有这份责任。我欠乡亲们的情实在不少，太需要写一写他们了。但是，整整十年，我却无力转变这份心情，总觉得有一只手在强力地牵着我往西北走，我写着这部书，而我也是书中的主人公，他的性格形成和故事情节发展不是由我决定，我要做的就是尽职尽责地记录。我困惑地感到，恐怕有一个时期，我必须完成这个使命之后，才能重新开始写作关于我的故乡喽啰山的作品。

这种选择不光让我为难，也让南方的朋友对我感到困惑。据我所知，"7·5骚乱事件"之后，口里就有一些人取消了原定的行程，具体到我身边，那个事件发生之前，一直有几个朋友说好跟我去新疆，后来都托词不去了。而我自从那次骗了我的同学李毅光跟我跑了一趟新疆之后，我再也没有骗过谁。当阿依和女儿没有跟随我回去的时候，我还是自己一个人踏上了西去的列车。我想我是一个作家，我应该走自己的路，我需要一种独特的体验，我要有坚强的内心，我不应该害怕孤独和其他危险。况且我一向是个有人生目标的人，有人生目标的人可以称为旅行，随心所欲去行走那是流浪。事实正是这样。那时，我一个人在列车上待了三天三夜，这时火车的速度已经比以前快多了，2006年之前我们回新疆最快也要熬五天四夜。而每次我从新疆回到南方后，总有人心怀疑虑地问起那边的情况，我总是淡然地回答："很好啊，我去了，就像回家一样，那边也是我的家。"每当我说出这句话的时候，他们的眼里既有羡慕，也有将信将疑的神情。我理解他们的内心，但是化解他们的疑虑最好的办法就是让他们去一趟，然而他们总是瞻前顾后，或者本来就没有消费这笔钱的打算，那么更多的解释也被那句俗语抵消了——百闻不如一见，所以我就没有对他们花费更多的口舌。

"出塞出塞，新疆新疆，出塞出塞，新疆新疆！"

载着我和我的梦想的列车继续驶向新疆大地。透过窗帘没有遮严实的车窗，我看到了远远的天边有一颗明亮的星星在闪烁，它一直追随我走了很久。我觉得，它就是我的这些年来的指路明灯，也是我有些悲壮苍凉但绝不是荒唐的希望。看着它，我陷入了深深的思索中。这些年，离开那个令人羡慕的单位后，我把更多的精力和时间用在了创作和寂寞的西行上，但是，还是常常有不少老家的亲戚老乡因为孩子进城上学和建房审批找到我，除了力所能及地帮忙解决一些外，我自知无论是从我的能力和兴趣还是从我的身份人脉而言，我都已经勉为其难。当我在市委办任副主任时，我觉得应该知恩图报，对当年借钱给我读书的那些亲朋，我在他们农村建房和小孩进城读书方面尽力提供了帮助。可是自从我离开从政之路后，我日益对那些亲戚和乡亲再也帮不上什么忙，每次回乡见到他们因政策变化而需自谋职业的孩子，或者外出打工因赌博、工种不好而使家里一年所剩无几的童年伙伴，心里感到十分惭愧，仿佛是因为我而使他们陷入了不幸。

在那些人当中，我觉得最对不起的就是那年深夜借钱给我父亲让我及时上了大学的表哥。他和表嫂两个是勤恳吃苦的庄稼人，在种地赚不了什么钱后，转而专注于养猪。2011年夏天，一脸皱纹满身猪屎味的表哥来到我家找我，他那唯一的白白净净的儿子刚刚大学毕业，他提着两只鸡，他的儿子扛着一袋荔枝，在踏进我家门口时期期艾艾的不知道是否要脱鞋，我让他们直接进来坐下，他儿子坐下了，他却挺直腰用衣袖不停地拍打几遍自己的屁股后，才敢在沙发上坐下来。我给他端水，五十多岁额头皱纹又密又深的他，双手不停地摩挲着我端给他的一次性纸杯，嘴巴嗫嚅着，久久不喝。我知道他准有事，只好主动问他，他满怀期望地对我说："我屋己的情况，你系知道咽，我同你表嫂身体冇好，阿荣（他女儿）前几年去广东打工结识了一只四川仔，就嫁到那里去了，一年冇来一次睇我哋，我哋两只老的亦冇去到四川咁远睇佢，就等于白养了。我就只有一只仔，佢想去桂林揾工作，我冇舍得啊，我哋要佢养老呢，你能冇能在市区帮佢揾到一份体面的工作？亦好拴住佢条心。"

那天中午我母亲亲自做饭，阿依为他端饭，我替他倒酒夹菜。他喝了两杯闷酒，满面愁容地看着我。我宽慰他说："我再想想办法。"他一听这话就面有喜色，举起酒杯和我碰了一杯。他儿子却无所谓地吃饭，夹菜。饭后，他大大方方地坐到沙发上看电视，还把右脚板退出拖鞋曲起踏在沙发上，右手掰着脚板那些老茧皮，白色的茧皮星星点点地落在瓷砖地板上。

那个夏天我找了许多人。以前，因为我多任了一个市委办的职务，许多部门领导对我客气有加，不时在逢年过节时送点年货或者清油。我到文联任职后，他们的态度有了微妙的改变，总是对我打着哈哈，我请他们帮忙，他们说出的话八面玲珑，让我从哪方面理解都不是他们不肯帮忙，但是我又无计可施。折腾了两个月，无功而返。

秋天的时候，有一个周末我开车回老家，到邻村时被一个人招手喊停，我赶紧靠边，扳着方向盘，带挡踩着脚刹，原来遇上了表哥。他扒着车窗，我一眼就看到了他两个眼角堆起的两叠皱纹，他忧愁地说："路生（他儿子）这时在屋已跟我养猪。"我说好啊。他又望了我一眼，皱纹堆得更高了，说："你冇知，佢总讲冇忍受得猪屎味，想呕，闹着要去桂林闯。"

"你叫佢先忍住猪屎味做紧吧，有机会再讲。"我安慰道，心里却内疚不已。然而方向盘也已往路中间扳。他嗫嚅着，我边放慢速度边回头说："我先回去了，改日再讲。"我的车开上了斜坡，他还站在路边朝我望。

一个月后，他的儿子终于离开了老家，离开了那些猪屎味，去了桂林，到了他读大学时就熟悉的一家建筑公司打工。

又过了大约半年，老家传言表哥的儿子和一位阳朔郊区的女孩恋爱了。"系女的睇中男的，"我母亲说，"系县城边的人，有地皮。"

有一天，我又接到了表哥给我打来的电话，他还是那种忧伤的语调："路生要倒插门，在阳朔定居，这可怎么办好啊？阿荣（他的女儿）早早嫁去了四川，现在我唯一的仔又要做人家的上门女婿，我哋两只老的今后怎么办？"

明白地说，我尽管理解住在山沟里的表哥表嫂对于唯一的儿子倒插门唯一的女儿远嫁时所面临的那种孤寒处境，但我竟然觉得这是一件好事，起码比让我在本地为他儿子找一份工作好多了，况且对于他那本来只好忍受猪屎味的儿子而言，能把家安在风景胜地阳朔城郊，这绝对是一种福分。

路生不久就结了婚，他妻子的娘家在阳朔县城郊区，分有一块地皮，他们建了一栋房子，做起了旅游商品生意。

"做上门女婿了，留下我哋两只老的在山沟里，我哋又冇想去阳朔，冇识讲冇识听那些桂林话！"表哥有一次在路上见到我，还在喃喃地说。

二十年前，父亲为了我的学费翻山越岭到他家，他对我父亲说："舅爷，我作为你的外甥，你问我借钱送小羊读书，借系应该的，就借个整数吧，三千。但系有一个希望，今后小羊有了出息，亦要帮帮我的仔。"父亲做了保证。他害怕我父亲自己拿钱不安全，打着手电送他回家。夜里十一点，父亲和我站在围墙口望着他回家的手电筒光隐没在苍茫山岭，感叹地说："幸亏我仲有这只外甥啊！"

我满心惭愧，内疚久久不能散去。我在心里说，表哥，你的恩情我恐怕永远无法报答了。

就是对自己的亲弟弟，当年曾经为了我全心读书而早早退学去广东打工的亲弟弟，我又能帮得上他什么忙呢？他几乎是靠自己，还反过来多次帮了我的忙。在广东打工八年，他曾省吃俭用帮我买了一辆二手摩托车，让我这个读了十几年书却连大米也要家里送的大哥着实在小城街上风光了一阵子。在我和大弟因为上班不能再回到老家帮父母分担劳动后，他又回到了父母身边，面朝黄土背朝天地耕耘那一亩三分地。一年后，不安分的他买了后驱动跑运输，才挣得几万块钱，他就筹钱买一辆载重量更大的轻型卡车。还没买回，父亲就患了绝症，半年后去世，他在灵前哭得涕泗交流。

一年后，那辆负载了二弟发家梦想的南骏轻卡姗姗来迟，当车子开回到家里，第二天他就对我说："我昨晚梦见阿爸了，阿爸讲，你买的这架车好好啊，可以赚到钱嗰！"

我和他望着崭新的蓝色车厢，都流下了眼泪。

我在小城买房子之后，因为装修需要一大笔钱，做了多年货车司机的二弟又是给又是借。几年后，我还清了他明说借给我的那部分钱后，到今天我都搞不清楚二弟到底给了我多少钱。可我当年上大学时，母亲千叮咛万嘱咐我读出书后要帮没文化的二弟一把。如今，我才真切地知道，我反过来需要他的帮忙。真是百无一用是书生。我读了那么多年的书，家里和乡亲都希望我做官，好为家里和乡里乡亲办点事，谁承想，我一门心思当作家，令人不解地申请离开了人人向往的仕途。二弟跑运输多年，深知规规矩矩赚不了钱，发财心切的他也像别的司机朋友那样不时超载，当他因为超载被交警或者运管部门查获的时候，他就给我打电话："阿哥啊，佢哋要罚我两千文呢，你在运管大队有人吗？"我找了熟人，有时甚至求了五六个人，最后为他减免了一半，更多则是全额照罚。这时，二弟就叹息一声出门去了，我呆坐在他支持过装修的房子里，和母亲相对默默无言。母亲，她是最心疼这个小儿子的，但他早早主动退学，他去广东打工那年，母亲叮嘱我："以后有出息要照顾你二弟哦。"我上大学那年，她又一次这样对我说。现在，我不知道应该怎样帮助我这个弟弟。他常年在两广三县之间拉水泥，为了逃避超载检查，他总是开夜车，每次深夜路过城区到我家吃饭，母亲总是半夜起来为他热剩饭剩菜，我也每次都要从被窝里爬起来到餐厅和他说说话，他在饭桌旁狼吞虎咽着，因为常年吃饭不准时，又熬夜开车，年纪比我小六岁的二弟比我还显老相。前年，他因为肾结石做了一次手术，做医生的大弟劝他不要开夜车，他总是含含糊糊地应着，又说："冇事，我顶得住。"他走后，我躺在床上再也睡不着，想起二十多年前，年仅十四岁的二弟为了分担家里的忧愁，保证我和大弟能够正常读书，主动辍学，跟着村人去深圳做水磨，无数次风餐露宿在深圳街头。而今，我从事着高雅却无实用价值的文学事业，对熬夜开货车的他无能为力，我的泪水落在枕巾上。

大弟也有几次向我诉苦："经常有人来查我的店，每次都罚去几百文，你能跟佢哋讲讲吗?"我仗着自己曾经做过市委督查室的副主任，打电话给某局的一名副局长，可是人家听了一次电话就不再搭理我了。大弟后来对我说："算卵吧，我给了佢一千文，就冇来查了。"

我惭愧地低下了头。

月亮和星星

窗外的风景从黄土高坡转换为戈壁沙漠，又从沙漠转换为绿洲，这就是我一直引以为自豪和悲壮的西驰伊犁的旅途。尽管已经过去了将近十年，我还是对它们保持着一份新鲜和激情，在这个旅途中努力寻找着最动人的风景。

"出塞出塞，新疆新疆，出塞出塞，新疆新疆！"

列车行驶在乌鲁木齐至伊犁的铁路上，这是特快9503，我和阿依坐在这趟火车上。那天也许是一个巧合，我们身边坐着许多相貌特征与汉族人有明显区别的维吾尔族人，紧挨阿依坐着的是一位年轻的维吾尔族女子，用淡绿色头巾包裹着淡金的头发，浑圆的肩膀上还披着一条黑色的坎肩，她有着黑黑的眼睛，脸蛋椭圆如哈密瓜，真是漂亮极了。那时，她的两个耳朵塞着耳机，手里拿着一个白色的很精致的MP3，显然她正在专心地聆听着音乐。她有点栗色的瓜子形脸上浮现着一种令我欣赏的灵性，不时眨动的大眼睛里泛着一抹笑意，线条优美的一字形嘴唇也浮起温柔的笑，本来拉得很近的眉宇也舒展开了。列车开出乌鲁木齐不久，因为听音乐而入迷的她一个不经意的扬手，拂到了阿依的耳鬓，她旋即与阿依微笑了一下，阿依也微笑回应，她开始拿下耳机，与阿依开始了简单的对话。她正在听艾尔肯的专辑，而阿依也是艾尔肯的热爱者，她给阿依听歌，一首《快乐旅途》，一首《巴郎仔》，然后一起谈论艾尔肯。我们的对面坐的是两位汉族中年妇女，一直用奇怪的眼光看着阿依和这位维吾尔族女子交流。连一侧和斜对面的几个维吾尔族人也偶尔看我们，有人脸上有微笑，也有人眼光里有些诧异。我和阿依的脸上也有微笑。这只是我们一次偶尔同车的邂逅，但却使我陷入了思考，我们这种主动与异族人接触基于一种什么反应？我觉得不仅仅是为了破解旅途的孤独。一个有着漫长丰富的历史文化的民族——这个民族当然也包括维吾尔族、哈萨克族和我们汉族——总会有一些隐秘的东西和密码留在心底，我们都需要一些表达自己的机会，同时我们也有一个愿意倾听和理解的渴望。

她的睫毛像两块跷跷板伸出眼睛外，不深不浅的眼窝里是两个黑黑的眼睛，明亮的光里袒露着一种平静和真诚，因为上了眼影，眼睛的每次眨动都给人一帘幽梦的感觉。

苏幕遮！我竟然想起了这样一种古词牌，一种西域的古远的元素弥漫在我的周围。我欣赏她的眼神，她让我看到了一位异族女子的矜持和异质，也领略到了一幅秋色连波寒烟翠的意境。我要感谢她，是她挖掘出了我内心的敏感性，让我敏锐地感觉到原来我有一个丰富的内心世界。我写这片土地和人的感情被再次调动起来。我延续了那种创作的冲动，再次检阅了《吉尔尕朗河两岸》全书，发现书稿已经可以进入润色的阶段，我就尽可能地把自己的细微感受嵌入去，以求达到让情感获得充实和张扬的目的。

怀着这样的追求，在我们住进新房子的第一年，2012年10月，我又一次对《吉尔尕朗河两岸》进行了比较大的修改（实际上，我在2007年就已经完成了初稿，为方便阅改，几年里，我上百次把它打印出来，打印稿重达五十多公斤，至今还保存在我的书房里。那些年，我先是满怀希望地把书稿往几家有名的大刊寄，杳无音信，又往几个有名的出版社寄，同样石沉大海。我失望了，继而又发疯了，拼命打印了几十本，万般不甘地往全国各地寄，从南到北，从东到西，那么多的出版社，大都以市场原因拒绝了，那么多刊物，除了几家省刊零星地选发了一些，书稿的大部分章节还养在深闺）。

到了2012年秋天，我在一次无所事事的网页浏览中，骤然看到了《新疆日报》电子版上的第二届新疆民族文学原创和民汉互译作品工程扶持出版启事，我心里一动，仿佛被击打了一般，震了一下，还感觉到有一首音乐在心里袅袅奏响，冥冥之中，我觉得我应该试一试，于是我就抱着碰运气的心理，在进行了最后一次校对之后，重新打印出来，按收稿地址把它寄了出去。

我同时在进行《出塞书》的写作。到了深秋，我已经写了三十万字，顿感心情舒畅，又把更多的时间用在去周边游荡上。我经常在农一队通往八连的柏油路上漫步。十年前，这条路还是机耕土路，现在已经是黑油油的通道。我走在上面，杨树迎风飘扬着金色的心形叶子，像下了一阵又一阵的金币雨，我感到这里的一切是那样灿烂而又静美。我在清真寺旁边的路口转弯，走回我们的院子，当我眼光扫过院墙南角，看到那三株油葵顶上三个金色饱满的葵花盘子定定地朝着东方不再胡转，我就知道秋天的收获快要来临了（果然，11月末我就收到了

《吉尔尕朗河两岸》获得新疆区政府扶持出版的喜讯）。

就像我当年失恋后遇上了来自新疆的阿依，这部书稿的救星宿命般还是来自新疆。2012年11月22日——我告诉你们，这天还是我们的结婚纪念日，或者这就是冥冥之中的命运——新疆青少年出版社的编辑周英嫩发邮件告诉我，《吉尔尕朗河两岸》入选了"新疆民族文学原创和民汉互译作品工程"，要求我十天内将书稿从三十五万字删减成二十五万字。

天哪！她竟然称呼我为老师！她是一位出版社的编辑，竟然称呼我为"梁老师"。我那时感到了无比的激动和眩晕。

我更多的是欣喜若狂，把她的邮件当作了圣旨。我废寝忘食地修改，阿依在旁边校对，结果，我只用三天就削骨除肉般删去了十万字，将书稿发给了周英嫩，第三天她告诉我，她很满意，他们社长也表扬我改得又快又好。

哪能不快点，哪能不尽心呢？望穿秋水一般的等待，白发爹娘一般的期盼，这本书就是我的孩子，尽管历经"难产"，却是我的"亲骨肉"，是我最疼的"孩子"，是她，让我成功地做了"父亲"——我恢复了作为一名作家的自信！

签合同的时候，我第一次领略了什么叫对作家的负责。本来，久经沧海，对于本书能顺利出版我就心满意足了，一开始就没想过稿酬，但是责编周英嫩告诉我："出版社给您稿酬。"非但如此，还说，"为了表示对您这位外省作家积极挖掘新疆大美的支持，会给您争取最大的利益。"

我心里感激不已。我写新疆，本为一个理想，没有想过靠此挣钱，因此对于利益，我本无心争取，一声不吭，但经责编的申请，稿酬比合同约定多出25%。真是出乎我的意料。

周英嫩说："关于你著作的纸质版和数字版，我们想和你多签几年。"我问多少，她说："十年八年吧。"我有些吃惊，立刻就想到了这本书的价值是否超出了我的预料，或者物超所值。我询问了出过几本书的好友朱山坡，得知出版合同一般签三年，最长签五年，"没有听说过签十年的，我刚刚出了两本书，签的就是三年。"他说。我也很想签三年。但是我担心引起出版社的不快，就一口答应了。我想，只要能付酬出版，甭管十年，就是二十年我也签了。

行文至此，我想用"一位优秀的保姆"来形容周英嫩女士——是的，她是《吉尔尕朗河两岸》这个"孩子"最称职的"保姆"，无论是阅读文字的细心，还是修改字词的孜孜不倦，或者为了某句话的表述，她都坚持反复发给我商榷，对标点符号的考究，也是一个也不肯放过。她的认真以及虚心，给我留下了深刻的印象。我至今记得对我书稿里那个"柴火"一词的讨论，她表示了异议，我当时是以一种自以为是的姿态来对待的。她坚持认为是"柴火",并让我找刘亮程的《一个人的村庄》某个版本来看,在老新疆面前,我终于知道了自己的软肋。

我还认识社里的另一位女编辑骆娟,其实在我认识周英儆之前我便知她的大名,一位在新疆大地行走留下大量美文的女作家。我与她早在数年前就是新浪博客的好友,虽然交流不多,但却是常到对方营盘溜达。《吉尔尕朗河两岸》确定在青少社出版后,骆娟通过博客纸条告诉我:"我是拿着你的样书出差南疆的,正好填补了路上的寂寞,我是先睹为快。"

按照计划,书在一个月后,即2013年1月出版了。

《吉尔尕朗河两岸》的出版对我的写作史而言是一个里程碑,彻底洗去了当年我的书被地区新闻出版局处罚和恐吓的耻辱,我甚至期待着他们有种再来查我一次。但是他们再也没有来。我是多么兴奋啊,没有从事过写作并且经历过寂寞和受新闻出版局打击的人不会明白,一本书要从等待出版的汪洋大海中挣扎出来是多么渺茫啊!而一旦有幸跳出,那种欣喜若狂真是无法形容,并且因此产生的激励和幸福别人真是无法领会!

我不禁无限思念天国之上的父亲,他尽管是我的作文启蒙老师,但他并不赞成我走上文学之路。七年前,他曾经对我苦心孤诣地写出的书稿表达了担心,如今,我不费一分钱出版了这部二十五万字的书,还获得了一些稿酬。然而,父亲去了一个解脱痛苦和忧愁的地方。当年,他表达了对我人生抉择的忧心,今日却无法看到我的成功,更无法分享我的喜悦,殊为痛惜!

我真是悲喜交集啊!除了在网上,在朋友中发布这条好消息,我更想到了父亲。一个多月后就是二月初二,在老家是扫墓时节,俗话说"新山不过二月二",那天老家喽啰山区到处响起鞭炮声,青烟袅袅在坡坡岭岭上升腾。我在祭拜父亲时,专门带上了一本《吉尔尕朗河两岸》,我把书哗啦啦地翻了一下,散发着油墨香的新书就摆在他坟前,我说:"亲爱的阿爸,我告诉过您的,此书总有一天出版的,现在已经出版了。我还有几句心底话告诉您,人一辈子能做成自己喜欢的事情,死又何憾!我这辈子做不了官,可能也发不了财。您原谅我吧,我不为走这条路后悔!"

这部书的出版使我一扫此前的悲观绝望,我获得了一种终于当上作家的安全感和荣誉感。而一些师友的评价也强化了我作为作家的骄傲的感觉。最早为我撰写评论的是好友朱山坡,他真是一位可以和我同穿一条短裤的朋友,或者我们互为对方肚子里的蛔虫? 2013年3月,不用我说,他一夜之间就写了《痴把新疆当爱人》一文，并且迅疾在《文艺报》上发表，其中有一段很能切中我的内心：

> 据我所知，梁小羊爱上新疆是因为爱上了一个新疆女人，他的阿依
> 是地地道道的新疆人，在伊犁出生，在伊犁长大。爱一个人，除了爱她
> 还不够，还爱上她的故乡，这样，使得他们的爱情一望无边，比世界还
> 要辽阔。因此，十年来梁小羊马不停蹄地往新疆奔跑，钻进一个个毛孔
> 里，用放大镜去观察、品味。他将自己化为一滴水，带入了新疆的汪洋
> 大海。新疆旷野茫茫，孤独沉寂，辽阔的天空，荒凉的野地，冷峻的雪
> 山，像初恋一样给他无法消受的甜蜜和震撼。有一段时间，我们都找不
> 着他，但深夜的时候常常接到他的电话，说他正在看大漠孤烟、边塞夕
> 阳，寻找天山雪莲和饥饿的野狼……

《吉尔尕朗河两岸》的出版，让我对伊犁这片土地的情感上升到了一个新高
度——是自从和伊犁籍的阿依结婚和女儿在伊犁出生后的一个新高度。而在南
方，在那座小城里，非常盛行的算命占卜也影响了我。我的朋友李毅光几年前跟
我去过伊犁，他本来就是一位八字先生，有一天为我掐指一算，说："我知道了，
你的文命在西北，你必须在大西北开拓你的文学事业！"把我说得晕晕乎乎。冥
冥之中我开始相信我的事业必定受着某种天命的暗示或影响，那就是，我的成功
与我在伊犁这片土地上的活动紧密相关。

恰在此时，一个朋友，就是多次发表我作品的地区日报副刊部主任潘美新女
士，她自诩会一点算卦的本事，问我要了生辰后为我算了一卦，最后说："难怪
你写西部的作品获得不断发表和好评，你就是适合往西北发展的。"她的话把我
逗得笑嘻嘻的。我知道她又把我朝往西出塞的道路上推进了一步。

我越来越宿命地相信，能够让自己实现梦想的捷径，就是向西西驰，回到伊
犁。现在，那里不仅仅是我的家，更是我实现梦想的福地。我是多么喜欢吉尔尕
朗河两岸的景象啊！我在南方就可以看到：银光闪闪的雪峰，深绿色的林带，远
看像帐篷一样起伏的草原；而在各地的巴扎上，来往的马车、牛车、驴车、小货
车、摩托车、电车，穿着随便的大大咧咧的男人，腰挂小刀满脸胡子的汉子，头
巾和衣服裙装都十分艳丽的妇女，红色帐篷下暖色更加明显的干果、馕，果摊上
的西瓜、杏子、苹果，冒着热气的包子店、面馆，门口堆着壁毯的杂货铺，远处
的清真寺——曾经，有人告诉我，那些小镇的人有着敏感的民族情绪，和他们相
处时，说话不小心就会带来灭顶之灾。而我曾经觉得这里呈现的是一种新奇的生

活。听了别人的话之后我开始变得小心，问路都是诚惶诚恐地赔着笑脸，让我放心的是一直没有遇到令人不安的景象。于是我继续在观察中练习着写作，有时眼花缭乱，因为不得要领而无从下手。但是，十年过去了，我付出了艰辛的努力，终于写成了一部书，一部由一个南方作家写成的仿佛本土人写作的书。遥想当年，我为了这个梦想，经受了多少屈辱，付出了多么大的代价啊！

我正在沿着一条通向心灵故乡的路走着，越走越远——这似乎是一种充满矛盾的表述，其实不是，我只是从一个故乡走向另一个故乡，所以我的越走越远其实也就是我的越走越近。我起步走，因为越走越远所以终于越走越近，因为我是从这个故乡走到了另一个故乡。我梦中到达的地方，是阿依出生的地方，也是女儿出生的地方。我想我应该是沧桑的，但也是幸运的，因为我无论处于哪个故乡，我一直都是走在回家的路上；我似乎也应该是幸福的，因为在这两地之间，我无论往哪边走，离开哪边，都是在踏上归途。

天苍茫，雁何往？心中是北方家乡！

细毛羊一样柔软纯白的月亮升起来了，从东边库尔德宁林区之上，从天山喀班巴依雪峰之巅，从身边的吉尔尕朗河里。

明月出天山，苍茫云海间！

这是一个透明之夜，如丝如缕的雾气在草山、林带、河坝之间飘浮，天上却万里无云。蓝海洋般的天幕中，月亮洁白得仿佛春羔子的肚子，同时这蓝海洋一样的天幕正被四周连绵起伏的散发着雪线蓝色幽光的天山山脉拱撑着，一轮孤独而洁白的月亮遥远而又逼人地朗照着这个被群山包围着的老马场，也朗照着我们的院子。我看到了菜地埂边的野花，把平时走过的小径都遮住了，月色下的花草像睡眼惺忪的女孩子，白菜叶子的纹理清晰可见，果树的枝叶比白天绿得娴静。

那是我一个人的天山，一个人的月亮，一个人看得见的月光，没有其他人看得见，也没有其他人会留意，只有我在这样寂寞的夜晚默默地与她注视。月亮是从天山深处跑出来的，像一个车轮一样滚动着，我有一会儿还听到了那种声音，"克勒克勒，克勒克勒！"它自南到北，自东到西，长驱直来，上面载着我的梦想，在天空上一路滚过来，就像我从南方跑过来的一样，一路狂奔，到了这片天空就停下来了，就再也不气喘吁吁了。现在，她淡定地照耀着大地，照耀着院墙外路上的高高杨树，并把天空衬托得更加蔚蓝，月亮就在蔚蓝里变得更大起来，车轮子不见了，现在已经像一顶银白的毡帐，独独地把我罩住了。我睁开双眼去迎接，有微微冰凉的风徐徐进入我的眼眶，就像那清辉被我迎接进了眼眶，瞬间我的脑海与广袤的苍穹呼吸连接，来自雪山之巅的微凉进入我的体内，我全身都被微凉浸透了，我在微凉里看见了月下的成吉思汗，看见了李白，看见了岑参，也看见了王昭君。啊，塞外之月，草原之月，微凉而引我遐想的天山，似乎，我这辈子就是为了这轮月亮和这种微凉的感觉而来。

这些年，我就在这轮月亮和这种微凉里看着吉尔尕朗河两岸，看着老马场，看着我们的院子。

我来来回回河流两岸，在感情上已经觉得，河流两岸不仅仅是阿依和依力的家，也已经是我名副其实的家了。每次在老马场居住下来，我都有一种释然的感觉，一个人就这样放松下来了，很自然地，所以就没有"反认他乡为故乡"的惭愧。我看惯了老马场的花开花落，霜降雪飞，与这里的日子就算是混熟了。往往是住下来十天半月后，我讶然发觉，我们的侄儿蛋蛋又长高了一截。不久又发现，我们的小依力也长快了，这说明她喝这里的牛奶，吃这里的粮食已经完全适应了。

看家犬花花也一天长一个样子。原先看家的乐乐还在的时候，有一天我突然发觉它走路蹒跚了，像个高龄老人。还在乐乐走后不久，有一天我突然发现花花的脑袋竟然也可以碰到院子里的露天水龙头了。坐在院门的松木头上晒太阳的时候，我会想，这样的流水时光是不是我的理想归宿？我年年找一段时间回到这里，这么些年来年迈的阿依父亲母也把我当成个儿子宠着，光旭夫妇也把我当成个哥哥般让着，尽管我们已经有了一院新房子，他们还在老房子给我们留好了一间房子，我们回来也可以住在里面，我们走了就当我们外出做事去了，一直帮忙把房子锁好看好，房内的一切也保持着我们走时的样子。假若觉着日子久了，他们就会打一个电话过来，常常是光旭问我们："啥时候回来呀？"

住在这院房子里，静静地听吉尔尕朗河的流水声，听院子里自家果树慢慢生长的声音，在有月光的夜里漫步院子，抬头看泛着流水声的月光，遥远、寂寞而又温馨恬然的感觉溢满全身。

我感谢这月亮，她每次都是从天山顶上升起，也是从我的房子顶上升起，这让我有了对别人吹嘘的资本。天山之上，我看见李白正在对月抚髯歌吟。十年了，这轮洁亮的天山明月唤起我许多难忘的记忆和深刻的情感。我的妻子阿依，我的女儿依力，她们都曾沐浴着这里的月光长大，如今我也沐浴着这里的月光。正是这月光，使我能够沉迷于我在文学和人生上的种种遐想，同时，使我能够摆脱作为一个经历过喧嚣的南方人的苦闷。如今，我正在孜孜不倦地记录和写作。

我一直在写作，有时会写到月挂西天。我如此刻苦，但是我也清醒地知道，我没有一些优秀作家的才华，估计不会在文坛上一举成名，离开仕途之后，我也不会在这条道路上实现荣华富贵。但是我还是想继续写下去。以我的年纪和基础，我自知不会写得很多，但我想认认真真地写好一本或者两本，即使呕心沥血也不计，我承认我想孤注一掷，毕其功于一役，一辈子就写那么几本书。同时我也自知，以我的才华不足以成为路遥，也不足以成为陈忠实，但是我还会写，像一个愚忠的人，或者像我童年时代的一个伙伴一样，打不过别人就死死地抱住别人的大腿，即使别人狠狠地捶他的肩背也不顾。

在这种熬到深夜的折磨中，有时候我会接到一种神性的暗示，这时我就会起身循迹而去，哪管院外月黑风高，天山带雪。我记起有一个夏末秋初的深夜，我正在写作，却在一阵接着一阵的夜莺啼鸣里回过神来，再也写不下去了，就穿上长风衣，走出房门，忍着秋夜里沁凉冰冷得可以穿透一切的天山长风，在院子里踱步、思索。皎洁的月亮在洁白的雪峰上洒下银色的光辉，远处传来隐隐约约的牧羊犬叫声，后山草原上隐隐传来人语声和冬不拉的弹奏声，我知道，那里肯定有人在草原深处举行篝火晚会。

我出了院门，就着月光，循着屋后的凹槽小路上山。在加乌尔山朦胧的轮廓下，在一团闪耀的火光里，我看见了巴哈提别克，他正在搂着冬不拉弹奏，几个拧开盖子的伊力特酒瓶，横七竖八躺在幽暗的草地深处。牧羊犬在一边低鸣，几匹马在啃着夜草，似乎也露出了一丝熏熏醉意。馕和烤肉摆满一地，男男女女在摇摆晃动着，像某幅油画中的图案。

一个伊力特曲的瓶子递到我面前，里面装有大约瓶子的三分之一酒，那是巴哈提别克的左手递过来的，跟着右手送来了一串多得有些夸张的又肥又亮的烤肉。

"喝了这酒，吃了这肉，这大平滩的秋夜嘛，就不冷了。"

似乎是为了这句颇有些哲理的话，其实是为了他的笑脸，为了朋友们的笑意，我就着头顶的月光，一咕嘟把这三分之一酒干了，然后烫热、多油而辛辣的烤肉也和着月光进入了嘴巴。

马踏月色，这是我多年来一直渴望的活动，我一说出来，巴哈提别克就邀请我一起上马，我想到，从骑术和安全考虑，我和他共骑一匹马较好。

我们的马在半透明的月色里踏进加乌尔山下的草地。我让巴哈提别克把缰绳给我握着，我稍稍松开，巴哈提别克轻磕了一下马肚子，马就小跑起来，加乌尔山蓝色的影子徐徐划过。巴哈提别克让我把绳子再松开点，还响亮地打了一声口哨，那马立刻应声飞跑起来，冰凉的风扫过脸颊，我只觉得精神舒畅，蓝黑色的加乌尔山像一艘在黑夜的海里行驶的大船，我们和马就像一艘超越它的小舢板。

马蹄的声音"踢特踢特"响，我能感觉到有飞起的土坷垃溅在我的小腿上。我呼呼地大叫起来，巴哈提别克哈哈地大笑了几声，也跟着怪叫起来，我听见他在后面鼓着胸脯狂呼，我也鼓起了胸脯，张大嘴巴呼喊："咳儿——咳儿——"月色在我们的狂呼里簌簌地落下，像雪花一样远远地飘落在蓝幽幽的加乌尔山上。

越过两座低矮的草山后，我们和马到达了银色的布幅一般的大平滩草原上。在那儿，我们翻身下马，席地而坐，马在一边啃着夜草，巴哈提别克给了我一根烟，我平时不抽烟，此刻也毫不犹豫地接过了。我们点燃了烟后静静坐着，两点火光在银色月光里一红一暗。

突然，巴哈提别克用手肘碰了一下我："你听，狼嗥。"我一惊，把放到嘴边的烟头停下，侧耳听着，不久，一匹狼的呼号远远地传来，我盯着巴哈提别克："怎么办？"他嘿嘿地笑两声，吸了一口烟，亮光里他眯着眼说："不用怕嘛，远着呢，喀班巴依雪峰那边传来的。"

我松了口气，跟着又狠吸了一口。

从加乌尔山上突然刮来了徐徐长风，凉凉地扫在我脸上。几只夜莺低低地飞过面前灰黑的草原。我掐灭了最后的烟头，深深地吸了一口气，一种特别而新鲜的气息抵进我的肺部，那是草原秋夜特有的气息，干爽中带着一丝清凉的甜味。四面是灰黑色的草山轮廓，牧草沙沙低鸣的潮声不断地传来。

几十米外，有一片天山红花深红而端庄，像一群穿着大红礼服参加宴会的贵妇。夜空里再次传来夜莺飞过发出的"噗噗"声，可以看见它们腹部上灰白的羽毛，一闪一闪地越过墨绿中泛着片片白光的吉尔尕朗河。看着它们飞翔，我的梦想也像月光一样洒满了这片原野上。我知道，在我四十多年的人生里，只有在大平滩草原上才看到了这样明亮的月光，也只有吉尔尕朗河两岸才接收了这些牛奶一样的梦想。今夜，月亮是专门为了照耀河流两岸而出来的，月光集中在吉尔尕朗河两岸上，在平坦的草原和河流上。还有老马场，宽敞的河流两岸今晚尽情敞开胸怀接收这些明亮的月光，我的梦想月光一样洒在这片广阔的土地上。

月亮是从东边喀班巴依雪峰顶上过来的，半个晚上就来到了加乌尔山顶，现在她安详平静，直照我心。我仰望了一下白馕一样柔软的月亮，它倏地就进入我的心里去了，它肯定看见了我的梦想，我那个跨越万里关山为了检验自己的梦想。月亮，请您保佑我，可能的话，请您支持我，我不能没有这个梦想，尽管您总是以残缺示人，但是我的人生不能出现太多的残缺。十年了，我的梦想也该收获了。

我仰头嘘了一口气。又大又圆的月盘在云朵边缘慢慢转动着，祝福的光照临着我，照临着寂静的老马场，照临着平坦的大平滩草原，照临着辽阔的吉尔尕朗河两岸。

我们回到篝火旁，环跳的十几个人拉起了圈子，有一位阿肯正在狂拨着冬不拉嗯嗯啊啊地唱，咚咚咚的声音像奔跑的马蹄声穿透黑夜到达远方。燃得正旺的火在寂静的深夜里发出轻轻的噼啪声，烤热了周围的空气，并向月亮下的空中投撒着火星。我趁着酒意加入了环跳的队伍。我一边跳一边想，这是一个城市正在疯狂的年代，我却十年蛰居在静静的马场，似乎在等待某种拯救。今夜的烟火像我人生岁月里一直渴望的一场熊熊大火，把我内心的薪柴点燃了，连东南面雪冠千年的喀班巴依峰也被染红了。

篝火晚会是在深夜三点散去的，巴哈提别克用他的马送我回到院门前。半醉回来的我再也睡不着，我就在院前的巷子里漫步。空气非常清新，这个季节也没有雾气的蒸腾，空气的透明度非常高，那月亮像被洗过了一样，显出极薄极薄的一轮，仿佛早春一坨易碎的冰块，晶莹剔透，银光缕缕。月亮像画在深蓝天幕上，看不出有丝毫悬浮感，视觉上比我在南方的月亮高远而贞洁。南方的月亮，大多数时候只能看到她在楼群之间穿行。而这里是天山腹地里的月亮，夜莺动听的声音一句句地滑入柔和的月光里，月光也因此多了一脉纯自然的动感。月光太亮了，也太凉了，也许是蘸了雪的，落在身上有一种穿透身体的冰凉，摸摸胸口，感觉里面已经储存了许多冰凉的月光。明亮亮的月光把身体照得像个通透的汽灯，而自己心里的那个梦——一个在西北大地抒写的梦，做一名特立独行的作家的梦——也更明亮了。

几通狗吠过后，月亮越过了加乌尔山顶升到了天空中间，她的周围已经没有一丝云彩，月亮下面起伏的天山雪峰仿佛浇上了一层乳色，显得柔软、幽蓝而又神秘。想想在这片天空下，何止是这中秋之月呢，就是平时见到的月亮都是我以前在南方从未见过的月亮。南方的中秋月尽管已比亏缺的月明晰光亮，但都没有此时天山顶上的月亮清晰洁白，这月亮可以看见月宫里玉兔身上浅灰的毛，看得见它身上的淡红的皮肤，还可以看见桂花树下吴刚正在滴下的汗珠，桂花树上被砍时震落的星星般的花点。

月亮在吉尔尕朗河里照镜子，冰凉的风拂过河面，我只觉得浑身舒畅。月光在水急的河段像维吾尔族女子穿着绸裙走动时的闪光，而在静水的河湾，灰褐的河水浸润着白玉般的月亮，那月就像一个大碗装着的酸奶刨冰。顺着河畔漫步，偶尔可见月亮在河里跳着走马舞，朦胧起伏的加乌尔山是这场舞蹈的盛大背景。

今夜的月亮不但照在偏远的吉尔尕朗河两岸，肯定也照在万里关山上，照在当年的古丝绸之路上。那月夜的驼铃声，那长长的马嘶声都已渐渐远去了，然而二十世纪六七十年代奔赴新疆支边或者盲流新疆的人们，在这片土地上又开始了顽强的谋生，也许还有苟延残喘，比如阿依父亲在中风痴呆后，阿依母亲守候在床前照顾老伴饮食服药起居已经长达六年，六年，一直没有离开老马场半步！

有一次，我对阿依说："久病床前无孝子，我们都不应怪你的弟弟光旭，他每天下地干活，回来还嘘寒问暖，家里有个媳妇煮饭，你妈就认命吧。只是这命也太惨，盲流到新疆，嫁个老公没享上什么福不算，年过七旬了，连自己的身份都搞不明白，如今困守牧区，六年没有离开马场半步。你不要说我说话尖刻，这不是爱情使然，尽管你妈和你爸都经历了盲流的苦难，但那一码归一码。你我都知道，活到这把年纪，这纯粹是责任，是良心，是毅力和耐性。没有谁能比得过你妈的毅力和耐性，单凭这点我就说你妈伟大了。你弟不行，我不行，你也不行！"

阿依朝我频频点头。

阿依母亲也到了风烛残年。五十多年前，她从口里流浪到新疆后，曾在戈壁滩上流浪，在大开荒里开垦，那些艰苦创业的场景肯定也映在了这轮天山明月中。今天，我们看到的千百里防风林带，广袤平坦春绿秋黄的条田，乃至作物满坡起伏连绵的山地，房子分布整齐的新村和旧居错落有致的村庄，还有牛羊如云的草原，这就是当年支边垦荒者的真实记录，或者说是他们的一块块牌匾，一座座丰碑。他们之中有的来自我的南方故乡广西，还有的来自广西之外的全国各省。

五十多年过去了，无数个月圆月缺的夜晚也过去了，他们用智慧染绿了多少生命的荒凉。现在他们当中有许多人已悄然长眠于这片土地下，在地下继续用自己的身体肥沃着这片广袤的家园；活着的也已白发苍苍，但依然深深地热爱着这片已经变得美丽的土地，甘愿为这片土地继续播撒真情和汗水。五十年来，这轮明净光洁的天山月，在冰蓝的天空中，已经成为一代又一代的建设者虽然青春流逝然而心情依旧的明证。

我把目光融进了这片皎洁的月色，和天山明月一起审视着这片独特的土地。这的确是一片不同寻常的土地。我并非说她具有极度的美丽，而是感觉到她那种与任何一个地方都截然不同的韵味，我无法说出她是一种什么韵味，我至今还在细细地感受，默默地品味。但是我确信，这种韵味必将让如此痴迷于地域写作的我对这片土地迷恋终生。当然，要我们再像上一代人那样在这里活着，那已经不再可能，毕竟社会已经把一切改造得面目全非。但是有一点可以肯定，我们——

我、生于伊犁的阿依和依力——肯定有着不会亚于上一代人的伊犁情结。而且正是因为这种情结，决定了我们在这里的各种感想和打算。诚如我在前面就已说明的，我不但会继续支持老房子的拆旧建新，增加几间新房子，我还会继续在我们已经盖好的崭新房子里布置好一个家，购回需要的家具和设备。在这里，我不必像上一辈人那样经年累月地干活，但是我会积极地捕捉来自草原、村庄以及灵魂的更多信息，让我的内心收获更多更丰沛的体验，并且我要以一名作家的身份，把这些体验写出来。如今，我已经出版了《吉尔尕朗河两岸》，它应该也算我心中的一个月亮，它照亮了我此前在南方经历的黑暗之路——那是一段没有光线和方向的路——因为这部书，我的文学天空全亮了。而我的另一个月亮——这部《出塞书》，也在反复修改之中。

这真是一本熬人的书，十年来它一直占据了我的主要精力，仅仅因为寻找一个满意的结构，我像玩弄魔方一样四面八方地扭着拧着，一直这样拨弄了好几年，我想找到一个令我满意的造型，但是，尽管我的手都拧疼了，这个魔方还没有出现令我豁然开朗的感觉，我为此产生了极大的焦虑感。属于我的年华在往返疆桂两地的一趟又一趟火车中流逝，但是到现在我还没有找到一个称心的立面——我还没有完成它的初稿——我在等着这个月亮出来。

我迎来了另一个夏夜。那是一个只有星星的夜晚，我和光旭一起到隔壁的哈萨克族朋友赛恩别克家里喝酒，一起来的还有王恩、马正文和三位哈萨克族男子。竟然还有枣花！喝前，赛恩别克的媳妇乔丽帕给我们上了滚烫鲜美的羊肉汤。我们喝伊力老窖，吃干马肉熏马肠。酒喝了五瓶，马肉吃掉了四公斤，能化解酒气的鲜美羊肉汤我喝了四碗还是五碗。这顿酒，他们没有聊到让我感兴趣的话题，都是即兴聊的所见所闻，尽管新奇幽默，但是，那不是我需要的素材，我没有记录下来的打算。我们更多的兴致在斟酒劝酒上，但是我对他们的喝酒规矩不甚了解，我本来人酒量有限，他们又用那种一百克的杯子，我喝了三杯就昏头昏脑了。面对他们的频繁敬酒，我回归了一个南方佬拼命捂住酒杯的恶习。这时候，我那在南方就已熟络的朋友——枣花来了，她亲自为我倒酒，又敬我，说我是她在南方的好朋友，她要借马场人的酒和我喝三杯。马正文和王恩还不怀好意地推测说我们在南方谈过恋爱，被作为小舅子的光旭愤怒地制止。我那时肯定糊涂了，端起一百克的酒杯就和枣花干！我们真的喝了三杯。这时候我听见光旭说："姐夫已经喝了不下二十杯，不能给他喝了！"但是他们不愿意停止，说姐夫能喝。枣花这娘们竟然也说我能喝："梁小羊能喝！"最后捉对厮杀，全都喝醉了，歪七竖八躺在赛恩别克的大炕上。蒙蒙眬眬中，我记得我曾搂了枣花的肩膀一起大声唱《飞得更高》。那时，一向能喝一公斤的光旭也已经醉得走路摇摇晃晃，但他还是清醒地记得她母亲的话："不要让小羊喝太多，醉了就扶他回来。"他果然扶着我回到了房子里，我靠近床后倒头便睡。凌晨四点多的时候，我醒了，感觉胸腔有些燥火，喝了大半杯昨天喝剩的凉开水，酒意全醒了。我披上风衣打开房门出去，在院子里站着吹冰凉的山风，看远方喀班巴依雪峰隐隐地闪着银光，仰头的时候看见了满天繁星。

那是处于高速发展期的南方小城没有机会看到的繁星。南方的天空虽然还会偶尔出现星星，但是我观察过，那些星星再也不是我童年时代看到的星星了，首先不是满天繁星，只有那么十几颗，在灰蒙蒙的天空里忽明忽灭，像混浊的河里一群被农药泡得半死的鱼泛起的眼；其次是星星只能在狭窄的楼群上空看到，像一个人被往两边拽着，挣扎着回过头来给我们看到的无助的眼睛。

以我曾有的经历，千古闻名的牛郎星和织女星在南方是很难看到的，甚至连北极星和北斗星都很难看得清楚。而在这里，在吉尔尕朗河两岸，是密如芝麻的星星，多得令我难以置信，也亮得令我难以置信，我看到了如童年时代看到的汽灯般明亮的金星和北极星，看到了像白练般飘舞的北斗星，还看到了调皮地隐藏在雪山和塔松林下的不知名小星星，它们都是我童年时代看到的星星，那么清晰，那么接近，手可摘星辰。又是那么饱满、明亮、大气、热情、调皮，富于立体感，它们就像金豆银豆，像电光石火，像钻石的激流在空中流淌。我看到了一种无穷的深邃和遥远，看到了苍茫的环宇和渺小的人生，我陷入了沉思，我盼望能有来世，我也想成为天空中的一颗星。

而早就在天空中的那些星，我相信它们是这个世界上一些杰出人物的眼睛。那些眼睛似乎对我很好奇，它们和我对望着，似乎窥透了我的心事，和我交流着心里最简单的话。从这些清晰而立体感极强的星星那里，我看到了我的孤独，我的与众不同的文学之路，我还看到了这些年我所遭受的心灵创伤。如今我住在吉尔尕朗河畔，夜深人静的时候，我才知道自己心里有一种永远也不可能修复，只能独自远行独自承受的伤痛。阿依明白我，但是她不可能帮助我，因为我是在用一种意在抵达文学的远行路径来实践我的文学理想。这些年来，为了写出一部证明我是作家的书，我远离我的出生地广西，满怀激情和希望地踏上旅程。在多少个白天和深夜，我偏居河岸的老马场，满腹寂寞，面对苍莽天山，一边感受一边记录，将一个南方的我转变成了一个在大西北地域开展文学生活的自我。我曾孤独地想，我这些年的创作实践是不是为了文学而过度文学化的实践？不！我又否定了自己，我觉得我是在走别人还来不及理解的文学之路。我开始衷心盼望，我的出塞之路不应该成为某些人对我痴迷文学而耻笑的理由。

我悄悄拉开院门到门口踱步，听见了村庄前的吉尔尕朗河水淙淙地流响，风吹过草原发出的其他声音，还有遥远的狗吠声，让草原更加旷远，也更加寂寞。我心里突然溢满了感恩的潮水，是的，我有了一些感恩，为曾经孤独和绝望的自己可以在这片大地上游荡，从那么远的地方回到这里，除了希望过上自己喜欢的日子，再有就是写出几部自己满意的书，记录这片土地上的亲人和两岸众多人的生活史。

天欲破晓时，在院门旁伫立的我突然有了一线灵感，于是转身回房，揿亮电灯，拿出书稿（《出塞书》）和笔（我采取在打印的书稿上和小平板的电子版上同时修改这种方式），在上面加了好几段。我半躺着，半盖了被子在身上，我的书稿和平板搁在被子上，写的时候需要不断地翻身调整姿势，我几年前就已用着、即使现在建起了新房子依然在用着的木床发出咯吱咯吱的声音，在夜里特别响亮。我写不出的时候，就熄灭灯躺下，翻来覆去地想。

我翻了一个身，窗口正对着天上那颗明亮得可以看透我心底的星星，我静静地与她对视了一会儿，突然就觉得她是谁的眼睛！她就在我的额前，她是一个人的眼睛，是谁的眼睛？我一会儿觉得那是我父亲的眼睛，他已经故去多年，一直对我娶了一个新疆老婆却没有给他生一个孙子而感到不满，他是否在问我为什么又到了新疆。"你总是一年一年地去新疆，难道北宁的那个家不是你的家吗？"我似乎听见他在说。一会儿又觉得那是母亲的眼睛，她也在满腹忧虑地问我："难道你真想终老新疆吗？难道你不愿意在老家给我养老送终吗？"我又看到了阿依父母的眼睛，他们在给我发出疑问："为啥你说喜欢这里，却多次自己一个人偷偷跑回来，没有带上阿依和依力？"我叹息一声。我又看到了阿依的眼睛，她在问我："家里的一切可好？爸爸妈妈身体可好？你长年写我老家新疆的文字，你都把我的老家写出名了，连邻居和县上的干部都表扬你了。等你写完了这部书，你这辈子还会在这里写下去吗？"星星闪烁，又换成了依力的眼睛，大大亮亮的眼睛，她在问我："爸爸，为啥前几天还说在西安开会，昨天就到了外公外婆家里？既然是回外公外婆家，为啥又不带我一起回去？你这个爸爸啊，总是习惯偷偷地回去，可那里也是我的家，我就是在那里出生的啊！"突然，我看见了自己的眼睛，那是一双布满血丝用力圆睁的眼睛，带着一丝疲惫，一丝责问："为什么你的弟弟在南方生病住院了你还是忍着沉郁的心情留在这里，为什么妈妈来了十几次电话你都没有赶紧返程？"这么多眼睛，全都在闪烁着，询问着，他们一起追问我，我却不能明确地回答。

旅途（五）

　　有一个朋友要和我出发了，他就是下了很大决心才买票的千总。作为我们北宁漆诗歌沙龙的创始人，他一直很崇拜边塞诗人，多次跟我说："这辈子我一定要去新疆睇睇，写几首边塞诗。"

　　他是在第三次主动提出要跟我走之后，终于在2013年秋天成行的。我在小城的其他朋友也多次跟我说过，但是他们都是说说而已，我知道他们，一直听说新疆好玩，极具异域风情，都在用一种跟着时尚去的心理渴望走一圈。但是，当他们在媒体上知道和田和阿克苏发生过几次小事件之后，突然就对那里的环境心存疑虑。我那正在小城做着局长的好朋友应良，已经在五年前在他老婆给的地皮上建起了一栋别墅，里面装修得金碧辉煌，应有尽有，我只去过两次他的家就不敢去了，因为自惭形秽。那时，他已经和我买好了票，结果因为看到网上的一个谣言，马上就找了一个借口："我的仔要考高中了，我想来想去，仲系留在屋已督促一下，一辈子就只有一只仔啊！"第二天，他就去售票点退掉了和我两对面的下铺车票。

　　千总自然也是一个赶时尚的人，但他还是一个诗人。他说他想写几首关于新疆的诗。我认为他也会像应良一样临阵退缩，因此，当他让我买票的时候，我还做好了聆听他的退堂鼓声的准备。但是他成功了。一开始，他提出要坐飞机，我不同意，原因固然是我不想出这一笔钱，更在于我早已形成的习惯，在时间许可的前提下，我更喜欢坐着火车出塞体验，我更多是为了我的书稿。但是千总不明白这一点，就把他成天背在身上的一只直径大约三十厘米的挎包拍得噼噼啪啪响，大声豪气地说："屌佢老嘿，你放心啰，你来回的飞机票我都包了，我冇缺钱！"尽管我对这点深信不疑，因为我听小城的朋友都在传说，做了信用社办公室主任的千总年薪不少于三十万元，他是我们文友中的首富，甚至在小城也是中产阶级。但是我不能因为可以占这个便宜就做我违心的事。我又不好明说，就既是骗他也是跟他说实话："第一次去新疆，我建议你坐火车，从南到北从东到西你将睇到完全冇同的风景，尤其系过了甘肃，你睇到的风景绝对冇会让你后悔坐这一趟火车。"他认为我说得有理，就说："好，坐火车就坐火车，反正我平时跟老板出差，定系坐飞机商务舱，亦该平民化一回了！"

火车票是我买的，千总却在我拿到票后不超十分钟就把票钱打给我了。我要退钱，他说："你退只卵啊！早跟你讲过了，来回路上的花销系我的，去到伊犁那边系你的。"有钱人理论多，随便说出的意见似乎都是正确的，我就不再坚持了。有一个财神爷做旅伴，我的心情当然很愉快，因此，当他提议喝点酒时，我马上就同意了。

列车已经奔驰在河南大地上，窗外平坦开阔，金钱和美景容易撩起文人的诗意，千总就是一个很有浩气的诗人，他望了几眼窗外，突然又急不可待地站起来，低头望着我说："作家去旅游冇饮酒，简直系岂有此理！"于是我也兴奋了，我们将不值钱的行李箱留在行李架上，各背着自己的挎包穿越两节车厢去餐车。千总的挎包背带很长，他把挎包挂在脖子上吊到前襟，因为人高，走起来像一只袋鼠。我们一连穿过了三节车厢，终于来到了五味馨香的餐车，千总一屁股坐在那张铺着米黄垫子的椅上，把手放在铺着白色餐布的桌子上，撩起背带把挎包放在内侧的椅子上，手搭在挎包的拉链上，大大咧咧地说："想吃乜嘢就吃乜嘢，冇要帮我畀钱，菜任点，一人一瓶二锅头！"

他的白话逗得年轻的女餐车员朝他瞪大了一双杏眼，接着叽叽叽叽地笑："你俩都说些什么呀？"

我们点了餐车上很少人点的牛扒，竟然还有大盘鸡，然后是炒肉炒蛋，一盆青菜汤。那年轻的餐车员拿走了菜单，千总瞄了一眼她的背影，压低声音哼哼说："我讲乜嘢你又怎识听？有本事你让我使钱，我包里现金就有五万……"我赶紧示意他噤声。

菜肴的丰盛和二锅头的烈度让我们心情愉快，我们谈话的主题在很长时间里围绕着我的书稿展开。这也是许多电影里常见的情节。几个小时前，他在车厢里翻阅了我的书稿后，沿途不时提出了许多建议，有些是我认为启迪了我思维的，有些却是我无法认可的，启迪了我的，我将在修改中逐步接近和实现。比如，他提出在书中加大我在南方生活的内容，以形成南北对比的阵势，从而强化文本的目的和我追求的效果。他的话让我欣喜地点头。

我承认，我出塞的目的有一半是因为我要获得独特的人生体验，然后进行一种特别题材的写作。这似乎表达了我的一种野心，我正在进行大胆的尝试，想把自己的个人经历变成写作材料，包括我曾经蒙受的屈辱——那些屈辱对我造成的伤害和束缚是很大的，有一些屈辱我甚至无法完全真实地表达出来（也许需要多年以后），我现在也不打算全部地表达出来，因为这样对我的生活和事业极为不利，读者诸君顶多只能靠着想象和思考。我用十二年的光阴走了这么多旅程，心里关于生活和事业的压抑不知有多深。别人可以说我的梦想有多荒唐，但是我不会承认。对于一位从初中时代就开始幻想的中年人来说，这些旅程耗费了他的多少韶华和资金，我现在想想的确很漫长，也很庞大。但是，我的创作已经获得了珍贵的素材，至少我这么认为。我用了十二年光阴创作这些题材的作品，尽管还不知道什么时候才能成功，但是我已经斗志昂扬。

　　吃饱喝足后，我们像两名酒徒一般摇摇晃晃地再次穿过车厢回到自己的铺位。我睡的是上铺，千总睡的是下铺，我们躺上去后就睡着了。一觉醒来竟然到了傍晚，列车已经过了宝鸡，我们连吃盒饭的时间都错过了。幸亏我们还带了几个方便面，于是简单凑合一下。吃完面后天已完全黑了，我躺在床上就着灯光看书，我带的还是那本《抵达之谜》，奈保尔将自己从特立尼达到英国的流浪经历写成了一本书，并根据意大利画家基里科的画取名为《抵达之谜》。整本书没有完整的故事，节奏也非常之慢，如果不是他的非凡的叙事能力吸引，一般的读者很难读得下去。不过我可以坦言，我就读得津津有味，而且我还在该书的页眉页脚旁边写了很多自己的感悟，写得花花绿绿，还在很多精彩的句子下面打了横线。我这样做并不是冲着作者是获得诺贝尔文学奖的作家，我喜欢这本书，并且幻想着也能写出这样一本书。我虽然读得进去这本书，但是我还不知道写这样的书是奈保尔这样的大手笔厚积薄发，是真正的小试牛刀，浑然天成。那时我不知天高地厚地想象自己的能力，总认为假以时日，人们将看到大器晚成的我在创作上取得的成就。

　　千总这些年来也一直处于现实与梦想的纠结境地。他像我一样出生于偏远的农村，父辈几代为农，他读大学的钱也有很大一部分是父母借来，因此，他父母最常挂在嘴边的告诫就是读好书，出来找到好工作，让家里彻底翻身。他是一个孝子，的确这样干了，出来工作就专门奔金融部门而去，并且充分发挥他能说会道善写，一表人才的优势，很快就在办公室站稳了脚跟，两年就做了办公室主任，成了领导眼里的红人。毋庸讳言，经济条件也大幅度改善。他喜欢写诗，我所认识的小城诗人大多数来自贫穷的乡村，因穷而呐喊，因穷而写诗，千总也不例外。他和朱山坡、吉小吉、天鸟、陈启等人成了漆诗歌沙龙的创始人之一，漆诗歌沙龙为繁荣小城的文学事业功不可没。小城每逢举办诗歌活动，他是几乎每次必到。但是让他为了诗歌而放弃甚至影响到他的工作，他是坚决不干。为此之故，他是我们小城文友中生活过得最好的人。也正因如此，他才有豪气跟我向新疆出发。而且，他上车之前就跟我说，他包里带了五万块现金，一张卡里还准备了十万。

他站在窗口边，用精致的索尼相机朝着窗外的武威、张掖、嘉峪关和柳园的风光不停拍照，并且发出惊叹不已的声音。我很多时候都是坐在过道的椅子上看。我对他说："美丽吧？这就是我为什么建议你第一次去新疆一定要坐火车的原因。"

他嘴巴里嘘嘘嘘着，但不停拍照已经说明他认同了我的说法。

列车已经行驶在哈密至乌鲁木齐的铁路上。我感觉到，自己遇上了一部电影里的诗意安排。车外的风景在我的记忆里大多数时候也像现在一样：阳光明媚，空气清新，铁路两边的视野如打开的巨大扇面一样平坦开阔，蜜色中带点星绿的植物在阳光里唰唰唰地向原野铺开，高俊健美成群结队的银白秆子上，一朵朵风车在湛蓝天空下旋转，那多像一群群穿着银白裙子的维吾尔族姑娘在旋转啊，我似乎听见了那胡旋舞一样优美有力的噗噗声。还有远方，银光闪闪的天山在远方清朗地屹立，我满怀喜悦的心情向它靠近，凝视着它，我忍不住在心里说："您好，兄弟，我又回来了！"

秋日丰收的原野上荡漾着白金一样的颜色，我甚至感到原野的气息一直渗进了车厢。在原野的旁边，护栏草绿色的312国道高速路面就像一道逍遥流畅的墨线，在广袤苍黄的原野上延伸。

我们在乌鲁木齐下了火车。因为回伊犁的火车赶不上趟，还要等候大半天，我就向千总提出去红山看看。说来有人不信，尽管我来来回回经过乌鲁木齐那么多次，我却也没有去过红山。原因嘛，大多数情况是阿依不想花钱，我自己回来时也因为匆匆赶路就没有成行。但是这次，我带来的千总是一位阔绰的少爷，花钱一点都不心疼，因为他很想吃烤羊肉，吃饭的时候他就点了十几串又多又大的烤肉串，五块钱一串，还要了两瓶啤酒，我说我有痛风，不敢喝，千总无论如何都要塞给我一瓶，说："狗屁，我来新疆冇吃到烤肉冇饮到烧酒，冇等于白来了？我陪你探外姆嬷你冇肯陪我饮酒吃肉，你好意思？"

后来，我冒着痛风的危险，大口大口地喝完了那瓶乌苏啤酒。几分钟后，我感到了右脚大脚趾热辣辣伴随着的疼痛，惊恐之下，我拿出了早有准备的一包草药冲剂，那是我在小城一家痛风症药店购买的一种冲剂，店主人强调说冲剂为秘方自制，可以药到病除。我一直怀疑这种药里加入了激素，除非属于救急，一般不肯服下。但是这会儿，我想到了明天的旅途，不得不冲服了它。两个多小时后，大脚趾的疼痛得到了纾解。

第二天上午，怀着一点微醺的感觉，怀着大脚趾的疼痛终于彻底解除的喜悦，也怀着庆贺自己当上了作家的心情（这年春天我出版了《吉尔尕朗河两岸》，我视这本书为我成为作家的标志），我第一次登上了乌鲁木齐的红山。在双塔假山前漫步时，我有一种似曾相识的感觉，恍然看见了早年的一段朦朦胧胧的感情。那年，我中考落榜，愤怒的父亲从班主任那里知道了我与曼丽通信的事情，限令我销毁了全部信件，包括曼丽那张迷人的照片。斗转星移，后来考上大学的我已经完全丢失了曼丽的联系地址。根据我这些年对新疆文坛的了解，好像也没有发现一个叫曼丽的女作家。我想起当年那张勾走了我的初吻的照片，不时生起寻梦的想法。但我再也没有她的联系方式，更主要的是，事非人也非，再见未必就美好，于是我决定将青橄榄一样的记忆，永远留在我一个人的心中。

双塔假山前人流如织，许多五官精巧身材曼妙的姑娘争相上前留影，千总是第一次见到那些异族姑娘，反应之特别让我吃惊，我看到他目光放直，嘴巴"咝咝"地响着，像一条响尾蛇一样对三个女孩展开了跟踪。因为我害怕惹上麻烦，我多次劝他不要这样，但是他心有不甘。我只好也跟着他，以做必要的提醒。就这样，他跟着姑娘，我跟着他。我和他都以又赞叹又羡慕的眼光追踪着那些具有修长、弹性、美丽、快活的双腿的姑娘，好几次，姑娘们大概感觉到不对头，回过头来又没发现什么，因为千总每次都巧妙地融入人流中，或者装作若无其事地拍着旁边的一棵树，或者欣赏着一堵石墙。后来他终于觑准了机会，趁姑娘们在凉亭里吃东西聊天时，从几根柱子后面连续拍了十几张正面和侧面的照片。后来他给我翻看了那些照片，真难怪他，因为那些姑娘绝对称得上像白云一样的美女。

"睇吧睇吧，都系眼大眉浓嘴巴小，腰细臀翘手脚长。"他心满意足地说。

真是奇怪，即将离开时我才发现那个花圃，我默默地看着，恍惚回到我的初二年代，那个照片上腰肢细长而又丰满光彩的曼丽，那些翩翩来临散发着幽幽沙枣花香的信件，此刻就像远处的红山断崖上的雾霭一样升腾起来，潜入我的心底，隐隐成为一种物是人非的惆怅。

晚上十一点多，我们上了乌市开往伊宁的火车，一夜安睡，第二天上午醒来时我想起了观雨，他是良珍姨婆婆的大儿子，兰花的大哥，阿依母亲的表弟，也是阿依的表舅，当然就是我的表舅，他是伊宁市四中的党委书记，也是一名文学爱好者。中午我们到达伊宁时，我对千总说："介绍你认识一位诗人，我的亲戚，写了好多关于本土的诗歌。"千总一听诗人，马上兴奋起来："好啊好啊，我要学佢，我正想写一批新疆诗歌咧！"

观雨接了我的电话后，约我们在他学校门口的汉人街汉餐厅见面，他为我们点了一桌子的美食，千总看见那盆手抓水煮肉两眼就像氙气大灯一样亮起来，我也亮了，我们一起像两只南方蝗虫一样大嚼。观雨不吃，只吃馕和烩面。吃了一会儿，他拿出一本牛皮纸做封面的装订本，给我说："你们看看嘛，你们是作家，诗人，帮我看看能拿出去发表吗？"我说："千总是诗人，先看。"千总正扬起脖子滚动嚼啃一块半肥瘦羊肉，闻言随即喉结凸起咕嘟吞下，再拿过一张纸巾使劲擦着油汪汪的手，然后扔下纸巾，拿起那本装订本。

我也嚼着肉，歪过头去，看见他一边翻一边笑，我就知道他看不上眼，他目光停在一首《心连心》上：

> 天山青松根连根，边疆儿女心连心。
>
> 全家老少一条心，各族人民一家亲。

千总问："你写格律诗？"

观雨说："是嘛，我喜欢写这类诗。"

千总说："恕我直言，你的这些所谓诗啊，虽然立意很高，思想很正，但是语句落套，没有诗意。"

观雨嘿嘿地笑。千总又翻到一首：

> 建设平安家园，促进社会发展。
>
> 加强民族团结，构建和谐校园。

千总不觉哈哈大笑了，说："这明明就是标语嘛！"我也看得忍俊不禁。

观雨自嘲地说："我写的这些东西嘛，当然不能跟你们比了，你们是专家嘛，是真正的大作家、大诗人，我要向你们学习。"

于是千总就摇头晃脑跟他谈起了什么是诗歌。观雨先是频频点头，后来夹起一块水煮肉给他，说："你一边吃，一边说，我听着呢，受益匪浅。"

饭后，观雨还想安排我们看伊犁河，我耐不住了，说要回马场。千总也说：

"先回马场，我要看看《吉尔尕朗河两岸》里面写的是不是真的那么迷人！"观雨就笑了，说："梁小羊写的都是真的，我就在马场长大。"

我想去车站坐开往巩乃斯县的线路车，千总大手一挥说："坐只卵线路车啊，跟佢哋挤？你忍得我冇忍得，除非你帮我揾到一只靓妹陪。"我说："冇办法揾到。"千总就说："那包车喂，要使几多钱我出！"

我拦了一辆出租车，那个维吾尔族司机说去巩乃斯要三百，我说："二百五。"千总用白话跟我说："二百三百有乜嘢区别？要就系二百，要就系三百，讲价讲成二百五算乜嘢回事啊？讲成了我哋就系二百五了。"他又用普通话对司机大声说，"三百，走！"

于是我们坐上后排。我说他迷信，多花钱，他说："有些事情，迷信了反而能成事，比如你冇迷你冇信你会十几年走新疆？最终你写出了《吉尔尕朗河两岸》。"我就笑，说："你的话似乎有些道理。"他说："耿系有道理咯，你冇见你那只表舅听我讲得头像鸡啄米？你这只表舅啊，心很好，但系写诗就算了，做好佢的教育工作者吧！"

我闭嘴吭吭地笑，心里想，也难为观雨，工作这么忙，还有余暇写这些东西。嘴上却说："佢系消遣啯。"

司机是一位哈萨克小伙子，听我们一会儿笑，一会儿说他没听过的话，就问："你们，是哪里人？"我回答："猜一猜？"司机笑着说："猜不出啊，听起来像说外语，看起来像中国人。"千总嘎嘎大笑着说："我们是越南人，越南人！像不像？"司机果真说："你一说我真想起来了，像，像！上个月，我就拉过三个越南人，会说中国话，他们和自己人就说越南话！"千总拍着我的大腿抑制着声音叽叽叽叽地笑起来。司机还在憨憨地说："越南人，就是这样笑的。"

千总再次嘎嘎大笑了。司机在前面嘀咕说："世界变了，连越南人都这么有钱了。"

我望着千总说："听见未？我哋成骗子了。"

千总满不在乎地说："逗佢笑笑而已。"

过了黑山头后，车子就在弯弯曲曲的巩乃斯河右岸狂奔。翠绿的河水和远处的草山一色，不时有白色的水鸟飞过河面。司机点开了车载音响键，一首歌在沉缓激越的音乐里唱起来，很容易分辨出的杨洪基的男中音：

蜿蜒的巩乃斯河
从草原上缓缓流过

她流淌着祖辈的苦难
她叙述着古老的传说
她哺育了民族的英雄
她滋润着爱情的花朵
啊！巩乃斯河，我的母亲河
你就是一卷壮丽的史册
……

杨洪基的男中音深沉，悠远，坚韧而又略含伤感，让我心里泛起纷纭往事，像眼前河水一样蜿蜒流动着，仿佛早年我曾在这条河两岸，和他们苦难而优美地生活，经过了一年又一年的风霜雨雪，如今白发满鬓。我跟着歌声轻轻地唱着，看着窗外的巩乃斯河，眼眶湿润了。千总也陷入了对音乐的沉醉中。

当我们经过两个半小时到达县城后，天色已经转入黄昏，我只觉得归心似箭，还有那么一点点的酸楚，我想到，在与阿依母亲一起盲流到新疆的那一代人中，好像就只有她在县城没有房子了，她还住在荒凉安静的老马场。在这样的心理作用下，我没有联系在县城生活的姨姨、姨婆婆、杏花她们。车站早已没有了回马场的班车，阿依母亲又来电话，问我到了哪里，千总听着我说话，说："包车，冇住旅馆了，亦冇去你亲戚家了，我比你仲急着见到你外母嬷呢！"我笑了。

我们谈好了一辆私家车，路费是两百元，司机开着窗子，凉风拂面，我们在林带夹峙的316省道上疾驰。夜幕还没有落下来，路边的白杨绿里泛金，原野有金黄的葵花、玉米和大豆，路边不时出现一个个堆满西瓜、甜瓜和葡萄的摊子，留胡子的男人，扎着花头巾穿着灰裙子的女人守在摊前或者称着瓜果。千总用广西土白话说着："好睇，好睇！"老把手机伸出窗外拍照，惹得司机屡屡告诫他："注意来车，拿好你的手机！"

傍晚九点多，我们在村口那排白杨树下的小巷口下了车。我刚走入那条熟悉的狭长的巷子，远远就看到巷子的尽头，通向山脚的路口，一盏已经亮起的灯光下，头发全白、已经明显驼背的阿依母亲扶墙站在院门前那棵杨树下。巷子是坑洼的路面，我使劲提起拖箱，不管千总落在后面，几乎小跑着来到门前。我喘着气，就像当年阿依喊她一样喊声妈，我就看见她皱纹堆着的眼睛漾起了笑意，一句温软的"回来啦"让我几乎控制不住自己的呼吸。啊，妈妈，我回来了！

阿依父亲早就借着高叠的被子和枕头，努力翘起头看我，他气色接近红润，依然像往年我回来时看我泪光莹然。我饱含着深情和没有溢出的泪水，哽咽着叫了一声爸爸。我看着陈设简陋的外房和内房，桌面上的电饭煲和碗盆，就知道，年老的阿依母亲在这里战胜了多少日出日落，春夏秋冬。

千总提出要看我的房子，我就带他去看了我的院子。我的房子外墙涂的是苹果绿，屋顶彩钢是青灰色，就我在南方所接受的建筑审美而言，这种房子的颜色具备了叛逆般的新鲜。但是在这里，绿色或者蓝色外墙的彩钢房子却是最流行的颜色，也是最吉祥的颜色。少数民族的房子大多刷绿色和蓝色。汉族人偏爱黄色、白色和红色。当然，也有一些汉族人，比如像我，就爱上了这种偏冷却赋予我想象的苹果绿，房顶是灰色的彩钢，看起来的确与南方老家的房子截然不同。但是，南方佬对这些房子的审美充满了忌讳。千总绕着我的院子前前后后转了一圈，嘴巴开始露出一丝嘲笑，我就知道他肯定看不惯这种外墙的颜色，果然，这家伙用他一贯口无遮拦的语气说："像灵屋。""大吉利是！"我赶紧封住他的嘴，"你这只狗屌！"我又骂了他一句。他的胡扯把我气歪了。幸亏我已经在这个地方来来回回生活了十年，已经认为理所当然就是这个颜色，是这个地方特定的社会性表现，也与这片自然构成了一个和谐的整体。

我们在马场待了两个星期。光旭带着我和千总去了几个朋友家吃饭，其实就是喝酒。这是一种痛快却又难受的生活。对于能喝的人而言，那是一种多么畅快的享受啊！烈酒满杯，吱的一声下肚，紧跟着美味也进入嘴里，在舌尖上搅动，那些意气风发的话也出来了。而对于不能喝或者所喝不多的人而言，那又是一种多么痛苦的感觉啊！烈酒烧肚的难受至今难忘。好在千总平时应酬有经验，在出发之前买了几瓶娃哈哈放在他每到一处必带的挎包里，我以为他要作假，结果他趁大家喝得混乱之际拿出娃哈哈拼命往嘴里灌。

去塞恩别克家之前，光旭发现了千总右手大拇指上那截留了三年多五厘米长的惊人大指甲，那原本是千总在当地诗坛标新立异的资本。光旭把我拉到一边说："二流子啊，指甲留得那么长，去民族人家里会出丑的。"我就和他商量，以哈萨克风俗不喜欢长指甲为理由，委婉地劝说千总把它剪掉了。

光旭提前把那只羊牵到了塞恩别克家，让他按哈萨克的习俗宰了。需要念经，然后，需要剥皮。南方的山羊总是不剥皮，连骨带皮煮熟或者煲熟，或者打火锅。这在新疆看来是恐怖的，也是肮脏的。草原人甚至不吃生病死的死羊只，必须看着宰杀。早年的草原人甚至不吃牲畜的脚和下水，是贪婪和饥饿的汉族人教会了他们。这点可以看作移民来的汉族人对这片草原的贡献。

我们有备而来，走进塞恩别克的家。写有塞恩别克大女儿名字的奖状贴满了洁白的墙，有三好学生奖也有学科成绩优秀奖，甚至还有体育奖，足见这孩子的聪明好学。我们坐在新房子的大炕上。塞恩别克的媳妇乔丽帕头扎红围巾，上身穿灰西服，下身穿白西裙和高筒白袜，腰身像水缸粗，坐在炕边一碗又一碗地给我们上奶茶。我和千总心照不宣，都说奶茶好喝，一起喝了五六碗。马正文看出了端倪，大喊喝酒，用的是一百克的杯子。塞恩别克居然以茶代酒，斟满了杯子后对我说，我叫光旭大哥，你是光旭的姐夫，我也叫你姐夫了。说着喝了那杯茶。从马正文开始，在座的几个男人都跟我和千总干了一轮，我的喉咙就烧起来了。乔丽帕又给我们端上羊肉汤，大碗的汤又热又鲜美。光旭闻着味道赞赏说，哈萨克族人煮的羊肉汤就是好喝，我们汉族人做不到。大盘的水煮羊肉热气腾腾地端到了矮桌上，我偷偷用土白话对千总说，你的长指甲剪得及时，现在可以伸手大块抓肉吃了。千总一时手舞足蹈。每人抓了一块带骨肉吃完之后，新的一轮碰杯又开始了。我们用汤水来稀释喝下的酒，又喝了一瓶娃哈哈，又喝了三大碗滚热的羊肉汤。

灌娃哈哈和羊肉汤的办法减轻了我们的酒力。尽管如此，我和千总终究不胜酒力，或者是肚子被水撑得太胀了，我到院外吐得一塌糊涂，千总也出去吐了三回。塞恩别克陪着我们到菜园里呕吐、撒尿，听我们大呼小叫，唱《飞得更高》。他一直憨憨地笑。三十岁之前，这个哈萨克族男子和家族的人酗酒，把自己的胃喝坏了，身体也变得有些虚弱，瘦高的身材穿着一件红色T恤，衬托出他黧黑的脸更黑了。塞恩别克的家境被多生拖累了，他有三个孩子，大女儿上小学五年级，二女儿上三年级，有一个还没到上学年龄。在周边的邻居陆续盖好了彩钢顶的新房子后，他的房子还是八十年代干打垒的结构。到了2013年初，经过省吃俭用有了些积蓄的塞恩别克拆了土坯房子盖起了砖房，做了彩钢房顶。现在我来看他新装修的房子，里面顶灯吊灯有些堂皇，但还没有建起院子的围墙，盖房子让他欠了四万多元，其中大部分是欠光旭的债务。光旭从小学开始和他成为朋友，体谅他，让他帮自己开拖拉机搂草机，赚点钱补贴家里，也供小孩上学。他也真行，边开边学，学会了修理拖拉机。我曾看见他把光旭的拖拉机拆得零件七零八落，油迹满地，他也一身油污。但是宰个羊的工夫过后，他已经开着修好的拖拉机经过我们家门口，笑呵呵地与我打招呼。

有一天吃晚饭的时候，光旭告诉我，塞恩别克开着拖拉机带搂草机去农二队干活，路上被一辆广本车碰上了，车主是乌鲁木齐来库尔德宁游玩的。老谋深算的车主下车先问塞恩别克有无驾驶证，憨厚的塞恩别克老实说没有，人家一开口就是三千，塞恩别克吓蒙了，这个秋季给几户人家搂草，一个草砖只能赚五毛，本就收入不多，孩子的读书费用还没交齐呢，哪能拿出这么多钱？对方说不给就报警，还要扣机器。拖拉机搂草机都是光旭的，总不能叫人家拖走吧，光旭只好出面，和塞恩别克两人各分摊了一半。这样，一个月来的活就白干了。

这个哈萨克族汉子，汉语说得不够好，但是我能看出他的勤恳老实，没有过多奢望，只想把生活过下去，我把这看作是向上的状态，就像那天他在矮桌前一边自弹冬不拉一边给我们唱的《灰走马》：

> 生活的长河直直弯弯
> 有时平静，有时起波澜
> 我像我的灰走马一样
> 天亮了就会奔走向前
> ……

阿依母亲说："马场的男人都是酒鬼啊，像喝河坝水一样喝不完。你如果不想喝酒就赶紧去新源县，看看你的姨姨，还可以顺便转转。老守在我们两个老人身边干吗呀？"

第二天，天刚亮我就带着千总坐上了去县城的班车。我感觉自己像避祸一般。

我没有直接去找姨姨，而是在县城溜达。文化路属于县城的主街，许多门面均设有地下室，顺着水泥阶梯下去就可以看到十几家小饭馆，门口一律垂挂着厚厚的胶质门帘，室内环境清雅，墙壁是浅绿的，有灯光，飘荡着食物的香味，整齐地摆着五六张桌子，铁质的椅子也很干净，很适宜用餐，包子粉汤油馕拉条子小笼包，还有奶茶和锡伯大饼，几乎都可以在这里吃到。偶尔传来的汽车喇叭声，飘香的食物味道，脸色酱红的小货车司机，包头巾穿裙子的哈萨克族妇女和维吾尔族妇女，还有她们的小巴郎在饭桌旁边吃边叽叽喳喳说着他们的母语，这就是新源县城早晨的特色。我此前生活的南方小城没有这样的格局，但是我经常在一些反映北方城市生活的电视剧里看到。来到这样的环境中我觉得很悠闲，我就像剧中人一样进入了这个现实世界。

我的中餐是一份拌面，千总照例喜欢吃加了辣椒陈醋的兰州拉面。吃完后我们走出地面，在一位哈萨克族妇女守候的木桶前站立，各要了一杯卡瓦斯，木桶的出水嘴溢出的香味要比喝到嘴里的饮料好。那位妇女还出售马奶子，当千总听说这种东西喝了会把肠子都酸小，他就摆摆手拒绝了。为了显示和他意见一致的友谊，一直能喝马奶子的我也放弃了。

饭后才去劳动街找姨姨。按照以前的习惯，姨姨是一定要我住她家的，不住她肯定会生气，就认为我不把她当亲人。但是这时姨丈已经回到她的身边，家里还住着王虎哥哥的孩子，一位比慧颖大五岁的小姐姐。这次家里的住宿已经很拥挤，我们就提出住宾馆。姨姨为难地说："这行么，不好吧，小羊我怎么好意思让你住宾馆，你妈会责怪我的。"她说的"你妈"就是阿依母亲，她的亲姐姐。我说："没事，我们住宾馆一个自由自在，一个也不打扰人。"千总当然更希望住宾馆。姨姨实在没办法安排我们住了，只好同意，但她说："我要跟你们去看看宾馆，我在这边还没住过宾馆呢。"她跟着我们走。她又说，"住宾馆可以，但是饭要在家里吃。"

我们就到了她家斜对面的幸福宾馆，那里没有电梯，但宾馆的装修很新。我们开好房，两百块一个双人间。她又要跟着上去看房间。七十多岁的老人，颤巍巍地走上楼梯，唠叨着："我要看看你们住的房间才放心。"看了房间，她又说，"哎哟，原来宾馆的房间这么好，我是这里的人也不知道，这么好的房间，你们住着我就放心了。"我们就笑。她又坐到床上，说，"哎哟，这床也挺舒服的，你们住着我真的放心了。"她拉拉杂杂地跟我们聊了好一会儿。我们劝她回去，她说，"那我就回去做饭吧，你们洗完澡就过来吃饭。"

她走后，我笑着对千总说："以前我和老婆到她家，她一定要匀出房间给我们住，这次她家里人多了，确实不好安排，又怕我在外住委屈，就啰啰唆唆讲了一大堆，还跟着来看，还说房间好。我知道她的心思，她担心我和阿依母亲说这个姨姨不热情，其实哪会呢？这样住着我觉得挺好，下次我就是一个人来她家也要住宾馆。"千总说："就系嘛，几好的亲戚住进去总觉得冇方便，屙屁都冇敢大声放。住宾馆，冇穿裤衩在房内走来走去亦冇人理！"我说："我姨的心意我是要领下来的，当年我老婆很小的时候，她妈妈不在身边，她跟着姨姨一起住了两年，感情很深，就像母女一样。"

第二天，阿依从遥远的南方小城打来电话，要我代表她回八大队看看亲戚老乡。千总无论如何一定要和我一起前往。我们在巷口刚下出租车，遇到了一位戴着鸭舌帽，身体精瘦，但是神采奕奕、身板硬朗的老人，我就在迟疑之间，老人已对我喊起来："你是阿依家里来的人吗？"

他能说出阿依，应该以前见过我，也许一时记不起我名字，却知道我来自哪里，所以才这么问话。

"是啊，是啊，我是阿依家的人！"我一边答应，一边朝他走去，心想肯定是遇上老乡了，但是我一下子没想到他是谁，只觉得有一种亲切感和慈祥感扑面而来。

走近他时，他满脸的皱纹一下子舒展开来，露出稍有点龅出来的牙齿，大笑着说："我是眼花了看不清楚，反而是你不认得我了，你不认得我了？"我这才看清楚，竟然就是天福叔！

　　我由惊喜转为大笑。我拥抱了他。拉着他精瘦的手，还是那么有力的手，我想起了阿依父亲，半身不遂躺在老马场的房子里，失控地抖着手，言语表述已经模糊不清，生活起居大多时候由阿依母亲一人照料，我不禁无比羡慕，暗暗感慨。天福叔叔，他刚从地里管护山药回来，正要进家门就看到了我们。当年，他与阿依父母患难与共。现在世事变迁，物是人非。

　　玉莹姨身体健朗，脸色红润，一脸的惊喜，她擦了一把眼睛，脸色就更亮了，马上忙着杀鸡做饭。天福的弟弟、阿依童年时代一直称小叔叔的章天佑出来了，阿依的堂姐也出来了，夫妻俩握着我的手问："阿依咋不回来？"我说："明年吧，明年我们俩一起回来看你们。"

　　住在三道巷的哥嫂也来了，一见我就喊："妹夫你终于回来了嘛，就是我妹妹老不回来，你看我这身体不行了，早年吃喝撂下的病，痛风，不能陪你喝酒了，吃个饭吧！"

　　大家商定在天福家吃饭。玉莹姨特别做了大盘鸡，热菜冷菜摆了一大桌。天福叔叔已经不喝酒了，他说偶尔痛风发作，只能用茶和我们碰杯，口角沾着茶水，不时地擦着眼睛。他的眼睛有些浑浊，脸却像核桃般，表情还是那么丰富，说话还是那么大声，笑起来还是那样爽朗。他是比阿依父亲还大一岁的老人，八十一了，身板还硬朗。家明叔叔满头白发，脸也一片苍白，他说他也老早戒酒了。老乡们的晚年生活大体如意，儿女大多已成家立业，天福的儿女都有了工作，两个女儿一个儿子在疆内，一个女儿一个儿子在口里。应军已经在两年前的一次车祸中去世。运升叔叔前年回了广西，不久前还带着他的女儿到过我们在小城的家。八大队的老乡都老了，他们说，要经常保持联系，互相通气，互相鼓励继续往前走，别累趴了。

　　天福难过地说起了阿依的父亲："你爸爸八十大寿那天，我们没去，过了两天后我们去了。你爸爸都那样了，我们就约好迟到两天，错开他的生日，以免你爸爸妈妈都伤心。"

　　我点点头。他又说："我们是很好的兄弟姐妹啊，一点都不见外。我们到马场要走七八十公里，我们带着自己种的山药，吃了可以给你爸妈健脾胃促消化。人老了，稍硬的东西也难吃得动了，煮烂的淮山很合适。去看一趟姐夫大姐不容易，那天光旭说要在马场的馆子请我们吃饭，我们都不同意，你玉莹姨和几个女老乡就在你们家厨房动手做饭，我们说一定要在你们家吃，还要住在你们家，房子和床不够，我们几个去了对门的潘万鑫家住，你玉莹姨不肯，你妈妈说，光旭你不用安排，她肯定是跟我住一床。那晚，玉莹就跟你妈睡在一起。"

天福说这些的时候，我似乎看见了四十多年前的一幕，一帮盲流在收容站争着叫阿依母亲大姐，阿依母亲叫他们表弟，他们一起住在十月公社哈萨克一大队，后来又分到了这个八大队，他们那种兄弟姐妹们的呼声飘荡在白杨树的上空，像那个时代的洪流声音一般，多少人想要忘记都无法忘记。我突然很感动，心里很想对着他们深深地鞠上一躬，代表在老马场的两位老人，代表远在广西没有回到八大队的阿依，也代表不辞万里回到这里看望他们的我自己。

千总几乎与新疆毫无瓜葛，完全是因为对新疆向往，一念之间和我来到了这里，来到了新源县新源镇八大队，他竟然与这里也是有缘的。就在八大队，他与阿依母亲的老乡、我媳妇的长辈们一番谈话下来，问这个村，询那个组，双方才大悟般知道，千总的妈妈是周应军老伴金兰在老家的弟媳的亲姐姐。

千总掩饰不住兴奋对金兰说："我是第一次来新疆，想不到也能在这里遇见亲戚，看来我与新疆亦系有缘的啊！"千总来前曾对我说，他一直对我的新疆伊犁情结充满钦佩，也有疑惑，甚至对我已经出版的长篇散文《吉尔尕朗河两岸》抱有怀疑，里面记录了你在伊犁的许多浪漫和奇特的经历，流露了太多的真挚和深情，出生在广西的我怎么会有那么多新疆的亲戚和故事？他认为有太多虚构的成分。这些天来，他随着我走了伊犁大半圈，经历了这些人事，特别是在八大队他自己也意想不到地遇上了亲戚，他方才感叹新疆之大，故事之多。他说："睇来，你的书仅仅记录了好小好小的一部分！"

他的话是对的，尽管我明白自己剪裁的能力是那样差劲，一件简单的事情，一个简单的想法，一个简单的问题，我却要反反复复啰啰唆唆地说上一大堆，在不了解的人看来我似乎掌握着无数可供写作的材料。实际上，许多重要的事情和主要的人物我还没有记下来，甚至，在我主要体现当地自然人文的那本书——《吉尔尕朗河两岸》里面，一些很重要的人物和风景我也没有描述出来。我最感到遗憾的是那个艾克拜别克——马场的老场长、阿依父亲的老朋友，按理说，要了解哈萨克民族的生活和老马场的过去，这位老人是一个很重要的途径，但是我没有及时记起这件事，而他已在两个月前去世了。我的老阿依父亲已经卧病在床，阿依母亲从他的身心影响出发，一直没有告诉他老朋友去世的消息。我记起2003年，我和阿依第一次回到老马场时，老场长在家里热情地招待了我们。我至今记得他们家的奶茶香味，那些手把肉激发了我的食欲，女主人和他们女儿的舞蹈和演奏让我终生难忘。

他们是阿依母亲当年同甘共苦的难友，都有一部复杂而精彩的历史，如果我愿意下些功夫，我会很容易从他们口里了解到那些历史。但是我几乎没有了解到什么。我的失策主要就是没有更加主动地接触他们，或者在多次的接触中只是蜻蜓点水，记录了一些浮光掠影。如今，有一些人，比如周应军，他们已经故去了，有更多的人，比如章天福，他们已经越来越衰老了，我已经将要失去这些素材，我最终会失去这些面孔、口音和姓名。还有更多的，这片土地上我认识的和不认识的那些人，随着时间的推移，他们渐渐从我的记忆中淡去或者消失。他们曾经丰富和沧桑的历史，那些本来可以告诉后人并且会有所启示的经历，正在从我这个所谓的作家的手里消失。是的，作家，我觉得我有这种责任，既然我有幸遇见了他们，既然我曾经记录他们，那么我就天然地有了这份责任——但是，我却没有履行这份责任——尽管，我并没有这份责任。但是，就算从作家的身份来说，我也是没有尽职尽责，至少体现了我作为一个作家的素质的缺失。这真是一件悲哀和无可奈何的事情。

离开八大队的时候，天福叔叔和阿依的堂哥堂嫂分别送我一布袋子的山药，天福叔叔说："你帮我们带给你妈，让你妈煮些给你爸吃，替我们问候他们，等我们闲下来了再过去看他们。"

风掠过门口的杨树吹拂着，有些凉，冥冥之中有一种意念让我掏出了钱包，两张三张地分递给他们，但是他们都坚决地不愿意收下，我再刻意去将钱塞进他们的口袋，每一张都坚决地回到了我的衣袋，我哭了，不可思议地哭了，不敢相信自己会哭了（现在我写到这里也是流着泪的），我没有擦泪，他们也没有擦泪，我泪眼模糊地说："我代表阿依回来看你们，这些是我写的书（2013年1月出版的《吉尔尕朗河两岸》）的稿费，我写了你们，写了这片土地，我应该拿出一点回馈你们，我知道感恩，感谢这片土地，你们可要接受啊！"他们一直摆着手阻挡我再次发钱，一片声音说："知道了知道了，我们都接受了，我们在心里接受，希望你这一走尽快再回来，要和阿依和你们的丫头一起回来！"

尽快的背后还有什么意思？我当时想了一下，很快就被嘈杂和激动的话语拉回到现场。我们走出了院门，走出了巷口，走出了白杨树林带，回头一望，赫然一排人还在巷口的白杨树下站着，不住地挥手。

几天之后，我们去了肖尔布拉克。光旭开车，我和千总一人背着一个挎包，像两个采购商一样来到了博物馆门口。

肖尔布拉克呀

酒乡的克姆孜

是咱们新疆最美的诗

辽阔的牧场

肥沃的土地

酒香飘过千万里

　　高音喇叭就置于博物馆门口，那略显鼻塞和沙哑的歌声周而复始地进行着宣传和造势。让我一闪而过的念头是：不知道是刀郎壮大了肖尔布拉克的名声，还是肖尔布拉克传扬了刀郎的歌名？

　　有一位中年女子热情地叫我们买票，并表示愿意为我们解说。我们一进门就被花带间错落分布的无数漂亮酒坛惊呆了。解说员说这样的酒坛有两千个，每坛装酒一千公斤，现在它们都装满了原酒。这绝对是一个壮举，因为储量之大。据说已经申报吉尼斯纪录。那些酒坛上镌刻的与酒文化有关的诗句格言让我们充满了兴趣，我看见了李白、王翰、杜甫等诗人的酒诗，酒的文化气息扑面而来。

　　解说员是一位介于青年与中年之间的女性，刚好与阿依同姓，我就对她有了一份亲切感。她说话风趣，也爱说这里的口头禅"那个啥"。当她听说我是新源马场的女婿，也像我刚才看到万千酒坛一样惊呆了，也难怪，我们的说话口音不一样，我是外省人带点新疆口音，千总纯粹就是一个老广，普通话与说相声的大兵很接近。章解说员说我，如果你不是一本正经说自己是马场的女婿，我还真不相信，以为你骗人呢。不过很快就打趣说，马场离这里不远，你一个广西人，娶这里的老婆，当初是看中了我们的姑娘呢还是喜欢我们的酒？这种问题纯粹是逗乐，我也配合她一下，笑说，酒与女人，自古就不可分开，就像酒色，哪能拆散？章解说员咯咯大笑，说我这样的男人，配得上这里的女子。于是大家又笑。话说回来，我还真的喜喝这里的酒，虽然我并不是能喝的人，但我喜喝，我喝过各种度数的伊力特，肖尔布拉克大曲，在马场自家房子里喝过，在朋友的房子里喝过，在新源县城喝过，在草原上也喝过。喜喝与能喝是截然不同的两个概念，就像好色与乱色，好色的男人很正常，但乱色的男人就不符合男女交往的规则。

　　章解说员依次带我们走入穆王西巡闻酒香、西域自古出美酒、西域雄鹰醉九霄、瀚海遗珍话酒具、酒令酒诗弈酒海、塞外江南飘酒香展厅。在图片与实景的展览中，我和千总沉浸在西域酒文化的氤氲里。在这样独特的氛围中，美酒不再是单纯的美酒，而是渗透到历史、人文、政治、经济、军事、医药，甚至爱情之中，酒中也有爱情故事，酒与爱情融合以后更加芳香弥久。西王母与周穆王，千古都在演绎他们，那时候一个在陕西，一个在西域，相距多远啊，是谁用想象把古代骑马需走半年的两地拉在了一起？其实爱情真的可以穿透无限的距离，新疆诗人李瑜有诗云："为了爱情，巴格达不嫌远。"我想到自己，广西与新疆伊犁，也算远了吧，还不是因为我们的爱情连在了一起？这样一想，觉得我刚才真是自己打自己的嘴巴，同样的问题发生在自己身上都不知道，这叫不够灵醒，大概是被这里的无处不在的酒香迷惑了。

品酒的时候，我极力撺掇千总趁机多饮，他本是一个好酒之人，听了我的话，和我一起喝了酱香，喝了浓香，喝了清香，还喝了原酒。几种类型的酒下来，尽管是每种喝一小口，但也是集中了度数的，千总耐喝，面不改色，唯我一时酒色上脸，满面通红，参观者中频频有人转望，必是以为我贪杯过度，不觉内心甚感尴尬。

走了一圈后，千总诗兴没有大发，酒兴倒是来了。当解说员请我们自由选择购买时，千总当即决定购买一批酒送亲朋好友。千总一砸就是一万元。我也小买三千多，几瓶拿回马场与亲朋喝，余下的我和千总决定先带回老马场。我们准备过几天后去伊宁时交给火车站的中铁行包快运，我们打听过了，从边陲伊宁可直达南方的地区，这将为我们省掉许多麻烦。

傍晚回到老马场后，问候了阿依母亲，看了睁着眼躺在床上喘气的阿依父亲，为今天不能在家而感到一阵惭愧，但是为了朋友，我必须这样。唯一的忏悔方式，就是在晚饭时替阿依母亲给阿依父亲喂粥，一调羹一调羹地喂，还要用调羹撇掉溢出他嘴角的部分，重新抹进他的嘴巴中。淡淡的菊花粥，是阿依母亲做的晚餐，有点盐味，浓稠适宜，阿依父亲喝，她也喝。那天她煮多了，说是让我也喝一碗，我没有任何推托就喝掉了。

晚上继续写书，大约两千多字后顿住了，于是上博客更新文字图片，记一段我在马场和肖尔布拉克的见闻感受。这天晚上，我从博客上收到了一张纸条，是艾贝保·热合曼发来的，问我是不是回到伊犁了。在新疆很著名的维吾尔族作家艾贝保·热合曼，早在2006年前我们就通过博客认识了，我已经不记得是他先联系我还是我先联系他，只知道我们一谈如故。在此之前，尽管我一直对他们的民族感兴趣，但是出于历史和现实的原因，我担心我们之间会有隔阂，一直不敢主动联系。实际上，我心底里是非常欣赏维吾尔族音乐、舞蹈的，十年前我就痴迷上了巴哈尔古丽的歌曲，还看过维吾尔族题材的电影，比如《吐鲁番情歌》《麦西莱甫》《不当演员的姑娘》，觉得维吾尔族人很聪明、善良，男的英俊会歌，女的漂亮善舞，可惜我一直没有机会认识。我在新源县、巩留县生活的那些年，朋友介绍我认识了一些，但他们都是农民，我与他们在语言上存在着障碍，几乎无法谈下去。后来看多了艾贝保的文章，我感到了他文字的朴实和馕一样的香味。

他是乌市人力资源和社会保障局的一名领导，是个官员作家。我曾在自己主编的《北宁文艺》上推介过一些新疆作家，比如毕亮、张芹、丁梅华、李北刀等朋友，他们都是年轻的作者，被我作为刊物的外省阵营推介过。后来看到艾贝保的文章实在是好，便决定从他博客上选载几篇，给他发了纸条告知，当即得到了他的热情答复同意。

艾贝保是个经常光临我博客的人，当他得知我妻子为伊犁人后，就把我当作老乡看待了，常常问我何时回伊犁，主动给我电话，说若到了乌鲁木齐一定要给他电话。2011年8月我曾回到伊犁，我本打算去乌市拜访他，但因为要陪阿依八十高龄的姨婆婆回新源，前后只在伊犁停留十天，在乌鲁木齐只停留一天，加之我因为一些说不出的原因，我没有跟他联系就回广西了。我在博客上贴出回伊犁的照片和文字后，他第一个给我来纸条，问我为什么回新疆没有联系他，语气有些责备的意思。因为我之前已答应他会找他，现在都从新疆回来了，这让我实在有些难堪。

这次我收到纸条后不敢怠慢，赶紧回复了他，说过几天就到乌鲁木齐登门拜访。我还通过博客发纸条专门核对了他的电话。他回复说：我等着你。

我们去了库尔德宁。这完全是为了照顾千总，因为那里我已经去过很多次，似乎已经没有任何悬念。我没想到在我很长时间没有到过这里后，这里会以另一种面目呈现在我面前。那时已经是秋天，草甸已经转为蜜色，有十几匹马还在上面吃草。从喀班巴依雪峰上吹下来的风非常冰凉，按照以往的习惯，库尔德宁的初冬就要来了，目前那些营业的毡房已经拆得差不多了，宾馆已经关门，来景区的人好久才看见一两个，并且都是开着摩托车的，显然他们离这里不远。尽管那天光旭开了新FF7195皮卡来，但是我和千总都决定晚上不走了，并且已经和一位还没有拆掉毡房的哈萨克族汉子谈好了价钱。我们先吩咐他为我们准备晚餐，然后我们就出去游荡。金色的胡杨或成片成簇分布在库尔德北宁河岸上，或一棵两棵站在河中间的沙洲上，清澈的河水连卵石的纹路都看得见。我们在树下照相，和黄金的影子留影。火红的影子倒映在库尔德北宁河，深秋寂寞的河谷里美丽如画。

晚餐因为有哈萨克族的熏马肠和风干肉而显得有些丰盛，我们还带了伊力特白酒，三个人加上哈萨克族汉子一起席地坐着喝。哈萨克族男子叫米吉提，三十多岁，他的羊缸子（老婆）是个丰腴却稍显黧黑的女人，穿着稍厚的西装上衣和米黄色的裙子，一直在毡房后面给我们弄吃的。我和千总喝一口酒和一大口奶茶，用这个办法延缓了我们酒醉的时间，可是也增加了我们的酒量。熏马肠有点咸，不过味道非常好，高盐的菜肴往往是下酒的好东西。我们一直喝到晚上十一点，总共喝掉了三瓶。本来我想听听夜里的库尔德宁，但是酩酊大醉把我耽误到了第二天早上。

当天中午回到老马场，我们便斟酌南归的计划。我提议还坐火车，千总的眼睛睁得像牛眼大，长脖子顶着的脑袋一下子伸到我面前，喊："屌你公鸡，仲坐火车？四日三夜的火车呎，我冇癫就怪了！"我笑着说："我知道你冇愿意癫，可我坐了十几年亦冇见癫？"千总的头缩回去，摇得像手鼓，说："冇坐火车，我来时讲过了嗰，回程你的飞机票我包了！"我不再跟他争，心里却想道，也许我是疯了，自从我出版了《吉尔尕朗河两岸》后，我就已经成为疯狂的人了。

千总用手机网订了飞机票后，我们开始收拾东西，准备第二天去伊宁坐火车到乌市，我已和艾贝保·热合曼约好见面。我不让光旭告诉马场的那些朋友我要走了，否则他们又要在晚上找我们喝，那样的话离别之前的一夜肯定还要大醉一场。我和千总已经没有再喝一顿酒的能量。我们决定明天早晨趁那些人还在梦中就走。

第二天六点多钟，我们与这个家的人话别。我弯腰拥抱了阿依父亲，他的两只眼眶早已涌出泪水，嘴巴嗫嚅着，翻来覆去只是嗫嚅着，终于说了一句话："走了，走了，你要回来，要带阿依和依力回来。"我强忍着泪水，拥抱了阿依母亲。

第三天光旭送我们去莫乎尔坐班车，他早早去发动了车子，我趁着他没上车前，踮起脚尖勉强搂了一下他的肩膀，他太高了。在做这些时，千总一直在给我们照相。我一走出阿依父亲的房子，我的泪水就溢满了眼眶。上车的时候，我看见阿依母亲站在院门朝我招手，抹着眼角。我一边招手，一边流下了泪水。

我和千总扛着花了一万多块钱购买的伊力特曲（包装成了两个大纸箱），乘着班车去伊宁。在车上，他就用土白话跟我说："坐飞机呎？我已经叫人买票了。"我望着他，同样用土白话说："冇想睇大漠风光了？"他猛地扬了一下头，笑了一下，接着哼了一声，说："屌你，三日三夜，顶冇住啊。大漠风光，来的时境睇够了，回去可以写诗了。"我们都笑起来。

到达伊宁的中午，亲戚龙观雨请我们吃饭，席间有几个新面孔，我就这样认识了《伊犁日报》的副总编吴志坚老师。他竟然知道我的名字，并且知道我是《吉尔尕朗河两岸》的作者。当时，观雨介绍了我，他惊讶地说："我读过您在我们报纸上发表的文章，写得很老到，一开始我还以为你是我们伊犁人。"我想这应该是真的。前些年，我几乎每几个月就有文字在该报上发表，责编是一位叫作燕玲的女士。我向吴副主编赠送了我签名的《吉尔尕朗河两岸》，他有点夸张地扬起眉毛，双手接过了书，翻看了勒口关于我的简历，然后问我：

"您打算在伊宁停留几天？"

"我今晚就要走了，买了十点的火车。"

"这么快？下午我安排我们报社的记者采访您吧。"他开始打电话给报社有关人员。

这是一次让伊犁的读者加深对我认识的机会，我当即表示感谢。

下午三点，我和千总同往报社，吴副主编安排接见我的人竟然就是副刊部的燕玲主任，我顿时十分惊喜，不禁回忆起2008年，我给他们报纸投寄了长文万字《伊犁乡野的色彩》后，她亲自给在广西的我打来电话，让我发给她电子版，她在电话里带着告诉秘密的语气说：

"您的散文，我们准备发一个整版，麻烦您把电子版发给我。"我听后非常高兴，半个钟头后我就把电子版发给了她。后来几天，伊犁的许多朋友都告诉我："你太厉害了，你的文章整整占了一个版！"

我第一次见到了当年我的责编燕玲，一位留着长头发，面目清秀很有气质的女士，她已经是副刊部的主任了。我们聊起当年的投稿，她说："您投来的是纸质稿，写得太好了，非常老到，非常地道。我看联系地址是广西，我就怀疑您一个外地人是不是抄袭。那时候我竟然想：没有本土经历的人写不出这样的文字吧。我打了您原文的好几段话在网上搜索，结果没有，我才决定通知您给我发来电子版。"

我们都笑起来。

"他的爱人是伊犁人，哦，是新源马场人。"一直跟在我身边的千总终于用上了普通话。

"知道，所以他写伊犁才有感情嘛。"燕玲笑说。

来了一位女士，她就是燕玲安排准备采访我的记者，叫王志华。那个下午，我们在一间会议室内，愉快地聊了两个小时。晚上我就上车离开了伊犁。

一个月后，我在南方，接到燕玲发来的信息，让我留意《伊犁日报》。后来我就看到了日报上发表的《广西作家梁小羊：行在伊犁，爱在伊犁》的通讯。我很高兴这篇作品阐释了三个观点：南方人，伊犁人；一部作品，一首赞歌；两地生活，一个梦想。她写的都是我的心声。

这边风景

　　《吉尔尕朗河两岸》像一朵小花一样在伊犁幽谧地散发着芬芳。这让我暗暗高兴。三十多年前，我在梦中爱上了这片土地，在远离伊犁的地方想象这个地方；十多年前，我初来乍到伊犁，对当作家的梦想，对生活和亲情的渴望，使我对这片美丽的土地产生了美好的憧憬；十一年前，我们的女儿在这里出生，洗去了我在南方多年的失望并给予我生活的勇气和快乐。现在，这些又激发了我近乎痴狂的十年转场和写一部关于伊犁的书的豪情，这些也是我多年来一直引以为豪的优点。如今，我已经在这片梦中想象的土地上生活了断断续续的十二年，渐渐发觉，我不再具有过去那种想象远方的能力，为了写完这本书，我过分依赖了实地观察和思考，而不是靠着生活和知识来激发我的幻想力——我不知道这是我的欣慰还是我的悲伤。

　　在和伊宁市的一帮文友酬酢时，一方面是我对这座边陲城市的一种温情记忆，也是我对生活于斯的人们的一种心灵沟通（这种温情和沟通绝不是因为汉族人街上一直有值班的巡逻车和警察的存在，相反，我总是喜欢一个人出现在那些销售当地干果特产的维吾尔族商贩中，我唠叨着几句这些年跟亲朋学来的维吾尔语和当地口音的汉语，每次的购买总是满意而归）。另一方面，我需要他们这些土著的原味来作为酵母，把我十年转场的人生经验进行最有效的发酵——我害怕自己飞沙踏雪的十年光阴白白流淌，诞生不了我期望的那种作品。在饭桌上，偶尔有比较诚恳和直来直去的诗友，比如州作协副主席郭文涟老师就直接劝我写一点短小的散文，以短小的篇幅反映伊犁的人事，这样见报率要高些，长篇出版的周期较长。农四师作协主席蒋晓华说，回伊犁一定要告诉他，他要和我喝酒谈文。老诗人安鸿毅的诗我初中时代就在《绿风》上拜读过，他总是曼陀铃不离手，虽因身体原因不再饮酒，却是每到桌前必弹，叮咚叮咚的伊犁民歌是大家喝酒吃饭的上等作料。朋友们在杯盘狼藉之际唱歌，唱天山的歌，唱伊犁河的歌，还跳舞，就像维吾尔族人一样旋转起舞。就是喝酒，也要喝伊力特曲，吃肉，也要吃哈萨克熏马肠子。汤丽秋会唱维吾尔族民歌《黑眼睛》，从安徽来新疆读大学后又落户伊犁的毕亮不喝酒不唱歌，但我多次读过他的文字，大美壮丽的伊犁冶炼了他，他虽然年轻但淳朴稳重，文字也像这方土地一样守拙豁达。诗人冯敬学数次和观雨表舅陪我去王蒙书屋，他们对我每次回来必去那里看一看总是保持微笑和耐心。那样的氛围多美妙啊，在这座边陲城市，在那些绿漆已经褪色的旧式木窗下，欣赏维吾尔族歌曲，听心中无限向往的《黑眼睛》，有点醺醺地步出小酒馆，走向"亚克西"和"赛乃姆"问候语交错响起的商店，走向艾德莱丝绸飘扬的白杨树下，走进"六根棍"嘚嘚嘚跑过的街市，心里有无限的祥和与安宁。

观雨这个文学中年，他再次拿出了他那本二指厚的 A4 打印稿，我翻了翻，除了古体诗之外，这回他增加了十几篇关于伊犁地方建设的通讯。我看出来了，他满怀希望地把自己写的东西交给他的小有名气的作家外甥看，并且期待赞赏，但我看他的文采实在很有欠缺，材料也大多堆砌，诚如上次诗人千总所言，他不太适合写诗。但他乐此不疲。作为我的表舅，只要我提出去哪里，他都认为是写作的需要，都尽量与我同行。他的几首古体诗写到了惠远，这让我怦然心动。我开始认为，作为一名热爱伊犁的作家，去看惠远古城既是一种瞻仰，也是一种召唤。2003 年我和阿依回来，车过惠远时阿依指给我看："那就是惠远钟鼓楼！"我举头间，那栋飞檐画阁一晃就不见了。那次是初回来，又遇上了"非典"，去惠远的计划被迫取消。幸运的是，两年后，2005 年 8 月，我去了，陪我的除了观雨，还有南方同学李毅光。那天的阳光接近馕的颜色，我们一下车就看到了在馕色的阳光下，那座青灰色的钟鼓楼立在十字路口的中央，很庄严很古朴，高翘的三层飞檐仿佛三只大鹏递接在一起展翅欲飞，给人展示着一种连续冲天的气势。城楼四周的百年榆树坚守着浓浓的绿意，紧紧拥护着城阙，显示着一种久远年代的森严。古城东西南北呈中央对称，四大城门正对四条大街。我们沿景仁门行走，不时看见身着艳丽服装的维吾尔族妇女，戴着民族花帽赶着"马的"的老人，马车上铺着毯子，马脖子上的铃铛在偶尔扬起的马鞭中咣当咣当地响，大街的悠闲和清静在圆冠榆和阳光里散开来。

像中国所有的名城一样，里面总可以翻出一些当年名士。被贬伊犁居留惠远的文人中，洪亮吉和祁韵士是纯粹的文人，徐松是科学家，林则徐是民族英雄。四人的著述多少不一，各有千秋，洪亮吉写出了《天山客话》和《伊犁日记》，祁韵士写出了《万里行程记》《伊犁总统事略》和《西域释地》，徐松写出了《西域水道记》和《新疆识略》，林则徐写了一些咏怀诗。我尤其欣赏祁韵士的写作态度，因为我已经无限地接近他。他在《万里行程记》里这样表达自己：

> 西戍之役，余以乙丑二月十八日自京师启行，阅时六月，至七月十七日，始抵伊江。时经一百七十余日，路经一万七百余里，所见山川城堡、名胜古迹、人物风俗及塞外烟墩沙碛，一切可异可怖之状，无不周览遍历，系于心目……每憩息旅舍，随手疏记，投行箧中，时日既久，积累遂多，亦自不复记忆矣……抵戍后，暇日无事，或愁风苦雨，独坐无聊，偶拣零缣碎片，集而省阅，以寄情怀；略加编缀，遂尔成篇。

从这些记叙可知，祁韵士几乎是把被贬伊犁作为一种生活体验来看待的，从北京开始，一路走到哪记到哪，完全是一种有意识的生活写作积累，心中能有这种信念支撑，西戍的道路当然就是充实且富有意义的了。我喜欢祁韵士的这种态度，它加深了我对行走、居住和写作是一种情怀、一种美学的看法。从2003年就开始的出塞行动是我越来越觉得正确并且正在坚持的做法，也是我作为伊犁女婿的情怀和作为作家的写作美学。我断定这个马拉松运动将为我创造一种与众不同的写作美学。

那天我们到达惠远已经接近黄昏。我把黄昏看惠远看作是一种享受，并认为看过惠远是我把握伊犁质地的象征。但是很奇怪，这次来惠远几乎没有什么可记录的，我曾担心自己能否成为称职地书写伊犁的作家，因为我没有特别的感受。后来我知道了，感受伊犁的风景也是一种创作，它可以让我耽于幻想，培养一种适合伊犁的脾气，或者往高尚来说是创造适合自己的写作美学。在这种想法的影响下，我空手摆臂从古城出来就心安理得了。走在熙熙攘攘的城门大街上，回首再看那座城关，高炯浩那首《惠远钟鼓楼》开始在我脑海回响：

> 夕阳将殷红鲜血和熊熊烈焰泼洒雄关
> 泼洒边城惠远钟鼓楼飞檐画栋
> 金龙吱吱长吟 抖动闪闪鳞甲
> 利爪抠天仿佛呼啸腾空 扑向那
> 潮水般涌来的兵骑和马刀的喧嚣
> 皇帝的龙袍被撕破一角 将军府

在一片呛人的焦土中毂觫
嗒嗒的马蹄还在敲打伊犁河谷
……

　　有时我会去州新华书店买书。有一年我买了王克之编著的《塞外新天府》，一本介绍伊犁州历史人文地理的书，有一般介绍书籍没有的深度，阿依的表舅龙观雨向我推荐了这本书，我听了他的话后，仅仅翻阅了几页就确定买下了。观雨知道我在文学上的抱负，我回到这里就是想当一名作家，很愿意帮助我实现这个宏伟目标，我每次回伊犁时他都要请假陪我东奔西走体验生活收集素材，还带我逛书店。2013年春天，王蒙的《这边风景》刚刚上架，他就拉我去了州新华书店，我花了七十九块八毛买了这部书的上下两卷。付款的时候，我看见收款的维吾尔族女店员给了我一个客气而温柔的微笑，这让我心里感到十分受用。出了书店后，我看着手中书本封面上飘逸匀称的维吾尔语书名，还在一直回味和猜想着那位维吾尔族女店员的微笑。

　　《这边风景》我是放了三个月后才开始阅读的。我之所以不急着读，是因为我觉得对于我这个伊犁女婿来说，在我以前读了大量关于新疆的书籍之后，在我现在已经回到伊犁之后，熟悉我心中的家乡最好依靠自己，我要先用自己的眼睛和自己的心去了解伊犁，去读伊犁。我想在自己的感觉和想法形成之后再去读那套书。尽管我是那么热爱伊犁，也崇拜王蒙，但是我知道，这本书告诉我的经验必定距离我经历的东西很遥远，会完全超出了我的理解力。虽然如此遗憾，却也不影响我对这部书的赞美和对它的作者的崇敬。或许在将来的某个早晨，我会像阅读《瓦尔登湖》或者《抵达之谜》一样下功夫去阅读和欣赏它，甚至像我经常翻阅摩挲我的《吉尔尕朗河两岸》一样欣赏它。

　　张惜妍是一位会写评论的伊犁女子。那天，龙观雨请我们在伊宁市一家汉餐厅吃晚饭，她和几位朋友都来了，我分别向几位朋友赠送了我的《吉尔尕朗河两岸》，并应他们要求当场签名，这让我很有当作家的感觉。惜妍身材姣好，秀丽腼腆，但她笔下的文字除了纤云弄巧之外，也体现着新疆人的干脆爽朗。我向她敬酒，尽管她不喝酒，我还是痛饮了一杯伊力特曲。几天后，她给我电话，说："我妈妈特别喜欢看你的《吉尔尕朗河两岸》，里面写到六十年代盲流新疆的往事，她是过来人，很有感触。"她又主动说，"我给你写一篇评论吧。"果然，我回到南方两个月后，她的《十年思乡梦，而今一夕圆》就写好了，传给我，有三千多字，我看后才知道她三年前曾经到过我生活的吉尔尕朗河畔和加乌尔山。我在这里摘抄其中的两段——

> 2010年9月27日，梁小羊在新丝路网站的本土文学创作阵地"丝路文苑"上传了一篇散文《高高的加乌尔山》，这是我第一次与梁小羊的文字谋面。巧合的是，10月1日我参加的户外徒步活动临时改变线路，去的地方正好是加乌尔山。10月3日晚上，我在他的帖子下发表评论："我在10月1日走进加乌尔山的深沟，秋天的吉尔尕朗河、坡上的山羊、山涧的野苹果树、白桦、野杏树层林尽染，阳光和煦，伊犁的秋天在这里浓缩最美的风景。"从那时起到2012年，我不间断地阅读到梁小羊伊犁居住手记的系列文章。

> 那时候没有想到过，三年后的金秋，也是油画般浓郁的10月，一群朋友相邀坐在一起的黄昏，那个尽情叙写伊犁大地的广西人，笑脸盈盈地坐在我的对面。

惜妍把这篇评论投到了疆内的几个刊物发表。她的文字不是很深刻，但很感性，揣摩得也非常准确，好像很久前就熟悉我一样。她在文末俏皮地写道："写下这些文字，就当是一杯伊犁老窖敬给你吧，既然是自己人，那你就干了，我随意。"

这年10月，我和诗人千总怀着对王蒙先生的尊敬，去探访了他生活过的巴彦岱。我们打的来到了一间被修葺一新的平房前。我看见了一个贴在墙上的大红五角星，五角星下是"巴彦岱人民公社二大队"十个显眼的大字。在这里，在四十多年前，那时候小村还寂寞，他学会了维吾尔语，当上了二大队的副大队长，和一群维吾尔族人交上了朋友，并且因此有了《在伊犁》《你好，新疆》和《这边风景》那些著作。

在旁边的书屋，陈列着他在各个时期的作品，他写下了为巴彦岱人民所熟悉的众多人物。按照他的书后编年史记录，他在伊犁生活了八年，其中有六年在巴彦岱度过。他靠着这片土地的滋养，写出了透视民族心灵的作品，完成了一种跨文化的写作。

刹那间，一个念头就在我心里诞生了——我也是虔诚的，是带着一点儿"野心"在这里生活的，我也想凭着我确有的深情和仅有的才情写出我心中的伊犁。

到目前为止，我最好的作品还没有面世。但是我作为一个正在持之以恒地追求理想的后来人，一个也深受伊犁这方水土滋养的文学爱好者，那时不由自主地产生了对这位大作家的崇拜。

如今，我正在这片土地上，庆幸这片土地也待我如此深厚，让我们的宝贝女儿在这里诞生，这怎不令我受宠若惊，既惊且喜？在这里，在这个王蒙先生曾经生活过八年的地方，对于我们一家三口来说更是刻骨铭心永远都不会忘记的地方。对，永远都不会忘记——这里是我们的宝贝女儿降生的福地——2004年2月一个风雪交加的黄昏，一个零下十几摄氏度却依然让我们感到暖乎乎的时刻，小家伙在巴彦岱出生了，就在那个大雪纷飞的傍晚，巴彦岱成为我们一辈子也忘不了的地方。

我去问了当地一位上了年纪的乡亲，他告诉我："巴彦岱嘛，蒙古语，意思就是大雁落脚的地方。"那么，我们的孩子，她出生在这里，她就是一只大雁了，大雁，周期性地回来，又要周期性地远翔。因为女儿在这里出生，我们成了一家三口，我坚信这就是前世修来的缘分。

在此之前，我记得有一次，我一个人回家经过这里，尽管车上都是满载的乘客，我知道只有我一个人，只有我一个人回到这里。我看着窗外的熟悉的大地，深深地思念着一个人，不，是两个人——我的女儿，我的妻子。许多时候，我尤其思念我那不在我身边的女儿，多少次梦中我把她搂在怀里，用脸磨蹭着她的小脸，用我粗糙的大手摩挲着她柔嫩的小手，看着她的酣然入睡的浅笑，心里一片感动和温暖。巴彦岱啊巴彦岱，因为你的恩泽你的赐福，从此你不再仅仅属于王蒙，不再仅仅属于毕淑敏，你不再仅仅是前辈大作家的第二故乡，也是我们的女儿，我们这些后辈的第二故乡！

> 望着北飞的大雁
> 我心潮激荡
> 大雁思念的地方
> 是我美丽富饶的家乡
> 大雁飞落的地方
> 有我母亲温暖的毡房
> ……

我平时常常听德德玛的歌声过日子，她那浑厚深情带些苍凉忧伤的歌声是我今生的观照，她歌唱大雁，更歌唱故乡，她既是唱给她的蒙古高原故乡的，也是唱给我亲爱的巴彦岱的。在她的歌声里，我飞了起来，飞到了湛蓝的天际，飞到了辽阔的草原，飞到了亲爱的巴彦岱。有几次，我望着窗外熟悉的土地，一种感恩的情怀在胸腔里萦绕，我想，尽管我曾经在生活中遭受了那些心灵的创伤，但是命运对我还是眷顾的，她让阿依和女儿在伊犁出生，就是为了让文学在这里拥抱我，而我也仿佛心领神会，在这片土地上投入了满腔的感情。每次，小依力就在我身边，我忍不住紧紧地拥着她，轻轻地说："丫头，宝贝，我们回到家乡了。"倘若是我一个人回来，我就会压抑着激动的心，低声地告诉自己："我到家了，我到故乡了。"是的，这里不但是我的宝贝女儿的故乡，也是我们一家三口的——故乡！

三天后，我和千总从伊宁坐火车到乌市。经历了一个晚上的酣然大睡，早晨八点多到达乌市南站。那天刚好是 10 月 15 日，穆斯林的古尔邦节，全疆放假三天。我们打的住进网上订好的克拉玛依西路的文苑宾馆。刚在宾馆外的面馆吃了早餐，艾贝保的电话就到了，说要过来接我们到他家。一时很兴奋，也很不安，尽管我在伊犁生活过那么长时间，但到少数民族朋友的家里过古尔邦节还是第一次，尤其是到一个维吾尔族官员作家家里。为着这件事，我还专门赶在艾老师来前打电话给乌市的兰花，询问去少数民族朋友的家里过节有什么该注意的问题，正在一边下电梯一边打电话，到了大堂还在打，结果艾贝保的电话也来了，我赶紧挂了兰花的电话接通艾贝保的电话，原来他的车子已经停在门口。

他请我们上车，我才想起我居然什么礼物也没带，刚才兰花也没说出个所以然，我和千总就用小城土白话嘀咕：什么礼物都来不及带，会不会失礼？艾贝保听不懂我们的白话，只是亲热地看着我们笑着。但不管怎样讨论，买是来不及了。我只好挠着头皮说："你看我们慌慌张张的啥也没带上——"他笑着说："没事，我们是文友，文学就是见面礼，就不讲究那个了。"

他一路上为我介绍乌鲁木齐的历史，讲了纪晓岚被发配新疆时写的《阅微草堂笔记》，又从乌鲁木齐的人口说起，2007 年就有两百多万，目前已经有三百多万了。我们说到了红山顶的观景台，西大桥的华丽，艾老师为我们指点田字路的定向型五层立交，还有 BRT 专道快速公交车，还有市区多层高速公路，正在建设中的地铁，很多很多的新变化。这些在艾老师的口中一一道来，我听出了一位维吾尔族官员作家对自己生活的城市所持有的自信和自豪。

他说，他住的小区，也住着许多维吾尔族、回族、哈萨克族人。到达小区后，我和千总跟在他身后上楼，有些惊奇，有些惶惑，还有一丝神秘，三个人咚咚咚咚的脚步声引来了一些没关门的住户的目光，大部分是维吾尔族人，他们就这样看着我们，看着我们跟随着这个维吾尔族干部模样的人上了楼。

他家在三楼。我们进门后想脱鞋，他说不用，我们就客随主便。客厅的大茶几上摆着色彩缤纷的节日食品，两大捆高高盘绕的金色馓子，还有葡萄干、巴达木、杏干，南疆鲜葡萄，还有各式糕点，时令水果，南方产的橘子也摆上了。一个中年妇女为我们斟上热茶。他给我们介绍这是他的爱人，"马老师，我爱人，在教育部门工作，回族。"接着他介绍了在厨房干活的维吾尔族女子，"我亲戚，帮忙的。"然后，他又谈起自己的儿女，一个儿子一个女儿，都是北京大学的研究生。

他自称老艾，叫我梁老师，叫千总千老师。他跟我们说起许多外省的文友来新疆，"他们都叫我老艾，"他说，"到乌鲁木齐都来找我。"说着话的时候，他转身进书房拿出了几本杂志，对正在斟茶的马老师说："这就是梁老师主编的《北宁文艺》，我在上面发表了好几篇文章。"马老师恍然大悟一般，应和着，很高兴。我们看着自己办的小刊物，仿佛在这异乡重逢了一个亲人，感觉非常亲切。他签名赠他新出版的《拌面传奇》。我也赠他《吉尔尕朗河两岸》。他颇为得意地介绍，他的书是出版社主动约稿。这些篇什的大部分，我曾在他的博客上读过，文字富有新疆文化底蕴，文笔朴素老到，在讲故事里完成了一种历史文化氛围的营造。

一个维吾尔族小伙子敲门进来，一只金黄灿烂的烤全羊就摆在了餐桌上。马老师和她的亲戚，一位三十多岁的维吾尔族女子在厨房里忙着。我不时窥探着厨房，看见里面大盘小盘摆满，很想一看究竟，但想起了前几天在巩留一家餐馆吃椒麻鸡，光旭告诫我们，不要随意进入少数民族人家的厨房窥望，说这是伊斯兰习俗的禁忌，吓得已进厨房的我和千总赶紧退出。令我感到意外的是，马老师竟主动叫我们到厨房看看，还满脸笑容地说，可以拍拍照。我们很感激，拿出手机拍了一通。艾贝保已经拿出了伊力老窖，马老师端来了她亲手做的粉汤，我们规规矩矩地坐到了餐桌前。后来我看艾老师的书才知道，他老伴做的粉汤是乌市文友中家庭菜的一绝，雪白的凉粉块大小均匀，拌着红椒丝绿青菜，还有羊肉碎块，真是色泽鲜明，趁热喝了，稀稠适宜香味四溢，又饱肚子又解渴。他为我们切削烤羊肉和水煮羊肉。一块接一块香喷喷的烤羊肉、水煮羊肉像开展接力赛一样进入我们的嘴巴。他看了大乐，在一边做家务的那位漂亮亲戚也偷偷地笑了。我和千总担心失态，放缓了速度。他又劝我们："多吃，能喝就喝，别客气。"

据说，他们早上六点就起床了，九点前要上麻扎，就是给先人扫墓，从麻扎回来才招待亲友吃喝。以往过节都是艾老师亲自带儿女上麻扎，这天为了陪好我们，他为了见我们，这么多年破例不去麻扎，而是让他儿子就去了。这让我们大为感动。我们想敬他一杯，遗憾的是他因为身体原因已不喝酒。他遂以茶代酒。酒是在我和千总一杯碰一杯中少的。我和千总都觉得不能辜负主人的美意，关键还是千总兴致很高。艾老师还教我们用羊肉蘸盐吃，我们吃喝得两手油光光，满脸红彤彤。

我们还没有醉糊涂，知道主人等会儿要大宴亲戚，便决定见好就收。艾贝保要叫司机开车来送，我们拒绝了。下楼梯时我是扶着栏杆踉踉跄跄下去的，赶巧一出楼梯就遇上了下客的出租车。回到克西路上的文苑宾馆后，我们把自己砰的一声放倒在床上，千总很快就打起了轻鼾，我不久也酣然入睡。

一觉睡到下午六点，艾老师发来的信息把我吵醒了："招待不周，请多包涵。"我回复："蒙受招待，幸运之至。"千总翻了一个身，半清醒半糊涂地说："冇来新疆之前我有点冇相信，来了始知系真的，维吾尔族人就系热情，就系友好，我仲要来新疆，吃烤羊肉，饮伊力特曲！"

我们又睡了三个钟头，一直到华灯初上才醒。出去吃了一个连汤带水的兰州拉面后，我联系陈漠。2009年，我和他在鄂尔多斯一个文学活动上相识，他是一位温文尔雅的男子，有着不温不火的谈吐，后来又与我的朋友朱山坡成为鲁院的同学。平时，我们偶尔也在网上沟通一下。时隔五年，古尔邦节后的第二天上午，我打电话给他，他正在昌吉妻子的娘家，本来打算第二天才回乌鲁木齐，因为我来了，他马上赶回，想请我吃饭，但是我和千总必须提前一个钟头赶往地窝堡机场。一起吃饭不成了，我们就相约在通往机场的克西路上的银都大酒店见个面。他从红山赶来，我从二道桥过去，乌鲁木齐已经今非昔比，高架林立中车流如蚁，偶尔车慢如蜗牛。我先到了酒店门口，足足等了二十分钟，而距离我们的乘机时间只有一个多钟头了，我正在向对面的大街遥望，有人在背后喊我的名字，我回头一看正是陈漠，他还是那么温文尔雅，还像2009年秋天相见时那样年轻白净。我赶紧递上我的《吉尔尕朗河两岸》，他也送我他的《优钵罗花》，我写请他"雅正"，他在他的书扉页上题了一句："生活如此美好"。我笑了。我已从网上知道，新疆的文友都称这一句是陈漠的"口头禅"。那会儿既想和他说话，也老想着赶飞机，真是遗憾和纠结。最终，我们匆匆地握手，匆匆地说着下次再会。

《吉尔尕朗河两岸》出版之后，不知为何，我一直有一种直觉，或者说一种自信，这本书一定会获得再版。实际上，自2013年1月该书出版后，我就一直在原书上修改，因为我觉得还有许多我想表达的风景和情感没有写出来；再有一个原因就是《吉尔尕朗河两岸》第一版属于政府扶持，作为"新疆民族文学原创和民汉互译作品工程"的扶持项目，本书一版印刷六千多册，大部分作为赠书送给了新疆各地学校和图书馆、农家书屋，部分在新疆书店有售，但在内地没有上架，也没有网售。我不甘心。我用稿费购买了一百本，陆续邮寄给广西和新疆的一些作家老师。与此同时，我一直没有停止对这本书的修改。

到了10月，我在自己经常发帖子的新散文论坛上看到了湖北职业学院的教授黄叶斌先生的评论，我抱着多认识一位评论家多一次机会的心理，主动给他发去了私信，表达了寄一本《吉尔尕朗河两岸》请他批评的意思。他很快就回信了，并给了详细地址和电话。我也很快通过邮局特快专递给他寄去了书。令我感激的是，十几天后，他就答应为我写一篇简短的评论。于是，两个月后，就有了《西北草原的诗意栖息与文学叙事》一文，在《南方文坛》发表。《南方文坛》虽然在广西办刊，却是著名评论家张燕玲老师主编的全国名刊，我的书能在上面获得推介，那种兴奋难以形容。评论发出后，我在一次会议上巧遇张燕玲老师，我当面向她表达了发出此文的感激。此前，我已经向她赠送了我的书。她说："你的书不错，那篇评论也写得好。"是的，黄叶斌先生对我的解读令我颇感贴心：

> 作者对于西部大草原的情结，可能主要源于其与夫人的结识、交往、恋爱、结婚和日常生活。其眷念的黏度、体验的深度、感受的纯度，是一般人的游记散文和地域风情描绘所不能比拟的。其原因在于，作者是以双重身份介入其中的：外地人的眼光和半个主人的女婿身份，使得他的观察、触摸、感悟和叙事具有一种特殊的意味和深潜的发酵，同时也具有一种比较客观而公正的评价和反思。

尽管《吉尔尕朗河两岸》的发行量只有六千多册，发行范围也只限于新疆，但是还是有许多关心我的各省朋友知道了这本书，他们向我索要这本书，我怀着被别人分享的喜悦把自己购买的书一本接一本地往外寄，唯独没有给一个朋友寄出，她就是在巴马的庄。在那次我与她在小城分别后，她常常与我保持联系，她的信息、她的声音和智慧都在暗示，她对我的印象很不错，尽管她要照顾患病的丈夫，但她正在过着一种忙碌而充实的生活，她有自己的广告公司，她还有自己活泼快乐的儿子。老实说，听她说话，你会感觉到这是一个思维敏锐、教养良好、思想丰富的女人，如果时间允许，你会希望一直倾听下去。但是我偏偏没有给她寄去这本书。实际上，她也没有问我要。我们相互之间似乎有一层没有捅破的窗户纸，我们隔着窗户纸说话，我们甚至谈到了很隐私的话题，谈到了一个男人和一个女人面对患病爱人的生理和心理的煎熬，唯独没有谈到要寄一本书。

10月的一天，阳光明媚的早晨，我在南方小城的办公室改完一篇手下写的材料之后，惬意地喝着茶，并准备在电脑上打开我的《出塞书》看看，手机响了，我一看号码就拿着手机走了出去，我径直来到市委办大楼外的林树荫下，在那儿，树荫静悄悄。

在电话里，她说巴马阳光明媚。她用一种甜糯糯的声音说："你为一条新疆的河写了一部书，能不能也为我们的盘阳河写一部书？哪怕是写一首诗也好。"

我似乎答应了，又没有答应，一边诺诺连声，一边嬉皮笑脸。我想那天如果有谁给我拍下来，我的嘴脸一定非常猥琐。

当我说出办公室那边有人在喊我的时候，她最后问了一句："你到底要怎样才能为我写一部书，莫非——莫非——要和我谈一场恋爱？"

听到这句话的时候我心里震了一下。

挂了电话后，她发来一条信息："真想见见你那位，看是一位什么样的人物。"我没有回复。

将要回到办公室时，我换上了一副庄重的面容，倒不是因为要马上工作，而是她的话让我悟到了一个写作和人生的命题。是的，真要一个作家写出一部书，确实需要作家与一个人谈一场恋爱，或者与一片土地谈一场恋爱。而《吉尔尕朗河两岸》正是体现了我某种人生的书。

这年11月，我收到了在京的家乡籍著名作家林白回她的中学母校参加建校百年庆典的消息。我见到了她，称呼她为老师，但是她坚持要做大姐，而我也觉得她像一个大姐，除了率心随意之外，外貌也显年轻。我就称呼她为大姐。我向她赠送了我的《吉尔尕朗河两岸》。

对我而言，那是一个转折点。仅仅用了两天，她抽空看了我的书，欣然用"清澈、朴素、动人，富有生命感"这句话来赞扬，并邀请我和阿依一起在北宁大酒店共进了晚餐，说阿依不像南方人，还送了阿依一件北京带回来的纱巾，阿依当即扎上，满脸都是滋滋的喜气。

一大早，我心血来潮刷了一下屏，发现大姐在微博上写了几句话："未在主流杂志发表，亦无评论和推广，一本好书遇不上它的读者。痛心！《吉尔尕朗河两岸》，梁小羊著。关于新疆的十年，关于伊犁。清澈、朴素、动人，富有生命感。谨荐！"她的这几句话就像从清凌凌的雪水河里拎出来的一样，让我眼前一亮，充满惊喜。

真是福至心灵，三天后，我接到消息，出版社已经将此书列入他们社2014年的重点出版计划，确定为增订版，并拟请画家给内文配上钢笔画。

书出版一年后便获得再版，这是令我意想不到的，真是天不负我。送林白大姐去地区火车站坐车回北京后，我又马不停蹄地奔赴新疆，回到吉尔尕朗河畔的家，回到天山雪峰喀班巴依脚下，我对自己说，我的灵感在这里，我的书中那股自然和浪漫的气息，只有在我面对苍莽的天山、奔淌的河流和壮美的草原时才能完美地呈现。那些日子，我为自己的作品与身边的自然水乳交融而深深地陶醉。在河流两岸，我将自己的修订版与出版社发回的第一版逐行逐字核对修改，前后花了一个多月。

林白在通过另一种方式帮助我。她回京后不久就写了散文《明月二三事》，发表在《南方周末》上。此文巧妙地将我的书一版情况和经历遭遇写了进来——

他们在广西北宁和新疆伊犁来去十年。时而北，时而南，南北往返，在伊犁断断续续度过了十年。

2012年夏天，他们在吉尔尕朗河右岸的房子开始动工，阿依回到马场，主持了开工仪式。梁小羊在北宁听到她在电话里说：在我们的院子里，想种花就种花，想栽树就栽树，想辟一个菜园就拿起坎土曼。这一切，梁小羊把它们写进了《吉尔尕朗河两岸》里。这本书，梁小羊投了多个出版社均无着落，最后总算在新疆青少社印出来，而且，有稿费，梁小羊大喜过望。出版社把大部分书配给了大中小学校、图书馆、基层文化站，在新疆以外的书店、当当网、亚马逊、淘宝网……均无售。一本好书和它的读者两两错过，是文学严重萎缩了吗？是电子书将要全面取代纸质书了吗？是一个无名氏的书注定要遭受漠视？

这是我们共同的天问。

与一版作为丛书和获得新疆维吾尔自治区政府资金扶持不同，出版社投入了大本钱，一书一号。在一次联系中，责编周英傲老师说："这的确是一本好书，意境悠长。"我说全书字数已经增加到三十万字，整整比一版多了五万。她做了仔细的审读，又与社里领导商量后，同意了。那时候我只知道出书越长越好，起码稿费要多。出版社大概在字数上迁就了我。

我和出版社又签订了十年合同。责编建议我找一位名家作序，那时我根本就不认识什么名家，却也的确折腾了一番，找了几位文友询问了两位在评论界属于十分权威的名家，我甚至表示愿意支付劳务费，但是没有下文。我为此很苦恼，随手翻出了《南方周末》上林白的《明月二三事》，突然眼睛一亮：真是得来全不费工夫，这不就是我的书最好的序吗？我激动地发短信询问林白大姐，她很快答复：同意。还说了许多鼓励和希望的话。

葬礼（二）

眼前这么黑，脑袋这么重，我似乎沉沉地睡了一觉，有梦吗？似乎也不像梦。我模模糊糊地感觉，我正从一片墨一般黑的海上返回来，是黑的海，没有一丝亮光，身体是漂浮的，周围都是空的，没有任何人，只有我自己，被一股黑黑的力量托着，我浮起来，它们似乎要把我送到哪里去。它们似乎要把我送到哪里去——它们，除了这个黑得似乎凝固的世界，还有周围的黑暗里那些看不见却感觉得到的力量——总之，整个世界就是黑，我似乎刚刚出生，从哪里走出来，或者被扔出来，世界遗弃我在黑海上，漂荡，漂荡，我不知道下一步到达哪里，会看到一个什么世界……

渐渐地，除了世界很黑，还有耳朵很响，右腰剧烈地痛。我被鲨鱼咬了吗？为什么像少了一块肉，我的内脏流出来了吗？我的手想伸出来摸一摸，可是我动弹不得。

手指脚趾可以蠕动了，像抽搐的那种蠕动，一点点蠕动。我多么想用力，但是我一点儿力气都没有，我的力气去哪里了？我很奇怪，也很着急，眼皮努力了千万次都无法睁开。可是我头脑里分明已经有意识了，我混混沌沌地好像回到了哪里，耳边有许多嘈杂的声音，像一个纷乱的场所，也像一个未知的世界。

有一个声音在我耳边问，你醒了是吗？醒了就慢慢睁开眼睛。是一个女声。我最后艰难地努力了一把，眼睑仿佛从极度黏稠中被慢慢撕开了，眼睛睁开了一小道缝，蒙蒙眬眬地看见了许多晃动的人影。我同时感觉到了自己的喉咙，似乎有一根棍子直捅着，直抵心肺，喉咙被捣鼓得咕嘟咕嘟响，太难受了，谁在这样折磨我？我想伸手拔，但是双手全部瘫软，举不起来。我想大口吸气，但是又吸不进气，只听到左侧不远有咕嘟咕嘟的响声。眼睛还是无法完全睁开，一个女声说，知道你辛苦了，慢慢呼吸。我万般艰难地喘着，想大咳一声，可是咳不动。我再拼命地睁开眼睛，好不容易完全打开了眼睑，除了看到那些穿着蓝衣的人影和灯光雪亮的天花板，还看到了两边摆放着一张张躺了人的床。我感到身上有东西压着，很热，满身都是汗。一只手塞进我右手心，一个女的声音说，试着抓抓我。我的手有了一些力气了，抓了那手一把，就听那个女声说，好，这个也醒了，可以推出去了。另一个女声过来了，说，慢慢呼吸，好，知道你辛苦了，我现在帮你抽抽痰，拔掉管就可以出去了。喉咙里的棍子拔出来，我咳了一下，还是咳不响。一双手撩开了我身上的棉被，一个女声说，哎呀，一身汗，快帮他擦擦汗，把他推出去吧。一个男声和一个女声应着，一双手为我擦汗，慢慢把我移动到了门口。后来那个女声说，哎呀，这个小孩醒了，蹬被子了，要弄脱管子的，先把这个小孩送出去吧。一个男声应着，把我停在门边，离开了我，后来那男声说，小孩又睡着了。睡着了？那个女声说，那就赶紧送那个大人吧，人家家属在外面等急了呢。我感到自己转弯了，又直行了，眼睛有些蒙眬，看到了狭小的天花板，那是走廊，身下的推车咕咚一声，我出了一道门，听到嘈杂声一片，有人喊：梁小羊家属！我听到了阿依和弟弟熟悉的应答声。突然，我有几滴泪滚出眼角。

阿依摸着了我的头，轻声说了一句，出来了，好了。我被几个人推着，进了电梯又出了电梯，通过长长的走廊，旁边不断闪过许多人，到了病房，他们七手八脚把我放回了35床。挂好了药水瓶，连上了监护器，鼻子插进了吸氧管，机器在嘀嘀嘀嘀地响，氧气在咕嘟咕嘟滚动。尽管我没有什么力气，但阿依已是如释重负，伏在我耳边轻声告诉我，好了，都好了，你放心，手术挺顺利。我二弟在一边忙着说一些注意的话。阿依和我二弟说话：手术室主任说的，你哥在手术室做了一个半小时，在复苏室也待了一个半小时。又说，你哥是g6pd缺乏者，输血和用药都要很讲究。那几个钟头我真担心啊，害怕他要输血，后来听护士长说他醒了我才放心。弟弟诺诺地应着。阿依又说，你妈也担心得很，听说你哥三个小时还没出来，她害怕你像你上次一样。我身体很难受，看着她，静静地听着，想起这十几年，她从新疆来到这里，无怨无悔地陪伴我，我除了在党委部门加班加点搞材料，熬坏了身体，几乎给不了她什么，心里有些怅然。

三天前，我突然小便变小，腰部割裂一般疼，阿依赶紧带我到B超室和泌尿外科检查。泌尿外科的主任看了我的检查单后说，不能再等了，左右肾严重结石，尤其右肾，严重积水，会沤坏肾的，发展下去就是尿毒症，现在最急的是有一颗一厘米大石头堵住了输尿管，必须马上住院做手术，以最快的速度保护你的肾。

陶瓷博览会再过两天就要举办，我在博览会的两个板块即陶瓷书画展和创建全国诗词之市推进活动上负责一些工作，马上撂下实在是无可奈何。阿依在医院工作，职业让她对身体情况特别敏感，尤其是我父亲七年前曾因双肾结石严重积水，一个半肾的功能丧失后不久患绝症辞世，终年才五十八岁，教书三十九年未及退休。她面对我们家庭成员的健康状况已如惊弓之鸟，哀求我无论如何也要请假住院。我只好硬着头皮给宣传部部长打电话，面对我的病急陈词，他让我做好工作交接。

术前一天，下午三点，护士通知家属交麻醉押金，一百元。为什么交押金？医生沉吟了一会儿，说："麻醉也是有风险的，尤其是全麻，你正是全麻。"阿依默默地拿出了一百块钱。

经过皮肤处置后，我忐忑不安地睡上床，随意翻手机信息，上微博，突见马尔克斯逝世的消息，二十世纪九十年代初上大学时，我初学写小说，看多了鲁迅茅盾巴金，第一次阅读《百年孤独》，觉得小说竟然可以如此荒诞和神奇。一个伟大的作家，他是怎样形成的？起码得有天赋、勤奋和健康的身体吧？老马都逝去了，许多有梦想的作家也英年早逝，一个人如果没有了生命，任你有多好的理想和梦想都无法实现。突然对治病有些紧迫。

术后陪护的辛苦我是体验过的，多年前陪护依力的往事历历在目。为积攒精力，我坚持让阿依在我术前一夜回家睡。当晚八点我们病房三个病友接受灌肠。很快我们几个人就抢着上厕所，厕水一般。

半夜我醒了，胡思乱想，心里渐渐紧张，后来想起作为过来人的二弟的话，这是小手术，不用怕的。弟弟今年才做过此类手术，尽管手术后我们曾替他担心，但至少他现在活着，他是做了同类手术而活着，这就够了，这就可以给没有做过手术的我一份安全感。但仍想到这是改变自己身体部位的大事，不免郁闷。这样在自我告诫里勉强睡去。天未亮，五点多又醒了，心里惴惴不安。后来终于找到一个伟大的理由让自己悲壮地镇定下来：就当是我文学创作道路上的一场生活体验吧，体验是创作的源泉，这么多年来，我已经信奉了有生活才有创作的理念，必须写自己体验的东西，最好是用自己的生命来实践，就如去年我出版的长篇散文《吉尔尕朗河两岸》，整整二十五万字，是我十年里和伊犁籍的阿依、依力回新疆伊犁探亲和生活的产物，是我心灵的真实呈现。从这个意义出发，我还有什么好怕的呢？为了写出生命的疼，就硬顶上吧！

这个意念真好，我很快就被催眠了。

早晨六点多，我醒来；七点多，我洗漱完毕；不到八点，护士就拿来了白底蓝条的手术睡衣让我换上，又在我腿头打了两针术前镇定剂。穿着蓝衣的手术室护士进来把我推走。进手术室的大门了，里面灯光通明，空调嗡嗡，一下子让我有了夜晚感。阿依还在跟着我，好几次想握我的手，我明白她是想让我镇定，我装出了一丝笑意。

睡上手术台后，我一下子就看到了常在电视上看到的仪器和罩灯，它们明晃晃地对着了我，想起接下来的事情，头皮有些发麻。阿依拿好了我的眼镜，我的眼前顿时一片模糊。阿依在离开前，三次用力握了我的手，轻声说：加油啊！我点头而笑，一是不想让她担心，二是强迫自己镇定。

医生为我打麻醉针，还和我交谈，安慰我，没事，吊点药水，一会就好了。想着自己内心活动这么丰富，平时抗疲劳能力也很强，这麻醉是否对我有用？我会不会一直醒着？后来，我就睡了一个没有梦的觉……后来，我就听到了阿依熟悉而又遥远的声音。

我睡到了原先的病床上。最明显的感觉就是身上的两处更不自在了，每处都连着一个东西：一条肾管和一条尿道管，尿道沉坠坠地插进一条筷子大的管子，我的尿道有这么大吗，足以插进这么大这么硬的一条管子？两条管子各吊着一个袋子，右腰后有些痛，血色从肾管源源流出，它让我触目惊心。

阿依说："都取出来了，肾里的四厘米都取出了，过几天拍片再复查一下效果。"阿依从医生处要到了两粒碎石，有黄豆一般大，黑色煤渣一般。

"我看到那个世界了，"我看着阿依虚弱地说，"以前听村里快要死又返生回来的老人说过，那个世界就是黑黑的，像黑海，他一个人在黑海上漂荡，想游的力气都没有，只是听任那个世界漂。"

"嗯，现在好了，那个世界不再属于你了，"阿依噙着泪哽咽着说，"你和我都在，依力也在，我们三人都在一起……"

阿依满脸疲惫地为我披着被角，把散发着太阳味或者烤炉味的被角塞进我的脖子下。那些天，阿依来例假了。她一直有痛经，痛起来有时连腰也站不直。我非常担心她吃不消，打算叫在乡下跑运输的二弟来陪我，可阿依就是不同意，她去市场花了一百多块买了一张躺椅，每晚虾蜷在椅子上，四天四夜下来，脸都黑了，可见有多憔悴和痛苦。她这个症状治了多年都没有好，她每月忍受着折磨，我也为此郁闷。依力有时候半夜打来电话，她习惯了晚饭后我带她在小区踩单车，临睡前喝一杯我给她冲的牛奶，让我握着她的小手抚摸着她的脸蛋睡去。她每晚睡前总是打来电话哭鼻子，问她哭什么，她说想爸爸。她曾跟叔叔来为我送饭，小手拿起羹匙喂我，那种专注，那种小心，让我眼眶发热。她说要替妈妈守护爸爸，妈妈不答应，她回家前依依不舍。

阿依除了守候我吊药水、按铃呼叫、喂粥喂水，还要给我擦身，特别要按医嘱每天为我清洗尿道口，倒尿液肾液，或红或黄的液体一袋接一袋地倒掉，还要二十四小时记录尿量。从术后第一天起开始为我擦身，一直到术后第五天，阿依擦洗时那种小心、细致和关切，我光身面对阿依时那种完全放松、毫不避忌，相濡以沫的感觉在我们之间荡漾，让我想起婚后这些年，就是夫妻之间亲热也没有这么自在过。从做完手术的当天起，她就在我的病床脚边陪护，连续坚持了四天四夜。中间我母亲送饭来，阿依就回家吃饭洗澡。其实我母亲的手脚也早已不便，那些天母亲感冒了，几次喂饭都把饭米和汤水漏进我脖子里，她布满皱纹的脸上浮起一阵愧意。自七年前父亲去世后，母亲便进城和我们住在一起，我四个侄儿侄女和我的依力都由她带着，一天常常忙得连轴转，早上喊孩子起床，送他们上学，顺路买菜做饭，回到家里切肉择青菜，上个厕所，转来转去就到了接孩子的时间，最小的读学前班，十点二十分放学，接回来赶紧做饭，做得差不多了又到了那三个分别上三四五年级的小孩放学时间，赶紧又去接，接回孩子后让他们吃着饭，再为我送饭。

两天后，我感觉到腰和屁股不是自己的了，全麻疼了，我右侧腰部的管子最敏感，稍动它都会牵痛肾部，尿道的管子一动也会让我疼得龇牙咧嘴。我不敢往右边睡，怕压着了管子，也不敢太往左边翻身，因为会牵拉右腰的管子。床上术后铺的那张床单有一些血迹和黄色的液体污迹，虽然干了，但看着就恶心和担心。背部也开始痒，一抓红一片。阿依就用很烫的热水敷我的背部和双腿，的确没那么疼痒了。

最早来探视的人是单位的同事武平和雄杰。我看了他们带来的第二期《北宁文艺》，这是我们的劳动成果，我入院前签审的，他们印出来了，油墨飘香。他们刚走，作协主席吉小吉就带了他们协会的几位副主席和秘书长来了，大家谈了几句"文化人要重视身体少熬夜"之类。

中午就接到朱山坡的电话，他说，你别光顾写啊，还要保重龙体，我几乎不熬夜了。原来他是接了吉小吉电话才知道我住院的。他不熬夜也能大作不断，真是才华横溢。他说看了我用手机发在微博上的住院笔记，里面说到手术之痛，他就留言说："用生命写作，才有疼感。"他的话给我启发，我觉得更要写下去。翻看微博的时候，还看到了林白大姐给我的留言，她惊叹我术后用手机写了一万字。我回复说，因为无聊，拿了手机便按，不知不觉写就。

下午天开始下雨了，是电闪雷鸣加滂沱大雨，从四点一直下到傍晚七点多，雨里裹挟着寒意。阿依坐的是电车，平时我妈一来就是打三轮车，这么大的雨非常不便，但也没办法。阿依没法回去，就给我擦身，不想我妈却冒着雨来了，一进门就咳嗽，她身体本就不好，平时一感冒就会引起心血管方面的病发作，我们一直很担心。阿依责怪她为什么不加衣服，她说："冇记得了，睇睇天黑了，就赶来了。"

倒了几天尿液之后我才感知到，尿液通过管子流进袋子，一般不要让它超过500毫升，否则尿液反逼，尿道会非常疼。阿依只请到了四天假，我术后第五天她要上班了，前一晚我坚决让她回家休息，这几天她一直忍受着痛经的折磨，连续四个晚上蜷缩在一张躺椅上，她现在的情况其实比我难受得多，她太需要回家休息一晚了，再怎么不便我也要体谅她。阿依就不相信地问，你真的可以自己照顾自己了？我故意用力撑起上半身，说没问题。她就答应回去了，走前为我擦了身，接好了两杯开水，削好了一个苹果用保鲜袋装着，一番叮咛后，到了晚上八点多才走。

到了半夜，尿道似遭刀割，我被痛醒，用手按住膀胱处，不知如何是好，后来忍不住吃力起床，看了尿袋，吓了一跳：满满一袋，将近600毫升，吃力地起床，把尿袋拿在手上，觉得像个小南瓜一般沉。慢慢走着去卫生间，小心倒掉尿液。回来时腰部的管子还有些牵疼，只能更缓慢地走。回到床边时，忍着尿道的辣痛，慢镜头一般躺下。

此时是凌晨三点左右，病房没有开灯，只有卫生间的灯光射过来，靠在卫生间门口没有关的窗被风吹得有些微微震动，窗外不远有一种声音，先是一阵短促的鞭炮声，紧接着是一种乐器的响声，非常响，那是锣、镲、铙等一起敲击发出的声音，那是一种南方农村流传了多少年的声音，固定着一种调子，南方人一听就知道是一种什么声音，是怎么一回事，那就是附近有人家正在做一场法事，就是道场，是为逝去的人超度。听到这种声音，病房里的人都睡不着了，楼上的人也发出咚咚的下地走动声，还有附近病房的走动声、咳嗽声，起来说话的声音。我想这些睡不着的人肯定浮想联翩：逝去的这个人，是因病，还是因祸？是年老的，还是年轻的？是男的，还是女的？自己此刻也住院，尽管这一次是别人的，但最终都有一次是自己的，就看那个时刻什么时候来。

那不时响起的鞭炮声，那仿佛追魂般的乐器声，造成了多少人的不眠之夜。

我是术后第九天出院的。护士来给我拔尿管，我问她，会不会很痛？她说，有一点点。我说，尽量不要弄疼我。护士就笑。原来拔尿管先给尿管的预留接口打进去一针，用针筒把里面的尿液抽出来一部分，于是原来插进尿管的软管子就瘪气了，原来撑满尿道的管子一下子变小。护士说，你放松些，再放松些。边说边往外拉，我皱着眉，抬着头，忍着痛，只听啪啦啪啦啪啦的响声，尿管就从尿道里奔突而出，像拔河一般。我看了那抽出来的管子，足足插进去十几公分，那么深啊！一股灼热浸满尿道，我以为尿要喷出来了，但是没有，那是因为管子在尿道里停留了七八天，一下子拉出来，非常辣痛。

护士说，你多喝些水，屙几次尿就好了，一个月后会给你电话，通知你来拔掉暗管。

出院后，我走得急点、开车稍快下体都会有牵拉痛感，小便等久了右腹就酸疼，提十几斤重物拉尿就带血，过得小心翼翼。

好不容易过了一个月，已经等不及医生的电话了，自己先打过去，回答说最好再多等两天。再次来到手术室时，医护人员基本还是原来的人，竟然有些亲切感。据说许多人拔管不用麻醉，但我听有过经验的弟弟说，拔管是从尿道插一根铁丝状的东西进去钩出来的，很痛。我一想象到铁丝从尿道进去的情景就打哆嗦，我就要求打麻醉……后来，我就像上次手术一样，醒来睁眼后发觉已在复苏室里。我听到了阿依和护士的说话声，便慢慢坐起来，感觉尿道有清空感。阿依说："我全程看着，那个异物钳足足有十厘米，伸进去拉出一条二十几厘米的细管，听医生说，细管是有弹性的，所以从肾一直拉到了尿道……"

暑假开始后，阿依就说常常感到心惊肉跳。到了7月7日，下午三点多，我正在上班，阿依在单位给我打来电话，用很低沉的声音说，爸爸走了。我很惊奇阿依没有在电话里哭，我以为她会悲天抢地。反倒是我的心里缩了一下。向她报丧的是小弟媳春花，她上个月已从开封回到老马场。

阿依说她已经请假，马上回来。

我害怕她回来就有一个大爆发，还担心她在路上是否骑得稳电动车。

我焦急地考虑着是否要去护航。

想想还是急急地赶回家。我才换好鞋子，阿依就进门了，像一只晕头鸡一样晃荡着进了房间，满脸乌黑，把包一扔床上就扑在被子上号啕大哭。我坐在椅子上，一声不吭，我知道劝不住，这是一个过程，就像水坝泄洪后洪水必定要通过河流和水渠一样，任何的劝说都是徒劳无功。

足足经历了一个小时的滂沱大雨，阿依才坐起来。她开始语句清晰地说话，我在犹疑中渐渐淡定。她说她要马上回去，我却处于回与不回的矛盾中，一个月前我做了肾结石取石手术，腰上的线还没解掉，动作稍大就会隐隐作痛。阿依也对我说了她的担心。还有，女儿经常在夜里喊牙疼，检查出是一颗恒牙坏了，前几天阿依就联系好了医生，医生说隔两三天就要去一次，否则会留下后遗症。我内疚地对阿依说："一千条理由都不是理由，反正我是对不住你爸了。"

我以最快的速度为阿依网购了南宁飞乌鲁木齐的机票。飞机在第二天早上8点起飞，我们要先去南宁住一个晚上。女儿也吵着要跟去，我便请了一位朋友开车，我既要安慰伤心的阿依，又要照顾吵闹的女儿。阿依从南宁起飞，她的小弟从郑州起飞，商定在乌鲁木齐火车站会合。

我和阿依上车后几乎没有说话，除了我偶尔要应对我朋友的问询。女儿对自己不能跟妈妈回去非常有意见，一路上就像满腹心事的妈妈一样噘着嘴，其实她是在赌气，实在忍不住了就嘟囔一句："你们都不让我回去！"阿依在想心事，没搭理她。这可怜的小家伙，当年阿依和我南归后，是外公和外婆照顾着她在老马场度过了四个多月。后来我们常常在她面前提起这些往事，也许是在潜意识里受到了熏陶，后来的十年里，尽管因为上学和经济条件的限制，我们只带她回过两次新疆探望她的外公外婆，但就是这两次，她与外公外婆建立了深厚的感情。女儿平时看到我侄儿夸耀自己的外公外婆又给了他什么礼物，她总是在羡慕中带着嫉妒说："我外公外婆来了也会给我礼物的。"侄儿气她："你外公外婆在哪里？都没见过！"每每这时，她就会哭着找我和阿依，委屈地说："我要外公外婆，我要回新疆！"顿时令我们羞愧和黯然。我们几乎每周一个长途电话，每个电话要打一个小时，她常常抢过话筒问外婆："你和外公什么时候来看我呀？"如今外公已经去世，这个愿望是无法实现了。在南宁住宿的当晚，女儿也在吵："我要跟妈妈回伊犁，我要回伊犁看外公！"还不停地问我，"爸爸你为什么不回去？你要带我回去看外公！"让我不知如何回答。我很晚才睡着，半夜醒来，看见阿依抱着熟睡却满面泪痕的女儿在流泪，她说："我多想带她回去啊，总觉得我们对不起我爸，也对不起她……"

7月8日五点我们就起床，六点左右离开宾馆往机场赶，七点左右到达了候机大厅，拿了票后很快就听到安检通知。我突然想起几个月前的马航MH370，想起一个多月前的"5·22事件"，有一种恐慌感，就让朋友用我的手机为我们三口在安检大厅照一张相，不知为何，我心里竟有生离死别的感觉。我望着阿依，说道："你到了兰州和乌鲁木齐都一定要给我电话。"她点点头。她开始排队安检，女儿和我呆呆地望着她，有点不知所措。她喊女儿过去，搂着她，亲了她一下，她和妈妈的表情都想哭了。阿依快要进安检门时，回过头喊她，她拉着我的手转到我背后，故意不看妈妈，把脸蹭着我的背，我能感觉到背后已是湿漉漉一块。她在我身后抽噎着说："爸爸，我要和妈妈回去看外公。"我强忍着泪说："你要上学，回去那边妈妈也不好照顾你。"她哭出声来，喊："我长大了，我可以照顾自己，我要见外公外婆！"阿依流泪走过安检门，我突然有一种离弃了她的感觉。我想起再也无法见面的阿依父亲，突然有种朝着西北方向长跪叩首的冲动。我在心里哭着说："爸，对不起您了，我和您的外孙女都没回去送您！"

飞机起飞半小时后，我和女儿已经在回小城的路上，还是我朋友驾驶，女儿一声不吭，我也恹恹不语。飞机要经停兰州，我一回到北宁就接到了阿依在兰州机场打来的电话，心情稍稍安稳。我继续在魂不守舍的心情里等候了两个多小时。当她告诉我已在乌鲁木齐下机，正在打的赶往火车站与光亮会合的路上，我心中的石头才放下来。

阿依回到伊犁后，我在南方处在深深的自责中。我曾经亲眼送走了父亲，却为什么没有回去参加阿依父亲的葬礼？难道是因为我的父亲与我有血缘关系，而阿依父亲与我没有血缘关系吗？我是厚此薄彼吗？在南方小城里，我捶胸顿足，痛骂自己胆怯、糊涂昏聩。我常慨叹作为一名所谓的作家，总是没有搜寻到最好的素材，所以写不出震撼人心的作品，而阿依父亲本身就是沧桑往事的证人，但是我偏偏失去了这样一位重要的亲人，枉我一直自诩要成为一名与众不同的作家，首先我在这件事上就失去了道义的制高点，如今我失去了一个深入生活积累素材的重要机会，失去了一位可以破译沧桑生活密码的长辈，心中不由得升起一阵隐痛。我甚至极度惶恐，担心自己再也没有一名作家所需要的真诚，成了一个虚伪的人。我忍不住痛骂自己："你是一个不孝之子，也是一个没有良心的作家，你对不起阿依父亲，甚至对不起阿依母亲、阿依和她的兄弟们！"

我的确对不起作家这个身份，因为作家都是有良心的，要有公认的道德和善良。而且，我每年回伊犁的初衷并不完全是要当一名作家，我还有一个生存理想——我想活在一个休闲而清洁的地方。如今，支持我写作、被中风和老年痴呆症折磨八年之久的阿依父亲去世了，他没等到我的书再版面世，我没有参加告别他的仪式。

让我一直纠结的心得到安慰的竟然是阿依母亲，我在打电话跟她说对不起时，她说："你已经够尽心了，每年都回来，比阿依回来的次数还多，每一个老人都会成为先人，现在你爸都走了，明年清明节你再回来好好地祭拜他吧。"听了这些话，我既感到惭愧又深深感激。八年了，疾病对病人和阿依母亲的折磨，已经完全让活着的人都储存够了心理准备，这一天的到来，就是对走的人和活的人的解脱。有时候我觉得这种解释有点冷漠自私，但是实在找不出更好的理由，而我相信许多面对过的人都有这种心理。

一个星期后，阿依回来了。风平浪静，她缓缓地为我回忆那场夏天的葬礼——

我以前听过一些老人说过，嫡亲亲人之间无论在何时何地都会有心灵感应的。当初我不相信，但是我确确实实感应到了，而且非常地强烈。在我爸病重后，我已经身心难受了将近一个星期，浑身不知是哪里不舒服，肚子隐痛，心脏隐痛、头隐痛，整个人魂不守舍，六神无主。当我已入睡，就会有从来没有过的窒息感，我不知道旁边的你是否注意到我的状态，我知道，爸爸可能不行了。2014年7月6日夜，我一个晚上没休息好，头疼，但工作很忙，我无暇顾及那么多，早上，我按时上班了，紧张的工作使我暂时忘记了不适。中午饭后想休息一下，好缓解一下疲惫，刚想入睡，妈妈打来电话问我能不能回一趟家，我告诉她，我们刚买的房子就要在这两天签合同了，我们必须亲自到场手写签字，你单位有几个活动是必须由你主持负责的，你必须亲自到场，等这些事办妥了，我们就马上一起回家。妈妈在那头一直听着，我不说话后，她开始说爸爸的情况，刚才，她给爸爸喂牛奶，爸爸嘴巴开着，可是不喝，现在嘴唇干裂，暗紫，出气比入气多，肚子胀鼓鼓的，已不能应声，这种状态已有两三天了。我听得出妈妈有些慌。我想起以前你爸去世前的状态，我意识到爸爸就要咽气了，他迟迟不能咽下那口气，是因为他在等待，在等待还在外地工作的女儿和小儿子。我头很痛，对妈妈说，现在趁他身体还软，赶快给他穿上寿衣，告诉他我们马上回去看他，请他安心。

那天下午，我心闷，胸痛，气短，浑身虚脱，感觉我的魂魄在飘着，就要离去那样。在办公室里我强作镇静。三点四十几分，小弟媳春花打来电话，哭着说爸爸去了。我站起来打了一个趔趄，我知道为什么刚才我的头非常非常地疼了，心脏为什么闷痛得就要停止跳动那了。我强忍着眼泪，装作平静地说知道了，叫她赶快通知所有的亲戚（报丧，因为爸爸在世时是家族里辈分最高的）。挂了电话，尽快把手上正在做的工作做完，办妥，就向办公室领导请假，我要以最快的速度赶回家去，要见爸爸最后一面，我不想留下遗憾、不想后悔。

8日早上八点多我从南宁起飞，经停兰州，下午两点左右到乌鲁木

445

齐。一下飞机就打电话给光亮，他从郑州飞乌鲁木齐，早在乌鲁木齐火车站等我了，我就打的过去。我们拿身份证在窗口领了预订的车票，坐8日晚开往伊犁的火车，9日凌晨六时多到达伊犁。我妈的学生，就是那个金锋，2003年接过我们的，已经开着自己的车子在火车站等候。他从伊宁专门回来参加我父亲的葬礼，他已经在伊宁扎下了根，在伊宁开了一家卫浴专营店，买了房子和车子。

在金锋车上，光亮还在联系另外一辆车，我有些奇怪，等他打完电话，才知道家住四川的大姐和姐夫也是这个时间到达伊犁，妈妈叫光亮联系车接他们两口子，可我们到了，不知道啥原因没见他们出火车站，大哥光灿联系不上他们，光亮打电话也联系不上。我们心情本就不好，车子停在解放西路等了一个多小时，实在没有心情再等了，我和光亮就决定先回家，到家已是上午十点多钟了。

回到我家门前的小巷口，几棵杨树下围了一圈人，在朝巷子里张望，见到我，他们都朝我望过来，我认得他们，都是我童年时代就熟悉的马场人，他们中有几个用低沉的声音问我："阿侬啊，你回来啦？"我点点头，强忍着泪水。我那时就像一副行走的躯壳，木木的，没有思维了。

我的泪终究流了出来。这里有外出的人家里有人去世了回到村口就要哭的习俗，我是情不自禁地流泪的。我一入巷口就看到家门前的场景，许多人进进出出，他们都在忙碌着。我想不起自己是怎么进入院门的，我把行李随便放在我妈的房间，来不及换衣，木木地走进新房子东侧的大厅，那里设了灵棚，爸爸的遗体用殡仪馆租来的冰柜式水晶棺材装殓着，我泪流了一脸，在爸爸的灵柩前跪下。面对着他的遗体，我不知道该说什么，心里只是痛，只是闷，只是后悔，我应该早两天就回来，那样还可以看看醒着的爸爸，也许还能和爸爸说上两句话。

我不知哭了多久，有人劝我休息，扶我走进我妈的房间，我在泪水里看见我妈满头的白发，人整个瘦了一圈，目光浑浊，腰背更弯了，很明显没休息好，后来我才知道已经三天不休息了，人显得非常憔悴，但还强撑着。屋子里还有堂叔泽庆、表叔百聪、堂婶甘淑文，还有几个来帮忙的小媳妇。堂叔泽庆见了我，就让人去叫负责给从外面赶回的孝子孝女披麻戴孝的主事人文芳（小弟媳春花的娘家大嫂）进来帮我和光亮从头到脚披上长孝布，我坐到妈妈身边，看着八年来为服侍爸爸几乎忘了自己的妈妈，我伤心、心疼，同时也想到，妈妈终于解放了，精神上、肉体上都解放了，但现在，她整个人像虚脱了。泽庆叔在一边对我妈说："三嫂节哀啊，三哥中风后这八年来都是你尽心尽力的服侍才有这八年呀，要是换了别人，早就完了。"

9日下午，各路亲戚朋友陆陆续续过来，爸爸的堂兄弟、表兄弟以及他们的孩子，妈妈的姨表弟妹，和我平辈的堂兄弟姐妹、表兄弟姐妹，这些有血缘关系的亲戚，观雨表舅、杏花柳花代表他们的妈妈我们的姨婆婆来了，枣花也来了，还有当年与妈妈亲如兄弟姐妹的新源县镇公社八大队的老乡，我两个弟弟的姻亲兄弟姐妹，同学朋友，左邻右舍，同在老马场工作生活过的汉族人、回族人、哈萨克族人、维吾尔族人都纷纷来吊唁。

只是，到傍晚了还不见大姐两口子到来，堂叔泽庆生气说："这两人是咋回事？太不像话了！如果等到三哥（我爸爸）入殓了他们才来，我们都不理他们，看他们脸往哪放！"

10日，临近中午，我们十几个晚辈都在灵堂跪着，忽然听到有人说："这两个是谁呀，才来啊？"就见有俩人进了灵堂，边放下行囊边下跪，那个女的哭着说："爸爸，对不起，我来晚了。"我回头看着她苍老的面容和肥胖的身躯，模模糊糊地记起，是三十多年没见过面的大姐，她和姐夫终于在爸爸下葬前赶到了。

给爸爸烧过了纸钱，大哥光灿带着大姐和姐夫进屋见我妈，他俩边哭边解释说，从成都飞往乌鲁木齐的飞机起飞后，因为故障又折回成都，就这样耽误了来的时间，好在昨天能搭上飞机，昨晚连夜赶火车，幸亏爸在下葬前能见他最后一面，要不我一辈子都不安心。我妈就安慰他们，是你们爸爸在天之灵保佑你们，飞机起飞虽然出了故障，但是能够安全着陆，现在你们又赶到了，要感谢你们爸爸啊。

老实说，我对大姐的到来一点都不感冒。从我记事开始，大姐给我唯一的好印象就是1979年，她来了一趟马场，说她要嫁人了，送给我一双她做的鞋垫，挺漂亮的手工，仅此而已。之后，她再也没来过了，但是她的信常常来，每次的来信换来的都是爸爸和妈妈的争吵，因为大姐来信要钱，当时爸爸妈妈的工资很低，本来维持我们的生计都很艰难了，爸爸还要把自己工资的四分之三寄回去给他们。大人的争吵牵连我们姐弟仨，幼小的我们哪里懂得大人之间的恩怨，我们惊吓，恐惧，哭泣，自卑。好在，我们都已健康长大成人，有了自己的家。

现在，爸爸永远离开了我们。静下心来想想，我才觉得，爸爸这一生胆小怕事，小心谨慎地为人处世，优柔寡断的个性曾伤害了两个女人，扭曲了五个孩子的心灵。虽然，爸爸在我们的心中形象不够高大，马场有人说他谨小慎微，我妈也说过他是窝囊废，他在我小学时候还经常狠狠地打我，但是他毕竟是爸爸，是我们的亲生父亲，我和弟弟毕竟和他生活的时间比姐姐和哥哥要长。当然，在日常的生活中我们也得到了爸爸的关爱，特别是我，虽然刚出生因为女孩，爸爸曾有嫌弃而送人，可是我长大后，在五个孩子中，我最受爸爸的疼爱。早年因为身体不好，爸爸和妈妈为此操碎了心，每年都要带我外出几次去寻医问药，最终是功效不大，但他们仍不放弃，在我考上大学外出求学前，在我的行囊中还不忘放一堆的药。

爸爸的青壮年生活是艰辛的，它磨炼了爸爸，也锻炼了我们五个孩子的生活能力，三十多年过去了，小弟也近中年，我们现在都理解了爸爸，理解他们那辈人当年处事方式实在是不得已。从内心上说，我是非常爱我的爸爸的。

11日上午，给爸爸出殡了，不知从哪里冒出来二十多辆私家车，他们加入了送葬队伍，把阵容搞得庄严肃穆起来，也有走路去的。我家包了一辆大巴士来回接，据说一共接了三趟。我们那地方有个习惯，就是谁家办红事非请不去，谁家办白事不请自去，有个老人去世了，亲戚邻居不用请也会主动来吊唁，给钱给物出手帮忙。

爸爸的灵柩经过马场人家时，不管是汉族还是少数民族，他们很多都出来了，他们是自发地为我爸送行的。就连那些对汉族人去世很忌讳的维吾尔族人、哈萨克族人和回族人都出来了，几个哈萨克族人站在路口，望着我爸的灵柩过来了，说："棉丝托格答（哈萨克语，我们的医生），棉丝托格答！"我爸不是啥重要人物，也就是一个赤脚医生，一个仓库保管员，但是在马场的人缘很好，当年在那么艰难的处境下，为许多人看过病，也做过主持公道的事。我看见有两位老职工，原本他们在路边说着话，见我们经过，两人也上了车，说是送送老章最后一程。他们也都七八十岁了。

爸爸的灵柩走在通往后山草原的土路上，我也走在爸爸的灵柩后面。我知道，爸爸就要留在山上了，我心里空空荡荡的。我抬头望了望天，天那边的喀班巴依雪峰很白很高，天上的云也很白很亮。我一边走一边不时思考着爸爸的命运。爸爸的父辈曾经有过辉煌和悲惨的人生，时代让他这一代颠沛流离，从遥远的四川来到了荒凉的新疆，尽管那时候新疆生活艰苦，但是仍有许多人在这里功成名就，过上了别人羡慕的好生活。我的爸爸也有过改变人生的机会，但是他失去了，成为一个普通劳动者，如今走完了这普通的一生，不知道他心里是否有遗憾，反正我们做儿女的挺为他失去的许多机会遗憾的。他走了，这么多人送行，其实也不是说他没有功劳，马场的人，当年大多数都是盲流，关系也很好，一起生活了几十年，走了就来送个别，对其他人也差不多如此。哈萨克族倒是有不少人记得他曾经是个医生。

爸爸走了，从此新疆这边和四川那边都没有他了。自从那年他从八大队回了一趟四川老家，办通了离婚手续后，就再也没有回过四川老家。可他在四川那边曾经有过一个家，生了一个女儿，我的大姐，她也只是来过两次新疆而已，第一次是三十多年前来告诉爸爸她要嫁人了，要了一点钱，第二次就是来给爸爸送行。我知道，今后大姐不会再来新疆了。可我们姐弟也没有去过四川资中爸爸的老家，资中已经没有我爸爸的家了，在我们姐弟仨的记忆中，只有新疆才是我们的老家。无论走到哪里，我们总会跟人说，我们是新疆人，我们的父辈都在这片全国人听起来都觉得神秘陌生的土地上。

爸爸的坟就在舅婆的坟右侧，正对着一棵野杏树。爸爸的棺木放进墓里后，第一个放土的是大姐，然后是光灿，再次是我，最后是光旭和光亮。褐色的泥土不断覆盖在爸爸暗红的棺木上，终于只剩下一个泥色的大坑，旁边的人也上来填土了，泥土飞扬，爸爸最后沉入空荡荡的草山。一个小时后，高高的坟堆耸立着，一块写有爸爸生卒年和我们兄弟姐妹名字的木牌，插在了他的坟前。

爸爸的葬礼结束后，我们在马场处理完一些事情，过了头七我就回来了。坐的仍是飞机，先坐一夜火车到乌鲁木齐，中午十二点赶到地窝堡机场，三点多登机，要经停重庆。晚上七点多，我们到达重庆上空，空乘人员在广播里解释，遇上了雷雨，请大家系好安全带。飞机在电光闪闪中降低高度，很快又拉起来，开始绕圈飞行。我心情十分紧张。我旁边的一对母女转身紧紧地拥抱，对望的目光中充满了恐惧的眼泪。飞机绕了两圈后才重新开始下降，穿越雷雨时震动得厉害，行李架噼噼啪啪响，我从来没有这么害怕过，双手紧紧揪住椅子扶手，一会儿紧闭双眼祷告，一会儿睁大眼睛看着旁边比我还害怕的那些脸。飞机剧烈颠簸着，时而升起时而猛降。这是继爸爸去世之后，我再一次切近地感受到生命的脆弱，死亡的威胁。后来我想，万一掉下来，那就是上天注定要我去陪爸爸，女儿服侍爸爸，那是天经地义。这么想着心里一下子就淡然了。只是，飞机上有这么多人，他们的生命应该更珍贵，他们的福气集合起来应该可以带我避免这场险境。我开始祈祷大家一起平安。上天注定我们没有掉下来，我们在大雨中安全着地。下机二十分钟后，雨小了，我们再次登机起飞。两个多小时后，我们来到了南宁上空，飞机降低高度后，奇怪的事情又来了，空乘人员广播说，由于能见度低看不见跑道，飞机需要复飞，我们又再次升上高空盘旋。我的担心和其他旅客是一样的，我惶恐不安，心里也在嘀咕，难道这又是上天对我的考验？飞机盘旋了十几分钟后下降，我沉重的心情一直不能缓解，心里总在想，这是上天安排的吗？让我以这种方式表达对上了天国的爸爸的留恋。飞机最终在一阵沉重的"妥妥妥妥"声里平安着陆。我却因为盘旋太久错过了南宁回南安的最后一班机场大巴，后来我不是给你打电话了嘛，那时机场旁边的宾馆全都住满了，你不让我打的进南宁城区，因为吴圩机场到南宁市区还要一个小时，门口摆满了喊价的社会车辆，那些出租车也不打表，都是一口价一百元，你说这条路上曾经出过事，抢劫，就让我尽量在附近找宾馆。我没有办法找到，就在机场大厅的椅子上坐着熬了一夜。半夜我醒来好几次。好不容易熬到天亮，觉得人累心累，八点多，我没有吃早餐，一看见门口停了回南安的机场大巴我就上去了……

旅途（六）

挖掘机震耳欲聋的声音终日在耳边响着，运土车也加入到了这混杂的合唱中。四面八方的脚手架、防护网和高空吊机在环抱着暗蓝的天际，丰收的田野已经退到了十几公里的郊外，城北陶瓷城的几根烟囱把浓黑的烟雾喷上了灰蓝的天幕，小城上空雾霾重重。

就在这样的背景下，在阿依父亲去世一个月之后，2014年8月，《吉尔尕朗河两岸》再版上市了，书迅速在当当、淘宝、京东和亚马逊等几个网上出现，并且在豆瓣网上取得了许多朋友的积极评价。新疆的许多文友还在我的博客上留言，告诉我他们是拿着书去考察那条叫吉尔尕朗河的伊犁河源流的。他们的积极回应让我感到十分兴奋，我一天天地感受着成功的喜悦。我的伊犁亲友也表达了对我和这本书的赞扬之情。他们说："这个梁小羊，把我们的马场写得这么好，不就一个荒凉偏僻的村庄嘛，吹得跟个美丽家园似的。"阿依的表舅、伊宁市十六中的党委书记龙观雨打电话告诉我，在伊犁，他拿着我的书，每逢熟人朋友总要介绍说："这是我外甥写的，他是作家，写了许多关于伊犁的文章，出了这本《吉尔尕朗河两岸》，并且再版了，非常棒！"他每次都热切地看着别人的眼睛说，"这本书很值得我们这些本土人看。"

很快，我就接到柳花的微信，那时她正在珠海探望住在那里的母亲，我们的姨婆婆，尽管珠海到北宁仅仅六个小时的车程，但她继续践行自己当年的誓言：绝不再回南安或者北宁。她在微信上发来了一条信息：正在静心读你的《吉尔尕朗河两岸》，你真行，把南方比作包办的婚姻，把伊犁比作情投意合甘愿山盟海誓永不分离的恋人。你的成就不由想到一句话，关键不是你是谁，而是你和谁在一起。这辈子你做得最正确的就是娶了阿依。我自然明白她说的话，话里有话，意味深长地回复说：难说，如果娶了另一个成绩更大呢！都是天意，你们兄弟姐妹那才叫人佩服！她再回：你就偷着乐吧！没有阿依，哪来的伊犁、马场、吉尔尕朗河，哪有那些生动的故事？我回复：都有都有，我正在写作《出塞书》，会写到你们。她回：希望早点出版，能早点拜读！

柳花的话刺激了我加快写作进度，我进一步认识到，若要这部书进入人们的心灵，必须把人物的真正想法和言行写出来。我一直标榜这部书叫作《出塞书》，是准备毫不保留地把自己的内心想法端出，我想我就是一个出塞者，我就是那个走向飞雪连天的西域的使者！尽管我没有长期在新疆居住，但是我就像一个早就居住在那里的人一样，我热爱那里，我会一年一度地回到那里去，亲近那片土地，直到把她的心跳感受出来。

我决定和阿依回一趟她父亲的老家资中。我已经意识到，阿依父亲去世后，无论我写不写这部书都必须去一趟资中，那是一个有良心和孝心的女婿必须走的一趟旅程，何况，我已经决意写作《出塞书》，阿依父亲已经是书里的一个重要人物，那去一趟四川资中他的老家看看就更是我作为一个女婿和一名作家责无旁贷的事情了。

我们从南宁东站坐上了直达资中北的D1782次动车，经历了将近十个小时的旅程。阿依的同父异母姐姐章爱文和姐夫老丁接站，我惊异于爱文的相貌和身高与光灿何其相似，一米五出头，也有一个大蒜鼻子，满头白发，因为肥胖，脸上皱纹并不显多，看样子她的年纪起码比阿依大十岁以上。老丁长得国字脸，身高和我差不多，说话大嗓门，退休前是小学校长。我咋听起来有点像阿依的父亲，一口一句"小羊嘛小羊嘛"。

我们先去了爱文和老丁的家，两人曾是村里的小学老师，老丁还是校长，都已退休多年，他们在县城有一套四房两厅，装修在中等人家以上。看来这个校长当得不错。反正和他是连襟，我就不怕开他玩笑："姐夫啊，你当年是不是以权谋私，娶了阿依的大姐？"他嘎嘎大笑，说："你说的还真有点儿。你想象不出吧，当年她真值得我追，长得好看，娇小玲珑，五官清秀，哪像今天她这个样子，大冬瓜喽……"他的额头被爱文结结实实弹了一指："我弹你个大冬瓜，也不看看你长得啥样子！"

看来老两口感情不错，老来乐。

我们坐上了老丁的大众轿车，他开得很娴熟。

此地的山水，似乎有些类似于我老家，也是大山，树林，山谷里的小河，高坡上的梯田，公路弯弯曲曲，似乎绕多少个弯都是走不出的山里岁月。但是，阿依父亲走出了。

"要是你爸不出走，你今天还在这里，在猫狗洞。"我返回头笑着说阿依。

"他不离开老家，根本就没有我，你也不会来到这里。"阿依白了我一眼。

"呵呵，爱文爸爸不离开四川嘛，可能都没有命喽！"老丁在驾驶座偏了一下头说。

"老爸不离开四川，我也不会下嫁给你！"爱文从后面用手掌轻拍了一下老丁的右肩。

我们都笑。

一个小时后，当我一步一步地走上猫狗洞，也就是细心村二队的时候，我感到三面的高大青山在向我压抑而来，野地的鸟声表达着对我们到来的惊奇，微风拂给我一阵阵凛冽和窒息。我的内心既是期盼的，也是惶恐的，既是激动的，也是沉重的。这里就是阿依父亲的故乡，自然也是阿依的故乡，在某种程度上也是我的故乡。可是，作为子孙的光灿离开了这里，同样作为子孙的光旭、光亮、阿依从来就没有回来过，他们的祖先，他们的爷爷奶奶，他们的父亲，还有光灿的母亲，他们的在天之灵应该也是百感交集的。而我，作为与这个地方也有一份渊源的人，一个为了当作家而不断南北寻梦的所谓理想主义者，此时此刻，十几年的追逐奔波已经发酵成为了对故去亲人的感念，对活在世间亲人的依恋，对人生多艰易老的喟叹。

遥想 1964 年 8 月，三十岁的章泽州面对那个身为贫农女儿的妻子时，他先是何等犹豫不决，告别她就是告别家乡，离开她就是背井离乡，可是他又无比决绝了，因为一家人不能等死，他自己逃亡也许就保存了这个家庭的成员。在最后一夜，也是注定没有温存的一夜，黎明还没有到来之际，他对她说："你是老贫农的女儿，我是旧军阀军官的后代，还守在一起就是死路一条……"

他和表弟朱百聪背着简单的行李，趁着夜色仓皇逃离猫狗洞，坐牛车扒火车，一路向西。

1974 年秋天，刚好他离开猫狗洞十年，他又回来了，四十岁的他接到了猫狗洞的来信，是大女儿爱文写来的，有些哀求的意味："母亲病重，快要不行了，你难道不回来看看她吗……"

他拿一张纸的来信给阿依母亲看，问该不该回去。阿依母亲慢慢地看着，读信和思考的时间超过了十分钟，最后，她看着他，缓缓说："好歹她是你的结发妻子，你就回去一趟吧……"

他依然是简单的行李，就是换洗的衣服，贴身口袋里还装着五十二块钱，坐一路喷着黑烟的绿皮火车回去了，回到了猫狗洞的老家，爱文哭着跑出来接他。他看到那个老贫农的女儿的确是病重，可是一个星期后，医生的汤药又把她救活过来了。

当年，他面对病重又活过来的前妻，还有行将达到娶妻年龄的光灿，他是怎样想的，他在那样的环境下为什么还能一走了之？这是我困惑的问题。

爱文给我解答说："那年我爸回来时说了，他喜欢新疆，想回新疆生活。其实我知道，那时候他已经有了我妹妹阿依，还有弟弟光旭，他哪里还舍得回来？"

爱文的喋喋不休既是埋怨，也是事实。以我设身处地为阿依父亲考虑之后看，新疆生活的习惯以及对老家阴影的恐惧也是阿依父亲当年不想回来的主要原因。

那年，光灿十九岁，爱文二十一岁。

猫狗洞的朱老四八十一岁了，嘴边一圈硬茬白胡子，我们去他家做客时，他回忆说，爱文母亲在女儿女婿家生活了二十多年，他们真的做到了悉心照顾，赡养至终，"他们是最合格的女儿女婿……"我转身望了望老丁夫妇，他们让千里迢迢陪着阿依回来寻根的我不得不肃然起敬。

祭祀阿依的爷爷和奶奶是我们此行的主要目的之一。我们去的地方叫大郎山，老丁的车子到了山脚我们就开始步行。天空很蓝，初秋的阳光经风一吹反而让人觉得有点像穿上了防晒衣，因此身体的感觉是既闷热又舒适。我提着一个篓子，里面有酒、面包和煮熟的鸡，本来这些东西老丁坚持要提，我觉得他年纪比我大，因此只让他提了装着香烛纸钱的袋子。阿依和爱文在后面跟着，我们有好长一阵子不作一言，能听到山路上的嘭嘭脚步声，偶尔有路边被我们踩中的杂草发出的嚓嚓声。

尽管我们早有准备，尽管我们无论是在南方还是在大西北都已经多次扫过关联亲人的坟墓，但是当老丁领着我们来到两座排在一起的坟头前，我和阿依还是被惊住了，两块长方形的普通石头上各有一行竖刻的字体，字迹已经模模糊糊，必须凑近才能慢慢辨认："先父章明之墓""先母朱丽芸之墓"。"这两座坟嘛，就是爱文和阿依的爷爷奶奶了，"老丁在我后边说，"早些年我和爱文还带着孩子们来扫墓，这几年孩子们都在城里上学，我儿子也上班，就不怎么来看了。"

我们在每座坟前都燃起了两根红烛和三炷香，摆上酒肉面包，我们四人一起叩头跪拜，阿依说："爷爷，奶奶，我们来看你们了，也代表在伊犁的光灿、光旭和在河南的光亮来看你们了……"

突然我觉得这次祭拜的仪式感超越了本来认为的纪念的意义，这种仪式既是代表两年前已经去世的阿依父亲——他其实也没有几次祭拜过他的父母啊——也是代表两位先人的孙子光灿、光旭和光亮，他们中甚至有两位迄今没有到过这里，到过他们和爷爷奶奶互无记忆交集的老家，而且他们很有可能一辈子都不会来了。而我和阿依也很有可能此拜之后再难成行，我心里首先涌起来的是伤感，然后才是欣慰和幸运。

"唉，总算圆了一个梦，"阿依在我们一起三跪九叩之后慢慢站起来，望着我，眼含泪水，却笑着说，"这辈子我对老爸总算有个交代了。"

"你们早些回来就更好了，"爱文也笑，望望我，又望着阿依说，"你们回来，我们就年年都陪你们来祭拜……"

我微微而笑。我知道，这次其实并不容易的四川之行，它的意义对我们来说可谓至大，既是了却了阿依那个多年的梦想，完成了一个没有嘱托的嘱托，某种程度上也是让她和我都尽了责任，更重要的是，完善了我的人生，为我十几年来东奔西走南来北往一直追寻的文学理想提供了一道必不可少的点缀。

两座坟的三炷香一直燃着，袅袅青烟开始升上碧绿的树梢，升上蓝色的天空，和棉丝一样的白云汇合在一起，我仰望着树梢和天空，仿佛看到了那些早就飘荡在天空中一直寻找归宿的灵魂。

2014年10月初，在我工作的南方小城，北宁市原创音乐协会成立了，协会的创办人之一就是阿依的同事、我的朋友魏凡，他在偏僻的新南城小区对面开办了一家女儿红酒庄，协会的牌子就挂在酒庄门口。酒庄占地仅七八十平方米，里面陈满了包装鲜艳的女儿红酒。就是这个地方，几乎每晚可以呼朋引伴，吸引了一帮音乐人来填词谱曲试唱，常客有小城的秦武、王林、庞宇等十几个音乐人，他们创作了许多原生态的歌曲。魏凡和秦武主攻本土原创音乐，先后在一些歌词刊物发表作品，被许多企业请去创作主题歌。

魏凡说，在精读了我送给他的再版的《吉尔尕朗河两岸》之后，书的内容激发的音乐灵感让他兴奋得两个晚上难以入眠。他说："我一定要为你的书写一首歌，我要立即开始！"

那天晚上，在酒庄，他拿出了我的书，很快翻到那首《吉尔尕朗河之歌》，开始充满感情地朗诵起来，朗诵完毕，十几位音乐发烧友热烈鼓掌。他兴奋地说："我决定了，用你原诗的意境和意象创作这首歌，你就等着听靓歌吧！"

一个星期后，我果然再次接到他的电话，他兴奋地大叫："你快带你老婆过酒庄吃饭，歌词已经请秦武谱好曲，我哋试唱给你们听！"我带着阿依过去，一帮歌人词人正在轮番演唱、调音，时而摇头晃脑，手舞足蹈，样子十分进入状态。一段颇具新疆民族风格的前奏过后，我欣赏到了这首被他们重新演绎的《吉尔尕朗河之歌》：

> 你是喀班巴依雪峰的使者
> 携来巍峨天山的恩泽
> 新源老马场辽阔壮美
> 大平滩草原蓝天祥和
>
> 你是库尔德宁林区的爱河
> 缀满自然淳朴的景色
> 清亮亮的河水多么甘甜
> 心爱的姑娘宛如盛开的花儿
>
> 蝶雪纷飞我愿做你岸边挺立的红柳
> 冰雪消融我是原野那枝访春的嫩荷
> 吉尔尕朗河，幸福的河
> 雪白的浪花唱着你的歌也有我的歌
> 吉尔尕朗河，我的母亲河
> 你浇熟了庄稼一茬又一茬
> 吉尔尕朗河，我的母亲河
> 养育着友好善良的哈萨克
> 吉尔尕朗河，幸福的河
> 雪白的浪花唱着你的歌也有我的歌

我和阿依都喜出望外，没想到他们改编的歌词如此到位，可以说，歌词完全吃透了我原创诗的思想，而谱曲则吻合了我的书的风格，整首歌没有我原诗的冗长和繁杂，但融进了原创的意境和韵味。歌谱舒缓的韵律让我脑海里不断地浮起吉尔尕朗河优美的河岸。阿依甚至说，闻到了沙枣花飘香，看见了红柳如雾，牛羊走过河滩草甸。歌声到了激昂的阶段，吉尔尕朗河浪花翻滚的气势仿佛就在眼前。过门部分无论是起调、句间和曲尾都糅合了新疆民族音乐的元素。本来，随着阿依父亲去世，阿依母亲跟随她儿子暂住开封，我对回新疆的渴望有所消减。听着这首歌，我本来被南方浮躁的生活感染上慵懒的心灵又有了回去的冲动。我跟着他们歌唱，他们这群北宁人，竟然能写出具有新疆风格的歌曲，除了聪明智慧，他们还有一番设身处地的感受力，甚至还像我一样具有一份对新疆的爱。

魏凡多次与我交流，达到了推心置腹的地步。他说："就系你原诗里那句'雪白的浪花唱着你的歌也有我的歌'激发了我的灵感，我一下子就找准了歌词的落点，这是我最用心也是最得意的一首歌，我要揾人唱，要制作出来，我相信这首歌会得到王宏伟喜欢。"他还一本正经地说，"你这部书几十年后会成为经典。"我大笑，丝毫看不出他的神情和他的话里有奉承的意思。他又说，"定时间吧，我一定要跟你去一趟新疆，要亲眼睇睇你的吉尔尕朗河，要在河边演唱、采风！"

我感谢他们对我的书的理解，以及对我这份感情的尊重。后来有许多日子，我们在女儿红酒庄喝女儿红，听他们歌唱我的吉尔尕朗河，他们在歌唱中完善，在完善中演绎。我把这首歌用手机录下来，回家和阿依反复听，她感到抒情很符合我的书的风格，就是感到高音部分很难唱，但又认为，如果是王宏伟唱就没有问题。我们大笑，都知道这不可能。依力在两次跟到酒庄听了之后，开始在家里放声高歌："吉尔尕朗河，我的母亲河——"我们面面相觑，忍住不笑。依力又开始唱起来："吉尔尕朗河，我的母亲河——"翻来覆去就唱这两句，大概是记不住更多的歌词。家里出了一个女高音的王宏伟，我们忍不住大笑起来。女儿终于脸红，后来就干脆赖皮起来，故意大声唱，我们给她鼓掌——应该的，她唱的就是我们一家三口的——母亲河。

再次来到酒庄的时候，他们已经把这首歌修改定型了。我也带来了2013年秋天从肖尔布拉克买回来的伊力特曲庆贺。我对这帮音乐人说出了我创作这部书的初衷，我毫不心虚地说我完全因为爱，爱那里的亲人，也爱那里的土地。说完这句话的时候，他们又开始了逐一对我敬酒，用我的伊力特曲，几杯下肚，醉意酽然。

然而，我高估了这本耗费了我巨大心血的书。尽管《吉尔尕朗河两岸》获得了再版，但是这本书在评论界和广西文坛并不为人所知，除了我最好的朋友不时谈及外，文坛鲜有提及。作为在2013年获扶持出版二十五万字长篇散文、2014年获出版社投资增订再版三十万字长篇散文的作者，在本省散文创作总结会上连名字都没有被提到，我心里的难受和失落无人能体会。我感到非常失落，甚至产生了非常焦虑和悲观的情绪，这使我对自己有没有作家的才华，甚至有没有作家的情怀产生了严重的怀疑。回想当初，我每年一度的西行之旅仅仅是为了自己的一个愿望——像常人一样拥有一份亲情，在此基础上兼而写作，目的也只是为了一个理想——写出自己对这家人和这片地域的情感，由此成为一名作家。如果从作家应该看淡名利出发，我完全不用留意他们在乎我与否，只需走自己的路，写出自己的内心。但是，当自己辛苦劳作后没有谁对你留意一眼，不置一词，心里还是十分难受。由此我深刻领会了毛姆在他的《月亮与六便士》里的感喟："一本书要能从这汪洋大海中挣扎出来希望是多么渺茫啊！即使获得成功，那成功又是多么瞬息即逝的事啊！"毛姆又说，"我从这件事取得的教训是，作者应该从写作的乐趣中，从淤积在他心头的思想的发泄中取得写书的酬报；对于其他一切都不应该介意，作品成功或失败，受到称誉或是诋毁，他都应该淡然处之。"那一刻，我有醍醐灌顶的感觉。

有一段时间，我特别在乎网上对我这本再版书的评价，三天两头在百度上搜索关于它的网页，结果就看到了一篇文章：《〈吉尔尕朗河两岸〉散文文体认同探析》。竟然是万字长文。我十分惊讶，也十分兴奋，记住了作者的名字，刘弟娥，一个听起来就知道接近"招娣"之类的名字。再看发表该文的刊物是《贺州学院学报》，文末有作者介绍，原来是该学院文学与传媒学院的副教授。我迫不及待地阅读了全文，在文中，她认为我在散文不景气环境下写作长篇散文是一件非常困难的事，并同情我出版的艰辛，对我近似小说创作的文本推进持怀疑态度，但最终承认我的写作实现了散文写作的新变。我一时冲动，按文末留下的电话——办公电话打了过去，一个女士接的电话，银铃一般清脆的声音，我以为她就是刘弟娥，结果她告诉我刘弟娥出差了，我让她转告刘教授，有空按我给的电话打过来。然后第二天我就接到了自称刘弟娥的电话，声音竟然没有昨天那位女士的清脆，但是说话非常温柔有礼。我对她评价我的书表示感谢，并且说我应该送她一本书的。她告诉我，书是她和班上几位学生一起网购的，这让我非常抱歉。她还谦虚地说写得不好，解读不够。我赶紧打断了她，甚至有些诚惶诚恐地重新赞美了她。我深知，在没有任何评论家关注我的时候，她的出现就是一股最强大的力量。最终我们结束了友好的交谈，并互留了联系方式。

阿依母亲突然决定重回炎热的南方。光亮十分担心他母亲承受不了南方的高温，但是阿依想让母亲来到身边，何况我已经用那笔稿费的小部分安装了空调，阿依告诉她后她就决定过来了。她从开封来广西的火车票是我从网上订购的，七十六岁的阿依母亲恐高，不敢坐飞机，郑州到南宁的高铁要坐十个多小时，她腰不好扛不住，于是我和阿依决定，由我去开封接她，然后再坐火车卧铺到地区。

K458次列车晚上九点四十八分发车，第二天晚上十二点才到达郑州。火车晚点了一个小时。我没有出站，在拥挤的出入人流里拿着之前网购好的郑州开往开封的火车票上车，将近午夜一点到达开封。我在开封火车站出口见到了正在等候我们的光亮。他一脸沧桑，明显变了，比我还老。从2000年因为彩礼问题离家出走到现在，他已经在口里闯荡十五年了，从东莞到惠州，再到开封，就人生经验和阅历而言，他实在比我丰富多了。如果他像我这样热爱写作，他可以写出好几部书。就我了解而言，虽然他高中毕业没有上大学，但是他的谈吐和文字表达能力不会比我差，而且，他很能吹，是那种上知天文下知地理中间知国家大事的那种吹。当年在东莞，我和阿依去看他时，在饭桌上，他对我们，还有一位朋友聊起了股票和房地产，又聊起了东京华盛顿，让我这个当时还在市委办负责领导材料的写手插不了几句嘴，我在佩服他的同时也感到了自己的尴尬。我总在想，这样的人才不进入公务员队伍，实在有些可惜。

从开封火车站打的到光亮家大概用了十分钟。阿依母亲早早睡下了，听见开门关门声和我们的谈话声又醒了。光亮探头进她房间说："妈，放心，我接到姐夫了。"我听见老人"嗯"了一声。自从光亮一家2008年迁到开封后，我和他已经有六七年不见面了，很想和他聊聊今天的故事，但是因为买的是明天早上的火车票，我只能休息半夜就要回去。光亮给我烧开水，用的是灌装水，他说："开封的水污染很严重，自来水都不敢喝，只能用来洗澡。"虽然夜很深了，但还是忍不住问了他的现在，他说："已经不在原来的公司干了，正在与人合伙办一个公司，还和几个朋友在广西平果合股投资了一个项目。"他人长胖了不少，脸色比以前黑了，浓眉下是沉思的目光。我想起那年他因为彩礼风波离家出走，从我家去昆明又去广东的往事。他曾说过，不混出个名堂绝不甘心，如今，他辞掉了每月六千块钱的工作，是铁下心走下去了。

夜里十一点多，我和他还在茶几旁坐着喝茶，漫不经心地看着电视，他双手攥着一个茶杯，浓黑的剑眉下，两眼亮亮地看着我说："姐夫，咱们两个你觉得——有没有意思？"

"啥？你说谁跟谁，啥有意思？"我吃惊地看着他。

他哈哈大笑起来，线条优美的嘴唇向上下充满张力地拉开，他笑得胸部和肩膀都在颤抖，脖子也在晃动。我愕然地看着他。

他笑了很久，停下来，重新看定我，说："我跟你呀！"

我再吃了一惊。他看我一脸疑惑，便停止了笑，一本正经地问我："你说，你年复一年回新疆，为了啥？"

我有些狐疑地看着他，不知如何回答。

他诡秘地笑了一下，说："你别跟我说你是为了探望老爹老娘，这不是全部，甚至不是主要目的。我知道，你写书，你是为了一个梦想。这样说吧，我挺钦佩你的，你对新疆特别是对我们马场的感情，不光是我，还有光旭、红花、春花这些人，我想肯定还有许多马场人，甚至还有老娘——现在老爹走了嘛，我们都很钦佩你。难得啊，你这样描写我们的马场，歌颂我们新疆，我们新疆好地方啊，这是真的。我也爱新疆，假如没有这些年的经历，我可能还在新疆，当农民，做啥的没关系，那就是一个适合人居住的地方，随便干点啥的吃饱肚子肯定没问题。可是嘛，我和春花来口里也有十几年——十三四年了吧，你要叫我拍拍屁股回去当农民我还真不适应。这人啊，谁不经历一点曲折，一点风浪，就想着人生几十年，有点追求。光旭跟我不一样，他适合种地，嫂子也是，一对老实人，你跟他们耍花花肠子他们会跟你急。我和春花，你让我们回去种地行吗？不行了，我就是跑的命，你和姐也是吧，我从新疆跑到广东，又从广东跑到河南。你呢，从广西跑到新疆，而且是年年跑，年年跑，这跑的滋味你是感受到了，姐也感受到了，我也感受到了，春花和我都感受到了，我们都感受到了，这是啥感受啊！"

我看到他眼里有闪光。我掰开他手上的杯子，给他续了一点水。他把杯子留在桌上，双掌按着两边脸往额头鼻子中间挤，然后再往下用力抹下去，像洗了一把脸，之后双手合十，长长地叹了一口气。

"再混几年吧，"他浓黑眉毛下的眼睛望着电视机，说，"是龙是蛇也混他几年，到那时候，不管咋样我心也甘了。"

我的心里沉得难受，想找一瓶酒喝，可是我又忍下了，记得吃饭时阿依母亲说过，光亮在外面跟那些生意上的老板喝酒太多了，经常回到家醉得一塌糊涂，她和春花隔三岔五就要给他收拾。

"明年9月，我肯定要送清芸回巩乃斯县城读书，她要读初中了，丫头她哭，她说不愿意离开我们，她在这儿的成绩也不比当地的优秀生差，但毕竟我们的户口不在开封，以后考大学也得不到加分照顾，况且她的学籍也不好迁移，我想就回到她该回去的地方吧。春花的二姐住在县城，就让她帮忙照顾一下孩子吧。我和春花，还有健行，还留在这儿，长大了肯定也要回新疆读书的。我得想办法把这儿的房子装修了，你和姐手头宽裕的话也借我一点，我就想让妈住着舒服点，你们过来也方便。人啊，有时候就得认了，活着就得为了两个字——奋斗！"

已经是夜里两点，我怕他累，就劝他睡去了。我洗完澡喝了一杯开水，在客厅的小床上睡下，却很久也睡不着。我想着他们在开封的奋斗，他们的忧心，他们今后要面临的和儿女两地分居，两边都是遥远的思念，不禁暗暗叹气。夜里我起来小解，听到阿依母亲那间房静悄悄的，我总觉得老人家时时刻刻在侧耳倾听。而光亮和春花的房间却传出了长长的鼾声。

迷迷糊糊中，早上六点多我就醒了，坐在小床上沉思。春花已经起来做早餐，我这才发现，她除了身材还是像往年一样高挑，面容比过去憔悴了不少。

八点多，光亮也起来了，他说要送送我。睡眠明显不足让他的脸泛着苍白，眼睛也红红的，为了这个家，他和春花已经走过了一段曲折的爱情和事业之路。

他因为恋爱挫折而苦闷出走的那年，还要去昆明参加从来没有见过面的舅公的葬礼。舅公的葬礼结束后，他又直接买了车票去东莞。他在电话里跟阿依说："姐，我不混出点名堂是不会回新疆的！"他一去就是三年，最先进了一家日本人开的汽车零件厂，凭着他的沉实和老实样儿，竟然深得老板信任，连连得到赏识，一直做到了后勤部部长。三年里，他的积蓄最多达到了十几万，不禁心高气傲，异想天开，很快便与一个湖南朋友合伙开了一个湘菜馆，可惜经营不善，几个月后就倒闭了。光亮血本无归，他像重历当年的恋爱往事，有种欲哭无泪的感觉。后来，他靠着在东莞混出的一些人脉关系，到了惠州一家空调公司工作，几个月就做到了行政部部长，工资也有近万元。他小有所成，但是乐不思蜀，从2001年到2007年，整整六年，他没有回过一次伊犁的家。

阿依母亲起床了，她脸色很好，和我说来开封之后多等春花带她看病，平日也悉心照料，"这身体就慢慢好起来了。"我笑着说："妈，你这样一说，到我们那边后我们就有动力了。"她和春花都笑。春花做了稀饭和包子，还有自做的紫菜寿司卷。我们吃好后，她又在我们的食品袋里塞进了两根寿司，几包酱牛肉，两个鸡腿，一大堆小吃。说让我们在车上吃。两个孩子清芸和健行也起来了，清芸长高了，但与她同年的依力比还是矮一截。健行我是第二次见，虎头虎脑，大家都叫他"咕咚"，我一人给了一个红包，问他们："你们给奶奶多长的假期呀？"清芸说："两个星期。"我说："太短了，梁依力也有意见啊。"她不说话，眼里有亮晶晶的光，我实在于心不忍，就说："要不，你和奶奶一起去姑父家，在那边和梁依力上学？"她竟然点点头。这孩子，已经和奶奶生活了半年多，舍不得奶奶走。我对春花说："对不起了，我接走妈了，你不会哭吧？"她抬起头看着哗哗流着的水龙头，笑着说："我都想哭了。"我顿时无话。

光亮昨晚接我之前就联系好了一辆跑运营的小车，他和司机一起送我们去郑州站，来回车费要一百二十块。我们走在宋城路上，宽敞的大道两旁楼房还不是很多，天色有些灰暗，天底下一排排杨树举起爆炸般的树枝，显得视野更加开阔。十年前我曾参加一个考察组来过开封，那时的开封还是一个以历史文化为品牌的旅游城市。光亮作为一个从外地进入开封的年轻人，为我介绍着开封的今日简况，比如开封新区的汽车零部件产业，商业与人气旺盛的宋城路，也谈到了开封的环保，水质呈现一定的恶化，如今他也在喝着灌装水，还聊到了国家的反腐败。说到现在的法治环境，他说："公平正义是法治的基础。"这让我对这个小舅子刮目相看，我在心里说，假以时日，这小子也许会有出息。

在南行的列车上，我向阿依母亲问起了光亮在开封的情况，我把这作为对没有时间和光亮深谈的一个补充调查。阿依母亲从他喝酒谈生意会朋友开始，谈到他平时在家的表现，她说："光亮和春花每天晚上都看《平凡的世界》呢，那个年代的故事，看上去他们挺感兴趣。你也看看嘛，那里有你过去熟悉的故事。"我说："这是路遥最好的作品，可惜路遥英年早逝，不然今天他的处境会很好。"她感慨地说："这就是命啊，你该干啥，上天都安排好了的。"我说："光亮喜看孙少平，实则有理想，不甘心，那个孙少平就是一个不甘心待在农村老家的青年，他时刻想着要在外闯一回。"

她点点头。接着她又给我讲述光亮的故事。

2001年，就是光亮刚到东莞那年，他在一家日本人开的工厂打工，后来做到后勤部部长，工资一个月六七千元。我以为他这样干下去就放心了，谁知道2008年，他一家三口送我和中风的老爸回马场，那家工厂就走下坡路了，那年我们商量下一步咋走。这时候关家海听说了光亮从广东回来，就联系我们想帮他。那个关家海你知道吧，原来是马场的职工，当年种地病倒在路上，没人看到，是你老爸在给人看病回来的路上遇上了，背他回来医治，救了他的命。他后来很感激，与我们家关系很好。后来他成为马场的一名小领导，不久又调到新源，后来又调到伊犁第一钢铁厂，做了啥主任。他说可以为光亮谋到一钢的工作，但是要等第二年春天一钢才有位置安排。这个光亮是不安分的人，当时他回来后已身无分文了，又觉得留在伊犁不甘心，说还要到南方去闯。他揣着我给的五千块，带着春花和孩子又南下了。这次去了惠州，他原来工作的东莞厂子效益不行了，他就跳了槽，到了惠州一家公司，干的也是后勤部长，工资据说有八千多元。

2010年，公司在开封的分公司要扩展业务，派他去了开封。2014年，他按揭买了房，决心在开封定居。他真是一个不安分的人，在开封又悄悄与朋友办起了自己的职业介绍中心，他自己入40%的股，三个朋友入了60%的股，日常运转主要靠他自己。他说公司2014年的营业额是23万元，除掉日常运转和员工的工资，最后盈利是一万多元，你说这生意咋做？他现在是吃老本，因为操劳多，心烦，家里就时有吵架。年才过完没几天，他惠州的两个朋友过来和他喝酒，春花原先是陪着的，后来晚了就带着孩子回家了。你猜他们三个朋友后来咋样？喝醉了，他们互相打架，光亮把人家的鼻子都打破了，半夜他们回来，光亮的衬衣上沾了一身血迹，把我和春花吓死了。那两个朋友互相搀扶着，可怜兮兮地对我说："阿姨，强哥打我，强哥打我！"还好朋友打过后还是朋友，前几天他叫春花把一箱一箱的酱牛肉寄去了惠州。他就是这样一个人。

　　最近这些天，他迷上了《平凡的世界》，每晚必看。有一天他套用了孙少平的一句话对我说："妈你就相信我，你让我闯一闯嘛，闯得头破血流再回来。"他就是奔波的命，像年轻时的我，当年要是待在伊犁多好，何至于今日流浪？他竟然说我是小农意识。唉，我一辈子流浪，希望他好。当年他不愿意等一钢的工作，可是马场的另一个职工，是广东人，早年和老婆也是不甘心，几乎跑遍了全国，最后一次从内蒙古流浪回来，到了银川就花费精光，路费和吃饭钱都没有了，只好卖掉随身带着的稍好的衣服换钱。实在没办法了，只好求助他岳母，他岳母给他们寄去了路费他们才回到马场。后来他不知怎么就找到了关家海，进了一钢，还当了会计，现在在伊犁月收入近万块，有房有车。当年光亮要是不走，现在可能比他还要好，哪里还会有今天的奔波？

"算啦走啦，算啦走啦。"这是那一刻我听到的火车加速的声音。列车已经进入湖北境内。与2003年我们回新疆时乘坐的蒸汽机车牵引列车相比，火车的声音再也不是"克勒克勒，克勒克勒"那种沉重吃力的吼叫，电气化时代和无缝钢轨的延伸让火车行驶变得轻快迅速，噪音减小。我站在窗前，久久地望着外面色彩缤纷的原野，那绿的是草树，那黄的是油菜花，那白亮的是水洼，还有那偶尔划过视野的，是三个两个的土堆，有时甚至是一片土堆，土堆上是五彩缤纷的箔纸或者颜色惨白的花圈，不用说，那是中国大地上的特色，是关于生命和故乡的最终抉择。这些土堆，有时在水田边，有时在作物里，有时在山坡上，有时在屋子旁，偶有孤单，显示着旅途的飘零，更多的是集中连片，那些艳丽，那些惨白，让我触目惊心。人生真是无常二字，高寿的也就八九十年，极少过百，我父亲未满六十，属于早逝，阿依父亲刚达八旬即去世，而阿依母亲已经七十六了。

我呢，四十出头了吧，人生过了下午，乐观地估计，也算交代了半辈子。而这半辈子，有一半时间是在疆桂两地的转场中度过的。

老人坐在过道的椅子上，车厢衔接处吹来了清凉的风，也吹拂着老人满头的银发。她的目光望着窗外，显得平静，但我想她的思绪肯定飞到很遥远的地方去了，那里肯定有一个她自己。我在心里为她感叹着，曲折飘零、战天斗地的人生真如白驹过隙，这么快就逝去了，往事如烟，从她盲流新疆到今天，一跃五十年，她来到了开封，又走在回南方老家的路上。

火车突然刹了一下车，我被震醒了，突然想到了一件事，问正从沉思中醒过来的阿依母亲："假如当年你父亲母亲的那张照片没有因为抄家而丢失，运动过后拿出来，或者你那封写给蔡廷锴的信能及时发出，可能就没有后来的几十年磨难了。也许，最后你还是留在了南方。"

老人望着窗外很久不说话。我也随着她的目光望出去，江汉平原的油菜花一畦畦一垄垄地联结着，金黄银白的花海一直延伸到远方的山脚下。

过了好长一会儿，她缓缓说道："是祸是福真不能定论。假如真能查实我的父亲是十九路军的一个旅长或者什么军官，我的命运就能改变吗？当然，改变是肯定的，但是谁又能保证它朝着哪个方向改变呢？这个人的一生啊，说不复杂也复杂，但是在社会面前，它又是那么渺小，不堪一击。人啊，如果真能做到随波逐流，随遇而安，那反倒是一个人的造化。"

我说："真不好假设啊，比如我，在我那帮同学朋友中，谁又能想到我今天走上了写作这条道路？想当年，我曾经一门心思想当官，想光宗耀祖，这也是我父亲母亲的心愿。但是，连我自己都没有想到的是，我后来对此竟然如此消极，提交了辞职报告，明确说不想当官，只想搞文学，这在那座小城里被称为是第一个。我也许干下了傻事，抛下了自己在小城创造的生活。而且，十几年来，我一直来来回回走在新疆与广西之间，度过了十几年的青春岁月，花费了十几年的心血财力。我认为，这就是天意，是我的不可改变的人生。"

"你说的这些话，貌似你很厌世，其实并不说明你很消极，你只是在按照自己的理想道路走。每个人都有他的生活轨迹，每个人的一生都没有假设。对，道路是自己走出来的，但也是上天注定的，这个天，可以是老天爷，也可以是社会权力。就像这列火车，它现在从郑州到北宁，只会走这一条轨道，不会走另一条轨道，如果它走了另一条轨道，那就是悲剧，人为的悲剧。有些人改变了别人的人生，其实也是改变了自己的人生，给别人制造悲剧，最终在历史上，他也是给自己制造了悲剧。你说，是不是这样啊？"

我惊诧于她话里的哲理，不觉连连点头。

趁着这种谈话氛围，我问起关于她身世的悬疑，老人说："历史不会推倒重来，每个人都想轻松地过完一生，对现实太执着，或者对历史太较真，都会使自己的人生过得太沉重。有些东西改变的难度太大了，不是我们不想努力，而是一些东西必有定数，有定数就不必强求，否则历史就会成为命运的负累。我老了，这辈子经历过不少，但是就算重新开始漂泊我也不怨命。"

她在沉思，偶尔睁开眼睛，她的深陷而细小的双眼虽已浑浊，但依然闪烁着一种明净的光。老人一辈子经历太多磨难，心境却放得很开，自然我也明白，她的这种超脱一定程度上是建立在宿命的基础上的。我不禁为之深深叹息。

老人却望着我慈祥地笑了，说："我都不计较，你还计较？老实说，我能活到现在这个年纪，是老天有眼，照顾我了。想当年在盲流路上，我那个小学同学李林英，她算是倒在自己人的枪林弹雨中，没有上过战场也被子弹打死了，冤不冤？我和古红命大，子弹从耳朵根飞过都没被打中，还活到了今天，比起李林英，比起阿依的三爷爷，还有许多到了新疆后来还在受苦的人，我算可以了。我们那一代来巩乃斯的人，一个一个不在了，有的迁回了口里老家，还有那个高术士，早在2005年得了心肌梗死去世了。我不想强求，更不想翻那些旧账。我给自己的安慰是，上辈子得到的太多了，这辈子肯定要付出，这样下辈子还会得回来。"

是自我安慰，还是自欺欺人，或者冥冥之中有宿命轮回？我思考着，一时不知如何回答。

我有时会恍惚地觉得，她就是我的母亲，她的人生充满了苦难和遗憾，我的人生也不见得有多顺畅。苦难是隔空遗传给我的吗？就算这不是她的遗传，至少也是同类吧。我们都是同类项？她为了谋生，我为了理想；她是被时代逼的，是逃难，我是被理想逼的，是主动奋斗。她也很自尊，很少接受别人帮忙，所以她一辈子显得孤独；我是个讲究追求自我的人，很多朋友和同事都不理解，所以我也很孤独。

早年，她在哈萨克一大队和马场三队生活时，曾帮助过一些老乡，后来许多人都发达了，有的还做了官，有不少人愿意帮助她，但她都平静地推辞了。列车到达一个小站时，没有停靠，我问起那些往事，她看着窗外交错出现的铁轨，说："能给人提供方便我就提供方便，心里很踏实，遇见困难不帮会给自己留下遗憾的，在我能帮他们的时候帮帮他们，我自己也觉得快乐，并不是为了以后他们也帮我，我没有这样想过。"

文学作品和影视作品塑造了众多坚强隐忍、平凡善良的女性形象，就像韩天航的《母亲和我们》里的刘月季，多年来一直在引发我更多的联想。但是，阿依母亲并没有刘月季那种集中国传统美德于一身的伟大，她只是一个普通的母亲，在艰难苦恨的年代里经历了很多我们无法想象的事情。我是在疆桂两地转场生活的十几年里才对她有了较多了解，这种生活强化了我对另一种类型女性的认识，肯定有更多像阿依母亲这样的女性，从父辈开始就被历史屏蔽了，从此生生世世，永无人知。其实屏蔽的前提是制造，有了制造才有屏蔽，而在这种历史的覆压中，更多的人必须忍受历史。

谈到我们对女儿的操心，女儿在我们面前的乖巧可爱时，她发表了一通融进了自己经验的看法。我知道，她听了她女儿阿依关于我们女儿的许多故事。我一度对女儿的成长路上的乖戾十分苦恼。她说："儿女自有儿女的道路，不必因为她不按照自己设定的道路走而焦急，你看你自己，也不是违背了你爸爸的期望吗？现在你按照自己设计的道路走着，我看就挺好，我也不敢说准你这辈子能取得多大的成功，这主要看你自己的努力。这些关于人生的奋斗的事情，关于理想和爱情之类的东西，只有你自己才能解决。"我一时无限赞同地点着头。谈到身后之事，她说："别把啥都寄托在儿女身上，我就是一个例子，啥养儿防老啊，都是空想，都没有用！一切都是靠自己！"

她的观点出自她的人生经验，因而我不会把它归入偏颇的行列。她二十多岁逃难到新疆，吃尽了苦头，国家拨乱反正社会稳定后，在她的那帮老乡难友中，她说不上有啥成就，也没有啥发展，许多当年得过她帮助的人后来都过得很好，儿女也有出息。她对我说："我不眼红，这些都是各人的命运，是他们的造化。我的今天也是我的命运。"她辛苦了一辈子，似乎只是明白了一个道理：儿女都不能靠，养老送终还得靠自己。

她多褶而有些苍白的脸上有一种淡然的表情。我想起十年前，阿依父亲还能跟我喝酒的时候，她还是一个满头白发身材板直的人，那时她肤色稍稍发白，脸上虽有密密麻麻的皱纹，但纹痕很细，像用铅笔一根一根描画上去，现在，十年过去了，头发还是雪白，只是身材开始接近一个浅浅的勺子，脸上的皱纹也像干瘪失水的南方水瓜，只看见褐色的道道深沟，这就是时光之刀无情雕刻的结果。我心里有些悲凉。

我想安慰她，但是我心里很不自信，我想起已走的阿依父亲，我们这些做儿女的，的确没有给正处于晚年的她足够的安慰和自信。

"你老爸中风卧床不起的时候，还有我给他护理送终，我卧床不起之后呢？有谁会像我一样端屎端尿，儿子吗，女儿吗，或者是你？也许你说我偏激，但是我想通了，啥都是假的。这人啊，真是靠自己活的，当年我自己做盲流，有几次差点都没希望了，我又挺过来了，那不是靠自己？你呀，也不能把啥都寄托在儿女身上，你看我自己，有啥用？他们的老爸病了，我带着他在县城租房看病，病得走不动了，回到马场，我守候在他床前，六七年没有外出过一步，做儿女的做到了吗？做不到吧，所以你别想他们能给你解决多大的事情。

"我常常回忆起青壮年时代，那时我们生活在巩乃斯河边，在十月公社哈萨克一大队，在八大队，一年到头老乡投宿不断，在一起像一家人一样，吃吃喝喝，欢声笑语，我们的友情也从此传出去好远，那些人落户后还回来找过我。我每次想起来，我都觉得那些年是我最充实最快乐的时期。唉，我们都散了，他们都走了，好多人都像我一样七老八十了吧，估计好多人都走了。现在啊，哪里还会有我们那个时代的欢聚？虽然艰难，但是可以找到吃的，可以挤在一起穷快乐。唉，这样的时代不会再来了！

"我想呀，等我也卧床不起，自己照顾不了自己的时候，我就找个方式解决自己，不麻烦别人，不让别人感到为难。"

她在说"别人"这个词的时候尽管力图轻描淡写，我却觉得是特指的，我甚至觉得她是在故意拉远我与她的距离。我感到费解和难过。

我把车窗帘拉到尽头，让窗外的光线完全进来，我看着窗外田园上连片的油菜花，这些楚地上的暖色调，以前总是给我一种灿烂缤纷的喜悦之情，此刻却给我一种百味人生的感觉。李瑞为，古红，姨婆婆，冰洁姨，阿依母亲，甚至还有早年被流弹打死的李林英，他们的身影在我脑海里盘绕。我想起阿依母亲早年颠沛流离的岁月，家境传奇而殷实的谜团，如今渐次明朗的淡泊人生，又想起我和阿依的漂泊岁月，光灿在伊犁打工、光旭在马场劳动，光亮在口里挣扎，不禁眼眶湿润了。有时我觉得阿依母亲很伟大，得失看得很透，有时我又感觉她很偏激。她真的认为对我们这些儿女无所谓了吗？我并不觉得，她愿意跟着我来到南方就是对她自己的某种反叛和否定。

火车两边出现了桂林特有的奇峰林立的景象，我触景生情，向她讲述了二十年前我在桂林广西师大求学的岁月。我重提了父亲送我上大学的那段故事。她被感动了，说："你爸爸真的是一位好父亲，唉，可惜的是你没办法报答他了。从这点来看，那么多父母辛辛苦苦为了谁呢？一辈子为儿女操劳，辛辛苦苦，到头来很多人没看到儿女过上好生活就走了，更别说图回报。你要好好地记住你爸爸的恩情。"

正因为我这段回忆，勾起了她对儿子的回忆。二十二年前，就是1993年，

10月深秋，经历了两个多月落榜痛苦的光旭觉得在马场待不下去了，此时姨丈正准备离开马场回广东汕头老家开汽车修理店，姨姨跟随回广东。他决定跟姨丈和姨姨走。那天她明明知道光旭要去南方，自己身体也没病，却一大早就跟阿依父亲说自己病了，躺在床上不起来。光旭已经去了场部等车，可是一会儿回来一次，总共回来了三次，都是到房间看她。她一直紧闭眼睛不看他，泪水在里头打转。她知道儿子舍不得离开她。事后她对老伴说，人家送儿子出远门是去口里上大学，我送儿子出远门是去口里打工，我没有这脸皮啊。阿依父亲说光旭已经坐车走后，她撩开被子一骨碌坐起来，掩面号啕大哭。

我听得鼻子酸酸的。她却将话题转到了对南方这片土地的回忆和感慨上。她对我重提当年在北宁二中读书时一个月三块钱的助学金生活，"多亏有了这三块钱哪，要不我读不完高中！"她感叹说。旁边坐在过道椅子上的两个五十多岁的来宾口音大叔撇嘴对话说："怎么可能呢？三块钱的助学金！""就是，记错了吧。"另一个附和。年近八旬的阿依母亲看着他们笑起来，我和她对视而笑。

我想，他们和阿依母亲这一代是有鸿沟的。一个不关心中国历史，不留心人类记忆的人，肯定是不相信往事的。

南方（四）

从开封回到小城后，阿依母亲就决定先不跟她的同学和亲戚联系，在我家里静静地住了一段时间。从2008年阿依母亲陪阿依父亲回马场算起，她离开南方的生活已经八年，一到我家里第一句话就是说热。南方湿热，这是众所周知的。回来的第二天，一场回南天气让我们的楼层楼梯底板湿漉漉的，水洗过一般，房子里，早年装修刷过多乐士漆的天花板和瓷砖墙面一片水珠，偶尔滴落一点进入人的脖子。阿依母亲睁大了眼睛说："南方就是不一样哎，开封那边就没有这种天气。"

家里多了个外婆，女儿喜欢得整天笑嘻嘻的，常常向和我们一起住的侄女侄子们炫耀，这几个姐弟们的外婆都在农村，不能来看他们，这会儿对她是羡慕得很。阿依母亲比我母亲大十岁，我母亲对她很尊敬，除了每餐进厨房做饭，竟然还给她盛饭，闹得我和阿依都很不好意思。阿依母亲谦让着，几天后她就坚持自己盛饭了。

我母亲较胖，有一百五十斤，走路久了就会气喘吁吁，那几天她的手脚有些肿，一按一个凹痕，阿依母亲说她水气重。她看着阿依母亲瘦削的身材很是羡慕，阿依母亲就说："想瘦嘛，吃食就要清淡，不吃肉或者少吃肉，菜少放油盐。我常喝八宝粥，就是用黑豆、赤豆、青豆、莲米、红枣、花生、茯苓，外加大米煮成，喝了可以瘦身，又不用吃药。"

这些年，母亲因为人胖，又有冠心病，风湿骨痛，她已经把药吃厌了，听说有这样的食疗方法，她就对我说："那我就天天煮八宝粥，你去超市买多些原料吧！"我和阿依噗地笑了。难得她有这个转变，她早年养成了重口味的习惯，这些年，炒菜油盐过量，我们说多了也改不了，阿依母亲一来，做了个现身说法，如能让她转变，那是再好不过了。

我按阿依母亲说的配方买回了煮八宝粥的食材，第二天中午我母亲就煮了一大锅，一家八口人一直到晚饭才吃完。到了第三天，母亲惊喜地对我们说："哎呀，我手脚的肿消多了。"阿依母亲就说："继续吃，会有更好的效果。"后来一个星期，我母亲的手脚基本正常了。自那时开始，我们下班回家，家里总有半锅八宝粥在等着。

她素来喜欢安静。但平日在家里闲着无事，便想见见老家最好的同学，便给刘桂凤打了电话，刘说："你回来七八日了才讲我知啊？我哋聊聊吧，我在大笼市场等你。"

去市场要跨过小区门口车多人多的六十米大街，因为担心，我陪她过马路，刚走完斑马线就听到有人喊她，在一家彩票站的门口，一位老阿姨和一位老头正在朝我们看，阿姨就是刘桂凤，刘桂凤向我们介绍，老头就是当年慷慨地拿出十块钱资助阿依母亲走新疆的老乡陈知源，也是我在QQ上认识的老乡陈天时的父亲。

我说："陈叔，我系天时的朋友，你同天时长得好像啊！"

老头盯着我看了一会儿，目光里似乎有一种不满，他突然语气生硬地说："天时系我的仔，佢冇像我像乜人？你讲，啊？"

我一愣，有些讪讪的，本想讨好他，想不到他会这样反问我。我赶紧赔笑说："系，系，仔就应该像老子。"

陈天时的老父亲，看样子八十出头了，身材瘦小，穿着整洁，浅灰的短袖上衣，咖啡色的裤子，锃亮的皮鞋，精心的穿着增加了他的知识分子的质感。

他用一种洞穿一切的目光看着我，语气却淡淡地说："你就系冰莹的女婿吧？"我一边应着一边点头。

"我睇了你写新疆的书，叫吉尔乜嘢朗河？那只字怎读？读gǎ？哦，哦，"他又换了一种自以为是的语气说，"你在书里把你岳母的名字搞错了，你讲你系冰洁的女婿？"我难为情地笑着，不敢相信地问他："有这事？冰洁系我爱人的姨姨，我记得我冇写错啊，况且我哋经过出版社校对的。"他不以为然地说："怎么冇有？你就系在书里讲你系冰洁的女婿，我记得好清楚嘅，你的书我有一本，昨日我刚刚借给一个朋友睇了。"

我猜想书应该就是他儿子天时给他的。我的书再版上市后，我打电话给他说要送给他一本，他说："不用，反正是几十块钱一本，我正想网购几本送给我的同事，这也是给你打开销路嘛。"他经济宽裕，我就没有过多地坚持。我刚刚还清了欠他儿子的三万块钱，心理上已经相对轻松。

我还想争辩，阿依母亲在一边朝我使眼色，我顿时醒悟，说："那好，那好，可能真系我搞错了，也可能系校对错了，我回去查查。"老头"哼哼"地应着。

我说："陈叔，听讲当年你资助了我外姆嬷路费，我要多谢你啊！"

他摆摆手，换了一种很淡然的语气说："老古的事了，都几十年了，冇提了。"

刘桂凤眼望阿依母亲，像是提醒知源老人说："听讲当年跟冰莹去的仲有李林英——"

阿依母亲站在彩票站门口，望着里面的人说："系啊，在路过南宁时遇上了武斗，被流弹打死了，咁漂亮一只人，想起来真系可惜了。"

陈知源说："我也正想问冰莹你呢，那年同你一起去新疆的除了古红，我记得仲有一只女的。"

阿依母亲叹了一口气，说："系同村的同学，当年我同古红都在逃命，连埋她的机会都冇有。"

我见他们几个老人谈得沉重，就打断说："知源叔，我哋同你家真系有缘，当年你资助过我外姆嬷，后来我同你的仔通过网络认识，你的仔又帮助过我。"

他两眼放出一种异彩，换了热情的口气说："系缘分，系缘分啊！"

天下起了小雨，刮起了凉风。彩票站里面没几个人，我们就进去坐着。这彩票站，阿依母亲几天前和我母亲去市场买菜时经过这里，买过几注双色球，那老板娘似乎还记得阿依母亲，就问我："佢系你外姆嬷？从外地来的？"我说："系，但佢系北宁人。"老板娘疑惑地看着我，我就跟她简单解释说，他们是老乡，年轻时候她去了外地，现在老了回来，老乡在这里见个面。老板娘想再问，我就以有事没空为由，搪塞了。

三个老人要回去了，陈知源住在附近，说要自己走路回去，刘桂凤住得较远，我跑步回小区车库开出车子，送刘桂凤回家。

晚饭后我陪着老人在沿河路漫步，看着身边拔地而起的私人住宅楼，我问起了传说中她的父母曾经在这里拥有的那些地产，她望着江面上车来人往的小城一桥，好一会儿才说："我们这代人，许多人的问题都可以用一句话来概括：那是历史原因造成的。但是，我们能重写历史么？既然已经失去了，那就再也不存在，你们这些后人，连提也不要再提。否则，只是增加笑料罢了。"我点头称是。

两天后，陈知源老先生约了阿依母亲和刘桂凤去红云酒店喝早茶，其实就是吃早点。我和阿依开车送她到酒店就走了。后来，阿依母亲给我说，他们三个老人从早上八点半吃到十点半，点的东西才几样，回忆往事却多如牛毛，搞得一旁守候的服务员全跑光了，等到她们进来布置午餐用品时，三个老人才醒悟，连忙对服务员说对不起。从酒店出来后阿依母亲就自己步行回去，不觉迷了路，问了几个人才找到我们的小区。她哈哈笑着说："离开北宁五十年，真不认得路了。酒店的东西也不好吃，不如自己在家煮些清淡的粥吃，或者随意去一家粉摊吃碗米粉更方便。"阿依说："妈，那是吃东西吗，吃的是氛围。"阿依母亲说："也是，他们说那里好说话，但是我再也不想去了，我一餐吃半碗饭或者一碗粥就好。"

晚上，我和阿依母亲都在看新疆台播放的《平凡的世界》，看到孙少平因矿井坍塌受伤被送往省城医院治疗，伤治好了，却因写作受阻而苦恼。在医学院就读的大学生金秀追求他，妹妹兰香的对象是省委副书记的儿子，要给他帮忙调来省城，他认为自己是煤矿的儿子，放弃了留在省城工作的机会，也放弃了金秀的爱情，回去爱他的煤矿黑姑娘。他要一边采矿，一边坚持写作。阿依母亲说："这得要多大的毅力哟，要付出多大的牺牲啊！"

我想到了自己的出塞之路，也是我的写作之路，我感到了一种来自亲人的理解和温暖。

母亲已经习惯跟着我女儿叫阿依母亲外婆，阿依母亲则跟着我女儿叫我母亲奶奶。两个老太太每天在家煮早餐，吃过后就一起逛菜市，回来后你洗菜我淘米，你炒菜我摆桌，还互相帮着盛饭，吃完后又帮衬着收拾碗筷，倒也像一对亲姐妹。我母亲较胖，每餐都缺不了肉，有时候一天要吃四餐五餐，如遇靓汤不下两碗，但是走路气喘吁吁。我多次劝说她要饮食清淡，她总是不以为然。与我母亲相比，阿依母亲是仙风道骨的体形，有一次她对我母亲说："我们都是老人了，我就不敢吃那么多肉，中餐可以吃一两块，晚餐就不吃了，净吃青菜，多吃豆类和青菜，汤水和米饭不要超过一碗，我们这些老家伙要想跟儿女享福，多活几年，就要吃清淡些了。"说得我母亲连连点头。也就是从那时开始，我那患了心血管疾病的母亲一天再也没有超过三餐，炒的肉基本就给孩子们吃了。母亲的身体却比以前结实灵便了。

扶阳是阿依母亲的外婆家，她说那里已没有什么亲人了，不想回去。其实我明白，那里留给她童年青年时代太多刻骨铭心的悲伤往事，那里还有一别五十多年没有再见的朋友和同学，她怕触景伤情。在此之前，刘桂凤悄悄告诉她："你知道吗，当年谢冲村的支书黄玉宝，六十年代给新疆发通报要打倒你同良珍，在九十年代退休后，有一次去睇村里的水碾碾米，水碾碾着谷子，冇人守，佢拿起自备的口袋就装米，结果冇小心掉进水碾槽里，双腿被碾断了，佢老婆罗英秀现在仲在家照顾佢。佢哋做了咁多害人的事，终于遭报应了。"

阿依母亲听后久久无话。后来她说："送我去青石镇吧。"

七十多公里外的青石镇六旺村，那里有当年挑着担子送她回小城的七姨丈和一向关心她的七姨，迄今已经过去七十年。我和阿依结婚后，每年春节，阿依必带上我，代表她母亲和姨妈去那里看望。之前我听阿依母亲回忆时说过七姨公，在香港读完大学回来后，先是在乡里教书。五十年代初，因为父母的地主身份，他和七姨都做了农民，家里的田地也没有了。他的父母被斗了两次就病死了。他软弱善良，每次面对运动都噤声不语，倒是大难不死。到了七十年代末的一个秋天，他正在田里插秧，突然来了一辆小车，来人叫他上车一下子就拉走了，几天后才听说县教育局已安排他到乡里教学，还当了副校长。

阿依对我说："八姨公八姨婆走后，我妈在世上最亲的长辈就是七姨公七姨婆了，我妈回不来，我必须尽这份心。"

那天飘起了零星小雨。我驾车送阿依母亲，阿依和女儿陪着。公路边不断闪过一片片荔枝龙眼林，正值开花发叶的季节，山野上一片银白和浅绿，路边不时看到养蜂的人和他们的一排排蜂箱，一些蜜蜂从车窗前飞过，田野边偶尔出现外墙崭新的楼房。阿依母亲让我放低车窗的玻璃，她习惯坐车要透风。大概是过去的南方已经面目全非，她感叹："变化真大啊，五十年前，这里哪有这么漂亮的房子，还有这样好的公路，当年我从青石镇七姨家进城，坐的虽是汽车，可是走了大半天。现在还要走多久？"我哧哧笑着说："今非昔比，只要两个小时就到青石了。"

老人望着窗外连声惊叹。

到达七姨婆的家时，屋厅里正坐着两位老人，阿依母亲小步走着，上了檐街，进入厅门就伸出手拉着她七姨丈的手，用土话颤声问："七姨丈，你好吗？我就系你当年从北宁县城担着回到谢冲的冰莹啊！"

九十六岁的姨公前年得了痴呆症，干瘪多皱的脸上眼睛努力睁着，看着阿依母亲说："冰莹？哦哦。"浑浊的眼睛里是一片茫然。阿依母亲又拉着满脸皱纹的七姨的手，说："七姨，我是冰莹啊，你仲记得吗？"九十七岁的姨婆脸上像一只晒干的荔枝，睁着小眼睛，笑嘻嘻地说："冰莹，记得，记得，你叫乜嘢名字啦？"依力在一边笑，我和阿依也笑了。姨婆又问："你几岁啦？"阿依母亲难过地说："七姨，我七十六了。"姨婆仰头笑起来："你才七十六啊，我都一百二十了！"

这回轮到阿依母亲睁大了眼。

阿依母亲拉着他俩的手，试着和老人回忆她在青石的岁月。

"七姨你记得吗？你们住在门前五百米外的青石河边，在一间磨坊里，你生下了你的仔柱坚。"

老人笑嘻嘻地说："记得，记得，我就仅有一只仔。"

"七姨你还记得吗，你哋在青石河边的磨坊里住了三年，搬走那年，青石发了大水，淹没了那间磨坊。"

姨婆眨巴着浑浊的眼珠说："系啊，我在那里住了三年，离开十天后青石就发大水，把整个磨坊都淹垮了，我仲系有福气的人嘛！"

大家都笑起来。七姨婆又把嘴巴凑到阿依母亲的耳朵根，悄悄说："告诉你一个秘密，你知道吗，上村下村的人都讲，这一带的风水都汇聚到我哋间屋啦。"

大家终于大笑。

这个家的确鸿运高照，姨婆的儿子媳妇在镇上的教育组上班，大孙子大学毕业在小城中学任教，二孙子和媳妇在小城开的汽车修理厂生意很好，三孙子从西安交大博士毕业后去了北京航天部门工作，每年也回来尽心。重孙子孙女也接二连三出生了，真正是丁财两旺。

阿依母亲跟她七姨我们的姨婆说起这几十年去新疆的往事，其中讲到了当年离开北宁去南宁路上经历的"枪林弹雨"。最令我们想不到的是，姨婆竟然能说出这样一句话："一个人一辈子吃点苦不算什么，皇帝都有难呢，何况我们是普通人！"

她大笑着，阿依母亲也笑着，一屋的人都笑起来，阿依母亲握着她瘦骨嶙峋的手，笑得眼里含着泪花。

离开他们家之前，阿依母亲向两位老人和他们家的小孩派发了红包，我和阿依也跟着发。自然，按照风俗，阿依母亲和我们三口也得到了姨公姨婆儿子派发的红包。当我们的车子走出门口转上了公路，阿依母亲不住地回头看着渐渐远去的姨公姨婆和他们的房子，突然感叹说："半个世纪了，只回去看过他们两次，可能再也没有第三次了。"

阿依不作声。我默默地开着车，心里却认同老人的话。

阿依的子宫腺肌症又发作了，疼得起不了床，去医院检查，医生建议做切除子宫手术，这对我们夫妻而言是影响巨大的。仿佛是一夜之间，我们习以为常的生活，我的某种希冀，我个人的某些生活安排，突然之间就被打乱了，或者说，接近结束了。

尽管我和阿依都明白已经年过不惑，正在一年年向知天命之年迈进，我们的人生逐渐步向无法逃避的中老年。那么，我们的女儿就变得更加重要了，她就是我们的唯一，是我们的希望和依靠，我们今后就是相依为命。我们仨，谁都不能有啥闪失。

为把手术做得万无一失，我们请来了广西医科大的教授，但是需要付专家费五千元，这对我们也是一笔不菲的支出。手术前一天，阿依母亲提出要和我一起送阿依进手术室，阿依不愿意，说这样会让她感到紧张。阿依母亲只好说："那我等你做了手术再来看你。"

那天下午又看到了那张风险提示，我又想起了那位医生朋友说的，全身麻醉的风险是千分之一。又要我们面对签名，依然是在这里，去年也曾经。我那时是我签的名。阿依也像去年我提出的那样，要自己在风险提示上签字。我不容置疑地说："我签吧。"这次，阿依也像去年那样，不跟我抢，笑着答应了。我却在心里对自己说，男子汉，自己的风险自己来负，老婆的风险当然也是自己来负。

阿依是在第二天上午八点半进手术室的。我想像去年我做手术时她进来为我鼓劲一样，也想进手术室去给她鼓劲。阿依的一位同事带我进去，我穿上了手术室服装，依然是去年为我做麻醉的主任和护士长，也看见了我的初中同学，她说："怎么又轮到你老婆来了？"我很难受，突然十分感慨。

阿依躺在手术床上，我握着她的手说："一起为我们加油，你一定要放宽心！"阿依微笑着点头，我心里却在痛痛地流泪，即将失去的，那是生命的摇篮啊！

本来，有医院的熟人帮忙，我是可以留在里面看阿依手术的，但是阿依的同事说："如果你们是朋友关系可以看，但是作为家属，你亲眼看着受到的压力会更大。"实际上，我是不忍心眼睁睁地看着那个生命的摇篮被彻底毁掉。我更希望手术轻松顺利地完成。我低下头，又仰起头，深深地叹了一口气，顺从地走出来了。

手术已经进行两个小时，中间一位护士打开了手术室的门，戴着白色口罩的嘴里喊着阿依家属，手上托着一个白色铁盘，盘里是一团白里带血的肉块，有我的拳头那样大。我慌里慌张地走上去，心里怦怦直跳。护士盯着我，蒙着口罩的嘴巴有些瓮声瓮气地说："这就是切除的子宫，给家属确认一下。"

瞬间我的心就像被挤干了水分，一点点地收缩着，一点点地跳动，收缩成了像我童年时代剖开的青蛙那颗细如火柴头的心脏，现在，它跳到了那个白色的铁盘上，成了另一颗心，那块血肉模糊的东西成了我的心，似乎它还在跳……拳头大的一块肉啊，从阿依身上割下来的肉！

大厅里有几个人凑过来看。护士端走了铁盘，走进手术室去了。我听到了那几个人的窃窃的议论，我还听到了那颗被端走的心越来越远的哭泣声，它在哭我们，永远地失去了——我们曾经为之欢乐也为之悲伤的摇篮！

十多分钟后，医生出来告诉我，教授建议将双侧输卵管也切除，以免万一有肿瘤向输卵管转移。我想，反正摇篮都丢掉了，悬挂用的绳子留着又有什么用呢？于是很果断地在协议上签了字。

然后是等待麻醉苏醒的过程。手术时间称得上是漫长。从早上八点半进去，中午十二点还没出来，护士送出的术后病人一个又一个，可就是不见阿依出来，下午一点也没出来，到了两点半还没出来，我坐立不安，站起来走几步，别人便坐了我的座位，我只好站着。一个剖腹产的产妇和她的孩子出来了，他们的家人喜笑颜开地迎上去，一下子将产妇和婴儿都围起来，我心里不禁酸痛酸痛的。

我母亲来了，询问何时出来，我回答不知。母亲的脸是凝重的，我不知道她的内心此刻有何种感想，十多年前，我们还没有孩子，她和父亲十分忧急，甚至说过劝我们分手的话，等到我们有了女儿，她和父亲又遗憾作为长子的我没有儿子。今天的手术之后，她最后的那点念想便彻底破灭了，此刻父亲已在天上，她还背负着家族期望留在世上，她的伤心不会亚于我的痛苦。她没有说其他，只是告诉我，她是和阿依母亲一起来的，阿依母亲留在四楼的病房等，给我的中午饭也放在病房了。两位老人来时认为，手术已经过去了五个小时，应该很快出来了。阿依母亲不上来的心理我是明白的，她和我一样，心里在难受。她用自己的摇篮孕育了女儿，深知子宫对一个女人生活的重要。她年轻时代经历了婚姻的不幸，接着盲流新疆，在伊犁吃尽了一个女人不该吃的苦头，如今女儿不得不接受命运的宣判，封闭了自己的生命栈道。作为浪迹天涯几十年的母亲，她的心情可想而知。

母亲要回去管着几个孩子的午休和下午的上学，她自己坐三轮车回去了。阿依母亲数次打电话问我情况，等了一个小时，后来说："再过十分钟不见你们回病房，我就上去。"十几分钟后，她果然提着昨天我买的饭盒来了，她一直怕坐电梯，就从三楼一直走路上七楼，满头是汗。我想给她找个座位，可是几排椅子上已经坐满了人，我就把她手里的饭盒接过来，沉甸甸的，但我不想吃，就提着。我已经连续站了四个多小时，不是没有座位，而是我已经没有耐心坐下去，手术室的门一次次打开，就是没见阿依。我当然相信医生的技术，但是，我担心的是麻醉风险那千分之一。

阿依母亲上来了，老人家满头白发，鹤形身躯，嘴巴紧闭，眼睛睁得很大，一直望向手术室门口。真难为她，大半辈子漂泊，如今正在等候着自己女儿手术平安出来。

又过了半个小时，阿依母亲还一直站着。我怕她累坏了，趁着排椅上有了一个空位赶紧占了，我叫她过来坐，她却说不累，反而催我吃饭，可我哪里吃得下？她不愿意坐，我也坐不住了，又站了起来。座位马上给人占去了。

我想打电话问问，却没有手术室熟人的电话，只好打到阿依办公室，让她平时关系很好的一位同事帮忙打电话问问手术室里的人。十多分钟后，我才得知，阿依术后复苏缓慢，大约还要半个小时才能出来。

一群等待亲人的家属在嗡嗡嗡地说话。阿依母亲一声不吭，几次看着我，用普通话对我说："你找地方坐下来吃饭嘛。"烦躁和不安笼罩着我，我竟然对她有些不耐烦，生硬地回答："我不想吃！"她沉默而忧郁地看着我，我望了望她满头的白发和瘦削的身影，突然觉得很抱歉，我的态度太生硬了，但是我的确不想吃饭。

门终于"咔啦"一声开了，护士喊家属，我和阿依母亲赶紧过去接着，一眼就看见了闭着双眼的阿依，这面前的女人就是我的糟糠之妻，和我结婚十八年，为了我的一个所谓理想，陪我往返疆桂两地十多年，几乎耗尽了全部的积蓄，以致如今也没有过上什么舒服的日子。我鼻子一酸，眼里流出了泪。

我凑上去轻喊一声，她睁开了一下眼睛又闭上了。有过手术经历的我知道，麻醉还未完全过去，意识只是朦朦胧胧。我提着一直没有吃的盒饭，跟着担架车走向电梯。到了病房，七十六岁背已明显驼下的阿依母亲和我配合护士一番忙碌，挂吊瓶，插氧气管，挂尿袋。安顿好后，护士走了，我让阿依母亲赶紧躺在另一张空床上，她一躺下就长舒一口气说："这几天都没睡个好觉，现在看她出来了，心里的石头才落了地。"

阿依母亲要回去了，隔着被子，把手掌久久地放在阿依的腹部，我吃惊地说："妈，你别压她肚子，那里有伤口！"阿依母亲却摆摆另一只手，目光望着阿依的腹部和她的手，显示出一种虔诚。然后说："没事了，很快就好起来的。"我知道，这是一个母亲最衷心的祝愿。

我请了假看护阿依，有时候我开车回家拿吃的穿的，阿依母亲就要跟车来一趟，走熟路后，她自己坐三轮车来。我害怕她年纪大了出门坐三轮车不方便，她说："你不用担心，我哪会那么金贵呢，我还能走，三轮车司机也骗不了我，他们要八块钱的车费，我就说，不是七块的嘛，人家都是收七块。他们就收七块了。"我们只好由她。

她有时候也会带我们女儿来，因为女儿总是喜欢跟她，她也顺便给她的外孙女讲些道理。我们看着也高兴，觉得外婆来了可以帮助她很多。

我接阿依出院回家那天，阿依母亲早就在门口站着，伸出枯瘦青皮的双手搀扶着她女儿进房间。"要小心，"她说，"轻点走。"进了房间，她又说，"慢点，慢慢躺下。"搀扶着的手一直不放。阿依完全平躺好后，她就拉来一个凳子，长时间坐在上面，握着她女儿的手，眼光定定地看着。阿依要喝水，她赶紧起来去端水，比我还快。她不时伸手为女儿掖被子，扯来一点，把伸出的手盖好，又扯来一点，把伸出的脚盖好。

　　儿女住在天南地北，阿依母亲的牵挂是漫长的，即使是在南方，她的一些举止也让我们看出了端倪。一日，她正在客厅看电视，手机响了，是她的孙女章清芸从开封打来的电话，两人呱啦呱啦谈了很久，她一边拿眼睛看我一边说："你把姑父的《吉尔尕朗河两岸》看完了？好嘛，哦，你还把这本书拿到班上的图书角，与同学交换看？那好啊，互通有无，共同增长见识，好样的。"我在一边笑起来，说："这个清芸，还帮我宣传了？"她拿手指指她的手机，眨眨眼睛说："哦，你说姑父写的风景很逼真，姑父书里的故事是以奶奶为主干，一个分支一个分支地写下去，写了姑妈和依力姐姐的故事，还有你伯父伯母、航宇哥哥的故事，但是没有写到你？哈哈，你还要问一问姑父为啥没写你？"说着，她把手机递给了我，我明白她的意思，就说："章清芸，你放心，我下一部书就会写到你，到时候你就可以拿着我的书，向你的同学炫耀了，好不好？"她在电话里怯怯地说："好。"

　　我正在写的书就是《出塞书》。我的确写到了他们，他们离开新疆在口里奋斗了这么多年，心里也挺焦虑的，我得在书里对他们有所记录，也许若干年后那些文字对他们是一种难忘的记忆。

　　我问起她的爸爸，她说："已经回来三天了，这几天忙得很晚才回家，还常常喝醉。"我原来和他爸爸商定暑假期间回新疆，我们一家几口都回去，在阿依父亲周年祭时隆重地祭祀，算是安慰九泉之下的老头子。现在阿依母亲的儿子为了生意上的事情，应酬总是很多，喝醉的机会也很多，这让她十分担心。作为一个母亲，阿依母亲要回开封去跟她的儿子和儿媳妇说说生活上工作上的事情，这是老人的心愿。她说："这次回新疆我不想坐飞机了，我要坐火车，还要在回新疆之前先回一趟开封，我得看看他们一家子再走。"我说："你还有老家谢冲村没回去看看呢，还有你外公的老家高州陈坑。"她说："不去了，我要走了，天气又热，浑身黏糊糊的，风扇吹的都是热风，空调对着我吹又容易感冒。"她私下里对阿依说："看啥呢啊，看了就只有伤心。"

　　她天天待在我家里守着那台风扇，哪也不想去，我看着也难受，便订了票，决定送她回开封。

　　离回开封还有十天，她每天早晨都和我母亲去买菜，掏出自己的退休工资，经常买回三黄鸡、乌鸡、鲫鱼。我母亲没空时，她就自己去买。小区门口的红绿灯设置的斑马线步行时间非常短，只有二十秒，我和阿依都非常担心她，她却满不在乎地安慰我们："你们担心个啥？我会走路，那些大车小车还让我哩，都停下来等我走过了才走。"我说："那是因为人家见你白发飘飘，怕你。"她说："反正你就不用担心。"

我母亲坐在沙发上望着她说："阿依阿妈讲的系真的，有一回我在小区门口同几只婆子讲大话，见佢从对面过斑马线，过到一半绿灯就变红了，十几部大车细车都停住，睇住佢满头白发独自一人嚷嚷嚷嚷咁样行过。"

阿依母亲呵呵地笑着，在冰箱前倒腾着那些买回来的东西，对我说："我走后，你每天都要拿出这些肉炖汤给阿依喝。"几天后大冰箱里就塞满了鱼肉鸡肉。走的前一天晚上，她还拿出一沓钱，给我妈、我的几个侄子侄女封了红包。

我们到南宁市火车站上车。车站正在改建，临时设置的候车室里没有空调，几台超大风扇分布在四个角落，不间歇地咆哮着吹，超过一千人在四五百平方米的大厅里像被关进了蒸笼，风扇吹出的热风让人们汗流浃背。我在出发前洗了一个澡，但此时短袖衬衣已经湿透。我们已经等了二十多分钟，阿依母亲坐在我给她抢到的座位上直嘀咕："咋这么热的车站，气都喘不过来了，叫人怎么待得下去？"她拿着我给她的纸巾擦汗，大口喘着气，我非常紧张，捡了一张别人丢弃的报纸给她扇风，她还是大汗淋漓，我已经给了她十几张纸巾了。

T290是一趟非常干净的列车，从南宁过来已经行驶了三个多小时，许多铺位还没客人，车上还是一尘不染，空调十分凉爽，老太太舒口气说："终于有凉气了！"

旅程在我们对家事往事的絮絮叨叨中过得很快，第二天中午就到了郑州站，半个小时后又转火车去开封。从开封火车站出来，来接她的儿子光亮就咧嘴笑了："还是开封舒服吧？南方不是你待的地方！"

她眉开眼笑说："哎哟，这里的气候真的是比南方舒服多了！"

我突然感到一种失落。此前阿依母亲一直以南方太热为借口不太愿来南方，光亮和春花也是以这个为借口劝阻老娘不要南下，其实这些都是幌子，我和阿依，光亮和春花，都在争抢这个妈，我们的女儿，他们的儿女，都在争抢这个外婆和奶奶。我们打的是攻心战，让女儿打电话给外婆撒娇，许各种吃喝玩乐的愿。老人终于答应来南方两个星期，结果来了两个月，正在我们以为老娘适应了这里而暗暗高兴之际，她说："光让我待在房子里享受空调，我可是想出去走走的，但是一走出门口，就像淋了一场热水浴！"

没办法，只好放她北上。我女儿一千个不愿意，哭哭啼啼，但是，这里是南方，是阿依母亲早就不再适应炎炎夏日的南方。

无怪乎阿依母亲要说开封比南方要好，这里虽然阳光热烈，但是因为有风，而且干燥，身上就比在南方舒服，没有了南方那种黏糊糊的难受。

光亮的家在安泰警苑一栋楼的四楼，我们一上到楼道拐角，清芸和健行就亲热地迎到门口叫奶奶，又朝我叫姑父。春花也笑盈盈地喊娘。

他们的房子是租的，新买的房子在开发区，刚刚交房，还没计划装修。租的三房一厅面积只有八十平方米，显得有些狭窄，两个房间住人，靠门口的房间堆放杂物。健行还小，平时就跟父母住，清芸十岁了，跟奶奶住。客厅的靠窗位置摆了一张沙发床，阿依母亲说："晚上小羊就睡这儿，委屈你一晚了。"我说："我们还客气啥呀，这样挺好。"我顺手就把背包扔在了小床上，一屁股坐下，找插座给手机充电。

春花和光亮去买菜，我和阿依母亲聊着，这时从阿依母亲住的那间房里响起了古筝弹奏声。阿依母亲说："清芸开始弹古筝了。"我总以为光亮一直在酒缸里生活。但是清芸会弹古筝让我改变了看法，至少，他们是关心孩子的，送她去学了艺。阿依母亲说："今年7月要考级呢，如果有冲突，7月就不让她回新疆了。"

健行跑过来拉着我的手说："姑父，姐姐让你欣赏她弹古筝。"我正想看看这个和我的女儿同属猴的外侄女的技艺，就随着健行进了清芸的房间，一阵流畅的琴声随即响起，是我熟悉的《平湖秋月》。我说："清芸好厉害，弹得这么好了。"却见她坐在琴前俯首笑了一下，双手十指在琴键上夸张地左右拂过。健行却笑起来，我说："笑啥，你不觉得姐姐弹得好吗?"他又是一笑，清芸俯首更低，哧哧有声，双手在琴键上愈加夸张地左右抚动。阿依母亲却大笑："清芸好狡猾，竟敢欺骗姑父。"我惊讶道："骗我?"清芸终于大笑，双手啪的一声按在琴键上，头埋在琴键上不动了，笑得小肩膀一颤一颤的。而琴声还在悠扬地响着。我恍然大悟，这小姑娘真的在捉弄我。我故意失望地说："原来清芸骗姑父呀。"她就抬起头来，阿依母亲在一边说："清芸，选一首拿手的弹给你姑父听。"她嗯嗯有声，关掉了播放键，坐端正，手轻扬，一首《平湖秋月》从她的挑拨下开始源源不断地灌入我的耳朵，我坐在他们床边，听得呆了。

晚上的饭菜，我偏向辣，春花就说："姐夫还是不改吃辣，还像新疆人。"阿依母亲说："小羊在那么热的北宁还吃辣呢，不过还是少吃，你有结石。"这话是真的，我一直喜欢吃辣，但是阿依有一次严令我跟她去医院检查，知道我左右肾都有了肾结石，尿酸也高达500多微摩尔，偶尔的痛风从右脚脚拇指开始，走路一拐一拐。这是我在权力部门那些年，在八项规定开始前天下乌鸦一般黑的大吃大喝给我留下的后遗症，我无须痛恨，只是深表后悔。现在，这种后遗症开始影响我的私人生活，阿依严格限制我吃辣，还想禁止我喝酒吃肉，可是我每次都扛不住亲友的热情。贪婪和意志力薄弱是我的软肋，尽管每天阿依都要谆谆告诫，但为了感情，为了气氛，免不了还是喝了吃了。

光亮那会儿想去杂物房拿酒，阿依母亲说："别去拿了，小羊明天早上就要坐车，不许喝了，以后来多玩几天的时候，再喝。"光亮就重新坐下，朝我笑了。我说："你平时谈业务，经常喝吧？"阿依母亲接过话说："可不是，一喝就三更半夜才回来，满身酒气地拍门，喝醉了打的，我和春花担心死了，他说是朋友送回来的，那朋友没有醉吗？人家自己回去的时候还不是让他家人担心？唉，喝酒不好，小羊不要学他。"我就说："这叫人在江湖，身不由己，我也经历过。当年在市委办时，也曾经花天酒地，我理解，但是最好心里有底，别把自己喝坏了。"光亮说："姐夫，哪天你再来了，多住几天，我和你喝，我告诉你一些喝酒和醒酒的秘诀。"阿依母亲就嗔他："啥秘诀？还不是喝一回就醉一回，才回到房门口就吐得一塌糊涂。"光亮就摇摇头说："老娘，你不懂滴，你是不懂咱们男人滴——"春花就笑着，在桌下踢了光亮一脚。阿依母亲笑起来，把两个小孩也逗笑了。

深夜的安泰警苑一片寂静，远远地听到火车清越的笛声，像梦想一样划过夜色。我躺在小床上很久睡不着，想起南方的家里阿依和女儿在等着我，想起这个家在开封的生活，我又想起了遥远的新疆那边的家，阿依母亲的身世，还有我的文学理想……这样翻来倒去着思维，竟然不知何时睡着了。

一个人从开封返回北宁。几天后，我接到了去办证大厅办理房子手续的通知，这是我和阿依大半生的家产，我怀着愉快的心情走进大厅，当我看到敞开式的办证窗口里面有一位扎着马尾巴穿着灰色职业裙装的女士坐在那里，窗口外没有其他人办事时，我心里一阵暗喜，觉得我抢了个第一。我先问了她好，她抬起头的同时也应了一声好，我感觉她有些脸熟，潜意识中脑海有一道闪电划过，很快又熄灭了。我递上一些资料，还有我的身份证，然后我继续观察她，她在看我的资料，然后再看身份证，她愣住了，我注意到，她的肩膀在微微地颤抖，她抬起头看了我一眼，又低下头去，我刹那间就认出她是谁了，她肯定也知道我是谁了，因为我的资料和身份证都在她的手上，她愣了一会儿，我也有一会儿的尴尬，甚至有些不知所措——天啊，二十年了，整整二十年之后，我们还能相逢，而这些岁月里我不是没有想起过她，我还几次听到一个校友说起她，她先是和一个部门的办公室主任结婚，男人的父亲是南宁市的老领导。她很快住进了别墅新区。不久她又从学校调进国土资源部门。几年后她丈夫一路提拔，目前已做了南宁市的副市长。尽管每隔几年就听到一次她的消息，但我一直没有遇见过她，我曾经以为这辈子不会见到她了，而我也确实愿意随缘。于是，每次关于她的消息都像一阵微风一样轻轻拂过去了。今天，我们还是遇见了。看来那句"人生何处不相逢"的确可以成为真理。遥想当年，我们因为房子问题分手，或许还因为我搞文学？这个不是十分肯定。现在肯定的是，我们又因为房子的问题相见了。

"再过二十年，我们来相会……"那首歌似乎故意在我耳边戏谑性地唱起。有一会儿我还在心里骂了娘，不是骂她，也不完全是骂自己，大概是骂这个奇怪的人生——房子，全是因为房子，我们在各自眼里消失，现在，又因为房子，我们再狭路相逢。一种强烈的宿命感彻底笼罩了我的身心。

"二十年后又是一条好汉！"中国老古话总是这样对不得意的人施以精神胜利法。对我是否也这样呢？

多年的历练使我很快就恢复了常态。我在纳闷为什么我的事情经办人竟然会是她的同时，也在悄悄打量她，她站起来去将一张资料放进档案柜，我感觉她身高依旧，面容有些岁月的痕迹，但不是很明显，唯一显眼的是她的穿着比当年更得体且洋气了。我感到欣慰的是，我没有激动万分，也没有落荒而逃，而是平静地问候了她，她也问候了我，问候之后有一阵冷场，我正想打破这种局面，她率先问起了我，尽管，她在这个过程中坐在椅子上一直低着头在资料上写写画画。

"依儿——读高中了吧？"

"初中。"

"哦。"

"工作又变动了？"

"冇，仲系在文联。"

"……"

"你拿好这些单。"她把两张单据放在大理石桌面上，我拿起来。她站起来拿着我的身份证复印。

"在窗口好忙吧？"轮到我问她了。

"好难讲，有时忙得头发晕，有时可以打苍蝇。"

"能在这里工作，冇错了。"

"唉，就系咁样咯，领份工资，总系要做咽。"

说话间她已经复印完，在递给我身份证的时候，把证件轻轻地按在大理石桌面上。

"拿好你的身份证。"

"好。"我先把单据收好，伸手在大理石桌面的证件上摸，证件和大理石面在摩擦时老是打滑，我奇怪地感到上面有她的手印，直到那些手印完全消失，我才成功地把证件捏了起来。在这个过程中，她一直低着头注视着她桌面的资料。

"七个工作日后，同你老婆一起来吧。"她还是没有抬头，那句话似乎是从她的马尾巴上发出来的。不知怎的，"老婆"两字从她嘴里吐出来时我觉得自己特别地不自然。我甚至在暗暗地责备自己：我这是为什么？

那时，我竟然还为自己的得体表现而沾沾自喜，尽管回忆又清晰地浮现眼前，沉睡中的青春情愫再次苏醒，微微地刺痛着我的心。岁月不但是一把杀猪刀，也是一个分流闸，把人生上游多少汹涌和咆哮的洪水分流掉，给你一个平静的湖泊；岁月也是一把梳子，把我们多少纷乱卷曲的头发梳理顺滑。我平静地面对她，她也平静地面对我，我们仿佛成了两潭死水。当时，办我的这件事需要双方做出一些问答，但这些问答最多只能算是一阵风，在潭面吹出一缕波纹，很快又复归平静，那是我们的问答告一段落，这件事第一阶段到此为止，下一步便是过几天我和阿依同来办理。

回去的路上，我想起俭朴得有些土气的阿依，再想到不久后她们将要相遇，我心里一阵紧张。不，我要给阿依网购一件衣服！正巧过几天就是阿依的生日，我便叫阿依上网选购，并说，你要买多少，尽管选吧。我少有的大方令阿依惊讶不已，她兴奋地一气网购了六件，还破天荒买了第一双漂亮的高跟鞋，把我购书的预算都挪用了。本来第二次去办理的时间已到，但我还是等，还在阿依面前埋怨了好几次蜗牛一样慢的物流。几天后，快递终于送来了第一批衣服，我怂恿一向穿着朴素的阿依穿上了新购的衣服，骗她说办理完后要赴一个招待外省名人的宴会。然后我就带着崭新裙装的她一起去了办理大厅。我看到琴时打了个招呼，对阿依说是我的同学，两人竟然客气地互相问好。我一边填写着表格，一边偷偷地观察琴，她显得比上次见我时更加平静大方，似乎没有看过一眼阿依，至少在我有限的观察里没有发现。到我和阿依签字按手印时，好像我也没有发现她在观察我们，相反，以逸待劳的她正在与邻桌的同事交谈甚欢。

一身簇新的阿依显得很高兴，一直拿眼不停地瞟她，我心里竟然虚虚的。她依然像那天见我时一样，大多数时候低头忙碌，就是叫我们分别签字盖手指印的时候，她也只是不经意地扫了我们一眼。在办完手续后，我和阿依都真诚地向她表示感谢，而阿依还多说了几声谢谢，我奇怪那声音为何显得特别响亮。当时我看了一下表，还有两分钟就到下班时间了，大厅里已经没有人。我们道别后没有回头，我不知道她在背后是否一直注视着我们走出去，而这些已经不再重要了。

实际上，阿依竟然知道是她！"别以为我不知道，"她上车后转过脸，笑嘻嘻地对我说，"我认得出，她就是你的前女友，琴。"我吃惊地望着她，以前有人跟我说过，女人对跟自己男人有过故事的女人都很敏感，现在看来，此言不虚。"也没啥，"她恢复了平心静气，"失过恋，走过弯路，人生会更加成熟。"听到这句话时，我在车内拥抱了她。

往事如烟，岁月让我们都老了，也让我们越来越平静，越沉稳，而过去的经历今天回忆起来觉得也是值得的。

不久，阿依让光旭整理了阿依父母早年的信件，大约有六七十封，用包裹寄了过来。我怀着极大的兴致翻看了两位老人在久远年代写下的和收到的部分书信，许多已经字迹漫漶，断角穿孔，在翻动时它们散发出一股文物的气味，大部分是阿依的父母和南北的亲人朋友的通信，有少量是阿依在求学岁月中与几家学校和几个同学的通信。我从那堆信里找到了几封特别的信，有一个白皮信封上印着一朵蓝色的小花，抽出信纸，是我童年时代常见的那种印满红色横线的信纸，短短几行的内容是：

负责人同志：

　　您好！麻烦您查一查国民党十九路军（蔡廷锴、蒋光鼐领导的）旅级以内（主要查旅长）官员的名单，我很想了解他们，请麻烦您把他们的姓名、任的职务、生卒以及政治面貌都记下来，请单独回信给我。

　　此致

敬礼！

章月禅
1986年2月28日抄

当年她还在马场读初中，又因为顾虑重重，所以用了一个跟自己名字接近的假名——"章月禅"。信的内容有些幼稚，欲言又止，在我看来，当年收信的人肯定认为这是一个无所事事的青年学生所为，来信属于可回可不回之列。但总算等来了回音，却是一张打印好的便笺：

章月禅同志：

　　2月28日来信收悉。来信所提问题，不属我部工作范围，我们无法协助处理。信退回。

　　此复

1986.3.18

落款处没有写单位，但盖了一个中共中央统战部办公厅信访处的公章。全是程式化的内容，除了抬头和日期是手写之外，其他都是打印的，纯粹就是一种公事公办的退信笺。信封是牛皮纸，寄信地址打印成中共中央统战部。

　　据阿依回忆，到了1987年，心有不甘的她又给中国第一历史档案馆写了同样内容的信，不同的是这次她直接请求查询一下她母亲说过的外公的名字，即吕行迁这个人。从对方复信的称呼看，当年阿依去信肯定在信末落款用了真名，原因可能是觉得写给档案馆，心里的顾虑少了吧。但是对于是否用了真名，阿依说已经想不起了。她当年得到的答复还是比较客气的：

章月禅同志：

　　来信收悉。就查询有关吕行迁人物一事答复如下：

　　我馆所藏档案为明清两朝的中央及部分地方档案，所以您想要查询的蔡廷锴、蒋光鼐领导的19路军中的人物，在我馆无处查询。你可向南京中国第二历史档案馆查询，也许他们能满足您的要求。

　　此致

敬礼！

1987.2.18

　　落款处也是没有写单位，盖了中国第一历史档案馆的公章。1987年，正是阿依备考高中的时候，艰苦的边疆生活和时常听母亲说起的外公的神秘而悲伤的历史，让阿依有了想借此改变自己人生的想法，于是就有了那封勇敢却又心中无底的去信。我曾经问过阿依后来是否给南京中国第二历史档案馆去过信，她说："因为两次查询无果，心里早已失望至极，加之我妈也觉得此乃上天注定，我愿意相信天命，既然命运如此曲折，那就顺其自然好了，况且，真要查出十九路军中果有吕行迁其人，那又能说明什么呢，难道还要让父辈的历史和自己的历史推倒重来吗？纵使历史曾有隐秘的真实，也让它成为真实的隐秘吧，一家人过得平安就好。"她决定就此作罢。

旅途（七）

　　增订再版的《吉尔尕朗河两岸》给了我极大成功的喜悦，我怀着再下一城的心情修改《出塞书》。我进行了大刀阔斧的修改，砍掉了许多，又增加了许多。写这本书意味着我要常年旅行，要在疆桂两地长途往返。我的旅行出发点接近中国的最南边（离海南岛天涯海角也不过五百公里），中间经过繁华富庶的中原地区，然后转头向西，走过中国最辽远荒凉的地带，最后抵达雄鸡地图的尾部。尽管我早年读书时代就渴望来到这里，但最终我是以一名作家和女婿的身份回来探亲的。真是造化弄人，我在那么多的选择面前选择了文学，幻想当一名作家，然后我又成为一名伊犁的女婿兼作家，这强化了我的身份。我的身份使我自己都觉得我的人生充满了刺激。我体会到了难以压抑的兴奋。所有这一切向我预示着成功的写作生涯和传奇一般的转场生活。我曾经为写作的突破和实现探亲的愿望而苦闷了六七年，现在，十二年后，这些都已经迎刃而解。

　　十二年，听起来似乎很漫长，但是过起来就是弹指一挥间。我出版了一本很厚的书。但是在关于新疆题材的众多作品中，我的书不过是沧海一粟。尽管不算脱颖而出，但是我也没有重复他们的路子，更不可能与那些驴友的记载类同。我也没有去过伊犁（州直）以外的更多地区，喀纳斯美名天下流传，巴音郭楞草原天鹅飞翔，但是我在十二年的伊犁游历中竟然没有到过那些地区，更别说遥远的南疆。现在我回忆起来都觉得有些不可思议。不是我不想去，而是我实在没有找到去的理由。我觉得光是一个老马场，一条吉尔尕朗河的两岸，我就一辈子写不完。而且，我的作品接近于散漫式，没有小说的故事情节，这与我散漫的心性和这片土地的荒凉而浪漫有关。我对这片土地的认识就是以老马场和吉尔尕朗河两岸为起点，讲述我在河流两岸的生活见闻以及经历。同时我要说，我是一个偏内

486

向的人，尽管我走的地方很多，散步的时候也很多，但是我生性腼腆。有时甚至自命清高，这约束了我结交朋友和主动找人了解事物的积极性。当然，也就造成了我对这片土地和这个世界认识的局限。

我感谢阿依母亲和阿依，她们在伊犁和北宁直至可能的地方，给我讲了很多往事，使我对这本书的写作和修改获得了很大的启发。根据内在的逻辑，我将原来的二十一章内容综合成了六卷，后来又使用了现在的结构。现在我感到了内容的严谨、密集和厚重。在无数个日夜苦想之后，我大彻大悟般将书名由《回到伊犁》改成了《出塞书》，我觉得《出塞书》这个书名既吻合我的人生经历，也切近了阿依父母那一辈人的人生经历，还与我父亲的愿望和老家人的观点形成了一种悖反的辩证。现在，我感到这个书名使我的表达更加准确简约，更重要的是，它让我体会到了一种诞生于祖国大地的古典氛围和沧桑情怀。

阿依的康复有了很大的进展。阿依母亲终于决定在7月初和我回一趟新疆。几个不知道从哪里打听到了我的行动计划的朋友跃跃欲试，说要跟我一起走新疆。他们说得最多的是，7月是新疆的最美季节，我们要看最原生态的风景，要吃鲜嫩的手抓肉和喷香的烤全羊，要吃环保的葡萄和哈密瓜。

但是，新疆难道只有这些与内地不同的清新空气、独特地貌和鲜美瓜果吗？新疆有自己逻辑的生活。又有一些朋友问起新疆，问起暴恐与安全，尤其是2014年3月1日昆明火车站事件之后，几个朋友说好跟我去新疆，"去看看你写的吉尔尕朗河两岸，去你的马场房子里住上一些日子。"他们总是这样说。但是，当我正式询问他们是否要在网上订票的时候，他们打了退堂鼓，给我的理由模模糊糊。我心里明白，可我没有明说。

2015年6月下旬，我在出发回伊犁前的一个星期，在电脑上统计了《出塞书》的字数，已经达到了四十八万，我情不自禁地为自己惊叹："这么长了！"然后我让印刷厂把它胶粘成了一本大三十二开的样书，接近四百页，厚厚的一本。我打算在回去的旅途上，拿着这本书稿一路修改。这种做法也是过去十年我所经历的，我觉得这样让我的书更有一种现场感和历史感。

有一个最大的遗憾，阿依因为刚做了手术，身体虚弱，是不可能和我一起回去了。紧接着，春花要陪清芸在开封准备古筝晋级的考试，她们母女也不能回去，阿依就决定依力也不回，因为之前她的暑期国画班我们交了半年的学费，她又舍不得让女儿离开身边。女儿流泪了，一边是她亲爱的妈妈，一边是即将远行的爸爸，她左看右看，抉择艰难，于是只有大哭。我黯然。7月4日，我吻别了阿依，吻别了尚在梦中的依力，悄悄离家。一趟本来全家欢乐的旅程，最终变成了我一个人的远行。

"出塞出塞，新疆新疆，出塞出塞，新疆新疆！"

经过一天半的旅行，我在7月5日夜里10点到达郑州站，在那里会合了从开封过来的阿依母亲和光亮。11点30分，我们一起踏上了直达伊犁的T205次列车。

我带着这部书的书稿，在上铺，一有感想就及时记下来，并把那本书稿画得密密麻麻。十二年来，我都是用这种方式记录我的心情文字。我也在记录着我的亲人前辈的沧桑往事。五十年前，西去乌鲁木齐还没有直达的火车，阿依母亲那辈人在步行、马车、汽车和火车的交替中西行，仅仅为了能活着。如今，我一次次西行虽然也是为了活着，更多却是为了写作，也可以称为一个理想。我在疆桂两地来来回回，十二年来，两地的人和事，我由此而产生的思考和追求，已经构成了我的生活和写作的全部内容。泰戈尔说过："人要在外面到处漂流，最后才能走到最深的内殿。"我想走进这样一个内殿，最终改变自己，建立起自己与众不同的生存状态，所以我奔走，我流浪，我在求索。人生几十年，我希望能有一个积极的人生，与众不同的人生，哪怕前路更远，希望渺茫，我也要继续。

我这样想着，坐在车厢走廊的椅子上遥望窗外沉思。光亮一爬上中铺就睡觉去了，只有阿依母亲斜躺在下铺，慈祥地含笑望着我。这情景，多像2003年我和阿依回去的一幕啊，我眼里充满了新奇，包含着希望，也有期盼，而她是一种感激、感动和欣慰。一晃眼，十二年过去了，我还在西行的路上，阿依母亲也在，我的梦想也在，一时心潮起伏，百感交集。

"出塞出塞，新疆新疆，出塞出塞，新疆新疆！"

告诉我吧，人生，在哪里才可以找到你啊，人生……

依然是西安，依然是宝鸡，依然是天水兰州武威金昌张掖，过了嘉峪关就天黑，过了柳园就午夜。在这过程中，对面的下铺、中铺、上铺换了几个人。不变的是窗外绵延的祁连山，焦黄的戈壁，茫茫的黑夜，不变的还有我们。

让我感到欣慰的是，虽然夜色朦胧，可我在列车的临时停靠中又看见了尾亚的站牌，命中注定我和五十年前在这里下车的阿依母亲再次留意到了这个属于乌铁哈工段的小站。这个让我挂念多年的小站啊，自2003年第一次相见之后，我曾经查阅了许多资料，才知道尾亚是甘肃和新疆交界的一个小站，也是兰新线到达新疆的第一站。在尾亚这种三等小站停靠的只有像1043、1044次这样的慢车或者临客，快车到这里是不停让的。也因为有了这个经历，在一次重看经典小说和同名电影《肖尔布拉克》时，我就惊喜地发现，故事中那个只身闯荡新疆谋生的主人公李世英和两个与他萍水相逢的同乡姑娘在新疆下车的第一站就是这个尾亚。

小站虽小，建成却在二十世纪五十年代，兰新线刚开通到尾亚这里就是终点站。可以想象，当年多少支边青年和自流盲流的口里人，包括那些工作从内地调动的干部，就是在这里下的火车。《肖尔布拉克》里的尾亚镜头开始浮现我的脑海：到处是穿着粗布打补丁衣服的男女，到处都是招工启事和介绍工作的说客，到处都是尘土飞扬，三教九流都是从尾亚转乘汽车或者马车驴车甚至步行奔赴全疆各地。

阿依母亲将近一点还在陪我谈话。当我讲述电影里的镜头时，阿依母亲肯定说："是啊，那时的尾亚，那个场景呀，十足是《肖尔布拉克》里的画面。"她回忆，1967年秋天她也是从这里下的火车，这位当年才二十七岁的广西姑娘在这里下了火车后，就从这里开始走走停停，沿着似路非路的荒漠沙丘一直向西走，走烂了两双布鞋，看见一条小河就跑过去又洗又喝，然后坐上好心人的驴车，马车，坐一块钱跑上百公里的班车，一路烟尘穿越戈壁荒漠走到了乌鲁木齐，再后来，坐上了一辆破烂的解放牌货车，走了十几天才到伊犁找到了冰洁妹妹。

"电影《戈壁母亲》你看过吧，刘月季带着两个孩子步行走新疆的情景，就像是我们经历过的，真实得很。"

"嗯，我非常喜欢，前后看过不下五次，刘月季带着两个儿子闯荡新疆，在路上又收养了一个九岁的女孩，在客店里她儿子钟杨给那个女孩取名为钟柳，钟柳就管刘月季和钟槐钟杨叫娘和哥。"我说。我没有告诉她，我每次看《戈壁母亲》都会流下热泪。

我开始想象电影上的那个六十年代的尾亚，它与现在已经完全城镇化了的尾亚相比肯定是小之又小，荒凉落后。那时的火车动力都是蒸汽机，可电影上它的站口之外又是多么热闹非凡，各族群众，各阶层人们熙熙攘攘，渲染的是各种工作机会遍布的场面。从此，只是在我眼前出现过一次的小站尾亚，竟然和电影上的那个尾亚重合了，连同那天的大雪一起已经深深地落在我的脑海里。我还想，肯定是一种天注定的巧合，当年的人们在尾亚下火车然后步行或坐汽车进新疆，我今天尽管是坐着火车，但是起码看到尾亚了，感受到尾亚了，这就是一种巧合，也是一种注定。我看到了阿依母亲当年盲流停靠的尾亚，也看到了张贤亮《肖尔布拉克》里的尾亚，自然，也是看到了我多年来西行经过的尾亚，一种宿命的安慰和欣喜感浮上心头。我看着尾亚外面的苍茫大地，看着身边迢迢伸向远方的铁轨，我想起了自己的理想，想起了我的文学、我的人生，一种温暖、淡泊、遥远和苍凉的感觉漫上心来。啊，我多么希望自己的理想有一个完美的归宿！

"嘎——吱——"火车靠站哈密，时间凌晨三点，旅客们酣然入睡，阿依母亲和光亮也酣然入睡，只有我坐在过道上，冒着冷得瘆人的气温撩开窗帘往外瞧，在凄冷的灯光下，站台上走过三三两两的人，拖着箱子提着袋子瑟缩着走向出站口。十二年来，我来来回回经过哈密这个新疆东大门已经数十次了，竟然还没有去过哈密市看看。多年前我因为常写新疆，在山东淄博读书的哈密大学生梁伟博主动联系并采访了我，他写的长篇专访《像爱前世恋人一样爱新疆》发表在他们的学院报上。后来他回到了哈密电视台工作，我们还保持着联系。我的《吉尔尕朗河两岸》再版后，哈密广播电视报的总编纵华从新浪微博上关注了我，并且主动在他主编的《哈密广播电视报》上用了半版给我做宣传，刊登了书的照片、我的照片和林白、王克楠两位作家给我写的两篇序言，我们成为没有见过面的朋友。可是，列车匆匆，回家忙忙，虽然我常常经过哈密，但我竟没有停留过一次找过他们，我欠他们一声当面的感谢。

火车离开哈密走了半个小时，感觉车身偶尔在摇摆，我知道，吐哈线上的大风又来了，火车正在顶着呼呼的风吼叫着驶向乌鲁木齐。我轻轻地收放座椅站立，走到窗口正面，掰开窗帘看，窗外，我再抬头就看到了在黑黢黢的夜空里依然闪闪放光的天山，啊，天山，它在黎明前的黑暗里依然神采飞扬，我看到了它的皑皑白雪，我看到了它的贵族气质，扬一扬手，那席卷千里的洁白大氅就滚波逐浪而来，一种驰骋的意志，一种闯荡的襟怀，在我心里不停地鼓荡着。

"啊，天山，我的兄弟，我的偶像，我的靠山，我又回来了，我向您问好！"

"出塞出塞，新疆新疆，出塞出塞，新疆新疆！"

除了火车加速的呐喊，整个车厢一片沉寂，旅客们全部进入了梦乡，只有我——还有谁呢，一个在梦里和西去的环境中孤独地沉思和写作的作家——重新坐在过道上，借着手机的电筒光翻阅《出塞书》打印稿，在列车的偶尔摇晃中不时增减修改，偶因收获精彩句段而兴奋地站起，挥着拳，又撩开窗帘看外面朦胧苍茫的大地。这时我深深地觉得，火车旅程已经和伊犁生活一样，是我人生和事业的重要组成部分，是坐火车的旅途使我产生了想象和思考，也是坐火车的旅途给了我惊喜和成功。是的，不坐飞机而喜坐火车进疆，除了有一点点害怕外，我更觉得火车之好无可比拟。十年来，我写了两部关于新疆的书，一部已出版，一部即将杀青，两部书共计七十多万字，起码有三十万字是在火车上完成的，是火车让我有了跨越关山的灵气，是火车让我有了脚踩大地的现场感，火车也让我有了触景生情的思考。飞机除了浮光掠影般的稍快和惴惴不安，几乎没有给我任何东西。火车每次都能带给我旅途的新奇、自由、友情甚至没有结局的艳遇，尽管火车的卫生间大多数时候都很脏，如厕排队的人不是挡门就是催促。更可恶的是，厕内屎尿遍地，有许多次，我是在无从下脚的情形下解决问题的。但是，与我热爱的写作相比，与给了我爱情和人生、我从而倾注了生命和思考的西北大地相比，这些寂寞和煎熬算得上什么呢??如果恰好是在凌晨三四点，他们都在梦乡，爱思考的我却早早地醒来，无忧无虑地解决内急后，一段自我欣赏的感悟也从厕所内诞生。所以我感谢火车，它让我实实在在地实现了写作生命在疆桂两地的转场。

十二年前，西行的火车还处于内燃机车时代，钢轨也是十几二十米就有一道缝隙，火车开动时发出的声音还是"克勒克勒，克勒克勒"，那是一种孔武有力的声音，又像吴牛喘月。列车经过乌鞘岭时，我总是担心它会因为马力不够而停下来。现在，电气化之后，无缝钢轨也延长到了几十公里，火车发出的声音大多数时候是"啪啦啪啦，啪啦啪啦"，二〇〇几年前那种负重感、沧桑感少了，代之而来的是一种休闲，一种欢喊，一种轻松愉悦。然而，不管是"克勒克勒"，还是"啪啦啪啦"，在我的西行体验里最终演绎为"出塞出塞，新疆新疆，出塞出塞，新疆新疆"。它必定会地老天荒地响下去，它敦促着我走入这个充满灵魂和幻想的西部世界。

我突然有些伤感，十二年后，我虽然还坐着火车，但是再也不能坐上内燃机车牵引的火车了，一种声音载着艰难、载着忧思，也载着温馨已经远去，这既是时代的进步，也是我感情的漫长积淀和发酵，代表了时间的跨度和我人生的坚韧。人的力量总是通过物化的形式表现出来，我们知道人可以在一定时间内胜过老天。

天色渐渐亮了。吐哈线两边已是另一番景象，墙体褐色的村庄，一个个院子的平房，大多一层的楼房，沙枣树和杨树掩映的绿色田园，成片的葡萄园，还有玉米苗，还有分辨不出的绿色作物，与沙漠交替出现。绿洲与沙漠共存，沙漠无边，绿色也无边，冠雪的天山山脉横亘在眼前。

上午九点，火车到达乌鲁木齐，要停靠二十分钟，一些人下车，一些人上来，上来的人，到站就是伊犁了吧。有了这趟上海直达伊宁的特快，我在郑州上车后就不用在乌鲁木齐转车了，可是乌鲁木齐有兰花，有艾贝保·热合曼，有陈漠，甚至还有红山公园双塔假山旁的曼丽，如今，他们都从眼前过去了。今后，除非有特别的约定，或者很有必要，否则我也会这样悄然经过乌鲁木齐，然后过乌西，石河子，沙湾，奎屯，精河，尼勒克，伊宁，我将一站一站地回到我的吉尔尕朗河畔。

"出塞出塞，新疆新疆，出塞出塞，新疆新疆！"

九点多，旅客大多还在睡觉，呼噜声还在此起彼伏，光亮也在酣睡中。我坐在走廊的椅子上，趁着这难得的不易被打扰的氛围，从包里拿出《出塞书》的书稿翻看起来。这是我写新疆的第二本书，相比较第一本《吉尔尕朗河两岸》，这本书让我花去的心血更多、更久，第一本书虽然写了十年，但那是一边观察一边记录，断断续续地写，中间除去工作的时间，满打满算起来也就是五年；而这一本要从我第一次和阿依回到伊犁的2003年算起，到现在是2015年，十二年了，我一直在体验着，还在写着，改着。

阿依母亲起来了，她坐在我的对面椅子上，突然发出一声低低的笑声，我看着她，她依然笑着，用一种只有我俩听得到的声音说："想想真是奇怪，我们当年去新疆是因为谋生，因为受迫害，你今天是因为写作，因为想当作家才来的新疆。"

我笑了，笑得很慢，像皲裂的嘴唇害怕疼痛，慢慢地转为了苦涩的笑。我陷入了反思之中。老人的话，自然是实话，但是又不完全是。老人说得对，他们那一代人出塞是历史原因使然，是为了逃避，是为了谋生。而我呢？这些年，我一次又一次的西行，一回又一回的出塞，一段又一段的住居生活，难道仅仅是为了当一个作家吗？我在南方的压抑、难堪和煎熬，有谁明白？在那座小城里，早些年我身陷八股文的重围，后来又因为家庭生活与父母心存芥蒂。再后来，那些邻居的嘲笑，那些同事的议论："成名成家又有乜嘢用？连种都留冇落！"我承认，我已经有了一个扭曲的性格，尤其是阿依做了那个手术后，我陷入了深深的绝望，面对昔日的同事和朋友不停地询问："你准备生二胎了吗？""一个孩子不够啊，况且是女孩，我只要有机会，三胎都想！"这些话仿佛一支支利箭，射在了我的心上。

也有替我着想的，比如小城的莲，她是我多年前认作妹妹的一位老师。一年前，她顺利生下了二胎，是一个男孩。在一个春雨霏霏的傍晚，她约我上了她的车，兜了一大圈说了一些街头巷尾的闲事后，车子停在人民公园的花带边，她熄了大灯，像鼓起勇气一般对我说："有一件事，我说了你莫要怪我。"她这样开口我就猜到了什么，果然，在我说好不怪之后，她说："现在满城生二胎，你有无考虑再生一个？"我咽了一口唾沫，叹口气："我和你嫂子都这样了，不考虑了。"她扭头盯着我，在仪表台的玫红冰蓝交织的指示灯映射下，她的眼睛闪着两点紫色的光："我可以帮你。"我心里咔啦一响，像抖动着一根钥匙，仿佛掰开门缝一样觑着她："你——你——帮我？"她那两点紫色的光抖动了一下，"哧"地笑了："别紧张嘛。我是说，你可以考虑试管婴儿。真的，我有一个姐妹医生在南宁，我两个高龄的朋友都成功了，费用也不高。你一定要试一下。"我痛苦地回忆起几个月前阿依那次手术——不光摘除了子宫，连卵巢也一起摘除了。说句不怕这位妹妹感到唐突的话，因为身体，我们连性生活都不如以前了，不，已经很少。她沉默了，用她那柔软温暖的右手握着我僵硬的左手。好长一阵后，我说："就这样了，我再也不要有任何幻想了，也不可能再有任何幻想。这辈子，我注定只有依力，只有亲爱的女儿。"

我爱我的女儿，就像爱我的命，坚信她来到世上是老天爷赐给我们的福分和缘分。我和阿依结婚六年还没有孩子的那些岁月，我也没有考虑过父母关于我们离婚的意见。但是，继续在这座爆粗口、占地皮、住别墅、生三胎的小城里生活，我感到万分的压抑和苦恼。

"十几年了，你把自己的所有积蓄都花在车轱辘上了吧，你后悔吗？"

我一惊，恍然若梦。阿依母亲这句话，在十多年前，我的父亲母亲也曾经说过。

见我没有回答，她重回铺位上躺下。我给她摊上了被子，她慈祥地对着我笑，说："别硬撑，累了就要休息。"我答应了。

我继续坐回过道的椅子上，拿起书稿。当我的思路遇到了梗塞，我就抬头望着窗外，阳光已经明亮地照在车窗上，照得路边的土坯像上了釉色，熟悉的绿洲和茂盛的作物不停地晃过，天山山脉在远处缓缓移动，我的心情已经升到了雪山之上。

> 在那阳光洒满的原野上
> 你把我当作自己的理想
> 在我那人生的旅途上
> 承受了人间的艰辛和忧伤
> 当我举目望故乡
> 泪水中晃动着你的身影
> 当我看到大雁飞远方
> 我就想呼唤你
> ……

父亲，我是带着我的理想西行的，也是带着你的理想走向远方。我爱上了这一行，应该是这辈子都不能改变了，即使我缺少这方面的才情，但是我不缺痴情，不缺真心。在世时，你也付出了真心，曾获得过县优秀教师的称号。你没有去过远方，一辈子讲解《桂林山水》，说着想去桂林的话。在五十八岁那年，你可怜兮兮地去了天国。啊，父亲，你曾为了我进入大学忍受了借债的尴尬和劳动的艰辛与寂寞，也曾匆匆踏脚桂林，可因为我的虚荣作怪，那年你在桂林与我的大学擦肩而过。你的人生太短暂了，大多数人的一辈子也是短暂的。我担心我也是。所以我想做点自己喜欢的，我想表达出自己几十年来对理想追求的苦寂，也是想证明自己。你一直希望我从政，希望我光宗耀祖，希望我能济助乡邻；可是我觉得，还是清苦而寂寞的文学生活更适合我。

父亲，我不能再勉强我自己了，你已在天上，我还在地上，可我们都知道了，这就是我的宿命，我的人生。

"出塞出塞，新疆新疆，出塞出塞，新疆新疆！"

列车开始缓缓爬上通往尼勒克的天山山脉。在穿越繁密的隧道群时，我又听到那种久违了的"克勒克勒"声，多么亲切，又多么沧桑。但是细听之下就会分辨出，那已经不是"克勒克勒"声，而是"咚隆咚隆"，有着很长很深沉的回音。每每这时，火车已慢如蜗牛，那种吃力的劲头，让我揪心它会停下来，我都想着身体往前蹭，好帮它加把劲。而它也在我揪心的节骨眼上，果真就停下来，这时，火车已经爬上了海拔2000多米的天山。

停的地方叫苏布台，是一个临时会车的信号所，有两间崭新的平房建在路边，还有几间简易的平房星星点点地散落在路边的草山上，几个哈萨克族牧羊人骑马跟随着好几拨羊群。一个戴红袖箍的工作人员拿着红绿两旗在铁轨边的水泥地板上静静地站立，我也静静地望着他，望着他酱黑的脸膛，我想，在这冷寂高寒的小站上度日，这需要多大的忍耐力才能坚持下去。

火车又慢慢地蠕动了，磨蹭着过了山顶，进了隧道，很快便轻捷起来，终于又听到了"可乐可乐"声，像一下子去掉了沉疴，身轻似燕，朝气蓬勃，最终变成了迅疾的"啪啦啪啦"声，不，还是那种我最熟悉的声音："出塞出塞，新疆新疆，出塞出塞，新疆新疆！"

故乡，请原谅我，我一次又一次远行，我离开你，是因为我找到了另一个故乡，那里不光有我的文学，还有可以医治我的一切事物。我终于找到了一个可以为我治病的良方，那就是悄悄地远行，可以和一家人，但最好就是一个人，并且最好就是西行，因为西行越远越荒凉，越荒凉的西行就越能获得内心的安宁，最好这辈子就不再遇见人，要遇见也只能是阿依和依力。一个人的西行，一个人的出塞，走得越远越寂寞我就觉得身心越轻。除了家人，我只有一个朋友，那就是文学。我也不知道自己是怎么搞的，爱上了文学，还爱上了远方，爱上了大西北，爱的就是这个叫作新疆叫作遥远的伊犁的地方。

我不知道自己这辈子还能做出点什么，但我知道我会一直这样走下去。

"出塞出塞，新疆新疆，出塞出塞，新疆新疆！"

列车到达尼勒克站，停车五分钟。尼勒克大概是国内县级火车站中海拔最高的，据说载客量只有两百人，离县城还有六十公里，在这下车的旅客还要花二十多块钱一个小时才能到县城，这大概也是我所知道的离县城最远和最小的火车站。这个屹立在高山草场边缘的小站，让我想起"坚守"这个词，想起理想之类的概念。仿佛是一种品格的辉映，我的视野里出现了一位拄着双拐的女子，那么年轻，我看见了她白皙的脸庞，那么瘦削，我看见了她T恤衫下肩胛凸起的骨头的轮廓。其他旅客已经离开站台，她孤零零地拄着双拐站着，行李放在地上，犹豫着不知道怎么办，而她的面前就是出站必经的阶梯，有数十步之多。我眼眶有点湿润，心底升起一丝怜悯，不禁责备起当初设计车站的人们，为啥建设了这么高的阶梯，给这位姑娘造成了多大的麻烦。有那么一会儿，我有种过去帮她一帮的冲动，但是列车停留还剩两分钟。我有些着急起来，这可怜的姑娘该怎么办？让我舒了一口气的是，有一位车站工作人员帮她拎起了箱子和背包，姑娘大概嘴里说着感谢的话，撑起双拐开始走下阶梯。我正在感动的时候，列车开动了，逐步加速，大概是高兴得带了劲，最后"啪啦啪啦"地欢叫着，快速向前方的伊宁冲去。

到达伊宁站时，太阳离这片大地还有两竿子高，但是满街吹的都是凉爽的风。在出站口，我们上了一位维吾尔族司机的出租车，车子驶到新疆路后，我们跟他商量直达巩留的价钱，他说他没有时间去巩乃斯，但是愿意请他的一位开出租车的朋友去，然后他打了电话，约定在解放路三巷等候。我们提前了十几分钟先到，在等候的时间里，我们下车，靠着车门聊了起来，他说他叫艾则木，四十六岁。他留着胡子，戴着一块闪闪发光的金表，很有老板派头。

"我有两个女儿，大女儿读北京师范大学，小女儿在口里读高中班。"

"你家的条件不错嘛。羊缸子每天在家里给你煮饭？"

"不不不，我的羊缸子嘛，在家门口卖馕，赚多少就赚多少，我不在乎她的钱，关键是看我的。"他笑着说，随手点了一根烟，并问我和光亮是否抽烟，我

495

拱了拱手。光亮拿了一根，他们两人就在那里吞云吐雾。

他这样气定神闲，我极为欣赏。这是一个有奋斗活力、对家庭生活和子女充满着美好期望的维吾尔族人，他已经适应了这个城市的生活方式，并正在按着自己的路子走下去。我听着他们聊这个城市的车流，批发市场和饮食市场的快速发展。我感到，十二年前我看到的白杨埋城的景象已经成为历史，一个与口里现代化城市相差无几的伊宁正在呈现。我回想这些年，每次回伊犁我都特别想看草原，看雪山，这是我回来的目的之一。因为我来自南方，一个农民人均只有三分地的丘陵地区，一个一年四季平均温度不低于二十摄氏度的小城市。我有时感叹我的理想还停留在草原国家时代，我再也无法看到原先的伊犁，眼前这个伊犁不再是我想象中的那个阿力麻里模样。

来搭载我们的依然是一位维吾尔族司机，他没有艾则木健谈，汉语也不够流利，但面容和善，开车沉稳，令人放心。从伊宁回马场走巩留比走巩乃斯更近，依然是先走218国道。路两边还是浓绿的白杨，林带外就是熟得金黄的麦田，落日的余晖在杨树的缝隙间斑斑驳驳地投射进来，给人眼花缭乱的感觉。我打开出租车的车窗，绵长而猛烈的原野之风吹进来，空气中有麦子的香气。车在沥青路上行驶着，火球一样的落日在远处的白杨树梢移动，右面的天山雪峰缓缓相随，黑黛色的暮霭笼罩着远方草原的几座银灰毡房，几道白色的炊烟袅袅升起。

出租车刚到达巩留县城汽车站门口，光旭的新FF7195就来到了我们面前。十年了，这辆皮卡也老了，银灰的车身已经发黄，那年被叔叔的羯羊角顶凹的车厢右侧还在，车子里的座椅布垫已经磨得见海绵，行车的时候，可以听到那里发出的吱吱窣窣声。然而，有了这辆旧车，我们和老娘的心里就有了一份温暖，一份淡定，在这片土地上，有我们一个家，亲人们正在等待着我们归来。

光旭的脸明显黑多了，很明显有了沧桑写在了上面。倒是红花越活越年轻，肤色与身段就像未嫁前。光旭说："今年的二百亩麦子又丰收了，可以赚个十来万，我做农民最大的幸福感，就是让老婆孩子不受苦。"

这个不愿打工的小子，一回老家就是十二年，在这片土地上劳动，迄今也没有再去广东。他完全安下了心，不光是对他的工作，还有对他的生活。我和阿依希望这个家丁财两旺，但他和红花都不再打算要第二个孩子，尽管当地在国家全面实施二孩政策之前一直有允许生二胎的政策。我们谈起了他们的孩子航宇，光旭说："孩子成龙成虫由他了，能读书，我就是不吃饭也要省下钱送，不能读，跟我一样，下大田，照样能养活自己！"

他似乎铁了心，甚至我们说出"生出来，就送给你姐姐和姐夫养！"他也无动于衷。

同他一样，这片土地上有一大群年轻人，他们都不受多生多育观念的影响，许多夫妇一直只有一个孩子。他们似乎更愿意把时间花在种几十亩地、跑几趟生意、闲时去水边钓鱼上。

新FF7195的窗一直开着，我坐在副驾上，阿依母亲和光亮坐在后排。副驾的窗口玻璃被我摇下去了，浸透了朦胧夜色的晚风很大，吹得我的脸上很凉。夕阳已经完全下山，暗蓝色的雾霭里看见了右侧天山的乳白影子。

"姐夫，这里的空气比你们那边好吧?"光旭扭过头问我。

"那是当然，那边没法比。"我凝视着山脚下幽蓝色的草原回答。

"明天买一只羊，叫赛恩别克过来宰，好好犒劳老娘和你们两个!"

"那不行，你要带光亮和姐夫先去给老爸扫墓，完了之后你们怎么搞吃就怎么搞吃。"

"老娘你别说，我还真的有两三年没吃过马场的羊肉了，这次回来，光旭要尽这个地主之谊!"光亮边笑边说，右手拍了一下光旭脑后的椅背。

"呵，说得好像你不是马场人似的，不就是在广东河南比我混多了几年嘛!"光旭咧着嘴回了一句。

我们在一片说笑声里回到了特克斯河畔。我又见到了那个检查严格的龙口公安检查站。我每年出入龙口都要经受落窗和刷身份证的检查，不带身份证有时会遇到麻烦。在我们居住的新源老马场，在吉尔尕朗河两岸，有时也会看到巡逻的警车。但是，作为一个必须回到这里的女婿，作为一个热爱这里的作家，我觉得自己还是生活在一个不受外界干扰的环境之中。尤其是现在，作为一个已经写出了一部讴歌这片土地的厚书的作家，作为一个正在写作这一部讴歌这片土地的厚书的作家，每次经过青绿浩荡激流汹涌的特克斯河畔，我内心抑制不住地泛起一种衣锦还乡的优越感。

在龙口至马场的公路上，我们遇上了牧民们赶着羊群转场。在队伍的前面，我看见走着两匹鞍上围有洁白围毡的健壮黑马，上边坐着一位穿着华丽的年轻女子和一位中年妇女，她们都扎着红头巾，戴着大口罩，年轻女子的鞍前还抱着一个戴着鹰翎花帽的小娃娃。在她们的前面，两个十岁左右的孩子各乘着一匹小矮马，一边帮大人赶牲畜，一边有说有笑。队伍的后边是两头骆驼，悠闲而安静地走着，驮着天窗架、锅碗灶具等大小家什，两位中年男牧民在后面骑马押着。他们几百头的羊群牛群在公路上慢悠悠地走着，阻挡了汽车的前进，两个方向的车都慢下来，有时候就是停下来，停在了二三十米之外，让畜群先走，或者等它们让出一条道来。这在南方，看见一头牛司机都会不停地打着喇叭，做着驱赶的派头。而此刻，在这里，只听到停下来的汽车发动机的嗡嗡声，畜群像流水一样漫上公路和旁边的草原，这些流水一样的畜群一定知道，远方有更辽阔的草原在等着它们。牧民"哟嗬哟嗬"地喊一阵，挥舞着鞭子驱赶畜群，很快就让出了一条通道。但是有大量的畜群偏离了公路，蹚进路边的草地，滚起一片浮土，一场铺天盖地的黄沙暴蒙住了我们的视野。司机们都打着喇叭，缓慢地穿过傍晚雾霭的黄沙暴，汽车在草原公路上继续奔驰，身后是长征队伍踏起的漫天尘雾和一群群走动的影子。

这就是草原上的转场，是牧区常年的征战，也是这些年来我在心中迷恋的景象。

我坚信自己是一个理想主义者，也是一个浪漫主义者和复古主义者。十二年来，我对伊犁的想象更多地停留在对游牧时代的想象上，以及对草原帝国盛大恢宏的热衷上。我曾经想，假如回到冷兵器时代，号称出了无数军事家和贤人的汉族，在自己军队数十倍于对方时，面临游牧民族大兵压境几乎都是不堪一击，这些游牧民族的血性就是取胜的法宝。据说在世界文明史上，对西方影响最大的还不是创造了四大发明的汉族，而是曾经在亚欧版图上纵横驰骋的游牧民族。时代在向着高速现代化迈进，当代打仗再也不靠勇敢和顽强近身肉搏了，只需按一个发射钮，只需智力、时间和技术——甚至不需要时间，想按就按；与此同时，依靠顽强的斗志和高贵的灵魂从事某项折磨身体和精神的事业（比如文学）正被某些人和某些阶层轻视。从这个现状来说，我严重落伍了。如今，我只是一个在南方生活已久厌倦了喧嚣世事的避世者，我在顽固地也在无谓地向西逃亡。

我的转场是一种逃亡。我的逃亡是为了寻找一个适合我埋下脑袋的地方。我想在那里完成思考和当一个作家的理想。可是，当我一次次身处伊犁或者新疆时，我发现这片土地上的一切并不像我向往中的世界那样完美，甚至令我感到遗憾和担忧。这样又让我想象伊犁的完美世界存在于一个更早的时代，我在这片曾经从属于草原帝国的土地上，孤独，落寞，向往这种生活但又无所适从。尽管我经历了这个改革开放的时代，但是我却比一辈子生活在天山深处的牧民的观念和意识还要落后于这个时代。

倘真是如此，那么我还要回到这片已经复苏的土地，在大开发和城镇化建设中正如火如荼并且已经是人潮汹涌的昔日草原部落吗？在许多个日夜，我曾经感到矛盾和茫然。而且对于南方，我也是一个矛盾的人，是内心分裂的人，我无数次背叛这片土地，在草原和她之间转场，我就是一个两地之间的游牧民。然而，我知道，我却又很难离开这片喧嚣的土地，甚至有一种感觉，你越是背叛它就越是无法彻底离开它，尽管事实上我的脚步从来没有停下。

相隔一年后，我又回来了，心里有一种惴惴不安的感觉。车子回到了吉尔尕朗河口，夜色朦胧中的库尔乌泽克水电站建设工地静悄悄，推土机、钩机、工程车安卧在黄泥地上，五六间简易工棚里冒起缕缕炊烟。在右侧，在雾霭里显得黑亮亮的吉尔尕朗河水缓缓流淌，似乎在欢迎我，也似乎在告诉我一些什么。左岸青苍的草山野花盛开，在晚风里摇摆晃荡。

我舒了一口气，车子就到了莫合大桥，这个老马场和莫乎尔乡（库尔德宁镇）的连接点，我生命里的十二年，已经有很多时间和精力悄悄地奉献在河两岸的大地上。十二年过去了，这条河留住了我美好的青春，也把我最美好的情感留在了这儿，我们在这里有了自己的女儿，我出版了《吉尔尕朗河两岸》，我把自己的历史写在了这条河的两岸上。而阿依的亲人，阿依父亲，我的岳父，我的亲人，在我没有回来的日子里去了，自然，也是回归了河岸的大地。我再舒一口气，车子回到了老马场路口，我看见，2013年还是手腕粗的几棵杨树，已经长到了碗口粗，树冠之上，绿色森然。

我踏进这个院子，一股清冷的风旋即从我脚下荡来，再漫上我的脸，我打了一个哆嗦，似乎刚刚与一个人打了照面。2014年7月，他在这个家里走了，我没有回来。整整一年后，我回到了这个院子，接收到的竟然是一个陌生的空间，并在此基础上产生了羞惭的感觉。我先看了阿依父亲住过的房子，地板冷清而整洁，过去药瓶杂物乱放的桌面已经清扫一新，那张陈旧的木板床上，被子从未有过地叠得整整齐齐，一张兰花图案的拉舍尔铺在席子上，似乎，这里正住着一个勤恳朴素的农家男子。实际上，光旭告诉我，这间房子自从老爸去世，老妈到河南后，整整空置了一年。哦，光旭，作为留守家里的儿子，他的脸明显变得粗糙了，肤色也更黑了，军绿色的衣服变得有些邋遢，说话不再像以前大声大气，显得深沉而寂寞。阿依父亲走后，光旭开始对自己爸爸在世时的院子重新进行了一番布置。院子的时过境迁却无法改变我对它的追忆欲望，我似乎在许多地方都看见了阿依父亲的影子。也许真有一种灵魂的东西，老人在注视着我，在他曾经住过的房子里，我清楚地记得早些年我们回到这里时院子里的欢乐。仿佛是对应着人走茶凉的人生规律，人逝物也消，阿依父亲去世后，他留在房子里和院子里的印记已经一去不返，我再也无法用留在头脑里的记忆去比照曾经留在房子里或者院子里与他有关的事物。然而，我感觉他仍然和我们在一起，仍然居住在阿依母亲居住的房子里面那间。就是那间房子，我在里面给他喂过饭，喂过水，扶起或放下过他不再肥胖但是却沉重的身躯。今天，我进入这间房子，尽管里面经过光旭红花打扫清理，依然可以闻到隐隐约约的熟悉的家具气味。我走出房子来到院里，当年他和阿依母亲在院子西南角种下的苹果树和在东北角种下的杏树还在葳蕤生长。

在东南角，在那个我曾经以南方人的风水心理忖度过然后认为不合适设置的一个旱厕的后面，多了一只长相憨态、既像花猫又像小熊的黑色狗子，虽然幼小却可隐隐看出它那稳健的骨架。光旭说："这是黑子，藏獒，三个月了，花了三千多块钱哪，以后看家护院就靠它了。"小藏獒望着我们，不叫，也不亲热，有一种憨憨的沉思的表情。我问："灰灰呢？""在工具房旁边呢。"我们去看灰灰，一岁多的灰灰全身乌黑，长着一个尖尖的鼻头，眼睛和整副嘴脸都是欢迎的笑意，摇头扭身，还唔唔地哼着。逗完了灰灰，我们又去看黑子，它还是呆呆地望着我们，不叫也不欢迎。我去拿来一块馍馍，撕开几块扔给它，它闻闻，吃掉了一块，又吃了一块，吃完后，只顾端坐着，不冷不热看着我们。大家顿时兴味索然。

当夜，光灿从伊犁兴冲冲地赶回来了。他说："早就听说妹夫要回来给爸爸扫墓嘛，我这个大舅子可不能太落后了。"几天前他就在电话里对我说，"虽然老爹走后我一直住在伊宁，但我还是记得清明节要给他上坟的。"

关于光灿，马场有不少人都说他是笨人有笨福。前些年，他吊儿郎当出了名，像个二流子，说话大大咧咧，常常吹嘘自己跟某个老板或官员是朋友，说他常和他们喝酒。他爸爸恼火地骂他是骗子，他一气之下跑到外面浪荡了一年，既不回家，也不给家里电话。后来，也许是混不下去了，他就去找亲戚介绍工作，先是姨婆婆的女儿杏花介绍他在自己的商店里干活，后来他嫌收入低没自由，跑了，又找他的表妹、姨姨的女儿章婕，章婕介绍他找了在伊犁的一位亲戚，他幸而学有电工证，人家给他介绍做了电工。可他干了三个月又跑了，还是嫌钱少。没有工作也没有住宿，他走在伊宁的大街上，浪荡了几天，没想就遇上了一个贵人，一家学校的总务出来找人干活，他斗胆自我介绍，总务看他有电工证，就答应给他试试，没想到一试就中，他做了学校的电工。干了半年，学校与他签订了用工合同，给他买了医保，交了养老险，月工资增加到三千多元，日子就慢慢过得滋润起来了。他偶尔回家一趟，在马场人面前抖出自己的底细，有人就说："这个章光灿，我们一直都以为他是个二流子，现在嘛，成了有正式工作的人啰！"最觉得欣慰的是我们，当年他爸爸身体尚好时，总骂他窝囊废，老了会没人管，如今也算熬了个出头。旁人就说："他这是捡来的福，别人就是费多大劲也找不到这样好的工作呢！"

7月7日上午，我和光灿三兄弟一大早就准备好了祭品，光旭请来了他的大舅哥宏远，还有得志、功涛大叔和三位年轻朋友，我们八九个人坐上三辆车子，沿着二队通往后山草原的马车道上山。过去的那些年，我无数次走在这条土路上，这是一条马车、农用车和轿车都可以走的土路，去年夏天，庞大的送葬队伍就走在这条土路上。如今，鲜旺的草花与去冬的枯草并存在路边，阳光把它们装点得一片灿烂，东南面的喀班巴依雪峰有些耀眼。沿着这条土路向山上走，我不住地想象着我自己是去年夏天那支队伍中的一员，正在往草山上走着，怀着一种哀婉和忐忑的心情，寂然地承受着失落和内疚。

到了倾斜度有三十多度的草山上，我远远看到，银光闪闪的雪峰下，有一片幽蓝色的草原，那里有一个高高大大的坟堆，像一个大山包，坟顶上有一道山脊，一直延伸到坟前。很奇怪，我的心里有些忐忑不安，甚至有些梦幻的感觉，我高一脚低一脚地向它走着。现在我看见，在我过去岁月里多次游荡过的后山草原上，我又看到了那些多得不可胜数的坟丘。在那些坟丘中间，有阿依舅婆的坟丘，有幺爷爷的坟丘，有幺奶奶的坟丘，而在舅婆的旁边，有一座更高的山丘，光旭带我走近这座隆得高及两米的山丘跟前，不用说，这高高的坟丘下，就埋葬着阿依的父亲，我的老岳父，一位以赤脚医生的热心和憨厚懦弱闻名于牧区的老人。我看到坟堆前树立的一块木牌，上面用黑墨水写着三行字，中间一行大字写着：先父章泽州之墓。右上角用小字写上了出生地点和年月日：公元一九三四年四月十四日出生于四川资中县，左下侧写着卒去的地点和享年：二〇一四年七月七日卒于新源马场享年八十岁。

我被一种很强的力量推了一把，一下子就跪倒在这座高高的坟丘前，泪水涌了出来。我磕头说："爸爸，原谅我，我回来迟了！"

坟丘上已经长满了芨芨草，有一丛还长得十分粗壮，直挺挺地竖立在坟丘顶上，密集的草棍，深绿的颜色，和旁边的针茅草、羊胡子草一起，掩映着坟丘正面那块高高的木板，掩映着他的简单的名字。

在他去世周年之际，我回到了他的身旁。我不知道他在天上会不会责怪我这个女婿这么迟才回来，这样的跪拜是不是一个迟到的跪拜。还在2013年秋天，我回来时，他已深受疾病折磨，却用渴求的目光望着我，我知道，他正在思念他的女儿，也正在思念我的女儿。2014年他走时，我记得阿依母亲曾在电话里对我说："你已经尽心了，你年年都回来，我女儿都没有做到，你就不用自责了，好好把自己的工作做好吧。"阿依母亲这样说，我心里越发难受。我来来回回疆桂两地，十二年过去了，我从青年到了中年，而那么喜欢我的阿依父亲也已经走掉，可我记得他还生活在昨天。

之前，我听阿依讲述，在2014年7月的葬礼上，老马场男男女女一千多人参加了送行老人，大车小车四十多辆组成了送殡队伍。新疆境内几百公里外的亲朋来了，远在四川老家的亲人来了，阿依母亲当年同甘共苦的老乡来了，山上的牧民也来了。过后大家都说，这是马场有史以来参加的人最多的葬礼。

草原上一下子没有了阳光，微风轻轻吹起来，天色有些阴沉，很适合我悼念阿依父亲的心境。我从光旭手里拿过一把铲，戴罪一般一声不吭干起来，平整拜台，草地坚硬，杂草韧性很强，我挥铲用力铲去，杂草纷纷脱离地面，落在更远的草地上。我在铲草的时候就在想，这地下数米的地方，就埋着阿依父亲，阿依的父亲，他早年盲流到新疆，在这里扎下了根，生儿育女，五十多年，再也没想过回口里，终于彻底成为这片大地的一部分。

我们敬上整鸡和大肉等供品，我跪下，献了三杯酒，让前额抵近草地磕了九次头。然后我起来，拿出手机，找到了在广西就已下载保存的刘和刚演唱的《父亲》，我把音量放到最大，那凝重如周围群山的歌声立刻就在阿依父亲的坟前响起来，在风声里向草原四周传荡。我对坟堆大声说："老爸，这歌是献给您的，既代表身体不适没回的阿依，也代表正在读书的依力，还代表您的半个儿子我！"

我和光旭兄弟烧了纸钱，放起了鞭炮。草山上长风吹拂，我对着那土色尚新的坟堆再次叩首，心里有一种岁月荒芜音容尚在的沧桑。这里的风俗不像南方老家，七年之后要挖出再葬，这个土堆永远不再挖掘探视，阿依父亲不可能再来到这个世上，但是在这片熟悉的草原上，在老人曾经无数次走过的草山上，我依然感觉他的说话声、脚步声和喘息声尚在耳边。光旭说："爸，保佑我姐夫发财啊！"我双膝再次下跪，恭恭敬敬地磕了三个头，我说："爸，你就保佑阿依、依力和我每年平安回来看你，保佑我写完《出塞书》，我就满足了！"

我感觉到，阿依父亲的灵魂正在草原上空注视着我，他慈祥地点着头。

阿依父亲在我的世界里消失了。就像我生活的那座城市，偶然有一个人死掉，有时是我的老师，有时是我的老上级，甚至是我的同学亲友。他们有的有隆重的葬礼，有的就是一些亲友来参加一下。在寸土寸金的南方，想要一个坟头让后代祭拜是很难的了，有些家境不好的人还把自己逝去的亲人骨灰留在殡仪馆。我突然有些恐惧，想到自己百年之后是否也有一个坟头留给女儿祭拜。我这些年回到马场，每每看到草山上的坟头，尽管也在一年一年地增多，但是我有时凝视着这些坟头，竟然是羡慕的，我想，百年之后要是我也在这里留下一个坟头那该多好，我要让送我的亲人将一本《出塞书》放在我的坟里，这样我的女儿就可以回到这里，在这片辽阔的草山上祭拜曾经那么疼爱她的父亲。

我背对着坟堆站立，深深地吸了一口气，心里的郁结像山风一样散开来。回忆这十多年，阿依父亲对我文学创作的尊重和鼓励，这种尊重和鼓励让我在感到温暖的同时保持了激情。我在吉尔尕朗河两岸的人生体验多少受到他的保护，那也是我的文学生活能够坚持下去的条件之一。而现在，这种尊重和鼓励消失了。

我长长地叹了一口气，眺望着东南面的天空，银色的喀班巴依雪峰下是幽蓝的山体，莫乎尔台地绵延在沉沉的雾霭里。而在我的背后，加乌尔山更蓝了，草原上弥漫着白亮的光辉；在面前，在不远处的土黄色条田边，黛绿色的杨树掩映的清真寺拱顶上，一枚纤巧的新月挺立在温暖的空气中；对面的吉尔尕朗河默默流淌。

回来之前，阿依曾对我说："给我爸上坟之后，也给我舅婆上吧，她曾经为我的童年带来了一些快乐。"左边就是舅婆的墓地，遥想2003年春天，我们刚回到马场，阿依父亲提着装有祭品的红柳筐子，蹒跚着脚步带我和阿依上山给舅婆上坟。如今，舅婆墓的右边多了一座新坟，当年领着我们跪拜她的人也睡在了这里，每年清明都是光旭来祭祀她，我们总是赶不上时候。想到这里，我点了三炷香插在她坟前，默默地朝舅婆叩了三个头。

还有那个幺爷爷，我是要看一看的。在遥远的2003年，我第一次回到这里的时候，他就对我的文学之路表达了期许，并祝愿我成功。这位黄埔军校毕业的四川军人，一辈子没办法叱咤风云，中年远走他乡，隐姓埋名，最后终老新疆。我在他的墓碑前叩几个头，表达我作为一个文学中年的尊敬，同时也表达我最近这些年产生的对自己人生旅程壮志未酬的恐惧。

环顾这片草山时，我发现，和几年前相比，这里的坟头明显多起来了，像馒头一样落满了山坡上。光旭说："每年都会有一些坟头在山坡上堆起来，你可以想想，一个一千人不够的马场，整个后山草原见证着他们的生活和日子。"

我突然有些荒凉和陌生的感觉，站在这些坟堆中间，似乎看到了许多人的一生，甚至看到了自己。我一年又一年地回到这里，在这里吃住穿衣，沉思写作，深陷这片土地不能自拔，那么，会不会有一天，在这片草山上，有一个坟头是属于自己的？我倒是希望能这样。

一年前，有一位写乡土题材的作家对我说，有老人的家乡，才是名副其实的家乡。老人走了，家乡的观念也会随之变淡。就我而言，这里不是我的生身故乡，但却被我视同生死故乡，我的事业，我的爱情，我的亲情，我最宝贵的时光甚至我的生命，已经有大部分奉献在这里。我对这方土地已经有了一种托付，诚如我在《吉尔尕朗河两岸》里说到的，广西是我包办婚姻的妻子，新疆是我两情相悦的情人，前者意味着责任，后者意味着寄托，似乎哪一边我都无法放手。

光旭说，草原上的坟堆只会越来越多，东边是汉族的，西边是少数民族的，他们的生死也是与这片草山连在一起。

这话我信。有一年，我曾经远远地看见，马场的少数民族，人去世后会被裹缠上白布，被抬去清真寺，阿訇会给他作登上天堂的祷告。然后他会被抬上草山对面的另一块墓地，那里早就埋有他们这一族信教人的祖先。汉族人的坟头和少数民族人的坟头，都在这片连绵起伏的草山上分布着，都在一年一年地往周边延伸。我相信，埋在这片草山上的逝者是幸运的，他们以完整的遗体回归这片广袤深厚的大地，他们的灵魂都能上到天国。

祭拜阿依父亲的时候，有几位朋友帮了忙，那天中午我们到库尔德宁镇区饭店吃饭。我这个阿依父亲的女婿被让到了主位坐下，次位是光旭的大舅哥，一位年纪过了五十的农民。作为阿依父亲的儿子，我的大舅哥光灿，我的小舅子光旭和光亮，他们也只是坐到我的对面。我不知道这是不是阿依父亲的两个儿子和他们的朋友为我设的局，反正我正儿八经地做了这一桌的主人。我任由他们捧我，奉承我，我觉得我就是主人，是阿依父亲的好女婿，是一个带点内疚的孝子。他们开始让我端杯，我像个酒司令一样给他们斟酒，我先敬他们，然后我每一杯都干了，这是我自从去年做了肾结石手术以来，第一次放开喝酒，五十克的杯子每次都斟满，杯杯见底。我开始接受他们每人一杯的敬酒，这一顿饭，我喝了大约有二十杯，我彻底醉了，整整一年以来我第一次醉了，我为了阿依父亲醉了。光亮后来说："回去时，你醉得趴在光旭的车子上呼呼大睡，鼾声就像炸雷一样响。"我对他们说："那不是炸雷，那是老爹的鼾声，知道吗，梦里老爹附我身上了，他当年的鼾声就是这么响的！"他们听了全都"啧啧啧"地嗤笑起来。我也笑着，狠狠地擦了一把嘴角流出的涎水。

光灿说学校很忙，他要回去采购了。他带着醺醺的醉意回了伊宁。下午阳光灿烂，我们围着桌子吃一个大如篮球的西瓜，西瓜又凉又甜，沙瓤瓜，籽儿少，皮儿薄，清凉甘甜的瓜汁让我的酒意醒了大半。我回到我的院子里开始检视一切，苹果树还是在西北角，杏树长在北边，芦笋在东边的阶梯旁，小白菜、韭菜、西红柿、辣子、南瓜和豇豆还在原来的地方。自从2012年秋天房子建好后，我就在院子里种了几棵树，它们分别是：两棵杏树、两棵苹果树、一棵樱桃树。种下这些树，这个家就更像一个家了。

住居（三）

河坝对面哈萨桥头的山坡上，一树树野杏黄熟了，偶尔会有过往的车辆停下，走出来几个姑娘小伙，他们欢呼着走进树丛里采摘，野杏树林里一阵乱晃，一片笑声。他们从树丛里钻出来后，在河滩草地上席地而坐，嘴巴既咀嚼着，也叽叽咯咯说笑着，放肆地享受着河坝林地的馈赠。

他们走后，我也走到了那条似乎永远不会变色的绿色哈萨桥上。我站在桥上俯瞰下面的流水，能够看到富含钙质的深绿里泛起一层乳色。吉尔尕朗河就这样流过。流水曾冲走过去的木桥。在马场人传说中的成吉思汗时代，蒙古军队曾经在桥上与哈萨克武装展开激战，最终，横扫欧亚的铁骑扫不掉这支武装，哈萨克人捍卫了木桥，也捍卫了北岸的草原。河道在这里显得狭窄，河水也似乎很深。阿依的童年时代，据说曾有洪水冲垮了木桥，可是再也冲不走如今坚固的铁桥。竖在桥头的"哈萨桥木材检查站"的蓝色牌子又高又醒目，搭配着旁边的彩钢顶房子，这些似乎淡化了人们对这座桥的历史感。

过完桥，我来到树林边，发现在次生林和灌木丛分布的两边河滨上，出于公路车辆的安全考虑，分别铺设了一条沿着河岸延伸的整齐的牧道，这样转场时节的马牛羊就不会再堵塞公路。水泥铺设的牧道，让牲畜们从这里走向另一个自然世界，一种新的社会秩序开始形成。

我看到了五十米外河滩边的另一道桥。吉尔尕朗河，最初的身影又出现在我眼前。就是那座桥，2003年我第一次回来时走过的那座铁索木板桥，我在《吉尔尕朗河两岸》里记述过的那座桥，那时我称它为拉索缆车，如今它还横跨在深绿色的河面上。我回来的第一年，我常常经过这座桥去河滩草原，或者去莫乎尔乡（库尔德宁镇）巴扎。经过这些年的河水浸泡，桥两边的四根铁桩已经生锈，桥体甚至出现了一定程度的倾斜。只是，桥面铁索上的木板几乎一扫而空，稀稀拉拉地留下的几块，也是将坠未坠的样子。在桥伸向南岸的尽头，那扇简陋的木门还歪斜在那儿，没有上锁，门板有一半已经在风雨中腐烂。我站在北岸桥头凝望桥下滔滔西流的河水，想起十年前还在通行的铁索木板桥，那座阿丽娅家的旧桥，如今已经成为过去式了，在二队通往库尔德宁镇的河面上架设有一道用整齐的厚木板铺设的钢索桥。而眼前这道桥，再也没有人走它啦，我也不会再有机会走它啦，它已经快烂掉塌掉了，那个给我唱过《月夜》的哈萨克族姑娘阿丽娅，四年前已经大学毕业在巩留县的东买里乡做了中学老师，而她的哥嫂也一直在新源县城开商店。

十二年了，河边一丛丛的野果树还在，茂盛的野杏树倒映在水中，使清澈的水面变得像镜子，把茂密的树叶里金黄的野果粒和天空的色彩映衬得十分清晰。幽静的水域让我想起一种神谕，甚至想起世外桃源的幻境。

一天下午，在河坝边那片野杏林边，我看到一辆东风日产牌子的小车突然离开公路靠边停车，停在我身边不远的野杏林旁，几个戴着四棱花帽的维吾尔族男人下了车，他们在路边几棵野杏树下围拢着的草甸上，各自铺了一块四方白布，然后一起面朝西方跪在上面，做起了时礼。那是在太阳光消失之前的一次礼拜。我静静地站在一边看着，他们的身影时起时伏，口中念念有词，声音如路边的蜜蜂飞过，震荡着我的耳朵。他们脸上有着虔诚，甚至表现出一种祈求的卑微。他们做完这些后好像放下了什么重担，神情释然，重新上车，很快车子就消失在白杨掩映的公路尽头。

那天傍晚，我从河坝边散步回来时经过枣花的家。院门敞开着，院子里的两棵苹果树有几根树枝伸出了院墙，微风吹过，蓬松的叶子间露出了深红的果子。我不知为何走近了她家院门，我大声喊："枣花，枣花！"一个很有爆破力的声音传出来："谁呀？"一个穿着蓝色上衣灰色牛仔裤的女人走出来，带出一股子果酒的气味。她上下打量着我，嘴角忽地就笑了："梁小羊！你咋又回来了？进屋里喝茶。"我在她家旁边的几个邻居的注视下走进她院里。她男人还是没有回来，她说他在七十二团场做建筑工，一个月或者两个星期才回来一次。她的孩子也在七十二团场中学住校，家里就留下她和她婆婆，我进门的时候她婆婆刚好到村口溜达去了。她请我进了她的房子，是一间不知道谁的卧房，有一张大炕，上面铺着棉被垫子，再在上面铺了一张淡花的被单，靠在墙壁里堆着两张旧被子，一张是大红花的，颜色却早已变淡，一张是浅浅的天蓝色。她给我倒了一大碗的茯茶，茯茶是微凉的。

她的眼睛亮亮地看着我，一个劲地劝我："你坐呀，坐炕上也可以。"屋里只有一张木椅子，我选择了坐椅子，她就坐在大炕上。

　　我那时简直就是胡言乱语，我说："枣花，你比当年在我们老家工作时候胖多了。"

　　"是吗，是吗?"枣花的黑眼睛睁圆了，她先是温柔地说着，接着便嘎嘎嘎嘎地笑起来，两只黑眼睛火亮火亮地看着我，很有些无所顾忌的样子。

　　我感到当年她那清脆甜润的笑声此刻已经荡然无存，有的只是一种浑浊的老气和带着被奔忙的生活锤炼过的泼辣，我突然觉得十分刺耳，十分陌生。我东张西望她的窗户，她便以为我要走了，两只黑眼睛依然火亮火亮地看着我，说："在我家吃顿饭吧，我养的土鸡，我给你做大盘鸡。"我摇摇头。一个男人的心软会成为他做任何坏事的最好理由。我深为自己的坚决庆幸，我甚至觉得这里有一个陷阱，虽然其实并没有。我走出房子，这时我才发现在院子的菜地边，三棵太白杏树下堆了两个小山一样的杏子，那酒的味道就是从那果堆里发出来的。

　　她看我瞧着那些杏子，就说："今年的果子多得很，家里吃不完，老公去巩留干活了，一个月不回来一次。娃娃在哈拉布拉上学，住校，每周星期五才回来。房子里就我一个人。"

　　我的心被触动了一下。但我很快把它按下去了。

　　"几个娃娃了?"

　　"就一个呀。"

　　"不考虑生二胎?"

　　"不考虑，才不想生咧，哪像老家人，都三个五个的。我们新疆人不超生!"

　　我继续望着那些杏子，说道："要晒杏干了。"

　　"我是想晒点杏干呀，但是地里的麦子也要收了，就来不及晒嘛，果子也掉光了，就放树根下，都烂了。"

　　"麦子是请收割机来收的吧?"

　　"是啊，机子来了也要我去地里看，我昨天才去地里忙着，再不收就掉光了，成了老鼠的秋粮，不掉光也要被鸟儿吃光了。"

　　"别人家的麦子也没收完嘛，不用这么急吧?"

　　"人家一家几口人干活，我是一个人干活，再不收，要是来场雨，再来几天回暖天，麦子都要发芽了。"

　　我沉默着。

　　"还是你和阿依好啊，不用种地，领着国家的工资，不用看天吃饭。"

"不是的，都不容易啊。"我敷衍着，觉得应该走了。

我走出她的院门，穿过她家门口的一排金黄的白杨树林带，沿着被另一排金黄的林带掩映着的土路走回去了。真是奇怪，那天出了她家的院门，我觉得自己好像放下了一挑重担，竟然还有一丝轻松，忍不住鼓起嘴巴然后长长地呼出一口气。

吉尔尕朗河两岸迎来了一场特大暴雨，雨水在不长草或者草很少的山坡上切割出许多水流湍急的沟渠，有两股山水汇成一道宽达两米的洪流奔泻而下，沿着山脚蜿蜒西去，最终汇入吉尔尕朗河。另一股洪水裹挟着山上的巨石、木头、泥沙冲到了恰普其海水库边的公路上，有的路段边缘还被冲出了一道道深深的沟壑。在马场，暴雨从加乌尔山上冲下，溪水短暂而凶猛，像呼啸而过的马群。光旭说，这是三年没有见过的一场透雨，还没收割的麦子就惨了，雨水会把地里的麦子全都打伏。

暴雨在第二天下午停止，洪水却在第三天早上才退去。路缘和山坡上满是污泥。一块水洼遍布的工地上，一台挖掘机和一台推土机在泥泞中静伏。在恰普其海水库边的公路上，许多路过的司机都在下车捡拾石头丢掉。

在我们的院里，青菜和杂草全都喝足了水，正在疯长。院子西北角的五棵杏树、两棵苹果树和一棵梨树全都喝饱了水，此刻正在心满意足地展示着长势。吊死干渐渐金黄，照这个势头半个月后就可以采摘了，太白杏已经熟透，一天往往掉落十几个，我一连捡起好几个，擦一把就放进嘴里咬。阿依母亲喊我："洗干净了再吃嘛，会拉肚子的！"我说："没事，要吃的就是这种味道。"

这是与这片土地和这里的水亲近的味道。我来到这片土地上，我觉得是一种幸运。与他们一年四季的生活相比，我只是一只候鸟。然而我与阿依和依力的关系，阿依和依力与这片土地的脐带关系，又让一种感恩的情怀一直在我心里荡漾。我想起了阿依母亲经常提到的当年她怀阿依时遇到的那两位恩人，我说代表阿依去看看他们。阿依母亲高兴地说："你和我想到一块了。"她当即打电话给岳明宝，当年的恩人说："来嘛，你的女儿就是我们的女儿，你的女婿也是我们的女婿嘛！"

那天下午，光旭开车送我们去县城，我带着从南方带回来的桂圆肉，阿依母亲还拿出了珍藏多年的两盒人参，我还在路上买了两袋水果，一箱蒙牛牛奶，这就是我们要送给恩人的礼物。当年曾经和阿依一起长大，后来从老马场考上中学又进城当了老师的章婕熟悉这块地方，她把我们带到了吉祥园小区，我们在一栋楼的七层见到了岳明宝夫妇。和我想象的一样，恩人开朗热情，说话爽朗，我们一进门他们就洗葡萄给我们吃，还端来了茶水。房子的装修显得很堂皇，阿依母亲赞叹他们过上了好生活，岳明宝老人说："是好多了，那些年，我们住着土坯房，哪敢想象今天啊?"

于是回忆一阵当年的人事聚散，岳明宝说起当年拆掉门板让阿依母亲当产床的往事，阿依母亲说起李秀兰不怨一言为她母女做饭一个月的辛劳，大家笑一阵，叹一阵。又问起了他们的儿女，刚才还爽朗说笑的李秀兰一下子转入了忧心，满脸都是忧戚的面容，她说起了自己的大女儿岳蓉，叹息着说，她患了不知名的病，去了县医院检查说是癌症，但到了州医院和自治区医院又不能确诊。眼看女儿越来越瘦下去，做父母的不知该怎么办。女儿的房子在隔一条街的小区，李秀兰说，每一顿都是她过去给煮点可口的饭菜。如此说来，打算请他们吃一顿饭是不可能了。我们说着安慰的话，却不知道该怎样帮助这两个对阿依母亲和阿依有大恩情的老人。按照我在南方遇到的惯例，面对这样的无助，大家会挖空心思提供几个医治疑难杂症的民间高人，而且不可否认的是，往往就是这些民间高人最后医好了大医院也治不好的绝症。谢天谢地，光旭给他推荐了霍城县一位具有传奇色彩的蒙古族医生，那是他的朋友家人曾经从那里获得了新生的医生，而且据说他的朋友推荐的这位医生后来又医好了几位身患绝症的病人。这真是光明的希望，岳明宝夫妇喜出望外。光旭就留了自己和朋友的联系电话。大家似乎遇到了一件好事，全都精神一振，说话重新活跃轻松起来。话题就转到了我的工作，大家都说我是一位作家，我有点腼腆地送上礼物，还送了我再版的《吉尔尕朗河两岸》，我给他们翻到《旧家与新家》一章，指着记述他们收留阿依母亲，让阿依顺利出生的那些段落。两位老人啧啧啧地称赞着，说："真想不到，我们都上书里了，还留名了。"阿依母亲说："应该的嘛，这是永世不能忘的恩情。"我返回扉页，在上面恭敬地写上了"送给恩人岳明宝、李秀兰留念"一行字。

我们告辞出门，老两口不顾我们劝说，执意要送我们到楼下。我们握手话别，为他们的岳蓉说着祝福的话。两位老人眼眶里闪烁着泪光。我们已经走出小区大门，他们还在楼道口遥望。阿依母亲感慨地说："真是一对好人啊，当年素不相识，却愿意帮助我渡过了一个难关。小羊啊，一辈子都值得你和阿依记住的恩情啊!"我和一起来的光旭、光亮、章婕都点头。我心里升起一种难以形容的感恩和慨叹，并且夹杂着一丝无法言状的伤感。

傍晚，姨婆婆一家在新源县城的亚力馕坑肉店请我们吃晚饭。姨婆婆是在阿依母亲的电话之后安排这次饭局的。阿依母亲虽然称姨婆婆为姨，但是两人的年纪相差只有四五岁。自2014年7月阿依母亲离开老马场后，两人不见面已经一年。这次回来，姨婆婆觉得这顿饭当然是他们安排，一方面是他们没有离开新疆，另一方面是他们的经济条件比阿依母亲家里好。对于这种自以为是的优越感我们无话可说，他们是我们的长辈，我们也不好拒绝。亚力馕坑肉店的羊排、胡辣羊蹄是招牌菜，我喜欢那种辣椒、花椒和孜然味，大块的羊排也很合我的胃口，但是，我在吃了两大块、喝了三四杯酒之后，我就感觉吃不动了。而在多年前，类似这样的手把肉，我总是可以吃下六七块。我知道，我是真的老了，来回这里十二年，我开发了自己当年的饭量，几乎成了一个大碗喝酒大块吃肉的人，如今我又糟蹋了自己，得了肾结石和痛风，变成了一个在自然规律面前无可奈何的人。杏花的爱人老谢很不满意我的饭量，他用三个手指捏起了一根很大很多肉的羊排给我，我说吃不动了，他一下子就把羊排放进了我的碗里，还端起酒杯敬我，很固执地八杯酒砸过来。我知道，他是我的姨丈，年纪比我大了差不多十年，我不好拒绝。这杯酒之后，我就很有醉意了。阿依母亲和光旭光亮都为我说话，强调我曾经做过肾结石取石手术，他们才退下了少许的热情。

在饭桌上，我知道了兰花结婚的消息，姨婆婆还拿出手机给我们翻看了他们一家三口的照片，她的先生供职于乌市一家电力公司，是一位高大英俊的小伙，叫作茵茵的女儿像个可爱的玩具，我看着她时立刻就想到了我们的女儿在八九个月的样子，现在已经十岁了，真是时光荏苒。就在我们谈笑风生的时候，兰花赶巧一般从乌鲁木齐打来了电话，向她妈妈报告她才三个多月的女儿是怎样地可爱，还有护理的艰难。姨婆婆在电话上大声教育她女儿说："养儿你才知道做母亲的艰辛，不是有了钱就可以做好的，不是那么容易。"大家点头称是。

饭后，姨婆婆和杏花柳花都邀请我们在县城住上一晚，姨婆婆说："冰莹你们都来我家住嘛，我自己住一套房，兰花买给我的，去年装修好的，有两间房子，住得下。"阿依母亲推辞了，说要赶回老马场，因为两天后我们就要回口里。姨婆婆对她说："你这样的人啊，住一个晚上都不行，我有一套房子就是我住嘛。冰莹，我们还没说上话嘛！"但是阿依母亲还是推辞了，她的借口是一住下来就要待上大半天，而后天我们就要回口里，我们要回家做一番准备。她是一个固执的人，做好的打算很难更改，这种意志来源于她早年的艰辛磨炼，也来源于她目前的自尊。如果是以前，我会不顾阿依母亲他们，自己都会要求在他们的家住上一晚甚至几晚，有时住在姨姨家，有时住在姨婆婆家或者杏花家。但是那天我也不想留在县城住了，我如果留在县城也许阿依母亲会不高兴。

我们乘坐光旭驾驶的新FF7195到劳动街姨姨家话别。章婕在车上告诉我们姨姨的身体状况，"肺部长了一个瘤子，医生那天已经抽血抽样做了检查，最后的结果还没有出来。"姨姨的身体一直是弱不禁风的样子，对此阿依母亲很揪心。当年，姐妹俩不满五岁就成了孤儿，这辈子都无法查清父亲的真实身份，也没有找到祭扫的坟茔。两姐妹在老家的外公家长大，一直相依为命，后来妹妹先去新疆，姐姐稍后跟随。如今，妹妹终老新疆已成定局，姐姐还要跟着亲人漂泊，这正应了当年老家扶阳乡那位算命先生说的话："你这个妹子啊，命运线就没有直的时候！"和姨姨话别的时候，我看见了这两姐妹眼里的泪光。

从姨姨家出来，夕阳已经把恰合普河路的杨树林带染得像一支支巨大的红色狼毫，四野的阴影开始弥漫，微微放下的车窗吹进冷飕飕的风，我们都把车上备着的外套穿起来。沿着316省道过了恰合普河后，阿依母亲突然指着前方左侧对我说："那里就是当年收容站的位置，老房子早没有了，都分给居民建房子了。"我在口里的时候就对阿依母亲说了，我要看看当年她和阿依待过的收容站。光旭停下车，我扶着阿依母亲走下路边的一个草坡，阿依母亲为我指点着眼前，原来收容站旧址位于恰合普河大桥南岸，距离新源县城大约五公里，两座草山之间是一处低缓的坡地，杨树榆树笼罩之下隐约露出两座白色墙体灰色彩钢屋顶的房子。白发苍苍的阿依母亲说："阿依当年还没满一岁，'收容站之花'就从这里喊出来。"

晚风冰凉。我望着这片历经时代磨洗的土地，耳畔响起了那群广西老乡的喊笑声。

当夜，马场刮起了萧萧冷风，温度降到了十七摄氏度，还下了一场毛毛细雨。我打电话回南方小城的家，依力带着哭腔说："爸爸，我和妈妈想你，你快回来！"

两天后的上午，我和光亮陪着阿依母亲到达伊宁，我们要乘坐第二天上午十一点的T206次列车回口里。那天下午，我提议去看看光灿工作的地方。阿依母亲马上就答应了。我知道这正合她的心愿。我们就打的去了光灿所说的英才学校。那是一间私立高中。这些年，光旭虽在马场，几年也没去看过他哥哥一直说的工作的地方。他总说地里的活儿忙。又说伊犁的警察多，他路况也不熟，怕交通违法受罚。于是实地侦探就落到了我身上。我们先是打的，维吾尔族司机说知道那个英才学校。十分钟后，他把我拉到的却是辽宁路的英才学校幼儿园。我又通过手机导航走了很久，终于找到了位于天津路的英才学校高中部，已经靠近火车站，接近城乡接合部了。光灿就站在学校门口等我们，他像个天真的小孩看见家长，扬着手，浓浓的四川口音喊："在这嘛，在这嘛，你们找了那么久吗？"

校门左边是警务站。在这个非常时期，这里和伊宁市的其他地方一样警灯闪烁，全副武装的警察在值勤。而学校门口除了铁栏杆挡道，也站了五六个手拿器械的保安。我感觉到，那些保安看我的眼神持着一种审视和怀疑，或者因为对光灿的怀疑而对我产生了怀疑？我不知道，我背着我的七匹狼牌子双肩包，和光亮分别提着一只袋水果的袋子，阿依母亲跟着，我们走了过去。矮小瘦弱的光灿咧嘴呵呵笑着与高大健壮的维吾尔族保安打招呼，说："我妈，我小弟，还有我妹夫，来看我的。"那些保安却不笑。他与入门左边的水龙头旁洗菜的五六个女工打招呼，女工们纷纷翘着扁扁的屁股，露出一道道白白的沟坎，扭头问："光灿，你带谁来了？"他一口川腔回答："我老娘，我弟弟。还有我妹夫，他是个作家。他们来看我了！"我又朝她们笑笑，她们却没笑，仍是好奇地扭头看我们。他的房间在一栋楼的二楼，睡架床，和一位保安同住。他做后勤工作，采买搬运，能有这份收入不高却管好过日子的工作，大概得益于他虽然是一个耍嘴皮子却胆小实诚的性格。光亮拍着身高还没到他肩膀的哥哥脑袋，揶揄说："老哥啊，看到你的日子这样幸福，我也想回来跟你混了。"光灿就咧开嘴笑："喔唷喔唷，你老哥只是解决了温饱问题，哪里称得上幸福？要说幸福，要看老弟你和妹夫啦，你在口里好好干，做了大老板别忘救济了你的穷老哥哦！"

趁他们说笑的时候，我用手机拍下了几张宿舍照片，通过微信发给了光旭，他很快回信息说："这样我就放心啦！"有一会儿我想，放心是啥意思？难道他担心大哥老无所养最终回到马场么？

离开学校的时候，阿依母亲终于长吁一口气，对着光灿说："你老爸如果今天在世，肯定不会像当年那样骂你了。"他就咧着嘴巴呵呵呵地笑："就是嘛，就是嘛！"他的小脑袋上，额头皱纹堆成了一个四川的"川"字，整个面部像极了一个老小孩。

我们终于踏上了开往口里的T206次列车。铁路电气化之后，火车加速发出的声音再也不是十三年前的"克勒克勒，克勒克勒"，而是轻松愉快的"啪啦啪啦，啪啦啪啦"。奇怪的是，T206次列车虽然是特快，但是驶出伊宁时，我还是听到了那种熟悉却又陌生的"克勒克勒，克勒克勒"，而且比十二年前我和阿依第一次踏上回程时听到的那种声音更加沉重。"克勒克勒，克勒克勒"——我和光亮坐在卧铺过道的椅子上，我们都专注地望着窗外的景物，互相显得心事重重。初秋的伊犁原野依然美如画卷，火车已经驶出市区，在苍绿无际、鲜花盛开、羊群仿佛白云一样朵朵飘荡的草原上奔驰。望着窗外这些与我熟悉的南方截然不同的景物，脑海里经常出现幻觉，以为自己来到了一个天外的世界，有两次我被刹车声惊醒，犹不相信自己离开山山寨寨的南方已经二十多天，现在正从天山脚下赶回。

T206次列车从伊宁始发，终点站是上海。我们这节车厢的旅客很多为伊犁人，也有一些是从伊犁旅游回来的口里人。许多操着伊犁口音的人和操着江南口音的人对话，不时有女子发出咯咯的笑声。而他们的谈话内容我已经记不清了，但是那些声音从我们在上午十点多上车开始，几乎持续到了下午六点多。

我和光亮终于谈起了这次回口里的打算。六年前，他已经厌倦了被企业老板管控的生活，辞掉了广东一家公司在开封的分公司业务科长职务，打算做自己的事业。五年前，他与人合股在广西平果县开办了一家公司，并为此投入了他多年打工仅有的十万元积蓄，但是因为政策性控制原因，他们的小公司一直在等待开业中。今年，他又和人合作，在广东韶关一处偏僻的山沟里承包了六七千亩的树木，用尽了自己的积蓄，山穷水尽之时，不得不向我借了两万元，可见他拼搏的艰辛。所幸的是林木已经进入砍伐阶段，我曾为他在我的老家村里招募了六十多位伐木工人。他想在口里发展的目标和信心一直没变。除此之外，他和朋友在山西运城还合股开办了一家人力资源服务网站，我对这种网站的运作方式和有关规矩不甚了解，光亮给我讲解时我也有些茫然，只是随意猜测而已，它还是一个可以给介绍方提取佣金的行业。让我感到欣慰的是，他能维持正常的经营，也可以养活他的媳妇和孩子。

十八点，列车已经到达乌鲁木齐南站，许多人站了起来，他们都要下车去买站台上提供的晚饭。本来我们带了一摞的大馕，但是我不知为何下了车，在一辆小拖车那里买了四五桶老坛酸菜面。阿依母亲说，有馕呢。我说，尽量不吃馕，留多一点给阿依。光亮就哈哈笑了，说，妈你管多了嘛，姐夫是老实人，不愿意独享美味，要留给姐姐吃。阿依母亲满脸笑容说，是吗？那好嘛。

列车到达吐鲁番的时候已经是二十点多，我又欣赏到了晚霞漫天、雪峰闪闪的西域风景，我知道这是这趟旅程的最后一次机会，再过一个小时就是黑夜了，明早醒来我面对的将是甘肃境内苍茫而枯燥的河西走廊。此刻，黄昏久久地停留在空中，瓦蓝的天边像飘荡着一条红纱巾，一直飘了半个小时也没有落下。我想起在南方，在我工作的那座小城，太阳一落山就是夜色朦胧了，而西域这边要比同时的南方晚两个小时天才黑下来。在即将进入哈密站的列车上，我们最后欣赏了这片神奇土地的迷人黄昏。黑夜来临后，我们继续这次穿越东西南北的旅行。

"出塞出塞，新疆新疆，出塞出塞，新疆新疆！"

十三年前，我就开始了这场旅行，是出塞，是朝着新疆，并为那以后的每年两地转场播下了种子。这场旅行，囊括了我的人生，我的事业，我的感情，我的亲情，我的友情，所以，是我的永恒之旅。它是一种召唤，也是一种魔力，我陷了进去，有着各种怀想的我已经不能自拔。在我已经度过的四十多年岁月中，我无数次抵达，又无数次搁浅，但是，不管怎样，我没有停止。

十三年的旅行，以及十几二十次的抵达，我终于成为了一个作家（如果我自己说也算的话）。每次，在吉尔尕朗河两岸，我总是怀着进入书中情景的心情漫步，与那些熟悉和不熟悉的人相遇，享受互致问候的温暖或者默默点头的轻松。我甚至还与我的书里那些人物相遇，譬如有一天，我到我经常去的巩留县库尔德宁镇（此前叫莫乎尔乡）巴扎，库尔德宁自然保护区升级为4A景区后，这个日益朝着旅游大镇发展的区域现在正在收获着人流经过的好处。大街经过了重新铺设和装扮，商住小区在河岸矗立，较大的商场开始出现，旅馆业变得干净漂亮，地方特产和小吃名吃满街摆卖，往年的日杂小铺货物总是琳琅满目，巴扎日的妇女姑娘依然穿戴得鲜艳夺目。我在《吉尔尕朗河两岸》里写过的阿娜尔，她的水果摊还是这个小巴扎上生意最好的水果摊，有时候我到她那里看，她通常只是微笑，尽管装货收钱十分忙碌。她看上去更加漂亮了，我想这是因为生意好，赚钱的愉快把岁月的沧桑清洗得无影无踪，我从她红润性感的脸上看到了生活的美好和某种欲望的满足。我也从中感到我在这片土地上行走的美好。

在《吉尔尕朗河两岸》里，我描述了自己把河岸生活作为我的最高理想，作为诗意的栖居地的愿望。这也是许多作家和评论家还有社会读者给我这本书的评语，也是给我的伊犁生活的评语。看过我的书但是没有去过那里的人们，特别是南方小城里有一些人，经常跟我说要去那里看看。而在新疆，有个读者跟我说："我们是拿着你的书作为出行的导读去看库尔德宁的，走了一遭之后，觉得自己的精神获得了自由和尊严。"她还说，"谢谢你，因为你用一个异乡人的视角和半个伊犁人的眼光写出了这条河流，让我们这些对新疆接近熟视无睹的新疆人重新发现了大美。"

这似乎给了我一个最高的奖励。我一个新疆之外的作家，十年里通过转场的方式获得了我喜欢的素材，写出了那本书，我自己认为那是一个成就。其实，我的书出版后影响很小，卖不卖到钱我也不知道，幸亏出版社在第一版和第二版的时候都及时一次性给了我稿费。而我及时拿到的两笔稿费也帮了我不少的忙——2013年的一笔让我大手大脚地回了一趟伊犁，还给河畔的家添置了一些电器和家具；至于2014年的那笔，有一部分用在了阿依回去办她父亲的丧礼上，还有一部分花在了我新购的房子上。

我知道，商业化作家根本就不把这点稿费当钱。其实在我的收入史上这两笔稿费所占份额也不大，但是我苦心孤诣地用了十年写作这部书，其间我经历了写作的绝望——我从未有过写作长篇的经验，而我拥有的素材是那样多，最困难的时候不知道怎样组织，不知道怎样调整和取舍。我曾烦恼得想把它烧掉或全盘删掉，我像对待自己的女儿恨女不成凤一样对待这部书，对它又爱又恨，成书后我又像打磨一件瓷器一样日夜打磨，后来还经历了出版和发表的艰难——但是我不屈不挠地坚持了下来，我写成了这部书，因为我很想让这部书体现我的创作价值和人生理想。

当我获悉出版社要投资再版这部书，要从里到外进行全新包装的时候，我马上全力以赴投入修订，并在原来二十五万字的基础上增加了五万字，我把没有来得及在第一版中表述的东西加了进去，顿时觉得一身轻松。令我再多了一层惊喜的是，出版社专门请了著名画家李鲲为我的书内页，在样书里，我欣赏到了画家为我展现的一幅幅风景画，体现了雪山、草原、河流、毡房、骏马、土坯房、白杨树下的载歌载舞这些令人感兴趣的内容。这些画使得相距遥远的口里人对河流两岸的景色和风俗不再感到神秘，具有很强的现场感和可触感。令我受宠若惊的是，书出来后，出版社又在各种媒体上开展促销，十几位年轻的美女编辑自发在媒体上写了书评，甚至利用双十一节大搞活动的时候，我对出版社真是感激涕零！

事实上，这部书增订再版后，我才懊悔地发觉，我对这片土地和这里的人们的了解还是太少，我需要从更多的人和更多的书中找到更多的并且是有益于我的东西。但是我更喜欢徜徉在这片大地上，这里于我曾经是一个陌生的地方，但现在已经是一个难舍难分的地方了。在这条河流两岸，在一排排高高的白杨树下，在这个村庄边缘，在这片草原上，曾经有我的青春在一年一年地流浪。当我站在草原上，在村庄的边缘举目看着在暮色里还是白雪皑皑的天山雪峰，我的心竟然和它们有了一种感应，我觉得，那一座座雪峰在黑夜里也在放射缕缕银光，一直触探到我的心灵深处，让我意识到我必须对这片我一直在付出的土地保持一种虔敬。

最近两年，我老爱坐在老马场的房子里，坐在书桌前看我的《出塞书》，阅读书稿里的文字让我想起了那么多的亲人，南方的，这里的，默默行走的，朗朗说话的，和远近的鸡鸣狗吠声一样隐约而又清晰，像不远处的吉尔尕朗河水一样淙淙响亮。突然，我的心，也因这响亮而变得坚定和真挚。我突然明白，我首先是作为一个人来到这里，成为一名作家仅仅是我的附属收获，先前我的不愿当官当作家的念头是多么肤浅和冲动，这并不是承认我选择当作家有错，而是我明白了当初我还没有把做人摆在第一原则上。我其实有着多么急功近利的思想！

我知道我已经从这里攫取了很多。我已经依靠这片土地成为了作家，我还要把做人与当作家统一起来，与我的亲人共同融入这片土地，爱他们所爱，悲他们所悲。这才是我的宿命，我的理想，我的生活。

没有谁能了解一个以西北题材为主要创作方向的南方作家，包括南方小城那些居高位者。那是2015年秋天，一位曾经与我是同事的领导，带着一支队伍去伊犁考察了，我被他们列为工作人员和领路者。这位领导与伊犁州的一位领导是中央党校的同学，未到伊犁他就与老同学联系好，我们一到伊犁，就有浓浓的烈酒和满盘的羊肉马肉等待着。他们同学意气，我们举杯相陪。当南方来的各位领导大声叫喊"新疆好大、好玩"之时，我却默默无语。我心里想的是，为什么我经历了一场刻骨铭心的南方之恋后消受的是平凡真实的爱情？为什么我离开那座南方小城后，感到了挣脱绳索般的自由？为什么我对这里炙烤般的阳光和使南方人人嘴唇干裂鼻孔冒烟的空气感到呼吸顺畅？为什么我在离开了使我受辱的南方小城后迎来了小天使般的女儿？

后来的几天，领导每到一处都与当地县长或者宣传部部长互称官职。当他们杯盘狼藉呼喊饮酒的时候，我悄悄走了出去，默默望着美丽的万花山，那些秋日里暗暗成熟的野果，那些死了千年却不倒的胡杨，我想，我是爱这片土地的，爱得寂寞，爱得沉默，爱得没有喝酒，爱得没有呼喊。难道呼喊和喝酒就是爱这片土地吗？我坐在县长右边，可我自始至终没有说我是伊犁的女婿，有人想自作主张说出时我及时挡回去了。我觉得没有必要跟他说，而且我知道说了除了换来几杯烈酒外，就是喧宾夺主，甚至夺了领导的气场。实际上，我说了，就能提高地位吗？我不说，又能改变我是这里女婿的事实吗？不管说与不说，我就是，我就在那里。

仿佛是一晃眼的工夫，我来来回回河流两岸已经数十次了，我为了追逐自己的文学理想，并且为了实现自己的家园梦想而在疆桂两地转场且付出了十三年的青春。现在，我成了一个中年人。老马场的人几乎都已认识了我，知道那个曾经写出《吉尔尕朗河两岸》的南方来客；大平滩草原上放牧的许多哈萨克们也认识了我，那些马呀羊呀牛呀，认识我的肯定也有不少了吧。当我在草原上散步，或者在防风林带下走着，我会遇上那些骑着马、坐着拖拉机或者汽车的人，他们经常给我一声问候，一个微笑，或者招招手。如今我回到这里时，河两岸的一些热心人纷纷来找我要书，此前我的书已经在2014年7月增订再版，我用稿费抵扣购买了一百本并让出版社把这些书寄到了老马场，我让光旭给当地喜欢读我书的人送上一本。当我还在南方的时候，我们的邻居，住在我们家对面的潘万鑫很早就向光旭要了一本，当我回到这里，他让他老婆陈萍亲自下厨给我做了一锅水煮羊肉，举杯相碰的时候，他对我说了"三个想不到"："想不到你在河岸居住的时间没我们长，竟然写出了一本书；想不到你写出了我们看不到、想不到的东西；想不到你对那些我们熟悉的、认为不咋样的人和事物写得那样逼真、细腻和美好。"有的人说，在哪个学校、哪个文化站、哪个图书馆看到了我的书。还有一些当地各界人士因为我的书而主动认识了我。当然，知道我是一个作家更多的是那些农牧民，我也喜欢和他们在一起，偶尔喝酒吃肉，大醉一回，偶尔骑着马或者开着拖拉机疯跑。

我自认为对老马场已经小有了解，这里的亲友却不一定理解我。阿依的童年伙伴江庚花，自小和阿依在老马场一起读书长大，现在已经住在了巩留县城，她弄不明白，在南方某市做着一份体面工作的我，为啥会喜欢在一个西北边陲小县的偏僻山沟沟里待着。她说："你咋就喜欢上了老马场这样一个荒凉地方呢？"每次我们到县城，她都要对我和阿依感叹老马场的荒凉，她说："既然你们那么喜欢回来，干脆就在县城里买一套房子吧，老马场那么荒凉，就别住了。"

江庚花的观点不错，但是我们不会离开老马场。事实上我们已经这样做了。如今，我们一院风格样式都与这里一致的房子就坐落在老马场上。我希望借着这一院房子，让我的心灵更接近这片土地的心灵。也许，我只是一个短暂的停留者，每年最多也只是回一趟这里，像一个漂泊的游子一年回一次家，没法赶上院子里的杏花盛开，但是却吃上了那些金黄饱满的杏子。无法赶上亲人们在地里劳作的季节，但是却品尝了他们热气腾腾的蒸馍。我也无法赶上每个星期四一次的库尔德宁巴扎，但是却多次坐在小饭馆里喝着伊力特，吃着手抓肉和粉汤。小巴扎以前叫莫乎尔巴扎，库尔德宁旅游区成立后就改名了，尽管名称换了，尽管汽车渐渐比马多起来，高楼小区取代了低矮平房和干打垒土墙，但是我看到了这里经年不变的生活，那些融入巴扎日的喧闹人群，少数民族的和善、平等、亲切的面容，穿套裙的妇女，摆满了干果和鲜艳服装的摊档，我来或者不来，他们都在这里，像一直在等候。我走进他们中间，真切地感到这些年一直默默无闻的自己。而在巴扎的周边，是那些草山，那些杨树，那条流经老马场的吉尔尕朗河。

每年，我在河流两岸踽踽独行，用自己最喜欢的方式去组织自己的生活。因为这种方式，我摆脱了十年来虚度时光的困扰，我收获了创作和生活的和谐统一。我总结自己，十年的河岸写作让我获得了许多新鲜的感受，形成了自己观察的技巧。对我来说，草原上的每一个时刻都是我写作生活的开始，草原上遇到的每一个人都是帮助我提升写作境界的贵人。就是那些马牛羊，现在也成了我写作灵感的启迪者。我经常在夕阳殷红的傍晚守候在屋后的水渠边，我看见牧羊人的牛羊从屋后草山慢悠悠地沿着土路回来，走进各家的巷口，最终回到圈棚里。"斜光照墟落，穷巷牛羊归。"一种简单而又闲逸的生活浮现在我的心底。

有时候，从莫合或者哈拉布拉那边过来的人会到老马场来卖菜，用小皮卡拉着，车头挂一个喇叭，卖菜人喊话。偶尔有人从院子里出来，买一两公斤羊肉或者大肉，或者买一把西芹，或者几个洋芋，或者几个洋葱。这提醒我们，我们无法与外面的世界隔绝。生活需要收入，也需要买卖。

这里大多数年景风调雨顺，草木茂盛，粮食丰收，吉尔尕朗河两岸充满了旺盛的生命气息。这里，既养育着健硕的伊犁马、肥硕的哈萨羊，也养育着勤劳豪爽热情友好的村民，当然也养育着深爱河流两岸的我和出生在这片土地上的阿依和女儿。每天，吉尔尕朗河仿佛应和着我的心境一般进入我的视野，展现她黛绿色的肌肤和曲折袅娜的身姿。过去，这条河流造就了肥沃连绵的草滩牧场，繁衍了雄厚的草原文化，如今，我在这种文化里生活，我的梦想正在河流两岸驰荡。

我想对这片土地上对我表示惊讶的人说，我已经是这里的一名住居者，同时也是一名旁观者。有时候我融入了这里，有时候我又跳出了这里。当我回到这里的时候，我经常坐在后山草原上胡看乱看，或者跑到河滩面河沉思。当我在后山草原上坐着的时候，我看到了穿着灰黑色西装戴着鸭舌帽的哈萨克族人们骑着马在吆喝他们的羊群或者马群；看到了远远河坝边条田里金黄的麦子或者苞谷、油葵，绿色收割机穿来走去，我感到了一种奇特的乐趣。对我来说，这些代表了世俗的喧嚣和我内心的安宁。

但是，这片草原已经开始慢慢带给我遗憾。随着围栏放牧的推行，草原已经被蒺藜铁丝网分割成了成百上千块，从二队通往八连和吉尔尕朗乡的公路两边也被铁丝网栅栏拦住了，想找一个出口都非常不易。我知道，随着矗立在河滩边的五颜六色的牧民定居点越来越多，游牧生活的自由似乎已经走到尽头，而我的心灵自由也受到了很大的影响。那些走进定居点的牧民，他们似乎并没有像我这样怀着伤感之情。是的，自治区定居兴牧的政策的确给牧民带来了生产方式和生活方式的改变，他们也像所有的公民一样，渴望结束颠沛流离的日子，过上安定舒适的生活。其实，我并不希望为了体验过去的浪漫而维持过去的状态。我不知道我这种情结是不是也属于最有品位的人类行为。我注视着这里每天发生的事情，注视着早出晚归的人们，注视着尘土中归来的羊群、马群，铃铃当当声中走过来的马车，隆隆开过来的拖拉机，轰鸣的摩托车，不发出一声嘶鸣就跑过来的马和马背上的人，甚至注视到了看样子是第一次走上后山草原的人，被一户人家的牧羊犬追得仓皇失措。我想起了2003年我第一次回来时，也遭遇过牧羊犬追袭的情景，可是现在那些牧羊犬再也不追我了，它们不追我是不是已经把我看成了一名马场人呢？

我在观察着河两岸人们的生活，我能感觉到这里的人们也在有意无意地观察着我。我们之间就像捉迷藏一样，我观察着你，你也观察着我，但是我不知道他们是不是在怀疑和提防我，反正我不是，我只不过是对他们的日常生活和这里的生存环境表现出极大的兴趣。那些跟我已经熟悉的人，那些跟我半生不熟的人，那些甚至只跟我见过几面的人，每次看到我提着简单的行李走进老马场路口，通常都会满脸笑容地问我："回来啦？"住的日子长了，他们当中的一些人还会成为我尊敬的长辈或者朋友，有的会请我去喝酒吃饭，并且跟光旭一样喊我"姐夫"。而每当我和阿依和依力同样提着简单的行李走出路口时，许多人又会关切地问起："你们啥时候再回来啊？"好像我们本来就是这里的村民似的，回来是天经地义，而离家也不过是暂时小别，说不定哪天突然又回到这里。事实上确实如此。我也热切地盼望着，他们能把我当成老马场村民的一员，放心地和我相处，习以为常地和我生活在这个村庄里。我希望他们把我当成这片地域上的原住民，我也希望老马场以外的人们（当然包括新疆以外的人们）也能这样看待我，这样我就可以摒弃那种不利于我展现自己文学理想的流浪情结——迄今我都认为只有居住在吉尔尕朗河两岸才能写出我的理想文字——这样，我每次回到吉尔尕朗河畔都可以理直气壮地说，这是我生活的地方，我回来了。

南方（五）

　　4月的蝉鸣开始后，一种类似于被女人抛弃的男人死皮赖脸的聒噪终日响彻窗外，令人心烦欲逃，这种渴望始终占据着我的身体。有时我望着天上仅剩的那朵白云，冷不丁地想：我能乘着它远去多好。

　　一天傍晚，阿依母亲突然打来电话，这个自阿依父亲去世后便从新疆去了河南开封跟小儿子光亮一家住在一起的老人，在电话里要我过去接她，她说："北宁的几个同学和我约好了，我们一起去巴马住上一段日子。"

　　我再询问下去才知道，让她萌生此意的原因，并不是巴马早就如雷贯耳的长寿之乡名声——她一直认为如果谈论到空气和景色，新源老马场就已经出类拔萃，何况，新疆还有许多地方适宜颐养天年——她接听到了她的两位小学同学打来的电话，一位叫谢超芬的十多年前就已得了高血压，一位叫罗世琴的患了两年中风症，但是就在一年前，她们去了巴马一个叫坡月村的地方，那里是盘阳河的上游，旁边有百魔洞和百鸟岩，许多外省人来了都得过醉氧。一年后，罗世琴的中风症好了，行走赛比小孩，谢超芬说自己怎么动怎么低头也不头晕，两个同学都乐呵呵地打电话告诉她："来吧，这里的山是蓝的，河水也是蓝的，这里就是仙境，我们一起住上他半年！"

　　我怀着一种并不是很明朗的责任感踏上了去郑州的火车。这是我自去年之后再次北上中原。

　　桐花盛开的大地笼罩着一层淡淡的烟雾，也许是春天的雾霭。碧绿的田野上油菜花开得灿烂而迷离，这个季节，中原大地也像江南水乡一样，雾气氤氲，空气湿润。

　　同我每年乘坐火车看到的一样，田园或者房屋的边缘还是那些插满了鲜艳的花圈或者招魂幡的坟丘，清明节过去才二十多天，中华大地从南到北都缺不了这种独特的风景。它们让我感到凛然，也陷入了沉思，我们都是一些南来北往的客，经历了过去，即将迎接未来，无论怎样行走，无论走得多远，大地之大，终有一个地方是我们的归宿。

到达光亮家时，我知道阿依母亲的主意已定，便用手机网购了第二天的车票。按照我来的路上打算，我和开封大学文学院的教授刘军联系好，去见上他一面。他去年参加了《广西文学》杂志社在我老家小城举办的全区散文新锐研讨会，在会上，他对我写父亲的《父亲书》给予了很高的评价，但是又说："我还是觉得你写新疆题材的作品更有宽度。"他建议我不要放弃关于新疆题材的抒写。

晚上八点多，他打的来接我，我们一起去了之前被媒体报道得沸沸扬扬说将要关门的诗云书社，他一直在关注诗云书社的命运，在网站和微信上发出了疾呼，他带我过来看看，就是要让我见见书社的现状。我们一进门就有几个忙于书社内务整理的年轻男女恭敬地向他问好。他说："都是我的朋友。"在二楼喝茶时，他继续说："他们一直在经营着诗云书社，前段时间遇到了一些困难，现在看来会慢慢过去，至少不会关门了。"

他祝贺我刚刚获得美丽南方·广西文学项目签约。然后谈到我的关于新疆题材的创作："尽管你获得了广西的支持，而且这笔创作补贴对你来说也十分重要，但是以我对你的创作跟踪观察，我觉得你的个人叙事和家族叙事跟伊犁生活结合起来，可以达到更理想的效果。"

第二天我就和阿依母亲坐上了郑州开往南安的457次快车。女儿早早等候在家门口。自从外婆去年离开小城长住开封后，她就对表妹清芸非常不满，甚至对开封的舅舅和舅母也腹诽甚多。这次外婆过来，她一直认为是给她的一个补偿。

一个星期后，阿依母亲参加了她在小城一个表弟儿子的婚礼。在那场婚礼上，她和十多年没见过的八姨女儿冯静相遇，两人执手相看泪眼，说起了当年远走昆明的舅公和流浪到新疆的舅婆的往事，又回忆了八姨公和八姨婆。最后，她们在酒店留了合影。

第三天，阿依母亲就动员我开车送她去巴马。我查了里程，五百多公里，我平时长久开车便有分心思考写作的坏习惯，只好叫我的朋友唐章广一起，我们打算轮流驾驶。阿依和女儿陪伴，4月30日，我们在五一小长假的第一天出发。那天，我既被阿依母亲的憧憬所感染，也被我心中蛰伏很久的梦想唤醒了——我一直没去过巴马，尤其是，我一直想去那里见见庄，那个十年前坐在我的摩托车后面去游玩桃源洞的女子——尽管我们几乎每个月有几次通话或发信息，她给我的语气还是那样亲昵，声音还是那样柔和，但是我想，十年过去了，你就算保养得多好，也敌不过岁月这个女人的死敌。

在路上，阿依母亲对我说："人人都说巴马好，我去看看吧，好的话就住一两个月，不好就快快走人。"我能感到她掩饰不住的兴奋，但又在对我们做出某种解释，生怕我们这些晚辈心里产生微词。她还感慨说，"最遗憾是珍姨来不了，唉，谁想到呢，去年我们回巩乃斯的时候，是她提议要我跟她去巴马，我还想我没有这个命呢，今天却是她偏偏来不了，你说这是不是天意！"

她说的珍姨婆来不了，还真是令我想不到，像她那样的家境——她的二女儿兰花已经是乌市冒出头来的富豪，四年前就在珠海购买了一栋大楼，有四十多套房可供出租。前不久，在兰花的牵头下，观雨、观水、杏花和柳花五兄妹都在南宁买了房子，五兄妹还专门为母亲买了一厅一房，珍姨婆满意地说："多买一套房，你们老了也多一条路走。我嘛，是个广西人，能老在广西也是挺好的。"仿佛是为了让我们能尽一种孝道，杏花还力劝我和阿依也在他们所在的小区买房，"让你们妈妈和我妈妈做个伴嘛！"她在电话上说，"冰洁表姐不在了，我们几家就两个老太太了。"然而我却在经营了北宁和老马场的小窝后，已经有心无力了。阿依母亲虽然没有给我们压力，但是我们都觉得很内疚。

珍姨婆的大儿子观雨和大女儿杏花都是伊犁当地有头脸的人物，二女儿兰花也成了乌鲁木齐的富婆，她老人家要去中国各地还不是轻而易举？可是偏偏就在儿女为她订好飞机票第三天就要出发的时候，她的侄子，就是当年在马场三队曾经被当作特务批斗的谢向忠，一个精神有障碍的七十多岁的老人，前几年还能自己煮饭穿衣，突然却变得生活不能自理了，哈拉布拉乡民政助理好不容易东打听西询问找到了她这个亲姨姨，就把照顾他的重担吩咐给她了，说："你送他去敬老院吧，自己照顾也行，总之不能让他无亲无故露宿街头！"

那天她打电话给阿依母亲时一直不通，她就打给我了，在电话里哎呀连连，语气颇为无可奈何。把这件事的前前后后告诉我之后，又让我找来阿依母亲听电话，她告诉阿依母亲说："等我安顿好向忠，我一定会买票赶过去！"

正因为最初提出这个建议的珍姨婆的心愿未了，自己却轻而易举做到了。阿依母亲一直感慨：

"所以做啥事，不要多说，心里的想法有了就默默做，挂在嘴边不行，强求也不行，要顺其自然。"

阿依母亲这句话是有道理的。周应明的失败就因为没有顺应自然，而是刻意强求。今年春天开始，在伊犁的观雨几次给我打来电话，说是他的爸爸周应明失踪了。我吃了一惊，赶紧在一个黄昏去到了那个廉租房小区，上到二楼后敲击201号房门，十几分钟后也没有见他出来。后来，有人告诉我，周老师已经很久没在小区出现了。又过了一个月，阿依母亲告诉我，周应明已经去珠海找姨婆婆了，这是姨婆婆亲口告诉她的。"他来珠海我们家楼房已经一个多月了，刚开始想跟我在我的套房内吃住，我说不行。我给他收拾了一套房，让他自己住自己煮吃，他竟然也答应了。"姨婆婆说，"如果他不来，我早就过去和你在一起了。这家伙死缠烂打，我就是不理他。"

"姨婆婆说的也是，当年他那个样子对待姨婆婆像敌人一样。今天看见几个儿女有出息了，就蹭上门来了。"阿依母亲说，"你不知道，自从他妻子去世后，他一直撺掇观雨观水杏花三兄妹，让他们劝母亲和他复合。可儿女们都不同意。"

"清官难断家务事。"阿依母亲笑着说，"还是我自由，想走就走，想住就住。到巴马了，我一定要在村寨里住上一段，过过神仙日子。"

我被阿依母亲的向往催促着，也被我想见见十年前的庄这个愿望激励着，于是觉得本来很累人的长途也变得轻松了。我把导航设在那个名声在外的坡月村，然后我们跟着导航跑，从北宁到南宁绕城高速后，再驶入广昆高速南宁至百色段，从导航知道我们的出口在田阳，然后走二级路去巴马。

然而就在路上，阿依母亲接到了她在巴马养生的同学罗世琴突然住院的消息。这名同学每年夏天都从北宁赶到巴马长住，说是越住身体越轻松了，从而鼓动阿依母亲也去那里。挂掉电话后，阿依母亲说："咋搞的，昨天还说可以轻轻松松地走路，低头弯腰啥事没有，今天就因为高血压住院了，送去巴马县医院还在卫生间摔了一跤，现在更严重了。"我差点想说，巴马并不是神话，不是谁去了什么病都能治好。但是我忍住了。

下午五点多到达巴马县城，导航把我们带上了通往甲篆镇的二级公路，车流仿似珠三角的广三路段拥挤，公路上每隔一公里就有测速探头，我敢断言，在县乡公路上设置了那么高密度的测速探头，广西恐怕还没有第二个。正因为如此，那些豪华的宝马奥迪奔驰路虎来来往往也不敢走之过快。于是，我的大众宝来也得以穿插其间，共赏河岸风光。甲篆镇过后，停靠在路边盘阳河观景台的各式车辆和人群更是互攀豪华和靓丽。我们的车子没有停靠，不是因为身处其中显得寒酸，而是长途旅行之后，车上的老人已经需要休息。稍稍加速之后，与早已等候在此的她的三位同学会面，很快就为阿依母亲在足拉屯的文化广场旁边安排好了租住了的房间，一个月五百块。我们是临时住宿，老板娘好说得近乎讨好，一个晚上只收六十元。

安顿好之后，我们下楼在租住处门前的小餐馆吃饭，阿依母亲说："我还是喜欢吃汤面。"阿依说："我也是哦。"依力却喜欢吃馄饨，依力一气就吃完了一碗，还伸筷子过来抢我碗里的饺子。章广说："我系正宗南方佬，必须吃大米饭。"一会儿工夫就进来十几个人，口音天南海北。

饭后阿依陪她母亲回房子休息，我带着依力和章广出去周边散步。村子被四面的浓绿山体围绕着，我们像走进了一个大口袋里。暮色逐渐给周围的山体披上黛绿的外衣，在通往凤山方向如石柱一样的几座石山脚下，幽蓝的水坝让我想起记忆中的滇池。我们三人互相给对方用手机拍照，依力说："爸爸，我也喜欢这个地方。"我诺诺地应着，心里想，新疆呢？你是新疆人，妈妈是新疆人，你外婆也是新疆人，我们都是新疆人，这把小城那个家往哪搁？

当夜睡眠中，我听到了一夜响着的潺潺雨声。第二天我早起，在阳台上随意看，对面是一栋高达十一层的框架楼，墙体大部分楼层还没有砌好，看到二楼时，我才发现有一根水管断开处，水咕咕涌上，流下一楼发出。洗漱后和他们去昨天晚饭地点吃早餐，之后再沿着通往凤山的公路散步，看到有益寿饭庄，巴马活泉出售点，还看到了一座标明叫白宫酒店的大楼，我浏览了它周边的环境，原来就是早晨看到漏水的那栋楼，整座楼层明显停工已很久，没有墙体的一楼和二楼建筑废料堆得满满的。此前，我听到住在这里已有两年的阿依母亲同学说，以前坡月村的街道拥挤得像上海南京路，慢慢来的人就少多了，就是那些外省人，那些从北方来的客人，通常是国庆节前后过来越冬，五一节前后返回北方消夏。

阿依母亲随几个老人坐公共汽车去县城医院看望她们仍在住院的同学谢超芬。坡月村每隔半小时就有通往县城的班车。看着她们上车后，我们趁着早晨阳光很好开车去百魔洞。在通往百魔洞的两公里路上，全都是口音各异的老头老太太踽踽行着，或者坐在修建漂亮绿化很好的路边聊天。而在离洞口不到两百米的地方，几辆南宁牌越野车正在往尾厢装进十几罐酒一样的活泉。初进洞口，我看到那个蓝莹莹的湖和阴性十足的溶洞，感觉还没有从老家小城的桃源洞里走出来。二十分钟后，当我看到洞里树立的磁疗牌子，月球环形山一样的洞壁上坐着的上百名安然打坐者，还有提着塑料罐在洞口边打水的老头老太太，我自己也觉得身轻如燕了。靠在河边的栏杆上，我看到流过洞里的盘阳河水清且涟猗。我坐在木椅上闭目养神，空气好得仿佛清水洗尘。阿依在一边感叹说："以往我走一个多小时的山路总是气喘吁吁，现在我觉得一点儿累也没有，真是个好地方，很适合我。"我凝视着她，不解地问："那比新疆还好咯？"她抿嘴一笑，说："还真不好比较，一个大西南，一个大西北，都是宜居的地方。"

下午老人回到坡月村，与我们感慨一番同学的病情，表示并不乐观。庄给我发来信息，问我何时回去，她想尽地主之谊。我知道来巴马不见她肯定不好，但也只能住一个晚上，第二天就要回去，后天就要上班了。我发了信息，她很快就为我们订好了位于县城的寿乡大酒店的房间，并告诉我晚上请我们吃饭。

需离开坡月村进县城了，我们三口子还有唐章广与老人道别。阿依说："水土不习惯就赶紧告诉我们，好让我们过来接回。"

阿依母亲啐了一口说："你们就放心吧，我会习惯的，我要在这里过神仙的日子。"

依力说："外婆住一个星期就回去。"

老人说："我想啥时候回去就啥时候回去，你要努力学习，要向我报告考试的成绩。"

依力噘起嘴巴"嗯嗯"地应着。

傍晚六点多我们进入到巴马县城，中间发生一点小插曲，从来没有发生错误的手机百度导航，任我们怎样走都会在一百多米后叫我们掉头，我们的车子在寿乡大道上来回转了半个钟头也没有找到酒店，问路边的铺面主人也听不出个所以然。眼看七点临近，庄约好我们在县广播电视局门口见面，而阿依还想在酒店洗个澡，真把我急疯了，章广就说："百魔洞里有磁疗，可能这里有磁场干扰吧？"我甚至都相信了。后来，我想到了关机重启，导航才叽叽喳喳地说起来，不再叫我们回头，原来寿乡大酒店就在眼前。

我们迅速办好了入住手续，阿依匆忙洗了澡，换上休闲的宽松纯棉装，穿着一双凉鞋。

我望了望她，本不想说下面那句话，最终还是没忍住："你没带其他衣服？"

她目光里闪出一丝揶揄："怎么？嫌我穿得老土？"

"不是——行，就这样，挺好，"我怕多说引起不快，赶紧刹住说，"走吧。"

上车后赶往庄约定的县广播电视局门口。我心里隐隐泛起一股自卑的情绪。我知道，此去肯定让庄大出风头。阿依自从去年做了手术后，无论是容貌还是精神状态都大不如前，加之她年纪比庄要大上七八岁，无疑，在庄面前，阿依已经在年龄和相貌上不可再比。可我又怕她多心，在那样一位风姿绰约的女人面前，任何女人都会感到自惭。平心而论，阿依年纪和相貌都已今非昔比，但我依然会一如既往地爱她。我承认当初爱她是因为她来自新疆，我的梦想之地，还因为当年她的美丽，二者的叠加让我觉得这辈子找到了爱情。如今，岁月和疾病改变了她的容颜，她依然是她，但又已经不是她，可我对她的感情永远不变。我很清楚自己应该感激她，没有她，就没有我的新疆，我的出塞，我的文学。这辈子有她与没有她是决不一样的，我因为她而改变了自己。一个为了我的事业而和我在一起的女人，如今，她真的老了，当然我也老了，但我作为一个小有名气的男作家却是正当年，就一个作家而言，我爱她是为了自身的利益，但就一个男人而言，我爱她是一种责任。

庄的风采果然如我所料，皮肤雪白，五官秀丽，眉眼含笑，一件米黄棉麻文艺衬衫衬托出她高挑而又饱满的身材，皎白的脸上浅着脂粉，明显经过精心打扮，整个人比我记忆中十年前的她还要风姿绰约。我承认，每次遇见她，我的心里都会充满一种愉悦之情，宛如沉浸在两人的美好恋爱之中。

庄与我握手的时候，我看到了她的左手虎口处包扎着白色的纱布，她看着我惊愕的双眼，咯咯咯地笑着解释说："中午开榴梿，伤了手，缝了三针。"

我问她要紧不，她却主动过去与阿依打招呼，端详了好一会儿，又回头望我，询问地说："应该就是嫂子了吧？"

我满脸含笑说："那当然。"庄便一把将阿依抱紧了，扳着她的肩膀亲热地叫："嫂子——"

晚饭的丰富让我们惊诧，鸡鸭鱼肉都有，还有一个芥菜火麻汤。陪客有庄的三位女伴，两位是学校的老师，一位是环保局的公务员。

庄在依力身边坐下了，依力一见汤水就惊叫："哇，又是火麻汤啊！"

庄的耳朵和脑瓜都很好使，马上搂着我女儿的肩膀问："女儿，这个汤水好喝吗？"女儿摇了摇头。

庄的脸上掩饰不住对依力的喜爱，一边拉她左手站起来，亲热地抱着她肩膀往门口走，一边说："宝贝，你说要喝什么汤？车螺芥菜汤你想喝吗？"

我赶紧上去一把拉住依力的右手臂，说："不用费事的，她不喜欢喝汤水，她就喜欢吃肉。"

庄瞪了我一眼，嗔声说："我们的女儿不喜欢喝火麻汤，你就让我给她点个喜欢的汤嘛！"

我吓了一跳，我们的女儿？她怎么可以这么称呼我的女儿？我赶紧斜觑阿依，她好像没听见，正在和庄的三位女伴交谈，全都笑容满面。

依力的乖巧还算及时，她垂下眼睑，怯怯地对庄说："阿姨，我不喜欢喝汤水，我吃肉。"

"就是嘛，你点了一桌子的肉，她就喜欢吃肉，我们回去坐好吃饭。"我赶紧附和说。

庄含笑转身回来，于是饭局开始。

她让服务员拿来了两瓶红酒加两瓶可乐，还为依力点了一瓶天地一号。然后，她望着我，目光里有一种神秘的东西在闪耀，但是脸上却是笑吟吟地说："来一瓶巴马神酒？"我顿时想起多年前她对我说的，巴马神酒效果如何地好，男人来到巴马都喜欢喝，走了还要带走一箱。我的脸微微发烫。我瞥了一眼阿依，她也正在笑吟吟地望着我们。我躲开了她目光里的神秘，看着她光洁如少女的脸，说："就红酒吧，男女平等。"她像当年那样咯咯咯地笑着，连说："好，好，好，男女平等。"

在整个用餐时间里庄给我和阿依敬了三次酒，还分别给我和阿依敬了一次。自然，我回敬了她不止三次，包括回敬她的三位女伴。在第一次敬她酒时，我询问了她的左手伤势，她笑吟吟地说："没事，正在朝好的方向发展。"

整个饭局庄显得措置裕如，谈笑风生。阿依大多数时候只是倾听，庄讲风趣话的时候她便憨憨地笑。

饭后，她让女伴从酒店里拿出一箱东西，她用没有受伤的右手拿过来，正是她刚才说到的巴马神酒，我心里既感到温暖，又觉得难为情，她依然笑吟吟地说："莫客气好么。"阿依过来挡住说："哎呀，你太客气了！"她便望着阿依笑说："嫂子，你不要拒绝，这是我们这里最好的酒，他喝了包你没意见。"乖乖，我在听她说到一半时正担心她会说"包你满意"这句话，她改了一下，意思还是很明白，阿依似乎脸也红了，连声说："好吧，好吧，恭敬不如从命。"我赶紧双手从她手里接过纸箱，然后，我握到了她的手，又柔软又温凉，我接过了重量，明显感到她的手按正常交接迟抽走了那么几秒。我抬起头，又望到了一双眼光里那种神秘的闪耀。

我从车子的后备厢拿出我来前准备好送她的小城特产，一箱木芋粉，一箱潮菜，一箱百香果罐头饮料，还有两包桂圆肉，总重量不超过十斤。她眼睛瞪得老大，说："你还给我拿了特产？"我笑着说："还有这个。"拿出了用红塑料袋子装着的一本《吉尔尕朗河两岸》。她也笑起来，说："噢，哦——你终于给我拿来了，我会好好看的。"说完便主动伸手拿过了袋子。我很想对她说声对不起，作为知心朋友，这本书出版了三年多，到今天已经有了再版我才把它送到她面前。

她没有开车来，我问她家远不远，她说："就在对面。"车流在面前穿梭往来，转过去要绕走斑马线。我看了看她，又看了一眼阿依，走近她说："你手不方便，还是我们帮你拿到门口吧！"阿依也连声附和，伸手去帮她拿东西，她却先把东西拿到了手上，说："嫂子，我没事，自己拿吧，家里也乱，改天再请你们到家里坐。"她如此说，我们不好再坚持。她受伤的左手和健康的右手都提了东西，目送她走向前面的斑马线再转上了机动车道，繁密的车灯和浓密的树影掩没了她。

但是我的心是多么地不平静啊，这个像影子一样追随了我十三年的女人，她的每次电话或者信息都会在我心里吹起波澜，而与她为数不多的几次见面更是让我接近情不自己。我承认我已经喜欢上她，我甚至曾经有机会得到她，我曾经在某个白天有过占有她的想法，在梦中也有过与她的风月幻想。但是最后，一直到现在，我都没有把这种想法付诸实施。然而我的心里是一种多么奇妙的感觉啊。在阿依和女儿的注视下，我也注视着她的飘然离去。

第二天一早我们就离开巴马回小城去了。老实说，当我们的车驶上了广昆高速，我还在不以为然，认为阿依母亲在巴马的居住极像某些年轻人在率性作用下的一时兴起。在车上，阿依也没有和我过多地谈论这个话题，凭感觉，她和我一样对此也没有任何把握。

回到小城的当天晚上，庄发了一个微信给我："到家了？"

我回："两个小时前到了。"

她发："挺好的人嘛，憨厚，内敛，也许还很倔强。"

我一愣，许久才回："谢谢。"

一个月后，我开始感到，一种新的不确定性突然出现在阿依母亲和我们的生活之中。通过每周一次的电话交谈——这种交谈往往由她心怀牵挂的女儿阿依发起——我发现阿依母亲已经充分考虑过了她的这种行为，她将它视为一种隐居的生活，而且可能按照这种生活方式一直过到老。前年，老伴已离她而去，一旦她不愿意返回新疆，对我而言似乎是一件难受的事情。她留在巴马，我总觉得在新疆就少了一个牵挂，回新疆也失去了最大的理由。如此我将把自己的全部时间留在南方，留在这座令我感到屈辱的小城，还是一座让我赔付了二十年青春的小城，一切似乎都与我的情怀不相匹配。十三年前，我为了使自己成为一名与众不同的作家，走上了每年一度南北转场的道路。

说句心底话，在《出塞书》这部书没有面世之前，我实在没有把握对自己的文学理想做一个满意的评定。为了这部书，我已经放弃了许多短篇的写作，婉拒了一些友好编辑的约稿。现在想起来，我的过分投入已经接近了过分文学化的生活，这样甚至对我在南方的工作和生活也产生了严重的影响，我开始变得讨厌会议，讨厌朋友和同学的聚餐，讨厌老乡亲戚的请求帮忙的电话。甚至，因为过分文学化的生活，我在平时疏于对女儿依力的管教，以致让她养成了那么多很难改正的坏习惯。

唉，既然说了这一句，那就继续说说我的宝贝女儿吧。望女成凤的思想严重地影响着我，很长时间以来，它使我产生了攀比的心理，我认为自己作为一名作家，我影响和教育的女儿不应该比别人的孩子差。我也承认，我十分疼爱我的女儿，觉得她就是我的掌上明珠，我对她几乎都是百依百顺，要星星不给月亮，每当阿依对此表示异议时，我总是说："穷养儿子富养女，老祖宗的传家宝，以后她会成为你的小棉袄。"

但是事与愿违，许多朋友熟人的孩子都比我的女儿优秀，我无端地就有了焦灼。当焦灼到达沸点，我甚至成为一个具有家暴行为的父亲。和我的文学创作一样，女儿是我们迟来的爱，是我们的唯一。任何人和事物成了唯一，仿佛就成了世界的全部。有许多次，她上课不专心被老师投诉给我，在家里还有作业没有按质完成、不讲卫生丢三落四的坏习惯，这使我大为光火，我限令她改正，但是收效甚微。终于，我打了她，她痛哭流涕，我也心生怜悯。阿依认为我错误地理解了"富养女贫养儿"的传统教条，无原则地给她买玩具，买零食，迁就她起床不叠被子，想喝牛奶不自己冲，没有完成作业就出去玩的坏习惯，造成今天她的屡教不改的后果。六岁以前满嘴好牙的局面也被打破了，门牙和一颗乳侧切牙已经有五分之一坏掉，择时修补或者换掉已经不可避免，如此她漂亮的脸蛋上将永远留下一个不可弥补的缺憾。这让我和阿依痛心疾首，而一切的始作俑者似乎就是我。

依力六年级的最后一个学期，她就要成为初中生了，而她的逆反心理也达到了极致。日常生活中，我们多说几句她就反驳，或者故意与我们的要求逆向而为，这让我们既生气又无可奈何。有一天，她还有了更大胆的行为，偷拿了我钱包里的三百块钱，买了三个同学毕业录后，又到学校门口小摊上买回了一大堆的假冒伪劣零食在班上与她的好朋友分享，被老师收缴并投诉。这已经是她第三次偷拿我的钱，而且每次都超过了一百块，每次她都写了保证书，但是都食言了。阿依在我一次痛打女儿后，声泪俱下地骂我："你根本就不应该打她！你想过没有？她今天有这么多的毛病根源还在你，得意时你把她当金当宝，生气时你往死里打。如果当初你按我说的，每次她犯了错误你就耐心教导她，实在生气你就十天不理她，给她一点严肃，不要刚刚打过不够五分钟就哄她骗她，给这给那，我看她还敢有下次！"

阿依骂的也许是对的。但是为什么我总是做不到？我在多少个深夜里反思，一切皆因为我不争气，不能为早年低声下气借钱供我读书的父亲母亲生一个孙子，不能让早逝的父亲在老家邻居面前抬起头，让他可以理直气壮地过日子。可是，他抑郁，他积劳成疾，他死了，他只有五十八岁，他教了三十九年书却没能挨到退休。我除了女儿，我还有什么啊！是的，我爱女儿，爱得不可理喻，爱得没有了原则性，就像我爱新疆新源老马场，因为将过多的情感投入其中，我在南方的工作和生活变得一塌糊涂！现在，我还要品尝着教女不当的苦果。

那些天，我正为本书的体量不断增长但又无法控制而苦恼着。于是我怒不可遏，不再使用平时的巴掌打她屁股这种温和的半暴力的方式教训她，而是卸下一个大衣架上的衣服，举起坚硬的铁丝衣架专打她的手指和手臂。我不知道打了多少下，衣架也打歪了，我一边打一边骂："我叫你再拿，我叫你再拿，十二岁了，还要爸爸打，这缺点是一辈子改不了了！"她号哭着喊："爸爸别打，疼，我疼，好疼，爸爸我改，我保证，再也不拿了！"我想起她写的三份保证书，怒火又上来了，我变得更凶狠地用力打，我知道我在使用家庭暴力。作为一个作家，我在使用家庭暴力，而且在很大程度上是因为自己的文学创作遇到了瓶颈而迁怒于自己亲爱的女儿。那一刻，我脑海里闪过教女无方的念头，还闪过愚蠢无能的念头，但是这些很快又被我的暴怒淹没了。阿依冲过来抢夺我的衣架，我反而更加恼火，仿佛要做给她看一般，我继续打，衣架歪了扭了，散架了，几乎抻成一条线了，女儿穿短袖的手臂已经鞭痕累累，手指红肿，我终于停了手，喘着气，她已哭成泪人，缩成一团，一抽一噎，似乎就要断气。我怕了，我心疼了，我丢下蛇形的衣架，一把抱住她，我哭了，我好伤心，我不光是在作家之路上遇到了困难，我还在教育女儿上遇到了挫折。

阿依一把推开我，哭着骂我："你想不要她了吗？为啥当初为了要一个孩子到处奔波，到处求医问药？我们遭受了多少嘲讽和歧视，我爸我妈为她也吃了多少苦？当她生病做穿刺的那次，我们怎样担惊受怕？告诉你，她有今天的骄横任性，很大程度上也是因为你，你光顾自己的文学，花在女儿学业上的心思很少，还信富养女穷养男那一套，女儿要啥总是有求必应，以为啥都给她就可以了事，出现这种后果你反思过吗？告诉你，从今天开始，你再打她，我们母女就啥也不要就回新疆！"

她给女儿的手臂和手指抹消肿止痛精，一边抹一边陪女儿哭。

我一屁股坐在沙发上，脑袋低垂，双手揪头，深深地感到了做人的失败感和罪恶感。我甚至感到非常绝望，为我的文学，也为我的人生！

痛打女儿之后，我度过了十几天百无聊赖的时光。我在反思。这期间偶有躁动，但总被一个声音压下去：你太暴躁了，你太急于求成了，有着这种性格的人，你该走怎样的文学之路，你该走怎样的人生？

告诉我吧，人生，在哪里才可以找到你啊，人生！

实际上，我的悲观和抑郁不光来自我女儿在学业上的不自觉和她在生活陋习上的迟迟不改，还有我对自己身体遭遇的一些情况。有一天晚上，我在小便时发现，尿进马桶的尿液呈现鲜红的颜色，我吓得赶紧强迫自己停止，并失声尖叫阿依。阿依惊慌失措地来到卫生间，看见马桶里鲜红的尿液也惊呆了，她颤抖着连声说："怎么会这样，怎么会这样，你觉得痛吗？"其实痛倒并不怎么痛，但是看见那些鲜红的颜色我觉得好像是痛的，小腹处正传来阵阵惊悸和牵扯的感觉。阿依已经跑到客厅给她的医生朋友打电话，我怀着惊恐的心情在等待，憋着没有撒完的尿，在镜子前看到自己浑身发抖。两分钟后，阿依已经挂了电话，过来告诉我："我们都忘记了，你是g6pd缺乏者，医生说过你不能吃蚕豆的，否则就有可能引起溶血，就是尿血，严重就会有生命危险。"我才记起，刚才，我一边看电视一边吃一大包的黄皮干蚕豆，因为喷香且咸辣，越吃越有精神，没想到会引起这些。阿依说："我们医院的吴医生说了，你不光不能吃蚕豆，最好不要接触到蚕豆，蚕豆开花的季节，你甚至不能去蚕豆地里看，蚕豆花粉会引起溶血反应。"我没有想到这些，我们都没有想到。当鲜红的尿液在马桶里洇开的那一刻，我以为我的生命走到了尽头。

知道这些后，我撒完了剩余的尿液，还是那样鲜红，红得像炭火，又像刚刚浸泡的高锰酸钾，可我知道，那就是血，是我悲凉而可怜的生命在尿液里给我的惊吓和展示。

尽管我的身体随着年龄的增加、因为先天性的病因和早年患有的肾结石而每况愈下，但是我还有着正常人的感情和欲望。当我在外面参加活动接触到那些漂亮热情的文学女子，我不知道我是否有理由犯一次错误，尤其是当我想到阿依曾经做过的手术，她术后以来的表现，我一直担心她不能像个正常的女人一样生活。事实证明的确有所影响。因为我不愿冒险，我在一定程度上遭受了禁欲之苦。

就在我感到困惑重重的时候，令我感到意外的是，6月下旬的一天下午，阿依还在上班，阿依母亲在巴马给阿依打来电话说："你们还是过来接我回去吧，我想回新疆了。"

因为是上班时间，阿依很快挂了电话。下班后阿依跟我说了此事，我对阿依说："这就叫异乡虽好不如归。"

阿依白了我一眼说："那你还往马场走吗？"

我说："那不一样，马场已经有了我们的一个家呀。"

我和阿依都觉得蹊跷。晚上洗过澡后，我动员阿依拨通了她母亲的电话，用的是免提，那边老人说："谢超芬不在了。"

阿依惊问："啥时候的事？"

"上午十点多，在巴马县医院。"

"咋会这样？"

"听罗世琴说，是脑出血。罗世琴还跟我说，来巴马半年，我高血压差不多都好了，超芬却得了脑出血。昨晚世琴找人送超芬去巴马医院，上午就没救了。"

阿依正在惋惜的时候，老人又说："看来这地方也不咋样，那些人说医百病只是传说。"

我在一边哈哈大笑。阿依母亲说："小羊你笑啥？"

我说："没笑啥，只是觉得你真应该回来了。"

我们再次驱车五百公里去到了那个世界长寿之乡，安顿下住宿后，我一个人走出去，给庄打电话，她开车接我一个人去了盘阳河的观景台。

盘阳河水依然蓝莹莹地流淌。她问我："阿姨在坡月村生活得还习惯吧？"

"还行吧，但是我这次来，是要把她接回去。"

"你和嫂子不愿意让她住在这里？"

"不是我们不让，是她自己想走了。"

她的眼光闪了一下，随即又平淡下来。

我说："她毕竟在新疆生活了一辈子，而且，那边她的许多熟人朋友都在念着她。"

她的目光在观景台的草地上慢慢游弋着，终于，她停下来，还是不看我，用一种低沉的声音说："关于盘阳河的那部书你是不准备写了？"

我说："如果我还年轻，我一定会考虑。但是，现在，我老了。"

她的目光落在缓缓流淌的盘阳河上，河水清且涟猗。良久，我耳边响起一个飘浮的声音："我知道，我明白了。盘阳河不是吉尔尕朗河，关于这条河的书，只能由一个生活在盘阳河的人来写。"

梦游者

离开坡月村时，阿依母亲告诉我："住了两个多月，我终于发觉，这里全是水泥房子了，楼房越起越高，过境公路车拥挤人也拥挤，村里就像个市场，我已经不习惯这个地方了。"

"我还是想回到马场去，"她说，"那里有我熟悉的人，熟悉的平房，有安静的后山草原，有高高的杨树，有熟悉的吉尔尕朗河，早晚有马嘶羊叫，但是又不喧闹，那里还有我喜欢吃的馕和馍馍，有我可以种菜的大院子，有我熟悉的一切。"

当我问起是否留在南方或者开封时，她说："如果从亲情的角度来考虑，当然是开封或者北宁，这两个地方嘛，都有我最亲的儿女，但我总是要回去的，我的归宿不是南方小城，也不应是中原的开封，只能是新疆！"

她其实挺想到开封去的，那里有她最疼的小儿子，矢志在口里创业，发誓"不破楼兰终不还"。最近，他们的女儿章清芸，一个没有当地户口几乎就是农民工的女儿，参加了全市一流的重点初中的选拔考试，竟然考取了全校的第三名，这样，本来当地市民需要花费上万元才有可能让孩子进入的中学，章清芸的父母却分文不花，还成了学校的宠儿，学校怕他们选择其他学校，安排老师主动联系上他们，并提前给他们发放了录取通知书。作为信任的回报，还让清芸的弟弟破格进入了该校的附属小学。

阿依母亲得知这个喜讯笑逐颜开。我可以想象，青年时代颠沛流离，中老年看着难友的儿女发家致富，虽然没有什么嫉妒表现，相反平淡而又寂寞的她，此刻内心有多快乐和安慰。我想到，光亮和他女儿的现在，应该就是疆二代疆三代的另一种人生。

但是阿依母亲只打了一个祝贺电话给章清芸，没有去开封看那些年她宠爱有加的孙女，却表示要陪我们的女儿。她说："我陪他们一家子的时间够多了，先是在东莞，后来又到开封，有五六年了，我还是陪陪我的女儿和我的外孙女吧！"

她在小城住的一个多月里，我们一起去探望了青石镇的姨公姨婆，九十八岁的姨公对他的内侄女和我们这些小辈仍然保持着清醒的记忆，但九十九岁的姨婆只是笑嘻嘻地望着我们。阿依母亲问她："你仲认识我哋吗？"她像个淘气的孩子一样笑嘻嘻地回答："冇认识呀。"吃饭的时候，阿依母亲为两个比她大二十多年的老人夹菜，姨公"嗯嗯""好好"地应着，姨婆却一脸灿烂。阿依两眼红红的。即将离开这个家前，阿依母亲提出和姨公姨婆合影，我用手机为他们三个白发苍苍的老人拍照，阿依母亲站在姨公身边，像位温良贤惠的儿媳妇。三位老人脸上含笑。恍惚之间，我仿佛看到了七十年前，从江西回广州，又从广州回小城的路上，七姨公肩挑箩筐装着五岁的她走在路上的情景。

一个月后，我们一家三口和老人踏上了南宁开往乌鲁木齐的T282次列车，那是一列2016年春节过后才开通的特快列车，隔天发车。那天南宁出发的旅客很少，我从而得出一个结论，广西那边去新疆的旅客不多，难怪铁路部门要隔天发车。但是过了襄阳南阳西安后，列车却渐渐爆满起来，过了兰州几乎可以用水泄不通来形容。这说明，南方人去新疆是很少的。我一直喜欢窗外的寂寥与苍茫，觉得那是一种只有大漠才能对应起来的风景，是与我心中的梦衔接起来的风景。当我看到了遥远而寂寞的天山，我就对自己说，那就是我安放梦想的地方。

一个梦想，它与我的人生追求紧密相关。在写作上获得了某种进展，在情感上也获得了某种加固后，我发现，自己迫切需要获得某种体认。就是在这样的渴求中，我看见了那个关于征集定点深入生活项目的通知，我觉得机会来了。这年初，我从中国作家网上获悉了有个定点深入生活项目，这个项目将对中标者提供两万元的经费支持，这在十年前，这些经费支持对我是雪中送炭，可以让我起死回生。在今天，假如我获得这个项目，这种支持就会上升到一种信念上的搀扶。经过了漫漫十三年穿越大半个中国的南北转场后，我实在太需要这种支持和鼓励了，我甚至在申请表里的"拟定点深入生活地点及理由"一栏里写了这些：

一、地点：主要在新疆伊犁哈萨克自治州新源县、巩留县、州首府伊宁市；兼及兰新铁路沿线、312国道乌市至伊犁沿线、乌伊铁路沿线。

二、理由：新疆新源县为本人妻子家乡，我们的亲人一直生活在那里。本人坚持南北往返十三年，在那里劳动过，生活过，与当地各族乡亲结下了深厚友谊，对那片土地有炽热的感情，视那里为第二故乡……

幸运的是，6月，我获得了这个项目的扶持。我觉得，我把这个梦做下去的理由更充分了，我的责任也变得更加重大了。

难道就没有一些写作之外的因素在里面？有啊，我与这片土地的不了情，岂可以用一两本书来概括？那些点点滴滴的情感，那些宿命的安排，总是不期地出现在我生活中。就在我们出发前一天晚上，我接到了柳花的电话，她告诉我，有一件事要我去找地区日报社帮忙。这让我回忆起二十年前，她在当年的地区日报做实习记者，她坐在我摩托车后长裙飘飘的情景。她工作一年半后，在我和阿依结婚前夕不告而别。我明白一些原因，曾经一阵内疚。现在，新的档案登记要她补充那一年半的工资记录，"要不，他们就认定我有一年半是待业，我就会因此少了两年工龄，"她说，"我都和报社的人没联系了，报社更名后，领导肯定也换了好几茬了，要办这个事也只能靠你了。"

她还真说对了，让陌生人帮你翻找二十年前的工资档案，那是一件很让你难办的事。但是我有一位朋友当了报社的领导，这件事就变得轻而易举了，朋友当晚就打电话给报社的办公室主任，第二天上班时间我就接到通知，事情办妥了，我于是在我出发前几小时驱车来回两小时拿到了这份档案。她在接到我的电话后非常高兴，连连说："我在巩乃斯等你，我在巩乃斯等你！"面对缘分曾经错身而过的朋友，我内心得到的安慰是无法形容的。

"出塞出塞，新疆新疆，出塞出塞，新疆新疆！"

世事变迁，日新月异，从乌鲁木齐到伊犁，路上的风景一年年不同，与十年前比更是沧海桑田。十年前，我看到的除了带雪的天山，路两边大部分是戈壁荒漠，我当时内心的神秘感和失望感同时产生。如今，天山依旧在，路两边的风景却已层次迭生，尤其是春夏秋经过，积贮着人气的房子、厂房甚至村庄不时出现，作为卫士的防风林带和作为丰收象征的条田出现更是让我惊讶不已，它们一年年出现，一年年增加，似乎在宣示着一种政策的实施和取得的功效，也在证明着这些年我理解的这片土地上的人们的某种精神或特质，它让我惊叹甚至恐惧——长此以往，中国的西部必将不再！

精英们自然认为这是好事，而我也跟着他们后面说这是好事。现在，问题来了，作为我曾经的逃离岁月的渊薮，接纳我梦想的远方，收容我委屈和耻辱的原野，会不会像那个南方小城留给我不堪的记忆一样带给我不堪的未来呢？

就在这种又喜又忧的心情中，2016年秋天，我又回到了这片土地上。仿佛一直处在一种相互等待里，这片土地也很快与我们发生了关系。我们先到了新源县城。三天前，有一位亲戚——姨婆婆的侄子，阿依母亲的表弟，阿依的表叔，在青年时代刚从南方老家来到伊犁就被当作"特务"批斗致傻的谢向忠，因为一直没有结婚，在五区（哈拉布拉乡）成了五保户，又因为老年痴呆症，在半年前被姨婆婆送进了县敬老院——突然走丢了，姨婆婆十分焦急，报了警。庆幸的是，一天后，阿合齐派出所年轻的侯警官在则新路和218国道交会处巡逻时发现了他，那时他正背着一个背包挂着一根木棍满脸灰土地走着，已经失联了五个小时。侯警官上前询问时，他言语不清，便把他带回了阿合齐派出所，又仔细搜寻了他的衣袋，发现了一张纸条，那是姨婆婆的字迹，写着姑妈二字和手机号码。姨婆婆接到了电话就过来了，警官和她一同护送向忠回到了敬老院。

我们决定给阿合齐派出所送一面锦旗。姨婆婆让我拟定了锦旗上的内容：为民解忧，爱心奉献。广告公司很快为我们做好了锦旗，我们去了派出所，侯警官和他们的指导员接受了锦旗，一个女警察为我们照了相。然后我们聊到了向忠失踪的情景，从警察的讲述中我们知道了向忠那痴傻和言语表述不清的情形。"他一直用手指着218国道的方向，似乎想去那儿。"侯警官说。据姨婆婆分析，他是想回南方老家。"你们不知道，这个七十一岁的孤儿，一辈子没结婚，年老痴呆经常讲老家土话，仍然记得218国道是去伊宁回老家的路。"姨婆婆当场抹起了眼泪。

我们和姨婆婆一同去了敬老院，那是一个花园一般的地方，从行政院长到院长再到卫生员护理员保安员一应俱全。女院长很热情，带我们去了向忠的房间，里面住着向忠和另一个老头。那个老头年纪比向忠还要大，却说话清晰行动沉稳，而向忠却动作迟缓口里喃喃不止。他只认得姨婆婆是他姑妈，其他人，包括当年看着他被批斗批傻的阿依母亲和冰洁姨，他全然表现出茫然的神色。他不停地用我老家土话含混不清地重复说着什么，如果不是我在场，他们根本就听不懂那几句话："去那边，我想回三队，种地。"或者说："去那边，回扶阳。"而扶阳，正是他的南方老家。

第二天我回到老马场，当我踏进阿依母亲和她大儿子一家居住的院子时，我们着着实实被惊吓到了—— 一条大狗，不，一条藏獒，而且是去年我就见过并且喂过的藏獒——发的威严而又孔武的怒吼声，仅仅一年，去年不声不响地带着憨态的小家伙，已经长成一只貌如雄狮脸像大猩猩的家伙。我自恃去年曾经和它照过面，走过去"喔喔"地打了一声招呼，没想它变得更加狂怒，在一条铁链的牵扯下上蹿下跳，目露凶光望着我，恨不得迅速扑到我的身上，撕下一块肉大啖起来。依力在远处一边拉着她妈妈的手，惊恐地大喊我："爸爸，你回来，你可不要被它咬了！"光旭赶紧过去安抚它："黑子，别动，自家人呢！"但是它丝毫没有放过我的意思。光旭只好说："你还是走吧，不要靠近它，惹怒了它会挣断铁链，那就控制不住了。"我很扫兴，离开它去了西南角，看见去年的灰灰早就对我欢喜地摇尾摆首，发出呜呜嗯嗯的亲昵声，一声吠叫也没有。我顿时大为感动，一年了啊，它还是那样对我亲善，也许在我走进院子之时就已经闻出我身上的气味来了吧，现在又认出了我的身份。与黑子的翻脸不认人相比，它的迎接一个远方亲人的亲热态度让我满心欢喜，眼眶也是湿湿的。我弯腰一把抱住了它的脑袋，轻轻地抚摸它，它舔我的手，它蹭我的腿，一种与这里的土地和时光亲昵的感觉漫上心头。

依力尝试着与灰灰亲近，它立即对她摇起了尾巴。阿依摸着它的脑袋，女儿也小心谨慎地摸了两把。"这种牧羊犬就是好，是不是自家人它一看就知道，那么快就与你们熟了。"阿依母亲走过来说。

"还是回来得少了，"我说，"一年回来两三次，我估计黑子也会认我的，可是现在，我在它眼里就是坏人。"光旭从黑子那边走过来笑着说："哎呀姐夫，黑子要是这么快就认你，我可不敢要它了，随随便便就跟一个陌生人熟，那我岂不是白养了？"

是呀，陌生人，相对他们而言，我的确是一个陌生人。一年回来一次的沧桑感开始在我心头蔓延。但是，不管怎么说，这片土地一直在等着我，等着我们和我们的女儿。在花海一般的大平滩草原上漫步时，学过国画的女儿说："我要把草原画出来，这么美的草原是我的。"阿依说："给点压力，你能成功地呈现这里的草原景色，它就是你的。"

女儿已经十二岁，岁月和生活渐渐让她明白了我们对她的苦心，也明白了我这个来自南方的父亲对这片土地的感情，已经比她母亲高出一截正在追赶我的女儿拍着我的肩膀说："老爸，我全力支持你，你把这部书写完吧，把外婆和妈妈的故乡变成你和我的故乡！"

我在一片草花稀少的卵石滩上坐下来，心里说：草原其实也一直是我的，不管今后能住多久，我的梦都在这里，我也是属于这片草原的，所以我要回到草原上生活；我在南方生活的那些年，只不过是我从草原走出去后胡乱而孤独地流浪的一段岁月。

女儿的画是在两天后完成的，那是一幅很开阔的草原画，绿到雪山云杉林的草山上有天山红花，近处的草山上卧着一顶两顶毡房，房顶上飘着一柱炊烟，一个站在毡房门口的妇女提着木桶，不远处一个戴着草帽骑马的牧羊人，一群绵羊旁走着一条黑色粗壮的牧羊犬。女儿在画右下角添了标题——《乐乐放牧图》。

"这就是你们最引以为豪的牧羊犬乐乐，我把你们的愿望也表达在里面了！"女儿笑嘻嘻地说。

我瞬时就感到生活没有欺骗我，我收获了巨大的馈赠，一种因子已经在下一代的血管里流淌。是的，乐乐，曾经陪伴了阿依父母，也陪伴了阿依，现在又陪伴着我和我的女儿。这就是我们的生活，一种亲爱的生活。

我曾经长时间处在矛盾中。最近我还经历了一件十分痛苦的事情——一件小事情——就在我和我的亲人以及朋友之间发生。首先是光旭，我的小舅子，我一直赞叹有加的新疆新一代农民，在我和他之间发生了一些龃龉的事情。起因在酒，一种在新疆不可缺少的东西，一种我在南方几乎不碰的东西，但在2013年前，只要我回到新疆总是竭尽所能，尽兴而饮。但是自从做了那次肾结石取石手术，并且检查出三脂和尿酸极高后，阿依和阿依母亲以及我母亲都极力反对我喝酒。到了2016年8月，在马场，一场只要我回来就会例行的宰羊宴在赛恩别克家举行。那晚虽然在场的有马场的书记，农一队的队长，年纪比我大的朋友，但照例要求我坐在上席，水煮羊肉还没上来，就着冷小菜先喝了三杯。羊肉上来后，自然，还是让我执刀割羊面肉和羊耳朵。那晚我确实高兴，忘乎所以喝了十几杯，和所有的人都说了都碰了，连阿依和依力劝我也不听，我只是意气用事。那晚我醉得闹了笑话，听见光旭敬他大舅子喊大舅哥，我端酒时也喊了大舅哥，旁边有人笑起来，阿依在旁边拧了我的小腿，我知道错了，可我将醉就醉，硬是说，这样喊你是表示我们很亲，是哥们，干！于是大家继续喝。那晚我酩酊大醉，一觉睡到第二天下午之后，起来后在院子的水龙头洗脸，抬头看见金色阳光像哪个画家不经意抹在喀班巴依雪峰顶上。

马场人招待的方式是一顿接着一顿。第二天晚饭是在枣花家吃的，作为在南方小城认识并且差点成为女朋友的老朋友，她曾多次邀请我去她家吃大盘鸡，但因为机缘不合，更多是因为我一个人回来，为了避嫌，我每次都婉拒了。这次我们一家三口回来，我们全都答应了。她说："我请你们吃风干羊肉。"那晚，马场的酒友纷纷说话，每人都说一次话，就是每人敬我一杯，我能感觉到，我的脸已经红如鸡冠了，心跳也加速起来，伴随着极大的头晕。然后我突然意识到，我可不能这样喝下去，因为我想到了死，自从做了那次手术后，我变得十分怕死，我怕死后老婆和孩子没法活，因为我们互相之间都很爱。于是我说："不行了，我喝不动了，我身体也不行了。"

　　号称马场酒鬼的王恩举过来满满一杯酒，我说："刚才与你喝过了，实在不能再喝了。"王恩红着双眼，满不在乎的样子说："没事，你只要抿一小口。"我信以为真，小心地抿了一小口，光旭突然夺过我的酒杯说："我喝，我代姐夫喝！"很冲地一饮而尽。然后李耘也端杯来了，他是当年写信劝我们姨婆婆来伊犁的李英英阿姨的侄子，此刻以老乡的身份劝酒。"老乡总要喝一杯吧？""刚才喝过了，我就二两的量，实在喝不动了。""不行，才喝一杯，这哪算老乡呢？"我知道，就算我拼死喝了这杯，底下还有第三杯，还有他们的第四杯，第五杯，一直劝不进去，按他们的习惯，我不醉他们就不止。这当然不行了，醉的滋味我前些年是多次体验过的，那还是我身体较好的那些年，我还有醉的资本，可以让身体在酒精的燃烧里大睡一到两天。但是，那已经是以前的本领了，前年手术结束后，鉴于我左肾结石成堆且有严重肾积水，并且手术难度很大，三脂和血压偏高后，医生就劝我戒酒，"白酒和啤酒不能喝，红酒也要少喝，最好不喝。"医生的话让我自己都觉得从此以后的生活了无生趣了。马场的酒鬼们，你以为我不想吆五喝六享受生活啊？我那是无可奈何，因为我喝死了我们相依为命的三口之家就完了。

　　同王恩的说法一样，李耘在劝不动我之后也说："那你就只抿一口。"光旭和那十几个人都看着我。我老老实实地又抿了一口。才放下杯子，光旭却一把端起干了，咚的一声放回我面前。

　　矛盾就是在这样的理念下发生的。在几个人连续举杯劝我不喝后，我的小舅子光旭突然不高兴了，当着我的面对十几个男女说："哎呀，我太失礼了，我对不起你们呀！"我很敏感——作家都很敏感——知道这话是说我，我满心不悦，就不客气地说："你们再这样劝我喝，会喝死人的。"他们却全都大笑起来，一个说："不会的，怎么会喝死人呢。"一个说："喝死也痛快嘛，喝，我们喝！"

　　我提前回到家。洗完澡之后光旭也回来了，我们在午夜三点的客厅里吵了一架，我记得最清楚的是光旭说了这些话："他们那么热情地对待你，你就好意思不喝点？你怕喝死，他们就不怕喝死？他们也是血肉之躯啊，你却因为爱惜自己，端坐在那里看我们一杯接一杯地喝，像个世外高人。告诉你，如果是我弟弟我叫他喝他不喝，我一巴掌把他打回家里去，让他喝面疙瘩汤玉米糊糊！"

　　我当即气得血往头涌，也说出了不假思索的话："跟你们这些不开化的农民说话就是说不清！"

　　这句话把我们之间的关系推向白热化了，他说："好，以后你回来，我这个农民再也没有能力让朋友宰羊请你了，你就在家里自己煮稀饭炒青菜吧！"我说："我是求之不得呢，省得看见烦！"

最后这场争吵在闻声出来的阿依母亲和阿依的又劝又责中结束。实际上我们是不欢而散。

过后我躺在床上思考，这场关于喝酒的龃龉实际上是以我为个例的南方酒文化与以光旭和他的马场朋友为代表的新疆酒文化的交锋。我们老家有句俗话"能喝不喝是笨卵，不能喝硬喝也是笨卵"，平日的酒风基本是能喝就喝，不能喝劝也不喝，没有因为不喝酒而生气或不痛快之理。当然，官场上为了目的而代喝的除外。

但是，这次强悍得有些不讲理的新疆酒风把我刮疼了。在我因为年轻和体质好而表现得能喝的那些年，我曾被马场的朋友们赞叹和佩服着，我也因此得意扬扬，以为自己真的是个西北汉子。现在，我日渐衰老，并且病灶缠身，再也无法重展当年雄风，朋友们却不愿意接受我的转变，反而冠我以一个"没有真诚，不够朋友"的恶名。

我的愤怒被激化是在夏夜将晓时去厕所的时候，尽管我小心翼翼靠近厕所，开门的声音还是惊醒了黑子，于是，凶恶的狂吠随即在寂静的院子里炸响，我需要大解，且憋得很急，不去拉也不行了，只好硬着头皮壮着胆进去，在背后上蹿下跳的抓狂声里，在担心它随时挣断铁链的恐惧里，我都不知道自己是怎样解决了问题，又在怎样的草草了事里狼狈逃出的。

我越发恼怒了。天刚亮我就提起背包赶去哈萨桥，一脚踏上了开往伊宁的班车，任阿依和女儿在后面追喊也不下车，也不接电话，但是我的眼里却噙满了泪，坐在一位维吾尔族大娘的身边，一直扭头以避免她看到我的脸。慢慢地，我稳定了情绪，在朋友圈发了几张马场和吉尔尕朗河的照片，并写了一段含糊的话：走了，走了，也许这些年回到这个地方是个错误，也许不再回来。爱我的人，怨我的人，我爱的人，我怨的人，全都在这里。再见，吉尔尕朗河！

这条微信很快引来了我天南地北的朋友和老师的回应，都在评论里询问我怎么啦。伊犁的亲友柳花、兰花、杏花、观雨都打来电话问我咋回事，吵架啦，喝酒喝伤啦，关切之情溢于言表。在开封的光亮肯定与他哥先通了电话，所以他跟了这样一条：情真难潇洒，意深不自在！不羁云自淡，心宽风更轻。爱你的人，怨你的人，你爱的人，你怨的人，都是一点误会，误会终将随风。很快光旭单独通过微信给我发来一条：姐夫，我决心以后不再让酒伤你，在以后我们相聚的日子不再提酒论英雄。时间会证明我还是你最亲的人，我还是以有你这样的姐夫自豪。小弟我有过分之处，请忘记，请原谅。盼你回来。

我突然感到了羞愧，也许我不光对新疆了解不多，就是对经常见面和经常联系的亲人了解也不多。但是我心里还隐隐有一丝怨气。我怀着一种故作大方又略带一丝无奈的心情同时回了兄弟俩一条：是话伤人不是酒伤人。没事，一时激动而已。什么都是暂时的，包括酒，只有亲情永远。

我没有马上回马场，而是找了在伊宁十六中做党委书记的表舅龙观雨。他在马场出生成长，也是一个喜欢讲话和喝酒的人，但城市的气质冶炼了他，他不逼酒。他打电话让他的同学驾驶来一辆小车，"走，我们送你去清水河开发区走走，这是带你去采风。"他说。

我们的车往清水河方向开得飞快，这就是路宽车少的好处，但没有超速。入巴彦岱收费亭时，我心里激动了一阵子，这里是女儿的出生地。巴彦岱，蒙语是大雁落脚的地方，"大雁落脚的地方，有我可爱的故乡。"那首歌又在我心底唱起。

路上的警察检查空前多起来，班车上五十岁以下的人逢卡必要下车步行刷身份证，所有的小车面包车都要落窗并打开后备厢。G20正在杭州举办，中国—亚欧洽谈会正在紧锣密鼓筹备中。我应该早就见多了新疆的安全检查，那会儿却心血来潮，我坐在副驾上举起手机拍了一个，当即被一名交警和一名特警远远指着，并迅速拦下了。他们敬了礼，示意落窗。"把拍照的车子扣下来！"特警厉声说。我赶紧讨好地说："我马上删掉。""你是干啥的？先下车登记！"特警握着冲锋枪喊我。我惴惴不安，那天有很大的风，我却脑门冒汗，直为自己的手痒之举后悔。我被带到一辆威风凛凛的装甲车前，那里有一间帐篷，我掏出身份证登记完毕，特警再次问我为啥拍照，观雨说："他是口里的作家，来伊犁采风，不了解规定，请原谅。""还有啥证件吗？"我赶快拿出了中国作协会员证，他们端详了一会儿，递回给我说，"走吧走吧！"我们都如释重负，说了谢谢后赶紧上车。开车的刘立平对我说："刚才你让我们吓了一跳，我估计要遇上麻烦了，平时我们带口里的朋友经过都是落窗检查就过了，偏你被叫下车去登记。幸亏你有一个作家证哦，否则今天非被扣车不可！"

在到达清水河之前我们又经历了两次检查，因为有前车之鉴，我守规矩了，落窗检查通过后，大家都笑我："你这个伊犁女婿啊，差点成了可疑分子！"我尴尬地摸着脑门，心里想，真的呢，我总以为自己了解伊犁，熟悉伊犁，实际上，就像我与老马场那帮兄弟闹了酒桌情绪一样，都是在一知半解里磕磕碰碰。这样想了之后，我决定，明天一早就回老马场去。

当我从州客运中心坐上回马场的班车时，在我的观念中就开始把女婿和作家分离开来。经过这次安全检查之后，我突然明白了一个女婿和一个作家的距离。我用十几年的时间南北往返，一心想成为我心目中的作家，仅仅两天的经历说明，我那些苦心孤诣的理想追求和向往大自然的探索都是一厢情愿，我作为自然的人和社会的人的距离一点儿也没有缩小。我对自己终于有了更为明确的认识，终于明白了，我的优点并不是我的敏感性，也不是我的自由意识，而是我的内心与这个世界的融合度。

明白了这点，我终于可以像一个作家那样自由自在地生活（如果我这样也配称作家的生活的话）。我是说，作家的生活似乎都充满了偶然性和必然性。正如那场在酒席上的斗气和因此产生的争吵，认识了这种偶然性和必然性就可以掌握自己的心灵自由度。

正是在这个基础上，我摆脱了这种困惑。我迎来了人生中的各种因缘。我甚至遇见了更大的偶然和必然。就在这次，在我们一家三口即将乘机飞离伊犁的前夕，我想，更多是在这个人口比南方地级市要少二分之一的副省级州，一些奇迹更可能发生。我是说，我在伊宁候机大厅里意外地见到了一位久违的熟人。那天，在我们对面的椅子上，坐着一位面相让我感到很熟的男子，粗短而斑白的头发，淡青色的络腮胡，一个蒜头大鼻子，个头跟我差不多。我注意到他时，他正在和一位身材微胖穿着黑碎花裙子的中年女士坐在一起，旁边还坐着一位十八九岁的姑娘，皎白秀美的面容，马尾巴，蝴蝶结，黄色T恤衫黑色健美裤，十分精神的打扮，偶尔玩弄一下手机，偶尔亲昵地靠一下中年女士，很显然，他们是一家三口。我轻声提示阿依看，其实阿依早已经在注意他们了。那男子大概是看见我们目不转睛地注视他，他突然起身朝我们走来，我一阵紧张，他开口道："我们大概认识——"

"十三年前，在回乌鲁木齐的一趟火车上。"阿依说。

"有一位阿勒泰来的先生，他是出租车司机，带着一个五六岁的小丫头。"我接口道。

"在乌鲁木齐，我们下了火车不知住哪里。"阿依继续说。

"是他的女儿提议他带我们一起去找宾馆。"我望着那男子渐渐睁大的眼睛接着话。

"在碾子沟车站对面，我们找到了八一招待所。"阿依和我对视了一眼。

"只有一间三人房了，而且是最后一间。"我看见男子的眼睛开始不停地眨动，嘴角在微微发抖。

"我本打算把房间让给你们住，我打算带着我丫头另外找一家宾馆，"他激动地望着我和阿依说，"是你，是弟妹，你俩同意咱们四个人住一个房间！"

"胡大哥！"我紧紧地握住他的手，感到眼睛湿润了。

"梁老弟！"他也紧紧地握住了我。

他开始扭头朝刚来的地方望，接着边喊边挥手："丹丹，快过来！"

那个姑娘让她妈妈看行李，小跑着过来了。

"爸爸，咋回事？"她问，又望了望我们，红扑扑的脸蛋上满是迷惑的表情。

"可能你没印象了，十三年前，我和你，还有这位叔叔和阿姨，咱们四个人曾经在一个房间里住了一晚。"

"那时候她还小嘛，"阿依向姑娘伸出手，"你就是丹丹？哎呀大姑娘了。"

姑娘困惑地握了握她，转头望着她爸爸。

"那时候你妈妈离开了我，我带你回口里老家探亲，在西安回新疆的火车上与这两位叔叔阿姨认识，我们很谈得来，驱散了两天两夜的旅途寂寞。"胡先生给她女儿回忆道。

见我和阿依疑惑地望着那边，胡先生笑着说："是丹丹她妈妈，八年前我们复婚了。哎，丫头觉得妈妈好，我也把缺点改了，我们就好回来了。"

我和阿依都如释重负地"啊"了一声。

丹丹跑过去搂着她妈妈说起来，边说边朝我们望，她妈妈边听边朝我们微笑。

"哎，你说我碰见谁谁都说新疆真大，可再大也大不过人哪！"胡先生又感慨道，"都十几年过去了，相隔那么远，咱们还能见面，你说谁会相信呢？"

我们都在笑。

"咱们这真叫缘分，"我说，"我一个南方人能和我伊犁的媳妇在一起是缘分，你和你媳妇破镜重圆也是缘分。"

"对对对，"胡先生不停地点头，"我记得那年你俩还没有孩子，现在你们这孩子多大啦？"

我这才发现，女儿不知啥时候已经站在我们身边，两眼惊奇而淘气地看着我们。我搂着她的肩膀说："十二岁了。"

"回去就上初中了，"阿依也伸过手搂着女儿说："叫叔叔好。"女儿腼腆地叫了一声。

"我家丫头9月就上大学了。"

"来，认识这个小妹妹！"胡先生招手让她女儿过来。两个小家伙开始大方地握手。

他们一家子来伊犁旅游，现在就要坐飞机回阿勒泰。

他们要登机了，我们挥手话别。

"天大地大，也许咱们以后还会相见！"胡先生大声说。

我相信这话，因为，在我们走过的漫漫旅途中，已经有了这次神奇的邂逅。

实际上，如果要我说出一个既能让我享有心灵的自由又能捕捉到人生的美妙的地方，那么，这个地方就是伊犁。因为父辈的苦难，这里曾经让我感到神秘和陌生，后来她激发了我的抱负，孕育了我的梦想。这些，也许无人能理解，也不会有人想理解，甚至不想了解，这也是我为什么常常孤独地出塞的原因。我也常常回望，似在检视人生的得失，然而，正是因为多次回望，我才惊异地发觉自己已在这条孤独的路上实现了不可思议的蜕变，我已经成为一个别人无法复制的人。

一个作家，一个女婿，一个梦游者。我对自己说。因为这种奇特的身份，我的思维，我的血液，已经像许多新疆人一样，成了混血的了。而混血，正是一种难得的品质，南北混血，饮食混血，语言混血，思维混血，性格混血，最后，人生混血，像新疆大地上的许多人一样，来自五湖四海，却又独具新疆特质。新疆，绝对是一个炼丹炉，它把长期在这里生活的人，甚至在这里行走的人炼成了特殊的一类。尽管，我无法准确地说出我的特质，但是我内心却涌动着这种特质。凭我的感觉，我当然知道读者中有人在嘲笑我，你们在朝我撇嘴，甚至把我当成另类。然而，过去的岁月里，不管是自觉的，还是毫无知觉的，现在，我已经被炼成了一个只属于我的自己，以及一个只属于我的梦，一个听起来有些沧桑，也有些新奇，还有些值得珍惜的梦。十三年前，我就是带着这个梦，经历了一段漫长的旅途；随之而来的岁月，我继续带着这个梦，不停地朝西走呀走呀，一直走到了今天这个叫作伊犁哈萨克自治州新源县老马场的地方。

谜 底

转眼我就从青年到了中年。好运似乎不是很眷顾我，但也没有把我忘掉。对自己受到的帮助和上天的赐予，我充满了感恩。但愿我从此不再为理想而苦恼，也希望亲人们从此过上美好的日子。

2016年10月27日，晚上十一点左右，我和阿依正在南方小城计划着新房子入住的事宜，光旭突然打来电话，声音低沉地说："一个小时前，姨姨走了……"阿依顿时痛哭流涕："姨姨是除了我爸我妈之外最亲的长辈了，我上个星期还给她电话，我还说明年暑假我们一家三口回去看她，谁知道——"

说实话，当我听到姨姨走了的消息后，我除了震惊，首先想到的她是一个好人，然后我才想到她是亲人。在我的印象中，她是饱经沧桑的，也是纤弱的，她白皙的脸庞掩饰不住病态的体质，实际上，她早已病入膏肓，胰腺癌晚期，她走得比阿依母亲快似乎在预料之中。对我而言，她有一个长辈的慈祥、和蔼和关心，还有一种虚弱的平和。她那么相信我，在那次接了骗子的电话之后为我急急忙忙地汇款的过程中全部体现了出来，她汇给了骗子三千块钱，差点汇给骗子九千块钱。这可恶的骗子，他让我的心理发生了变态，我既恨他，也有点感激他，他用这种卑劣的行径测出了我在姨姨心中的位置。作为阿依母亲的亲妹妹，不知为何，我每次到了她的院子里，竟然也有回到家的感觉。

光旭在电话里告诉我们姨姨是这样走的："下午，下了一场小雪，章婕在学校工作，姨丈外出买东西，王虎在外忙生意，姨姨在楼房里突然感到不舒服，就自己一个人走路去医院。大概是一路受了一场冷风，到医院时她更严重了。章婕和父亲赶去医院陪她，她已经呼吸困难，心脏衰竭，立即抢救，还是拦不住她往那条路走。到了晚上十点多，她就走了。"

在后来的电话中，我和她姐弟几个连夜商量着应该怎样赶回去。光亮在开封，我们想和他在电话上商量赶回去的事宜，又怕让他妈妈知道，这个事是万万不能这么快就告诉她老人家的，她们一脉同胞，早早成了孤儿，后来离开广西远走新疆，经历了特殊时代的苦难，晚年过上了稍稍安定的生活。如今，一个两年前失去了丈夫，一个仓促间走了。

第二天早晨，杏花从新源县打来电话，说追悼会在29日上午举行，地点是劳动街的平房小院。她的遗体就停放在那里。那里是她用大半辈子的积蓄购买的房子，有三间卧室，一间客厅，一间厨房和一间卫生间，一个占地两分的菜园。我多次去过那里，在那里吃饭住宿，几乎都是姨姨为我打理。院里还有一棵苹果树，两棵杏树，两棵樱桃树，那些果子和蔬菜我可没少吃。2016年9月，我还去菜地里摘了两个又大又红的西红柿，她让我拿去煮鸡蛋汤，我却拿到水龙头下冲了一下就咔嚓咔嚓地吃起来，味道又冰又甜。她嗔怪我说："煮熟吃呀，不煮熟吃，你那南方的肠胃，受得了么？"

一切赶回去的打算都已不可能，除了的确有自身的原因，就算我们赶最快的飞机，也要在28日上南宁，在南宁住上一晚，29日早晨八点多从南宁飞乌鲁木齐，中午再从乌市飞伊犁，还有半天的车，时间根本来不及。

28日上午，阿依没有上班，一直躺在床上流泪。我去银行给光旭打了一点钱，让他代为交给姨姨的女儿章婕，以表慰问。临近中午，阿依打电话给姨姨的女儿章婕。阿依说过，她跟章婕自小一起长大，跟姨姨一起生活了两年，亲得到了几乎要叫妈的程度。此刻她们遇上共同的泪点，两姐妹在电话里哭着说了很久。

我打电话给杏花，她告诉我，追悼会将有三百多人参加。按照姨姨以前说过的遗愿，追悼会结束后，遗体运回两百公里外的老马场安葬，地点就在我熟悉的后山草原上，在舅婆的坟左侧。我知道，老马场有她的青春岁月，有她的学校，有她劳动过的土地。

我记起，阿依父亲的坟就在舅婆的右侧。我还知道，在苍莽的草山上，有阿依的三爷爷、幺爷爷、幺奶奶、舅婆，后来又有了阿依的父亲——我的岳父，现在，又有了我们的姨姨。他们和那些把大半辈子献给了这片土地的人们埋在了一起。

姨姨的亲姐姐，就是阿依的母亲，我的岳母，无论是新疆的亲人还是我们都决定先不把姨姨去世的消息告诉她，七十七岁的人了，我们怕她经受不起这个噩耗的打击。她们是亲姐妹，她们的父亲母亲是老家人传说中的传奇式的人物——十九路军——旅长——可是，至今也没有确切的消息可以证明他们的身世，甚至连名字也无法甄别。根据一些蛛丝马迹和直觉，我是百分之百相信这个传说是真实的。但是，如今，构成一道未解方程的未知数已经失去一个，另一个还能存在多久？

我隐隐地觉得，那个希望，或者说那个奢想，正在慢慢地朝着谜一样的宇宙消失。我不跟阿依说，我只是以一个作家的人性追问和渺小者对宿命的笃信，希望得到这道人生方程的求解。但是我又知道，关于她们姐妹身世的挖掘和求证，在滚滚历史车轮和浩瀚宇宙中终将彻底无解。我又一次感悟到了命运的捉弄、人生的短暂和世事的残酷。

在这种冥思苦想中，也是在一种困惑里，我对本书进行了最后冲刺般的修改。这时，上天委托人间的使者送来了那本增订版的《吉尔尕朗河两岸》获得首届三毛散文奖的消息，同时我获得了三万块奖金。我那时是多么高兴啊，我没有认识一个评委，我甚至名不见经传，因而我对这个奖就十分珍视。应该承认，我也把这个好运看作了是去世的先人对我这个矢志不渝追求文学理想的后辈的保佑。此时此刻，我感激他们，也怀念他们！

我应邀参加了在浙江舟山举行的颁奖典礼。因为高兴得昏了头，明明举办方规定了获奖者来回交通费他们报销，我却在买高铁票时依然从自己平时就习惯的节约出发，买了座位显得挨挨挤挤的二等座。实际上，因为我有些胖，它没有让我体会到一等座的舒服。幸而这种遗憾被颁奖的喜庆冲散了。我在典礼上终于认识了好几个名家，包括三毛散文奖的审读委主任、《人民文学》杂志社的副编审杨海蒂女士，我才知道她是一位美女。我还认识了评委陆春祥老师，他和我亲切地谈到了我的书。审读委的成员陈锟主动和我交谈，他真是一个坦率的人，认为我的书如果由大出版社出版，并且排版印装得更好一些，可能会得到更好的名次。然而，我对这个结果已经感到心满意足了。

在颁奖典礼蓝莹莹的巨幅屏幕上，我看到了评委会给予我的作品的那段颁奖词——

> 这是一部心灵的逃离之书。它在物欲喧嚣的现实背景中，倾力呈现了西部遥远之地的幻美之境，纯净，安宁，质朴，祥和。充实的劳作，温馨的人伦，美妙的星空，悠然的生活，共同搭建成一处世外桃源般的世界。它是作者心灵的栖息之地，也是现代灵魂所憧憬的生存之境。作品以真切的情感，呈现了劳动与幸福的内在关系，并对现代都市文明进行了另一种维度上的审视。

这段话击中了我的内心，它高度总结了我向彻底的精神事物，向神圣的精神事物，向圣徒一般的理想接近的追求。现在，我想把它作为我对这片土地的交代，作为我对那里的亲人和朋友的问候，也作为我对这片土地的致敬。

关于文学的好事接踵而来。这年6月，我收到了鲁迅文学院第三十三届高研班的录取通知书，学习时间是9月8日至来年的1月8日，足足要在那里，在北京学习四个月啊！老天耶，这可是我梦寐以求的大喜事啊，五年前，朱山坡上鲁院时我就热切地盼望着这一天！

我在家里，当着阿依的面不断地哼着各种歌曲，阿依竟然和她母亲一样露出慈爱的笑容看着我，我隐隐约约地预感到，鲁院岁月和读完鲁院之后，必定会使我的写作人生迎来最重要的转折时期。

我第一时间想起了我一直在修改着的《出塞书》。这是我多年矢志创作的大书啊，因为了解和感受了盲流和流浪，我把它看作是流浪者的命运史，也因为倾诉了理想和追求，我还把它看作是理想者的心灵史。在这部已经写到五十多万字的书稿里，我要写出父辈复杂的命运，也要写出一个理想主义者备受煎熬的心灵。我想寻找那些历史与现实的交集点，这其中包括了阿依外公吕行迁的身世之谜的求解，我早有打算，去到北京要替阿依去一趟中国第一历史档案馆，当年，阿依为了她的外公的身份曾经给中央统战部写信，如今这个使命历史地落在了我的肩上。然而，作为吕行迁身世的重要节点，我必须弄明白他在老家的身世，这也是我写作《出塞书》绕不过的坎。尽管阿依母亲说什么也不肯跟我们一起去，我和阿依还是决定必须去，我知道，是上天让我在去鲁院读书之前专门走一趟那个叫陈坑的地方。

出发之前我是做了一些功课的。我请家在粤桂边地的诗人天鸡想办法，他常往高州信宜跑，在那边有很多朋友，我于是知道了，高州有三个陈坑村，分别在谢鸡镇、泗水镇和分界镇，其中分界镇的陈坑村吕姓人口最多。天鸡又通过他在高州的朋友帮我联系到了在分界镇国土所做副所长的吕宇龙，他就是分界镇陈坑村人，答应给我提供一套陈坑高凉吕姓的族谱翻阅。

阿依母亲自从听说我们要去高州寻根之后，显得十分兴奋，一直说着要跟我们去，但是在出发前一天夜里，她却突然决定不去了，问她原因，她坐在沙发上，一边盯着电视一边说："不去了不去了，一路太颠簸了，你们两个就代表了我，你们帮我看看是啥样就行了，不管寻到怎样的根都没关系……"

老人突然放弃让我们有些扫兴和遗憾。可我总觉得应该再叫上一个人作伴，想了好长一阵才记起青石镇的表舅柱坚的儿子阿寿，阿寿自幼在两广边地跟着家人来回，应该熟悉路况，他是市区高中的老师，刚好这天没课，就一口答应了，并提出先顺路到青石镇他的老家等候。第二天上午，我们从北宁城区出发，两个小时后到了阿寿的老家，柱坚表舅亲自下厨做了丰盛的午饭。我们看望了已经一百零一岁的姨婆，老人虽然很精瘦，裹着被子坐在沙发上，却鹤发童颜，仙风道骨，望着我们嘻嘻笑，她的儿子柱坚指着我和阿依一边说名字一边问认得否，老人一口一句："认得，认得！"却只是嘻嘻笑。我们知道，她肯定是认不出了。

重新出发时，阿寿带着他读初一的儿子一起上车，笑吟吟地说："虽然青石镇距离高州不算远，但系除了我童年时代到过之外，孩子们一直冇到过，我想让佢去开开眼界……"

我们从北宝（北宁至化州宝圩）二级路往东南走，路况早已因为常年失修，坑坑洼洼，沿途的货车摇摇摆摆，我们的车子经过旁边时感觉有一座大山要压过来，显得十分吓人。阿寿说："我哋村里有许多人去过高州，都讲，在广西这边的路死难走，一到了广东界那边就全系好路了……"

果然，过了青石镇的龙南村公路上那排摄像头后就到了两广边界的化州市宝圩镇，车子立刻走在了路面平整的一级公路上，从蹦迪状态直接进入了美妙的飞翔境界。一个多小时后，从化州进入了高州地界，走上了207国道，看到了路边作物丰饶的荷底农业产业园，我特意放慢了车速，门口的简介牌子上写着10万亩荔枝，10万亩龙眼，10万亩水稻，放眼层峦叠翠，豆菽千重，高州荔枝5月上市，早已收获完毕，眼下水稻即将进入收割时间，这里的荔枝整整比我们北宁荔枝早熟了两个月，就是在这里，不知有多少荔枝已经销往全国。

天气倒是有点像北宁的夏天，说变就变，我们刚过了农业产业园就遇到了一场倾盆大雨，雨水浇得看不清车子的前方，我打开了包括双闪在内的所有灯光，我们在白茫茫的水幕里龟步向前。阿依感叹雨水之大，我小心地拨动着方向盘，努力辨认路况，一边说："也许是天意，了解一个命运复杂饱经沧桑的人，是要经历一点暴风雨的。"阿依和阿寿都笑着说我说得对。

半个小时后，雨水终于在我们进入分界镇地界时渐渐停了。粤西边城，到处繁花似锦，山清水秀，空气清新。层级颜色不一的漂亮小楼掩映在荔枝树龙眼树黄皮树中间，荔枝黄皮已经采摘完毕，由于气候比我们北宁温暖，高州荔枝几乎都在5月成熟上市，北宁街头的水果摊一夜之间堆放着鸡嘴荔、桂味、四月红，每斤售价大都在十几块，那就是早熟早卖贵的高州荔枝。而现在，荔枝渐去龙眼来，个头硕大浑圆蜜色的龙眼披满高矮错落的树丛，很快就要大规模采摘了。

循着导航走，语音告诉我们前方就是陈坑村，突然就在一棵龙眼树下看见了"陈坑村"三个字的牌子，提示我们须循着一条小水泥路右转，我一激动，赶紧叫阿依把村名拍下来。再循着小路拐了几个弯，我们就来到了陈坑村文化广场上，此时已经历时接近三个钟头，按照约定时间我们提前了差不多一个小时。

我打电话给吕宇龙，他抱歉说正在泗水镇办事，要迟半个钟头才能赶到。我们便下车看文化广场，广场占地大约五六百平方米，上方是一个高约二十来米的彩钢屋顶，前方是一个大约三百平方米的舞台，舞台上方写着"陈坑村文化广场"，两边是对联，右边书"陈坑百业辉煌年丰物富鼓乐花灯歌国泰"，左边书"荷岭万般毓秀雨顺风调诗书曲舞贺民安"。舞台右侧墙面刻有功德榜，写着序言，成立有理事会，上千人捐款，数额从33800到10000、1000、100不等，奇怪的是，尽管队名从"陈一队"排到了"陈五队"，捐款人物均为清一色的吕姓人名，没有一个外姓人。刚好看见一位年纪大约七十多岁的老奶奶迈着灵便的脚步走过来，我便走上前问候，她说的是地方土白话，我便只好尽量使用广州音，一阵自我介绍之后，从老人嘴里得知，陈坑村真的就是清一色的吕姓人家，她的夫家就姓吕。老人问我为何而来，我性急，赶紧就问她是否知道村里有个叫吕庭海的人，她核桃皮一样的脸被惊讶挤压得更皱了，说："知道啊，不过佢冇在村里咂吠，佢在外面喃。"我问在哪里，她说："在广州。"

我和阿依都十分惊喜，看来我们来对了，就是这个分界镇的陈坑村，这里极有可能就是阿依外公的老家。

老人打量了我们一会儿，又说："佢冇在了咂吠？"

"冇在"，白话里就是去世了。这个我们早有预料，不过还是发出了一声"哦"的叹息。

"吕庭海仲有亲人在这里咂，我带你哋去佢哋家。"老人说完就转身往广场左边的那条水泥路走。我们赶紧跟上。一路走一路问，得知老人姓肖，早年从外村嫁入。

"村里的女人都系外村来咂，陈坑村男人都姓吕，只能从外村娶老婆。"老人给我们介绍。我们都笑。

老人趿拉着拖鞋，我们十分兴奋地跟着。水泥小道很干净，左边是楼房，右边是荔枝龙眼黄皮的果园，空气又好，走得很舒畅。

五六分钟后就到了一栋三层楼房前，楼门前搭着一个彩钢屋顶。老人手一指："喏，那就系庭海的老屋，睇睇乜人在家。"

我们都十分激动，趋步上前看，屋里却没人。

再朝四周打量，彩钢屋顶下有一个铝皮大箱子，有一间房那么大，铝皮表面有两个透明的表，上面标着气压温度。

我问这是什么烤箱，老人正在东张西望找人，听我问了就说："系烤荔枝干的炉子，佢哋年年都要烤荔枝干龙眼干嗰。"

"吕奇才的母亲呢？应该在屋里啊！"老人探头望向房门口，自言自语，接着用土话大喊起来，就听到楼上传来一个男人的应答声。很快楼梯上走下一个中年男人，中等个子，衣着很好，有些老板模样。

"奇才啊，有人来搵你，系庭海的亲戚！"她直接就说我们是吕庭海的亲戚了。

"庭海的亲戚？啊啊！"中年男子赶紧过来，和我们一一握手，自我介绍叫吕奇才。阿寿递上真龙烟，他摆摆手："我冇烧烟嗰。"又招呼我们往楼房门口走，那里摆着一张红木茶桌，上面是茶壶茶杯，五六个红木椅子围着桌子。

我们坐下，他便开始煮杯子消毒。又开始烧水沏茶。我打开了手机的录音功能，将手机放在茶桌上。

"你哋都系庭海的乜嘢亲戚？"他用土话问。

我便尽量用广州口音跟他说了来龙去脉。

然后我介绍阿依说："佢就系吕庭海堂妹吕冰莹的女儿，出生成长在新疆，大学毕业回到广西北宁工作。"

阿依一边微笑一边朝他点头

"啊！"他惊叹了一声，"原来系咁样！"

"庭海系我的七叔公，佢五年前就冇在了，在广州死嗰。"我闻言心里一沉。

他说庭海是他的七叔公，那么他应该就是庭海父亲的兄弟的曾孙，也就是说，如果阿依外公吕行迁确系这个家族的人，那么吕奇才的曾祖父就应该与阿依外公是亲兄弟，即系阿依外公的七个哥哥中的一个。一想到这，我心里就有些激动。

"你讲吕庭海系你的七叔公，那么庭海当时在哪里工作？"我觉得首先要问这句话。

"在广州啊，佢当过兵，退伍后在广州公安局工作。"

阿依始终不问话，只是笑。

"当年庭海在广州住哪里？"我问。

"当时庭海就住在广州市中山路芳草街东巷10号。"吕奇才一口说出。

"对！广州市中山路芳草街东巷10号，没错！"阿依一听就喊起来，"我记得清清楚楚，当年我读过吕庭海写给我妈的信，我记住了信封上的地址！"

"那条小巷很窄的，只能一个人进去，对面走个人来都难转身。" 因为听到阿依说普通话，奇才赶忙改口说普通话。

"对对对，巷子就是很窄的，进出一个人还行，两个人就很难通过了，身材肥胖的说不定还要挤才能进去。我是1993年大学暑假回北宁，跟着二表舅来广州，二表舅带我来九姨家，她也住芳草街东巷，不过是西边，庭海是东边，我在九姨家住了两天，九姨带我进出那条巷子去街上吃饭，我走了好几次，我那时人很瘦，走那条巷子都觉得压抑呢。"阿依在笑着回忆。

"你记唔记得庭海有几个仔几个女？"我觉得需要转换话题。

"庭海有三个仔两个女。哎，讲来话长，当年我十八岁的时候，庭海回到陈坑，带我去广州，先让我住在佢屋里，佢本意系想带我到广州闯荡，介绍生意，但系佢的仔女睇唔起我这个从老家来的乡下人，冇欢迎我在佢哋屋里住，我住了两个多月就搬出去了，自己在广州做售货员，做了两年，后来回老家结婚，做烤荔枝龙眼生意，与十几个人联合跑运输。后来庭海回过老家，系八五年吧，佢讲两个细仔因为吸毒死了，大那个仲在广州……"吕奇才在一边说一边思考。

大家唏嘘着，奇才给我们斟茶，我们喝茶。

"哎，行迁当年的老屋在哪里？"我突然想起了这个问题。

"我听我阿爸讲，那个烤炉的位置就系当年庭海的老屋，我新楼的位置就系当年行迁的老屋，当时仅有两间泥砖房。听我阿爸讲，行迁一走就冇回过陈坑了……"

"你阿爸呢？"

"我阿爸前年冇在了。"

"哦。"

"族谱上有吕行迁的名字吗？"我继续问。

他犹豫了一会儿，突然难为情地笑着说："十几年前修族谱，大家定的，冇在屋，冇出份子钱的人，都冇上有名字……"

"啊——"我和阿依对望了一眼，觉得很失望。

"要了解吕行迁，可以问一下宇龙的阿爸，佢八十五岁了，应该知道。"吕奇才好像为了安慰我们，说了这句。

"可以请佢来吗？或者我哋登门拜访？"

"不用，我可以打电话给宇龙，让佢叫佢阿爸来。"他开始打电话。

"叫佢把宇龙准备好的族谱亦拿来吧。"我插了一句。奇才一边打电话一边点头。

这时候来了一位年纪六十多岁的阿姨。

"这个系我阿妈。"奇才已经打完电话,开始介绍。我们起来让座。

一通说明之后,奇才阿妈说:"行迁吗?我跟奇才阿爸叫佢八公啊。"

"啊!"我和阿依一时大喜,几乎站了起来。

"那就系行迁排行第八咯?"

"系。"奇才阿妈确认。

"太好了,咁这就对了!"我右拳击打了一下左手的掌心,激动地说。奇才和他阿妈都看着我笑。

"喏,宇龙的阿爸来了。"吕奇才突然指着那边说。

一位满头白发留着白胡子的大约八十好几穿着白衬衣宽大黑裤子的老者走来了,手里拿着一个塑料袋子,我们赶紧起立让座。老者先将袋子放到桌上,再用手摸着椅子慢慢坐下。

"我把三本族谱都拿来了。"老者望着我们说。

阿依和阿寿便从袋子里掏出族谱翻看。都是线装的黄皮书,竖排繁体字。

"阿伯,我想问当时村里系冇系有一个叫吕行迁的人?"我问。

"有啊,佢长得高高大大,我哋都叫佢高佬!"宇龙阿爸说。

我们一时简直要兴奋得喊起来了。

"佢有几兄弟?"

"八兄弟。"

"庭海的阿爸排行第几?"

"第三。"

"那,那,好像又不对了,应该排第六——"我望望阿依,又望望奇才阿妈。

"你记错了,行迁系排八啊,我刚刚回来那年,过年了,奇才阿公叫我同奇才阿爸请神,都讲要请八公八婆回神主位……"奇才阿妈坚持她的话。

"咁样?那可能记错了……"宇龙阿爸在嘀咕。

"族谱里有行迁的名字吗?"我打断了他的嘀咕问。

"十几年前我哋高凉吕家做的那套就有,后来佢哋又做了这套,应该亦有吧。"

阿依一边翻看族谱一边回答:"好像没有。"

阿寿也说:"三本我都睇完了,好像冇有。"

"咁样啊,那就系像奇才讲的,外出冇回过老家的人,又冇捐款的,佢哋就冇写上了……"宇龙阿爸一点也不隐瞒的样子。

我和阿依都沉默了。我隐隐地感到了一种悲伤。

"吕行迁系因为当兵离家的吗?"我转移了一个话题。

"冇系吧,听讲佢系跑江湖的。"老人说,他的话又让我有一些失望。

"阿伯,我想再问一下,行迁离家之前,系冇系娶过一个女人?"我突然想起这个话题。

"系啊,行迁的第一个老婆姓杨,系个好本分的女人,亦系有些精神问题的女人。吕行迁离家出走后,佢生下了一个遗腹女……"

按照宇龙阿爸的讲述,行迁的父母对八个儿子先后出走忧愤交加,六十年代先后去世,留下杨氏在世。杨氏的女儿出生后,母女相依为命。后来她的女儿嫁到了泗水镇的肥猪村。女儿出嫁后杨氏六神无主,女儿有一次回娘家看到母亲一日三餐就吃臭馊粥,孤孤单单只是发呆,便把她接到了肥猪村。杨氏跟着女儿生活了三十几年,活了七十几岁,十多年前在肥猪村去世。

我问杨氏的女儿近况,宇龙阿爸说,杨氏的女儿也在几年前去世了。

我感慨万分——吕行迁啊吕行迁,可把你的老家找着了!可是你的身世之谜还是没有全解。可怜这个杨氏,在你出走后活得多艰难多自卑?生前心中也许有着无尽的愤怨,但是她又何曾想到,你早早就已死于非命,第二个老婆谢莲芳也不久就告别人寰,留下一对女儿辗转磨难,最终远走新疆,一直无法弄清自己身世。

我鼻酸得想哭——又一个像阿依舅婆一样被男人遗弃的女人,不同的是她有女儿,而阿依舅婆一生守了个活寡。

经过宇龙阿爸和奇才阿妈的回忆讲述,以及阿依和奇才对庭海住所那仿佛对暗号一般的对接,基本可以确认,当年写信给阿依母亲的吕庭海就是吕奇才眼中的吕庭海,而宇龙阿爸记忆有出入的吕行迁和奇才阿妈记忆中的八公就是阿依母亲的父亲吕行迁。

好长一会儿,我们只是沉默,喝茶,然后感叹,说着真不容易。

"奇才,我想问一句,你在族谱里排第几世?"我问。

"我十六世。"奇才脱口而出。

"咁样?那你应该叫我老婆的母亲姑婆,你比我哋都小一辈,叫我老婆应该系——"

"叫姑姑!"阿寿一口说出,笑了。

"呵呵,我冇想到咁多,听起来好复杂啯——"

"我亦长你一辈,你应该叫我姑丈。"我望着他笑。

大家听了都大笑。

554

已是下午四点半，我们起身告辞。吕奇才挽留我们，说要做饭吃了走，我们解释说，因为阿寿读初中的小孩晚上要回校，我们只能告辞了。

奇才和他阿妈便笑着说，那下次一定来，要吃饭。

"你哋都系亲人了，要常来啊，来睇睇我！"奇才阿妈跟着我们一边走一边说。

出门之后，我拉着阿依站在他们的房子前面，让阿寿用手机给我们照了几张相作为留念。

车子走上了归途。阿依在身后说："真不好意思，都忘记准备一点礼物进屋了，以后还是再来看看吧！"

"不来了，陈坑能告诉我们的基本就是这些了。你外公的身份之谜要从其他地方求解。"我打着方向盘，目光望着前方说。

"有时间了，来闲逛一下也好的。"阿寿像在打圆场。

其实我何尝不是这样想？我一直对阿依外公吕行迁的出身、成长以及后来的历史有着执着的求解欲望，尽管没有更多的了解，尽管阿依母亲一直表现出无所谓的淡定和通透，但是就对历史负责，对亲人生存脉络的探求而言，我知道阿依是不甘心的，我也是不甘心的，尽管这种不甘心也许包含着文学创作的素材需要在里头，实际上，这种南辕北辙的途径也是我出塞的目标之一，或者说殊途同归，也是我写作本书的欲望和追求。

车子在207国道上快速行驶。高州大地依旧山清水秀，漫山遍野都是龙眼的蜜色。可阿依的神情显得很忧郁，我的心里也有一股说不出的失落。

回到北宁后，阿依母亲坐在电视对面的沙发上，双手叉在沙发的两边，这样她可以斜靠着身子，苍苍的白发也靠在木沙发的靠背上了，她既是在看电视，也是在仔细地听我们的高州之行的讲述，基本是阿依在讲，她的讲述比我更感性些，我不时给予肯定和补充。老人不断地"哦哦"应着，眼睛长时间盯着电视里的动物世界画面，许久，她才缓缓地说："我真是很认同许多人说过的那些话，就是一个意思，父母在，故乡还在，父母去了，故乡没有亲人了，你的故乡就没有了。我现在突然觉得一身轻松，剩下的就是一条路了，如果人走后真有另一个世界，我也不知道能不能见到他们，见到了，我也没有啥愧疚了。谢谢你们，小羊和阿依，我不跟你们去是对的，你们总算帮我了结了一个心愿……"

我看见，在橙黄厅灯的照耀下，白发萧然的老人脸上泛着一层淡红的亮光，苍白而多皱的面容显得很平静，目光也显得从容。而在她的几乎被皱纹遮盖了的混黄双眼里，隐隐渗出一抹晶莹的光泽。

我知道，在经历了自幼到大的人间冷暖和南来北往转场式的漂泊之后，步入晚年的她已将世事和人情看得更加透彻，也更加淡泊。我还知道，她的心事其实还不算了结。在渐行渐远或者说人事渐终的人生道路上，她一直想对自己有一个总结，这个总结当然包括她对她的父母的身世之谜的追问，就像我和阿依对她身世之谜的探寻一样，尽管我们已经大体了解，但是关于她的人生我还有很多尚未挖掘，我也不知道是否还能来得及。现在，我只想把其中的一个挖掘寄托在我上京读书后的寻找上。

饭后，我在亲人群里上传了部分我和阿依去陈坑寻亲的照片。光旭在群里call了我，还写了一段："姐夫辛苦了！咋说呢，外公算是抗日战争时期一个尽了所能的人物，不难想象他身上肯定发生过可歌可泣的故事。岁月抹去了痕迹，后辈也多是平凡人，将来也无人提及，各自安好。"

阿依母亲早就在房间里看着手机，此刻在光旭的话后面接龙："你说得对，过去了就是浮云，今天安好才是第一……"

进入8月后，我就一天天地数着上京的日子，一颗心就像一盏被燃起了的孔明灯，老想望空飞去。阿依正在床边手脚麻利地折叠晒干的衣服，我看着她说："我要去北京了，你和依力在家，应该行吧？"她一边忙着一边说："不行啊，你就让我带着女儿去北京陪读呗！"我在她旁边傻笑。

周末伊力回来了，听说我要去北京读书，她嘟着嘴说："你这么老了还去读书，而且是北京，也不带我去！"我嘿嘿笑着，说："爸爸的本事太差了，想要去学多点。"她一屁股坐在沙发上，不看我，却说："不给去！"我站在她旁边傻傻地笑。

每天都激动着，每天都在想该准备什么，带上什么，结果觉得除了衣服和几本书，存有两本书稿的U盘，什么都不用带。

"先带两套换洗的，到了北京，我再给你寄！"阿依说。

晚上，阿依母亲坐在沙发上，开着电视机，却望着我说："梁小羊去了北京，肯定学到更多的本事，以后有更大的发展！"我惊异于阿依母亲的眼光。

从南宁到北京，坐火车要一天半。去之前给班主任发了信息，问他提前一天到鲁院是否可以安排住宿，班主任张老师回答，来吧，没问题。

5日下午三点出发，上了铺位就看书，带的居然是《活着》，我知道余华也在鲁院读过，一个小时里我读了近百页，被他不动声色侃侃而谈的苦难叙述所震惊，心里想，要是我读了鲁院也能成为余华，那该多好啊。

傍晚7点多才到北京西。火车晚点一个小时抵京，我有点恨恨的，再想想就觉得无所谓了，反正到京了，反正我乘坐西去的列车经常遇到晚点，就像我的人生总是晚点。

七点十分出站，不敢坐地铁，因为平生只在广州坐过一次地铁，还是别人带的，看见别人在购票机前捣鼓一阵，觉得复杂，便决定坐出租。二十分上车，我一直扭头往窗外看，司机在问我，北京美吗？我说美极了。他叫我拍照，还一路给我介绍北大清华，北航北医。又说，上海经济好，但拥挤，北京道路宽敞，开车舒服，北京人的心胸也开阔。他还打比喻，说上海天津重庆是大老婆生的孩子，深圳广州嘛，是二奶生的孩子。哈哈，我被逗笑了，这分明是作家的语言啊，我遇上一个作家出租车司机了。

大约四十分钟到鲁院，要68块，一高兴，让师傅收了70块。我到的是鲁院东门，黑帽黑装的年轻门卫很认真地问我："干吗来的?"我晃晃早拿在手上的录取通知书说："您好，我是鲁院学员……"他"噢"了一声，打开铁栅栏门，说："直走就到。"我讨好地谢谢他。循着一条大道直走，大约五十米后看到了右侧那块鲁迅文学院的牌子，在门口台阶上，一位个子不高却蛮英俊的年轻人问我："您是梁小羊吧?""是啊，我是。"我愣了一下，他怎么就认识我了？"我是你们的班主任啊。"嘿，太巧了，竟然是我的班主任张老师，顶多二十五六的年纪，都快八点了，他一直在守候。还有一个胖嘟嘟的男服务员也看着我，热情说："新学员来我这儿登记，拿房卡。"我对他点头含笑，却对张老师说："对不起，我来早了。"张老师也调皮，说："好着呢，提前给您安排，让您多赚了，每位学员都住单间，就是报到要明天九点才开始，明天中午才给你们开饭，明天的早餐您就出门口解决吧。"天哪，他一口一个"您"，好像我才是老师似的。早餐自己解决？那肯定没问题。再醒悟到住宿是单间，可以不受拘束地熬夜了，我立刻就爽到了心底。

我的房间是609号，这个数字挺合我心，心情不觉又爽了一层。登记完毕，拿了房门钥匙，拖着拉杆箱，进电梯，上电梯，走回廊，见到了609，一把打开房门，先是放好行李，脱了外套，再一屁股坐在椅子上，看到了电脑，似乎是崭新的。习惯性地拉开抽屉，看见了一本留言簿，不觉好奇，逐一翻看，竟然有前辈老作家傅天琳，还有年轻一代活跃文坛的刘年，李俊虎……有许多闻其名不识其人的作家都留言了，等等！竟然翻到了朱山坡？天哪，2012年春天，他竟然就住在609号房?！再细看笔记，是这个家伙！作为在高中时代就已经认识、工作后曾在同一大院住过玩过的朋友，相隔五年后，我们竟然在鲁院同一个房间相遇了！一时非常激动，忙不迭地拿起手机就拨他的号码，我知道，他前几天才上的北京，此时正住在十里堡老鲁院，他是和一帮比他还小很多的青年作家读鲁院和北师大联办的研究生班，他那天上去之前就给了我电话，说先上去了，你来北京再联系。我恨不得先就跟他一起上了北京，可是，他是从首府出发，坐的是飞机！我是从小城北宁出发，坐的是绿皮火车！

此刻，他听了我的话后嘿嘿笑着说："真系嘎啊？你亦住609？咁巧嘎……"那一刻我真想冲过老鲁院去跟他吃宵夜，可是听他说，去十里堡要坐地铁，要半个小时，打的要三四十块，"冇来了，省几文钱买书，后日我亦过来参加联合开学典礼！"听他这样说，我才作罢。

挂了电话进卫生间，哼着歌儿洗澡，脱口而出的居然是《北京北京》：

> 我在这里欢笑，
> 我在这里哭泣，
> 我在这里活着，
> 我在这里死去，
> ……

呸，大吉利是！不会不会，怎么会死呢？四个月，哈，我只有欢笑，我只有成功！

出来光溜溜的就坐在椅子上，开启桌上的电脑，摆弄了一会儿，要输入自己的名字才能用，原来学院早设置好了。我进入自己的邮箱，下载了自己准备在学习期间大改的长篇《出塞书》。无意中看到电脑屏幕映出我的光身，不觉傻笑，穿上睡衣，再改一阵，已是二十三点，始觉得有点累了，才保存，关了电脑，"啪嗒"一声把自己放倒在床上，想睡觉，可是又睡不着，便躺着拨通了阿依的电话，报告顺利进京住在单独房间的消息，阿依说："那你这四个月可美了……"我在一个人的房间里和她说着旅途，说着北京印象，后来就睡着了。

不知何时醒了，听到窗外传来我熟悉的鸟鸣，好像是布谷鸟。我在乡下吗？不，我在首都，在北京，在鲁迅文学院！一骨碌爬起，拿过枕边的手机看，6点半，时间是9月8日。呵，今早上午9点，是开学典礼。又像昨晚一样兴奋起来，哼着《北京北京》，上厕所，去洗漱，牙刷在嘴巴里撸着了还继续含糊地哼着：

> 我在这里欢笑，

我在这里哭泣，

……

穿衣服拿钥匙，出房门绕回廊，进电梯下电梯，在四合院一样的宾馆大堂里随意走走看看，照了鲁迅最醒目的画像，还有四面那么多著名作家的画像，还有旋转门前的大先生的铜像，一股穿越百年时空的文学气息在我周围荡漾，服务台后的胖小哥望了我一眼，继续忙他的事。想起昨天他的热情，心里还有些温暖。

再扭头看外面院子天已大亮，于是出旋转门，穿过步道踏上花院，看那些见过的和没见过的树，大约有梨树、杏树、桑树、桃树，又看荷花池，看鱼池，身边就是我熟悉的鸟鸣，好像回到了老家天堂山，又好像在我难忘的伊犁林区。继续走，看见了茅盾、巴金、老舍、曹禺那些大师的铜像，不觉肃然起敬，也是一阵好拍，要传给老婆阿依。蓦然抬头，到了现代文学馆边，便从三个方向拍了十几张，记起朱山坡以前说他读鲁院时，看着文学馆想象自己作品集入藏的愿望，心里也想，不知何时我的作品可以进到里面？

凉风吹来，头脑顿时清醒，习惯性地抬头，文学就像鲁院上方的天空，又蓝又高远。

我已经预感到，鲁院岁月和读完鲁院之后我的写作人生将会迎来最重要的转折时期。我一个西南边陲的文学爱好者，终于看到了那些巨人和他们的影子。在开学典礼上，我见到了莫言和铁凝，在拥挤的同学中我凑近同样是一身赘肉的莫言——在此之前我不敢想象我会触碰到他的身体！我让同来参加典礼的朱山坡帮忙用手机照了一张相，发回给小城的文联副主席潘雄杰，他在电话里大声说："要放大装裱挂在办公室墙上，鼓励我们来文联的每一位文友！"一时在那座小城文人中被传为盛事，我似乎也在这种羡慕中得到了某些鼓励。尽管，实际上那是一种十足的虚荣心！

我聆听了包括王蒙、何建明、阎晶明、张清华、刘庆邦、陈晓明和邱华栋等等几十位著名作家的授课。在一次文艺思想讨论会上还见到了对面大约五米的李敬泽。这些，都是我在遥远的广西小城没有机会遇上的。那时我已经读完《这边风景》，这部在一年多前获得第九届茅盾文学奖的巨著，进入其中时，那幅长长的伊犁画卷就浮现在我眼前。在他的课上，我专心地听完了他的授讲——永远的文学。他谈到了新疆伊犁，说那里是他的难忘岁月。有人评论说："没有去新疆的十六年，就没有现在的王蒙。"于是我傻傻地想，是不是没有出塞的十四年，就没有现在沉溺在边塞情结里的梁小羊？

在课堂上，王蒙讲到了作家必须建立自己的文学故乡，伊犁就是他的文学故乡。坐在台下的我也在心里说，伊犁也是我的文学故乡。他说他快八十三岁了，为了文学，他甚至会"写到永远"。我在台下也默默地说，我也要写到永远。

在鲁院609号房里，我潜心修改《出塞书》。在修改的过程中，我有时平心静气，有时万分苦恼，有时甚至想全部放弃它，但是我最终坚持了下来。我在修改和扩容中，写下了后面的几个章节。我还写了鲁院日记，大约有五六万字。当我写到自己进入鲁院和来到北京的感受时，我接到了阿依的电话，我谈了自己在京的感受，这时，阿依显得有点迟疑，她问：

"开封，离北京还有多远呢？"

"不远吧，高铁大概四个小时就到了。"

"这么说——我妈她——可以去北京？"

"那肯定，就一个上午的时间嘛。"

"你知道，她老是念叨流浪了大半个中国，最遗憾的是没去过首都。"

"我知道——那我看——我找个时间去接她吧。"

阿依在电话里嘻嘻嘻地笑了。

我这才知道，我已经接受了阿依布置的任务。想当初，就在我来鲁院之前，3月初，还在开封的阿依母亲就在阿依给她的一个电话里说："我这辈子跨州过省，就是没去过北京，要是你哪天带我去北京就好了。"当阿依挂了电话对我说起这些时，我那时已经知道广西作协准备推荐我去鲁院，我一时兴起，说："假如我能去读鲁院，我一定带你妈去游北京！"

那是一个周五的上午，鲁院没有我非听不可的重点课，我跟班主任请了假就打的去惠新西街北口坐地铁直奔北京西，当天中午到达开封，迅速在光亮家吃了午饭，赶紧和阿依母亲出门，坐上了开封北开往北京西的高铁。

长城太远了，也太拥挤了，在仅能空闲的一天半里，我根本不敢安排老人去，我只是带着老人看了天安门、故宫和颐和园，老人腰弯背驼，行动迟缓，满头白发在风中飘动，她看得兴致勃勃，尤其是在天安门，她久久地看着广场上流动的警车和警察，看着城墙边和城墙上站得笔直的便衣保安，悄悄地问我："守卫得这么严，国家领导人都住在里面么？"我强忍着笑，告诉她："领导住哪里不知道，但是办公在中南海。"老人"哦哦"地应着，又问："可以去看看么？"我终于笑了起来，说："这个恐怕不能。"老人沉默了一会儿。后来说："不去就不去，我流浪了大半辈子都是在大西北，又因为陪着阿依爸爸七八年没出过门，现在终于来过首都了，我已经心满意足了。"

走到故宫午门时，老人抚摸着红彤彤的宫墙，呆望了一会儿，说："不知道中国第一历史档案馆有多远？要是能去去就好了，当年阿依为了弄清她外公外婆的历史，曾经写信给中国第一历史档案馆。"真遗憾，据我所知，周末属于中国第一历史档案馆的闭馆时间，而我也不能在上课时间陪老人去，于是我说："我明天先送你回开封，至于去中国第一历史档案馆的事，我另外找个充足的时间去，我要慢慢翻一翻那些历史。"阿依母亲望着我，脸上深深的皱纹上漾起了慈祥的笑意，说："那你就找个时间去看看吧，如果能找到蛛丝马迹，弄明白我父母的身世，我就谢谢你。如果找不到什么，我也不在乎了，我这不是一辈子都过来了吗？"

半个月后，已经临近国庆和中秋节放假，我接到阿依母亲的电话，她要离开开封到我们南方的家，她要我去开封接她，并且说定回南方要坐火车卧铺。临近节日的火车票已经很难买到，我不得不把接她的时间提前了三天。这需要我旷课。我纠结矛盾，一方面是阿依母亲，一方面是我打算一节也不愿意缺的鲁院课程。我采取了一个折中的办法，将我去开封的时间调整到28号傍晚7点多，这样我就缺下了29和30号的课。请假的时候我说了很多理由，中心思想就是阿依母亲一辈子颠沛流浪，而今年近八旬，需要我亲自长途护送。班主任张俊平不敢批，对教学要求严格但又母性十足的郭艳老师批准了。

我跨越两千多公里回到了广西，回到了那座毗邻粤西的小城，并与我的妻子和女儿共享了天伦之乐。收假回到鲁院后，我从同学那里拷贝了所缺的两节课的录音，虽然是一节讲基督教思想文化，一节讲舞蹈，但我也从头到尾听了一遍。我觉得这些内容对培养我的人道情怀和提高艺术鉴赏力不无裨益。

一个文学男人的一百二十天，那真是我的黄金时代，可能也是我的欲望岁月。在这漫长而短暂的四个月中，我得以将自己的来路和人生体验沉思个遍。正是基于此，我想做一个诚实的人。毋庸讳言，鲁院四个月也是我像我那些同学一样忍受煎熬的时期。从我太多的同学的经验得知，他们当中的确有不少人像我一样饱受折磨。而且这个经验不仅仅是在我们这一届发生，更多的经验在往届中隐隐流传。我能怪自己吗？食堂的饭菜太好了，每天吃完品种繁多营养丰富的饭菜，外加一瓶酸奶和一个水果之后，长达两个小时的散步都没有完全消解掉我过多的想法，特别是在看书写作至深夜一点熄灯躺下后，躺在那张只有一米二宽的小床上，足足有一个多钟头在上面翻来滚去。如果我说没有遇上一点诱惑那是不老实的，更不是真实的。我们鲁三三届有二十五个男同学，二十七个女同学，女多男少的格局似乎预示着某些故事的可能发生。

我不知道其他同学有没有遇上，代替了某种情感的却是陈集报和代登临两位男同学。光头陈集报，湖北籍的据说少年时代就是校园诗人且与邱华栋一起出道的陈集报，大学毕业后到了商务部下属的某报社工作，不久因为爱慕一位国花级的女子却被对方讥为穷酸文人的陈集报，一气之下下海了，不到十年财富即呈几何级增长（据传已经过亿），此时回望国花已经笑语盈盈暗香去，他的光头不知是否因此炼成？财产已三代无忧的他在枉自嗟之际重拾文学，写起自己熟悉的财经小说，两部小说销量过了二十万，并被拍成连续剧。如今循迹找到邱华栋，谈及少年意气今日梦想，华栋院长即劝他按程序报读鲁院，我遂有幸与其成为同学。开学不到两周，我观此身家过亿同学，果然斗志及想法不与一般同，此公每晚失眠，仅睡两个小时，记忆力却惊人地强，每看一本书或一篇文字，可以复述详尽至某细节某对话，如看了我的万字《父亲书》，其中我都记不起的父亲细节他能娓娓道来。他知我来自广西，要我把正在八里庄读鲁院北师大研究生的朱山坡请过来一起吃饭，自然他请客，席间称是朱的拥趸。很快他就在《文艺报》上先声夺人，一篇《我在鲁院614》，畅谈理想及同学，字里行间听到掷地之声，把朱山坡写了，把我也绕进去了，我遂因他而为鲁三三所知。他一人在房间打电话时言必称投资回笼，发誓要实现从通俗小说向纯文学的回归，午夜两点依然和我纵论文坛，激我斗志，对视间互拍肩腿，语调铿锵，声如狗吠。

　　其实比我铿锵者当数代登临，来自新疆兵团阿克苏某师，口音却为河南腔。我与新疆的缘让我很快就关注了他和库尔勒的女同学呼兰、乌鲁木齐的女同学程玉。登临与我的关系要更哥们一点。脑袋像一个猕猴桃，脸上皮肤干燥酱红状如油条，这是登临给我最初的印象。他七十年代初生于孔明故乡南阳，因自小听祖父讲故事爱上文学，在校园发过诗歌，却在九十年代初高中毕业因为谋生去了新疆，据说做过流浪汉、拾棉花工、收破烂者，后来在阿克苏开了小商店。不久遇上兵团阿克苏报社招人，遂成记者。在育慧南里至北土城路至惠新西街至北四环东辅路散步，他一边拍我肩膀一边顿头发声如狮吼，一口浓浓的南阳腔遮不住兵团人的革命语气："我俩都要好好写，好好写，写出我们文学道路上的最美华章！"把口水都喷到我脸上，我居然也咬牙叩齿顿声喊好，我们的言行好几次还把路过的穿着时髦的女子吓得缩脖掩头慌忙躲避。当时我还惊愕于竟然有人比我还要痴癫，更令我愕然的是，天天来我房间谈读书谈创作方向的他，一个月后急急忙忙赶飞机回新疆，我们便猜想肯定是家里出了事。两周后他回来，我和他散步交谈，始知他老婆病重，"治不好啦，一听到响声就加重，一开门被风吹也加重，只能日夜卧床。"他坦言是绝症。听到此话我心里痛痛的。他却转而谈起周大新，他的河南老乡，几天前和一位朋友去探望，抱回来一大摞赠书，谈起周大新的热情鼓励，惊叹周大新老而失子悲痛之余对文学的虔诚和收获，我听得心情压抑。

另一天，和朱山坡约好去十月文学院听格非和李洱的讲座。这两位都是大作家啊，我在南方小城不可想象见到的作家。我们前几天就在网上报了名。鲁三三班还有代登临和呼兰程玉陈丽丽也报了。那天我从新鲁院出发，朱山坡从老鲁院启程，代登临他们早已从天安门赶达。我站了十几个地铁站后，在永定门下车与朱山坡相会，我开手机导航，提示佑圣寺只有八百米，便说："踩单车，五分钟！"于是一人一辆摩拜，可转了很久就是找不着，我问警察，问环卫工，都说不知佑圣寺和十月文学院为何物。打电话给代登临，他早到了，说："我给你发定位！"按着定位踩车，可每到一个地方导航都叫我们回头。此时我们已经踩得一身大汗，渐渐慌不择路。看看时间，讲座已经开始了十分钟，我几乎感到绝望，眼见身边有一位开着箱式电动车的大姐，我们便讨好地再次问路，大姐真是热心人哪，一边念着阿弥陀佛，一边说"我送你们"，不禁大喜过望，锁了摩拜上车。走了一段路，大姐说她也记不清具体地址了，我们不禁又急，大姐说别急，伸头问一位大叔，获得热情指点，大姐开足马力，一路狂奔，不小心闯了一个红灯，大姐就念："阿弥陀佛！"终在对谈开始二十分后赶到。下车后朱山坡要给大姐钱，大姐坚决不要，说："以后遇到困难，你们要多念阿弥陀佛，佛就保佑你们交好运了。"于是我们两人匆匆念了一声"阿弥陀佛"，赶紧进门。文学院门口有人让签名，我在报到册上看到了我们的名字，遂签了名进去。小小的文学院里坐满了人，又坐满了外面的展厅。我和朱山坡都找不到位置了，只好靠一根柱子站着。文学院的吕约在主持，此刻在看着格非，格非正在昂首高谈阔论，李洱左手抱胸托着右手，右手折起顶着右腮似乎在听。可站在门口的我根本听不清楚，因为他虽然拿着话筒，话筒却是没打开的，房子里又有回音，老实说，那天两位大家在谈些什么，我几乎没记住。对谈结束后天都黑了，朱山坡还要拿他的《十三个父亲》送给格非，因为格非是他的研究生班导师。见此，代登临、程玉、呼兰和陈丽丽先走。李洱早溜了，格非正在里间给粉丝签名，光线不好，几十个男女每人抱着一大包书排队，我看他签得够呛。半个钟头后，格非才签完，朱山坡给他书，然后我给他俩照相。朱山坡又给我和格非照了两张。我挨着格非，格非一句话也没说，朱山坡照好后我查看手机，发现两张都是暗暗的，因为天黑了，格非又走了，心里便悻悻的。

离结业还有一个月，有一天中午，我正午睡，有人急速地敲击我的房门，我惊诧地打开一半，一下子就看到了登临那张有些干燥酱红的脸，他不等我开大就用力地推门进来，气喘吁吁地把一大箱书籍、几件衣服和一盆子里的洗衣粉牙膏等等用品放到我房间地板上，说是让我处理，"最好让为我们打扫卫生的刘大姐帮忙送给天天冒着严寒在鲁院门口扫地的工人。"他双目含泪，声音渐渐转重："兄弟，你我都是文学人，一辈子与文学不可分，但是我得回去了，这学习无法进行下去了，这都是命啊！"他交代我帮他把那些书寄回去。原来他老婆的病情加重了。我握着他的手，竟无语凝噎。他收拾东西午夜三点去机场赶回阿克苏，他说他会尽量再回来。我却知道他不会再回来，十几个女同学送他，个个眼睛像市面上的北京水蜜桃。

登临果真不再回来了。结业典礼前一周，班级公众号上出现了他的《一生的鲁院》，大家才知道他不光喊"北京真大呀，当飞机在北京的天空环绕的时候，吓住了我"，还是唯一一个说接到鲁院录取通知书"就后悔了"的同学，难为啊，家有重病妻，有读高三的儿子，他平日需"昏梦着卖菜做饭，伺候妻儿"，当然又怎忍为了文学理想而抛妻别儿？他离开了鲁院，却在深夜里"止不住抚胸自问：作为'鲁迅号'上的一员，你该以怎样的文字，方无愧于先生？"作为一个满心创痛的男人，他就这样陷进了理想与现实的挣扎之中。

也不全都是文学啊理想啊，在寂寞的鲁院之夜，偶尔接到几个知心朋友特别是异性朋友的电话，我还是忍不住有踏过浮桥一般的颤动，那个很多年以前就与我称兄道妹的庄，就是那个生活在美丽的桂西北小城同那里的山川一样美丽的庄。庄常常在她也没有睡着的深夜发来微信，发着发着嫌跟不上思维继而就来电话，她说："我知道你一个人在北京睡不着，所以我也睡不着。"她在柔声抚慰我的寂寞，甚至像当年关心我的妻子和女儿一样询问我的妻子和女儿，甜蜜的问候和像冬夜暖气一样的语言让我不断地回想起她肤色白皙、光彩照人的岁月。而更诱人的途径——一个途径——经她说出来实动我心。她说，她愿意为我生一个儿子——一个儿子——我父亲母亲曾经梦寐以求的愿望，继承香火的希望，但是现在，我父亲已经去世十年，我母亲也已经风烛残年。庄是有这个能力和条件的，她还年轻，她属于自由职业者，而且，她离了婚，她实在是我满足父辈愿望和自己虚荣心的选择。现在，她的声音跨越了千山万水后凑在我的耳朵边，娇声说："以我的美貌和你的才华，我们可以生出一个英俊聪明的儿子……"

鲁院宿舍的隔音效果并不好，半夜邻房迟回洗澡的沙沙水声都可以听见。我只好怀着紧张而刺激的心情，极力压低交谈的声音，这种深夜互相闪烁其词甚至暧昧的交谈既是一种宣泄的渠道，大约也是一种出轨的前奏，一个正常的男人像吃了魅惑药一般根本无法拒绝。我感到了作为一个中年男人所受的压抑，而在深夜里打一炮的愿望又是多么强烈啊！同时，我也深感疑惑和羞愧，觉得自己不配一个作家的称谓。这些年，我已经走过了漫长、痛苦、艰难的路，尽管我的灵魂并不能达到高尚，但我仍经常觉得自己就是一个高尚的人，一个抵住了许多诱惑的人，我甚至还走过了圣人走过的路。但是，我又常常感悟到我身上的粗野的部分，我的类似于老虎和狐狸一样的东西，它们常常在我一个人的时候，在夜深人静的时候，在鲜花开放和香气四溢的时候，悄悄地从我的心压住的缝隙下伸出来。具体说到这个女人，老实说，她对我一直具有很强的吸引力，在那些深夜里她无数次点燃了我对她的感情之火，以致我久久地抚弄着我的男根，深夜的文学之源与火热的生命岩浆在此时达到了水乳交融。我觉得那一刻我最终提升了自己，我获得了独特的生命体验。在这点上，我想远在广西小城的阿依是理解我的，我几乎有四个月不在她身边，如果说发生这一切我有错的话，那么我的错也情有可原。我毕竟是个正常的人，而她也长达四个多月不在我身边，我是有机会的，诱惑也多的是。我有好几个我十分了解的朋友，他们最后没能坚持把握住自己。

那天晚上的另一种体验让我留下了强烈的印象。我在29摄氏度的暖气里赤身裸体爬起来，打开电脑，开始看我的《出塞书》。我一连看了三个多小时。因为看得投入，文思涌现，我知道有文曲星在指引我写作了。我一气完成了三个章节的修改，尤其是《牡丹汗》《住居（一）》和《最大的理想》的修改，这三个章节都是体现和强化我的意志、高贵和崇高的重点，因为修改顺利而使我兴奋。凌晨五点，我以感恩的心情，对驾临北京上空的文曲星深致谢忱。

独处的时间实在太长了。长路遥遥，长夜漫漫，我们进行了多少次隔空喊话？终于有一次，实际上前后有三次，在聊及身体的感受中，庄热情鼓励我试试这个时代最有效的排解方式。在她的昵语亲声中，我抑制不住地释放了自己。我看见了——火！我看见了漫天的大火在夜空里熊熊燃烧，高高升起的通红的火焰很快聚成了一团，最终浓缩成了我在大学时代做前锋时面对的那只弹力十足的足球——是的，我回到了我熟悉的绿茵场上，耳边众生呐喊，脚下动力勃发，在圆睁双眼的疾奔中我完成了一次弓背凌空的抽射。

尽管这样，我还是多次十分坚决地拒绝了她来北京看我的要求。如果是在结婚前，我想我是绝对不会这么聪明或者说这么傻的。那个时刻，我始终觉得有一股定身的法力把我被一种力量撕扯得摇摇晃晃就要出去的身体拉回了原地。我深深觉得彼此做一个知心的朋友比做情人更加快乐，更有悠逸的话题，也更有广阔的相处空间。于是，在北京度过的一百二十个秋夜或者冬夜里，无论那场大火怎样像炼狱一样炙烤着我，就算我不惜损害身体来给我烈焰熊熊的内心降温，我也决不让自己像一条火龙一样挺进碧蓝无边的大海。

怀着这种沉潜的意志，我白天听课，晚上就修改本书，并且常常修改到深夜。当学习进行了三个多月，到了2017年12月11日的冬夜，我在609号房的电脑上翻看这部书稿时，又看到了阿依在1987年写给中共中央统战部和中国第一历史档案馆的信，看到了那句"我馆无处查询"的回复，心里"咣"的一声响——我站起身来到窗前，拉开窗帘看到了京西万家灯火，看到了半个月亮和灰白的夜空，丝丝冷风沿着未关严的窗缝和纱窗撺进来——我怀疑那两封回信是一种推托。我在沉静的鲁院和2017年末做了一个迟来的决定：第二天就去中国第一历史档案馆。

从鲁院门口坐公交467路到惠西新街北口站上了地铁5号线，再从东单转乘1号线到天安门西，这是我来到北京后不知第几次经过天安门广场，我再一次感受到了北京的威严和强大。我用手机导航，在连续走了几个路口发觉不对劲后，又在三分钟的瞎闯里陆续问了三位正在值勤的警察，他们无一例外很严肃地查了我的身份证，然后给我指了道路，我终于走上了警卫森严的新华西路，在割脸的寒风里拉上大衣的帽子，在警察的注视里小心而仓促地走了十几分钟。看到了那些锭钉盔甲，那些矩形街道，那些黄琉璃瓦庑殿顶，那些梁枋绘墨，还有那些落光了叶子的槐树枝条，然后，那个西华门就出现在眼前。在有几个特勤人员守着的门口，在我抬脚靠近的时候，我被执勤岗里一个戴眼镜的女子伸出手拦住了。

"干啥呢干啥呢？"

"去中国第一历史档案馆，查点资料。"

"身份证。"

我看她没开正面的窗，就从正门一侧走过去给证，她挥挥手：

"退回去！"

我立即就有了一种屈辱感。与屈辱感共生的还有一种来自边地的无名作家的自卑感。我感到屈辱的是，作为一名有着强烈求知欲和实证感的作家，我满怀希望来到这座档案馆，现在却被一个女门卫拦住了，而且她呵斥了我；我自卑的是，我是一名来自边地的小作家，来自广西，或者来自伊犁，来到了全国的政治和文化中心，首都北京。

我没有办法，天生的谨小慎微和文人气质使我退回到了正面。我从小挎包里翻出身份证，从那个只开了二指宽的窗口塞进去，她只瞥了一眼就从那个二指宽的缝里推回给了我。

"介绍信。"

我猜大概是看到我的外省身份证，那种屈辱感瞬间就被一种生气的情绪所代替，却不敢太过，就说：

"身份证也不行吗？就查点资料。"

"不行。"

我快快地离开门岗，快快地走出西华门，快快地从原路返回鲁院。在拥挤的地铁上，我一直站着想，假如我说自己是一名作家，假如我说自己因为创作需要查阅资料，那个女门卫会不会就此给我通融？

地铁一个站又一个站停下，我身边的座位一次又一次空出来，但是我依然双手握在吊环上站着。因为思考，我很快就到了惠新西街北口站。我下车，走上滚动电梯，走出长长的斜坡一般的地铁口。我继续步行，右转拐上北四环东辅路，沿着南来北往的络绎不绝的人行道。两个红绿灯。三个路口。过江之鲫的人流。十几分钟后，我越过了高原街口，拐进人流相对稀少绿树成荫的育慧南里，回到了鲁迅文学院。

已经是下午四点多，我担心老师下班，便在老师办公室电脑前迅速拟好了一份介绍信，上面有"我院学员广西籍作家梁小羊"和"因为创作需要，到贵馆查阅有关资料"之类的字眼，学院办公室的老师说要教研部的郭艳老师签字才能盖章，我又去了郭老师办公室，她听了我的说明，签了字，还说了句："幸亏你在北京学习，刚好方便去。"我由衷地说："是啊，是啊！"

盖好公章后，已经下午五点，只能明天早上再跑一趟了。

第二天上午八点，我重复了昨天的路程来到西华门，把身份证和介绍信都给了昨天那位女子。她是多么和气啊！我甚至发现了她的美丽，精致的五官，白嫩的双手。她不光挥手让我进去，还告诉我：向左拐，拿好你的身份证和介绍信。她的和蔼让我在那一刻心情多么愉快啊，我几乎忘记了昨天。我才知道，鲁迅文学院太伟大了！我重新获得了一种作家的荣誉感。当我穿过宏伟的券门，走过宽阔的篮球场，小心谨慎地来到那栋黄琉璃瓦大楼前时，我便看到了"中国第一历史档案馆"九个镏金的大字。

我怀着激动和惴惴不安的心情踏上汉白玉栏杆护着的台阶，走进开了半边门的大楼。多么安静的大楼啊，门口看见我的人不拦我，也不问我。我沿着肃穆洁净的楼道走进去，一扇扇金黄的房门都关着，我只看见楼道墙壁上箭头指引的一行字"档案利用室"，我沿着那些箭头折了一个弯，又折了一个弯，大头皮鞋橐橐橐橐地响。当我折了第六个弯之后，就来到了档案利用室门口，门开着，一位穿着黑色典雅裙装面容清丽的女士询问了我，让我递上介绍信和身份证。当她听说了我的目的，就把我的介绍信和身份证递回来了，和蔼而歉然地说：

"真抱歉，我们这里保存的都是明清时期的档案。您要查阅的民国以来的历史人物，只有去南京的中国第二历史档案馆。"

"真的吗？"

"是的。"

"哦，你们这里保存的都是明清的？"

"是的。"

"那，民国时期的都在南京？"

"是的。"

"哦，哦，南京那边也是你们管的吗？"

"不是。"

"哦，哦，谢谢啦，谢谢！"

连我自己都感到啰唆了。我是退着出门的，一直看着那位女士，多想她突然又抱歉地说："我说错了，你要查阅的正好在我们馆。"

其实我就是想一个确认，想最后得到一个肯定。这么说，他们没有骗我，他们那封信也没有骗阿依。

真是历史重演！我仿佛回到了1987年，我仿佛就是阿依，我写下了那封信，然后我得到了"我馆无处查询"的回复。

我要去南京！

然后就在第二天，12月13日，我坐上了十六点零五分开往南京南的高铁。手机突然收到新闻，这天是南京大屠杀纪念日。我记得阿依母亲告诉过我，她父亲曾经被关在日本人设在广西桂平的监狱里。我心里突然荡起一种奇特的情感。

我在桔子酒店住宿一夜。第二天早晨，南京城温度1摄氏度，飘起了小雨，我打的直达位于明故宫遗址旁的中国第二历史档案馆。像在北京中国第一历史档案馆遭逢的一样，我同样经历了哨兵的盘查，门卫的登记，看了我的介绍信，还要求将背包锁在他们的保管柜。我又联系了我的鲁院同学郑雄，他帮我找到了在这个档案馆工作的老师，在他的指点下，我在阅卷大厅见到了那位姓张的档案员，她依然要先看我的介绍信，然后让我看了贴在墙上向社会公开的部分档案目录，果然是民国以来的历史档案，但是没有我需要的。我跟她说了我要查阅的人物，按她递来的表格登记了他们的姓名和籍贯，就是阿依母亲在传说中曾在十九路军任职的父亲和加入过蓝衣社的母亲，还有我的姓名以及联系电话。她瞄了我一眼，拿起一张编号为"0004088"的阅卷证，在背后写下了他们的办公电话，递给我说："一个星期后我会联系您，您也可以打这个电话。"

走出中国第二历史档案馆的时候，小雨变大了，还刮起了冷风，非常地湿冷。我想这就是南京的市情。现在我的内心也非常地湿冷。我在档案馆的门楼左边等候滴滴车。由于司机遇上了堵车，我等候了将近十分钟，更由于高大的门楼没有避雨功能，我一头一脸冰凉的雨水，身上的大衣也淋了个半湿。望着街边一棵棵正在淅淅沥沥滴雨的梧桐，心里有凄凄惨惨戚戚之感。车将到来，我举起手机，冒雨拍下了门楼上同样像北京中国第一历史档案馆镏金的九个大字。

我回到鲁院后，一直在心里数着日子。一个星期后我没有等到那位档案员的电话，两个星期后还是没有接到她的电话，我就忍不住了，打了她留给我的电话，另一位档案员接的，我问那位姓张的档案员在吗，她说不在，问我查的是什么档案，我告诉她，她说："我们都知道了，我可以答复你，没有查到这两个人的信息。"我不信，说要去你们馆看一下，她说："你来了也是这样。"

我立刻就坐上北京到南京的高铁。那位姓张的档案员出来见了我，给我的解释依然是前面那人说的意思，而且她说明，十九路军的档案也没有全部归档，就是说，那个"吕辉"或者"吕行迁"也不是说一定没有，只是目前还有很多档案没进入全文搜索，这将是一个无法估计的时间。当我提出是否可以自己看这些档案时，她诧异地看了我一眼说："这是不可能的，别说还没有进入搜索系统，就是进入了也有公开不公开的规定，比如你看墙上张贴的条目就是公开的，可以自己查阅，不公开的都是外人不能自己查阅的，这个是有《档案法》保护的。"

她说完后就忙去了。留下我站在阅卷大厅里久久不愿离去。一直到我自己都感到百无聊赖之后，我才默默地走出中国第二历史档案馆门口，走在中山东路的人行道上。其时，南京的天空已经飘起了雪花，雪花落在我的头发上，落在我的眼睛里，落在我的鼻尖上，落在我的嘴巴里……我深深地吸了一口气，又长长地吐了一口气——那一刻，我再次想起了阿依母亲告诉我的那张民国军官夫妇照，那张被土改队抄家时遗失的历史凭证，当我想到这可能是一个没有谜底的谜，再想到阿依母亲将近八十年的沧桑追问极有可能以一个无解之谜结束，她必须继续为那些制造历史的人忍受历史，我流下了百感交集的泪水。

在这样的情绪里，我迎来了新年。2018年的钟声敲响后第三天，1月3日，鲁院为三位学员的作品举行了研讨会，《吉尔尕朗河两岸》有幸位列其中。这真是鲁院对我这名名不见经传的作家莫大的关注啊！那天上午，彭程和王兆胜两位老师对这部作品进行了点评。彭程老师说，他在担任第六届鲁迅文学奖评委时就看到了这部作品，当时就已经"印象深刻"，后来在做三毛散文奖评委时又看到了这部书，它的获奖是实至名归。他的话让我高兴得快晕了。

完全在意料之中，对《吉尔尕朗河两岸》的肯定稍多于批评，其实我希望更狠一点。两位老师都认为这部书的个性非常鲜明。彭程老师尤其提到，看到这部书就想起梭罗、屠格涅夫和阿斯塔菲耶夫。作者写了一条河两岸的丰富多彩的生活，达到了与人与大自然的深度融合，朴素的文字蕴含着激情和力量。彭程老师指出了这本书的缺点——对同一事物同一风景存在反复言说；有些地方裁剪提炼不够；审美的陌生感还要强化。对后面两个缺点我无话可说，但是——对同一事物同一风景存在反复言说，或者竟然是因为我对这片土地具有一种啰唆的爱？王兆胜老师对我的希望很有意思，他说作家可以有一个故乡，有一个根据地，但又要跳出这个根据地，不能老憋在一条河里，这样才能形成自己的冲击力。但是，一个故乡，一个根据地，一条河，要跳出去是相当困难的——我的情感已深深嵌入其中！

先到这里吧。我还要说说那些在京城的夜晚。那个陈天时，他是那么忙，每天都在证券交易所与金钱打交道，但他一听说我来京后，很快就约我去吃晚饭。我和他聊起了出塞，聊起了去世的姨姨。他说："我真是幸运，如果等到今天，我肯定找不到我妈那张照片了，那是多么珍贵，是我妈留在世上的年轻时的唯一照片。我妈的照片跟着你姨姨到了伊犁，也算出过塞了，可是我还没有。等机会合适了，我一定跟你去一趟新疆！"

更多时候，我像那些北漂一样脚步匆匆地走在首都大街上。从安慧里穿过文学馆路走到北土城路，又从惠新东街走到惠新西街，再沿着北四环东铺路穿过望和桥，一直往东踏上望京桥遥望万家灯火，我总是很容易思念远在家乡广西小城里的亲人，每天骑着电动车上班忙得团团转的阿侬，在小城初中里读书还不怎么懂得珍惜光阴的侬力，患有冠心病高血压和滑膜炎的母亲，长期住在大西北那个偏僻马场不久前到了我们家的阿侬母亲，三年前长留在后山草原上的阿侬父亲。许多时候我也想起了我的父亲，他一辈子在老家海拔一千二百多米的喽啰山教学点上教书，当年他是我的老师。正是他在语文课上表扬我的作文而意想不到地点燃了我的文学星火。为了文学我高考落榜，好不容易考上广西师大，父亲从他外甥处借来三千元学费，他抱着装有学费的挎包陪我坐火车，到达桂林站下车时，我因为想起有师兄告诫"报到不许让家长陪同"的话，竟然鬼使神差连劝带哄让父亲揣着五十块钱星夜赶回了老家。他与我的大学失之交臂，也与他年年给学生讲解的桂林山水擦肩而过。后来，五十八岁的他撒手人寰。此时，父亲正在天国之上，我隐隐觉得他一直默默地游荡在我的头顶，脸上带着凝重的神情，只要我抬头就可以看见他，他跟着我来到了伟大的首都北京。

隐秘乐曲

　　我在一种伤感和悲壮的情绪里从鲁院结业了。并且这种情绪一直保持到了4月初。我在西安参加完一个活动后，突然想起几天之后就是清明节，这个迟到的醒悟让我十分激动。我当即网购了西安至伊宁的T205次车票。我要去为去世四年的阿依父亲和去世两年的姨姨上坟。

　　从西安发车时间是5点32分，这是一个男人容易熟睡的时刻，我担心错过，便从会议住地雁塔区打的住进了西安站对面的星程酒店，并且在手机上一气调了五个闹钟，从三点五十八分开始，每隔五分钟就响一次。我怀着内疚的心情给在南方老家的阿依打电话，让她也设置一个凌晨四点的闹铃，一醒来就拨打我的手机。那天夜里我因为紧张和兴奋，到了一点多才蒙蒙眬眬入睡。幸好，我在第一个闹铃响起之时就痛快地删掉了其余四个。不久，阿依的电话也来了。

　　我的卧铺是8车19号中铺，我原以为那是一个十分拥挤的包厢，结果不是，那是一个靠着盥洗室的包间，只有一排三个铺位，包间显得十分宽敞。上铺的人一直酣睡，下铺是一位穿着黑裙子的中年妇女，扎着马尾巴，脸色有些酱黑，但显得很健康，我一看就知道她是哈萨克族。我怀着愉快的心情问候了她，并且开始交谈，得知她是一位商店老板，从郑州回到伊宁。我拿出从广西带来的龟苓膏请她吃，她也拿出雪花饼请我品尝。包间里相对显得安静，我正好带了那本《抵达之谜》，我已经读了不下三遍，在这次西行途中，我重读了该书的旅程部分，禁不住再次对奈保尔处理旅行材料的老到精妙而暗暗赞叹。

　　列车在第二天早上将近九点到达乌鲁木齐，停车二十分钟。我走出车厢踏上站台，冰凉而熟悉的空气扑面而来，我再次感到自己来到了一个属于我的世界。

列车出了乌鲁木齐站不久后再次停车，广播说要更换机车。我问了乘务员，得知换大功率机车是为了爬从精河到尼勒克的高海拔天山。我看了手机预报的天气，当地气温是3摄氏度，车内放了暖气。列车过天山隧道群时，我坐在过道上敏感地听到，它所喊的口号虽然仍是"出塞出塞，新疆新疆，出塞出塞，新疆新疆"，但此时已经像几十个声音洪亮的男人在呼号，又如赛龙舟队伍的擂鼓呐喊。除此之外，背景声音像极了哗啦啦的滔天巨浪，甚至整列车都震撼起来。我奇怪自己竟会有这种新奇的感受。我和列车一起经历了一个多钟头的快速有力的翻越。在隧道与隧道的间隙我看到了两层天山，底层是沟壑纵横寸草不生的焦褐山体，顶部是银亮的白雪和飘飞的烟云。我们最终翻越了海拔两千多米的天山。列车是多么孔武有力啊，那种爬坡奔驰的气势我在2017年回来时根本没有感觉到。时隔一年后，我感觉到了。

那天下午四点多走出伊宁站，我看到了仍然高高在上的太阳。我像个临阵决断的将军一样，当即叫了出租车去巴彦岱。我想偷偷地向一个人致敬。我来到了位于巴彦岱的王蒙书屋。十年前，巴彦岱还是伊宁市的郊区，但现在已经成市区了。我心怀敬仰参观了书屋的陈设，在王蒙铜像前照了相。我已经不记得是第几次来到书屋了。对我来讲，这就是最好的激励。当我再次看到那些书，那些写伊犁的书，尤其是那两卷本的《这边风景》，我的内心再一次被触动了。我多想向人们表示，我也有自己的风景。而且，我已经拥有了与众不同的风景，我能够把这些风景写出来。

怀着踌躇满志的心情，我坐上了速度较快收费也较高的线路车回到巩留县城，光旭开着他去年购买现在仍然崭新的长安越野车等候在车站门口。我看到他精神抖擞，便知道他在马场过得顺心遂意。在回去的218国道上，听着车载歌曲，看着右侧远方明晰的天山雪峰，我的心情变得活泼开朗，感到无限欣慰。

当天晚上，我和光旭准备好祭品后，我怀着一种邀功的心理打电话给住在我南方家里的阿依母亲，她的话把我弄愣了："你们该怎么办就怎么办，不用跟我汇报。我也是个入半截土的人了。祭品多些少些又有什么关系呢？那只不过是仪式。在世上活得好就是好。"谈话至此我赶紧找借口把电话挂了。

第二天，清明节的上午，我们会合了从伊犁刚刚赶回的光灿、从新源县城赶来的王虎和章婕一起走上后山。在坟堆遍立的草山上，我看到了阿依父亲坟前那块黑得发亮的大理石碑，上面用红体字刻着老人的三个儿子、两个儿媳以及两个女儿女婿的名字，其中就包括了我和阿依。当初，刻碑的人曾经对刻上女婿的名字表示异议，说"从来没见过"。当我打电话给光旭一再坚持时，那人竟然说："女婿是外姓人，万一他离婚，你这碑不是留下笑话吗？"我当时十分愤慨。后来，他终于尊重我们的意见，刻上了我和那位连襟的名字。自此对我而言又多了一道自律和鞭策。

在阿依父亲和姨姨的坟前，尽管光旭和王虎章婕他们已经点香培土，我却坚持在每座坟前亲自点上五炷香，摆上供品。天山长风真大啊，每年，每座坟头都被大风吹跑半边泥土。我挥铲为坟头培土，泥土纷纷扬进我的跑步鞋。坟头被我们堆成了两米高。天山长风很凉，但是我的秋衣已经被汗水洇湿了。我在每座坟前都烧了一大堆纸钱，都虔诚地行了三跪九叩之礼，并在心里默默地念着祝祷语和我的隐秘愿想。在每座坟前，他们都坚持让我摆放鞭炮，点燃鞭炮，甚至在姨姨的坟前也是如此。作为姨姨的女婿，王虎坚持要我这个"姐夫"摆好鞭炮，并说这样是"为了让姨姨感到骄傲"。这个王虎，仿佛生活给了他很多粗粝，脸形长瘦粗黑，还有粗糙的大手，跟我细皮嫩肉的手腕相比是那样鲜明。他没有稳定的工作，不久前花了章婕仅有的一点积蓄买回来那辆崭新的宝骏420。用他的话说，章婕早年腰部受伤，他就做章婕的司机。光旭认为他无所事事，前景堪忧。当年，姨姨为了阻止章婕嫁给他，曾经将电话打到在南方小城的阿依，青山遮不住，最后，执拗的章婕还是嫁给了他。我第一次见到他时，瞬间就认为姨姨当初的阻止是可笑的。"这是一个男子汉！"当时我在心里这样感叹。现在，我再次在内心对他表达了这样的观点。

长长的鲜红的鞭炮摆在坟头边，航宇、慧明和章婕已经闪到一边并且捂住了耳朵。我掏出打火机，脑海里热切地盼望着坟里的老人此刻就在天上，就在头顶，正在倾听。正是在这种期盼中，我勇敢地点燃了被我摆在草地上的鞭炮。

在那片已经泛绿的草甸上，我们合影。章婕有意靠近我，说："姐夫，我们合个影啊。"她搂住了我的右臂，摆出一种姿势面对光旭的镜头。此时，王虎仿佛第一次发现了这片草原的美景一般向远处瞭望。慧明和航宇在互相拍照。我扭头看了章婕一眼，旋即面对镜头。这个姨姨最宠爱的女儿，阿依亲密的表妹，此刻脸上洋溢着一种骄傲和喜悦的色彩。她曾经满怀憧憬，勇敢地跨越世俗的屏障去追求幸福，结果得到了今天的生活。她对阿依说过，她羡慕她嫁给了我，嫁给了一个作家。现在，我在心里暗暗期望，不管是生活，还是王虎，都不要把她的愿景消耗殆尽。

带着一丝惆怅的情绪，中午一回到房子，我就赶紧订好了第二天返程的机票。这是我回到马场停留时间最短的一次，总共才有三天。新时代对一名上班族的要求已经近乎苛刻，作为一名有抱负且十分需要自由来确保实现这种抱负的作家，我感到了自由的宝贵和越来越难的自由。我不得不走。

饭后，王虎和章婕带着他们的女儿慧明回县城。光灿坐他们的顺路车去巩乃斯转坐到伊宁的班车。这个大舅哥已经是大忙人了，懂得了找一份工作的珍贵。"妹夫，我要走咧，一个月三千多块的工资，我可不能白领哦！"他中午喝了三杯白酒，脸一直红着，此刻像个领导一样向我挥手。

他们一走，我就让光旭开车去绕着二公社（吉尔尕朗乡）到五大队兜了一圈。我在一家路边商店发现了农民自己制作的马林罐头，十块钱一个，我买了十来个。上车后，我提出去一趟库尔德宁，光旭却说："不去了吧，没意思。"我吃惊地望着他，以为他对带我到处周游这件事有了反感。他却告诉我，红花的小嫂子与小哥哥离婚了。

"小娘们！"光旭在说这件事时这样称呼她，"那个小娘们，偷人了！"

我非常吃惊。真不敢相信，这对小夫妻，他们曾经那么和睦恩爱，他们在莫合的自主创业感动了我，在《吉尔尕朗河两岸》里，我曾用了笔墨赞扬他们。当初，为了支持他俩开商店，光旭从银行担保贷了七万元借给他们。

"姐夫你也借过钱给他们呢，你不记得了？我向你借了两万块，其实都以我的名义借给了他们。"他说。那时他们的商店已经红红火火。

可是不久前，家里人却将一些从朋友处得来的消息告诉了小哥哥，她与商店对面工地的一个老板有了暧昧，甚至与不止一个男人亲密来往。小哥哥外出一个月，他的父亲打电话提醒他，她有可能卖空货架就跟你分手。小哥哥根本不相信。有一天，小哥哥回到了商店，吃惊地发现曾经琳琅满目的货架全空了，那个钱柜也空了。

这对貌似十分恩爱的夫妻终于离了婚。

究竟是什么念头让她做了那些事？是经济原因还是感情失和？或者仅仅是为了那些人人皆有却把控失度的情欲？她怎么可以放弃那本来体面的商店老板娘生活，还有那曾经在众人面前表现出的夫妻恩爱的日子？要多长的时间，什么样的条件他们才会重新回来？毕竟，在那个小镇上，他们曾经有自己的良好名声和蒸蒸日上的事业。

然而事情就这么发生了。

这件事甚至影响到了我对这片土地的态度。十五年来，我年年回到这里，我爱这片土地和这里的人们。但是，所有的一切似乎要让我结束这里的生活。随着我对这里越来越熟悉，随着我对这里的新鲜体验越来越少，包括我在内，所有的人似乎都变得不那么忠诚了。是出现审美疲劳了吗？不错，这里的环境是好的，它给了我健康的身心。不仅如此，十五年来，这片被这里走出去的人形容为荒凉的地方成了我潜心创作的圣地。这里让我获得了像第二次生命那样的奇特体验。回想2003年，我和阿依一起经历了漫长寂寞的旅途回到这里，我对那场雨夹雪的体验是多么新鲜深刻啊！我爱雨夹雪，也爱阿依父母和阿依，更爱我们的女儿。我还想获得这样新鲜的体验。十五年前，或者是五年前，三年前，我不会有这样的思考，是旅途和生活教会了我，是我的亲人和我的朋友教会了我。这就是文学，也是人生，我花了十五年才弄懂，尽管我还没有找到恰当的表达方式，但是我始终认为，十五年的丰富经历对我的人生而言，尤其是文学而言，是非常重要的。

在回去的车上，光旭告诉我，有几位税务局的干部一直想认识我，他已经约好他们今晚来家里吃饭。我了解到，他们正在按照新疆的文件要求进村入户，单位包村，两人住一户，要把所有的农户住遍，每人每月住村不少于二十天。在这段时间里，他们要调查了解情况，中心问题是化解不稳定因素，还要帮助农户解决生产生活上遇到的难题。每住一户都要缴纳伙食费。他们有人住进了潘万鑫家，谈话中说起马场有个作家写了一本关于马场的书，问潘万鑫是否认识。潘万鑫说，认识啊，他就是我对门邻居的姐夫。这样他们就找到了光旭，说在别人那里看过我的书，有机会想认识我。清明节前夕我跟光旭说要回来后，光旭就提前约好他们来家里相见。

"冰箱里还有鲤鱼，我亲自下厨，做一道我最拿手的清蒸大鲤鱼！"他胸有成竹地说。

晚上我们聚在一起时，潘万鑫夫妇也来了，还有马场的警察李耘以及几个年轻人也来了。那些干部，他们是多么年轻挺拔啊，80后，一个叫罗斌，一个叫郑涛，一个叫任天龙，都是新源县税务局的副局长，还有一位70后的漂亮女士，叫王小凤，是肖尔布拉克分局的副局长。我留在马场的家里还有几本书，当我愿意签名送给他们后，他们兴奋得像中学生，称呼我为老师，纷纷拉我到光旭的院子里合影。我还听说，当初他们曾经想租住我的院子，后来因为不符合上头精神才作罢。饭桌上果然就摆了一条光旭亲自做的清蒸大鲤鱼，热气腾腾，香气在餐厅里漫溢。当我说了我有痛风之后，他们以茶代酒，我们互相碰杯。他们在饭桌上你一言我一语谈起《吉尔尕朗河两岸》，我归纳他们的大意，就是我们在这里生活了那么久，都没感觉到这里的美丽，但是看了你的书之后，觉得这里真是美的，而且很美。你是带着感情写的，充满了感情。这些话自然让我感到高兴。在过去的几年里，因为这本书，我得到了马场人和附近许多乡村群众的表扬，现在我又获得了这些机关干部的赞美。这些，将会成为我继续写这里和在这里写下去的勇气。

饭局散后已是夜里十一点，我在浓浓的酒意里翻看微信，突然收到鲁院同学陈尘的微信，问我：是不是登临家里出了什么事？你看他朋友圈。我心里一惊一沉，就点开了朋友圈，就看到了登临，那个谈起创作目标铿锵有力的登临，那个提前一个月离开鲁院回阿克苏家里照顾老婆的登临，在朋友圈发了一句含糊其词却骗不了我的话，那句我一看就明白发生了什么事情的话，我沉思良久，给他发了一句话，就问他家里现在还好？他很快回了，说老婆已经在几天前走了。我拨通了他的电话，我没说几句安慰的话，几乎全是他说，他说人生就剩下一个读高三的儿子和文学了，说他今后得好好地待这两个了。我心里痛痛的，一半是因为他失偶，一半却是觉得追求理想的成本。我没有告诉他我在伊犁，更没有说要去阿克苏看他（此去阿克苏一千多公里）。我几天来都没有在朋友圈发布回到伊犁的信息。我也没有决定要去库尔勒看呼兰，路过乌鲁木齐看程玉。我决定还是按自己的计划回南方。我也许是懦弱的，因为我屈服于时间；我也许是自私的，因为那一刻我无比思念远在南方的阿依和依力，挂念那个尽管缺钱少人却特别适合我的工作单位。

我走了。

我要走了。第二天早上，六点半，新疆天色还没亮，光旭送我去哈萨桥头等候库尔德宁镇开往伊犁的班车。春天来了，他的活计很紧迫，八连有两千多亩大田要春耕，人家相信他，正等着他率领马场的八个拖拉机手去干活。他说每人每天可以赚到两千元。这是多年来他的卖力和交际结出的硕果。他告诉我，不是每个买了机器的农民都可以赚到钱，不是每个拖拉机手都会有人喊你干活。他说这些话的时候我就想起，他经常在马场家里或者库尔德宁镇上招待那些各路的朋友。而这些拖拉机手正是他的朋友。这让我再次想起我曾经走过的仕途，我想起了那些花天酒地的应酬。而他在平时也力所能及地开展应酬。正是因为这些，他赢来了好活儿。为了他的好活儿，我必须早点走。他说，你一走我就要挥师八连了。

时间尚早，他将车停在河滩公路边，外面很冷，我们关着车窗，打着双闪，这是马场人天将破晓时等班车的信号。我们在正副驾驶座上聊天，聊着离别后各自的打算。很快就聊到逝去的岁月，聊到在新疆和南方谋生都不易。他回忆高中时代，他长得高，有打篮球的潜力，是学校的篮球健将，连教师队对外比赛都拉他进来。1993年，奎屯教育学院体育系看中了他，可家里拿不出那笔学杂费用。那年秋天，他二十岁，跟着回广东的姨姨姨丈到了汕头，姨丈带他学汽车修理，刚开始他嫌辛苦肮脏，姨丈批评了他。他一气之下去了深圳，以为一米八七的身高，有一身蛮力可以闯荡天下，其间被人打，也打人，还伤过人，和小偷、毒贩、流浪汉、抢劫犯、杀人犯待过，曾经饿昏在深圳街头。进过工厂，当过保安队长，还是因为打抱不平伤了人，被工厂开除后，逃回大西北，结婚生子，觉得做农民比打工好。他靠着租种土地和开动犁铧播种机替人干活过上了富足的日子，今年还刚刚被评为马场的劳动模范。他谈起了他的计划，关于继续租种土地，关于建设养牛场。他也说出了他的忧虑："以后土地完全流转了，有钱有势的人成了大地主，那么我们这些没稳定工作的人干啥呢？做以前的佃农雇农？假如地主不雇我们，我们花了几万块买的这些机器又能干啥用呢？"

谈起了还在开封奋斗的光亮，几度起伏沉浮，至今事业还不明朗，以致一度消沉，经常与朋友借酒浇愁，回来时在小区楼下哇哇大叫，一砸到床上便酩酊大醉，让老娘担惊受怕，也让他这个做哥哥的心里难受，还让留在家里的春花惶恐不安。他说，如果当年光亮不是生病，上了东吴大学，他也不会像今天这样疲于奔命。他谈到了光亮的女儿清芸，说昨晚还和光亮通了电话，今年9月就要送清芸回来读书，"可怜哪，丫头还那么小，就要离开自己的爸爸妈妈，这不成了留守儿童么？不知道对孩子的性格有没有影响？大概一年也就是暑假寒假能够一起聚聚吧！"谈到阿依，他感叹说："姐姐的大学虽然是委培，最终也是好命啊，老妈伟大啊，最终给我们家培养出了一个女大学生……"

谈起了他的父亲，我的岳父，虽然家世曾经显赫，但是灾难让他逃离，一辈子懦弱，谨小慎微地生活。谈起了他的母亲，我的岳母，生身父母像传说中的一个谜，遭遇了颠沛流离的命运，这辈子连父母什么身份也没弄清楚。她曾经将马场作为托钵之地，而今观念开始动摇。"老妈是那样奇怪的一个人，老爸一走就长期待在口里，马场有人以为我不孝。我让她回来，她却说想住哪里就住哪里。再老下去，走不动了，怎么办呢？你们有你们的事业，也不是会服侍的人。我请她回来养老，是打算百年之后把她和老爸合葬。她明白我的意思，我说多了，她就说：'我本来就是一个来历不明的人，父母是谁我弄不清楚，生日是哪天我也不知道，我在哪里死还不是死？对于归宿，我也没啥特殊要求，在哪走就在哪烧，一把火烧掉，然后撒向大海。'老妈啊，她想连祭祀的念想都不留给我们啊……"

我十分难受，伴随着一种羞愧的情感。在我已经过去的大半生中，羞愧始终像我的影子一样伴随着我。过去，父亲在世时，我因为阿依生育不出父母渴望用来继承香火的孙子而感到羞愧，女儿迟迟才来到我们身边之前的岁月也让我深受折磨，我和父母一起承受了南方乡村左邻右舍和世俗社会给予我们的耻辱。现在，作为一名作家，作为一名年近半百的饱经心灵煎熬的作家，我不得不经常训练自己坦然去面对这些耻辱和羞愧。而另外还有一种羞愧，阿依作为这个家竭尽全力供出来的唯一的大专生，我们结婚这些年，没有给这个家什么帮助。曾经，我为了给饱经沧桑的阿依母亲姐妹一个交代，为了解开那个谜，我做了努力，可是我无能为力。这个遗憾已经永远留给了姨姨，看来也要永远留给阿依母亲了。

实际上，她已不在乎这些了。她早就对自己跟这个世界的关系有了一番令我们难受又难堪的见解："我才不要儿媳妇服侍我，我也不要儿女服侍我，我自己服侍自己，我倒下去了你们也不要救我，一救起来就是麻烦事了，不是瘫了就是呆了，到那时候就是给你们添麻烦了。我知道人死去是什么感觉，十三岁那年我昏迷了三天三夜，失去知觉是没有啥痛苦的，三天里我啥感觉都没有。所以最好顺其自然，该走就走。我服侍你们爸爸八年，八年都没离开过老马场一次，那滋味我是最有体会的，换了你们肯定吃不消。有一天如果我起不来了，你们不要救我，我也不会怨你们，如果我还有力气，我就自己解决自己……"

说这些话的时间大约在半个月前。那时，我到青湾镇毗邻的石寨镇参加采风活动，一天早晨六点半，天色还没有完全亮透，我躺富豪宾馆的床上翻看微信，突然接到了七姨公的儿子柱坚发来的信息：你姨公姨婆尚能吃粥，一日三餐他们都不会饿。我由于大儿子在市区教书，二儿子在城区开修理厂，三儿子在北京上班，都没空回来帮忙，我只好一个人打理家里两个老人，长时间煎熬，体力透支，免疫力为零了……我那时才突然记起石寨镇离青湾镇五公里，我当即决定中午采风活动结束后即去青湾镇看望姨公姨婆，还有表舅柱坚。当我买了牛奶和水果赶到他们家，才知道表舅母上个月已经从北京的小儿子家回来了，带回了才一岁多的孙子。按照表舅柱坚的说法，姨公的脑中风似乎更严重了，还有肺部积液，心律失常，神经系统紊乱，白天黑夜都卧床了，还不止于此，姨公已经完全进入了幻觉状态，瘦得皮包骨的脑袋上眼睛深陷，眼光浑浊，嘴巴凹进，不间歇地重复喊着一句谁也听不懂的话，表舅说："白日晚间都系咁样了。"谈到夜里陪护，他指指姨公的房门口客厅靠墙边，我看见那儿一溜过去摆了三只长半米宽半米的正方体木框，上面再搭上两块长木板就成了床。"晚晚都在这里守着，帮佢端屎端尿，经常一夜睡冇够两只钟。"满头白发、颧骨上堆起一层核桃皮的柱坚无奈地笑了笑，屋厅门口的光线落在他迎光的一面，面色有些灰白，背光的一面显出土灰色。看样子，他已经完全被疾病和岁月击倒了。我无法与当年那个挑着他外甥女从北宁城回到青湾乡六仑村的他联系在一起。现在，他只剩下他白发苍苍的儿子。

他的儿子继续说："幸得你姨婆状态仲可以，虽讲亦痴呆了，一餐仲能吃两碗粥，自己亦能起床走走，但系怕冷，要烤一只火笼。"我往靠在厅边墙角坐着的姨婆望，她坐在垫了毛毯的木沙发上，并拢的双膝上是一件暗红色的棉衣盖着，双膝下是一只火炭正红的火笼。干瘪但是白皙的脸皮，两个腮帮的皱纹像两缕白色人参的根须，她见我望她，眼睛早笑成了一道缝，裂开的嘴巴露出左边三颗石膏一样的牙齿，右边是两个黑洞，像擦干树皮一样的声音问："你系乜人啊？"表舅就走过去凑近她耳朵边大声说："佢系小羊呀，就系阿依的那位！"她就嘻嘻笑，只有两颗门牙的嘴巴说："哦，系小羊啊！"仿佛恍然大悟般认出了我。"睇，佢仲认识你咽咻！"表舅笑说，"亲戚中，对我哋最好就系你了。"说得我也咧开嘴大笑了。表舅母也在一边笑，她坐在一张小矮凳上抱着孩子。孩子黑豆一样的眼睛望我，我过去给了他一只红包，抚摸他的脑袋问："威驰，还认得我吗？我可是在北京到过你家的哦！"他掰开他奶奶的手，噔噔噔走去他爷爷那里，把红包给了爷爷，表舅和表舅母都大笑。表舅母在北京帮小儿子带孩子，因为早年落下的腰疼发作得厉害，在京语言不通寻医也不便，只好央求小儿子和他媳妇同意把孙子带回来，以方便到邻近的荷花镇找草医治疗，据说已经初见疗效，准备过一个月又带孙子上京……

我又回忆起，几天前，在南方我的家里，我和阿依陪着阿依母亲看电视，看到一个谈论赡养老人的节目，就和我们聊起来，很快就聊到了阿依父亲：

"你们爸爸中风卧床，整整卧了八年。我现在什么都想明白了。说句真心话，那八年你以为我愿意吗？我实在是没办法啊！就因为这样，我想到了八姨公和八姨婆，他们痴呆卧床的那些年，也是儿女受苦受累的日子。还有七姨公七姨婆，你经常去看望他们，算是明白了吧，两位老人都一百多岁了，高寿啊！四邻八乡都说他们高寿，都说这个家有福气。可是只有他们的儿子儿媳知道里面的苦。他们的儿子媳妇也六十多岁了，本身也到了需要年轻人照顾的年龄，可是他们还要照顾老人，因为年轻人在外面打拼，很少回老家，也因为他们要做到那个"孝"字，给四邻八乡看，也是给自己的儿女儿媳妇看。他们就只能老人照顾更老的老人。这不是遭罪是什么？老人和儿子儿媳妇都遭罪。我还想到以后的我，还有你们，假如我起不来了，半死不活地躺着，那不仅是我遭罪，你们也遭罪。服侍了你们爸爸八年，我是真明白了，也特别理解你们，希望你们以后老了不会有我这样的面对。

"有时候想想，这人呢，来到世间就是受罪的，尤其像我们这样的人。你说我们家不风光不辉煌吧，好像也有过一些得意的岁月。真是说不清啊！我并不是渴望大富大贵，可我确实不甘心一辈子就这样活着，但是这辈子已经这样了，命啊，这都是命！以前我是不信命的，盲流的时候我连死都不怕，心想能活成啥样子就是啥样子，哪天死了也算了。可真的活久了，能活老了，这些年来我就相信命了。冥冥之中，我们的生活，还有我们的命，都是在被谁主宰着，这个主宰者是谁呢？有时是人，有时是社会，有时是现实，有时是历史，归根结底是老天爷……"

不知何时光旭已经伏在方向盘上。借着驾驶台熹微的灯光，我看见方向盘上有一抹水痕。我的鼻子也酸了，我拼命地闭上眼睛，想闸住正欲蹦出的泪水，可它们还是从四个眼角渗了出来。班车已经鸣着喇叭停靠在我们面前，我匆匆提起行李，在一片水雾朦胧中踏上了车。

我的出塞之路！我的自以为是的创作之路！也是探亲之路、求索之路！就是这条路，它承载了我和我的亲人多少的生活，承载了我和我的亲人多少不为人知的侧面，承载了我和我的亲人多少的哀愁与隐私！行走、居住和创作，让我对自己在南方和在新疆这片土地都有了新的认识。我那在南方像走狗一样的生存状态，我和我的亲人的担心，我们的焦虑，我们的尴尬，我们的屈辱，我们的无奈，我们的挣扎和我们的不甘！2003年，我第一次和阿依像逃亡一般穿越万里回到伊犁，从此我就和这片土地上的亲人联结在一起，甘苦同尝，哀乐与共。那时候的伊犁乃至整个新疆仍处于不发达的经济时代，人们的观念还可以用落后来表述。最典型的例子就是还没有认识到地皮的重要性，县城郊区带院子的宅基地一百平方米不过卖两三万元，城区较好的地段也不过十来万元。许多从南方回来觉醒后稍有眼光的人一买就是几亩，而这些也不过花去他的一二十万元。当年我曾经劝说光旭在县城买一个小院子，并因此愿意给予自己本就微薄的支持，但是，去过东莞打工七八年的他，却认为那些地方起不了多大作用。仅仅过了三四年，地皮的价格直线飙升。到了现在，我们的收入再也支付不起在县城买一个院子的价钱。商品经济观念在这里已经深入人心，农村城镇化丝毫不比口里的省区慢多少，更多的牧民定居点开始出现，从深山草原走出来的商人开始崭露头角，洋楼在村庄乃至牧区大量涌现，小车逐步取代牲畜拉车走进巴扎和农牧区。变化一直在继续，2010年和2014年中央两次新疆工作会议召开后，许多发展新举措纷纷出台，铁路和高速公路遍布了全疆，乌市到伊犁再也不用走尘土飞扬的旧312国道了，那拉提景区从新源县分出成立了处级管委会，霍尔果斯边境口岸升格为县级市，乌伊高铁正在加快建设中，哈拉布拉的苇子加工业成了大产业，新源老马场的村道全铺成了柏油路，翻新的房子和移民新村交相辉映，大多数人家有了轿车或小货车，莫乎尔乡因应旅游业发展的需要改名为库尔德宁镇，库尔德宁自然保护区即将成为5A景区。这些现象当年我第一次回到伊犁时是意想不到的，光旭光亮他们也没有想到。

我来自另一片地域，经历了我人生中极具个性的出塞生活。我曾把这种生活看成是一种真正的、带有诗意的、我能完全适应的生活。我甚至把自己看作是这种生活的一部分。回想2003年4月初的我是多么幼稚啊，看到吉尔尕朗河两岸那些还没长出叶子、枝条喇喇向天的杨树，看到杏花飘雪梨花带雨，便会新奇得哇哇大叫，年轻的阿依站在河滩边开满沙枣花的树底下望着我笑。而现在，十五年后，我对这一切已经变得有些熟视无睹甚至有些冷漠了。而我的阿依也已经人老珠黄！有一次，我和阿依经过北宁鸭窝塘菜市，路边有位老太太摆卖的薯叶很碧绿，阿依让我停车她下去买，我按下车窗悠然等候，其间老太太朝我瞄了两眼。几分钟后阿依提着一把薯叶上来了，关好车门就笑着对我说："你知道那老太太刚才跟我说啥吗？"我自然猜不出。"她说，你儿子真孝顺，开着小车送你来买菜。你听了得意吧？"说真的，我听后不知是高兴还是悲伤。少年的夫妻老来的伴，如今我和阿依只剩这样的下场。有时凌晨我摁亮床头灯起来小解回来后，看着阿依浮松的脸庞想着自己渐消的情欲，悄悄握着她伸出被子的粗糙而温暖的四根手指，不禁心里感喟而落泪。真是如花美眷，似水流年。

我们都在衰老，并且不时就以一种感同身受的体验送别更老的人。距离阿依母亲最后一次去青湾镇探望七姨公七姨婆一年后，5月25日，七姨公走了。去年我冥冥之中的感觉是准确的，我知道那是阿依母亲最后一次见到她的七姨丈。当阿依在电话里把七姨公的消息告诉已经远在开封的母亲时，我在旁边竖耳听着，我以为阿依的母亲会很悲伤，甚至声音会带上一种悲戚的调子，毕竟七姨公是七十多年前挑着筐子担她回来的亲人。但是，阿依母亲在电话里的语气让我颇感意外。

"走了？"

"他九十九了吧。唉，走了是他的解脱，也是柱坚的解脱。"

"服侍一个人，千万不能太久，五年了吧，吃睡都在床边，哪里也不能去，那对谁都是受罪。"

"我守了你爸八年，这个滋味我最知道了。"

"我被人卖到江西的时候才五岁，他去江西找到我，带我回广州，又用箩筐担着我回北宁，我一辈子都记得。"

"……"

十几分钟后，莲花打电话给阿依说："姐，老娘哭了，在那边拿纸巾擦眼泪。我是在我房间里给你打的电话……"

我和阿依驱车去青石镇那个小山村参加了葬礼。像个老顽童一样的七姨婆已经被安顿到新楼房，由亲戚里会说话的两个中年妇女候着逗着，一百零一岁的她除了有一会儿问"文颐去哪里了"之外，其他时间都是笑得天真烂漫。三个孙子——包括在北京航天部门工作的小孙子阿文——都面色如常地与亲戚打招呼，握手，端茶，递毛巾（作为葬礼时的佩带）。整个气氛显示着这是一种喜丧。当乐器奏起喃斋声唱起，除了开始一个小时柱坚表舅忆苦思甜情不自禁的号哭之外，渐渐便没有什么哭声了。在答礼的间隙，柱坚表舅特意让执礼的人在悬挂在屋厅门口的白色挽轴上，在一排排敬挽的三亲六戚名单中，加上了我这个表外孙婿的名字。真遗憾，虽然我们也代阿依母亲封了白事礼金，但按风俗只能上男丁的姓名。

做法事的当晚下了两场大雨，灵棚上的油毡布积满了雨水，一条条水龙从毡顶而降。半夜雨停了，大家谈起天亮后的天气，天气预报说仍是大雨。天亮后，果然电闪雷鸣，大雨倾盆。半个小时后雨停了，天空却还是阴云密布。很明显，不久之后雨还会来。七姨公的坟地就在对面公路的山上，两天的雨肯定已经泡松了山路，出殡遇上泥泞在所难免。

当一切仪式结束后，丧饭也已经吃过，出殡就开始了，十几根灵幡需要十几人扛着，七姨公的孙子和重孙子女也一人扛一根，我和阿依也被安排各扛了一根，每人还拿一支点燃的香。起棺了，烧鞭炮的人和孝子走在前面，孝子只有一个，就是柱坚，他捧着七姨公的遗像。越过公路后，上山的路果然泥泞，抬棺材的人两次将棺材搁在陡峭的山路上，小心翼翼地在烂泥地上试探过后再次抬起前进，我真担心他们滑跌致使棺材倾倒。鞭炮和器乐一直在响。前面的路已经被抬棺的人踩得一片稀烂，有些路段出现了长长的光光的痕迹，我们扛灵幡的十几个人鞋子和裤子上已经沾满了泥浆。二十几分钟后，前方山腰出现了一个四根柱子撑起油毡布的棚子，很明显，那里就是坟地，他们已经提前搭起了防雨水灌坑的棚子。到达那里时，棺材已停放在坑边。大家扔掉扎灵幡的竹子，取下灵幡，把手里的香插在坟地边，拿起灵幡布绕一圈坟地后就头也不回地往山下走。山路更加泥泞了。一脚泥水回到他们的家，拿起一根穿了红线的缝衣针别在胸前，再从屋厅门口拿起一个装着米油、撅亮着一只手电的筐子，无须与主人家打招呼，出到门口跨一下正在起着烟火的小柴堆，然后到路边摘下两片最绿的树叶塞进裤兜，上车发动走路。

阿依坐在旁边，一声叹息："用箩筐担着我妈回北宁的姨公，终于走了，这世上，知道我妈和我外公外婆历史的人就更没有了。"

　　又一场大雨已经来了，玻璃上白雨跳珠，前方水色茫茫，我默默地打着方向盘，在飞舞的雨刷间隙里辨认着路面。我在想，这世上的谜有千千万万个，不是每一个谜都能求解的，也不是每一个谜都需要求解的。人生其实就是在求解中度过的，有时在求解中得到的是醒悟和欢乐，更多的是困惑和煎熬。而对于经历单纯的人是多么好啊，欢乐就是眼前的欢乐，痛苦就是眼前的痛苦，既往可以不究，也不值得去究。从这个意义上说，单纯是幸福的。

　　"唉，姨公终于是解脱了。"坐在副驾上的阿依往前欠了欠身子，盯着前方的雨水说，"其实对于柱坚一家来说，也是一种解脱。"

　　"解脱？"我再次想起阿依母亲昨天在电话里说过的。她一个人服侍了老伴八年，柱坚一个人服侍了父亲五年，事实就是这样。那么，真的觉得对方走了就是对方的一种解脱？我父亲五十八岁身患绝症去世也是一种解脱？姨姨在不明身世中身葬新疆也是一种解脱？天啊，假如他们真的在天有灵，是否真的觉得自己就是解脱了？假如我们这些晚辈认同，那么我们是否需要接受良心的谴责？假如老人自己果真就想通过那条途径获得解脱，那么他们是否已将道义的球抛给了我们？

　　这样的问题，伴随着十五年里不时接触到的老人去世事件，对我的心灵造成了很大的冲击。

　　十五年！时间完全改变了我。追溯到早年岁月，我因为父亲的赞扬而喜欢上作文。稍大后，我因为金庸的作品而向往塞外。后来因为参加写作函授，我与一个新疆女子曼丽交往。再后来，我与小城的琴恋爱，以为找到了人生知己。我在市委办写了十二年的材料，却与仕途分道扬镳。命中注定我与伊犁籍的阿依相遇，注定要写一部关于出塞的大书。在经过痛苦的等待之后，我们等来了依力。从此我开始了在时间和空间上都是漫长的西去的旅途。父亲去世的第六年，也就是我在出塞的第十年写出了关于出塞的第一部书——《吉尔朵朗河两岸》。现在，我更加热切地盼望着《出塞书》的问世。而这部书我已经创作修改了十五年。太漫长了，随着时光飞逝，岁月堆积，我的记忆出现了混杂和模糊，两地的许多人物和事情的先后顺序变得很难区分，尽管我做了录音和笔记，但是录音里有些人物我弄糊涂了，而十几年前的笔记，有许多字迹已经模糊，有些字体因为当初速记的潦草，连我自己也辨认不出了。我深深地感到了自己在苍老，感到了十五年对我的人生的完全的改造。

十五年！除了惊叹新疆的巨变之外，我也对曾经出现过的几次暴力事件心存余悸。我说过，我一直不喜欢坐飞机，尽管坐飞机节约了我的时间，还能增加舒适度，尽管我往返疆桂两地也已经多次坐过飞机。坐飞机节省了我们的时间，但是回家的感觉几乎一闪就从白云之上过去了；坐火车呢，除了节省费用，更重要的是随着一段又一段的奔驰，一站又一站的停泊，一种回家的体验和敏感会得到一层一层的提升，一种朴素、亲切的气息会一阵一阵地浓酽。这是一种心灵的需要，火车之旅保证了我有足够的时间不断地加深对"回"这个旅程和"家"这个概念的思考和感悟，我在一年又一年地巩固走过的世界。坐火车让我找到了一种历经沧桑饱受颠簸的生命感，同时让我内心一直保持着一种不屈不挠的精神意志。还有一种经历，在火车上我总能看到那些从陕甘宁边地去新疆谋生的农民，我望着他们，他们也望着我，他们奇怪于我一时凝视手机一时敲击电脑的表现。他们很多衣着简朴，脸色黧黑，眉头紧锁，与之交谈总会坦陈家里难事。看到他们我就想起阿依的父母，我的父母，我的女儿，我的兄弟，还有我艰辛的青少年时代，我就用一种平等的心去爱他们，我分给他们食物，他们也分给我。我们都不怕五天四夜的长途。我们大多时候带着馒头、火腿肠和泡面，因为泡面令我腹胀，诚如我在前面说过的，吃上一天以上的泡面会腹胀如鼓，蹲厕所二十分钟排不出废物。后来，我就偶尔吃盒饭，以此搭配错开一下。我们从西安坐到兰州，从武威坐到张掖，又从嘉峪关坐到柳园，再从柳园进入新疆。每次，我听到车轮和铁轨衔接处发出的那种让大地震颤的仿佛发自脚心和内心的声音——出塞出塞，新疆新疆，出塞出塞，新疆新疆——我就好像正在弹奏着一支属于我自己的隐秘乐曲。

　　实际上，坐飞机飞越天山是多么壮观啊！那天，飞机奔跑着，离地的一刹那，我感到自己在伊犁大地上冉冉升起，我抵达了她的空中，从不太高的地方我看到了十五年来我来来往往生活的伊犁，我看到了一道道有规则地交织在一起的城市街道，棋盘格子一样富有伊犁特色的条田，在条田周围篱笆一般圈禁着的林带，艾德莱丝绸一般鲜艳的果园和五彩田野，漂白积雪和墨绿林带点缀着的一道道山脉，像黑龙一样的高速公路和像褐龙一样的铁道，山脉绵延中的蓝色草原和棕色峡谷，纹理清晰起伏有致的大地。飞机飞高后，从上面看我喜爱的大地比在地面看到的更加辽阔，银色的雪峰在阳光下投下淡蓝色的影子，天山山脉仿佛在洁白的棉被覆盖下酣睡。村庄和集镇夹在各色条田中像一小块一小块的彩色集成电路板。我看到了伊犁河！在这座城市的南边，像冰蓝色的围脖绕在女子的脖颈，也像冰蓝色的带子拴住了游子的心：

伊犁河，伊犁河，

长流不息，波浪翻滚，

像我这样，深深爱着你，

在这世界，没有别人……

这就是伊犁，一个迎来过汉唐记忆突厥风云的伊犁，一个迎来过东归英雄和西迁志士的伊犁，一个迎来过林则徐和左宗棠的伊犁，一个迎来过祁韵士、洪亮吉的伊犁，还是一个迎来过屯垦戍边的伊犁，同时，也是一个迎来过自流盲流最终安居乐业的伊犁。如今，她是一个多民族共居的地方。

飞机越飞越高，一个个由闪闪雪峰和淡蓝色山影组成的图案，在伊犁这个辽阔地域会聚而来，仿佛一顶顶哈萨克毡帽，仿佛哈萨克族舞会上的阿肯在弹唱。我看到了推拉镜头下的伊犁，峰峦如聚，雪覆如绢，在我下面缓缓变幻，藏匿山川。那真是一种特殊的体验，我看到了一个我从未看过的世界。我曾经认为坐着火车出入新疆，才可以看到真正的风景。现在，我终于接受了这个观点，坐着飞机也可以看到，而且我看到了很少人看到过的风景。我在漫天云海之上看到了伊犁之美，一种特殊的体验在我心底绽放。那一刻，我十五年的南北往返，亲人们在伊犁度过的生命和岁月，全都像身边的云影一闪而过。我闭目遐想，整个伊犁大地模糊起来，又清晰起来：深蓝和清洁的天空在伊犁，浩瀚无垠的星海在伊犁，广阔和连绵的草原在伊犁，静穆和冷冽的雪峰在伊犁，野性的西北风和潇洒的白杨树在伊犁，背叛荒凉的啤酒花在伊犁，使岁月明媚无比的薰衣草在伊犁，一颗驰骋的心在伊犁……啊，我对白雪皑皑的天山和连绵起伏的草原的思念正在心田慢慢流淌。我在心里悄声说："亲爱的，天山和草原才是我们的美丽家园，我们年年相约在天山和草原相见！"

2003年4月动笔于京广线、陇海线、兰新线列车上和新源老马场

2012年8月初稿于广西北流

2013年10月二稿于京广线、陇海线、兰新线、乌伊线列车上和新源老马场

2014年10月三稿于广西北流

2015年7月四稿于T205次列车上、新源老马场、T206次列车上

2016年9月五稿于伊宁至乌鲁木齐列车上、乌市至南宁T284次列车上

2017年12月六稿于北京鲁迅文学院

2018年4月上旬七稿于T205次列车上、新源老马场、伊宁市八音和酒店
2018年7月中旬八稿于西安至延安K8162次列车上
2019年2月定稿于广西北流

后 记

从2003年春天陪妻子回娘家开始创作本书算起，一晃十五年过去了。十五年，一年一度甚至两度在疆、桂两地往返，不断地记录和思考，在奔驰的列车上、在两地的房子里埋头苦写。有一天我突然发现，我写了一部大书，超过了七十万字，这使我感到困惑和惶恐。我曾经试图控制它的增量，但是无济于事，反而被它的叙述牵着走。在绞尽脑汁进行挪移调配之后，最终我将书稿一分为二，一部叫《吉尔尕朗河两岸》，一部叫《出塞书》。

是的，《出塞书》，在《中国作家》杂志发表时它叫非虚构，但是现在，它叫长篇小说。回想当初，我将《出塞书》从母体分离后，曾因文体的定性而一度在长篇散文和长篇小说之间游移，先是觉得这是真情写作，书里的故事、情节和所有的名字和地名都是真实的。但在修改过程中，我渐渐感到了一种挥之不去的束缚，一种浑身上下被许多人紧紧盯着的不自在，我无法想象，这部书以散文面目出版后我会面临亲朋怎样的目光和反应。这大概就是非虚构类作品给作者造成的困扰？颇具戏剧性的是，在单行本的出版合同已经签订并寄回出版社的情况下，责编宋辰辰在电话里告诉我，建议将本书体裁改为长篇小说，并给我三天时间考虑。我两天不到就答复同意了。凭我的阅读经验和了解，我不认为这是张冠李戴，指鹿为马，而是坚信名实相符，表里如一。

作为一部书写两地、写作时间跨度长达十五年的作品，它让我经历了太多不堪回首的往事，一家人的命运随着我文学的旅途而颠簸起伏。先是三岁的女儿患了脑膜炎，夫妻俩经受了确诊后魂飞魄散，治愈后喜极而泣的沉浮；同年我的父亲身患绝症去世，走前一直希望我做官而不是搞文学；疆、桂两地行走七年后，《吉尔尕朗河两岸》获得新疆维吾尔自治区政府扶持而出版。但短暂的兴奋很快就被肾痛如绞打断了，我做了右肾取石手术；同年，给我讲新疆往事的岳父去世；不到一年，妻子被迫做了子宫切除手术，那天下午，经过八个小时忧心如焚的等待，我见到了绿衣护士端出来的那团拳头大的血肉，不禁心胆收缩，绝望至极……

回望人生，在我早年为了活路而从事八股文写作的苦熬硬撑的十二年里，我得了严重的肾结石、颈椎病、痛风和神经衰弱。痛风发作时，脚后跟和小腿的疼痛让我举步维艰，一连六七天，从房间走到客厅都要扶着墙壁。疼痛折磨着我。妻子领着我去体检，结果出来后，我的尿酸每升浓度高达600微摩尔。此外，没有做过手术的左肾已经石头成堆，并且严重积水，但因害怕损伤更甚，对左肾不想理会。而经历了上次的右肾手术后，我体力大不如前，从一楼走到四楼办公室气喘吁吁。

还在三年前，我在创作本书时便已感到脑袋不时疼痛。我去做了经颅多普勒检查，似乎没查出什么问题。但是另有一个问题很令我担心，我有过几次驾车走在路上心口突然疼得快窒息的经历，我一直怀疑是心肌梗死，但是做心电图检查时医生又说没事。之前已有朋友劝我，过了四十岁，你就别熬夜了，悠着点儿吧。朋友的话的确让我三思。父亲五十八岁去世也让我不得不正视死亡这个人生的最后环节，我明白了关于身体与理想的辩证关系。

父亲走后，母亲进城跟我们住在一起。她因早年家境贫困长期就盐下饭，得了冠心病和高血压。近年她为我们接送孩子，走路买菜，右腿膝盖因为患滑膜炎做了一次手术，自此走路蹒跚。我本应记取"子欲养而亲不待"的圣训，却为了一个梦想而常常去流浪。每次我准备西行时，她总是用一种忧虑和留恋的目光看着我，一定要为我做好吃的，想杀鸡宰鸭，但是按照她信奉的村俗，出发前不能杀生，她就给我买猪脚，说是吃了远行脚健。我上了西去的列车后，因节俭而常吃泡面，结果憋得肚子生疼，在漫长的兰新线上感到度日如年。

2017年秋天，我去北京鲁迅文学院进修，那是我为了理想而进行的一次重要求索，我离开患病的母亲，离开一天到晚忙于工作和家务的妻子，离开十分需要我在身边加强管教的女儿，心中既被理想鼓舞着，也充满了内疚和惆怅。在鲁院的一百二十多天里，我大多数时间都在修改本书，时常熬夜到三点。我想，文学梦也许就该这样吧。

我再次想起父亲，早年他和母亲为了供我们三兄弟读书，低声下气借债，省吃俭用，积劳成疾，他对我因痴迷文学而放弃仕途非常不满，对我作为他的长子、作为家里唯一的国家干部，没有当官、更没有给他添一个孙子而长吁短叹。他带着遗憾早早地走了。他可能不知道，作为我小学时代的语文老师，正是他对我作文三言两语的表扬深深地影响了我，让我有了理想和人生的选择。

在写作和修改本书的过程中，我常常被一种情感浸染着，阿依母亲人生的沧桑，我理想的苍茫，亲朋的悲欢离合，全都像我的梦一样跟随着我，在西驰的列车上，在天山脚下的房子里，在南方和北京，我无数次抑制不住地流下了泪水。

回忆出塞之路，有时我也有自得的时候，比如我多花些钱买了软卧，在许多站点过去后，包厢里只剩下我一个人了，我就把门关上，在茶几上打开电脑，身心舒泰地修改；累了，站起来，看着窗外徐徐而过的西部山川，像王宏伟那样放声高歌："哗啦啦的黄河水……"

从 2003 年到 2018 年，我的出塞之旅已经持续了十五年；从 2006 年到 2018 年，我的父亲去世已经十二年；从 2014 年到 2018 年，妻子的父亲去世也已经四年。如今，我也在往五十岁的门槛紧赶慢赶。文学啊，时光啊，你就是我经常乘坐的西去列车，带给我的是一场漫长的人生求索，从少年到青年，从青年到中年，从南到北，从东到西，穿梭着，往返着……

2019 年 3 月 31 日 北流

图书在版编目（CIP）数据

出塞书 / 梁晓阳著 . -- 北京：作家出版社，2019.8
（2022.4 重印）

ISBN 978-7-5212-0346-2

Ⅰ. ①出… Ⅱ. ①梁… Ⅲ. ①长篇小说 – 中国 – 当代
Ⅳ. ①I247.5

中国版本图书馆CIP数据核字（2019）第011683号

出塞书

作　　者：梁晓阳	
责任编辑：宋辰辰	
装帧设计：意匠文化·丁奔亮	
出版发行：作家出版社有限公司	
社　　址：北京农展馆南里10号	邮　　编：100125
电话传真：86-10-65067186（发行中心及邮购部）	
86-10-65004079（总编室）	

E-mail:zuojia@zuojia.net.cn

http://www.zuojiachubanshe.com

印　　刷：河北京平诚乾印刷有限公司	
成品尺寸：170×240	
字　　数：687千	
印　　张：37.25	
版　　次：2019年8月第1版	
印　　次：2022年4月第2次印刷	
ISBN　978-7-5212-0346-2	
定　　价：58.00元	